ZELFPORTRET MET LITTEKEN

Van Roman Frister verscheen eerder:
Onmogelijke liefde

Roman Frister

Zelfportret met litteken

Een autobiografie

Vertaald door Shulamith Bamberger

PANDORA

Pandora Pockets maakt deel uit van uitgeverij Contact

Tweede druk
Oorspronkelijke titel: *Self-Portrait with a Scar*

Omslagontwerp: Jos Peters
ISBN 90 254 9727 6
NUGI 301

Deel een

De prijs van het leven:

De smaak van brood

'Als cederbomen vlamvatten, hoe zou het dan de hysop aan de muur vergaan?'
(UIT DE TALMOED)

I

Tot acht uur 's avonds mochten we vrij rondlopen in het kamp. In de zomermaanden waren de dagen lang en zolang hemel en aarde zich niet aaneensloten aan de horizon, zolang het nog niet helemaal donker was, gunden de bewakers ons enig gevoel van vrijheid. Heerlijk was het je blik op de appèlplaats midden in het kamp te kunnen richten om de hekken eromheen niet te zien; lekker om omhoog te kijken en te merken dat de hemel er nog steeds was, even blauw en eeuwig als altijd; fijn om je ogen neer te slaan en te doen alsof je de bewakers achter hun machinegeweren op de wachttorens niet zag. Ongestoord liep je tussen de barakken, alsof je op bezoek ging bij een oude kennis die naast je woonde. Achter de deuren van de barakken werd gehandeld in elementaire levensmiddelen. Niemand wist met zekerheid hoe hele broden en zakken vol rijst en boekweit naar binnen werden gesmokkeld, noch waar de mensen de dollars en diamanten vandaan haalden om ervoor te betalen. Af en toe brak er ruzie uit, hier en daar werden vriendschappen gesloten: alles net als in het echte leven, daar aan de andere kant van het prikkeldraad. De gedachte aan de dag van morgen zette je maar uit je hoofd. Je leefde voor het moment, en het geheim van het kleine geluk lag besloten in het vermogen om simpelweg te bestaan, als vee dat vrij rondloopt in zijn stal, niet wetend dat het voor de slacht bestemd is.

Het kamp bevond zich in het hoger gelegen deel van Starachowice, een stad in de Poolse provincie Kielce. De stad zelf, daaronder, was door cisterciënzer monniken gesticht, maar werd al eeuwenlang door joden bewoond. Herkenningspunten in het stadsbeeld waren een kleine, bouwvallige synagoge, een marktplein geplaveid met keien, met een oude waterput in het midden en armoedige winkeltjes eromheen, en ruime herenhuizen aan een van de zijlanen. Tientallen jaren later zou ik in een bejaardentehuis vlak bij Tel Aviv een oude dame tegenkomen die wilde weten of de zwerfkatten zich nog steeds in de zon lagen te warmen bij die waterput in Starachowice. In haar naïviteit herkende ik het waanidee dat je de tijd kunt stopzetten, bevriezen en naar believen weer ontdooien.

Het werkkamp lag op de waterscheiding, op enige afstand van de huizen van arbeiders en mijnwerkers. Het heette Majówka; niet naar de maand mei, maar naar de nabijgelegen ijzerertsmijn. Er lagen in het gebied nog meer van die kampen, allemaal bewoond door gevangenen, joods en niet-joods, en allemaal opgezet om de naziwapenindustrie draaiende te houden. Samen vormden ze een complexe puzzel van stukken leven en dood die alleen de historici van latere generaties op de juiste wijze zouden weten op te lossen. Zo op het oog waren het immers geen vernietigingskampen, hier steeg geen zoete geur op uit crematoria, hier werd geen selectie toegepast: links of rechts, het massagraf in of het leven. Je mocht hier ook een natuurlijke dood sterven. En ondanks het zware werk, de strenge discipline en de wreedheid van de bewakers, die in Letland en Estland waren geronseld, stond 'illusie' dagelijks op het geestelijke menu en was 'doen alsof' de belangrijkste spelregel: alsof het hier niet kon gebeuren.

Was ik blind? Doof voor de waarheid? Kennelijk kun je pas na verloop van tijd inzien dat het vermogen om weg te lopen voor ongewenste ervaringen, om een bedreigende realiteit te ontkennen, een noodzakelijk overlevingsmechanisme was. Ook ik heb geprobeerd mijn oorlogservaringen te verdringen. Elke herinnering die te kwellend was, die pijn deed, die mijn weerstand dreigde te ondermijnen, veranderde vanzelf in een witte vlek in mijn geheugen. Alleen het gezicht van mijn stervende vader heb ik niet uit mijn hoofd kunnen zetten. Ik heb het altijd in mij gedragen. Een steen op mijn hart. Een steek in mijn hart.

Er was nog volop daglicht toen ik terugkwam van de staalfabriek. Als vijftienjarige was ik de jongste onder de arbeiders die de siemens-martinovens bedienden. Die ovens waren verouderd, net als de hele fabriek. Deze was eind vorige eeuw opgezet door Salomon Frenkel, een joodse financier die in de industriële revolutie geloofde. In de jaren dertig was het bedrijf door de nieuwe eigenaren stilgelegd omdat die geen brood zagen in het investeren in nieuwe machines. Na de nazi-inval in Polen bliezen de bezetters een warme luchtstroom door de koude schoorstenen en brachten ze de ovens weer aan de praat. Loon- en dwangarbeiders krabden de roest af van de ondergrondse-treinwagons en verwijderden wratten van versteend beton van de rails. Ze joegen de ratten weg die de verlaten fabriekshallen in bezit hadden genomen en ze namen hun posten in. Er kwamen moderne machines uit Duitsland en de fabriek werd officieel ingelijfd bij de Hermann-Göring-Werke. Onder de naam van de rijksmaarschalk werden nu weer ijzererts en schroot gesmolten om het staal te maken dat van levensbelang was voor de nazi's. Het bedrijf produceerde hulzen voor bommen en lopen voor langeafstandskanonnen. Het vuur in de siemens-martinovens brandde vierentwintig uur per dag. En wij wilden maar al te graag geloven dat zolang die fakkel brandde en wij van nut waren voor de nazi-oorlogsindustrie, wij een immuniteitsverklaring tegen de dood op zak hadden.

Die immuniteit raakte mijn vader kwijt toen hij ziek werd. Maandenlang had hij wagons vol gehard staal voor zich uit geduwd, van de gieterij naar de controlehal. De wagons kraakten bij iedere bocht en ontspoorden om de haverklap. Steeds als dat gebeurde, sloegen de Duitse opzichters de gevangenen met ijzeren staven en joegen hen op om de wagon weer op de rails te zetten en door te gaan. Zo'n wagon woog minstens een halve ton. Ook al waren de opzichters misschien geen geboren sadisten, onder de omstandigheden stak hun verborgen wreedheid de kop op. Ze leken bezeten van efficiency en productiviteit; misschien waren ze bang dat de allerkleinste vertraging de oorlog in hun nadeel zou beslissen. Ze wisten maar al te goed dat een nederlaag het einde zou betekenen van de nazidroom waarin elke zuivere Ariër een Volkswagen ten deel viel.

Ik zag mijn vader steeds zwakker worden. Soms struikelde hij en viel neer ook zonder dat hij klappen op zijn rug had gekregen. 'Hou op met roken,' wees ik hem steeds weer terecht. Ik wist dat hij het stukje brood dat we iedere ochtend kregen stiekem voor sigarettenpeuken ruilde, of voor een plukje tabak van slechte kwaliteit. Misschien zei ik dat ook niet alleen maar uit oprechte bezorgdheid om zijn verslechterende toestand. Misschien was ik onbewust kwaad op hem: als hij zijn brood niet at, waarom gaf hij het dan niet aan zijn zoon? Ik geneerde me als hij met een halfschuldige glimlach uitlegde dat nicotine een levensbehoefte voor hem was, dat hij er niet buiten kon. Niet zijn nerveuze rookverslaving vond ik gênant, noch mijn eigen boosheid om zijn brood dat me uit de mond was genomen, maar het feit dat hij zich verplicht voelde verantwoording af te leggen. Terugblikkend op die gebeurtenissen denk ik dat dit de laatste nagel was aan de doodkist van zijn vaderlijk gezag. Mentaal was ik al lang voor zijn dood aan mijn lot overgelaten. Ik wist zelf niet hoe en wanneer dat gebeurd was, maar op een gegeven moment had ik me aan zijn gezag onttrokken en aan de god van de overleving onderworpen.

De echte reden voor mijn vaders achteruitgang heb ik te laat ontdekt.

Nou, te laat... Een idiote gedachte. Wat had ik gedaan als ik het eerder had geweten? Helpen kon ik hem niet. Had ik dan met hem meegeleefd? Ook dat is nog maar de vraag. Een klinisch psycholoog zou in mijn geval wellicht spreken van een flink incasseringsvermogen. Sinds het uitbreken van de oorlog verschool mijn hart zich onder een steeds dikker wordende laag ongevoeligheid. Mensenleed was zo alledaags geworden dat je het van je af moest zetten, wilde je niet het gevaar lopen door je gevoelens de vernieling in te worden gesleurd. De weg naar bevrijding uit de klauwen van destructieve melancholie was bezaaid met de lijken van edele zielen.

Er brak een epidemie van vlektyfus uit die bijna net zo verwoestend was als de epidemieën die Europa in de Middeleeuwen hadden ontvolkt. Op antisemitische aanplakbiljetten die ik op straat had gezien voordat ik opgepakt was, waren de joden altijd afgeschilderd als de dragers van ziektekiemen. Nu kregen de nazipropagandisten gelijk. Ik weet niet wanneer en hoe mijn vader besmet was geraakt. Zolang hij zich op de been kon houden, hield hij zijn ziekte ook voor mij geheim. Misschien wilde hij zelf geloven dat het een tijdelijke inzinking was, dat hij het lot om de tuin kon leiden als hij de waarheid maar bleef ontkennen. Tot de dag dat zijn benen het tijdens het ochtendappèl begaven. Ik probeerde hem nog overeind te houden. De gevangene die links van hem stond, deed alsof hij niets merkte. Niemand wilde vergeefs energie verspillen. Het was als regel beter om afstand te nemen van mensen wie het niet zo goed meer ging. Mijn vaders hand gleed af van de schouder die ik hem had geboden, zijn lichaam klapte dubbel. Het had geen zin meer om zich groot te houden. Hij zeeg geruisloos neer, als een zak vol watten. Spontaan, onnadenkend boog ik voorover om hem omhoog te trekken, terug in de rij. Maar ik deed het niet. Zonder hem ook maar aan te raken richtte ik me weer op en keek recht in de ogen van de officier die het appèl hield. Als ervaren gevangene wist je dat je je niet moest associëren met mensen die niet meer te helpen waren. Ook pech was een besmettelijke ziekte.

De Kapo die ons aan het tellen was, stopte heel even. De Duitse officier die met hem meeliep, deed een stap naar achteren en brulde: 'Dat ontbrak er nog aan. Naar het hospitaal, meteen!'

Twee gevangenen die daarmee belast waren, pakten mijn vader bij zijn slappe armen en trokken hem weg. Was hij nog bij bewustzijn? Wist hij wat er met hem gebeurde? Dat vroeg ik me toen niet af. Ik zag zijn benen over het zand slepen, ik zag ze sporen achterlaten, eerst duidelijk, dan steeds vager. Ik wilde niet kijken, misschien begreep ik onbewust dat ik dat beeld nooit meer van me af zou kunnen zetten, maar ik was als gehypnotiseerd, ik had geen controle over mijn ogen: ze volgden mijn vaders schoenen alsof ze aan zijn schoenzolen kleefden. De Kapo wachtte heel even. Zodra mijn vader achter een barak verdwenen was, ging hij door met het indelen van de gevangenen in ploegen. Er stortte elke dag wel iemand in. Het was een terugkerend tafereel dat nauwelijks meer de aandacht trok. Vijf minuten later liep ik al zoals gewoonlijk met de anderen in colonne over de zandweg die van het kamp boven op de heuvel naar het bedrijf in de stad beneden voerde.

Op de deur van een van de barakken hing het bord 'Revier'. Het was een barak zoals alle andere barakken: houten muren en een dak van gegalvaniseerd blik. Nog nooit had een arts, joods of niet-joods, daar een voet binnen gezet. Het was mij een raadsel waarom dit een hospitaal heette. Er werkten gevangenen die zich voor verpleger uitgaven om aan het zwaardere werk te ontkomen. Hun taak bestond uitsluitend uit het wegvoeren van de lijken naar een plek ergens op een achterplaats. Bij het ochtendappèl werden zowel de doden als de levenden zorgvuldig geteld. Pas nadat geconstateerd was dat het aantal getelden overeenkwam met het aantal namen op de officiële lijsten, gaf de dienstdoende SS-officier toestemming om de lijken op een vrachtwagen te laden en naar een massagraf aan de rand van de stad weg te voeren. Ik heb nooit gevraagd waar dat graf lag, ik heb het nooit willen weten.

Ik maakte er een gewoonte van om elke dag direct na terugkeer in het kamp bij mijn vader langs te gaan. De dagdienst duurde tot zes uur 's avonds. Het tellen van de gevangenen daarna kostte nog eens een uur. Je moest je enorm inspannen om na zo'n werkdag de heuvel op te klimmen en onder het wakend oog van de bewakers de poort door te komen. We werden regelmatig gefouilleerd, om te kijken of we geen voedsel naar binnen smokkelden. Wie daarop betrapt werd, werd ter plaatse doodgeschoten. Eenmaal in het kamp waren we echter weer 'vrij'. Mijn eerste gedachte was dan: eerst uitrusten, de aderen in mijn benen laten leegstromen van het lood dat de verschrikkelijke vermoeidheid erin had gegoten. Maar als ik eerst was gaan liggen om uit te rusten, had ik het waarschijnlijk niet meer kunnen opbrengen om me nog naar het 'hospitaal' voort te slepen. Sterkere mannen dan ik zwichtten voor de lange, afmattende werkdagen. De temperatuur in de siemens-martinovens liep op tot zestienhonderd graden en elke keer als ze opengingen om hun versmolten inhoud uit te spuwen, sloeg een wolk gifgassen je in het gezicht. Jaren later zou ik *Huis clos* van Sartre lezen. Daarin wordt gezegd: 'De hel, dat zijn de anderen.' De diepe waarheid die in deze uitspraak besloten ligt, is mijn motto geworden, maar in de staalfabriek in Starachowice was ook de dagelijkse realiteit een martelende hel. Ik voelde de gloeiende hitte van die hel als ik voor de deur van de ziekenbarak stond. Die deur was altijd dicht. Ik legde mijn hand op de knop, maar ik wachtte even voordat ik erop drukte, stelde het moment onbedoeld uit. Niet uit vermoeidheid, maar uit onzekerheid. Met het openen van de deur stapte je in een plaats waar leven en dood bij elkaar kwamen, waar geen ruimte meer was voor zelfbedrog.

Het duurde even voordat mijn ogen gewend waren aan het donker. De luiken waren gesloten, dichtgespijkerd, om niemand in de verleiding te brengen het zonlicht binnen te laten. In het flauwe licht van een peertje dat met een snoer aan een dakbalk hing, zagen de zieken eruit als wassen beelden. Sommigen waren nog wel in staat om zich te ontluizen; de meesten lagen roerloos. De dood sloop liever traag, ongezien voort, onder dekking van het donker, in het schemerlicht dat het laatste afscheid aan het zicht onttrok.

Mijn vader lag achter in de rij houten britsen. Ik liep langs de andere zieken zonder hun ook maar een flard van een gedachte te schenken. Ik had geen enkel gevoel van lotsverbondenheid. Zij lagen als het ware in de wachtkamer van het hiernamaals; ik klampte me vast aan deze wereld. Er hing een zure urinelucht in de barak, en de scherpe geur van ontsmettingsmiddelen. Iemand stak zijn hand naar me uit, een onbegrijpelijk gerochel kwam uit zijn droge keel. Misschien had hij dorst en vroeg hij om een glas water. Ik deed alsof ik hem niet zag en niet hoorde. Niet omdat ik bang was om besmet te worden, maar omdat ik doodsbang was voor elk contact, elke relatie met deze mensen. Alsof ze me hun duistere, verloren wereld in konden trekken.

'Papa, ik ben er,' fluisterde ik.

Hij reageerde niet, maar ik liet me niet misleiden door zijn zwijgen. Aan de lichte trilling van zijn droge, gebarsten lippen wist ik dat hij me gehoord had. Zijn hoofd lag ongemakkelijk achterover op de stromatras, zijn adamsappel vooruitgestoken, zijn mond halfopen. Zijn magere handen maakten steeds weer een vuist, misschien zeiden ze iets wat ik niet verstond. Denkend aan de man die ik genegeerd had, vroeg ik: 'Heb je dorst, papa?'

Hij gaf geen antwoord, hij gaf geen enkel teken.

'Papa, hoor je me?'

Ik boog me over hem, niet om te luisteren of zijn hart nog klopte, maar om de luizen die zich tussen zijn oogharen hadden genesteld voorzichtig plat te drukken. De meeste zieken bewogen niet; sommige lagen in een vreemde houding, alsof ze tijdens een aanval van epilepsie gemummificeerd waren. Alleen de luizen waren gezond, alleen die bewogen nog. Even flitste een krankzinnige gedachte door mijn hoofd: Wat gebeurt er met de luizen als het lichaam waarmee ze zich voeden koud wordt? Sterven zij met het lichaam, of trekken ze verder naar de volgende brits, op zoek naar de warmte die het eeuwige voortbestaan van deze parasieten garandeert? Ik pakte de luizen een voor een op en bestudeerde ze zorgvuldig voordat ik ze tussen mijn duimnagels platdrukte. Ze knapten met het doffe geluid van een klappertjespistool. Na enkele minuten waren zijn wimpers schoon; lichtjes raakte ik zijn oogleden aan.

'Papa, doe je ogen eens open,' verzocht ik hem.

Heeft hij me herkend? Ik wilde zo graag dat hij het zou weten. Maar wat moest hij weten? Dat ik me hield aan het gebod om mijn vader te eren? Dat ik hem niet in de steek liet, en dat in een tijd dat het de gewoonste zaak van de wereld was om je allerdierbaarsten in de steek te laten? Ach, wat een flauwekul, dit gewetensonderzoek! Ik zag toch dat hij buiten bewustzijn was, in een toestand waarin geen fysiek leed bestond en geen besef van de buitenwereld, alleen maar flitsen van een doelloos bestaan, als de vlam van een dovende kaars die geen licht meer verspreidt: je hoeft hem met je vingertoppen maar aan te raken of hij gaat al uit. En als je in mijn hart keek, ging het mij niet om mijn vaders herkenning. Ik was er alleen maar op uit de waarheid te verdoezelen. Onder zijn luizige stromatras had mijn vader namelijk een half brood verstopt. Hij had nog niet gegeten, en ik had honger.

'Papa?' fluisterde ik. 'Papa, heb je...'

Ik wilde vragen of hij iets nodig had, maar ik besefte meteen hoe belachelijk die vraag was. Ik had zo zachtjes gepraat dat ik mezelf nauwelijks kon horen. Had ik dat bewust gedaan, in de hoop dat hij niet zou reageren? Want wat had ik gedaan als hij me gevraagd had om hem uit zijn lijden te verlossen? Hoe het ook zij, uitgerekend nu bewoog hij zijn vingers, probeerde iets aan te duiden, al weet ik niet wat. De hand die ik al uitgestoken had om het halve brood te pakken, bevroor in de lucht. Ik zat op de rand van zijn brits en wachtte geduldig tot hij zou sterven, zodat ik het brood met een schoon geweten zou kunnen pakken.

Zeven dagen lang volgde ik de verachtelijke methoden van de engel des doods. Ik zag hoe die schurk listig, stap voor stap, bezit nam van een mensenleven: eerst de kleur uit de wangen wissen, dan het voorhoofd met koud zweet bedekken, de ledematen met vermoeidheid vullen, koortsrillingen door het lichaam jagen en tot slot het denkvermogen verlammen. Een meester in zijn vak. Ik heb er wat jaartjes kampervaring op zitten. Ik ben de plotselinge dood vaak tegengekomen. Ik was erbij toen Wilhelm Kunde, officier bij de bijzondere ss-eenheden, mijn moeder de schedel insloeg met de kolf van zijn pistool. Het heeft me ruim veertig jaar gekost om hem in de beklaagdenbank in het Duitse Kiel te krijgen. Ik heb nazi's op mensen zien schieten alsof het schietschijven waren. Ik heb Kapo's gezien die gevangenen met een knuppel doodsloegen of met een hooivork doodstaken. Ik heb wanhopige mensen gezien die met een sprong op de hoogspanningsdraden eindelijk uit hun lijden werden verlost door elektrocutie. De plotselinge dood hoorde thuis in de wereld die voor ons gecreëerd was binnen de vakjes van tijdelijk leven, ons door de nazi's toebedeeld. Wat eerst schokkend was, werd algauw routine. Voor mij was juist het trage sterven, deze intieme aanraking met de doodsstrijd, duizendmaal angstwekkender. Het sterven van mijn vader was een gebeurtenis in de tijd; je kon er niet omheen.

Alleen had ik me op die laatste momenten van zijn leven uitsluitend op dat halve brood gericht. Ik was bang dat het zou verkruimelen voordat mijn vader de geest gaf, dat de ratten me voor zouden zijn, of dat een van de verplegers de verborgen schat zou ontdekken en me daarvan zou beroven. Net op dat moment kwam een verpleger binnen en zei dat ik weg moest. De klok boven de deur wees kwart voor acht; over een kwartier zou de avondklok ingaan. Ik legde mijn hand op de hand van mijn vader. 'Ik kom morgenavond terug,' beloofde ik. Het drong niet tot hem door. Dat deed er niet toe, ik had het toch alleen maar gezegd om mezelf een verplichting op te leggen. De verpleger sloeg de deur achter me dicht. Buiten haastten de laatste gevangenen zich naar de woonbarakken. De bewakers waren al bezig hun honden uit het hondenhok bij de poort te halen. Elke avond weer hetzelfde geblaf, in staccato, het geblaf van beesten die genoeg te eten krijgen en toch nog op jacht willen. De volgende avond zei de verpleger die bij de deur van het 'hospitaal' lag te dutten dat mijn vader zijn ziel teruggegeven had aan zijn Schepper.

'Waar heb je het over?' zei ik. 'Er zijn geen zielen, en God bestaat ook niet.'

De man haalde ongeïnteresseerd zijn schouders op. Hij voelde niets voor filosofische gesprekken. 'Opgehoepeld,' joeg hij me weg. Maar ik wilde per se naar binnen. Op de laatste brits in de rij lag al een andere tyfuspatiënt op zijn dood te wachten. Verontwaardigd verliet ik de barak, boos dat er geen vader meer was en geen half brood. En misschien was ik ook boos omdat de dag waarop mijn vaders lijk in een gat in de grond was gekieperd, ook de dag was waarop de navelstreng werd doorgeknipt die me met mijn kinderjaren verbond. Met hem stierf ook de wereld waarin ik niet verantwoordelijk hoefde te zijn voor mijn eigen lot.

2

Die wereld zonder verantwoordelijkheden had zijn eigen kleuren en geuren. In de tuin van het huis waar we tot het uitbreken van de Tweede Wereldoorlog hadden gewoond, groeiden twee wijdvertakte seringen, de een wit en de andere lila. Hoewel ze in de schaduw van reusachtige kastanjebomen stonden, groeiden ze en namen bijna de hele tuin in beslag. In mei en juni, als ze in volle bloei stonden, sliep ik met het raam open, dronken van de zoete geur van hun bloesem. Er zijn intussen vijftig jaar voorbijgegaan. Ik ben er na de oorlog weer geweest. Ik zag het huis in zijn sombere ouderdom, verwaarloosd als een bejaarde die niemand meer heeft. Ik zag het raam van mijn kamer aan roestige, verbogen scharnieren hangen, halfopen, als een vleugel van een gewonde vogel. Ik zag de stompen van de omgehakte kastanjes, de seringen die uitgerukt waren en er verdord bij lagen. En toch is er tot de dag van vandaag niets verloren gegaan, want nog steeds als ik de zoete geur van seringen ruik, komen de vergeten beelden weer naar boven, beelden van het verleden van het verleden.

Ik weet niet waarom mijn ouders zich juist in Bielsko hadden gevestigd. Deze textielstad lag in het zuiden van Silezië, een streek waar de Duitse en Poolse cultuur met elkaar in aanraking en in botsing kwamen. Milieuwetten waren in die tijd nog niet in de mode, maar de spinnerijen en veredelingsbedrijven lagen in de buitenwijken en de stad, aan de voet van de Beskiden, kende de vloek van luchtvervuiling niet. Anders dan het nabijgelegen Tatragebergte prikten deze bergen de hemel niet met puntige granietrotsen maar liepen glooiend af naar de dalen, groen in de zomer en wit in de winter, en schonken ze de stad een ontspannen sfeer. Als vanzelfsprekend ging je ervan uit dat de schoonheid en de rust nooit verstoord zouden worden. In die omgeving, het mooiste decor voor een gelukkige kindertijd, ben ik geboren en heb ik mijn eerste levensjaren doorgebracht.

Ons huis zag er niet anders uit dan alle andere huizen in de wijk. Onder invloed van de welgestelde bourgeoisie is in Bielsko aan het begin van deze eeuw de Oostenrijkse Sezessionstijl geïntroduceerd, die rijk was aan versieringen maar arm aan architectonisch inzichten. De gebouwen moesten uiting geven aan de materiële kracht, niet aan de geestelijke inhoud van die periode. Haar officiële status had de stad verkregen in de tweede helft van de achttiende eeuw, toen Józef Alexander Sułkowski, een gunsteling van de Poolse koning August III, het hertogdom Bielsko verwierf en er weer een adellijke titel bij kreeg. De echte opbloei kwam echter pas later, toen de stad het centrum van de wolindustrie werd. Met het toestromen van Duits en joods kapitaal ontwikkelde Bielsko zich in hoog tempo en werd tot een van de meest welvarende steden van Polen.

De leden van het adelshuis, die het mondaine leven verkozen boven een provinciaal bestaan, verspeelden hun fortuin in Parijs en in de vakantieoorden aan de blauwe Rivièra en raakten geleidelijk aan aan lager wal. Zoals de meeste lieden van adel konden ze moeilijk wennen aan de moderne, geïndustrialiseerde wereld. Toen de banden met het Oostenrijks-Hongaarse rijk na de Eerste Wereldoorlog verbroken werden, was Bielsko al een beroemde stad. Het adelshuis Sułkowski bezat in die tijd nog zo'n tweehonderd hectare groen in het centrum. Begin jaren dertig verkochten de nazaten van Sułkowski de grond aan een aannemersgroep. Op de grasvelden waar ik onder het wakende oog van mijn Duitse kinderjuffrouw Hilde Baron had gespeeld, werden nu de fundamenten gelegd voor een nieuwe woonwijk. Al snel verrezen hier witte woonhuizen. In de volksmond heette de nieuwe wijk Tel Aviv, misschien omdat de huizen in Bauhausstijl waren gebouwd, misschien ook omdat de meeste luxewoningen bewoond werden door rijke joden. Veel kennissen van mijn ouders die graag op een chic adres wilden wonen, verhuisden daarheen. Zo niet mijn vader. Hij bleef liever in het grijze, karakterloze huis waarin ik in januari 1928 geboren ben, in de strengste winter sinds het begin van de eeuw, een winter waarin duizenden daklozen aan de kou overleden. Toen ik later als volwassen man de Nationalgalerie in Berlijn bezocht, kwam ik erachter dat George Grosz in diezelfde tijd zijn 'Stützen der Gesellschaft' (Steunpilaren van de samenleving) had geschilderd. Ik schrok bij het zien van de verwrongen, bedreigende gezichten van de oorlogszuchtige generaals, de corrupte rechters en politici, de leugenachtige journalisten uit die tijd. Het schilderij had iets profetisch. Maar in de tijd dat het gemaakt werd, leefde ik, vastgeklampt aan mijn moeders borst, in een warme, veilige wereld.

Bijna alle kamers van onze woning op de tweede verdieping lagen aan de voorkant. In de rookkamer, met zijn fauteuils, verrijdbare bar en boekenkast van Kaukasisch notenhout, ontving mijn vader zijn gasten. Ik vond het heerlijk om daar naar binnen te sluipen, op een stoel te klimmen en in de boeken van de bovenste plank te bladeren, allemaal gebonden, deftig maar versleten, een teken dat ze niet alleen voor de sier waren. De slaapkamer van mijn ouders, met zijn meubels van rozenhout, was de allerlichtste. Een met de hand gemaakt folkloristisch kleed lag over de sofa en reikte tot aan de glimmende parketvloer. Het gaf de kamer iets warms en intiems, in opvallende tegenstelling tot de ongezellige, donkere salon waar zware brokaten gordijnen het zonlicht buitensloten. Zelfs de Perzische tapijten die mijn moeder verzamelde, en waar ze zodanig op gesteld was dat ze die niet achter wilde laten om voor de nazi's te vluchten, zelfs die tapijten hadden geen effect op de stijfheid van die kamer, de trots van mijn ouders en het symbool van hun maatschappelijke status. Als kind vroeg ik me weleens af hoe de ballerina's van Rosenthalporselein zich in die kamer voelden, eeuwig dansend achter de glazen deuren van een hoekvitrine. Tegen de muur stond een gigantisch buffet van mahoniehout, volgepropt met damasten tafelkleden, fijn Chinees porselein en Weens bestek van puur zilver. 'Doodkist' noemde ik het in mijn hart. Midden in de salon stond, als een zwarte paddestoel, een eettafel voor twaalf personen. Ten minste één keer in de maand zaten mijn vaders belangrijkste klanten hier aan een zakendiner. Tot negen uur 's avond mocht ik, deftig gekleed in pak en das, naast deze voorname lieden zitten, en wel vooral om mijn moeder de gelegenheid te geven om op te scheppen over mijn tafelmanieren, mijn Europese opvoeding en mijn kennis van literatuur en actuele zaken. Alleen lukte het me niet altijd om het kleine duiveltje in me te beteugelen en het gebeurde wel eens dat ik, koppig en verwend als ik was, de ergernis van mijn ouders wekte. Dan keek mijn vader me met een onheilspellende blik aan en stak zijn hand uit naar de bel: een sprookjeskabouter die onder een antieke albasten lamp aan een koord hing en boven de tafel bengelde. Mijn vader drukte op de kop van het gehoorzame kaboutertje, en daar kwam al de dienstmeid Paula uit de keuken.

'Breng hem naar zijn kamer,' zei hij dan met een streng gezicht. Paula gaf me een hand en ik ging mee, zo op het oog een kind dat een standje heeft gekregen, maar vanbinnen verkneukeld.

Paula en ik waren de enigen die het geurige uitzicht vanuit de achterramen kenden. Paula sliep in een hokje achter de badkamer. Ze was een forse, leeftijdloze vrouw met een breed achterwerk en een lijf zo stevig als de beelden van Maillol. Voor mij was deze telg van een Duitse boerenfamilie die al eeuwen in Silezië woonde het fundament waarop het gezinsleven rustte. Zij was er al voordat ik geboren werd, en zij bleef ook achter toen de oorlogswinden ons wegvoerden. Ik zie haar nog steeds voor me, roerloos staand in de deuropening, in de ingang die uitgang was geworden. Ik hoor haar zeggen dat ze op ons zou blijven wachten, ook al duurde het een heel jaar. Mijn vader lachte, zwaaide haar toe en beloofde dat we nog voor het najaar terug zouden zijn.

Toen ik geboren werd, gaf mijn vader zijn werkkamer thuis op en verhuisde naar een kantoorgebouw in de zakenwijk van de stad. Het ging hem voor de wind. De stad was in volle ontwikkeling en de groeiende industrie had behoefte aan juristen die gespecialiseerd waren in ondernemings- en bankrecht. Het kantoor breidde zich uit en er werden veel stagiairs aangenomen. Zoals Paula thuis, was juffrouw Mila op kantoor onmisbaar geworden. Zij ontving de klanten en bracht hen naar de wachtkamer. In haar zeldzame vrije momenten draaide ze met een speciaal apparaat de tachtig sigaretten van Turkse tabak die mijn vader per dag rookte. De gewone klanten werden geholpen door de stagiairs. Alleen de allerbelangrijksten werden door mijn vader zelf ontvangen op zijn eigen kamer, waar ze in oude leren fauteuils mochten zitten. Oude dingen hadden een meerwaarde omdat ze een teken van stabiliteit, continuïteit en degelijkheid waren. Ik kwam niet graag op dat kantoor, misschien wel omdat mijn vader daar de tijd en het geduld niet had die ik opeiste. In zijn heilige der heiligen waren de luiken van de Palladiaanse ramen altijd half gesloten. Het schemerdonker verleende de kamer een mysterieuze grandeur, vooral als mijn vader daar bij het licht van een tafellamp met groene kap met zijn gasten zat te fluisteren, rokend en bladerend in documenten die uit de kluis waren gehaald. Ook de kluis, een grote stalen kast, was heel oud. Ik begreep niet waarom mijn vader zo'n behoefte had aan spullen die ons met het verleden verbonden. Zelf voelde ik me juist aangetrokken tot het nieuwe, lichte, kleurrijke. Het lila van de seringen was mijn kleur. Maar de werkkamer die mijn vader voor mij ontruimd had, en die zelfs mijn ouders nooit 'kinderkamer' noemden, was verre van vrolijk. Een wit bed was het enige nieuwe meubelstuk naast het bureau, dat grote schip dat vanuit een donkere hoek de kamer in voer, en de boekenkast van zwart eikenhout, een soort kruising tussen biedermeier en art nouveau. Op de planken waar vroeger ordners en wetboeken hadden gestaan, waren nu tinnen soldaten gestationeerd. Ik was tot mijn elfde dol op oorlogen en had nooit medelijden met de doden. In de speelgoedwinkel wachtten talloze reservesoldaten op mijn oproep.

Mijn moeder schreef me niet alleen Europese manieren toe, maar ook muzikale gaven. Als vrouw van de wereld vond ze het ondenkbaar dat een joods kind van goeden huize geen piano zou spelen. Ze trok zich niets aan van mijn smeekbeden, noch van mijn verklaringen dat ik geen muzikaal gehoor had en dat ik dat aangeboren mankement waarschijnlijk van haar had geërfd. 'Waar een wil is, is een weg,' stelde ze vast, en op mijn zevende verjaardag kreeg ik een piano cadeau. Die stond in mijn kamer, zwart en vleugellam, een vijandig beest dat me met zijn slagtanden bedreigde en dat mijn vrije tijd wilde opslokken. Gelukkig verklaarde mevrouw Mozart (zo noemde ik mijn pianolerares) na een paar lessen al dat ik het verschil tussen ges en cis niet kon horen en kwam er zodoende een einde aan die kwelling. De piano werd geschonken aan de Maccabi-club waar ik met mijn klasgenoten twee keer in de week met veel plezier op zijn klanken gymnastiek deed.

Ik was nog geen zeven toen Hilde Baron, die iedereen Kindermädchen noemde, alsof ze geen eigen naam had, ontslagen werd. In 1934 schreven mijn ouders me in op de lagere school van de plaatselijke joodse gemeente. Zelf wist ik niets van de joodse gemeente, hoewel die zeer actief was en haar stempel op het leven in Bielsko drukte. Jarenlang zwaaiden de zionisten er de scepter, maar voor mij was het zionisme een abstract begrip dat niets te maken had met ons dagelijks leven. Pas na de Tweede Wereldoorlog zou ik horen van de culturele strijd die tussen de zionisten en de orthodoxen had gewoed; die ging onder andere over de grote synagoge, die zowel een vrouwengalerij had als een orgel*. Ik was dan ook verbijsterd toen ik, minstens tien jaar te laat, vernam dat onze buren orthodox waren geweest. De meeste orthodoxe joden woonden in Biała, aan de zuidkant van de rivier de Bialka, die dwars door de stad stroomde. Het was een vrijwillig gekozen getto, een ver gelegen wereld, een eigen, ontoegankelijk grondgebied, afgesloten voor niet-gelovige kinderen. De eerste jood met baard en slaaplokken kwam ik pas veel later tegen: toen we naar het oosten vluchtten, naar streken die ik als stadskind uitsluitend uit de verhalen van Sjolem Aleichem kende. Ik had geen idee dat onze huisbaas een telg was van de familie Rappaport, waartoe ook de beroemde chassidische rabbi Isaac Meïr uit Gur behoorde. De Rappaports kwamen uit Łódź, waar ze veel weverijen hadden bezeten voordat ze door de Russische autoriteiten werden verdreven en zich in 1880 in Biała vestigden; een natuurlijke keuze, gezien de florerende textielindustrie in dit gebied. De mannen uit de familie Rappaport trouwden met dochters van beroemde rabbijnen, de familie vergaarde veel materiële rijkdommen maar hield zich aan de joodse leer. Maar ondanks het feit dat ze bekend waren, had ik hun naam nooit gehoord. Ons scheidde niet alleen een kleine rivier van elkaar, maar een culturele kloof die ik met alle nieuwsgierigheid van de wereld nooit had kunnen overbruggen.

Op mijn school zaten ongeveer vijfhonderd kinderen uit welgestelde families. Mijn vader weigerde mij naar de openbare

* De noten staan op blz. 478.

school te sturen, waarschijnlijk omdat hij me de confrontatie met Poolse en Duitse leeftijdgenootjes wilde besparen. Onze school heette de Israëlitische Kraszewski-school. Jozéf Kraszewski was een van de negentiende-eeuwse intellectuelen die verbroedering tussen Polen en joden bepleitten. Als journalist ventileerde hij zijn ideeën in het dagblad *Gazeta codzienna*, uitgegeven door de rijke jood Leopold Kronenberg. Zoals het een onderwijsinstelling betaamt die genoemd is naar een Poolse schrijver, journalist en historicus, was Pools de voertaal op onze school. Vanaf de vierde klas kregen we ook Hebreeuws en bijbelles: een lippendienst van de joodse intelligentsia aan de joodse traditie. Mijn vader zocht de gulden middenweg tussen de twee, of eigenlijk drie culturen: de Poolse, Duitse en joodse. Hij paste in dat opzicht in zijn sociale milieu, waar het joods-zijn niet gezien werd als tegenstrijdig met nationale en algemeen Europese waarden. Hij heeft me dan ook van jongs af aan geleerd om het beste van deze werelden te genieten. Op mijn tiende las ik joodse en Poolse literatuur, ik las Emil Ludwigs biografieën van Bismarck en Napoleon nog voordat ik de avonturenboeken van Karl May ter hand nam, en *Sergeant Grischa* van Arnold Zweig kende ik al lang voordat de 'grote oorlog van de blanke mannen' voor mij een realiteit werd.

En heb ik al verteld van mijn paardrijles? God, wat heb ik mijn vaders voorliefde voor de cavalerie vervloekt, vooral als ik weer uit het zadel viel. Twee keer in de week moest ik opdraaien voor zijn heimwee naar zijn diensttijd in het leger van Józef Piłsudski, op paarden die mij wild leken, maar die waarschijnlijk niet alleen gedresseerd waren, maar ook moe van de saaie routinetraining. De directeur van de rijschool was een Poolse officier in ruste die zijn werk deed alsof het een heilige missie was. Bij de ingang van de stallen hing een portret van de overleden maarschalk in een blauw uniform, gezeten op een paard, het hoofd opgeheven. Dat alleen al was voor mijn vader reden genoeg om de directeur met eerbied te bejegenen. Hij was immers zijn hele leven al een grote bewonderaar van Piłsudski, een van de stichters van de Poolse onafhankelijkheid. Toen de oude maarschalk in mei 1935 overleed, verzonk ons huis in diepe rouw. Zijn kist zou van Warschau met een speciale trein worden gebracht naar Kraków, de oude hoofdstad van Polen, waar de meeste Poolse koningen begraven liggen. Mijn ouders huurden een balkon in een hoog gebouw waar de begrafenisstoet langs zou komen, om de maarschalk te kunnen volgen op zijn laatste tocht, naar zijn graftombe in de kathedraal van het Wawelkasteel. De verontwaardiging in adellijke kringen over het besluit om Piłsudski naast de Poolse koningen te begraven ging geheel aan me voorbij, evenals de successieoorlog die in het paleis Belweder in Warschau was uitgebroken. Mijn vader, zo hij al op de hoogte was, repte daar met geen woord over. Hij heeft me ook nooit laten merken hoe bezorgd hij was toen het ene na de andere burgerrecht opgeheven werd en het nieuwe regime het opwellend antisemitisme niets in de weg legde. Ik leefde in een beschermd reservaat. In mijn kleine wereldje uitten de politieke veranderingen zich daarin dat in de klaslokalen op school het portret werd opgehangen van de nieuwe legerleider, die Hitlers territoriale eisen laconiek had afgedaan met: 'We geven geen knoop terug.' Hitler had namelijk een toegangsweg naar Danzig over land geëist. Die crue uitspraak bleef Polens leus tot de val in september 1939.

Mijn vader sprak vloeiend Pools en hij stond erop dat ik naast de Duitse schrijvers ook de Poolse klassieken zou lezen. Dit weerhield hem er niet van een groot bewonderaar van Zeev Jabotinsky* te zijn, ook al vond hij dat mijn toekomst niet in het joodse leger in Palestina lag, maar in een van die Engelse Colleges die tegen een passende vergoeding bereid waren een joodse jongen uit Oost-Europa om te vormen in een gentleman met Engelse manieren.

Soms vermaak ik me met imaginaire scenario's die beginnen met: 'Stel dat...' Stel dat het allemaal gegaan was zoals mijn ouders het hadden gewild. Dan had ik me waarschijnlijk aan het levenspatroon gehouden dat ik van mijn vader zou hebben geërfd en was ik nu een conservatieve man, behoorlijk welgesteld, een fijnproever en snob, getrouwd met een vrouw van goeden huize die me met haar betamelijke bruidsschat zou hebben verzekerd van een comfortabel maar peilloos saai bestaan. Dit beeld roept geen grote sympathie in mij op voor mijn andere ik. Moet ik dan blij zijn dat het anders is gelopen? Moet ik me erbij neerleggen dat de holocaust een grote invloed op de vorming van mijn persoonlijkheid heeft gehad? Dat ik er nu door gedreven word mijn ongenezen littekens bloot te leggen? Misschien kun je deze vraag beter niet stellen, maar nu ik dat toch gedaan heb, moet ik die met een resoluut 'ja' beantwoorden.

Van jongs af aan kreeg ik te horen dat ik de beste opleiding zou genieten die er te koop was, en dat ik direct na mijn barmitswa naar een deftige kostschool in Engeland zou worden gestuurd. Nooit werd me verteld wanneer en waarom dat idee ontstaan was, noch waarom mijn ouders me liever naar Londen wilden sturen dan naar Wenen. Hoe het ook zij, het was duidelijk een meerjarenplan, want ik moest op mijn zesde al Engels leren. Ik haatte de Engelse grammatica lang voordat ik wist wat echte haat is. Dat ik toch iets heb opgepikt van de taal van het grootste rijk ter wereld, was uitsluitend te danken aan mij privéleraar. Meneer Rosenstein – ik zal nooit begrijpen wat iemand als hij te zoeken had in de Engelse cultuur – was een jood uit Buczacz en grote bewonderaar van zijn stadgenoot Czaczkes*. Soms, als ik mijn hoofd niet bij de les had, las hij me voor uit de Duitse vertaling van *Hachnassat Kalla* (Uithuwelijking van de bruid). Dat hielden we geheim; mijn vader betaalde meneer Rosenstein tenslotte geen twee złoty per uur om zijn kostbare tijd aan de boeken van Agnon te verspillen.

Ik was geloof ik tien jaar toen Zeev Jabotinsky naar Bielsko kwam. Hij hield een meeslepende toespraak over het repatriëringsplan** en veroverde op slag mijn vaders hart. Misschien stuurden mijn ouders me daarom op de eerstvolgende vakantie naar een zomerkamp van Jabotinsky's zionistische jeugdbeweging Betar. Het kamp lag in het charmante vakantieoord Szczyrk, aan de voet van de Klimczok, een van de indrukwekkendste bergen in de omgeving en onderwerp van veel liedjes waarin zijn schoonheid bezongen werd. In de zomer van 1980 ben ik teruggegaan naar die plaats. Pension Goplana, waar ik mijn eerste seksuele ervaring heb beleefd, stond er nog: een houten chalet met vreemde siertorentjes die hoog in de lucht staken, als een soort exotische minaretten. Op de begane grond, in de ruimte waar ons de beginselen van het revisionisme waren bijgebracht, werd nu aan de bar sterkedrank verkocht aan een ieder die daarom vroeg, ook al had die de wettelijk vereiste leeftijd van achttien nog niet bereikt.

Goplana is me altijd bijgebleven als het toneel van mijn intieme kennismaking met Rita, het tienjarige dochtertje van een eigenaar van een cosmeticawinkel in de stad Dziedzice. Rita trok me mee de struiken aan de oever van de rivier in en vertoonde schaamteloos het verschil tussen man en vrouw. 'Ik zal bij jou voelen en jij bij mij,' zei Rita. Ik durfde niet. Maar het waren haar woorden die ik hoorde, het was haar kleine gestalte, de bloemetjesjurk tot haar middel opgetrokken, de ondeugende blik in haar ogen die ik voor me zag toen ik voor het eerst in mijn leven masturbeerde. Ik heb haar na de oorlog nog lang gezocht, om ons kinderspel op volwassen manier af te maken, maar mijn kleine Rita was begraven onder de puinhopen van het leven dat we achter ons hadden gelaten.

Maar laten we weer teruggaan naar mijn 'kinderkamer'. Mijn huiswerk deed ik meestal op het bovendek van het bureau. Ik geloof niet dat we erg ver kwamen: het bureau had zijn enorme gewicht tegen, ik mijn laksheid. Ik zal wel tot die onuitstaanbare leerlingen hebben behoord wie alles makkelijk afgaat, en die ervan overtuigd zijn dat ze eindeloos veel meer weten dan de leraren (wat ik van mezelf nog steeds geloof). Maar het kwam in de eerste plaats door de diepe vakjes en gesloten laden die zich onder het bureaublad bevonden en mijn nieuwsgierigheid wekten. Ik aarzelde lang, ik durfde niet, maar uiteindelijk kon ik de verleiding niet weerstaan en brak ik de laden open. Verborgen in het oude meubel vond ik bundels liefdesbrieven die mijn vader aan mijn moeder had geschreven toen hij nog een cavalerieofficier was, eerst bij de artillerie van keizer Frans Jozef I, en later in het leger van maarschalk Piłsudski. Naast de brieven van mijn vader vond ik ook die van mijn moeder. De blauwe en roze enveloppen waren netjes en op chronologische volgorde gebundeld en met witte zijden lintjes vastgebonden. Zonder aarzeling, en zonder enig respect voor privacy, plukte ik de postzegels eraf en deed die in een album dat ik van een tante had gekregen. Er gingen weer twee jaar voorbij voordat ik de volgende stap zette en de brieven zelf ging lezen. Mijn moeder had een rond, leesbaar handschrift. Mijn vader liet zijn gotische letters in een perfect rechte lijn in de houding staan, een beetje zoals ik mijn tinnen soldaten iedere ochtend tijdens het appèl neerzette. Met mateloze verwondering boog ik me over die brieven. De inhoud strookte niet met het handschrift, noch met mijn vaders karakter zoals ik dat kende. Het ging mijn verstand te boven hoe de ernstigste man op aarde zulke onzin uit zijn pen had gekregen, over verlangen, over een onbeteugeld smachten naar een lichaam, over zijn droom van een leven samen. Ik begreep niet hoe het gekomen was dat mijn moeder, altijd zo gepreoccupeerd met zichzelf en met haar uiterlijk, zich in haar brieven ontpopte als iemand die grenzeloos veel kon geven. Ik sprak Pools en Duits, tegen wil en dank had ik ook Engels geleerd, maar ik was blijkbaar nog te jong om de taal der liefde te kunnen doorgronden.

Mijn vaders foto staat tegenwoordig in een messing lijst op mijn bureau. Met een naar mijn idee streng gezicht, hoog voorhoofd, dun haar en kortgeknipte snor kijkt hij me recht in de ogen. Nee, papa, bedreig me niet! Je doordringende blik heeft geen intomende invloed meer. Ik ben niet bang voor de blik van de doden. Jij geloofde vurig in orde, discipline en routine, maar die behoren allemaal tot het verleden dat de bouwstenen voor dit verhaal levert. Als je wist wat ik nu ga schrijven, zou je ongetwijfeld naar de badkamer lopen en je leren scheerriem pakken om die, zoals je zo vaak deed, op mijn achterwerk te laten neerkomen. Maar vandaag zal ik je aan je woord houden: jij hebt eens gezegd dat als God niet bestaat, alles geoorloofd is.

Het kost me veel moeite om me zijn indrukwekkende gestalte weer voor de geest te halen. Ik betwijfel het ook of ik me zijn gezicht had kunnen herinneren zonder de foto's die bewaard zijn gebleven. Alsof het samen met zijn leven is verdwenen. Wel weet ik nog dat hij een harde hand had en dat hij me die liet voelen telkens als ik me misdroeg. Mijn vader geloofde in de effectiviteit van de riem als pedagogisch instrument. En hoe vreemd het ook mag klinken, bij mij kwam de lijfstraf over als een uiting van zijn vaderliefde, een teken dat er op mij en op mijn daden gelet werd. Enerzijds werd ik nooit onterecht gestraft; anderzijds hielp huilen en smeken ook nooit. De term toegeeflijkheid stond niet in zijn lexicon. Hij hield zich, geloof ik, aan de leer die een gelijke verhouding tussen zonde en straf voorstaat. Zijn opvoedingsmethoden zouden bij moderne pedagogen ongetwijfeld verontwaardiging oproepen, maar ik ben ervan overtuigd dat ze me toen al hielpen om me de beginselen van straf en beloning eigen te maken, en dat ik in die fase van mijn jeugd een gevoel voor rechtvaardigheid heb ontwikkeld dat zelfs de nazikampen niet hebben kunnen vernietigen.

Op zondag, als alle kantoren en bedrijven gesloten waren, en als onze eeuwige Paula naar de protestantse kerk ging om haar geheime verzoeken aan God voor te leggen, bleven mijn ouders tot negen uur in bed. Dan mocht ik onder hun dekens kruipen, me lekker in mijn vaders armen nestelen en zelfs op zijn harige borst rijden. Het waren zeldzame momenten van direct contact, korte momenten van verwenning die me zeer gelukkig maakten. Men zou misschien ook kunnen denken dat ik gauw gelukkig was, maar alles hangt af van je verwachtingen. Het dure speelgoed dat mijn vader voor mij kocht, de mooie kleren die ik kreeg, het zakgeld – ik beschouwde dat alles niet als een teken van liefde, het maakte deel uit van mijn werkelijkheid. Het niet krijgen betekende een straf; dat ik het wel kreeg, was vanzelfsprekend.

Bij mooi weer mocht ik op die zondagen met mijn vader mee op zijn wandeling in de natuur. Mijn moeder bleef liever lui in bed liggen, maar mijn vader stond een 'Spartaans leven' voor en dat uitte zich in lange boswandelingen. Na het ontbijt reden we met de tram naar het eindpunt in het 'Zigeunerbos', om verder over smalle paden naar de heuveltop te klimmen, waar een herberg annex jagersrestaurant stond. In een zijkamertje kwamen mijn vader en zijn maten bij elkaar voor een paar robbertjes bridge. Het was zo'n veertig minuten lopen en de wandeling bood me de gelegenheid om met hem een gesprek aan te knopen. Luisterde hij? Had hij enige belangstelling voor mijn problemen? Ik zou het niet weten. Ik weet nog dat hij me een keer zei: 'Op jouw leeftijd moet je leren je impulsen te beheersen.' Ik zat toen in de vierde klas van de lagere school en was verliefd op Lili Karter, een mager meisje met een mooie glimlach. Het is niet uitgesloten dat mijn heftige gevoelens iets te maken hadden met het feit dat haar ouders een fietsenwinkel hadden, want ik wilde het paardrijden altijd al ruilen voor het wielrennen. Wel moet gezegd worden dat het om een pure, platonische liefde ging. Om van die liefde een tastbaar blijk te geven knipte ik de vlecht van mijn geliefde met een schaar af. En niet door een plotselinge opwelling. Er zat geen greintje spontaniteit in mijn daad, alles was van tevoren gepland: de schaar had ik van huis meegenomen en onder in mijn schooltas verstopt. Ik maakte gebruik van het feit dat Lili voor mij zat: toen ze, aandachtig luisterend naar de onderwijzeres, achteroverleunde, sloeg ik met de moed en vastberadenheid van een doortastend man toe. Alleen bleek het niet zo makkelijk om zo'n dikke vlecht door te knippen en deed ik haar kennelijk flink wat pijn. Lili barstte in tranen uit, mijn snode plan werd ontdekt en ik werd voor drie dagen van school gestuurd. Die gedwongen vakantie zou me allerminst verdriet hebben gedaan, ware het niet dat ik, door toedoen van mijn vaders scheerriem, een week lang moeilijk kon zitten. Op weg naar de heuveltop probeerde ik hem mijn motieven uit te leggen, de heftige emoties die in mijn hart woedden en de behoefte aan een uitlaatklep. Maar ongecontroleerde daden waren hem vreemd en het gesprek dat voor mij zo belangrijk was, eindigde met een afkeurende opmerking over de plicht om je driften te beheersen.

Ik vroeg me weleens af of hij ooit kwajongensstreken had uitgehaald. Is het wel mogelijk een gelukkige jeugd te hebben zonder die uitspattingen die ons helpen stoom af te blazen en een creativiteit te ontwikkelen die soms de grenzen van strakke conventies overschrijdt? Ik wist helemaal niets over zijn jeugd. Het kwam niet eens in hem op om me over zijn ouderlijk huis te vertellen, de boerderij waar hij geboren was, de scholen waarop hij gezeten had. Onze relatie had geen wortels in het verleden, en na zijn dood is van zijn verleden niets overgebleven. Ik kan me moeilijk mijn vader voorstellen als een jongetje dat een snoepwinkel met rotte eieren bekogelt, zoals wij dat bij de delicatessenwinkel van meneer Hahn in Bielsko deden.

Die winkel lag aan de Drie-Meistraat, de hoofdstraat die genoemd was naar de dag waarop de grondwet was aangenomen. Het was een van de chicste winkels van de stad. Op het bord buiten stond een haan getekend, vanwege de naam van de eigenaar. Op weg naar school verstopten we onze tassen in een portiek verderop in de straat, om later met gemak te kunnen vluchten. Daarna stapten een paar van ons kwajongens de winkel van meneer Hahn binnen, bestudeerden het snoepgoed op de toonbank alsof we grote kenners waren en wachtten tot onze vriend Eryk, de beste schutter van de klas, in de deuropening zou verschijnen en tegen de muur een ei zou gooien dat we in de grond hadden begraven totdat het vreselijk ging stinken. Meneer Hahn, een Duitser met dikke buik, kaal en klein van postuur, rende naar buiten om de 'kleiner Bandit' te pakken. Dit was het moment waarop wij gewacht hadden. Tegen de tijd dat hij, hijgend en vloekend, weer terugkwam, hadden wij onze zakken met allerlei lekkernijen gevuld en waren we ervandoor gegaan.

Ik had de moeder van Eryk nooit gezien; die had zelfmoord gepleegd toen hij nog klein was. We wisten niet wat daar de reden van was geweest, maar we wisten maar al te goed dat Eryks vader een verhouding had met Eryks kinderjuffrouw. Die was Duits, net als onze eigen Hilde Baron. Later zou ze het gezin van de nazi's redden.

Eryks vader had zaken overal in Polen en in het buitenland. Hij zat in de internationale handel, hij bezat een groot aantal distilleerderijen en hij was mede-eigenaar van een armzalig bioscoopje in een zuidelijke wijk van Bielsko waar, om met hem te spreken, 'films voor keukenmeiden en hun vrijers uit de brandweer' werden vertoond. Eryk wist altijd vrijkaartjes te bemachtigen en wij gingen minstens één keer in de week naar de bioscoop, niet per se om B-films uit Hollywood te zien, maar om met rode wangen te kijken naar stelletjes die in de laatste rijen zaten te zoenen en te knuffelen.

Ik geloof niet dat mijn vader het ooit in zijn hoofd haalde om zich aan zulke dingen te bezondigen. Ik heb hem nooit mijn moeder zien omhelzen of kussen. Volgens mij had hij in de buik van zijn moeder al zijn driften leren beheersen. Hij had een vaste dagorde, volgens een door hemzelf bepaald ritme. Paula wist dat ze precies om halfacht het ontbijt moest serveren: altijd dezelfde koffie met melk, altijd in dezelfde kop en altijd weer met hetzelfde soort broodje erbij: een bruin gebakken, knapperig bolletje dat van boven in vieren was ingesneden. Om de een of andere reden heetten die broodjes 'Kaiserbrötchen'; misschien omdat de oude Frans Jozef er graag mee ontbeet in het slot Schönbrunn in Wenen. In Bielsko werd tenslotte alles wat uit Wenen kwam, hoe lang geleden ook, gezien als de allerlaatste mode.

We ontbeten samen. Mijn vader sopte zijn broodje in de koffie en at het verlekkerd op; voor mijn moeder een onaanvaardbare gewoonte die niet paste bij de tafelmanieren van beschaafde mensen. Zijzelf nam genoegen met een paar droge beschuiten en een glas melk. Mij werd een drankje voorgezet dat Ovomaltine heette: het smaakte naar chocolademelk maar het kostte twee keer zoveel, vanwege de toegevoegde vitaminen, die 'elk kind beschermen tegen ziekte en zwakte'. Ik troostte me met de gedachte dat andere kinderen levertraan moesten drinken.

Om vijf voor acht ging mijn vader de deur uit, maar niet dan nadat hij op het nachtkastje in de slaapkamer een munt van tien złoty had neergelegd, voor het huishouden. In die tijd waren die munten nog van puur zilver en hadden ze, als ik me niet vergis, aan de ene kant het portret van maarschalk Piłsudski en aan de andere de Poolse adelaar. Om twee uur precies kwam hij weer thuis voor de lunch. Nadat hij met mijn moeder en mij had gegeten, trok hij zich terug om een uurtje te gaan slapen. In dat uur mochten zelfs de vliegen niet zoemen. Om vier uur ging hij weer naar kantoor, om zeven uur naar zijn bridgeclub en om negen uur kwam hij thuis eten; zo elke dag weer opnieuw. Zijn kostuums liet hij altijd bij dezelfde kleermaker maken, zijn vakanties bracht hij meestal door in hetzelfde hotel, in het vakantieoord Krynica, en steeds met dezelfde mensen, allen uit hetzelfde milieu. Die routine, die achteraf saai en fantasieloos lijkt, bood ongetwijfeld een gevoel van stabiliteit. Alles leek even eeuwig als de baan van de aarde om de zon. De lucht boven Europa was al lang bewolkt, in de verte donderde onweer, maar boven ons huis hing een sterrenhemel. Mijn ouders zagen het teken aan de wand niet.

Ik weet het, achteraf is het makkelijk praten. Wijzere mensen dan wij hebben zich ook vergist. Ten burele van de Reichsführer in Berlijn werden de ideeën van *Mein Kampf* vertaald in bevelen en tactische instructies, maar de leiders van – beschaafd – West-Europa hielden zich van den domme. In maart 1938 marcheerden Hitlers troepen door de straten van Wenen. Terwijl de Weense Opera zijn deuren sloot voor de decadente joodse muziek van Gustav Mahler en Béla Bartók, gingen de poorten van het concentratiekamp in de steengroeven van Mauthausen open. De Engelsen protesteerden halfhartig; de Fransen vonden geen tijd om hoe dan ook te reageren, verdiept als ze waren in de zoveelste regeringscrisis. In september offerden de mogendheden in München de Sudeten op aan een schijnvrede. Neville Chamberlain, de Britse premier die het beschamende akkoord van München had ondertekend, verklaarde met trots dat hij zijn generatie vrede had gebracht, alsof hij vergeten was dat met het eten ook de trek komt. Kort daarna, Tsjechoslowakije was al in doodsstrijd, stak het Poolse leger de rivier de Olza over en lijfde een stuk van het buurland in. De Poolse kranten schreven met patriottische hartstocht over historische gerechtigheid, en de posterijen brachten ter gelegenheid van deze gebeurtenis een speciale postzegel uit: 'De Olza keert terug in het vaderland.' Ik was een van de eersten die hem kochten. Hij bleef later in mijn kamer achter, in mijn album, naast andere herdenkingszegels die, evenals mijn tinnen soldaten, aan Paula werden toevertrouwd. Het nationale feest werd met tromgeroffel en trompetgeschal gevierd, nog geen jaar voordat Polen zelf door de nazitroepen onder de voet zou worden gelopen.

Maar laten we het paard niet achter de wagen spannen. Het was fris en regenachtig en de vallende bladeren kondigden het begin van de herfst aan toen in oktober 1938 een trein vol ballingen uit het Derde Rijk in het kleine grensstation Zbąszyń, in de provincie Poznań, op een zijspoor vast kwam te zitten. In die trein zaten duizenden joden die in Duitsland hadden gewoond, maar hun Poolse nationaliteit hadden behouden en nu door de nazi's terug naar 'het vaderland' waren gestuurd. De trein bleef staan in het niemandsland tussen de twee landen die geen van beide de passagiers wilden hebben. De dagen gingen voorbij en er kwam geen redding. Op school werden voedsel en kleding ingezameld voor de arme kinderen. Na het avondeten, bij een glaasje bessenlikeur, pakte vader het laatste nummer van het blad *Chwila* (Ogenblik), waarop hij geabonneerd was, las een artikel over de ellende van de ballingen en zei: 'Er staat hier dat die arme mensen hun laatste kostbaarheden aan de boeren in de omgeving verkopen om wat eten te kunnen kopen.'

Mijn moeder knikte meelevend. Toen zei ze ineens: 'Sieraden? Zullen we niet even naar Zbąszyń gaan?'

Mijn vader keek haar boos aan.

'Als je het geen goed idee vindt, dan niet.' Ze trok haar voorstel meteen in. En er werd niet meer over gepraat.

Aan de andere kant van Europa, in de lichtstad, las een joodse student over het lot van de ballingen. Zijn naam was Herschel Grynszpan. Zijn bejaarde ouders bleken ook in die trein te zitten. Radeloos over de onverschilligheid van de wereld besloot hij de mensheid te schokken met een wanhoopsdaad. Hij schoot Ernst vom Rath, een ondergeschikte Duitse diplomaat op de ambassade van het Derde Rijk in Parijs, neer. De nazi's reageerden op het dodelijke schot met de Kristallnacht.

3

Ongeveer een maand daarvoor, vlak na de ondertekening van het akkoord van München, had Bielsko zijn eerste pogrom gekend. Voor het eerst sinds de stad bij het Poolse koninkrijk was ingelijfd, durfden de Duitse inwoners hakenkruisvlaggen uit te hangen en om de uitzetting van de joden te roepen. Al gauw kregen ze bijval van het Poolse gepeupel. Er deden geruchten de ronde over rellen die maandag zouden uitbreken. Mijn ouders en hun kennissen besloten naar het Tsjechische Český Těšín, aan de zuidoever van de Olza, uit te wijken om er te wachten tot de storm zou overwaaien. Voor mij was het een leuk uitje. Zondagmiddag vroeg verliet een kleine colonne van vijf personenauto's de stad. Ik had gehoopt vóór in de MG-sportwagen van dr. Frenkel te mogen zitten. Dr. Frenkel, een collega van mijn vader, hield van snelle auto's en elegante vrouwen. Hij stond bekend als de enige man in Bielsko die twee keer gescheiden en drie keer getrouwd was met dezelfde vrouw. Wat hem er overigens niet van weerhield er ook nog bij te scharrelen. Zoals nu, bijvoorbeeld, want de plaats die ik begeerde, was bezet door een onbekende dame in een lichte, nauwe regenjas en met een lange zijden das. 'Isadora Duncan' noemde mijn moeder haar sarcastisch. Ik kan me haar gezicht niet meer herinneren, evenmin als de gezichten en namen van de andere deelnemers aan de reis. Soms pijnig ik mijn hersenen in een poging om vergeten mensen aan de vergetelheid te ontrukken. Als het me niet lukt ze me weer voor de geest te halen, komt er een gevoel van verlies en verdriet in me op, omdat me iets ontnomen is dat onlosmakelijk deel uitmaakte van mijn kinderjaren.

De rit duurde nog geen uur. De weg liep heuvel op en af, als de staart van een Chinese draak. Aan weerszijden lagen groene velden, in boomgaarden bogen boomtakken voor ons, zwaar met vruchten die nog niet geplukt waren. Voor de witte huisjes zaten boeren hun zondagspijp te roken en in een dorp, dat staat me nog heel goed bij, weerklonken late kerkklokken. Alleen het gebrom van de auto's verstoorde de absolute rust van die dag. Zelfs de douanebeambten bij de grens leken luier dan gewoonlijk. Niemand deed graag weekenddienst. Ze keken onverschillig in onze paspoorten en vroegen niet, zoals gebruikelijk, naar het doel van ons bezoek. Het was nog geen vier uur toen de vijf wagens voor hotel Koruna in Český Těšín stopten.

'Hoe lang blijft u bij ons?' vroeg de receptionist beleefd.

'Dat weten we nog niet,' zei dr. Frenkel. De receptionist knikte alwetend en zei met lage stem: 'U zult morgenochtend zeker naar huis willen bellen.' Zonder het antwoord af te wachten riep hij de piccolo en verzocht hem ons naar de derde verdieping te brengen, waar vijf kamers voor ons gereserveerd waren.

Op de pogrom zelf leek een zwijgtaboe te rusten. Zoals je een kwaadaardig gezwel liever niet bij de naam noemt, zo werden er ook allerlei synoniemen gebruikt voor wat er in Bielsko dreigde te gebeuren. Men sprak van 'onverantwoorde daden' en van 'ongeregeldheden', kreeg daar op een gegeven moment ook genoeg van en ging over op koetjes en kalfjes. De dames vonden het jammer dat de winkels op zondag gesloten waren en dat ze niet konden gaan winkelen. In Tsjechoslowakije, zeiden ze, waren de schoenen net zo modieus als in Wenen, maar wel goedkoper. Na een korte rust op de kamers kwamen ze aan het eind van de middag weer bij elkaar voor een kop thee in de Vier-Jaargetijdensalon op de tussenverdieping. Van vijf tot zeven speelde daar een jonge pianist met een vlinderdas werk van Vivaldi, polka's en Slavische Dansen van Dvořák, walsen van Strauss en *Eine kleine Nachtmusik* van Mozart; een repertoire dat toegesneden was op de smaak van de vaste hotelgasten. Obers in wapperend jacquet bewogen zich deskundig tussen de tafels, serveerden thee in oude zilveren theepotten en koffie in kopjes van flinterdun porselein. Ik bekeek mezelf in de grote spiegel in de lobby. Ik mocht nog geen lange broek dragen, maar ik droeg een maatkostuum van zuivere wol die, uiteraard, in Bielsko was geweven. Het blauwe getailleerde jasje voldeed aan de eisen van de allerlaatste kindermode, om het boord van mijn sneeuwwitte overhemd droeg ik een bordeauxrode das en mijn schoenen glommen als de koperen pannen in Paula's keuken.

Mijn ouders zorgden ervoor dat ik tot in de puntjes gekleed ging, alsof ook dat een bewijs was van hun maatschappelijke status. Ze wisten niet dat ik in de woning van onze conciërge, in het souterrain, een versleten broek en een oud colbertje had liggen. Iedere keer als ik met Eryk op een 'roverstocht' ging, kleedde ik me bij de oude man om, want ik mocht mijn dure kleren vooral niet besmeuren. Voordat ik naar huis ging, trok ik mijn chique kinderkostuum weer aan, om vervolgens complimenten te krijgen voor het feit dat ik zo voorzichtig was met mijn kleren. De conciërge beloonde ik met een paar centjes van mijn vaste zakgeld.

De mannen zorgden dat de auto's op de binnenplaats geparkeerd werden en spraken af om na het eten een partijtje te gaan bridgen. Mijn vader en zijn vrienden zaten aan twee tafels gedekt met groen vilt. De lampenkappen waren van doorzichtig groen glas. Aan de andere tafels speelden mensen uit de buurt. Op mijn verzoek mocht ik tot laat in de avond in de bridgezaal blijven. Ik zat naast mijn vader en volgde met spanning de gang van zaken. Het ging me niet om de spelregels, maar om het geld dat van hand tot hand ging. Afgezien van opmerkingen die met het spel te maken hadden, werd er geen woord gesproken. Ik keek met plezier naar de gelaatsuitdrukkingen van mijn vaders vrienden en genoot van de sfeer van ernst en concentratie. Die had iets mannelijks en mysterieus, vond ik. Langzaam liep de kamer vol sigaretten- en sigarenrook. Een bediende in een elegant uniform leegde regelmatig de asbakken; een kelner zorgde voor volle koffiepotten en likeurglazen.

Mijn vader had van het bridgen een kunst gemaakt. Soms hoorde ik mijn moeder – half serieus – zeggen dat hij meer aan de bridgetafel verdiende dan op kantoor. Ik wist dat dat een grap was, maar nu, in dit vertrek, deed het me goed om hem te zien winnen en de munten naar zich toe halen. Verdiept als hij was in het spel merkte hij niet dat er een muntje van twee Tsjechische kronen van tafel rolde en op de grond viel. Het ging geruisloos, want de vloer was bedekt met een kamerbreed tapijt. Langzaam en voorzichtig zette ik mijn gepoetste schoen neer op de munt. De seconden leken eeuwig te duren. Mijn hart bonkte. Het kostte een minuut, misschien wel twee minuten, voordat ik durfde te bukken, zogenaamd om mijn schoenveter vast te knopen. Met een goed doordachte beweging schoof ik de munt in mijn handpalm en daarna, even traag, in mijn zak. Ik trilde van angst en genot.

Maandagavond belde mijn vader met zijn secretaresse. Ik heb misschien vergeten te vermelden dat juffrouw Mila een streng kijkende vrijgezellin was, lang en plat als een strijkplank, efficiënt als een robot en leeftijdloos, net als Paula. Ze droeg donkere jurken zonder decolleté, of een zwarte rok met een dichtgeknoopt grijs bloesje. Ze had een schorre, diepe mannenstem en ik kon goed horen wat ze door de telefoon zei. Volgens juffrouw Mila was er sprake van een storm in een glas water: niks aan de hand, een paar etalages die ingegooid waren en een paar aangeschoten herrieschoppers die de joodse uitzuiging hadden gelaakt. Er was, vond ze, geen enkele reden om nog langer weg te blijven.

'Ik wist wel dat er geen reden tot bezorgdheid was,' zei de vreemde vrouw die mijn plaats in de wagen van dr. Frenkel had ingepikt. Mijn moeder bekeek haar kritisch. De jonge dame had die ochtend nog een paar schoenen van krokodillenleer en een passende tas gekocht. 'Gruwelijke kleur,' fluisterde mijn moeder in mijn vaders oor.

De volgende dag werden de spullen weer ingepakt en keerde de colonne 'vluchtelingen' terug naar Bielsko. Die avond aten we weer thuis. De gebeurtenissen hadden onze eetlust niet bedorven.

4

Twee dagen voor zijn overlijden had mijn vader mij gevraagd op de rand van zijn bed te komen zitten. Ik had de indruk dat hij fysiek weliswaar aan het einde van zijn krachten was, maar geestelijk weer hersteld en helder. Toch wist ik dat het maar een tijdelijke opleving was. Veel tyfuspatiënten kwamen van tijd tot tijd even bij, om daarna weer af te glijden in een afgrond waar de zintuigen niet meer functioneerden. Met de rustige stem van iemand die weet dat hij het punt heeft bereikt waarna geen weg terug meer is noch vooruit, beschreef hij de wereld zoals die er na de oorlog zou zijn.

'Er is na de oorlog helemaal geen wereld meer,' zei ik. De woorden waren me ontschoten met onbedoelde agressie en nog voordat ik had kunnen bedenken wat ze voor hem zouden betekenen. Ik wist ook niet waar die agressie ineens vandaan kwam. De nazi's hadden ons niet alleen met prikkeldraad omsloten, maar ook met een dikke muur van verboden, regels en bevelen die ons tot absolute gehoorzaamheid dwongen. Misschien was dit de enige plek waar ik me buiten die muur kon wanen, waar ik stoom kon afblazen. Ik besefte niet dat je er op je sterfbed behoefte aan hebt in je eigen toekomstbeeld te geloven. Het is tenslotte makkelijker in hoop te sterven dan in wanhoop. Ik was uitgeput na een hele dag werken en kon niet, of wilde misschien niet stilstaan bij dergelijke subtiliteiten. Mijn lege maag werkte als een pomp die me geheel dreigde op te zuigen.

'Zolang er een God in de hemel is...' zei hij. Het was vreemd om die woorden te horen spreken door een man die nog nooit een gebedenboek in zijn handen had gehouden. Ik wilde iets sarcastisch zeggen over de hoop van mensen die in God geloofden, die almachtige smiecht die hen in de steek liet juist op het moment dat ze hem het meest nodig hadden. Maar ik hield me in. Mijn vader gebaarde dat ik dichterbij moest komen om hem beter te kunnen horen. Hij was zo verzwakt door de ziekte dat hij na een paar zinnen geen energie meer had en tussentijds moest pauzeren. Zijn gezicht was grijs, zijn adem ebde weg. De dood klopte al op de deuren van zijn hart. Ik boog me over hem om zijn woorden te kunnen horen.

'Als het allemaal achter de rug is, moet je naar Garlica Duchowna gaan, naar Kruczek, je weet wel, de man bij wie we in de zomer van '42 ondergedoken hebben gezeten. Hij zal je een koffertje geven. In die koffer zit voor twintigduizend dollar aan aandelen van de Poolse Bank. Het is een veilige investering, die aandelen blijven eeuwig goed, het zal geen enkele moeite kosten om ze te verzilveren. Mensen gaan dood, huizen storten in puin, hele steden worden van de kaart geveegd, maar de banken blijven eeuwig bestaan, net als de lucht, het water en de aarde. Ja, ook de aarde trekt zich niets aan van de veranderingen in de natuur of de grillen van de mens. Dus heb ik ook in de aarde geïnvesteerd. Naast de aandelen vind je in de koffer ook een blauwe kartonnen map met daarin uittreksels uit het kadaster. We hebben een stuk grond in Bielsko en wat onroerend goed in Kraków. Genoeg om je van een nieuwe start te verzekeren. Verspil het geld niet. Ik wil dat je verder studeert. Ga naar Engeland, kies een van de beste colleges uit en kom pas thuis als je een diploma hebt.'

'Wat nou thuis?' viel ik hem in de rede. 'Geloof je echt dat Paula daar nog steeds op ons staat te wachten?'

'Op jou,' fluisterde hij, 'op jou.'

Misschien had ik moeten ontkennen, maar ik zei niets. Hij zweeg even en vulde zijn longen met lucht, als een hardloper die buiten adem is geraakt maar de strijd niet wil opgeven en zich klaarmaakt voor de laatste sprint voor de finish. Zijn vingers trilden zenuwachtig. De verpleger die bij de deur van de barak op een stoel zat te dommelen, stond op en begon langzaam de britsen af te lopen om te kijken of er nog doden waren die voor de avondklok naar buiten moesten worden gebracht.

'Luister je?' vroeg mijn vader alsof hij teruggekeerd was van een vermoeiende verre tocht.

'Natuurlijk luister ik.'

'Goed, misschien ga je ook niet naar Engeland. Misschien is dit alles maar een droom. Misschien wil je helemaal niet studeren. Misschien gooi je het geld over de balk. Eén ding moet je me wel beloven. Eén ding maar. Dat je een mens blijft. Een fatsoenlijk mens. Dat je de moraal van de kampen niet mee in je nieuwe leven neemt. Dat je niet volgens de wetten van deze jungle zult leven. Dat je alles vergeet wat je hier geleerd hebt. De noodzaak om te liegen en te bedriegen en de ander te duperen. De minachting voor wet en eerlijkheid. Beloof me dat je nooit, maar dan ook nooit zult stelen.'

Ik dacht bij mezelf: kent hij mijn geheime gedachten, de gedachten die gericht zijn op het stuk brood dat hij onder zijn matras heeft verstopt?

Ik zei: 'Rust alsjeblieft wat uit. Je spant je te veel in.'

'Beloof het,' hield hij aan.

'Ik beloof het,' zei ik. Ik klonk zeker niet overtuigend, want hij vroeg me om het te herhalen. 'Ik beloof het,' verklaarde ik nu nadrukkelijk, ook al begreep ik zijn bezorgdheid niet helemaal.

'Zit je iets dwars, papa?' vroeg ik.

'Je moet integer zijn.'

Had ik moeten zeggen dat integriteit in het kamp een geijkt middel was om je eigen dood te bewerkstelligen? Ik had de moed niet om in discussie te gaan met een man die op zijn sterfbed lag. Ik knikte om hem te laten weten dat ik het gehoord had. Plotseling pakte hij mijn hand vast.

'Weet je nog het geld dat je in Český Těšín gestolen hebt? Hoeveel was het? Vijf kroon?'

'Zag je het?'

'Ik zag het, ja.'

'Het was maar twee kroon,' zei ik stotterend, alsof het daarmee goed te praten was. Mijn vader trok zich op zijn ellebogen een klein stukje omhoog en riep met zijn laatste krachten: 'Dat maakt niets uit! Dat maakt niets uit!'

De gevangene die op de brits naast hem lag te sterven keek ons vragend aan. Mijn vaders hoofd zakte terug op de smerige matras. Voorzichtig bevrijdde ik mijn hand uit zijn greep. Ze voelde vochtig aan. Zijn hand was bedekt met koud zweet.

'Je wordt moe van al dat praten. Waarom moet je oude koeien uit de sloot halen? En uitgerekend nu.'
'Omdat er geen andere tijd is.'
'Waarom heb je tot nu toe gezwegen?'
Hij sloot zijn ogen niet, hij richtte ze op het plafond en sprak voor zich uit: 'Het heeft me al die jaren dwarsgezeten, wat je toen gedaan had. Ik wist zelf niet wat de reden was, ik wist niet waarom ik zweeg. Nu zie ik de dingen veel helderder voor me. Je weet vast wel waarom. Je bent geen kind meer. Toen je die munt oppakte en in je zak stopte, had ik een naar gevoel, ik had het gevoel dat ik gefaald had. Ik vroeg me af waar het mis was gegaan, hoe het gekomen was dat ik je niet goed had opgevoed. Ik dacht er steeds over na maar vond het antwoord niet. Maar nu... Nu mag ik mijn zwakheden toegeven. Geen mens op aarde zal me nu veroordelen om wat ik nagelaten heb.'
Ik zweeg.
'Luister je nog?' vroeg hij zonder naar me te kijken.
'Ik luister.'
'De wereld zal anders zijn. Ik bedoel de wereld die uit de chaos geboren zal zijn. Er komt een geheel nieuw begin. De mensen zullen conclusies trekken uit de catastrofe die ze over zichzelf hebben afgeroepen. Ze zullen wijzer en beter zijn. In die nieuwe realiteit zal integriteit hoog geschat worden. Jammer dat ik niet in al die onzin over het leven na de dood geloof, anders had ik het van bovenaf kunnen zien gebeuren.'
'Papa!'
'Sst, laat me uitpraten. Goede mensen...'
'Er zullen geen goede mensen meer zijn, papa. De goede mensen zijn een uitstervend ras.'
'Wie heeft je deze dingen geleerd? Je bent nog maar een kind. Waarom praat je als een gedesillusioneerde oude man? Waarom toch? Je bent nog maar twaalf.'
'Ik ben vijftien, papa.'
'Nee, deze jaren, de oorlogsjaren, moeten gewist worden uit je levensloop. Die hoef je niet mee te tellen, je hoeft ze niet te onthouden... Maar misschien vergis ik me, misschien moet je het mooie van deze jaren onthouden, de mensen die zich nooit hebben aangepast aan de wereld van het kwaad. Mensen als

Kruczek, of Król. Witold Król en zijn vrouw... Ga nu maar slapen. Kom morgen weer langs. En denk aan Król.'

'Zal ik doen,' zei ik om hem gerust te stellen.

'En vergeet ook niet dat je me twee kroon schuldig bent,' voegde hij eraan toe, hetzij om te laten zien dat hij nog humor had, hetzij om de bittere smaak van zijn woorden te verzachten.

Ik drukte een paar luizen plat die op zijn deken kropen, trok de deken over zijn naakte schouders heen en verliet de barak. In de wachttorens gingen de schijnwerpers aan. Hun felle licht concurreerde met de gloed van de ondergaande zon. Uit de SS-barak kwamen de eerste bewakers te voorschijn, met hun Duitse herders aan een lijn. De honden, die getraind waren om hun prooi te verscheuren ook als ze geen honger hadden, blaften in een huiveringwekkend, honds staccato. Ik liet ze achter me en stak de appèlplaats schuin over om de weg naar mijn barak te verkorten.

In de barak wachtte Fredek Minz me op. Hij was even oud als ik. We waren met dezelfde trein, in dezelfde wagon naar Starachowice gekomen, en we werden vrienden. Een jaar later zouden we overgebracht worden naar Auschwitz en elkaar uit het oog verliezen. Van de onderlinge band, die sterk genoeg leek om de moeilijkste tijden te kunnen doorstaan, zou alleen een minuscuul lichtpuntje in het geheugen overblijven. Misschien wel omdat onze vriendschap uit noodzaak geboren was. Met de reden voor onze vriendschap verdween ook de zin ervan.

Fredek Minz was een armeluiskind, zoon van een joodse huisschilder die zijn kinderrijke gezin onderhield met onregelmatige klusjes en die in zijn sobere bestaan berustte. Net als zijn vader had ook Fredek een makkelijk karakter en een lofwaardig aanpassingsvermogen. Het streelde me dat hij mijn gezag zonder meer aanvaardde. In mijn hart benijdde ik hem zijn vermogen om te dagdromen. Op de een of andere manier lukte het hem altijd om situaties die uitzichtloos leken weg te dromen: als deze hem dreigden te deprimeren, nam hij zijn toevlucht tot zijn fantasiewereld. Ikzelf had geleerd om weg te kruipen in een veilige nis van rationalisering. Ik analyseerde situaties en verschijnselen met de logica van een vroegrijp kind, soms ook als een boekhouder die denkt te kunnen bewijzen dat twee en twee vijf is. Hij deed het tegenovergestelde. Hij kon kooknat veranderen in vleessoep, een verrotte aardappel in een lekkernij en onze brits in een koninklijk hemelbed. Soms probeerde hij me mee te nemen naar zijn fantasiewereld. Tevergeefs; ik was niet meer in staat om mijn fantasie op bevel in werking te stellen.

Fredek Minz kon wel dromen, maar hij was geen dromer. Als hij niets meer kon bedenken om de realiteit mee te verbloemen, legde hij zich er zonder morren bij neer. In april was zijn vader betrapt toen hij een kleine zak roggemeel het kamp in probeerde te smokkelen. Hij werd bij de poort van het kamp door een Letse bewaker doodgeschoten. Ik wist dat de andere familieleden, zijn moeder en twee zussen, in het getto van Kraków waren vermoord, en dat Fredek zijn emoties sindsdien geheel op zijn vader had gericht. Ik zei niets tegen hem, ik wist niet hoe je een kind moest troosten dat zijn vader verloren had. Maar hij vroeg niet om medeleven; hij omhelsde me alleen maar, zei kortweg 'zo gaat dat' en kwam er niet meer op terug, totdat mijn vader opgenomen werd in de sterfbarak.

Toen ik enkele minuten voor achten uit die barak terugkwam, verwelkomde hij me met een voorstel: 'Nu ze allebei de pijp uit zijn, kunnen we beter samen onder een deken liggen. De andere ruilen we voor brood.'

'Wat klets je nou? Mijn vader is niet dood.'

'Hij ademt nog, maar hij is net zo dood als mijn vader.'

'Niet waar. Ik heb hem net gesproken.'

'Probeer je jezelf voor te liegen? Dat lukt je toch niet. De waarheid staat geschreven op je gezicht. Je hebt hem begraven op de dag dat hij die barak inging. Hou je niet van den domme, Roman. Je weet net zo goed als ik dat hij geen deken meer nodig heeft. Wat heeft het voor zin om dit spelletje nog te spelen?'

Hij had gelijk. Maar sommige gedachten durfde ik nog steeds niet onder woorden te brengen. Liever loog ik tegen mezelf.

'En?'

'Waarom zo'n haast?' vroeg ik, maar in mijn hart wist ik al dat hij gelijk had. In ruil voor de deken kregen we twee roggebroden en een halve kilo jam van rode bieten en zoetstof. Tegen mijn vader zei ik niets, maar toen onze blikken elkaar op een gegeven moment kruisten, kwam de vreselijke gedachte in me op dat het me nu slecht zou uitkomen als hij erachter kwam dat ik zijn leven voor een stuk brood verkocht had. Toch was mijn geweten schoon. De droomwereld waarover hij het had gehad was er nog niet. 's Nachts lagen Fredek Minz en ik onder één deken. Toen het met de herfst koeler werd, kropen we bij elkaar en lagen als twee lepeltjes tegen elkaar aan. Nu eens blies ik in zijn hals, dan weer draaiden we ons om en voelde ik zijn vochtige adem in mijn rug. Ik geloof dat die fysieke nabijheid, die niets anders betekende dan het verlangen naar menselijke warmte, ons nader tot elkaar bracht. Maar dat ik een deken met hem wilde delen betekende nog niet dat ik hem deelgenoot maakte van mijn gedachten. Fredek had vanbinnen een soort drukmeter waarmee hij mijn emotionele betrokkenheid bij allerlei gebeurtenissen kon peilen. Hij was tegelijk ook gevoelig genoeg om geen overbodige vragen te stellen. De Kapo deed de deur dicht, een teken dat het vanaf dat moment tot het ochtendappèl verboden was naar buiten te gaan. Pas dertig minuten later gingen de lichten uit. Ik lag in het donker onder de deken, met Fredek Minz, met Witold Król en met mijn gedachten die steeds vager werden. Ik wist niet of ik sliep of niet, mijn lijf onttrok zich aan de zwaartekracht en ik had het gevoel dat ik zweefde. Nee, ik zweefde niet, ik viel langzaam in een bodemloze afgrond. Of misschien was het geen val in een afgrond, misschien daalde ik met een lift in de diepe, donkere schacht van de herinnering, tot ik de bodem van het verleden bereikte.

Ook over de familie Król vertelde ik Fredek niet; ik had een goede reden om erover te zwijgen. Ik herinnerde me ze nog heel goed: Witold, zijn vrouw Helena en hun dochter Jadwiga, onze buren in Lwów aan de vooravond van de bezetting van de stad door de Duitsers. Witold Król was een stille, bescheiden man. Hij had zijn hele leven bij de spoorwegen gewerkt, als eenvoudige ambtenaar 'maar met volle pensioenrechten', zoals hij graag benadrukte. Zijn vrouw verdiende er wat bij, als hulp in de huishouding buitenshuis, of thuis als wasvrouw. Nooit had ze een moment vrij. Jadwiga was zes jaar ouder dan ik en voor mij daarom niet interessant. 'Ik wil actrice worden,' vertelde ze aan een ieder die wilde luisteren. Haar moeder wuifde haar weg, haar vader glimlachte toegevend. Jadwiga zat op het gymnasium en deed daar de secretaressenopleiding, om later via haar vaders contacten een bescheiden baan bij de nationale spoorwegen te kunnen krijgen.

Ik had geen idee dat onze relatie met de Króls verder ging dan een beleefd gedag. Pas een paar maanden na onze aankomst in Starachowice vertelde mijn vader me dat hij een deel van onze spullen bij hen had ondergebracht. Hij had nooit aan hun integriteit getwijfeld, zei hij, maar nu was toch de tijd gekomen om die te toetsen. In de staalfabriek kwamen we de arbeiders uit de omgeving dagelijks tegen. De meesten hadden daar al voor de bezetting gewerkt en ze werden door de Duitsers fatsoenlijk behandeld vanwege hun vakkundigheid. Onderling contact was strikt verboden. Je werd al gestraft als je een paar woordjes wisselde: wij kregen slagen, zij een boete die op hun loon werd ingehouden. Beide partijen pasten op dat ze niet betrapt zouden worden. Toch was het mijn vader gelukt om in contact te komen met de Poolse beheerder, die wegens zijn functie overal vrij mocht rondlopen. De verschillende fabrieksgebouwen stonden verspreid op een uitgestrekt terrein tussen een naamloze rivier en de spoorbaan, en waren omgeven door prikkeldraad. De beheerder kende iedere hoek en ieder hol in dat complex van oude gebouwen waartussen dikke, kronkelige buizen liepen. Het kostte hem geen enkele moeite om een verborgen plekje te vinden waar ze, ver van het ziende oog van de bewakers, met elkaar konden praten. Ze spraken af dat mijn vader een brief aan meneer Król in Lwów zou schrijven en dat de beheerder die van een postzegel zou voorzien en op de bus zou doen. In de brief zou hij Król vragen om onze spullen te verkopen en het geld aan de beheerder op te sturen. Deze zou met dat geld brood en melk voor ons kopen. De rode neus van de man verried zijn liefde voor sterkedrank. Wie drinkt, kan altijd een paar extra centjes gebruiken. Voor zijn diensten werd hem dan ook de helft van het geld uit Lwów beloofd.

Ik verwachtte niet dat de beheerder zich aan de afspraak zou houden. Waarom zou hij ook? Wij moesten toch onze mond houden. Want bij wie zouden we kunnen klagen als hij het geld zelf hield? Hoogstens bij de Almachtige, en het was zeer de vraag of Hij ook deurwaarders onder zijn engelen had. De beheerder kon bovendien beweren dat er geen antwoord was gekomen uit Lwów, of dat hij zich niet aan de afspraak kon houden, uit angst voor verklikkers. Er waren er genoeg die de opzichters maar al te graag op de hoogte hielden van elke overtreding. En de kroegen in de stad waren voor iemand als hij vast een aanlokkelijk alternatief. Algauw bleek echter dat ik me vergist had. Twee weken later kregen we van de beheerder te horen dat de Króls inderdaad teruggeschreven hadden. 'Zie je wel?' juichte mijn vader. 'Er zijn toch nog rechtvaardigen in dit Sodom.'

Vanaf dat moment verstopte de beheerder elke dag een fles melk en een half brood in de schroothoop achter op het terrein, op een plek waar de treinen in de bocht snelheid verminderden. Mijn vader had een goede smoes om te bukken, zogenaamd om te kijken of de wagon niet ontspoord was, maar eigenlijk om het voedselpakket op te pakken. Hijzelf nam genoegen met één slok uit de fles en een klein hapje brood. 'Ik heb geen honger,' verklaarde hij en spoorde mij aan de rest zo snel mogelijk op te maken. Als de Duitsers ons betrapten, zouden we gemarteld worden tot we de naam van onze weldoener hadden verklapt. Als medegevangenen ons geheim ontdekten, zouden we het voedsel met hen moeten delen. Ik deed dus wat een gehoorzame zoon hoort te doen. Je moest wel heel onnozel zijn om te geloven dat hij geen honger had. Het kleffe brood vulde mijn mond; het smaakte hemels.

Anders dan mijn vader was de vader van Fredek Minz een gelovig man. Hij had het vaak over het leven na de dood, over de hel en de hemel, waar hij een zeer duidelijke mening over had. Mij verbaasde het dat zo'n simpele huisschilder een eigen wereldbeschouwing had, en ik begreep ook niet wat hij bedoelde met zijn bewering dat de hel geen specifieke plaats was maar een symbool voor de afwezigheid van een geestelijk zijn, voor een lege ruimte, gespeend van elk menselijk denken. De hemel stelde hij zich voor als een plaats waar geen verdriet is en geen pijn, omdat er ook geen vlees en bloed is. Met de brutaliteit van een jeugdige betweter daagde ik hem uit: 'Er valt toch niet te genieten in die hemel van u? Genot heeft meestal te maken met het lichaam: je geniet van eten, van de liefde, zelfs van de rust na een uitputtende werkdag. Hoe kan een ziel zonder vlees van dit alles genieten? En hoe kan ik ervan genieten dat ik geen pijn en geen verdriet heb zonder eerst pijn en verdriet te voelen? Hoe kan ik het verschil weten?'

'Je bent vroegrijp, maar je begrijpt nog steeds niets,' zei de oude Minz hoofdschuddend. 'Ze hebben het kind in je doodgemaakt, maar je hebt daarbij geen pijn geleden, geen verdriet. Je hebt het niet eens gemerkt.'

'Mijn vader zegt dat je sommige perioden en ervaringen beter niet kunt onthouden.'

'Dat zou een zinloze ontkenning zijn. Al scheur je het hele boek *Genesis* uit de bijbel en vervang je het door Darwin, je verandert daarmee niet de manier waarop de wereld is geschapen.'

'U wilt toch niet zeggen dat het u niets doet of u leeft of dat u dood bent?'

'Het doet me wel wat, maar ik hou me vast aan het leven omdat ik van het leven houd, niet omdat ik bang ben voor de dood. Dat is een groot verschil, mijn kind, al twijfel ik of je dat kunt begrijpen.'

'Ik zal het niet eens proberen, meneer Minz.'

Deze keer zei hij niets terug. Ik was geen geschikte gesprekspartner voor iemand als hij, die dagelijks een pagina uit de talmoed las en op elke vraag een antwoord van een joodse geleerde paraat had. Maar op de momenten dat ik een hapje van het brood nam en een slok van de melk die de dronken beheerder ons had gebracht, wist ik stellig dat ik in elk geval op één punt gelijk had: alleen door honger ontstaat het ware genot van een volle maag.

Het is zeer de vraag of ik het zware werk in de gieterij had doorstaan zonder dat extra voedsel. Had mijn vader niet het grootste deel daarvan aan mij afgestaan, dan was zijn lichaam misschien niet voor de ziekte bezweken. Ik hoop alleen dat ik in mijn 'theologische' discussies met vader Minz uiteindelijk gelijk had, dat er inderdaad niets is na de dood, geen enkel menselijk bestaan, en dat ik dus nooit ter verantwoording geroepen zal worden. Ik heb er tot op heden niemand over verteld, zelfs Fredek Minz niet. We deelden een deken, meer niet. Ik heb me ook geen seconde beziggehouden met de beweegredenen van de beheerder. Waren de nazi's hem op het spoor gekomen, dan hadden ze hem en zijn gezin genadeloos doodgeschoten. Alles draaide om mijn eigen problemen en elementaire behoeften. Ook na de dood van mijn vader liet die goj het voedselpakket op de afgesproken plek achter. Dat bleef hij doen tot mijn laatste dag in het kamp, tot ik na een mislukte vluchtpoging naar Auschwitz werd gestuurd. En al die tijd had ik de man nooit gezien. We mochten elkaar uit voorzichtigheid nooit ontmoeten.

5

Vijf jaar na de oorlog kwam ik Jadwiga, de dochter van Witold Król, toevallig tegen. Ik werkte toen als journalist bij *Słowo Polskie* (Het Poolse woord), een zogenaamd onpartijdig dagblad dat in Wrocław werd uitgegeven. Ik deed de redactie van alle regionale edities en het zag ernaar uit dat ik binnen afzienbare tijd tot plaatsvervangend hoofdredacteur zou worden benoemd. Dat ik zo snel carrière maakte, was niet aan mijn talenten te danken, maar aan mijn verleden in de concentratiekampen en aan mijn joodse komaf. Mensen als ik werden door de communisten bevorderd omdat die geen vertrouwen hadden in de Poolse katholieke intelligentsia. Het christendom en het marxisme konden niet in één schuitje zitten. Het was daarom geen wonder dat het communistische regime zich, bij gebrek aan beter, verliet op mensen die geen diepe wortels in Polen hadden, mensen die niet waren opgevoed met de waarden van de katholieke Kerk en die geen verplichtingen hadden jegens het oude regime. De kans werd me op een presenteerblad aangeboden; het zou dom zijn geweest daar geen gebruik van te maken. Ik voelde me ook niet schuldig, want ik nam niemand zijn functie af.

Toen ik Jadwiga tegenkwam, was mijn nieuwe leven al een voldongen feit. Ik was dan ook vastbesloten me niet door deze jonge dame terug naar het verleden te laten voeren. Zonder daar enige moeite voor te hebben gedaan, zonder me daar zelfs van bewust te zijn, had ik een handig verdedigingsmechanisme ontwikkeld: elke herinnering die het heden kon vertroebelen werd verdrongen. Ik had een nieuw verleden geschapen, een kort verleden dat bestond uit een treinreis van Oostenrijk naar Tsjechoslowakije, een vlucht uit een tbc-kliniek in het Tatragebergte, een eerste huwelijk dat na een periode van schijngeluk gestrand was, en diverse avonturen van een jongeman van tweeëntwintig die nog steeds opgetogen was over het feit dat hij geen Zyklon B in de gaskamers had ingeademd, dat hij nu geen berglucht, dat wondermiddel tegen tuberculose, in zijn longen had, en dat hij zich in plaats van dat alles mocht verlustigen in de vervuilde stadslucht, het echte levenselixer.

De eerste zomer na de oorlog reden de treinen niet volgens de dienstregeling. Er was helemaal geen dienstregeling. In het kantoor van de stationschef in Enns, een karakteristiek Oostenrijks stadje aan de oever van de Donau, zat een Russische luitenant die naar goedkope drank stonk. Hij bleek even machteloos als de honderden mensen die op het perron stonden te wachten. Twee keer vroeg ik hem wanneer de trein naar Wenen verwacht kon worden, en twee keer antwoordde hij met een onverschillig schouderophalen. De meeste spoorlijnen waren door de geallieerden kapotgebombardeerd; er kon slechts één trein in westelijke of oostelijke richting rijden en niemand had de controle over het knelpunt. Er was gebrek aan locomotieven, aan machinisten en aan kolen. Op de zijsporen wachtten tientallen wagons volgeladen met oorlogsbuit, krijgsgevangenen, militairen en gewone passagiers. In de restauratie waren de broodjes en de drank uitverkocht, de toiletten waren smerig, er hing overal urinelucht. Ik was hier vroeg in de ochtend heen gebracht in een wagen met twee paarden. Bij het uitstappen had de voerman me een pakje gegeven dat verpakt was in bruin papier. 'Van zuster Bertha,' zei hij. Zo kwam ik de naam te weten van de Duitse vrouw die me gedurende enkele maanden verpleegd had, vanaf de dag dat ik in Mauthausen bevrijd was tot mijn ontslag uit het provisorische ziekenhuis dat het Rode Leger voor ons had opgezet.

Ik maakte het pakje open. Er zaten donkergroene blikjes in: Amerikaanse conserven. Op elk blik stond: 'Veldrantsoen voor één militair – cornedbeef en twee sigaretten'. Ik zag de begerige blikken van de omstanders en deed het pakje snel weer dicht. Ik was niet hongerig. Ik was zwak. Ik ging op het pak zitten. Het perron was overdekt; aan de ijzeren balk boven mij hing een elektrische klok. Ik volgde de wijzers die van het ene naar het andere Romeinse cijfer op de witte wijzerplaat bewogen en met sprongen van een minuut de tijd maten. Ik had geen haast, ik hoefde nergens heen, de kennismaking met de dag van morgen kon wel wachten.

'Waar kom je vandaan?'

De man die het gevraagd had, was geen Oostenrijker. Hij had een bekend accent, een Pools accent. Ik keek naar hem op. Hij was lang en mager en ouder dan ik, zijn korte haar verried zijn verleden: alle ex-gevangenen hadden kort haar. Zijn handen zaten in de zakken van zijn legerbroek, zijn colbert was te klein, verkreukeld en vuil. Instinctief greep ik naar mijn voedselpakket.

'Wees niet bang, ik heb eten genoeg,' zei hij en wees met een schoudergebaar op zijn eigen rugzak.

Het ligt voor de hand dat je iemand die op een station staat te wachten naar zijn bestemming vraagt, maar deze man wilde weten waar ik vandaan kwam. Ik zag het als een toenaderingspoging. Ik gaf antwoord. 'Henryk Luderman,' zei hij en schudde mijn hand. Zijn hand was knoestig, zijn greep zo pijnlijk als de kneep van een nijptang.

Luderman ontpopte zich als een dwangmatig prater. Vanaf het moment dat we kennis met elkaar maakten, deed hij zijn mond niet meer dicht. Hij sprak een armoedig, plat Pools, doorspekt met Jiddische volksuitdrukkingen. Terwijl we op de rand van het perron zaten te wachten op de trein die maar niet wilde komen, trakteerde hij me op een keuze uit zijn levensverhalen. Hij was in Kraków geboren, in een gezin met nog drie dochters die in de kampen spoorloos waren verdwenen. Hij had voor elektromonteur geleerd, maar voor het straatventen gekozen: hij had religieuze gebruiksvoorwerpen verkocht aan joden in de wijk Stradom in Kraków, en rozenkransen in de dorpen eromheen. Hij was slagersknecht geweest, totdat de dochter van zijn werkgever verliefd op hem werd en hij dankzij dit gunstige huwelijk de slagerij kreeg. Met een eenvoudige uitvinding – het inspuiten van water – wist hij het gewicht van het vlees te vergroten, en was die vervloekte oorlog er niet gekomen, dan was hij nu waarschijnlijk een welgestelde man en gerespecteerd lid van de gemeenschap. Na de ontruiming van het getto van Kraków was hij van het ene naar het andere kamp overgeplaatst, totdat hij in Steyr, niet ver van waar we nu zaten, bevrijd werd. Een tijdlang had hij de kost verdiend met dubieuze transacties op de zwarte markt – hij kocht oploskoffie en sigaretten van Amerikaanse militairen en verkocht die door aan Oostenrijkers, en zo nu en dan voorzag hij de sigarettenleveranciers van Oostenrijkse meisjes – totdat hij de ruilhandel moest opgeven omdat hij met moord bedreigd werd door 'stadsbandieten'. Een Oostenrijkse weduwe, eigenares van een vrachtschuit op de Donau, verloste hem van zijn problemen. Hij ging met haar samenwonen, maar toen ze hem vertelde dat ze in blijde verwachting was van zijn kind, nam hij de benen, en hier was hij dan, op weg naar Polen, naar de vrouw met wie hij voor de oorlog getrouwd was, als die tenminste nog leefde, en naar de familieslagerij, als die in de tussentijd niet veranderd was in een bordeel.

Ik luisterde zonder onderscheid te kunnen maken tussen waarheid en verzinsels. De praatjes vulden de tijd. Toen de trein eindelijk aankwam en door de passagiers bestormd werd, baande hij ons een weg door de menigte en hielp me in te stappen. We stonden in het gangpad, want alle zitplaatsen waren intussen bezet. Toen de trein begon te rijden, kwam het ineens in me op: 'Ik heb geen kaartje.'

'Laat me niet lachen. Blijf maar bij me, dan raak je me niet kwijt.'

Hij hoefde het geen tweede keer te zeggen. Ik klampte me aan hem vast en hij nam me als het ware onder zijn hoede. Ik had nog steeds behoefte aan structuur, aan iemand die me zou zeggen wat ik moest doen en wanneer. Henryk Luderman was een geschenk uit de hemel. Toen hij merkte dat ik moe was, liet hij me op zijn rugzak zitten. Toen ik dorst had, gaf hij me een slokje most uit een fles die hij in zijn colbertzak had verstopt. Het smaakte zoet. Luderman lachte: 'Zo begint de verslaving aan alcohol.' Tegen de tijd dat de trein stopte, was de fles leeg.

De trein kwam tot stilstand op een klein stationnetje een paar kilometers voor Melk, en bleef daar staan omdat de kolen op waren. De machinist en zijn hulp gingen op zoek naar kolen. De uren verstreken en ze kwamen niet terug. Misschien hadden ze geen kolen gevonden, misschien ook dat ze zich in een kroeg zaten te bezatten. Toen het avond werd, besloot Luderman dat het ook voor ons tijd was om de benen te strekken. We namen onze spullen mee, sloegen de hoofdstraat in en liepen naar het centrum. In een voormalig stadspark was nu een eenheid van het Rode Leger gelegerd. We liepen op de militairen af. Ze waren bezig ruwe planken op schragen te leggen en de provisorische tafels te bedekken met lange stroken papier die van een afstand behang leken, maar van dichtbij rollen Hongaarse geldbiljetten in de laatste drukfase bleken te zijn. Het Russisch dat ik op de school van de dames Makowiecka en Filska had geleerd kwam nu goed van pas. Moeiteloos voerde ik een gesprek met de soldaten. Zoals hun voorvaderen portretten en iconen van de tsaar bij zich hadden gedragen, zo droegen de sovjettroepen op hun lange oorlogspad, van het vaderland tot in het hart van Europa, hun vaandels en gipsbeelden van Lenin en Stalin mee. Maar deze eenheid gaf de voorkeur aan heel andere symbolen. In Boedapest hadden ze in de bankbiljettendrukkerij tientallen rollen gedrukt papier in beslag genomen en op een vrachtwagen geladen. Een deel van de vracht was onderweg natgeregend en werd nu in de zon te drogen gelegd. Luderman bevoelde het papier en mompelde geïmponeerd: 'Het ziet er echt uit, hoor.'

'Het zal wel waardeloos geld uit oorlogstijd zijn,' zei ik sceptisch.

'Dat weet je niet,' hield Luderman aan. 'Laten we kijken of we een paar rollen los kunnen krijgen. Ze zijn dol op Amerikaanse conserven. Je zei toch dat je van de zuster...'

'Geen sprake van.'

'Waarom niet? Misschien komen we als miljonairs thuis.'

'Als het goed geld was, hadden ze het allang uitgegeven aan drank.'

'Jij met je logica,' mopperde Luderman. 'Hoe kom je zo sceptisch op jouw leeftijd? Heb vertrouwen in het geluk.'

'Waar hebben jullie het over?' vroeg een Russische sergeant.

'Over de tijd die jullie aan dit werk verspillen,' zei Luderman gauw.

'Het zijn echte biljetten van honderd pengö,' zei de sergeant beledigd.

'Laat me niet lachen. Het is rommel. Maar ik zou er wel een kamer mee willen behangen.'

'Die idioten hier in de stad geloven ons ook niet, maar het is goed geld. We hebben het in Hongarije gebruikt. Kopen?'

'Wat moet ik ermee? Ik heb nog geen huis om te behangen,' zei Luderman koeltjes.

'Als investering, voor de toekomst,' glimlachte de Rus.

'Is er een toekomst?' daagde mijn oudere vriend hem uit.

'Eén rol voor een fles wodka, wat zeg je daarvan, vrind?'

'Ik zeg dat we geen wodka hebben. Maar we hebben wel blikjes van het Amerikaanse leger.'

'We hebben helemaal niks,' kwam ik tussenbeide.

'Hou je mond,' zei Luderman en stak zijn elleboog in mijn zij.

'Staat er "Made in USA" op?' wilde de man weten.

'Natuurlijk. Geld kun je vervalsen, maar conservenblikjes niet.'

'Laat zien.'

Voordat ik het wist trok Luderman het pakje dat ik onder mijn arm droeg weg en maakte het open. De Rus bestudeerde de inhoud. Hij leek tevreden.

'Twee blikjes voor een rol,' bood Luderman aan.

'Vier,' zei de militair.

'Drie, en dit is mijn laatste bod.'

'Doen we.'

Met grote teleurstelling zag ik de blikjes in de rugzak van de sergeant verdwijnen. Luderman rolde een strook papier van vijf meter op en zei in het Jiddisch: 'Laten we hem smeren voordatie zich bedenkt.'

De volgende ochtend kon de reis worden voortgezet. Weer twintig uur later kwamen we aan in Bratislava, de hoofdstad van Slowakije en het eindpunt van de trein. Hier moesten we wachten tot we verder naar het noorden konden reizen, naar Polen. We stapten de stationsrestauratie binnen.

'Wacht even hier,' zei mijn voogd.

'Waar ga je heen?' vroeg ik bezorgd. Ik was bang dat hij me in de steek zou laten. Hij antwoordde niet. Hij nam de rol papier mee en verdween in de menigte. Een kwartier later kwam hij terug. Hij liet me een biljet van honderd pengö zien en zei:

'Ik was op het toilet. Ik heb dit met een scheermes uitgesneden. Kom, we gaan wat eten.'

Hij duwde me op het buffet af en bestelde twee broodjes kaas en twee biertjes. De buffetjuffrouw nam het geldbiljet aan, hield het tegen het licht, vouwde het in vieren en gaf hem Tsjechoslowaaks geld terug. Luderman pakte de kronen van de toonbank, stak ze in zijn zak en zei triomfantelijk: 'Had ik het niet gezegd? We zijn rijk.'

Ik at mijn brood zonder iets te zeggen. De kaas was smakeloos, het brood klef.

'Maak je geen zorgen, binnenkort eten we kaviaar en drinken we champagne.'

'Ik heb nog nooit kaviaar gegeten of champagne gedronken.'

'Het wordt tijd dat je aan het goede leven went.'

'Voorlopig hebben we niet eens een slaapplaats.'

'Laat me niet lachen. Dacht je dat ze hier geen hotels hadden?'

We namen een taxi naar het hotel. 'Naar het chicste hotel van de stad,' instrueerde Luderman de taxichauffeur. De receptionist van hotel Palace nam onze voddige kleren achterdochtig op.

'Het spijt me, we zijn vol,' zei hij hooghartig.

Luderman legde een biljet van honderd pengö voor zijn neus neer. De hooghartigheid verdween van zijn gezicht. Hij verontschuldigde zich: 'Pardon, ik had niet gezien dat we nog één kamer hebben.'

'Wij nemen altijd een suite,' zei Luderman zelfverzekerd, alsof we net uit het casino van Monte Carlo waren gekomen.

'Een suite? Maar natuurlijk, we hebben een pracht van een suite. De koninklijke suite. De keizer heeft er gelogeerd toen we nog bij het keizerrijk hoorden. Ik laat meteen iemand uw koffers halen.'

'We hebben geen koffers,' zei mijn voogd en trok nog een biljet van honderd pengö te voorschijn.

'Maar natuurlijk, veel mensen reizen zonder bagage... Dit is uw sleutel. Vierde verdieping, suite nummer 401. De lift is buiten werking. Die zou gerepareerd worden, maar u weet hoe het tegenwoordig is. Niets werkt meer zoals vroeger. Als u iets nodig hebt, sta ik tot uw dienst. Ik heet Václav.'

Luderman dacht even na en zei: 'Je lijkt me iemand die zijn brood weet te verdienen, Václav.'

'Ik doe mijn best, meneer.'

'Mooi zo. Laat een fles champagne naar de kamer brengen. En niet te vergeten: twee jongedames, liefst met volle boezem.'

'Ik niet,' schrok ik. 'Ik niet.'

Luderman keek me minachtend aan. 'Je meent het niet, kind. We zouden toch van het goede leven genieten?'

'Een andere keer. Ik geloof niet dat ik... Ik denk... Dwing me alsjeblieft niet,' smeekte ik.

'Het zij zo. Eén fles en één meisje, Václav. Maar eentje dat van wanten weet.'

De hoer wist wel van wanten. Haar gegiechel irriteerde me. Ludermans gekreun bracht me in verlegenheid. Ik deed geen oog dicht totdat ze wegging. Ik werd pas laat wakker. De koninklijke suite bleek te bestaan uit twee nogal armzalige aangrenzende kamers, maar vergeleken met de oorden waar ik de laatste jaren geslapen had, was ze wel chic te noemen. We lieten ons het ontbijt op bed serveren. Tussen de middag gingen we de stad verkennen. We lunchten in een restaurant. Ik kocht vijf overhemden, een pak en een paar schoenen. Luderman had me maar een klein bedrag aan zakgeld toegekend. 'Je drinkt niet, je rookt niet, je neukt niet, dus heb je ook geen geld nodig,' oordeelde hij. Ik wilde hem eraan herinneren dat we de rol biljetten met mijn blikjes hadden gekocht, maar ik was bang dat we ruzie zouden krijgen en hield dus mijn mond. Ik was de slagvaardigheid kwijt die me in de kampen op hachelijke momenten zo vaak gered had. Maar ja, ik had niets te klagen. Ik genoot van het moment, ik kwam aan, mijn gezicht werd ronder, mijn ribben staken niet meer uit zoals een maand eerder. Maar mijn adem was zwaar, de wandelingen door de stad putten me uit, ik had regelmatig hoestaanvallen en ik spuugde nog steeds bloed. Ik wist dat ik actieve tuberculose onder de leden had, maar ik weigerde naar de dokter te gaan, omdat ik bang was dat ik tegen mijn wil in opgenomen zou worden en dat Luderman er dan met het geld vandoor zou gaan. En ik was ook bang om alleen achter te blijven. Uiteindelijk gebeurde dit alles nog eerder dan ik had kunnen vermoeden.

Ik was buiten bewustzijn toen ik per ambulance naar het sanatorium van dr. Šimko in Starý Smokovec werd gebracht. Als ik niet op straat was flauwgevallen, hadden ze me met geen mogelijkheid naar de witte gevangenis in het Slowaakse Tatragebergte kunnen slepen. Maar toen ik wakker werd, in een zacht bed, in een zonovergoten kamer, in een sfeer die ik zo goed kende uit *Der Zauberberg*, was het al te laat om tegen te stribbelen.

Pas in februari 1948 zouden de communisten de macht overnemen in Tsjechoslowakije. Toen ik er aankwam, was het bedrijfsleven nog in particuliere handen, het onroerend goed was nog niet genationaliseerd en de privéziekenhuizen golden als een rendabele onderneming. Dr. Šimko was een beroemde longspecialist. Zodra ik weer bijkwam, kreeg ik te horen dat mevrouw Rubin, de Amerikaanse directrice van het Joint* in Slowakije, ervoor gezorgd had dat ik 'de beste medische zorg' zou krijgen. De oorlog had dit kleine paradijsje overgeslagen. Het gebouw waar de befaamde arts de scepter zwaaide, deze parel van twintigste-eeuwse architectuur, paste wonderwel in het betoverende berglandschap. De balkons, op het zuiden, keken uit op een beboste berghelling. Het sparrenbos strekte zich als een groen laken uit, tot aan de oever van de rivier de Poprad. De hele dag, vanaf de vroege ochtend, hing de geur van naaldbomen in de lucht, alleen 's nachts sloop de eigenaardige reuk van ontsmettingsmiddelen mijn kamer binnen. Ik was als een verwelkte bloem die na een lange winter tegen alle natuurwetten in weer opbloeit. Er zat weer vlees aan mijn beenderen, mijn gezicht was niet meer bleek en mijn ledematen niet meer zo krachteloos. Toch kon dit alles het röntgenapparaat niet om de tuin leiden: ik was heel ziek. Liggend op het balkon onder een lichte wollen deken ademde ik de droge lucht in die me volgens de doktoren zou genezen, en probeerde ik me te herinneren wanneer ik die vervloekte ziekte had opgelopen. Het lukte me niet de plaats of het tijdstip vast te stellen waarop de Kochbacillen mijn longen waren binnengedrongen om aan het weefsel te knagen en er 'gaten ter grootte van een pruim' achter te laten, om met de huisröntgenoloog te spreken.

Ik wist tot op de dag dat ik uit het kamp bevrijd werd niet dat ik ziek was; mijn zwakheid schreef ik toe aan het destructieve effect van ondervoeding. Na de bevrijding wilde ik het zoals gezegd niet weten. Op een gegeven moment gaf ik de reconstructiepogingen op. Ik lag op het balkon en telde de uren aan de hand van het fluiten van een trein die om de negentig minuten de berg opreed naar het Štrbské Pleso, een bergmeer en trekpleister voor natuurliefhebbers. De stilte symboliseerde voor mij de leegte van de dood; de fluit van de locomotief die de berg op klom weerklonk in mijn oren als een teken van leven.

Zoals gezegd was ik op kosten van het Joint naar de kliniek van dr. Šimko gestuurd, nadat voorbijgangers me op straat hadden zien liggen bloeden uit mijn mond en het Rode Kruis hadden geroepen. Had ik ook maar een schijntje kracht in mijn lijf gehad, dan had ik me nooit aan de verplegers overgegeven. Had ik naar mijn verstand geluisterd, dan was ik allang naar de dokter gegaan. Wekenlang had ik het bloed in mijn spuug genegeerd, evenals de koorts die mijn lijf elke ochtend deed gloeien en de brok die ik af en toe in mijn keel had. Ook zonder medisch onderzoek wist ik wat de diagnose was, maar ik schikte me er niet in.

Maar toen ik in het sanatorium van dr. Šimko wakker werd, kon ik de realiteit niet langer ontvluchten. Ik hoorde de artsen fluisteren nadat ze zich over me hadden gebogen en met een stethoscoop naar mijn ruisende adem hadden geluisterd, ik zag de verpleegsters hun blik afwenden telkens als ik de waarheid in hun ogen zocht, en ik wist genoeg. Op het wondermiddel streptomycine moest de mensheid nog vijf jaar wachten. Voorlopig vestigden de sanatoriumbewoners hun hoop op calciuminjecties, op de heilzame werking van het klimaat en op de tussenkomst van de barmhartige God. Alleen had ik met Hem nog flink af te rekenen en had ik geen vertrouwen in zijn vermogen te helpen. De calciuminjecties weigerde ik, omdat ik niet tegen de koorts kon die door mijn hele lichaam golfde zodra ik geprikt werd; koorts was een van de symptomen van de ziekte. Restten mij dus alleen de lucht en de ledigheid. Net als in *Der Zauberberg*, al was er verder geen enkele gelijkenis tussen mij en Hans Castorp. Anders dan hij zou ik niet uit mijn mijmeringen over de tijd, het leven en de dood rechtstreeks in een wrede oorlog ontwaken. Bij mij was het namelijk andersom gegaan en waren de conclusies daarom ook anders. Voor mij betekende het verblijf in het sanatorium passief wachten op een schone, elegante en discrete dood. De overledenen werden door de medewerkers van dr. Šimko 's nachts weggehaald, en wel om de esthetiek, en misschien ook de reputatie van de instelling niet te schaden. Tijdens het ontbijt deden we alsof we de lege plaatsen in de eetzaal niet zagen.

Ik was vooral bang dat ik dood zou gaan voordat ik van het echte leven geproefd had. In feite wist ik niet eens wat het echte leven was. Ik verlangde niet naar de sleur van mijn ouderlijk huis; die zag ik niet als lichtend voorbeeld. Nee, ik droomde van een groots, langdurig avontuur, ook al wist ik niet wat dat inhield. Ik verlangde naar een leven vol gevaar en uitdagingen, een interessant en betekenisvol leven; maar ik had geen idee wat ik onder interessant en betekenisvol moest verstaan. Deze verwarde verlangens, opgevoerd door het sterke gevoel dat ik de tijd tegen had, brachten me op een idee waar dr. Šimko geen nee tegen kon zeggen.

De directeur van het sanatorium ging gesprekken met zijn patiënten doorgaans uit de weg. Hij trok zich terug op een klein kamertje op de tweede verdieping, bewaakt door een secretaresse die, net als de verpleegsters, een witte jas droeg en die lastige bezoekers met duizend-en-één argumenten wist te weren. Toch was ik haar te slim af: ik zei dat de dokter me wilde spreken over iets wat niets te maken had met mijn behandeling, maakte vervolgens gebruik van haar aarzeling en stormde de kamer van haar baas binnen voordat ze me tegen kon houden. Dr. Šimko keek op van het papier dat hij aan het lezen was en zag me hoogst verbaasd aan.

'Maakt u zich geen zorgen, dokter,' stelde ik hem gauw gerust, 'ik kom niet klagen en ik kom niks vragen. Ik kom u een voorstel doen.'

Mijn Slowaaks liet wat te wensen over, maar Šimko kon me goed volgen. In elk geval goed genoeg om een wenkbrauw op te trekken en met zijn arm te zwaaien alsof hij elk gesprek dat niet op zijn eigen initiatief was begonnen bij voorbaat al wilde tegenhouden. Ik was echter niet van plan om die kamer te verlaten zonder dat we tot een overeenkomst waren gekomen. Ik viel dan ook meteen met de deur in huis: 'Het Joint betaalt voor mij het equivalent van tweehonderdvijftig dollar per maand... Nee, dokter, laat u me even uitpraten. Ik heb allang genoeg van dit kuuroord, maar ik kan me goed voorstellen dat u nog lang niet genoeg hebt van dat aardige bedrag, en dat u het ook na mijn vertrek graag zou willen blijven vangen.'

'U kunt hier niet vertrekken. U bent ziek.'

'Nou en? Laat u de politie komen om me hier met geweld vast te houden?'

'Ik ben deze botheid niet gewend, jongeman.'

'Wat vindt u hiervan?' vroeg ik zonder in te gaan op zijn opmerking. 'Ik verlaat het ziekenhuis, maar we geven dat niet aan bij het Joint in Bratislava. De dollars blijven binnenstromen en we delen ze als goede christenen, ieder de helft dus.'

'Ik heb nog nooit zoiets brutaals gehoord.'

'Het gerucht wil dat u niet direct aangifte doet van het overlijden van uw patiënten, en dat u op die manier illegaal geld ontvangt. Denkt u maar niet dat u de groene deviezen blijft tellen als ik hier de geest heb gegeven. Ik ben niet van plan om de pijp uit te gaan. Het tegendeel is waar.'

'U meent het allemaal niet serieus.'

'Elk woord dat uit mijn mond kwam was welgemeend, dokter.'

'U komt met een ernstige, maar ongegronde beschuldiging.'

'Ik kom ook met een voorstel.'

'Jullie zijn een hard en gevaarlijk ras.'

'U citeert uit het werk van Tiso.'

'Tiso was president van nazi-Slowakije. Ik heb nooit iets te maken gehad met de politiek. Ik ben arts.'

'Wat wordt het?'

'Ik ga onder fel protest akkoord met uw voorstel, jongeman. U lijdt aan actieve tuberculose. U zult het buiten niet langer uithouden dan een maand, hoogstens twee. Maar zonder middelen van bestaan geef ik u nog geen twee weken.'

Tot mijn laatste dag in Slowakije moest dr. Šimko het geld met me delen dat de naïeve mevrouw Rubin elke maand met de precisie van een Zwitsers horloge overmaakte. Algauw kwam ik erachter dat de helft van het bedrag niet voldoende was om al mijn grillen te betalen, maar zoals altijd bood ook deze keer het blinde toeval de helpende hand. Op een dag klopte er iemand op de deur van de eenkamerwoning die ik in een mooie villa in de buurt huurde. Hij stelde zich voor als de heer Herskovitz, een kleine middenstander uit Kežmarok, een naburig stadje waar veel Hongaarse joden woonden. Zodra hij zijn mond opendeed om de reden van zijn bezoek uit te leggen, wist ik dat de man me van mijn geldnood kwam verlossen.

'Ik hoor dat je tuberculose hebt,' begon hij zonder omhaal en ging onuitgenodigd op de punt van de sofa zitten. Ik knikte.

'Je kunt een goede daad verrichten en er behoorlijk aan verdienen ook,' zei hij.

'Ik ben niet geïnteresseerd in goede daden.'

'Jou mag ik wel,' glimlachte de heer Herskovitz. 'Laat ik je uitleggen waar het om gaat. Mijn zoon is net achttien geworden en hij is van plan naar Palestina te emigreren. Hij zou meteen willen vertrekken, maar hij zit met zijn dienstplicht. Alleen met een besmettelijke ziekte heb je een redelijke kans om afgekeurd te worden. Je begint me te volgen, zie ik.'

'Als u gedacht had dat ik een domkop was, was u niet gekomen.'

'Klopt. De kleermaker in Smokovec zei dat je een verstandige jongen bent en dat er met je te praten valt. Dat is dan die kleermaker die nog voor twee kostuums geld van je krijgt. Ik heb hem trouwens al betaald. Ik wist niet dat hij zo duur was.'

'Ja, maar hij is ook een uitstekend vakman. Ik heb ooit een mooi gezegde gehoord, dat mijn motto is geworden: Het leven is mooi maar duur. Het kan goedkoper, maar dan zou het ook minder mooi zijn. Wat vindt u daarvan, meneer Herskovitz?'

'Het is geen koopmansfilosofie.'

'Ik ben geen koopman, al heb ik deze keer bij uitzondering iets te bieden wat u wilt kopen. Nu moet alleen nog de prijs vastgesteld worden.'

'Op welke basis dan?' vroeg mijn gast enigszins sarcastisch.

'Op basis van vraag en aanbod,' zei ik.

'Er zijn hier genoeg tuberculoselijders.'

'Hoeveel zijn er in de dienstplichtige leeftijd? Hoeveel hebben gaten in hun longen ter grootte van een pruim? En hoeveel willen het risico nemen?'

'Je was toch geen koopman?'

6

De familie Herskovitz voorzag me van een vals identiteitsbewijs en stuurde me naar Praag; in de eigen omgeving, waar iedereen iedereen kende, zou de fraude immers onmiddellijk aan het licht komen. Volgens de Tsjechoslowaakse wet moest de dienstplichtige zich melden in de plaats waar hij de laatste drie maanden had gewoond. Om hieraan te kunnen voldoen liet ik me inschrijven bij het bevolkingsregister van Praag en logeerde ik daar in een hotel dat de heer Herskovitz voor me had uitgezocht, in heerlijke afwachting van de dag van de keuring. Het hotel, eigenlijk een tweederangs pension, lag vlak bij het centrum, zo'n vijf minuten lopen van het Václavské náměstí, het plein waar de meeste cafés en bioscopen van de stad zich bevonden. Kost en inwoning waren vooruitbetaald. Verder hield ik volgens het herenakkoord met Herskovitz een redelijk bedrag over als zakgeld. Ik moet dan ook zeggen dat ik me uitstekend heb vermaakt op kosten van de aanstaande immigrant, een jongeman die ik nooit heb mogen ontmoeten. Toen ik op de bewuste dag voor de keuringscommissie verscheen, verklaarde ik, met behoorlijke brutaliteit en in gebroken Slowaaks, dat ik niets liever wilde dan het vaderland te dienen, en dat ik desnoods bereid was voor de Tsjechoslowaakse republiek te sterven. De voorzitter van de commissie stelde me gerust met de mededeling dat er geen derde wereldoorlog te verwachten was. De artsen betastten mijn lijf, ze namen mijn temperatuur op en keken in mijn longen. Ze zullen wel geschrokken zijn van de uitslag van het röntgenonderzoek, want ze vroegen verbaasd hoe het mogelijk was dat iemand als ik niet opgenomen was. Zonder verder onderzoek ondertekenden ze de vrijstelling waar de familie Herskovitz in spanning op zat te wachten.

Voor het eerst leidde ik een zelfstandig leven, zonder toezicht van ouders, zonder enige opgelegde structuur. Ik was als dronken van de nieuwe vrijheid. Zonder ooit te hebben gezwommen sprong ik in het water; toen bleek dat ik niet verdronk, ging ik meteen van een hogere plank springen. Ik lette niet op mijn gezondheid, ik lette niet op de centen, ik vulde mijn garderobe bij – zoals het een man betaamt die aan een nieuwe periode in zijn leven begint –, ik werd uiteraard stamgast van bars, chique restaurants en modieuze vakantieoorden en ik gaf aanzienlijke bedragen uit in een vergeefse poging het hart van de vijftien jaar oudere vrouw van een Poolse diplomaat te veroveren.

Tweeënveertig jaar later zou mij in een interview op de Israëlische radio gevraagd worden of het hedonisme dat mij volgens de interviewer kenmerkte geen compensatie was voor het jarenlange leed in de holocaust. 'Dat geloof ik niet,' zei ik. 'Ik kom net terug van een heerlijke vakantie in Hawaii. In het Hyatt Hotel, waar ik verbleef, heb ik veel mensen gesproken. De meesten hadden snellere auto's dan ik, ze droegen modieuzere kleding en sommigen waren zelfs net zo vaak hertrouwd als ik. Ze leefden allemaal voor het moment, maar voor zover ik weet hadden ze geen van allen de holocaust meegemaakt. Waar zou u hun genotzucht dan aan toeschrijven?'

Niemand kan zijn eigen psychoanalyticus zijn, zelfs Freud kon dat waarschijnlijk niet, maar ik vermoed dat wat ik toen zei niet de hele waarheid was. Hoe het ook zij, op het moment zelf, in 1946, was ik me maar al te bewust van het feit dat ik bezig was aan een wrede race tegen de dood, en dat ik me moest haasten om zoveel mogelijk uit het leven te halen. Het is dan ook geen wonder dat ik zonder de gulle bijdrage van de heer Herskovitz te maken kreeg met wat men tegenwoordig 'liquiditeitsproblemen' noemt. Ik moest dringend een andere bron van inkomsten zien te vinden. Zo kwam het dat ik me ineens het bestaan van mijn grootvader herinnerde, die vijfentwintig jaar voor mijn geboorte naar de Verenigde Staten was geëmigreerd. Als kind had ik talloze verhalen over hem gehoord. Oost-Galicië was Salomon Rosenwiesen te klein geworden. Daarom liep hij – een jaar voor het uitbreken van de Eerste Wereldoorlog – weg bij zijn vrouw en twee kinderen: mijn moeder en haar broertje Max. Hij liet mijn grootmoeder zijn olieboringen in het district Borysław na. Pas nadat hij de westgrens van het Oostenrijks-Hongaarse rijk over was, bleek dat de bronnen droog waren; ze waren al leeggepompt lang voordat opa Salomon de wereld ging veroveren. Hij ging eerst naar Zwitserland, waar hij voor horlogemaker leerde, en van daaruit naar de Verenigde Staten, om daar een fortuin te verdienen met de verkoop van goedkope horloges aan de zwarten en minder bedeelden. Eens per jaar stuurde hij me tien dollar als verjaardagscadeau. Er was geen enkele reden, dacht ik nu in mijn onnozelheid, waarom hij zijn enige kleinkind, dit slachtoffer van de holocaust, niet zou steunen. Voor het eerst in mijn leven dankte ik de heer Rosenstein, mijn leraar Engels: had hij niet zo doorgezet, dan was ik nu niet in staat om die hartverscheurende brief aan mijn opa te schrijven.

Ik schreef drie bladzijden vol om toegang te krijgen tot het hart en de beurs van een grootvader die ik nooit gezien had. Pas bij de slotzin bedacht ik dat ik zijn adres niet wist. Na de oorlog vonden veel mensen hun familieleden terug via het Rode Kruis, maar met alle kleermakers, kroegbazen, restauranthouders, alsook mijn nieuwe hospita in Praag, bleef er geen tijd over voor een uitvoerige zoektocht. Mijn schulden liepen op en ik kwam steeds meer onder druk te staan. Wie weet hoe ik me uit de nesten had gewerkt zonder die verwerpelijke gewoonte van vroeger om in het bureau van mijn vader te neuzen. Naast de postzegels die ik van de liefdesbrieven van mijn ouders had afgescheurd, had ik ook de postzegels die op de enveloppen van de bank waren geplakt in mijn album gedaan. En een kinderbrein had in een van zijn grijze cellen de naam opgeslagen: First National Bank of Wisconsin, Milwaukee. Dus stuurde ik de brief aan mijn grootvader nu naar het adres van de bank. Op een apart vel deed ik een beroep op het geweten van de bankdirecteur. Ik schreef dat Mister Rosenwiesen elk jaar in januari gebruik had gemaakt van de diensten van zijn bank om mijn verjaardagscadeau naar Polen over te boeken, en dat ik daaruit logischerwijs de conclusie trok dat mijn grootvader een vaste klant van de bank was. En ik eindigde met: 'Ik zal u zeer dankbaar zijn als u mijn wanhoopskreet aan mijn grootvader zou willen overbrengen.'

Ik kreeg per omgaande een cheque voor honderd dollar. Nee,

niet van mijn grootvader. De bankdirecteur was zo ontroerd door mijn brief dat hij besloot me uit eigen zak eerste hulp te bieden, en dat ondanks het feit dat 'we niet langer de eer hebben om onze diensten te bieden aan Mister Rosenwiesen, die naar een van de zuidelijke staten van de Verenigde Staten is verhuisd'. Vervolgens beloofde hij zijn best te doen om mijn grootvader, of andere familieleden, op te sporen. Een maand later verraste de postbode me dan ook voor de tweede keer met een brief uit Amerika. De heer Ben Lewenauer, klant van de bank en eigenaar van het warenhuis Stuart's in Milwaukee, beschreef in een geëmotioneerde brief de complexe bloedbanden die ons van oudsher met elkaar verbonden; zijn vader en mijn overgrootvader waren, geloof ik, neven. Dit alles zou me geheel koud hebben gelaten, ware het niet dat hij beloofde me te onderhouden zolang ik door mijn slechte gezondheid niet op eigen benen kon staan. En inderdaad, vanaf die dag lag er om de zoveel tijd weer een cheque in de bus, een aardige aanvulling op de 'toelage' die dr. Šimko nooit vergat op te sturen.

Uiteindelijk werd ook opa Salomon opgespoord. Die woonde nu in de stad Biloxi in Mississippi. Hij begon me te bestoken met lange brieven waarin hij uitweidde over de onbezonnenheid van mijn ouders, die niet geluisterd hadden naar zijn advies om tijdig uit Europa te emigreren, en die daar met hun leven voor hadden geboet. Afgezien van gedetailleerde instructies betreffende mijn gedrag, wat ik 's zomers moest aantrekken en wat 's winters en welke voeding de beste garantie bood voor een goede stofwisseling, kreeg ik van hem niets. Later zou blijken dat hij in die tijd getrouwd was met een Amerikaanse vrouw van vijfentwintig; hij zal wel geen zin hebben gehad in een lastige kleinzoon die, waarschijnlijk door een betreurenswaardige vergissing van het lot, de oorlog had overleefd.

Wie weet hoe het verder met me gegaan was zonder de onverwachte tussenkomst van de Tsjechoslowaakse autoriteiten. In april 1947 kwam de politie er bij een routinecontrole in een wegrestaurant waar ik zat te eten achter dat ik illegaal in Tsjechoslowakije verbleef. Het identiteitsbewijs van Herskovitz junior had ik direct na de medische keuring vernietigd; ik had nu alleen nog een verklaring van het Amerikaanse leger dat ik in

Mauthausen was bevrijd, een document waar de wetsdienaars geen genoegen mee namen. Ook mijn poging om hen om te kopen leverde niets op. Later, bij het verhoor, probeerde ik de immigratieambtenaar te overtuigen dat ik te ziek was om verplaatst te worden, maar hij reageerde met volstrekte minachting op het door dr. Šimko ondertekende stukje papier. Mijn verzoek om in Tsjechoslowakije te mogen blijven werd afgewezen. Twee politieagenten brachten me per trein naar de grensstad Český Těšín, wezen op de brug en gaven me het bevel naar de andere kant te lopen. Ik pakte de twee koffers die mijn hele hebben en houden bevatten en liep naar de noordelijke oever van de Olza. De agenten keken me na tot ik het gebouwtje bereikte waarop de wit-rode vlag van de Volksrepubliek Polen wapperde.

Er waren tien jaar voorbijgegaan sinds ik die brug was overgelopen. Ik was toen een jongetje van tien met twee gestolen kronen in zijn zak; nu droeg ik een dikke portemonnee in de zak van mijn getailleerde sportcolbert, en in mijn geperforeerde longen smokkelde ik de tuberculosebacillen Polen binnen.

Mijn vader had een broer en vier zussen. Ze hadden allemaal een groot gezin gesticht. Maar de holocaust heeft zijn tol geëist en afgezien van mijn oom Marian, zijn vrouw Niusia en hun zoon Edward heeft niemand van mijn familie in Europa de oorlog overleefd. Het verhaal van Marian en zijn gezin illustreert de rol die het toeval speelt bij het bepalen van ons levenslot. Toen de Russische KGB op zoek ging naar vluchtelingen die uit angst voor de nazi's naar Lwów waren uitgeweken, hielden mijn vader en zijn broer zich schuil op zolder. Om een voor mij onduidelijke reden besloot oom Marian uit de schuilplaats te komen en zich aan de politie over te geven. Marian werd samen met zijn gezin aangehouden en door de Russen naar een nederzetting van semi-gevangenen in de Oeral verbannen. Na de oorlog mochten ze terugkeren naar Kraków, waar ze de apotheek weer in handen kregen die voor de oorlog hun eigendom was geweest. Oom Marian was een bekwame apotheker, de zaak draaide goed en pas toen die twee jaar later werd genationaliseerd, emigreerde mijn oom naar Israël. Over zijn plan om Polen te verlaten vertelde hij me terloops, zonder een datum te noemen, zonder verdere details. Ik verbleef in die tijd in een rusthuis in Neder-Silezië. Eens in de maand bracht ik een kort bezoek aan Kraków, meestal om het een en ander te regelen in verband met de erfenis: een appartementsgebouw dat van mijn opa en oma was geweest. 'Ik zou liever in Kraków wonen,' zei ik een keer tegen mijn oom en bood aan om hun kamer over te nemen als zij naar Israël gingen. 'Jullie weten toch dat ik de marktprijs kan betalen,' zei ik er nog bij, opdat ze niet zouden denken dat ik op een korting uit was. 'Je hoort het als het zover is,' beloofde mijn tante. Maar toen ik een keer weer naar Kraków kwam, trof ik onbekenden in hun huis. Ze waren vertrokken zonder een spoor achter te laten. Ze stuurden ook geen ansichtkaart uit Israël. Het contact was verbroken.

Het lag voor de hand dat ik, terug in Polen, mijn oom en tante zou opzoeken. Ik kende verder niemand in het land. Helaas werd ik daar niet bepaald hartelijk ontvangen, en dat is nogal zacht uitgedrukt. Tante Niusia straalde kilheid uit. Tevergeefs probeerde ik erachter te komen wat ik misdaan had, waarom ze zo onvriendelijk was. Ik kon niet weten dat ze een oude wrok jegens mijn vader koesterde en dat ze die nu waarschijnlijk op mij projecteerde. De aandelen van de Poolse Bank, die me van een comfortabel en fatsoenlijk bestaan hadden moeten verzekeren, bleken het papier waarop ze gedrukt stonden niet waard. Het nieuwe regime onttrok zich aan de financiële verplichtingen van zijn voorgangers. Toch verkeerde ik niet in geldnood. Ben Lewenauer stuurde nog steeds zijn gulle cheques. Ik was het me zelf niet bewust, maar eigenlijk verlangde ik slechts naar één ding: een omgeving die me het gevoel zou geven ergens bij te horen. Ik zocht een familie, maar vond die niet. Pas na het overlijden van mijn oom en tante, beiden op hoge leeftijd, vertelde oom Max, mijn moeders broer, mij de geheime reden van het gedrag van mijn tante: toen ze nog jong waren, had mijn vader Niusia's avances genegeerd en voor mijn moeder gekozen. Niusia trouwde met zijn broer, maar vergaf hem tot haar laatste dag niet. 'Gekwetste vrouwen blijven hun emoties in hun hart dragen,' beweerde hij. Zijn verhaal kon niet meer geverifieerd worden. Wie weet, bracht ik met mijn komst de oude frustratie weer tot leven. Ze stuurde me weg met een argument waar moeilijk iets tegen in te brengen was: 'Met je besmettelijke ziekte breng je mijn kind in gevaar.' Ik vraag me af of ze daarmee verlost werd van haar jeugdtrauma.

Binnen enkele dagen had oom Marian mijn opname in het sanatorium van een joodse gezondheidsorganisatie geregeld. Het sanatorium was ondergebracht in een fraai rusthuis in Neder-Silezië, een gebied dat na de overwinning van de geallieerden door Polen was ingelijfd, waarbij de meeste Duitse inwoners gedwongen waren te vertrekken. Ook het rusthuis was van zijn oorspronkelijke bewoners ontdaan. En aangezien de joodse gemeenschap nog niet onder het gezag van de communistische partij viel, werd het huis ter beschikking gesteld van de gezondheidsorganisatie. Maar ondanks de schitterende omgeving, en ondanks de herhaaldelijke waarschuwingen van mijn oom om niet weer dezelfde fout te maken en aan de medische zorg te ontsnappen, was ik niet van plan om er ook maar één dag te lang te blijven. Alles daar deed me denken aan mijn tijd in Starý Smokovec. Misschien was dat de reden waarom ik op de eerste dag al mevrouw Rubin van het Joint schreef dat de betalingen aan dr. Šimko stopgezet moesten worden.

Op de tweede dag leerde ik Gita kennen.

Gita was zes maanden ouder dan ik. Ze was knap en vrolijk en ze straalde een innemende openheid uit. Ze werkte als verpleegster en ze woonde alleen in een kleine tweekamerwoning vlakbij. Van een poortje in de achtertuin van het sanatorium liep een smal kronkelpad tussen bramen en heidestruiken de heuvel op, rechtstreeks naar haar huis. Pas na een hele week over en weer glimlachen en elkaar vluchtig aanraken durfde ik bij haar langs te gaan. En ook dat deed ik niet op eigen initiatief.

Gita behoorde tot de vrouwen die zich zonder remmingen kunnen overgeven aan hun verlangens. Ze mocht me, dat was duidelijk, ze maakte geen geheim van haar gevoelens. Als ik nu naar mijn foto's uit die tijd kijk, zie ik iemand die half kind is en half man, slank en lang, nog niet door de tijd gekromd, met zwart haar, een krullenbol, grote bruine, nieuwsgierige ogen, omzoomd door de lange wimpers die zich later zouden ontpoppen als een belangrijk versiermiddel. De lippen zijn dun en niet sensueel, maar ze drukken vastberadenheid uit, koppigheid misschien; de geforceerde glimlach toont minachting. Er zit een foto bij, genomen in de studio van een beroepsfotograaf, waarop ik zelfverzekerd in een vrijpostige houding sta, met de ene hand op een balustrade en de andere aan mijn heup. Verder draag ik een rijbroek van een cavalerieofficier en hoge laarzen, een duidelijk teken dat ik in een periode verkeerde waarin ik uiterlijke symbolen nodig had om mijn mannelijkheid te benadrukken. Kennelijk was het geheel effectief genoeg, want Gita, die geen geduld meer had met mijn passiviteit, zei doodgewoon: 'Kom vanavond een glaasje drinken, en neem je pyjama mee.'

Ik vertelde haar niet dat het voor mij de eerste keer was, maar zij raadde het met haar vrouwelijke intuïtie meteen. 'Rustig aan, we hebben alle tijd,' fluisterde ze toen mijn wilde omhelzingen, die mijn verlegenheid moesten verbergen, te ongeduldig werden. We dronken wat. De geur van alcohol vermengde zich met die van lavendelwater. Ik werd duizelig. De drank was naar mijn hoofd gestegen. Gita bepaalde de gang van zaken. Ze nam me mee naar haar slaapkamer, kleedde me uit, liet me op haar bed liggen en bereed me in slow motion. Mijn lichaam vierde zijn ontmaagdingsfeest. De geur van lavendel werd verdrongen door heerlijke zweetlucht. In het betoverende moment waarop de passie aan scherven knalt, vond ik het geheim van de vervulling. Ik kuste haar. 'Blijf vannacht hier,' zei ze. Het was geen verzoek maar een vaststelling. De volgende ochtend, bij het eerste licht, bekeek ik haar naakte lichaam met de verwondering van een kind dat een nieuwe waarheid heeft ontdekt: zo wilde ik de rest van ons leven elke dag wakker worden. Ik had er geen idee van dat er zoete dromen zijn die ons maar enkele seconden bijblijven om daarna, alle pogingen om ze vast te houden ten spijt, te vervliegen, als vogels die uit een kooi zijn ontsnapt.

Gita, een koosnaam voor Margarita, was in het oosten van Polen geboren als dochter van een beroepsmilitair en een boerin. Haar vader was aan het begin van de Tweede Wereldoorlog al verdwenen, toen het Rode Leger Polen was binnengevallen en de meeste militairen gevangen had genomen. Hoewel dat nooit bewezen was, geloofde Gita dat haar vader door de bolsjewieken vermoord was en in een massagraf in Katyn was begraven. Als echtgenote van een vijand van de revolutie was haar moeder naar Siberië verbannen. Gita en haar twee jaar jongere zus Teresa waren ongemoeid gelaten. Haar zus zat nu op een internaat een paar kilometer van het sanatorium vandaan, en ze kwam ons eens in de maand bezoeken. Toen we op een avond rustig over koetjes en kalfjes zaten te praten om het gesprek gaande te houden, kwamen de zussen met een krankzinnig idee.

'Waarom zou jij kameraad Stalin niet een brief schrijven en hem vragen om moeder vrij te laten?' vroeg Teresa.

'Ja, waarom niet?' viel Gita haar bij. Mij leek het een idioot idee: 'Denken jullie dat hij niets anders te doen heeft dan verzoekbrieven te lezen van meisjes die op zoek zijn naar hun moeder?'

'Jij spreekt toch Russisch? Wat kan het je schelen, schrijf namens ons,' drong Teresa aan. Het had geen zin om ze tegen te spreken. Ik schreef een lange, hartverscheurende brief vol fouten; mijn geschreven Russisch was verre van volmaakt. Gita en Teresa ondertekenden de brief zonder te weten wat erin stond.

'Zonde van de postzegel,' zei ik sarcastisch. De brief werd aangetekend verstuurd. De ambtenaar bij het loket keek verbaasd toen ik de envelop voor hem neerlegde en nonchalant zei: 'Per luchtpost alstublieft.' Hij dacht zeker dat ik een tik van de molen had gehad. Geen normaal mens in Polen zou een brief sturen aan: Generalissimus Iosif Vissarionovitsj Stalin, Kremlin, Moskou.

In de zomer nam ik afscheid van de geneesheer-directeur en trok ik in bij mijn minnares. De nieuwe situatie beviel me wel; ik was hoofd van een gezin geworden. Een kennis die tot directeur van een porseleinfabriek was benoemd, bood me een baan aan als zijn rechterhand. De fabriek lag in het stadje Mieroszów, een kilometer of tien van ons vandaan, wat me een goede smoes gaf om een motor te kopen. Acht uur per dag was ik een belangrijke meneer die achter een gigantisch bureau zat en zijn handtekening zette op documenten die hem niets zeiden. De portier groette me met 'dag meneer de directeur', de werknemers namen hun pet af als ze me op het fabrieksterrein tegenkwamen en de burgemeester van Mieroszów nodigde me uit voor de onafhankelijkheidsviering. Ik voelde me net een jonge pauw.

Aan het begin van de herfst gebeurde het onvoorstelbare. De dagen werden korter en het was al donker toen ik thuiskwam van mijn werk. Het was mijn lievelingstijd, dat moment waarop de dag zich overgaf aan de nacht, waarop je het licht aan moest doen hoewel het nog vroeg was, waarop de brandende lamp de huiselijke warmte onder zijn kap spaarzaam in de kamer verspreidde. Gita was naar een buurvrouw en ik zat met Aldous Huxley te mijmeren over de idealen van een heerlijke nieuwe wereld, toen ineens de deurbel ging. Met tegenzin legde ik het boek op het kastje en ging ik opendoen. Voor de deur stond de postbode.

'Een expresbrief voor uw vrouw,' zei hij en gaf me een lange bruine envelop met in de linkerbovenhoek het symbool van hamer en sikkel en een kort opschrift: BUREAU VAN GENERALISSIMUS IOSIF STALIN, KREMLIN, MOSKOU. 'Hier tekenen,' zei de postbode. Zijn hand trilde toen hij me de lijst van aangetekende poststukken gaf. Hij wachtte roerloos tot ik een potlood had gevonden en bleef bij de deur staan ook nadat ik mijn handtekening had gezet, alsof hij dat grootse moment met mij wilde delen. Pas nadat ik hem een royale fooi had toegestopt, zette hij twee vingers aan zijn pet en ging ervandoor. Ik deed de deur achter hem dicht. Daarna stak ik de punt van het potlood in de hoek van de envelop en scheurde ik die over de hele lengte open. Stalins chef de bureau, wiens handtekening niet te ontcijferen was, had de aangename eer de dochters van staatsburgeres Maria Pisuła mede te delen dat er opdracht was gegeven hun moeder op te sporen en naar haar vaderland terug te sturen, dit alles in het kader van een humanitaire campagne voor gezinshereniging.

Laat op de avond reden we naar het internaat om het goede nieuws aan zus over te brengen. Ik moest de brief tot drie keer toe vertalen voordat de boodschap tot haar doordrong. Toen liet ze zich ontvallen: 'Mama zal zich van kant maken als ze erachter komt dat jullie in zonde leven.'

'Ze is nog niet eens opgespoord. Komt tijd, komt raad,' zei ik. Maar Teresa was er niet gerust op.

'Ga je haar vertellen dat Roman joods is?' vroeg ze.

'Ben je mal,' bromde Gita. 'Als jij maar je grote mond houdt.'

'Alle buren weten het. Je kunt ze niet allemaal de mond snoeren.'

'Niks aan te doen, zusje, ik zal ermee moeten leven.'

'En mama dan? Hoe moet zij ermee leven?'

'Geen idee.'

'Waarom trouwen jullie alvast niet? Ik ben ervan overtuigd dat de pastoor in Mieroszów daar niet moeilijk over doet.'

'Je bent wel heel snel weer vergeten dat ik een jood ben,' zei ik sarcastisch.

'Hij hoeft het niet te weten,' zei Teresa met een glimlach.

'Als het moet, dan trouwen we,' besloot ik.

Gita's mond viel open van verbazing. Toen we elkaar jaren later, en nadat de wonden van de scheidingsoorlog al geheeld waren, toevallig tegenkwamen, bekende ze dat ze nooit gedacht had dat ik met haar zou willen trouwen. Toen al, zei ze, toen ik mijn verrassende voorstel had gedaan, besefte ze dat ons huwelijk kansloos was. Ze was zich vanaf het begin al bewust van de grote verschillen tussen ons. Zij kende haar eigen wereld, omdat die duidelijk begrensd was door de vier muren van haar huis. Nieuwsgierigheid behoorde niet tot haar eigenschappen. Ze had geen behoefte aan raadgeving, want ze verdiepte zich nooit in de grote vraagstukken van het bestaan en was daarom ook nooit echt ten einde raad. En ik? Sinds ik me kan herinneren heb ik nooit genoegen genomen met het geluk van een kat die lekker in de warme zon ligt. Ik heb altijd naar onbekende oorden willen varen, van de boom der kennis willen proeven. Alleen was ik toen, twee jaar na de oorlog, nog niet in staat tegelijkertijd te leren en het geleerde aan de werkelijkheid te toetsen. Met de onbezonnenheid van iemand die zich altijd uit de nesten weet te werken dook ik de draaikolk in zonder me af te vragen of ik wel kon zwemmen. Ja, zonder te beseffen wat het allemaal inhield. Voor mij was het huwelijk in de eerste plaats het bewijs van mijn volwassenheid. Toen we een telegram kregen dat de oude dame binnenkort zou aankomen, nam ik zonder aarzeling contact op met de pastoor. Hij had er alle begrip voor dat ik niet in ondertrouw wilde gaan. Het was gebruikelijk om de aankondiging bij de ingang van de kerk op te hangen om de gemeenschap een kans te geven bezwaren in te brengen. Als de joden de aankondiging zouden zien, zouden ze de pastoor er ongetwijfeld op attenderen dat dit huwelijk de zegen van de kerk niet verdiende.

'Ik ben lid van de communistische partij,' loog ik. 'De partij verbiedt ons om gebruik te maken van de diensten van de Kerk. U begrijpt toch, meneer pastoor: als de autoriteiten erachter komen, kan ik ontslagen worden.'

'Ik begrijp het, en Onze Lieve Heer zal het ook begrijpen,' antwoordde hij. 'In bepaalde gevallen mogen we van de regels afwijken.'

Hij hield een bescheiden huwelijksceremonie in een klein kamertje dat als garderobe diende. Toen hij me de huwelijksakte overhandigde – die Gita direct afpakte en in haar tas stopte – vroeg ik: 'Wat krijgt u van mij, meneer pastoor?'

De pastoor wreef zijn handen over zijn zwarte toog, alsof hij elke smet van geldzucht af wilde vegen, en zei zachtjes, met zijn gezicht naar het Christusbeeld aan de muur: 'Normaal reken ik voor joden twintigduizend złoty, maar omdat ik u mag, neem ik deze keer genoegen met tienduizend.'

Met het oog op de grote verandering in ons leven kocht ik van de overheidsinstelling die verlaten bezittingen beheerde een houten zeskamerchalet: drie kamers op de begane grond en drie op de eerste verdieping, iedere kamer met een eigen balkon met een balustrade van bewerkt eikenhout. De begane grond reserveerden we voor haar moeder, de bovenverdieping richtten we in voor onszelf. Tijdens de verbouwing zag ik op het dak een bord waarop stond: Pension Monika. Ik haalde het houten bord weg en gooide het op een vuilnishoop in de tuin. Was dit een voorteken? De eerste vrouw die mijn hart zou stelen zou immers Monika heten.

Gita's moeder bemoeide zich niet met ons leven. De eenzame jaren in de steppen van Siberië bleken van haar een zwijgzame en teruggetrokken vrouw te hebben gemaakt. Ze aanvaardde zonder meer mijn gezag als gezinshoofd en koos bij elk meningsverschil tussen mij en haar dochter openlijk partij voor mij. 'De man heeft altijd gelijk. Ook als hij zich vergist, heeft hij gelijk. Zo gaat dat in het huwelijk,' las ze Gita de les. Had ze door dat onze relatie achteruitging? Ik geloof het wel. Ik geloof dat ze de crisis allang zag aankomen. Met haar boerenverstand begreep ze heel goed wat er gebeurde, maar ze hield haar conclusies evengoed voor zich. Ikzelf was nu ook gewend om te zwijgen, maar dan om een heel andere reden. Binnen een relatief korte tijd was ik door mijn gespreksonderwerpen heen. Gita's interesses vond ik nogal triviaal; de mijne zeiden haar niets. Bij gebrek aan een goede verstandhouding ontwikkelde ze een verhouding bestaande uit onenigheden. Gita meende dat munten plat zijn om ze goed te kunnen vasthouden; ik was van mening dat ze rond zijn om ze te kunnen laten rollen. Uiteindelijk verdween ook de bekoring van de fysieke liefde, en toen de liefdesdaad routine werd, was de scheiding onvermijdelijk. Misschien had het schijngeluk langer geduurd, als Teresa mijn besluit niet had bespoedigd.

Op haar achttiende verliet ze het internaat, maar ze wist niet wat ze verder moest. Op advies van Gita trok ze tijdelijk bij ons in, tot ze op haar eigen benen zou staan. Voor het eerst merkte ik dat ze geen schoolmeisje meer was, dat ze een provocerende vrouwelijkheid uitstraalde. Ik was allerminst verbaasd toen ze gebruik maakte van de afwezigheid van Gita, die met haar moeder was gaan winkelen, om naar de slaapkamer te komen en zich aan mij aan te bieden alsof het de gewoonste zaak van de wereld was.

'Waar heb je dit geleerd?' vroeg ik toen ze me vastgreep met de handen van een ervaren melkmeid.

'Bij de nonnen,' lachte ze en trok me over zich heen. Het was een open deur intrappen. Mijn kennis werd uitgebreid met het inzicht dat het plezier van geven en nemen niet aan één vrouw is voorbehouden, en dat alles wat ik bij Gita gevonden had, ook bij andere vrouwen te vinden was.

Dezelfde avond nog kondigde ik mijn vertrek aan. Moeder zweeg zoals altijd. Teresa hielp me in te pakken. Toen ze de overvolle koffer dichtdrukte, vroeg ze met een fluisterstem: 'Waar ga je heen? Zeg maar waar ik heen moet komen.'

'Geen idee,' zei ik. Ik had geen zin om van de regen in de drup te komen. De wereld was vol jonge vrouwen, waarom zou ik mezelf de spannende trektocht van de ene naar de andere jongedame ontzeggen? De koffer was dicht. Gita stormde vloekend de kamer binnen. Ze dreigde met wraak, ze huilde en schold me uit, ze jankte en smeet me beschuldigingen naar het hoofd, totdat de laatste schreeuw in haar keel bleef steken en ze stil bleef, gebroken en uit het veld geslagen. Al raaskallend had ze de hoofdzaak overgeslagen: ze had niet gezegd dat ze zwanger was. En ik had niet gemerkt dat ik een foto miste die in Kraków op straat was genomen kort voordat ik door de nazi's was opgepakt. Ik kon niet weten dat ik de foto enkele weken later zou zien liggen op het bureau van een rechercheur op de afdeling ernstige delicten van de geheime politie.

Een jaar later, ik werkte intussen als journalist in de provinciehoofdstad Wrocław, ontmoette ik Monika, de eerste vrouw die me meenam in de doolhof van de echte liefde, plezierig en kwellend tegelijk. Maar zover zijn we nog niet. Voorlopig liet ik me nog meeslepen met de geneugten van het hier en nu. Binnen de kortste tijd was ik geïntegreerd in de kringen van journalisten, kunstenaars en schrijvers van mijn leeftijd. 's Avonds ontmoetten we elkaar in het Artiestencafé, een glazen gebouw achter de Opera, om daar een vrolijke nachtvlinder te vangen, meestal een van de danseressen van het plaatselijke balletgezelschap. Die kwamen na afloop van de voorstelling een glaasje met ons drinken en maakten de volgende ochtend meestal ook het ontbijt klaar. De ene vrijblijvende relatie volgde de andere in een weefsel van kortstondige vrijages, een vliegend tapijt waarop ik voortdreef alsof er nooit een einde aan zou komen. We wilden allemaal de verloren jaren inhalen, we hadden allemaal haast, bang als we waren om de geneugten te missen die nu binnen handbereik waren, maar morgen misschien niet meer.

Ik heb geen idee wat Jadwiga Król in het Artiestencafé kwam zoeken. Zeker geen wilde avonturen. Hoewel ze sterk veranderd was, herkende ik haar meteen. Ze zag er afgemat uit, haar onverzorgde uiterlijk maakte een vermoeide indruk, haar ogen misten hun glans en in haar stem ontbrak de vrolijkheid die ik me herinnerde van de giechel die met haar vrijers stond te zoenen en te knuffelen in het trappenhuis van het huis in Lwów waar we in 1939 tijdelijk gewoond hadden.

Ik vroeg haar bij mij aan tafel te komen zitten. Ik hoefde niet bang te zijn dat deze ontmoeting me terug zou voeren naar tijden die ik liever wilde vergeten. Ze zat op de punt van de stoel, verlegen en niet helemaal zeker dat dat echt mijn bedoeling was geweest.

'Hoe gaat het?' vroeg ik om maar iets te zeggen. Met een hoofdknik gaf ze aan dat het wel beter kon. Ik berekende snel dat ze nog geen vijfentwintig was en dacht bij mezelf: God, wat is ze oud. Tegen haar zei ik: 'Wat doe je zoal? Je wou toch toneel spelen?'

'Voor mij is het spel uit,' zei ze zonder verdere uitleg.

'Maar toch?'

'Je ziet er geweldig uit. Gaat het goed?'

'Jij ziet er ook geweldig uit,' loog ik.

'Je kletst.'

'Wil je wat drinken? Ze hebben hier echte cognac.'

'Geef mij maar een glaasje thee.'

Ik bestelde thee en honingkoek voor haar. Jadwiga keek het café rond.

'Het is vrolijk hier,' verzuchtte ze.

'Heb je het moeilijk? Kan ik je ergens mee helpen?'

'Waarom zou je me helpen?'

'Omdat ik nooit zal vergeten wat jullie voor mijn vader en voor mij hebben gedaan.'

'Wanneer?'

'Toen we in het kamp zaten.'

'Waar heb je het over?' vroeg ze verbaasd.

'Hebben je ouders het je niet verteld?' vroeg ik nu verbaasd.

'Nee.'

Ik noemde de brief, het geld, het brood en de melk.

'Fabeltjes,' viel ze me in de rede. 'We hebben die brief nooit ontvangen en we hebben jullie nooit iets toegestuurd. Je verzint het.'

'Ik heb maar een paar glaasjes op, ik ben zo helder als wat, alles wat ik verteld heb is absoluut waar,' zei ik en voegde meteen wat details en data toe om haar te overtuigen. Maar Jadwiga bleef erbij: kort nadat wij gedwongen waren uit Lwów te vluchten, was haar vader door de Duitsers beschuldigd van samenwerking met het verzet en vervolgens opgepakt en geëxecuteerd; zij en haar moeder hadden geen middelen van bestaan en trokken in bij familie op het platteland.

'We hebben jullie spullen verkocht om in leven te blijven,' bekende ze met enige gêne en zei meteen op defensieve toon: 'Ik hoop niet dat je me nu de rekening gaat presenteren. Ik heb geen cent.'

Ik zweeg.

'Ben je geschokt?' Ze begreep mijn zwijgen verkeerd.

'Geschokt? Nee, hoor. Een mens moet allereerst aan zichzelf denken.'

'Dat was niet wat de beheerder van de staalfabriek in Starachowice dacht,' merkte ze op.

'Klopt,' zei ik, 'hij zette zijn leven op het spel voor vreemden. Ik zal nooit begrijpen wat hem bewoog. En jij? Kan jij me uitleggen waarom hij ons in de nood heeft geholpen?'

Jadwiga keek vluchtig op haar horloge. 'Nu niet,' zei ze, 'het is laat, ik moet weg. Een andere keer misschien.'

'Geef me je telefoonnummer,' zei ik.

'Ik heb geen telefoon.'

'Schrijf dan tenminste mijn nummer op.'

Ze schreef het op een servet, vouwde het op en stopte het in haar tas. Toen ze opstond om weg te gaan, wisten we allebei dat ze er nooit gebruik van zou maken. Ze vertrok zonder me een hand te geven. Stond het onaangeroerde glas thee er niet, dan had ik kunnen denken dat ik haar nooit gesproken had.

Dat weekend leende ik een auto van de fotograaf van de krant en reed naar Starachowice. Ik was er sinds mijn verblijf in het kamp niet meer geweest. Tot mijn verbazing zag de stad er heel anders uit. De staalfabriek stond weer op het punt om gesloten te worden. In de bovenstad, op het terrein waar de Duitsers munitie hadden geproduceerd, was men nu bezig met de bouw van een gigantische vrachtwagenfabriek. Op de plek van het massagraf waar mijn vader begraven lag, stond een arbeiderswijk van trieste, grijze, rechthoekige gebouwen. Ik liep tussen de betonnen blokken als tussen grafzerken op een uitgestrekte begraafplaats. De mensen op straat letten niet op mij, ik zag hen zelf ook niet. Hier zou ik de beheerder nooit tegenkomen, en al kwam ik hem tegen, ik zou hem toch niet herkennen. Ik herinnerde me niets behalve zijn vlezige rode neus. Waarom was ik gekomen? Nooit zou ik deze eenvoudige man kunnen bedanken. Ik kon niet naar zijn adres vragen, want ik wist zijn naam niet. 's Avonds keerde ik terug naar Wrocław, weer een levensles rijker: mijn vader had Witold Król voor een rechtvaardig man aangezien. Ik had de beheerder aangezien voor een geldzuchtige dronkaard. We hadden het allebei mis gehad. De mensen zijn niet wat ze lijken; wat we zien is slechts een weerspiegeling, het beeld dat anderen van hen hebben. En als de waarheid te laat aan het licht komt, heb je er niets meer aan.

7

De ondervrager had rood haar, volle, sproetige wangen en blauwe ogen. Zijn gezicht straalde van levensvreugde, zijn verschijning strookte niet met het gangbare imago van een dienaar van het rijk der duisternis. Hij legde een kleine foto op het bureau en vroeg met een haast hartelijke glimlach: 'Kent u deze man?'

Ik knikte. 'Natuurlijk, ik ben het zelf.'

'In het uniform van de Hitler-Jugend?'

'In het uniform van de Hitler-Jugend, ja.'

'Kunt u het nader verklaren?'

'Hoe komt u aan de foto?'

'Hier stel ik de vragen en geeft u de antwoorden, kameraad.'

Ik knikte weer. De spelregels waren vanaf het begin al duidelijk, ook al was het spel nogal onschuldig begonnen. Ik was niet bij het aanbreken van de dag door geheime agenten opgehaald, zoals in de boeken staat. Om acht uur 's morgens was op mijn kamer bij de redactie van de krant een oudere man verschenen die eruitzag als een gepensioneerde schoolconciërge. Hij veegde zijn voeten zorgvuldig af, schoof de deurmat weer terug op zijn plaats en kwam pas binnen nadat ik geantwoord had dat hij me niet stoorde. Ik bood hem een stoel aan, maar hij bleef liever staan en vroeg naar mijn naam. Nadat hij geverifieerd had dat hij bij de juiste persoon was, haalde hij een blanco bruine envelop uit zijn versleten tas, overhandigde mij een gewoon schoolschrift en vroeg me voor ontvangst van de brief te tekenen.

'Van wie is de brief?' wilde ik weten.

'Ik ben maar een bode,' zei hij en wachtte geduldig totdat ik getekend had. Toen ik hem het schrift teruggaf, kneep hij een oog dicht, las met het andere mijn handtekening en knikte tevreden. Bij de deur bleef hij even staan, alsof hij nog iets wilde zeggen, maar hij beperkte zich tot een beleefd 'goedendag' en vertrok. Ik scheurde de envelop open. Op een briefpapier van de openbare veiligheidsdienst stond een laconieke uitnodiging: 'Staatsburger Roman Frister wordt geacht vandaag om tien uur nul nul op het plaatselijke kantoor van de openbare veiligheidsdienst te verschijnen en zich met deze brief bij de portier te melden. De uitnodiging is geheim en het is verboden een ander in kennis te stellen omtrent de inhoud of het bestaan ervan.' De handtekening was onleesbaar.

De uitnodiging kwam als een volstrekte verrassing. Links op de bladzijde stond in kleine hoofdletters het woord BETREFT getypt, maar de regel erachter was niet ingevuld en uit niets kon ik opmaken waarom de Veiligheidsdienst uitgerekend mij onder de loep had genomen. Ik had niet gespioneerd, ik was geen lid van het anticommunistisch verzet, als dat al bestond, ik was niet bezig het regime omver te werpen, noch had ik iets geschreven dat niet met de officiële richtlijnen strookte. Tegelijkertijd wist ik dat de Veiligheidsdienst zich niet liet leiden door het beginsel dat men onschuldig is zolang het tegendeel niet is bewezen. Ik had zelf vaak genoeg gelachen om de populaire mop: 'Geef mij maar de man, ik bedenk er de nodige overtreding wel bij.' Ik vond het een goede mop, totdat ik die vreemde uitnodiging onder ogen kreeg.

De klok wees tien voor halfnegen. Het was vijf minuten rijden naar het gebouw van de Veiligheidsdienst. Tijd genoeg om over het gebeurde na te denken. Eerst deed ik er nonchalant, haast lichtzinnig over, maar met iedere minuut zakte mijn zekerheid steeds verder, totdat mijn moreel het dieptepunt bereikte. Ik had weliswaar niets misdaan, ik was ook geen kind van de revolutie, maar de revolutie had een gezonde eetlust, ze verslond ook stiefkinderen. Ik had makkelijk slachtoffer kunnen zijn geworden van een samenzwering waar ik part noch deel aan had. De partij regeerde bij de gratie van een niet-aflatende strijd tegen de vijanden van de arbeidersklasse. Bij gebrek aan echte vijanden moesten die verzonnen worden. Duizenden staatsburgers kregen zo'n korte, nietszeggende brief en meldden zich zoals gevraagd, om vervolgens te verdwijnen. Soms bleven ze een maand weg, soms een jaar, soms voorgoed.

Het communistische regime probeerde wortel te schieten in een grond die niet ontvankelijk was voor de zaadjes van een ideologie die een einde wilde maken aan privé-eigendom en godsdienst. De Poolse boer was met zijn navelstreng verbonden aan zijn eigen stuk grond. De pers schreef over het grote enthousiasme waarmee het collectivisatieplan ontvangen was, maar de verslaggevers die het platteland afreisden, kwamen terug met bloedstollende verhalen over de gruwelijke manier waarop landbouwers gedwongen werden zich bij de collectieven te voegen. Zelf wist ik uit ervaring dat je duizend jaar christendom niet in een handomdraai uit de ziel van een heel volk kunt uitrukken; ook niet als die hand een pistool vasthoudt. De vijandigheid jegens Rusland, dat Polen tot drie keer toe verslagen en vernederd had, kon wel uit de geschiedenisboeken verwijderd worden, maar niet uit de mondelinge overlevering. Elk Pools kind wist dat de Russen nog steeds aan de touwtjes trokken, want ook al tooide de Poolse adelaar zich met de veren van onafhankelijkheid, de adviseurs uit Moskou hadden zich genesteld op alle kruispunten van het politieke netwerk. Op de Poolse Olympus wisselden de goden elkaar af, de ene keer in stilte, de andere keer bij het luide geschal van propagandatrompetten. Niemand was immuun voor aanhouding, gevangenis of berechting. De onzekerheid werkte als katalysator en rem tegelijk: de mensen vochten met hand en tand om hun plaats in de samenleving, maar bleven onbeschermd en kwetsbaar. Tienduizenden verklikkers infiltreerden in alle lagen van de samenleving en deden gehoorzaam verslag van wat ze om zich heen zagen; en als de feiten te weinig om het lijf hadden, kleedden zij die wat aan. De mensen legden zich neer bij de werkelijkheid. Na de oorlog was Europa onder de mogendheden in invloedssferen verdeeld; nu de akkoorden van Jalta in de westerse hoofdsteden waren geratificeerd, was alle hoop op een verandering vervlogen. Misschien was dat de reden waarom niemand het in zijn hoofd haalde om de onheilspellende oproepen te negeren. Net als tijdens de nazibezetting maakten de mensen zich ook nu wijs dat het hun niet kon gebeuren, dat hun onschuld moeiteloos bewezen zou worden en dat iemand dan een hand op hun schouder zou leggen, zich voor de betreurenswaardige vergissing zou verontschuldigen en hen weer naar huis zou sturen. Geen wonder dus dat ik na het ontvangen van de brief snel mijn geweten onderzocht, alle mogelijke en onmogelijke zonden op een rij zette en net als iedereen tot de conclusie kwam dat mijn oproep het gevolg moest zijn van een misverstand, een menselijke vergissing, misschien een verkeerde uitspraak van een naam. Het zou niet de eerste keer zijn.

De illusie vervloog in rook op het moment dat ik de wachtkamer van de Veiligheidsdienst betrad. In het gebouw, een soort kruisvaardersvesting van rode baksteen, hing een deprimerende sfeer. Als journalist was je overal een belangrijke persoonlijkheid. Hier niet. De portier, of moet ik zeggen de schildwacht, wierp een onverschillige blik op de uitnodiging en zei: 'Gaat u op de bank zitten. U wordt geroepen.'

Ik ging zitten. De banken stonden langs muren die al lang geen verse lik verf hadden gehad. De vloer was smerig. Voor mij hing een kleurig affiche aan de muur: een arbeider met een hamer in zijn hand riep om meer inspanning voor het socialistische vaderland. De ramen waren betralied. Links en rechts van mij zaten ongeveer tien mensen, allemaal zwijgend, in zichzelf gekeerd, elkaars ogen ontwijkend. Misschien waren ze bang dat hun ogen hun gedachten zouden verraden, gedachten die hun jaren in de gevangenis zouden kunnen kosten. Ik besefte dat ik nu aan de heidenen overgeleverd was, dat het er niet meer toedeed wat ik deed of naliet. De moloch was hongerig en het slachtoffer werd willekeurig gekozen.

Het wachten duurde lang. In het jargon van de ondervragers, zou ik later vernemen, heette dat 'vermurwingstijd'. Hoe langer ik wachtte, hoe meer mijn gevoel van machteloosheid toenam. Ik stond op om mijn ledematen te strekken. 'Zitten blijven, kameraad,' blafte de schildwacht me af. 'Het is hier geen promenade.'

Vernedering is een relatief begrip. Ik herinnerde me hoe het voelde toen de nazi's mijn hoofd- en schaamhaar hadden afgeschoren: alsof ik van mijn eer beroofd was. Een zeer subjectief gevoel, want onder de omstandigheden had die daad haast geen betekenis. Een soortgelijke vernedering voelde ik nu, en ook deze keer ging het om een irrationele reactie. Ik had de opmerking van de schildwacht kunnen toeschrijven aan zijn botheid. Ik had kunnen bedenken dat het de enige manier was waarop een klein mannetje een klein beetje voldoening kon vinden.

Van tijd tot tijd kwamen mannen in leren jassen de wachtkamer doorgelopen. Hun bruuske manier van lopen liet geen twijfel over hun beroep. Ik vroeg me af waar die voorliefde van geheime agenten voor leren kleding vandaan kwam. Zo zagen de Tsjeka-officieren van Felix Dzjerzjinski er na de bolsjewistische revolutie uit, en zo hadden zich ook de kopstukken van Adolf Hitlers Gestapo gekleed.

Ik stond bijna opgelucht op toen mijn naam geroepen werd en ik mee moest naar de kamer van de ondervrager, die het me overduidelijk maakte wie hier de vragen stelde en wie ze beantwoordde.

'U hoeft het niet te zeggen, ik weet het al,' zei ik. Ineens zag ik Gita voor me zoals ze was op de dag dat ik bij haar wegging. 'Je krijgt er spijt van,' zei ze en probeerde me tegen te houden. Ik duwde haar ruw opzij en ging ervandoor.

De sproetige roodkop was verbaasd.

'O ja?' zei hij nieuwsgierig.

Ik glimlachte. 'U hebt de foto van mijn ex gekregen.'

'De bron doet er niet toe. Ik vroeg of u het kon verklaren.'

De man trok een la open, haalde er een sigaret uit van het merk Belweder, het allerbeste merk, stak die op, gooide de lucifer op de grond en drukte hem met zijn schoenzool uit. Hij keek me indringend aan, waarschijnlijk zoals hij op de cursus verhoortechniek had geleerd. Nu wist ik zeker dat het allemaal op een simpel misverstand berustte. Gita had de foto uit mijn album gehaald. Nu pas begreep ik wat ze bedoeld had toen ik de trap van ons huis afliep en zij me achternariep: 'Je zult in de gevangenis rotten, niemand zal iets met je te maken willen hebben, iedereen zal je de rug toekeren, alleen ik zal je nog bezoeken. Ik zal voor je zorgen, want je zult helemaal van mij zijn. Dan pas zul je begrijpen wat echte liefde is.' De logica van een verraden vrouw.

'En?' vroeg de ondervrager weer, deze keer enigszins ongeduldig.

Ik pakte de foto. Een straatfotograaf in Kraków had me vastgelegd in het zwarte uniform van de Hitler-Jugend, met een hakenkruis op mijn borst en een brede glimlach over mijn gezicht.

Ik legde de foto terug op het bureau. 'Ik ben bang dat u het niet zult begrijpen,' zei ik.

'Laten we hopen van wel,' zei hij bij wijze van een hint.

'Het is een lang verhaal.'

'We hebben alle tijd.'

'Zoals u wilt. Laat uw fantasie maar de vrije loop, want we moeten terughollen, naar de zomer van '42. Ik werkte toen als bezorger bij graaf Potocki.'

'Wat heeft dat te maken...'

'Eigenlijk begint mijn verhaal al in september '39, op de dag dat de nazi's Kraków binnenvielen... Wat nu, schrijft u het allemaal op?'

'Natuurlijk, voor het protocol. Wie weet zult u het later, als u uit de gevangenis komt, lezen als een sprookje. Alle ondervraagden hebben verhalen die uit hun duim gezogen zijn.'

Uiteindelijk belandde ik niet in de gevangenis. Het avontuur beperkte zich tot een paar dagen arrest. De ondervrager vond mijn verhaal zo vergezocht dat hij het geloofde zoals een trouw marxist het marxisme gelooft. 'Zo'n verhaal verzin je niet,' zei hij lachend toen hij na ons zoveelste gesprek zijn assistent erbij riep en hem zei dat ik vrij was om te gaan. De assistent liep met me mee tot aan de poort. Ik heb de man daarna nooit meer gezien, maar het verslag van mijn verhoor is in zijn geheel bewaard gebleven. Het luidt als volgt:

NEERSLAG VAN DE VERKLARING VAN DE VERDACHTE

Plaats: Wrocław
Naam ondervraagde: Roman Frister
Datum: 3.5.1952
De verklaring van de verdachte zoals uit zijn mond is opgetekend:

Jan Białecki woonde in Kraków in het gebouw van mijn grootvader in de Szlakstraat 20, hoek van de Długastraat. U kunt erheen, het staat er nog steeds, alleen stonden er in die tijd koetsen met paarden voor, een populair vervoermiddel dat met succes met taxi's concurreerde. Mensen als mijn grootvader waren wars van benzinemotoren en van andere technische nieuwigheden die de gevoelige balans in de natuur volgens hen verstoorden. Hij kon urenlang met zijn ellebogen op de vensterbank bij het raam zitten kijken naar de koetsiers met hun hoge hoeden, naar de paarden die daar loom stonden te kauwen op hooi uit de zak die aan hun nek hing. Toen de gemeente besloot om de fiakers – zo heette die Weense koetsen – naar zijstraten te verplaatsen, stuurde mijn grootvader een protestbrief aan de burgemeester. Zijn brief werd opgeborgen in het archief van ongelezen brieven. Mijn grootvader was verontwaardigd, maar hij kon de vooruitgang niet tegenhouden. De koetsen ruimden het veld voor de taxi's. Białecki maakte zich daar niet zo druk om; uit zijn raam zag hij de paarden toch niet. De ingang tot zijn woning was op de binnenplaats, de ramen keken uit op een hoge muur en als hij ze opendeed, kwam er de zurige lucht van de vuilnisbakken binnen. U weet toch, kameraad, hoe mensen zoals hij onder het vooroorlogse regime leefden. Białecki was een armoedzaaier, geen wonder dus dat hij weleens achter was met de huur. Telkens als dat gebeurde riep mijn grootvader dat het welletjes was, dat het nu geen zin meer had om te smeken, dat hij met geweld eruit zou worden gegooid, met zijn hele gezin op straat gezet. Białecki had zijn trots, de trots van arme mensen. Hij vroeg nooit om medelijden, en mijn grootvader voerde zijn dreigementen nooit uit. Integendeel, het gebeurde weleens dat hij hem met een ongeduldig handgebaar een of twee maanden kwijtschold. Mijn grootmoeder Adela, een bijzonder zuinige vrouw – en dat is nogal zacht uitgedrukt –, mocht de huurder van de begane grond en ze stopte zijn kinderen vlak voor elke christelijke feestdag een paar centjes toe, om snoep te kopen.

Even geduld, meneer de ondervrager, straks wordt het u allemaal duidelijk. Mijn lot werd verweven met het lot van Białecki op de dag dat de stad door de Duitsers bezet werd, al hadden wij tweeën daar op dat moment nog geen idee van. O ja, ik vergeet het allerbelangrijkste te vermelden: Jan Białecki was chauffeur van een tankwagen bij de brandweer.

Woensdagochtend, toen de eerste Wehrmachtsoldaten in het westen van de stad verschenen, werd de ploeg van Białecki opgeroepen om een brand in het oosten van de stad te blussen. Na afloop ging hij niet meer terug naar de kazerne. Hij reed rechtstreeks naar huis en parkeerde zijn rode wagen op de plek waar vroeger de koetsen hadden gestaan. Die nacht verwijderde hij de nummerplaten en schilderde de wagen over met een dikke laag gifgroen. De volgende dag hing hij er ook een bord op: Vervoerbedrijf Białecki. En zo, dankzij de oorlog, zijn eigen vindingrijkheid en de chaos die hem in de gelegenheid stelde aan andere nummerplaten te komen, veranderde hij van een werknemer in een ondernemer.

Hoe hij graaf Potocki leerde kennen, blijft een raadsel. Het duurde in elk geval niet lang of die twee vonden elkaar. De graaf bezat toen visvijvers in het verre Lublin. Jan Białecki had een tankwagen die makkelijk aangepast kon worden voor het vervoeren van levende karpers. Hij hoefde maar een paar gerasterde openingen aan de bovenkant aan te brengen om de vis van zuurstof te voorzien. Algauw bleken die vette karpers niet alleen geschikt te zijn voor het traditionele joodse gerecht *gefiltefisch*; ook de nazikopstukken lustten er pap van. Potocki was van Poolse adel, maar in zaken was hij een jood, zei hij me eens toen hij na een geslaagde transactie in een triomfantelijke stemming verkeerde.

Meteen al in het eerste najaar van de oorlog huurde de graaf het vervoerbedrijf van de heer Białecki in om hooggeplaatste nazi's van hun gewilde vis te kunnen voorzien. Hij deed goede zaken. Een jaar later, toen mijn grootvader en grootmoeder gedwongen waren naar de afgesloten joodse wijk te verhuizen, verhuisden de Białecki's van hun bescheiden parterrewoning naar het ruime appartement op de tweede verdieping. Toen Białecki merkte dat de oude meubels niet bij zijn nieuwe status pasten, stuurde hij die naar het getto, waarvoor mijn grootvader hem zeer erkentelijk was. Maar nog veel belangrijker was voor Białecki de erkenning van de autoriteiten. De Duitsers waren wel te spreken over dat eigenaardige stel dat hen van verse vis voorzag. Twee keer in de week reed de groene tankwagen naar Lublin en terug, een afstand van rond de zeshonderd kilometer. De weg liep door dichte bossen waar het Poolse verzet zijn bases had. En dit is wat Białecki me later in zijn bloemrijke stijl vertelde:

Begin november, of was het misschien eind oktober, reed ik zoals gewoonlijk van Lublin naar Kraków. De vissen zwegen, de motor zoemde als een lastige vlieg en ik neuriede een oud lied om niet in slaap te vallen. Ik reed niet hard, het regenseizoen was net begonnen, de weg was glad en de koplampen groeven met moeite een lichttunnel door de nachtsluier. Gelukkig heb ik goede ogen, anders had ik de boomstam die dwars over de weg lag niet gezien. Ik remde op het allerlaatste moment. De achterwielen blokkeerden, de wagen slipte een beetje, maar hij kwam niet in de greppel terecht. Drie gemaskerde mannen in capes doemden op uit de duisternis. Twee van hen, met machinegeweren gewapend, klommen de cabine in en bevalen me om achter de derde man aan te rijden, over een smal, modderig pad dat het bos inliep. We reden steeds verder het bos in. Ik dacht bij mezelf: Pech, Białecki, dit krijg je ervan als je zo hebberig bent. Maar nee, ze wilden me niet van mijn leven beroven, alleen van mijn vis. Ik vertelde waar ik vandaan kwam en waar ik heen moest. 'Doet u de eerbiedige groeten aan graaf Potocki,' zei een van de partizanen en vroeg hoe ze de karpers uit de tank konden halen. Ik draaide de kranen open, de tank liep leeg, het water verdween in de grond. Daarna deed ik het luikje achter aan de onderkant open en de vissen gleden in de manden en kratten die de partizanen god mag weten waar vandaan hadden gehaald. Een van de mannen, waarschijnlijk de commandant, salueerde en gaf me een papiertje. 'Wat is dit?' vroeg ik. 'Lees maar,' antwoordde hij kort. Ik knipte het lampje in mijn cabine aan. Op een vel ruitjespapier, waarschijnlijk uit een rekenschrift gescheurd, stond geschreven dat de lading in beslag was genomen door het leger van vrije Polen, en dat de schade na de oorlog door de wettige regering volledig zou worden vergoed. Onderaan was een stempel met het symbool van de staat: een gekroonde adelaar die zijn vleugels uitslaat. Ik stak het papiertje in mijn colbertzak. 'Goede reis, en vergeet deze plek maar,' zei de commandant en stuurde een van zijn mannen met me mee tot aan de grote weg. Ik was nat van de regen die geen moment was opgehouden, en van het koude zweet waarin mijn hele lichaam baadde. Ik bereikte Kraków bij het aanbreken van de dag. De Duitsers hebben me urenlang ondervraagd. Ze legden me een landkaart voor. Waar is het precies gebeurd? wilden ze weten. Hoe zagen de bandieten eruit? Wat voor wapens hadden ze bij zich? Ik vertelde wat ik vertellen kon, maar dat was niet goed genoeg. God mag weten hoe dat avontuur zou zijn afgelopen zonder de tussenkomst van een hoge officier, een kennis van Potocki. Ik voelde me als iemand die van de galg was gered doordat het touw gebroken was. De graaf zelf deed er laconiek over. 'Niks aan de hand,' troostte hij mij, of eigenlijk zichzelf. 'De lading was verzekerd.'

Dit nachtelijke incident, kameraad ondervrager, veranderde het leven van Jan Białecki. Het kostte hem weinig moeite om een rekenschrift aan te schaffen en net zo'n stempel te laten maken als de stempel die de partizanen hadden gebruikt. Om de paar weken verkocht hij zijn lading op de zwarte markt in Lublin en keerde in Kraków terug met een bewijs van inbeslagneming op zak. De truc werkte boven alle verwachting en toen ik met mijn ouders naar Kraków kwam, was Białecki al een rijke man. Hij investeerde zijn winsten in een conservenfabriek en in de viswinkelketen Potocki en Białecki bv.

Wij, kameraad ondervrager, vonden onderdak in een muffe kelder van een oude vrouw met net zoveel kreukels op haar gezicht als in haar kleren. Voor een niet al te exorbitant bedrag liet ze ons in haar bed slapen en nam ze zelf genoegen met een afgeleefde bank in een verre hoek van onze gezamenlijke kamer. We vertelden niet dat we joden waren. Ze zal wel iets vermoed hebben, tenslotte klopte er niet elke dag een intellectuelengezin aan met het verzoek om een hoek van de kamer te huren, maar ze stelde nooit vragen. Ze was in zichzelf gekeerd als een slak in zijn huisje. Urenlang zat ze roerloos op een krukje, of lag ze op de sofa te dutten. Ze ging zelden de stad in en ik vroeg me weleens af of ze enig benul had van wat er om haar heen gebeurde. Toen we er pas waren, nam ze onze papieren mee naar het dichtstbijzijnde politiebureau om ons daar conform de wet te laten inschrijven. De politie vermoedde niets. Onze vervalste identiteitspapieren waren een meesterwerk.

Mijn vader vertoonde zich liever niet in het openbaar. Er hingen overal aanplakbiljetten waarop prijzen werden uitgeloofd voor het aangeven van joden die uit het getto waren gevlucht. De stad wemelde van de verklikkers die op joden joegen om ze aan de Gestapo uit te leveren en de beloofde prijs te innen. Op een gegeven moment bracht Zofia Siwek, de oude conciërge van mijn grootvader, mijn vader in contact met de heer Białecki. Deze was mijn grootvaders gulheid niet vergeten en hij bood mij een baan aan in zijn bedrijf. 'We kunnen de jongen gebruiken voor bijzondere bestellingen,' zei hij tegen de graaf toen hij me aan hem voorstelde. 'Jij weet vast wat je doet,' zei Potocki en ging weer aan het werk. Ik was benieuwd of Białecki hem het geheim van mijn komaf had verteld, maar ik durfde het niet te vragen.

Mijn taak was inderdaad heel bijzonder. Misschien was het juist heel slim van Białecki om daarvoor een joodse jongen te nemen die noodgedwongen zijn mond moest houden. Elke dag reed ik op de fiets naar de chique wijken van Kraków om bij hooggeplaatste nazi's een zending verse vis te bezorgen, een geschenk van de firma Potocki en Białecki. De verveelde echtgenotes van SS- en Gestapo-officieren praatten graag met zo'n jongen die hun taal sprak. Soms vroegen ze nieuwsgierig naar de wederwaardigheden die me ertoe gebracht hadden dit werk te doen. Ik had een overtuigend verhaal over ons gedwongen vertrek uit Silezië: na de inlijving in het Derde Rijk was namelijk niet alleen de joodse, maar ook de Poolse bevolking van de provincie eruit gezet. Over het algemeen waren de vrouwen aardig tegen me, soms lieten ze zich een oppervlakkig woord van medeleven ontvallen, en bijna altijd stopten ze me een gulle fooi toe. Een vrouw gaf me een oud uniform van de Hitler-Jugend cadeau. 'Het is te klein geworden voor mijn zoon,' zei ze en raadde me aan om een kleermaker te zoeken die het uniform tot een gewoon pak zou vermaken. Ik nam het mee naar huis. Ik trok het aan. Het stond me wonderbaarlijk goed.

Zo was het idee geboren, kameraad ondervrager. Door het werk dat ik voor Potocki en Białecki deed, en door de omgang met de nazi's werd ik overdreven zelfverzekerd. Ik lapte mijn vaders waarschuwingen aan mijn laars en ging na het werk liever de straat op dan me in de muffe kelder van de oude dame op te sluiten. Begint het u al te dagen, meneer de ondervrager? Nog niet? Goed, ik zal wat specifieker zijn. In de zomer van '42 belegerden Hitlers troepen Moskou en Leningrad en bereikten in het zuiden de stad Simferopol in de provincie Krim. De overwinning was nabij, aldus de *Krakauer Zeitung*, een dagblad dat met goedkeuring van de bezetter werd uitgegeven. Kraków lag diep in het achterland. De bommenwerpers van de geallieerden lieten de stad ongemoeid, misschien vanwege de lange afstand van hun uitvalsbases, misschien ook omdat de Engelse bevelhebbers eerbied hadden voor de historische gebouwen. De oude wijken herinnerden nog aan de glorietijd van de Poolse koningen, die hun kasteel hadden laten bouwen op een rots die op de Wisła uitkeek. In de koninklijke kamers had dr. Hans Frank, de gouverneur-generaal van het bezette Polen, zijn hoofdkwartier gevestigd. In de gewelfde zalen waren de verschillende afdelingen van het nazibestuur gehuisvest. Af en toe moest ik ook daar een geschenkpakket van Potocki bezorgen. Het getik van schrijfmachines, het klikken van hielen bij het Pruisische saluut, de keurige zondagsuniformen, de rijksvlaggetjes op de kaarten van Rusland die in de gangen van het paleis hingen, maar vooral de voldane gezichten van de nazi's maakten op mij de indruk van een goed geoliede oorlogsmachine die niet te verslaan was. Zo was het nu eenmaal, en daar moest je mee leren leven.

In de stad scheen alles zijn gang te gaan. De mensen werkten, ze dreven handel op de zwarte markt, ze hadden lief en ze haatten, ze werden geboren en ze gingen dood. Maar het onderscheid tussen bezetter en bezette werd steeds duidelijker. In chique restaurants en exclusieve bioscopen hing bij de ingang het bord: Alleen voor Duitsers. De Ufa-studio's, die gigantische dromenfabriek, voerden de bioscoopbezoekers met zoetsappige liefdesfilms en komedies die bedoeld waren om de overwinnaar alle oorlogsellende te helpen vergeten. Ook ik wilde vergeten; ook ik wilde lachen. Zonder mijn ouders te vertellen wat ik van plan was, haalde ik het zwarte uniform van de Hitler-Jugend uit de kast, kleedde me in het trappenhuis om en ging de stad in. Wat een heerlijk gevoel! Op de straathoek groette een SA'er me met de Hitlergroet. Zonder enige aarzeling schoot mijn arm uit en groette terug: Heil Hitler. De agenten van de Poolse hulppolitie die het spaarzame verkeer regelden, en voor wie ik altijd doodsbang was, leken nu zielig en ongevaarlijk. Ik snakte altijd al naar het ijs dat in de Italiaanse ijssalon in de Floriańskastraat 'uitsluitend aan Duitsers' werd verkocht. Klinkt het u vreemd in de oren dat een joods kind in die tijd, toen mensen als wij moesten vluchten en onderduiken om zich het leven te redden, van chocolade- en aardbeienijs zou dromen? Nu ik het u vertel, meneer de ondervrager, komt heel even de gedachte in me op dat ik misschien gek was geworden. Maar nee, bij nader denken kom ik juist tot de tegenovergestelde conclusie. Ik geloof dat dat juist een teken van geestelijke gezondheid was. Ondanks alles was er een vonkje kinderlijke onschuld in me bewaard gebleven dat alle gruwelijkheden van de bezetting niet konden uitdoven. Het ijs smolt in mijn mond en liep eruit; ik likte mijn lippen af om geen druppel koele zoetigheid te verliezen.

U zult zich wel afvragen hoe ik me zo kon vermaken terwijl mijn vader opgesloten in de kelder op me zat te wachten, bezorgd zoals alleen een machteloze ouder kan zijn. Hoe ik verder kon wandelen, de brug over, naar de wijk Podgórze om daar nieuwsgierig te staan kijken naar de muren van het getto, waarachter mijn grootouders gevangenzaten. Daar heb ik geen antwoord op. Ik ben geen psycholoog, ik heb me nooit verdiept in de motivatieleer. Ik wachtte het einde van de werkdag ongeduldig af, om dan weer de stad in te gaan, door de straten te zwerven, beschermd, onkwetsbaar, alsof ik werkelijk lid was van de orde der heren. Als de politie straten afzette en de voorbijgangers om hun papieren vroeg, op zoek naar verdachte personen en kandidaten voor de dwangarbeid in de wapenindustrie, liep ik de gendarmes onverschrokken voorbij. Met de tijd werd ik zelfverzekerder, of, zo u wilt, brutaler. Na een maand begon ik ook naar de bioscoop te gaan, ook alleen toegankelijk voor leden van het superieure ras. Achter de kassa zaten meestal Poolse vrouwen van Duitse komaf; die genoten een hogere status dan de gewone stervelingen, maar ze stonden lager in de rangorde dan de echte burgers van het rijk. De nazi's waren heel goed in het indelen van de samenleving naar rang en stand. De caissières kenden me en ze mochten me kennelijk, want ik kreeg altijd een goede plaats. Ik voor mij maakte kennis met Erich von Stroheim en Zarah Leander, de sterren van de Duitse droomindustrie, en begon zelfs programmaboekjes met hun foto's erin te verzamelen. En zo komen we terloops ook bij de ellendige foto die hier op uw bureau ligt, meneer de ondervrager. Een straatfotograaf heeft me op de hoek van de Floriańska en het marktplein in mijn uniform vastgelegd. Je ziet het ijsje niet, want dat had ik net met veel plezier verorberd. Waarom ik glimlach? Is het niet gebruikelijk om voor de camera te lachen? U ziet hier een uniform, u ziet het hakenkruis op de mouw, maar u weet niet, meneer de ondervrager, dat het helemaal geen uniform van de Hitler-Jugend was. Het was een zwart pantser dat me beschermde tegen alle gevaren.

8

Ik had de ondervrager, kameraad Rieger, de waarheid verteld, maar niet de hele waarheid. De Duitse vrouw die me het uniform van de Hitler-Jugend had gegeven, had niet gezegd dat het te klein was voor haar zoon. Ze was te jong om een kind van mijn leeftijd te hebben. Ze zei dat het te klein was voor haar broer. Die was op de leeftijd gekomen dat hij opgeroepen... nee, corrigeerde ze zichzelf, hij was niet opgeroepen, hij had zich vrijwillig opgegeven voor een geheime eenheid waarover hij niets mocht vertellen, een topeenheid die de Führer in het oosten diende, misschien zelfs in Rusland. Afgezien van zijn militaire-postnummer had hij haar geen informatie gegeven over de plaats waar hij gelegerd was. Als het allemaal goed ging, vertelde ze enthousiast, zou haar broer als officier terugkomen. Hij was een ijverige en gehoorzame jongen die deed wat zijn meerderen hem opdroegen. Haar man benadrukte steeds dat de weg der gehoorzaamheid naar een veilige toekomst leidt, en hij kon het weten. Ook hij was een hoge officier, al vocht hij niet aan het front, maar zat hij lekker op een stoel op het economisch bureau van de SS. Een comfortabele, maar glansloze baan. Hij was chef vlees en vis op de afdeling proviand, lachte ze en wees op de karper in mijn hand die in krantenpapier verpakt was en nog steeds ademde. De stakker deed zijn mond open alsof hij wilde schreeuwen. Ze hadden hem in het magazijn met water besprenkeld om hem er vers en gezond uit te laten zien, maar de krant was nat geworden en nog voordat ik hier was aangekomen, droop er al een grauw, plakkerig vocht af. Ik verontschuldigde me voor de verpakking, maar zij deed mijn excuses af met een glimlach: 'De vis heeft kennelijk de krant gelezen.' Ik begreep haar uitgesproken vriendelijkheid niet.

'Waarom sta je bij de deur? Kom binnen,' zei ze en wees me de weg naar de woonkamer.

Ik voelde me ongemakkelijk. Ik was vaak bij Duitsers thuis

geweest, maar ik was nooit verder gekomen dan de hal of de keuken.

'Ga zitten,' drong ze aan en wees op een diepe nappaleren fauteuil. Ik zonk erin weg als in een bad vol dons. Ik keek naar het glimmende parket en naar mijn lompe schoenen en probeerde mijn voeten onder de fauteuil te verstoppen. Zij merkte mijn verlegenheid. Ze brak een stengel af van een bos bloemen die in een vaas stond te verleppen en ging op een hoge stoel tegenover mij zitten.

'Ik heet Grete,' stelde ze zich voor. 'Hoe heet jij?'

'Roman.'

'Wat romantisch,' lachte ze. 'Heb je wel eens Drambuie gedronken?'

'Nee.'

'Goddelijke drank. Frans uiteraard. Die Fransozen hebben wel verstand van drank. Wat een geluk dat de Führer besloten heeft om Parijs te veroveren.'

Ik nam een slokje. De likeur was zoet, hij plakte aan mijn lippen en brandde in mijn keel. Grete – vreemd dat ik haar nu zo noem, dat durfde ik bij onze eerste ontmoeting beslist niet – maar goed, Grete nam me nieuwsgierig op, en ik wierp stiekem ook een onderzoekende blik op haar. Ze was een knappe vrouw, een ranke noorderlinge die ongetwijfeld de hoogste Arische toets moeiteloos zou hebben doorstaan. Haar blonde haar was op de nek samengebonden met een zwarte fluwelen band. Toen ze ging verzitten, zag ik heel even een flits van haar blanke dijen. Haar kamerjas was slordig vastgeknoopt met een roze wollen ceintuur, de diepe kloof tussen haar borsten suggereerde een voluptueus lichaam.

'Nog een glaasje?'

'Eh, nee, ik moet nog werken.'

'Jammer dat kinderen zoals jij moeten werken.'

'Ik ben geen kind meer.'

'Inderdaad.' Grete schoof haar stoel dichterbij en legde haar hand op mijn knie. 'Je bent inderdaad geen kind meer.'

Eén glaasje was al voldoende om me draaierig te maken. Hoe oud was zij? Zeker vijfentwintig. Een oud mens. Waarom speelde ze dat kat-en-muisspel met me? Wilde ze me verleiden? Vast niet. Zelfs al verveelde ze zich dood in het bed van haar man, wat had ik haar te bieden, wat had ze aan deze vroegrijpe jongen die geen moederlijke gevoelens meer opriep, maar die ook geen echte man was, het verleiden waard? Ik kende mijn plaats: ik was een bezorger bij een visbedrijf. En Grete? Kende zij haar plaats? Had ze gewoon behoefte aan een luisterend oor? Want waarom dronk ze anders zoveel? Waarom vroeg ze me iedere keer weer naar binnen, waarom vertelde ze over haar gelukkige jeugd in haar ouderlijk huis aan de Tegernsee in Beieren? Waarom voelde ze zo'n bijzondere genegenheid voor mij en waarom stortte ze haar hart uit elke keer als ik er met een zending vis en conserven kwam? Ze beklaagde zich over het leven in een bezet land dat vreemd en vijandig was, over de eenzaamheid, over het lege gevoel dat zich uitte in het onvermogen om de tijd vol te krijgen en over haar echtgenoot die haar maar niet zwanger kreeg. De ene keer klaagde ze dat haar man zich aan zijn professionele verplichtingen overgaf en zijn jonge vrouw verwaarloosde. De andere keer sprak ze vol lof over haar broer die bij een topeenheid zat die zich bezighield – vertelde ze uiteindelijk toch wel – met het uitroeien van de eeuwige vijanden van het rijk: de joden. En nadat ze een halve fles van die Franse likeur soldaat had gemaakt, bekende ze ook haar allergrootste zorg: de voorkeur van haar broer voor de mannenliefde zette een vraagteken bij zijn glansrijke carrière.

'Als je een geheim kunt bewaren, laat ik je wat zien,' zei ze, trok zonder mijn antwoord af te wachten een la in de kast open en haalde er gouden ringen, broches, hangers en kettingen uit.

'Kijk, dit heb ik allemaal van hem gekregen.'

'Het is vast een vermogen waard,' merkte ik op.

'Nou en of. Maar zelfs mijn man weet niets van de cadeaus die ik heb gekregen. Het is een appeltje voor de dorst.'

Gretchen – na een paar keer durfde ik haar zo te noemen en won ik haar hart met deze koosnaam – bleef me in vertrouwen nemen. Ongegeneerd las ze me de brieven van haar broer voor. Die had nu de taak om boeren te fusilleren die van collaboratie met de partizanen waren verdacht. De partizanen zelf konden ze niet pakken, want 'die bandieten houden zich schuil in de bossen, en het is veel te gevaarlijk om achter hen aan te gaan in een gebied dat wij niet onder controle hebben,' schreef hij en vertelde vervolgens uitgebreid over de Wit-Rusissche knaap die zijn bediende en zijn bedgenoot was. Toen hun relatie aan het licht kwam, schoot hij de jongen een kogel door het hoofd en maakte daarmee een einde aan de affaire. 'Nu ben ik weer alleen,' beklaagde hij zich. Gretchen had medelijden met hem en ik, die tot nu toe alleen maar door nalatigheid van het lot in leven was gebleven, identificeerde me meer met de moordenaar-officier dan met zijn vermoorde minnaar.

Door mijn gesprekken met haar nam mijn zelfverzekerdheid verder toe. Geen moment vermoedde ze mijn echte komaf. Wel joeg ze me één keer een rilling van onzekerheid door het lijf. We zaten zoals gewoonlijk in haar woonkamer, mijn vingers waren kleverig van een druppel Drambuie en ik veegde ze af aan mijn broek; ze keek me afkeurend aan, alsof ze wilde zeggen: Dit is jouw stijl niet, jongen. We zaten al een uur te praten over de eeuwigheid, of liever gezegd, over het leven na de dood. Ik kon niet vermoeden dat ik een tijd later, als gevangene in Starachowice, een soortgelijk gesprek zou voeren, maar dan onder omstandigheden waarin het niet langer om een abstracte kwestie zou gaan.

Grete was niet godsdienstig. Het korte leven op aarde was haar liever dan duizend jaar in de hemel. Daarover verschilden we niet van mening. Alleen meende ik dat lichaam en ziel ophouden te bestaan op het moment dat het hart ophoudt met kloppen, terwijl Grete graag wilde geloven dat er geen einde komt aan ons bestaan en dat de ziel ook na de dood blijft leven.

'Ik hoop alleen niet,' lachte ik, 'dat je in je volgende leven in het lichaam van een lelijke oude man terechtkomt.'

'Het lichaam interesseert me niet,' zei ze, 'maar ik ben ervan overtuigd dat ik ondanks al mijn zonden uiteindelijk in de hemel terechtkom.' Ze schonk onze glaasjes weer vol, hief haar glas hoog boven haar hoofd en zei: 'Op de hemel.'

'Ik vraag me af of er een hemel is in de hemel,' dacht ik hardop na.

Ze zette haar glaasje op de tafel neer en zei met plotselinge ernst: 'Dat klinkt als een joodse haarkloverij.'

'Hoezo joods?' vroeg ik enigszins nerveus.
'Omdat joden altijd zo ingewikkeld doen.'

Ik heb niemand over haar verteld. Ook mijn ouders niet. De informatie over de vernietigingskampen waar haar broer zijn brood verdiende hield ik voor me. Ik denk dat ik niet goed besefte wat het allemaal inhield. Door onze eigenaardige relatie vergat ik met wie ik zat te praten, sloot ik mijn ogen voor het feit dat ik Drambuie zat te drinken met de vrouw van een nazi-officier. Ik zag haar niet als lid van een volk dat mij wilde uitroeien. En zoals het een goed opgevoede Krakówer betaamt, kuste ik haar hand als ze uitgepraat was en me wegstuurde, met de groeten aan de Hooggeboren Heer Potocki, en met het uniform van haar broer in mijn tas.

Het uniform van de Hitler-Jugend stimuleerde de fantasie van Miszka Szindler. Ergens zou ik willen vertellen dat ik hem in de Mariakerk in Kraków had leren kennen. Het had een boeiend verhaal kunnen zijn: twee vervolgde joodse jongens die elkaar onder het Christusbeeld leren kennen, luisterend naar de klanken van het orgel. Maar dit is geen verhoor meer, dus moet ik me aan de waarheid houden. En de waarheid is dat Miszka Szindler en ik weliswaar elke zondag naar de ochtendmis in de Mariakerk gingen, maar dat we elkaar hadden leren kennen onder omstandigheden die allesbehalve dramatisch waren. Hij woonde met zijn ouders in het huis van oom Marian, die in die tijd, zoals gezegd, ergens in de Oeral verbleef, in de Sovjetunie.
's Zondags zorgde mijn moeder dat ik er netjes uitzag. Ze controleerde of ik mijn schoenen goed gepoetst had, of mijn nagels schoon waren en of mijn haar gekamd was. Om zeven uur 's morgens ontmoette ik Miszka bij de ingang van de kerk. De Mariakerk stond in het hartje van de oude stad en was te herkennen aan de twee torens die eind dertiende eeuw gebouwd zijn. De overdaad aan oude beelden en het blauwige licht dat via de glas-in-loodramen naar binnen scheen, vervulden de kerk met een plechtige sfeer. Uitgerust met in zwart leer gebonden gebedenboeken begaven we ons zo onopvallend mogelijk onder de andere wijkbewoners. Stil namen we onze plaats achterin in,

tussen gelovige vrouwen en andere keurig geklede jongeren, en knielden en baden we met uitgesproken vroomheid. Dat ging zo een paar weken door, totdat een jongen uit de buurt me een keer na de mis aanhield en spottend vroeg: 'Zeg, ben jij soms een bekeerde jood?'

Had ik toen mijn nazi-uniform maar aan! Maar zo, zonder mijn pantser, stokten de woorden me in de keel.

'Ben jij soms op je achterhoofd gevallen?' betaalde ik hem met gelijke munt terug. Ik klonk fel, alleen Miszka hoorde de verborgen trilling in mijn stem. Hij kwam me snel te hulp, keek de kleine goj brutaal aan, gaf hem een duwtje in zijn borst en riep: 'Rot op, klikker! Je ziet er zelf uit als een joodje. Ik ben benieuwd wie je moeder geneukt heeft!'

De Poolse jongen draaide de klep van zijn pet opzij, een duidelijk teken dat hij geen ruzie wilde.

'Maak je niet dik, ik heb maar wat gezegd. Iedereen zit te kaarten, alleen jullie zitten de hele tijd te bidden. Wil je soms pastoor worden?'

'Niet bepaald,' lachte Miszka. 'We waren gewoon bang dat jullie ons zouden verklikken, daarom zaten we daar zo vroom te doen. Snap je, of moet ik je nog overtuigen?'

Miszka stak zijn vuist onder de neus van de jongen.

'Nee hoor, ik ben snel van begrip.' De agressor trok zich achter een vriendelijke verdedigingslinie terug en stak ons een hand toe. 'Ik ben geen verklikker. Mijn naam is Bolek. Spelen jullie vanaf volgende week mee?'

'Doen we.'

'En neem wat geld mee, het is menens bij ons,' pochte de jongen, tevreden over het vredesakkoord. Hij draaide zijn pet weer terug, trok die omlaag over zijn voorhoofd en ging ervandoor.

We hadden een lesje geleerd. Later leerden we ook pokeren.

Miszka was een jaar jonger dan ik, hij was intelligent, vlug en tot op het bot bedorven. Pas na enkele weken zou ik begrijpen waar zijn schokkende cynisme, zo verschillend van mijn eigen luchtigheid, vandaan kwam. In de tussentijd raakten we bevriend. Miszka ging graag mee op mijn omzwervingen door de stad. Hitler-Jugendtochtjes noemde hij die. Eén keer vroeg hij of hij mijn uniform mocht lenen. Omdat hij klein was moesten we de broekspijpen en hemdsmouwen oprollen. Dat was nogal riskant, omdat de Duitsers er altijd heel netjes uitzagen in hun uniformen en een slordig uiterlijk dus verdacht kon zijn. Maar Miszka kwam 's avonds stralend terug. Tot mijn stomme verbazing trok hij geldbiljetten uit zijn overvolle zakken te voorschijn en legde hij die voor me neer, om ze te tellen.

'Wat is dit? Heb je een bank beroofd?'

'Oen,' lachte hij, 'je werkt je kapot en je hebt geen cent. Italiaans ijs, dat is je grootste droom. En kijk mij nou, dit heb ik allemaal in één klap verdiend.'

'Hoe dan?'

'Ken je de bazaar in Podgórze, die vlak bij het getto? Het krioelt daar van de simpele zielen die erom vragen om genaaid te worden. Ik kwam daar in mijn uniform, schreeuwde wat in het Duits, ik weet niet meer wat, mijn Duits is jouw Duits niet, ik brabbelde maar wat, maar goed, zij schrokken en ik heb een paar sloffen sigaretten in beslag genomen. Die heb ik later aan zwarthandelaren op de markt van Zwierzyniec verkocht. Bij elkaar heeft het me twintig minuten gekost.'

Ik bewonderde Miszka om zijn moed. Hij heeft het daarna vaker herhaald. We hadden genoeg geld voor het pokeren in de kerk en voor alles wat ons hartje verder begeerde. Ik verstopte het geld in de meterkast in het trappenhuis. Ik vroeg mijn vader niet of hij geld nodig had voor ons onderhoud. Ik kon het niet vragen, want hoe had ik dan mijn plotselinge rijkdom verklaard?

Miszka was een ver familielid van wie ik voor de oorlog niet eens gehoord had. De Szindlers woonden in een klein stadje in de buurt van Kraków en ze waren kennelijk niet deftig genoeg om voor mijn ouders mee te tellen. Zijn vader heette Jakub, kortweg Kuba. Hij schijnt in zijn leven geen werk te min te hebben geacht, inclusief kleine zwendel. Kuba was een sympathieke en vriendelijke man, een meester in het leggen van contacten. Ik was diep onder de indruk van zijn kleren, die tot in de puntjes aan de mode van de bezettingstijd voldeden: gepoetste laarzen, rijbroek van zuivere wol en een geblokt colbert met brede panden. Zijn lichte haar en lichtblauwe ogen waren zijn paspoort naar een veilige haven. Aan zijn uiterlijk zou je nooit vermoeden dat hij een jood was. Drank en vrouwen waren zijn grootste hobby's. Toegerust met dit alles slaagde hij er moeiteloos in om vriendschapsbanden aan te knopen met officieren van de Poolse hulppolitie. Algauw veranderde de vriendschappelijke relatie in een zakelijke samenwerking. Over de aard van de zaken vertelde Miszka me een paar maanden nadat we elkaar voor het eerst hadden ontmoet.

In de vacante woning van oom Marian, in de Heilig-Kruisstraat 10, midden in de Oude Stad, bood Szindler een schuilplaats aan joden die uit het getto gevlucht waren. Het adres ging van mond tot mond en velen klopten bij hem aan. Hij selecteerde zijn klanten zorgvuldig. Wie geen geld had, hoefde om hulp noch om medelijden te vragen. 'Het is hier geen liefdadigheidsinstelling, het is een onderneming,' legde hij uit aan degenen die hij afwees. De vraag naar zijn goede diensten nam vooral toe in perioden dat het getto door de nazi's gezuiverd werd van 'onproductieve elementen'. De ouderen en degenen zonder beroep werden toen naar kampen gestuurd waar velen fluisterend over spraken, maar waar niemand uit terugkwam om de gruwelverhalen te verifiëren.

Op de vooravond van de grote zuivering van het getto was het in alle vier kamers van de woning verschrikkelijk druk. Miszka's moeder kookte voor twintig mensen, de nerveuze vrouwen maakten onderling ruzie, kleine kinderen doolden door de gang, baby's huilden, mannen zwegen. Er hing een stank in de lucht; de riolering was verstopt, het toilet liep over. De ramen mochten niet open uit angst dat de buren zouden merken wat er gaande was.

Kuba Szindler rekende per dag een behoorlijk bedrag. De bewoners betaalden zonder een kik te geven; hoe hoog ook de prijs was die ze moesten betalen voor het recht om te leven, het bleef een koopje. Het was de bedoeling dat ze in zijn huis zouden verblijven totdat hij identiteitsbewijzen voor ze had geregeld die hen in de gelegenheid zouden stellen om ieder zijns weegs te gaan. Kuba betaalde smeergeld aan een ambtenaar van het bevolkingsregister, die hem dan van de nodige documenten voorzag. Ik geloof dat wij onze documenten ook via Kuba Szindler hadden gekocht.

De woning in de Kruisstraat was geen onderduikadres maar een val, een chantagetruc. Als ze geen contanten meer hadden, betaalden de vluchtelingen met kostbaarheden. Kuba kende het verschil tussen een blauw-witte diamant en een piqué, hij kon het goudgehalte van sieraden bepalen en hij was een kenner van exotische edelstenen. Miszka wist me te vertellen hoe woedend zijn vader was als een van zijn huurders hem probeerde te bedonderen met een munt van nepgoud, of een namaak-antiek sieraad. Oplichterij was zijn vak, hij duldde geen concurrentie.

Tot hun laatste dag toe hadden de gedwongen huurders niet door dat het allemaal bedrog was. Als ze klaagden dat ze zo lang op hun papieren moesten wachten, beriep Kuba zich op bureaucratische moeilijkheden. 'Of denkt u misschien dat ik u niet kan missen?' maakte hij zich er met een knipoogje af. Hij hoorde zoals gezegd tot de mensen die zich ook in moeilijke situaties geliefd weten te maken. Hij had een basale humor, hij sloot graag een stevige maaltijd af met een goede mop. Miszka bewonderde hem. Zelf luisterde ik ook met genoegen naar zijn vermakelijke verhalen. Pas toen Miszka me zijn geheim verklapte, kwam ik erachter dat ik het gezelschap van een gemene moordenaar genoot.

Het verblijf in het huis van Kuba duurde meestal tot de dag dat de joodse onderduikers lieten weten dat hun geld op was en dat ze ook geen sieraden meer hadden. Ze wisten niet dat ze met deze wanhoopsverklaring hun eigen vonnis ondertekenden. Nu ze met lege handen stonden, en dus niets meer te bieden hadden, kwamen Kuba's vrienden van de politie op de proppen. In de kleine uren van de nacht, als Kraków door de avondklok veranderd was in een spookstad, doemden de overvalwagens van de Poolse hulppolitie op uit het donker en stopten op de stoep voor nummer 10 in de Heilig-Kruisstraat. De geüniformeerde agenten liepen de trap op naar de tweede verdieping en bonkten met hun vuisten en pistoolkolven op de deur totdat er opengedaan werd. De buren hoorden en zagen zogenaamd niets. De agenten stormden naar binnen, sloegen de dekens van de geschrokken vluchtelingen af en sleepten hen hun bedden uit.

'Vuile joden, jullie staan onder arrest!' riepen ze en schopten de vrouwen en kinderen de trap af. Kuba probeerde zich in de kast te verstoppen, maar hij werd gauw genoeg ontdekt door de commandant die riep: 'Jij ook! Jij ook!' en hem naar buiten duwde. Alleen zijn vrouw Selma en zijn zoon Miszka bleven ongedeerd achter. Zodra de hele horde verdwenen was, ruimden moeder en zoon alles weer op, luchtten de bedden en maakten de stinkende badkamer schoon. Intussen reed de politiewagen de nacht in, scheurde langs de laatste huizen van Kraków en hobbelde, de buitenwijken achterlatend, over een zijweg die naar een verlaten graanmolen leidde. Van de eerste schok bijgekomen, vroegen de arrestanten: 'Waar gaan we heen?', waarop de agenten antwoordden: 'Naar een plaats waarvan geen terugweg is.' Dit was Kuba's gouden kansje, het hoogtepunt van zijn show. Hij liep langzaam naar de commandant toe en smeekte met huilerige stem om zijn eigen leven en om het leven van de andere passagiers. Lange tijd stonden die twee, Kuba en de officier, te fluisteren. De mensen zwegen, zelfs de kinderen krijsten niet meer. Uiteindelijk zei Kuba met een klein stemmetje: 'Hij wil ons wel laten gaan, maar niet voor niks. Ik heb duizend dollar bij me, maar hij wil meer.'

Met trillende hand overhandigde Kuba een bundeltje groene geldbiljetten aan de officier. Deze telde ze bij het licht van een lampje dat in de wagen brandde, stopte ze tevreden in zijn zak en gebaarde dat hij nu de rest verwachtte. Uit de hakken van hun schoenen en de voering van hun kleding haalden de gevangenen het geld en de kostbaarheden te voorschijn die ze uit Kuba's hebzuchtige klauwen hadden weten te redden: hun zekerheid voor de toekomst. Diamanten broches en gouden munten belandden in de politiepet. Zodra de collecte volbracht was, kreeg de chauffeur het bevel te stoppen. De deur ging open en de inzittenden werden uit de wagen geduwd. Ze wisten niet waar ze zich bevonden en ze waren te bang en ontredderd om dat te vragen. 'Rennen, die kant op,' wees Kuba aan. Vol paniek renden de vluchtelingen door het veld op het silhouet van een oude molen af. Ook Kuba wilde uit de wagen springen, de vrijheid tegemoet, maar twee agenten hielden hem vast en trokken hem terug de wagen in. 'Jij niet, kerel, jij moet voor de rechter verschijnen,' riepen ze. Het politiebusje maakte rechtsomkeert en reed terug. Tegen de tijd dat de stadslichten in zicht kwamen, hadden Kuba en de agenten de buit al verdeeld.

'Is je vader niet bang dat ze opgepakt worden en dat ze hem tijdens het verhoor verklikken?' vroeg ik aan Miszka.

'Wat denk je wel,' zei hij diep verontwaardigd, 'mijn vader is niet dom. In die verlaten molen wacht de vluchtelingen een andere eenheid op. Niemand overleeft het. Nadat ze geschoten hebben, controleren ze de lijken. Niemand krijgt de kans om zijn mond open te doen.'

Miszka vertelde zijn verhaal alsof het niets te maken had met ons. Het ging om andere joden, geen kennissen van ons, geen vrienden, geen familie. Het waren vreemden. 'A la guerre comme à la guerre,' zouden de Fransen zeggen. Wat kan het jou schelen? vroeg Miszka. Ik zal wel niet beseft hebben hoe monsterachtig Kuba's verachtelijke praktijken waren, want hoe is het anders te verklaren dat ik Miszka te vriend hield? We bleven samen op onze Hitler-Jugendtochten gaan en met de kinderen uit de buurt kaarten. Minstens één keer in de week sprak ik Grete. Bewust of onbewust vluchtte ik voor de somberheid van onze kelder. Mijn vader verweet me dat ik zo vaak weg was. Ik loog. Ik zei dat ik van de heer Białecki overuren moest maken. Ik was een ervaren leugenaar, toch vraag ik me af of hij me geloofde. Ik denk eerder dat hij zich liever inhield, misschien wel omdat hij bang was onze kwetsbare verhouding te schaden. Het werk, het geld, de aanraking met de duistere kant van het bestaan, dat alles verleende mijn karakter een nieuwe dimensie waar ik, vrees ik, niet altijd raad mee wist. Daarom praatten mijn vader en ik ook weinig met elkaar. Dat gedwongen zwijgen werd verbroken toen hij op een avond tegen me zei: 'Miszka is gearresteerd.' Toen ook ontdekte ik dat hij aldoor geweten had wat er gaande was. Hij had Kuba allang door, alleen had hij zich noodgedwongen het zwijgen opgelegd.

En zo was het gegaan:

Kuba wilde van zijn vrouw af. Selma voldeed niet langer aan de normen die hij aan een echtgenote stelde. Haar schoonheid nam af, haar verbittering nam toe. De zielen van de vermoorde joden achtervolgden haar in haar nachtmerries. Toen achter kwam dat haar man er een jonge maîtresse op na hield, dreigde ze hem te verraden. Daarmee ondertekende ze haar eigen vonnis. Kuba's maîtresse collaboreerde met de Gestapo. De twee smeedden een plan dat hen van een lang en gelukkig leven zou verzekeren. Het idee was eenvoudig en makkelijk uit te voeren, en het zou nooit ontdekt worden als er niet een kleine kink in de kabel was gekomen.

Miszka had waarschijnlijk geen idee waarom zijn vader hem per se naar vrienden in een klein dorpje vlak buiten Kraków wilde sturen. Met tegenzin pakte hij wat spullen in en stapte in de bus. We hadden niet eens kans om afscheid te nemen. Hij zou de volgende dag terugkomen. Die avond ging Kuba weer eens lol trappen in een kroeg waar collaborateurs graag kwamen, en die daarom ontheffing kreeg van de avondklok. Terwijl hij weg van huis was, trapte een liquidatie-eenheid van de nazi's de deur in. Afgesproken was dat alle onderduikers aangehouden zouden worden en dat ze ook mevrouw Szindler niet zouden sparen. Tot haar verbazing werd Selma het huis uit gesleurd en in de wagen geduwd. Samen met Miszka. Selma zweeg, Miszka schreeuwde. Hij eiste dat zijn vader geroepen zou worden, maar niemand luisterde naar hem. Hoe kwam het dat hij opgepakt was? Zoals dat altijd gaat: door een misrekening. Toen de deur van de kennissen in het dorp op slot bleek te zijn, keerde Miszka terug naar huis. Hij kwam er om acht uur 's avonds aan, tien minuten eerder dan de politie. Mijn vader zei: 'Ze zijn allemaal bij de oude molen doodgeschoten.'

Miszka verscheen in mijn leven en verliet het weer als een meteoor die met veel vuurwerk aan de hemel verschijnt en weer sterft, zonder een lichtende staart die voorgoed in het geheugen blijft schijnen. Ja, ik miste hem soms, want ik had geen vriend om mee uit te gaan en ik had niemand met wie ik mijn belevenissen kon delen. Maar dat gemis was egoïstisch, het had niets te maken met een gevoel van verlies. Zijn sprankelende aanwezigheid bracht enige verlichting in de benauwde sfeer van onze kelderwoning, maar ik kon ook zonder hem.

Miszka zei altijd sarcastisch dat het bij ons zo vrolijk was als op het kerkhof. Mijn ouders zagen hem niet graag komen; als hij langskwam, wat hij heel zelden deed, en alleen maar als hij me anders niet kon vinden, lieten ze duidelijk merken dat ze niet geïnteresseerd waren in hem, noch in de onderwerpen die hij ter sprake bracht. Misschien waren ze bang dat hij zich een verkeerd woord zou laten ontvallen, een zin die de nieuwsgierigheid van de oude hospita zou wekken. Om dezelfde reden zeiden ze ook weinig tegen elkaar. Mijn vader geloofde dat de oude vrouw minder doof was dan we dachten, dat ze deed alsof ze niets hoorde maar intussen haar oren spitste bij elk geluid of gefluister in de kamer. Die bewering kon niet gestaafd worden, omdat de oude vrouw een grote zwijgster was. Ik zag haar nooit met de buren roddelen, ze probeerde er nooit achter te komen waar we vandaan kwamen en waarom. Eens in de maand kwam ze uit haar donkere hoek en ging bij het raam het geld staan tellen dat ze voor de huur kreeg. Ze betastte ieder biljet met haar door reuma vervormde, knoestige vingers. Pas nadat ze zich ervan had vergewist dat ze niet opgelicht was, verstopte ze haar schat tussen de plooien van haar rok.

Mijn vader stond urenlang te kijken naar de benen van voorbijgangers die verschenen en verdwenen in het raam dat gelijk lag met het trottoir. Ik deed dat zelf ook weleens, en dan probeerde ik me de mensen voor te stellen aan de hand van de leest van hun schoenen en de onderrand van hun broek. Mijn moeder zat veel te lezen. We trokken ons ieder in zijn eigen wereld terug en waren uiteindelijk niet meer in staat om onze gedachten met de ander te delen. In die tijd begreep ik nog niet hoe belangrijk woorden zijn als communicatiemiddel en ik zag dan ook niet in dat ons gezin bezig was uit elkaar te vallen. Het was een langzaam en langdurig proces; ik kan moeilijk het moment aanwijzen waarop ikzelf zover was dat ik geen behoefte meer had aan menselijk gezelschap.

Ik had geen behoefte aan gezelschap, maar ik had nog niet geleerd om met mezelf in vrede te leven. Ik bruiste van de energie; ik kon mijn gedachten wel opsluiten in een kooi van vervreemding, maar ik kon me niet losmaken van de stad met haar lichten en geluiden. De straat was vol gevaren, maar daar was ook het echte leven. Ik bleef er rondhangen. De kroegen waren altijd vol, door de deuren heen hoorde ik de kakofonie, het zingen van dronken mensen, het gegiechel van hoeren. Slenterend door de stegen van de Oude Stad gluurde ik in hofjes waar zwarthandelaren dure levensmiddelen te koop boden. Het lot tartend volgde ik de handel over de muren van het getto of ging ik, gekleed in mijn zwarte uniform, in gesprek met Duitse militairen die in de groene zone om het hart van de stad op een bank zaten uit te rusten. Meestal waren ze op kort verlof van het front. Zij lieten me de vermoeide kant zien van de trotse, onoverwinnelijke, felle nazi-oorlogsmachine. Zou iemand me mijn levensstijl verwijten, dan zou ik antwoorden: Hoe zat het dan met de rijken van het getto die te midden van de allergrootste vernedering op de klanken van orkesten dansten, die banketten en feesten hielden terwijl tienduizenden mensen aan het verhongeren waren? Gedroegen zij zich ook amoreel? Nee. Zij dronken vandaag de levensnectar, want morgen kwam de zondvloed.

Ondanks het beeld dat ik hier geschetst heb, was Kraków geen stad van verderf. Ze behield haar keurige verschijning, haar conservatieve aard. Haar historische luister was niet beschadigd door de bezetting, haar schoonheid was niet door de oorlog aangetast. De verdedigingsmuren waren niet platgebombardeerd, in de parken waren geen loopgraven gegraven, de paleizen en kerken waren niet verwoest. Ieder historisch tijdperk had er zijn stempel op gedrukt: vanaf de gotiek van de veertiende eeuw, via de renaissance, tot de Italiaanse barok van de zeventiende eeuw. Als de Duitse bezetting enige schade had aangericht, dan was het geen zichtbare schade, dan was de schade niet in stèles gegraveerd maar in de harten van de mensen.

Ik las de adem van de stad zoals een zigeunerin een hand leest: met een mengsel van realiteitszin en hartenwensen. 's Zomers en 's winters werd de stad wakker met de eerste trams die piepend door de bochten gingen en maakte ze zich met het ingaan van de avondklok klaar om naar bed te gaan. Maar ook achter de verduisterde ramen bruiste de stad van sociale, soms ondergrondse activiteit. Nu de gymnasia gesloten waren, werden overal 'huiscursussen' gehouden waarin de middelbareschoolopleiding in het geheim doorging. Oude leraren gaven gratis les. Ik werd weleens uitgenodigd om mee te doen, maar ik had altijd wel een smoes waarom ik niet kon. Een gevlucht paard gaat niet terug naar zijn stal. Ik paste voor mijn gevoel niet binnen een gesloten structuur. Ik wilde me niet onderwerpen aan discipline. Misschien had ik ook gewoon geen zin om te leren. Ik hoorde niet tot de mensen die een normaal leven probeerden te leiden. In de etalages werd armoedige koopwaar gepresenteerd alsof het van topkwaliteit was. Op een rol verschoten stof was een stukje papier geplakt met daarop: 'de allerlaatste mode', op een pakje zoetstof stond: 'zoeter dan suiker', aan de lege schappen van de slager hingen borden met: 'tijdelijk geen vlees'. Die tijdelijkheid duurde jaren. In de cafés dienden de serveersters, de meeste behorend tot de aan lagerwal geraakte Poolse intelligentsia, cake van aardappelmeel op; aan de tafels zaten mannen een kop koffiesurrogaat te drinken en druk te fluisteren over Hitlers naderende eind. Niemand wilde de kloof tussen wens en werkelijkheid onder ogen zien. In die tijd belegerden de troepen van de Wehrmacht Leningrad, vielen ze Voronezj aan en bedreigden ze de oliebronnen in de Kaukasus. Je moest wel een fanatieke dromer zijn om voorbij te gaan aan het feit dat de nazivlag in heel Europa wapperde, van de Atlantische kust tot de oostelijke grenzen van Europa.

Het gerucht ging dat het getto binnenkort ontruimd zou worden en dat alle bewoners naar de kampen zouden worden gestuurd. Mijn grootouders van vaderskant waren naar het getto verhuisd vlak voordat de poorten op Grote Verzoendag in 1941 op slot gingen. Vanaf dat moment konden we niet meer met hen in contact komen. Mijn herinnering aan hun gezichten werd steeds vager, maar toen het gerucht mij ter ore kwam, zag ik mijn grootvaders grijze bos haar en mijn grootmoeders magere gestalte weer voor me. Dat beeld liet me niet met rust. Mijn grootvader bezocht me in mijn dromen, zijn doordringende blik boorde gaten in mijn ziel, zijn lippen fluisterden dat zijn tijd gekomen was. Soms kwam hij alleen, soms was hij vergezeld van mijn grootmoeder met haar verschrompelde lijfje, dat zo bedrieglijk was omdat het een geweldige vitaliteit in zich borg. In mijn dromen voelde ik me oneindig veel dichter bij hen staan dan ooit in het echt het geval was geweest. Toch was het idee om hen uit het getto te halen niet 's nachts geboren maar bij daglicht, in een inzicht dat door mijn hoofd flitste toen ik langs de muren van de afgesloten wijk slenterde en me afvroeg of ook maar één van de bewoners zou ontsnappen. De plek trok me aan als een magneet. Ik begreep toen nog niet waarom, maar ik weet nu dat dat niet louter nieuwsgierigheid was. Onbewust zocht ik het ziekelijke genot van de beelden die me als niets anders deden voelen dat ik een vrij mens was, terwijl tienduizenden van mijn volksgenoten het lot afwachtten dat de nazi's hun hadden toegedacht.

De Neurenberger wetten wroetten in het verleden tot in de derde generatie. Ook joden die zich tot het christendom hadden bekeerd, zelfs joden van wie de grootouders al bekeerd waren, werden als joods beschouwd en het getto ingestuurd. De overleden bekeerlingen mochten echter wel het getto uit. De Duitse logica achter deze bevoorrechting van de doden ontging me, maar ik was er blij mee, want de verordening die het mogelijk maakte om deze mensen op een katholiek kerkhof te begraven bood mijn grootouders de mogelijkheid om in vrijheid te leven.

Ik had al vaker een dergelijke begrafenis gezien. Meestal zette ik mijn fiets tegen een lantaarnpaal tegenover de ingang van het getto, legde het pakje met vis op de stoep neer en stond te kijken naar de priester, de non en de misdienaar die het getto in- en uitliepen zonder gecontroleerd te worden. Ik wist dat ze op weg waren naar een bekeerde jood die op sterven lag en die nog één keer wilde biechten voordat hij de geest zou geven. De Poolse politieagenten behandelden de geestelijken met eerbied, het kwam niet eens in hen op om die te fouilleren of naar hun papieren te vragen. Sommigen zetten hun pet af voor een priester, anderen sloegen een kruis bij het zien van een misdienaar die een brandende kaars in een glazen lamp droeg, het symbool van de laatste sacramenten. De doodgravers wachtten tot het nacht werd om de doden onder dekking van de duisternis naar hun laatste rustplaats te brengen. De familieleden van de overledene mochten de begrafenis uiteraard niet bijwonen.

10

Mijn vader was niet enthousiast; mijn moeder was er faliekant tegen. 'Het is absolute waanzin,' wees ze mijn voorstel van de hand.

'Daarom juist heeft het kans van slagen,' hield ik voet bij stuk.

'Geen sprake van. Je gaat je leven niet zomaar voor niks op het spel zetten.'

'Noem je dat niks, oma en opa redden?'

'Niet zo brutaal. Ik zei nee, en ik blijf erbij.'

'Schreeuw niet zo, de oude vrouw luistert,' viel mijn vader haar in de rede.

'Dan luistert ze maar.'

Mijn moeder had niet geschreeuwd. Ze was zenuwachtig, maar ze had haar bezwaar op fluistertoon uitgesproken. Geen kans dus dat ze me het plan uit mijn hoofd zou praten, want hoe kun je iemand fluisterend overtuigen?

'Ik luister ook, maar ik begrijp het niet. Mijn plan...'

'Ik wil het niet horen.'

'Mijn plan is tot in het allerkleinste detail uitgedacht. Het risico is minimaal, de slaagkans is heel groot. Het wordt moeilijker zonder jouw hulp, maar ik doe het toch.'

Mijn vader kwam weer tussenbeide. 'Laat hem uitpraten,' zei hij sussend. 'Laten we het eerst horen en dan pas beslissen.'

'Mooi,' zei ik, 'ik weet zeker dat ik jullie om kan praten. Ik heb vaak tegenover de ingang van het getto op de uitkijk gestaan om de controleprocedures te bestuderen. Het getto binnensluipen is een fluitje van een cent en ik kan dat beter de nacht daarvoor doen. Ik ken een paar gaten in de muur waardoor voedsel naar binnen gesmokkeld wordt. Ik neem een priestergewaad en een nonnenkleed mee naar binnen. En uiteraard ook een kanten overkleed van een misdienaar. De volgende dag gaan opa en oma naar buiten gekleed als priester en non, en ik als misdienaar. Niemand zal ons staande houden.'

'Je naïviteit verbaast me. Denk je echt dat de bewakers bij de ingang er niet achterkomen? Hoe kun je het getto uitgaan zonder er eerst binnen te komen? Nou?'

'Ik heb erover nagedacht, mama. Ik weet hoe laat de wacht afgelost wordt. We moeten een paar minuten na de aflossing het getto uitgaan. Dan denken ze dat we door de vorige wacht naar binnen zijn gelaten. Wat zeg je daarvan?'

'Ik zeg dat je het niet goed uitgedacht hebt. Waar moeten ze heen? Hiernaar toe? Wat vertellen we dat oude mens? Dat ze mijn verloren broer en zus zijn die nu in haar stinkkelder komen wonen?'

'Papa zal tante Matylda in Słomniki schrijven. Die zal haar ouders vast graag in huis nemen.'

'Hoe moet ik de brief sturen?' vroeg papa.

'Per post, papa. Per post.'

'Zo eenvoudig is het niet.'

'Zo eenvoudig is het wel. Je hebt een vel papier nodig, een envelop en een postzegel, meer niet.'

'Waar vind je een priestergewaad en een nonnenkleed? Waar haal je een overkleed van een misdienaar vandaan?' vroeg moeder door.

'Het overkleed steel ik uit de garderobe van de Annakerk. De stof voor de gewaden koop ik op de zwarte markt. En jij maakt ze, op maat.'

'Ik?'

'Ja, jij.'

'Hoe wist je dat ik ja zou zeggen?'

Van zwarte stof die ik op de koopjesmarkt had gekocht, maakte mijn moeder een nonnenkleed. Ze waagde ook een poging met het priestergewaad, maar ze was geen kleermaker en ze beschikte bovendien ook niet over een naaimachine. Er zat voor mij niets anders op dan, naast het kanten overkleed, ook het priestergewaad te stelen. Het ging makkelijker dan ik had gedacht. Na afloop van de ochtendmis wachtte ik tot de pastoor zich zou omkleden en de garderobe zou verlaten. De zondagspreek – over de daad van Judas Iskariot volgens het evangelie van Lucas – galmde nog na in de kerk toen ik de klerenkast van de pastoor opentrok. De ladenkast waarin hij het zilveren misgerei bewaarde, zat altijd op slot, maar zijn klerenkast niet, want wie zou de oude kleren van een pastoor willen hebben? Binnen een mum van tijd zaten de kleren in de rugzak die ik bij me had. Ook de lamp, het kleine belletje en het wierookdoosje, onmisbaar als je bij een stervende langsging, vergat ik niet. Uitgerust met alle benodigdheden ging ik weer naar huis. De volgende dag zou ik het getto binnensluipen.

Ik had allang de kleine openingen in de gettomuur gevonden waar een magere jongen als ik makkelijk doorheen kon. Normaal gesproken werden die voor de smokkel gebruikt. De smokkelaars waren kinderen van onder de tien jaar, Poolse zwarthandelaren leverden de goederen, de rijken van het getto en de hoge functionarissen van de joodse gemeenschap waren de kopers. Die praktijken waren voor mij geen geheim, evenmin als de barre levensomstandigheden van de tienduizenden joden die in het getto dicht op elkaar zaten. Toch was ik bij lange na niet voorbereid op wat ik aan de andere kant van de muur aantrof.

Het kostte me geen enkele moeite om opa's huis te vinden. Het adres had ik nog uit de tijd dat er postverkeer met het getto was geweest. Mijn opa stuurde zijn brieven toen naar mevrouw Siwek, zijn trouwe conciërge, en mijn ouders haalden ze daar op. Hij bleek te wonen in een oud, verwaarloosd gebouw van twee verdiepingen. Het toegangshek was losgerukt en in het smerige trappenhuis hing de weerzinwekkende stank van zuurkool en urine. Uit de binnenplaats kwam een vrouw in vodden naar me toe. Ze raakte mijn mooie kleren verwonderd aan en vroeg in het Jiddisch: 'Kom je daarvandaan?'

Ik sprak geen Jiddisch, maar ik verstond haar en knikte. Het had geen zin om te ontkennen; de gettokinderen zagen er heel anders uit dan ik.

'Gevaarlijk,' zei ze in gebroken Pools en wees op de mouw van mijn colbert. 'Gevaarlijk,' herhaalde ze. 'Geen gele ster.'

Verdomme! Ik had alles tot in het allerkleinste detail gepland, maar ik was de hoofdzaak vergeten. Joden mochten niet in het getto rondlopen zonder dat kenmerk op hun mouw.

'Het is er zeker afgevallen,' zei ik stotterend.

De vrouw schudde afkeurend het hoofd. 'Doe wat je doen

moet en God zal je bijstaan,' zei ze, alweer in het Jiddisch. 'Wie zoek je?'

Ik wilde liever geen namen noemen. Zij hield niet aan. Ik liep de trap op naar de tweede verdieping. Aan de deur hing een lange bewonerslijst. Mijn oma en opa woonden in een van de drie kamers die ze met een kinderrijk gezin moesten delen. Een deel van de meubels die Białecki hun had opgestuurd lag uit elkaar in de hoek. De onbekende medebewoners namen me wantrouwig op. Mijn oma zat op een plank die ooit onderdeel van een bed was geweest, met haar rug naar me toe. Mijn opa, die me binnen zag komen, stond op en pakte me bij mijn colbertpand beet. Zijn dunne, lange vingers trilden van ouderdom. Hij kon amper een stem uitbrengen.

'Lieve hemel, wat doe jij hier?'

'Ik moet jullie spreken.'

'Is er iets gebeurd? Is papa...'

'Er is niets gebeurd. Met papa gaat het goed. Met mama ook.'

'Waarom ben je dan gekomen?'

'Niet hier, opa. Kunnen we ergens onder vier ogen praten?'

'Buiten.'

We stapten de woning uit, liepen een halve verdieping de trap af en bleven staan bij het gemeenschappelijke toilet.

'De Duitsers gaan het getto opdoeken,' zei ik droogjes. Ik hield me opzettelijk kalm, ik was bang dat de oude man zich te veel zou opwinden. Maar hij, zo'n zeventig jaar oud, reageerde niet in het minst zenuwachtig.

'Dat is niet nieuw,' zei hij rustig.

'Jullie moeten hier weg voor het te laat is.'

'Goede raad,' zei hij schamper. 'Raadgeving is het oudste beroep onder de joden.'

'Luister eerst voordat je me uitlacht,' zei ik beledigd.

'Je bent brutaal geworden.'

'Zonder brutaliteit overleef je niet.'

'Jawel. Zonder brood is het veel moeilijker.'

'Je zult zoveel brood hebben als je wilt.'

'Hoezo, ben je bakker geworden?'

'Nee, ik ben wakker geworden. Ik kom jullie het getto uit halen.'

Hij keek ernstig. Nu pas begreep hij wat ik van plan was. 'Zeg het maar,' zei hij. Ik legde hem mijn plan in hoofdlijnen voor. Hij luisterde aandachtig. Toen ik uitgepraat was zweeg hij even, dacht na en zei: 'Als oma het goedvindt, doen we het.'

Oma vond het goed.

Mijn grootmoeder was altijd klein en mager geweest, maar daar moest je je niet op verkijken. Energiek en gespannen als een veer zwaaide zij voor de oorlog de scepter in huis. Terwijl mijn grootvader zijn protestbrieven aan de burgemeester schreef, hield mijn grootmoeder de boeken bij. Opa, die als boer mislukt was, liet de financiën maar al te graag aan haar over. Zij kocht het huis in de Szlakstraat en zij zorgde dat het genoeg zou opleveren om hen van een comfortabel bestaan te verzekeren. Ze hield de hand op de knip, maar ze wist iedere verdiende złoty verstandig te investeren. Uit haar mond klonk het woord 'verspilling' als een verschrikkelijke vloek. Maar als wij in die oude dagen voor de oorlog naar Kraków kwamen, wenkte ze me met haar vinger om mee naar de eetkamer te gaan, waar ze tussen de potjes jam en compote ook een pot vol muntjes bewaarde. Met het glazen potje vlak voor haar neus – ze was bijziend maar weigerde een bril te dragen – en de ogen tot spleten geknepen, viste ze een munt van vijftig grosz op, keek goed of ze me niet per ongeluk een hele złoty gaf en zei: 'Hier, koop maar een ijsje.' Ik kuste haar op haar wang; ze leek zo broos dat ik haar niet durfde te omhelzen. Nu, in het getto, was haar lijfje nog kleiner geworden, maar haar energie was even groot als vroeger, en haar geest even helder.

'*Poerimspiel**,' zei ze toen ik het nonnenkleed uit mijn rugzak te voorschijn haalde en het als een ervaren verkoper ophield.

'Er kan ieder moment iemand komen,' waarschuwde opa en stelde voor om het toilet binnen te stappen. We propten ons met moeite in het raamloze kamertje. De stank was ondraaglijk. Ik deed de deur vanbinnen op slot. Terwijl ik nog met de nauwe kanten kraag worstelde, had mijn grootvader zijn kleren uitgetrokken, achter de pot gegooid en het zwarte priestergewaad aangetrokken.

'Staat je goed, je had priester moeten zijn,' merkte ik op.

Mijn grootmoeder keek me afkeurend aan. 'Dit is geen tijd voor grappen. En ik kan me hier niet uitkleden.'

'Natuurlijk wel. En ik zou maar opschieten, straks komt de buurman met zijn diarree.'

'Leuk hoor,' zei ze ietwat geïrriteerd en trok haar rok en bloes uit. Voordat ze het kleed had aangetrokken dat mijn moeder voor haar gemaakt had, zag ik nog haar uitstekende schouderbladen, net vleugels van een uitgehongerde kip.

'Ik ben klaar,' verklaarde ze. 'Ik was altijd al bang dat ik in een klooster zou eindigen.'

Ik trok aan de grendel. Hij was roestig. Hij piepte. Ik luisterde. Stilte. Er kwam niemand. Ik duwde de deur open en gluurde naar buiten. Ik gebaarde dat de kust vrij was. We liepen de trap af. Bij de ingang van het gebouw stopte ik. De portiek was donker, maar de straat was overgoten met zonlicht. Ik zocht in mijn zak naar het doosje lucifers, stak de kaars in de glazen lamp aan, hield het belletje vast in mijn rechterhand, rammelde ermee om het te laten rinkelen, gaf mijn grootvader het wierookdoosje en we stapten naar buiten.

'Ik loop voorop, jullie volgen mij,' instrueerde ik hen en begon te lopen in de richting van de uitgang van het getto. Opa liep achter me aan met de wierookdoos die geurige rook verspreidde. Oma, achteraan, liep met kleine stapjes, zonder aarzeling, alsof ze haar hele leven moeder-overste was geweest. Een joodse voorbijganger spuugde hatelijk in onze richting. De bekeerlingen waren niet erg geliefd in het getto. Een rachitisch jongetje van vijf, nog onbevooroordeeld, stak een hand uit voor een aalmoes. We liepen hem met een strak gezicht voorbij. Zijn vloek trof me in de rug als een steen.

Bij de ingang op de hoek van de Limanowska- en Węgierskastraat stonden twee agenten van de Poolse hulppolitie, een agent van de interne gettopolitie en een lage nazi-officier. Ik keek voor me uit om hen niet in de ogen te kijken, bang als ik was dat ze in mijn blik aarzeling zouden zien. Tot nu toe had ik mijn heldenrol met succes gespeeld, maar zodra ik de agenten in uniform onder ogen kwam, voelde ik de angst opkomen: stel dat het allemaal op niets uitloopt, stel dat we betrapt worden en dat het geweldige avontuur, het volmaakte plan, op een beschamend fiasco uitloopt. Dan zullen we allemaal met ons leven boeten voor de bravoure en de waanzin. Had mijn moeder niet gezegd dat het waanzin was?

Een beschamend fiasco, dat is in essentie waar ik bang voor was. Niet de angst voor de dood maakte me zenuwachtig, maar de vrees voor een mislukking. Ik mocht niet falen. Ik kon de gedachte niet verdragen dat mijn moeder met recht zou snauwen: 'Zie je wel, Wilek, ik zei toch dat het niet kon lukken?' Ze noemde mijn vader Wilek, een koosnaam afgeleid van Wilhelm. De seconden duurden als uren. Zouden de bewakers achterdochtig worden en om onze papieren vragen? Mijn ogen maten steeds de afstand tot aan de ingang; hoe kleiner de afstand, hoe sneller mijn blik heen en weer ging. Mijn fantasie schetste beelden die elkaar om de honderdste seconde afwisselden: De agenten bevelen ons te stoppen, wij geven geen gehoor, zij laden hun wapens door, schoten weergalmen tussen de huizen, honden blaffen (er was nergens een hond te bekennen), we zetten het op een hollen, we vluchten. Mijn oma struikelt en valt. Voorbijgangers kijken vergenoegd toe. Ze kijken streng, met strakke gezichten, ze schreeuwen, ik versta hun taal niet. Wij zijn vreemdelingen, ze haten vreemdelingen. Nu juichen ze omdat het hek dicht is en wij in de val zitten.

Hersenschimmen. De Poolse agent neemt zijn pet af. De joodse agent doet alsof hij ons niet ziet. De Duitse officier heeft een camera; hij richt die op ons en drukt op de knop. Wat zou ik niet voor die foto geven. We lopen de geüniformeerde bewakers rustig voorbij, mijn opa groet ze, slaat een kruis (hoe komt het in hem op?) en we lopen alledrie het getto uit.

Aan de andere kant van de muur begon de wereld van de relatieve vrijheid, maar ik voelde de blikken van de bewakers nog steeds in mijn rug prikken. Of was ook dat alleen maar mijn fantasie? Ik wist dat ik niet om mocht kijken. Was dat wat Lot voelde toen hij uit het verwoeste Sodom vluchtte?

Zodra we het getto achter ons lieten en in het straatbeeld opgingen, stopten we voor een kort overleg.

'Nu stappen we in de tram,' legde ik uit.

'De tram?' zei mijn grootmoeder verwonderd. 'Ik ben al twee jaar niet met de tram gegaan.'

'Alle nonnen gaan met de tram.'

'Hoe weet je dat?' vroeg mijn grootvader.

'Ik heb mijn huiswerk gedaan.'

'Slim kind.'

'Hij is geen kind meer. Hij is een grote boef,' merkte mijn oma op. Ik wilde al brutaal vragen of ik dan te groot was om van haar geld voor een ijsje te krijgen, maar ik hield me in.

Nog geen halfuur later waren we op het busstation. Tientallen mensen stonden in de rij voor de kassa. 'Laat de pastoor voorgaan,' riep ik. Niemand durfde te protesteren.

'Twee kaartjes naar Słomniki,' vroeg ik aan de man achter de kassa. Ik betaalde en bracht mijn opa en oma naar het perron.

'Ik blijf hier tot de bus vertrekt. De chauffeur zal zeggen waar jullie moeten uitstappen. In Słomniki word je opgehaald door tante Matylda. Ze weet dat jullie komen en ze regelt verder alles. Als het me lukt, kom ik jullie volgende week opzoeken.'

De bus reed slechts twee keer per dag, we moesten lang wachten. Voordat mijn grootvader instapte, kuste ik zijn hand, zoals een jongen hoort te doen wanneer hij afscheid neemt van een priester. Mijn grootmoeder streelde me over mijn gezicht. Ik stopte een bundel geldbiljetten in haar tas.

'Wat is dit?' vroeg ze verbijsterd.

'Geld voor een ijsje,' antwoordde ik. Hoorde ze de trots in mijn stem wel?

De bus vertrok met een staart van uitlaatgas en ik begaf me naar het pand tegenover het station, trok het kanten overkleed uit, gooide het samen met de lamp in een vuilnisbak, stak de binnenplaats door, sprong over de omheining naar een leeg terrein dat aan de volgende straat grensde en ging snel naar huis om mijn vader te vertellen dat zijn ouders van de dood gered waren.

Ongeveer een jaar later werden alle joden van Słomniki op transport gezet naar de vernietigingskampen. De nazi's hadden de val zoals altijd zorgvuldig voorbereid. Eerst had de Joodse Raad de opdracht gekregen een nauwkeurige lijst op te stellen van alle joden in de stad. Pas nadat het bureaucratisch werk gedaan was, kwamen de speciale eenheden in beeld. De term Endlösung was toen nog een codenaam uit de documenten van de Wannseeconferentie; de mensen hadden geen idee wat hun te wachten stond. Het officiële bericht luidde, zoals gebruikelijk, dat men zich op het station moest melden, om vandaaruit vervoerd te worden naar werkkampen in het oosten van Polen. Bijna iedereen gehoorzaamde. Zo niet mijn grootvader. Had hij een zesde zintuig, een soort voorgevoel over wat er de komende vierentwintig uur ging gebeuren? Hoe het ook zij, hij en al zijn huisgenoten besloten binnen te blijven. De nazi's zorgden er echter altijd voor dat elk bevel stipt zou worden uitgevoerd. Bijgestaan door Letse huurlingen gingen de SS'ers alle huizen af om te controleren of zich nergens ontduikers schuilhielden. Niemand kan vertellen wat er precies gebeurde toen mijn opa de soldaten de trap op hoorde komen. Toen ik de gebeurtenissen na de oorlog probeerde te reconstrueren, vertelden de buren mij dat mijn opa bloedend naar buiten was gekomen, de agenten tegemoet, gevolgd door mijn oma, tante Matylda, haar man Jakub en helemaal achteraan hun achttienjarige dochter Krystyna, allemaal maar half bewust. In een moment van wanhoop – of kunnen we achteraf vaststellen dat het een moment van inzicht was? – hadden ze de hand aan zichzelf geslagen. Het bloed, zo werd me verteld, spoot uit hun opengesneden aders alle kanten op, op de trap en op de muren. Toen ik er in april 1947 kwam, was het trappenhuis al overgeschilderd. Niets getuigde nog van het drama dat zich daar vijf jaar eerder had afgespeeld.

11

Met de komst van de herfst begonnen de muren van onze kelderwoning groen uit te slaan. We hadden allemaal last van de kou, vooral mijn vader, die aan reuma leed. Aan de kant van de kamer waar de oude vrouw woonde stond een kachel, maar nergens in de stad waren er kolen te krijgen. Met veel moeite lukte het om wat hout te kopen voor het kookvuur. We wisten dat het na het regenseizoen zou gaan sneeuwen en vriezen en dat de situatie steeds nijpender zou worden. In de winter vroor het in Kraków twintig graden. Maar juist deze winter hadden we geluk. De reddende engelen schonken ons als het ware een heel bijzonder kerstcadeau. Onze hospita begon net de kerstboom te versieren die ze de duivel mag weten waar vandaan gehaald had, toen de deurbel ging. Eén keer, kort. De oude vrouw hoorde het niet, of ze deed alsof. Sinds we daar woonden, had ze nog nooit bezoek gehad. Ook wij verwachtten niemand, en ongenode gasten beloofden weinig goeds. Mijn vader vouwde de krant op die hij aan het lezen was, wisselde een blik met mijn moeder en gebaarde dat ik open moest doen.

'Geen reden tot bezorgdheid,' zei hij. 'Zij bellen niet zo voorzichtig.'

De man die binnenkwam, droeg boerenkleren: een lange, grove wollen jas en een muts van schapenbont die hij meteen afzette. Hij was een jaar of zestig en hij zag er moe uit; het was het soort vermoeidheid dat niet overgaat. Niet gewend aan het schemerige licht in de kamer fronste hij zijn voorhoofd. Even dacht ik dat hij een bedelaar was. Ik wilde al zeggen dat hij er beter maar zo snel mogelijk vandoor kon gaan, dat we niet eens een bordje warme soep hadden. Maar de man liep op mijn vader af en vroeg met zachte stem: 'Bent u dr. Wilhelm Frister?'

Stilte. Angst. Spanning. Op onze persoonsbewijzen stond een andere naam, een uitgesproken Poolse naam. Hoe wist deze man onze echte naam?

'Nee hoor, u bent aan het verkeerde adres.'

'Dat denk ik niet. U hoeft niet bang voor me te zijn. Mijn naam is Józef Kruczek.'

'Nooit de eer gehad.'

'Mag ik zitten? De oude dame...' De gast wees op onze hospita die roerloos was blijven zitten. 'Ze kan beter niet weten waar het over gaat.'

'En waar gaat het dan over?' vroeg mijn vader enigszins vijandig. Mijn moeder gaf de vreemdeling haar plaats. Józef Kruczek ging moeizaam zitten. 'Neemt u me niet kwalijk, ik ben een beetje moe. Ik ben op de fiets gekomen, ik geloof dat dat me te veel wordt,' verontschuldigde hij zich.

Hij sprak vloeiend Pools, niet het Pools van een boer. Maar het plattelandsleven had zijn sporen achtergelaten. Zijn gezicht was diep gegroefd, waardoor hij er minstens tien jaar ouder uitzag. Zijn handen waren knoestig en bedekt met ouderdomsvlekken. Anders dan mijn vader vertrouwde ik de man wel. Hij was onmiskenbaar eerlijk.

'Mijn naam is Józef Kruczek,' zei hij weer.

'Dat heb ik gehoord, maar ik ben Wilhelm Frister niet.'

'Dat heb ik ook gehoord,' zei de man. 'Maar u hoeft niet bang voor me te zijn, ik kom niet met slechte bedoelingen, ik wil u alleen helpen.'

'We hebben geen hulp nodig.'

'Ik heb een boerderij in Garlica Duchowna, dat is een dorp, of een dorpje. Vanaf hier is het één uur rijden met paard en wagen. Voor de oorlog werkte ik in de graansilo van de familie Spiro.'

'Nooit van gehoord.'

'Ik heb uw adres gekregen van Zofia Siwek. Die kent u toch?'

Het had geen zin meer om te ontkennen.

'Die ken ik, ja.'

Kruczek liet zijn blik over de kamer gaan.

'Die vrouw, deze kamer... Ik denk niet dat u hier veilig bent. Zeker niet op de lange termijn. Waarom trekt u niet bij mij in, in mijn stulpje? Ik heb misschien de luxe niet die u hier gewend bent, maar het is hier zo te zien ook geen paleis.'

'Een paleis is het niet, nee,' beaamde mijn vader.

'Ik heb vijfentwintig jaar voor meneer Spiro gewerkt. Zelf heb ik maar een klein stukje grond, nog geen tien hectare. En niet zo vruchtbaar ook, ik gebruik het alleen als weiland. Het is niet genoeg om er een gezin van te onderhouden. Zonder mijn werk in de silo hadden we het niet gered. Vijfentwintig jaar. We hebben samen een hele weg afgelegd, meneer Spiro en ik. Ik begon als ongeschoolde arbeider en op het laatst was ik bedrijfsleider. Hij betaalde me honderd złoty per maand, een vermogen voor een boer als ik. En dat was niet alles. U weet hoe dat gaat, de boer leeft van de ene in de andere natuurramp. Wat had ik zonder hem gedaan? Als we droogte hadden, of als de akkers overstroomd waren en het graan verrotte voordat het gerijpt was, kwam meneer Spiro me te hulp. Hij was een goeie man.'

'Is hij dood?'

'O nee, hij leeft met zijn gezin in Hongarije. Maar toen de jodenvervolging begon, toen ze een gele ster moesten dragen en iedereen ze ongehoorde narigheden voorspelde, stelde ik voor dat ze bij mij in het dorp zouden onderduiken om de storm in rust en veiligheid uit te zitten. Deze waanzin kan toch niet eeuwig doorgaan? Eens moet er een einde aan komen. Zo kan het niet. Maar hij weigerde, of eigenlijk, hij had mijn hulp niet nodig. Meneer Spiro wist zich altijd te redden, in goede en in slechte tijden. Hij was als een eik die zich niet zomaar laat vellen. Sterk en wijs. Iedereen ging naar het getto. Hij niet. Hij zorgde voor paspoorten en visa en verder alles wat er nodig was om naar Boedapest te reizen. Ze zijn begin '40 met z'n allen vertrokken. Ik ging met ze mee naar het station. Op het laatste moment, vlak voordat hij in de trein stapte – ze hadden plaatsen gereserveerd in de eerste klas –, nam hij me even opzij en zei: "Luister eens Kruczek, wij zijn nu buiten gevaar. Maar als je ooit een jood tegenkomt die in nood verkeert, behandel hem alsjeblieft alsof hij een Spiro is." Dat zei hij, ik zweer het. Wat zal ik dus zeggen, meneer? Voor mij bent u Spiro. Mijn huis is uw huis.'

Toen hij uitgepraat was, vroeg mijn moeder: 'Wilt u een kop thee? We hebben echte thee. En suiker ook.'

Dat was haar manier om haar vertrouwen in de ongenode gast te tonen.

'Een warm kopje wat dan ook kan ik goed gebruiken,' zei

Kruczek. Mijn moeder liep naar het fornuis om thee te zetten. De oude hospita stond op, draaide de kraan open en vulde de ketel. Was ze inderdaad niet zo doof als we gedacht hadden? Kruczek trok zijn jas uit, legde die over de stoelleuning, ging zitten en strekte zijn benen.

'Ik ben moe,' verzuchtte hij. 'Het is de leeftijd.'

'Rust u maar uit, we kunnen ondertussen praten,' zei mijn vader. Ik haalde kopjes en zette die op tafel.

'Wat zeggen we tegen Białecki?' vroeg ik bezorgd.

Het huis van Kruczek in Garlica Duchowna had een rieten dak. Zulke huisjes kende ik alleen uit de kinderboeken. De lemen muren waren blauw geverfd, het blauw van de hemel op een zonnige dag. De boeren geloofden dat hemelsblauw de duivel verjaagt, zoals een paardenhoef bij de voordeur succes brengt en zoals een meisje dat een klavertjevier vindt een rijke man zal trouwen. Geloof en bijgeloof waren hun wegwijzer. Ze verwachtten weinig van het leven, alleen Gods zegen voor hun akkers, gezondheid voor hun gezin en tegenspoed voor hun vijanden, want achter de façade van het rustige plattelandsleven woedden felle rivaliteiten die van generatie op generatie overgingen. De honger naar grond lag aan alle conflicten ten grondslag.

Kruczek woonde met zijn gezin in het huisje dat zijn betovergrootvader had gebouwd en dat in de laatste honderd jaar weinig veranderd was. Elektriciteit hadden ze in dit oord nog niet, evenmin als stromend water en riolering. Het toilet was buiten, water werd uit de put gehaald. In alle huizen woonden mensen en dieren onder één dak. Zo ook bij Kruczek. Behalve de twee kamers was er, aan de andere kant van een smalle gang, achter de keuken, een stal voor twee melkkoeien en een klein varkenshok. De boeren gebruikten de uitwerpselen van de dieren als mest; van kunstmest hadden ze hier nog niet gehoord. Water uit de put halen was de taak van de oudste dochter. Na jaren draaien aan de slinger ontwikkelden de meisjes sterke armspieren waarop ze even trots waren als stoere pubers. Nooit zal ik die meisjes vergeten, vooral niet Bronka, die me in de geheimen van het vleselijke genot wilde inleiden. Maar meer dan alles herinner ik me de smaak van het water dat uit het diepst van de aarde was gehaald. Het was koel en helder en het gleed als olie door je keel.

Het huis stond aan de voet van een heuvel die blootstond aan de herfstwind. Op de hellingen groeide alleen onkruid. Nu, in de herfst, waren ook de schaarse plekken groen verdord; alleen de geiten vonden er nog een restje voedsel. Een kronkelend riviertje stroomde aan de andere kant, tussen de noordelijke rand van de boerderij en de weg die als belangrijkste verkeersader van het dorp diende. Elke wagen die over deze ongeasfalteerde weg reed, deed een dikke stofwolk opstuiven. De boeren klaagden niet, want de stofwolken waarschuwden hen voor de komst van de Duitsers, de enigen die auto's en motoren hadden. Na de eerste regen veranderde de grond in een modderbrij. De weg was nu zelfs voor wagens met paarden moeilijk begaanbaar en het gevaar van onverwacht bezoek nam dus af. Maar zodra het ging sneeuwen, zei Kruczek, zou het gevaar weer toenemen, want de nazi's reden graag in een slee. 'Die schoften halen de belletjes van de teugels af, ze bewegen zich geruisloos, als spoken.'

Het riviertje stroomde zo snel dat het nooit dichtvroor; ook in de allerkoudste nachten kon je het niet met droge voeten oversteken. Kruczek had er een lange smalle plank overheen gelegd, maar die hadden de dorpskinderen gebruikt voor hun kampvuur. Voor mijn gevoel scheidde dat riviertje ons van de buitenwereld. Aan de overkant lag een verboden land. Die scheidslijn kon je beter niet oversteken, want dan kwam je in een mijnenveld terecht. Zo op het oog was er geen reden voor mijn gevoel. Aan beide oevers heerste rust, aan beide was het landschap identiek. En toch was alleen het land daar, aan de overkant, een bezet land, toch waren alleen daar getto's, gevangenissen en kampen. 'Mijn' kust was veilig.

Józef Kruczek had een volmaakte schuilplaats voor ons ingericht. Onder een stapel hooi die met bedachte nonchalance op de stalvloer was gestrooid, lag een verborgen luik dat naar de kelder leidde. De kelder was zo groot als het hele huis. Normaal gesproken werd hij gebruikt voor de slacht. Buiten kon je het gekrijs van de geslachte varkens niet horen. Om de plicht te ontduiken het Duitse leger van voedsel te voorzien, hielden de boeren vee en varkens in het geheim en verkochten ze het vlees op de zwarte markt. Voordat Kruczek ons met een wagen volgeladen met hooi naar het dorp bracht, had zijn vrouw de kelder schoongemaakt. Ze had er drie bedden neergezet, een kast en een tafel, en ze had zelfs een Mariabeeld aan de muur gehangen. 'Ze zal u beschermen, ook al bent u joods,' beloofde ze. Ze was even gelovig als haar man. Mijn vader reageerde goedmoedig en zei: 'Waarom ook niet, haar zoon was tenslotte ook een jood.'

De varkenskelder, zoals ik hem noemde, was uitsluitend bedoeld als schuilplaats voor noodgevallen, als we bezoek zouden krijgen van de politie of de gendarmes. Voor de rustige dagen kregen we van Kruczek en zijn vrouw de kamer van hun drie kinderen. De twee zoons en de dochter waren verhuisd naar de kamer van hun ouders. We hebben de schuilplaats in de kelder nooit hoeven gebruiken.

Het nietsdoen viel me het allerzwaarst. Na mijn actieve leven in Kraków kon ik me daar ook niet bij neerleggen. Ik wist niet hoe je de tijd doodt. Mijn moeder deed dat met patiencen, een spel dat zijn naam niet zonder reden te danken heeft aan het Franse woord voor 'geduld'. Mijn vader zat de hele tijd gebogen over een geïmproviseerde kristalontvanger en deed eindeloze pogingen om uit de kakofonie van stemmen en geluiden de uitzending van de BBC te isoleren. Dat lukte hem zelden. Meestal liet de kristaldetector de overwinningsberichten van het Duitse hoofdkwartier horen. Ikzelf zat achter de gesloten gordijnen op onze kamer – de buren mochten ons niet zien – vliegen te tellen. Het was Kruczek die zag hoe moeilijk ik het had. Hij vroeg: 'Wil je niet lezen?'

'Graag, maar wat? U hebt hier niet eens een krant.'

'Wat zou je willen lezen?'

'Het langste verhaal dat er ooit geschreven is,' zei ik bij wijze van grap en vergat vervolgens de hele kwestie. Kruczek niet. Een paar dagen later kwam hij terug uit de stad met het complete werk van Tolstoj, twaalf boekdelen, in luxeleer gebonden.

'Voor jou, jongen,' zei hij en legde de boeken neer op mijn bed.

'Dat moet een kapitaal hebben gekost,' mompelde ik.

'Welnee,' zei hij geringschattend, 'ik kreeg de hele boel voor één bus melk. Boeken liggen tegenwoordig heel slecht in de markt.'

Lezen kon ik alleen overdag. En de dagen waren kort, na drie uur spreidde de nacht zijn zwarte sluier over het dorp. De boeren hadden carbidlampen, maar net als alles werd ook carbid alleen op de bon verkocht, en dan nog voor een hoge prijs. Er moest bezuinigd worden op licht.

'Jammer dat ik geen beer ben die de winter slapend doorkomt,' klaagde ik met een halve glimlach bij mijn vader. Hij luisterde niet. Hij was in zichzelf gekeerd, net als in de zomer, toen we nog in de kelderwoning in Kraków hadden gezeten. Hij wisselde amper een woord met Kruczek. Noodgedwongen bracht ik de tijd door in het gezelschap van Anna Karenina en graaf Vronski, liet ik me meeslepen met het epos *Oorlog en vrede* en probeerde ik tevergeefs de diepzinnige gedachten van *De biecht* te doorgronden. Ik was niet volwassen genoeg om Tolstoj te kunnen volgen in zijn zoektochten naar de betekenis van het leven.

's Avonds mocht ik naar buiten om een frisse neus te halen. Met een warme jas aan en een bontmuts tot over mijn oren liep ik om het huis in cirkels die steeds groter werden naarmate mijn zelfverzekerdheid toenam. Op een van mijn verdere tochten leerde ik Bronka kennen. Ook zij was naar buiten gekomen om te genieten van de betovering van een avond die als glimmend fluweel tussen de sterrenhemel en de besneeuwde aarde hing. Bronka was dochter van boeren die weinig goeds uit hun rotsgrond haalden. Maar de armoede bedrukte haar niet, integendeel, ze leek daardoor juist levenslustiger. We mochten elkaar vanaf het eerste moment. Ik was benieuwd naar het dorpsleven. Bronka droomde van de grote stad waar ik vandaan kwam.

Ze kon het maar niet begrijpen: 'Waarom zijn jullie daar weggegaan? Wat hebben jullie te zoeken in dit gat?'

Ik verzon een verhaal dat zo lang en ingewikkeld was dat ikzelf het verband tussen alle leugens kwijt was. Maar Bronka vermoedde niets. Ze was zelf rechttoe rechtaan en ze slikte mijn geklets voor zoete koek. Ze kende elk pad en elk huis in het dorp en op onze tweede ontmoeting al vond ze een plekje in een verlaten hooischuur. We gingen zitten op rollen gesneden hooi dat in onze billen prikte.

'Wil je zoenen?' vroeg ze.

'Ja, hoor,' antwoordde ik, blij dat ze in het donker mijn verlegenheid niet kon zien. We omhelsden elkaar. Bronka drukte haar lippen tegen de mijne, haar tong drong mijn mond binnen. Ik had nog nooit zo gezoend. Ik sloot mijn ogen. In de gespannen stilte hoorde ik haar ademen.

'Lekker?'

Ik zweeg.

'Waar denk je aan?'

'Niks.' Ik kon haar toch niet vertellen dat ik aan Grete dacht?

'Ik weet wel waar je aan denkt. Ik denk er ook aan, maar dat kan vanavond niet.'

Ze was ouder dan ik, niet alleen in leeftijd – ze was net vijftien geworden –, maar ook omdat ze al vrouw was. Ongegeneerd vertelde ze over haar ongesteldheid en over de veilige dagen waarop we zonder gevaar konden vrijen. Wie weet hoe onze relatie zich verder had ontwikkeld als mijn ouders niet tussenbeide waren gekomen. De kinderen van Kruczek, die als kleine ratjes overal rondsnuffelden, ontdekten onze schuilplek en vertelden er thuis over. Toen ik een keer van een vrijavond thuiskwam, een opgetogen puber die eindelijk een manier had gevonden om de tijd te doden, wilde mijn vader me even spreken. Hij ondervroeg me met een streng gezicht: 'Klopt het dat je met een of andere wilde boerin gaat?'

'Ze is niet wild,' verdedigde ik Bronka's eer.

'Ben je nu helemaal?' blafte hij me af. 'Weet je niet wie we zijn en hoe rampzalig de gevolgen kunnen zijn? Dat ontbreekt er nog aan, dat die, hoe heet ze ook weer, dat ze erachter komt dat je een jood bent.'

'Welnee, ze heeft andere dingen aan haar hoofd.'

'Het gaat niet om het hoofd, het gaat om andere lichaamsdelen. Ben je vergeten dat je besneden bent?'

12

Vaarwel Bronka, vaarwel Anna Karenina. Einde avontuur. Maar dat we het dorp moesten verlaten, kwam niet door mijn kleine avontuur. Het kwam door het paard van de buurman. Een bruin-wit paard dat 's nachts gestolen was.

Zodra de sneeuw gesmolten was, werd de omgeving getroffen door een diefstallenplaag. 'Ieder jaar weer hetzelfde liedje,' klaagde Kruczek. 'In de winter blijven de dieven weg, ze weten dat hun voetsporen in de sneeuw hen zouden verraden en dat je een boze boer met geen macht kunt tegenhouden als die een dief met een hooivork of bijl te lijf gaat. Maar zodra het lente wordt, breken ook voor die boeven betere tijden aan, want je kunt ze dan onmogelijk opsporen om ze de rekening te presenteren.'

Paardendieven waren in zijn ogen de allerlaagste criminelen. Zonder paard kon je je akkers tenslotte niet ploegen, en zonder ploegen was er geen brood. Werkdieren waren het belangrijkste bezit van een boer. Voor ons was de nachtelijke inbraak in het huis van de buurman het sein om snel onze spullen in te pakken. Het gestolen paard stond ingeschreven in het register van landbouwbezittingen, een instantie die moest zorgen dat de boeren hun plicht zouden doen en hun paarden op afroep ter beschikking van het Duitse leger zouden stellen. Mijn vader was bereid het gestolen paard volledig te vergoeden, maar de buurman was bang dat de autoriteiten erachter zouden komen en dat hij met alle gestrengheid van de krijgswet gestraft zou worden. Er zat niets anders op dan aangifte te doen op het politiebureau. Dergelijke gevallen, waarbij geen sabotage of terreur werden vermoed, werden meestal behandeld door de agenten van de Poolse hulppolitie. De boeren konden redelijk goed met hen overweg, maar hun aanwezigheid in het dorp was op zich al gevaarlijk. Ze zouden alle omwonenden moeten ondervragen. Volgens Kruczek hoefden we alleen maar in de kelder af te wachten tot het onderzoek voltooid was. Mijn vader was ertegen. 'Te gevaarlijk,' zei hij gedecideerd. 'Als we ontdekt worden, kunnen we het wel vergeten. Zelfs God kan ons dan niet helpen. De agenten moeten het aan de nazi's doorgeven, en die sparen niemand. Het gaat niet alleen om ons. U en uw kinderen zullen er ook voor moeten boeten. Nee. Er zit niets anders op, we gaan terug naar Kraków.'

We kwamen tussen de middag in Kraków aan. Tegen de avond hadden we al een nieuw huis gehuurd: een tweekamerwoning in de Długastraat 76. We gebruikten dezelfde valse papieren die Kuba Szindler destijds geregeld had, en die volgens hem 'beter dan echte' waren. In mijn persoonsbewijs stond de naam Roman Wrześniowski; de oorspronkelijke Roman Wrześniowski was ongeveer een jaar voor het uitbreken van de oorlog met zijn ouders bij een verkeersongeluk omgekomen. Volgens Szindler had een omgekochte ambtenaar de doodsakten uit het bevolkingsregister verwijderd, dus ook als de nazipolitie de moeite zou nemen onze komaf na te trekken, zou alles koosjer en katholiek blijken te zijn.

De dag na onze terugkeer meldde ik me op het kantoor van de firma Potocki en Białecki met het verzoek mijn baan terug te krijgen. Graaf Potocki was met vakantie naar het buiten van zijn oom Antoni; meneer Białecki aarzelde: 'Ik vind het moeilijk om buiten hem om te beslissen.'

'We hebben geen andere bron van inkomsten. Mijn vader was ervan overtuigd dat u hem niet zou teleurstellen,' loog ik.

'Vooruit dan maar,' zei hij weinig enthousiast. 'Wanneer wou je beginnen?'

'Nu.'

Ik wist niet dat mijn vader tijdens ons verblijf in Garlica Duchowna ook voor zijn zuster Sidonia een onderduikadres had geregeld. Sidonia en haar dochter zaten ondergedoken in een ander huis, aan de rand van het dorp. Tevergeefs probeerde ik erachter te komen wat mijn grootvader geïnspireerd had om zijn kinderen de namen te geven die hij ze had gegeven. Mijn vader werd Wilhelm genoemd; was mijn opa misschien onder de indruk van keizer Wilhelm, die de Fransen had verslagen en de Duitsers onder de Pruisische vlag had verenigd? En waarom noemde hij mijn vaders broer Marian? Het verband met de heilige Maria lijkt mij nogal vreemd. De namen van de dochters – Hermina, Zofia, Matylda en Sidonia – klonken in mijn oren als namen van heldinnen in een romantisch verhaal uit de vorige eeuw.

Sidonia was de oudste. Voor de oorlog bezocht ik haar graag in Kraków, niet vanwege de natuurlijke aantrekkingskracht van bloedverwanten, maar vanwege de sappige peren in de oude boom in haar tuin. Klimmend in die boom heb ik menig broek gescheurd.

Sidonia's man, oom Leon, was bij het uitbreken van de oorlog opgeroepen voor het Poolse leger. Hij had deelgenomen aan de lange terugtocht oostwaarts en was uiteindelijk gevangengenomen door de Russen die Polen binnenvielen, zogenaamd om het westen van de Oekraïne en Wit-Rusland uit de klauwen van de imperialisten te bevrijden. Oom Leon was advocaat, net als mijn vader; alleen was hij minder succesvol, omdat het enige wat hem echt interesseerde zijn postzegelverzameling was. Soms klaagde tante Sidonia bij mijn vader dat haar man zijn werk en zijn gezin verwaarloosde en zich geheel aan zijn verzamelgekte overgaf. Hij is gestorven in de stad Omsk. Als ik aan hem terugdenk, denk ik niet aan zijn ronde gezicht met de dikke bril van een bijziende man, maar aan het vergrootglas waarmee we samen de inhoud van zijn albums bestudeerden, waarvan iedere bladzijde weer aan een andere serie, aan een ander land gewijd was. Ik geloof dat ik van oom Leon meer over de wereld heb geleerd dan van de leraar aardrijkskunde op de lagere school.

Wat er met tante Sidonia precies is gebeurd, is een raadsel. Ik heb geen idee hoe en wanneer ze in het dorp kwam. Ze woonde met haar zeventienjarige dochter in bij kennissen van Kruczek, fatsoenlijke mensen die niet op de hoogte waren van haar ware identiteit. Hun was gezegd dat de Poolse moeder en dochter hun huis uit waren gezet nadat de vader, een officier in het leger, door de Duitsers gevangengenomen was. Zulke dingen kwamen vaak voor en het klonk zeer aannemelijk. De boeren die hun onderdak boden waren niet hebzuchtig. Voor kost en inwoning betaalde mijn tante een gering bedrag vergeleken bij de waarde van hun schuilplaats. Was dat paard niet gestolen, dan waren die twee daar waarschijnlijk tot het einde van de oorlog gebleven. Maar nu de politie verwacht werd, moesten ze zo snel mogelijk weg, want als ze ontdekt werden, zouden ook de argeloze boeren die hun onderdak gaven eraan gaan.

Nu liep echter alles in de soep, want tante Sidonia werd ziek en kon niet op reis. Kruczek en mijn vader fabriceerden een brancard van de soepele takken van de treurwilg en brachten tante Sidonia naar een verlaten schuur, dezelfde waar Bronka en ik onze verboden spelletjes hadden gedaan. Ze hoopten dat ook als zij en haar dochter ontdekt zouden worden, de politie hen niet in verband zou kunnen brengen met een specifiek huis in het dorp. Tante Sidonia ijlde. Haar dochter zou voor haar zorgen, maar toen de politie de schuur naderde begaven Hedy's zenuwen het en vluchtte ze door een deurtje in het achterhek weg. Na enkele dagen door de bossen te hebben rondgezworven voegde ze zich bij een groep partizanen die in die omgeving opereerde. Ze heeft de oorlog overleefd en ze woont nu in Australië. Over het lot van tante Sidonia weten we niets, behalve dan dat de politie haar meenam voor verhoor. Mij is het verhaal pas in Kraków ter ore gekomen, toen mijn ouders zich kritisch uitlieten over mijn nicht. 'Hoe kun je een zieke moeder in de steek laten?' zei mijn vader verontwaardigd. Het kwam niet in me op om hem tegen te spreken, al dacht ik er heel anders over. Wat had heldhaftigheid of onvoorwaardelijke toewijding voor zin als je er niets mee bereikte? Was Hedy in de schuur gebleven, dan waren ze ongetwijfeld allebei door de nazi's vermoord. Bruno Kalter, mijn bijbelleraar in Bielsko, had zijn lessen altijd met verhalen uit de talmoed gekruid. Ik herinnerde me nog het verhaal van twee joden die in de woestijn verdwaald waren en samen maar één fles water hadden. Hadden ze het water gelijk verdeeld, dan waren ze allebei van de dorst omgekomen. Omdat niets heiliger is dan het leven, was het beter als een van de twee al het water zou opdrinken en zou overleven.

Ik heb Hedy maar één keer ontmoet, toen ze met haar man

naar Israël kwam. Die geschiedenis kwam toen niet ter sprake. We wilden geen van beiden het verleden weer oprakelen.

Ik was Grete, de vrouw van de SS-officier, allesbehalve vergeten; zij mij evenmin. Toen ik er weer met twee verse karpers voor de deur stond, verwelkomde ze me als een oude kennis die terug was van een lange vakantie.

'Waar was je? Nee, laat maar, dat doet er niet toe, ik ben blij dat je terug bent. Je ziet er ontspannen uit en ook... hoe moet ik dat zeggen... ook volwassener.'

'Het is een tijdje geleden,' zei ik en haalde de karpers uit de mand. Ondanks de hamerslagen op hun kop weigerden ze dood te gaan en spartelden ze nog in de krant die aan hun natte schubben plakte.

'Scheer je je al?' vroeg ze.

Ik bloosde en streek met de rug van mijn hand langs mijn wangen. Die waren nog zo glad als de billen van een baby.

'Nee,' antwoordde ik, en voegde er meteen aan toe: 'Nog niet.'

'Glaasje likeur? Zoals vroeger? Ik heb altijd een fles Drambuie in huis.'

Ik knikte. Grete ging de fles uit het buffet halen. Mijn ogen volgden haar fraaie contouren en dwaalden daarna door de kamer. De woonkamer was opnieuw ingericht, alleen de leren fauteuils stonden er nog. Antieke en moderne meubels stonden – smakeloos, vond ik – naast elkaar. Aan de muren hingen olieverfschilderijen; ik herkende de paarden van Kossak, de andere kunstenaars kende ik niet. Grete merkte dat ik nieuwsgierig was, ze zette me een glas vol geurige heldere drank voor en legde uit: 'Er is weer een deel van het getto opgeheven, Kurt wist nog op tijd wat spullen te redden. Daar is hij heel goed in, mijn luie man. Zullen we op de nieuwe aanwinst drinken?'

Ik sloeg het glaasje likeur in één keer achterover.

'Zo drink je het niet,' merkte ze op. 'Likeur drink je langzaam, met kleine teugjes. Je geniet van elke druppel. Kijk maar hoe ik het doe.'

Grete deed het voor. Ze legde haar hoofd in haar nek en sloot

haar ogen terwijl de drank door haar keel gleed.
'Gezien?'
'Gezien.'
'Volgende keer oefenen we samen.'

Er was geen volgende keer.

De firma Potocki en Białecki breidde uit, er werden nieuwe visvijvers aangekocht en filialen geopend, het aantal klanten nam toe, evenals het aantal zendingen aan Duitse officieren. Mijn werk bestond nu voornamelijk uit het 'oliën van de raderen', zoals Białecki dat sarcastisch noemde. Bijna alle hoge pieten bij de autoriteiten stonden op de lijst van ontvangers van relatiegeschenken. De geschenken werden onder het toeziend oog van de baas verpakt, overeenkomstig de rang en stand van de ontvanger. Algauw kende ik de namen en adressen van de SS- en Gestapo-kopstukken uit mijn hoofd; namen die een gewone sterveling de rillingen door het lijf zouden jagen. Later zouden veel van deze namen op de lijst van oorlogsmisdadigers verschijnen. Maar destijds, nog op het toppunt van hun macht, ontvingen ze mij met een vriendelijke glimlach. Białecki was zeer te spreken over mijn werk en de resultaten ervan. In ruil voor de geschenken werd de firma over allerlei bureaucratische obstakels heen geholpen, de verkoop van onze producten op de zwarte markt werd oogluikend toegelaten en de aanwezigheid van tweedekeusblikjes in de voedselzendingen aan het leger werd over het hoofd gezien. De grote opbloei begon toen de landgoederen van de familie Potocki vrijgesteld werden van de plicht om het leger van voedsel te voorzien, een plicht die elke boer in het bezette Europa gold. Graaf Potocki was zogenaamd niet op de hoogte van de activiteiten van zijn bijdehante compagnon. Hij verbleef vaak op een van zijn landgoederen die over heel Polen verspreid lagen. De familie Potocki behoorde tot de adellijke families wier geschiedenis eeuwenlang verweven was met de geschiedenis van het koninkrijk. Hun rol daarin vult hele bladzijden in de encyclopedieën en geschiedenisboeken. Misschien was dat juist de reden waarom ik zijn gedrag verachtte. Pas jaren na de oorlog zou ik erachter komen dat het gezin van de joodse advocaat Bronisław Szaten en een jonge vrouw, Liebeskind geheten, op het landgoed van de Potocki's ondergedoken hadden gezeten.

Het getto van Kraków werd geleidelijk kleiner. De nazi's hakten er hele huizenblokken van af, totdat er maar een klein stukje van overbleef, dat verdeeld werd in deel A en deel B. De bewoners van de ontruimde huizen verdwenen spoorloos in de nazi-doodwoestijn. Over de definitieve ontruiming van het getto hoorde ik van Białecki. 'Kijk uit, het wemelt in de stad van de jagers op joden die op het laatste moment ontsnapt zijn,' zei hij terloops toen hij me een pakje verse karpers overhandigde, de wekelijkse zending aan SS-officier Wilhelm Kunde. Kunde stond bekend als de wreedste officier bij de veiligheidsdienst. Ik kon niet vermoeden dat onze wegen elkaar binnenkort onder heel andere omstandigheden zouden kruisen.

Gretchen had me niet verteld dat het zover was en dat alle overgebleven bewoners van het getto nu werden overgebracht naar een kamp dat enkele maanden daarvoor op het terrein van twee joodse begraafplaatsen in de wijk Podgórze was opgezet, en met prikkeldraad omheind. Misschien wist ze dat zelf niet. Hoe mijn vader erachter kwam, zal me altijd een raadsel blijven. Hij las alle Poolse en Duitse bladen die onder auspiciën van de bezetter werden uitgegeven, maar de officiële pers gunde het onderwerp niet één regel.

Evenals Białecki wees ook mijn vader mij op de gevaren die ons soort mensen dreigden. Hij vertelde van hartverscheurende taferelen waarbij nazi's en hun handlangers bij de joodse gettopolitie ouders en kinderen van elkaar scheidden, ouderen en jongeren, vrouwen en mannen. Moeders die hun baby's het getto uit wilden smokkelen, werden geslagen en neergeschoten, kinderen werden met hun hoofd tegen de straatstenen gesmeten. Honderden ellendelingen probeerden het getto te ontvluchten via de rioolbuis die bij een van de bruggen over de Wisła uitkwam. Hele gezinnen liepen er met kinderen en bagage doorheen, wadend door de viezigheid, op weg naar het onbekende, om bij de uitgang, die de toegang tot de vrijheid had moeten zijn, opgewacht te worden door afpersers die hen alleen tegen een hoog bedrag wilden laten passeren. Wie het mededogen van de afpersers niet kon betalen, mocht niet naar buiten en stierf in de stinkende doolhof. Maar ook degenen die hun leven hadden afgekocht werden voor het merendeel door de SS gepakt en geëxecuteerd. In het getto bleven niet meer dan vijftig gezinnen achter, beschermelingen van de nazi's: leden van de Joodse Raad, agenten van de joodse politie en verklikkers van de Gestapo die kort daarna in de stad op jacht moesten gaan.

De verdreven gettobewoners liepen in lange colonnes naar het treinstation, om op transport te worden gezet naar de vernietigingskampen. Wisten ze wat hun te wachten stond? Vele jaren na de oorlog, ik was toen al zestig, las ik voor het eerst het onthutsende boek van de Poolse apotheker Tadeusz Pankiewicz. Zijn apotheek had aan het getto gegrensd en hij was onwillekeurig getuige geweest van wat er gebeurde. En dit schreef hij in zijn memoires: 'De tijd van vertrek nadert. Dat leiden we af uit de inbeslagneming van de spullen. De mensen moeten alles achterlaten. Deze keer gunnen de Duitsers hun geen schijntje illusie. Geen leugens meer, alle trucjes zijn overbodig. We zijn getuige van het einde van het getto. Zelfs tassen en portefeuilles worden door de SS'ers met geweld afgepakt en op een groeiende stapel gegooid. Hier en daar roept iemand dat er nog documenten in de tas zitten. Even nog maken de mensen zich de illusie dat ze die papieren nodig zullen hebben. Hun reacties doen denken aan een gehangene van wie de ledematen ook na de dood blijven bewegen.'

Kraków werd tot een gigantisch jachtgebied. Het seizoen was geopend, de vluchtelingen uit het getto waren vogelvrij. Maar de prijs die op hun hoofd stond, was zo hoog dat het zonde was om ze zomaar van het leven te beroven. Uit het diepst van de menselijke beerput stegen nu lieden op die zich gingen verrijken aan de angst, aan de nood en in de eerste plaats aan de overlevingsdrang van degenen die de ontruimde joodse wijk ontvlucht waren.

In de straten van de stad lagen Polen op de loer die van de afpersing leefden. De roep 'je geld of je leven' ging niet gepaard met het trekken van een pistool. Het was voldoende om met uitlevering aan de Gestapo te dreigen. Miszka vertelde me wat er gaande was. Hij wist zijn hand te leggen op gestencilde publicaties die het verzet regelmatig verspreidde. Hij gaf ze door aan mij en ik sloot me op in het toilet om ze te lezen. Als ik ze uit had, spoelde ik ze door. De vellen papier verdwenen in het stadsriool, maar de inhoud bleef in mijn geheugen. Een verhaal, relevant voor dat voorjaar waarvan het symbool de wijzende wijsvinger van de verklikker was, dient naverteld te worden, zij het in het kort:

Een gram dapperheid

Gered. Ik was net uit de afgesloten joodse wijk ontsnapt. In mijn zak lag een vals paspoort waaruit mijn foto keek, over mijn lippen lag een vals glimlachje. Naast het paspoort lag in dezelfde zak ook mijn moed, voor een habbekrats gekocht van een man van wie ik de naam niet wist. Hij droeg een dikke bril en hij had het hoge voorhoofd van een echte intellectueel. De mensen noemden hem de Apotheker. 's Middag tussen twee en vier zat hij in café Ziemiańska, waar hij tussen de slokjes thee door groot- en kleinhandel dreef, in moed en dood. Het leven kost tegenwoordig bijna niets, maar de prijs van de dood ligt tussen de honderdvijftig en tweehonderd dollar per gram, afhankelijk van vraag en aanbod. Ik ben geen grote held. Ik ben niet bang om dood te gaan, maar wel om doodgemarteld te worden. Ik was bang voor de verhoorkamers van de Gestapo, voor muren die volgeschreven zijn door mensen die niet meer leven, voor het suizen van een zweep die de huid van je rug openscheurt, voor een kogel die niet direct het hart treft en voor het wachten in de gang buiten de martelkamer. De Apotheker had veel verstand van psychologie en hij had een blik die tot in je ziel doordrong. Hij schatte mijn angst op honderdvijfenzeventig dollar. Ik betaalde zonder een kik te geven. Voor die prijs raakte ik in het bezit van een capsule gevuld met spul dat sterk naar bittere amandelen rook en dat bekendstaat onder de naam cyaankali... Met één gram voordelige moed had ik een polis van de beste verzekeringsmaatschappij ter wereld. De capsule beschermde me tegen het gevaar van kwelling en marteling en bood ook een afdoende garantie aan degenen die me mijn nieuwe naam hadden gegeven, een naam waarvan de wortels drie generaties terug uitgezocht waren. Met opgeheven hoofd liep ik op straat. Vanaf de muren schreeuwden aanplakbiljetten die een beloning beloofden voor iedere gevluchte jood. Ik voelde me er niet meer door bedreigd. Als de biljetten van de muur vielen, waren ze net bladeren van de boom der kennis, of vellen uit een encyclopedie van de beschaving, waarin zelfs de wetten niet meer wettig zijn. Ik liep met opgeheven hoofd, het zweet druppelde van mijn voorhoofd omdat de zon hoog in de hemel stond en ik een versleten winterjas aan had. Daaronder kon je nog mijn oude kleren zien, waarop de gele ster was aangebracht, als een Kaïnsteken. Plotseling riep iemand mijn naam: Awroem! Awroem staat voor Awraham, Awraham staat voor joods-zijn en joods-zijn staat voor... Instinctief stak ik mijn hand in mijn jaszak: Maak je geen zorgen, Awroem, zij ligt er nog, die kleine capsule, de poort naar de allerveiligste kust. Het voelen van de capsule maakte me zelfverzekerd. Ik stopte. Langzaam, om mijn schrik niet te verraden, keek ik om. Daar was Piotr. Hij stond op de stoep met zijn benen uiteen en riep me bij zich. We hadden samen op de middelbare school gezeten. Hij schreef mijn algebraoefeningen altijd gauw over en ik hielp hem ook graag met de mondelinge repetities bij de leraar Poolse literatuur die we allebei niet konden uitstaan. We zagen elkaar dagelijks, totdat de gettomuur dwars door ons leven werd neergezet.

'Dag Piotr,' zei ik met een enigszins vrolijke stem.

'Dag Awroem,' antwoordde hij.

'Sst, zeg mijn naam niet, het is gevaarlijk.'

Piotr nam me op. Ik vond hem vreemd, tegelijk kil en klef. Ik probeerde de situatie uit te leggen. Hij viel me met een directe vraag in de rede: 'Ben je uit het getto gevlucht?'

'Ja. Iedereen is dood, alleen ik ben gered.'

'Gered?' zei hij me glimlachend na. 'Dat weet je nooit, we leven in een tijd vol verrassingen.'

Ik knikte. Hij bracht zijn gezicht dicht bij het mijne; ik rook alcohol.

'Je weet toch dat we samen met onze onafhankelijkheid ook ons gevoel hebben verloren. Er staan ons moeilijke jaren te wachten en iedereen moet zich zien te redden. Ik ook. Snap je?'

Het vermoeden dat zonet niet meer dan een zachte kitteling was, werd nu ineens een zekerheid. Ik wilde een stap naar achteren doen, maar Piotr hield me vast bij mijn jaspand en liet niet los.

'Goed,' zei hij, 'we gaan geen verstoppertje spelen. De bezetters hebben het voor het zeggen, en ik dien ze. Zij hebben de macht en de geschiedenis veroordeelt de winnaars nooit. Toch zijn er ergens, helemaal onder in mijn geweten, nog restjes van onze oude vriendschap aanwezig. Geef me duizend dollar en we nemen afscheid van elkaar. Eén duizend maar.'

'Doe me een lol,' zei ik. 'Als ik duizend dollar had, was ik allang de grens over.'

Vlakbij stond een taxi geparkeerd. Piotr riep die met een handgebaar. De taxi kwam langzaam aanrijden en stopte. Piotr duwde me erin, hij kwam naast me op de achterbank zitten en sloeg de deur met een klap dicht. En wat een verschrikkelijke klap! 'Waarheen?' vroeg de chauffeur. Piotr gaf hem het adres. Het was zo bekend dat er een rilling door mijn lijf ging.

'Je hebt drie minuten de tijd om je te bedenken,' fluisterde hij.

'Geloof me maar, ik heb geen cent.'

'Joden zeggen altijd dat ze geen geld hebben, maar als de nood hoog is, blijken ze het toch te hebben.'

'Wat is er met je gebeurd, Piotr?' vroeg ik, hoewel ik het antwoord wist. Piotr was de held en het slachtoffer van het tijdperk van de wijzende vinger. Ik telde de seconden met een bonkend hart. De taxi reed door naar het Gestapo-gebouw. Door het raam zag ik mensen, een jonge vrouw die aan het wandelen was met haar kind, een lief blond jongetje, een koetsier die half zat te slapen en een paar voorbijgangers die haast hadden; ik wist niet waarom ze zo snel liepen en waarheen. Piotr attendeerde me weer op de tijd: 'Nog twee minuten.'

Twee minuten voor de dood is een lange tijd in een mensenleven. Binnen twee minuten kon de oorlog eindigen, kon er plotseling een aardbeving komen, misschien zelfs het einde van de wereld. Binnen twee minuten kon Piotr een hartaanval krijgen of een beroerte, de chauffeur kon iemand aanrijden, de stad kon worden platgebombardeerd, de partizanen konden het hoofdkwartier van de Gestapo opblazen.

'Nog één minuut,' zei hij weer droogjes, zoals het een doortrapte zakenman betaamt. Hoe belachelijk is de hoop van de dwaas die bij het schavot staat en gelooft dat het touw op het beslissende moment zal breken. Ik keek stiekem naar Piotr. Zijn gezicht bleef strak. Ik las er de waarheid over mijn lot in. Het maagzuur zou de capsule binnen dertig seconden oplossen, had de Apotheker beloofd. Langzaam stak ik mijn hand in mijn zak. Snel slikte ik het gif door, en het enige gevoel dat in me opkwam, was de verwachting van de onaangename bittere smaak. De chauffeur stopte bij een kruising. Als ik nu de deur opendeed en eruit sprong... Maar nee. Ik hoefde geen gebruik meer te maken van de gelegenheid. Ik lag buiten de greep van Piotr, van de martelkamers van de Gestapo. In zekere zin hoorde ik al tot het hiernamaals. Ik had niets meer te verliezen.

'Stuk ongeluk!' riep ik plotseling. In die twee woorden stopte ik al mijn haat tegen hem, de vriend die me verraden had en me niet alleen mijn leven wilde afpakken, maar ook mijn laatste restje vertrouwen in de mens. En toen was het hek van de dam: ik bestookte hem achter elkaar met korte zinnen, woorden van minachting en afkeuring. En toen gebeurde het wonder. Kennelijk had ik Piotr in zijn ziel getroffen, als hij al een ziel had. Hij liet de chauffeur stoppen en zei, met buitengewoon vriendelijke stem: 'Schreeuw niet, sufferd. Het was maar een grapje.' En voordat ik kon antwoorden, stapte hij uit en verdween in de stroom voorbijgangers. Vijfhonderd meter scheidden ons van het Gestapogebouw. Nu pas drong het tot me door dat de dertig seconden allang voorbij waren en dat het gif niet gewerkt had. Ik hoefde geen afgestudeerde chemicus te zijn om te begrijpen dat de Apotheker me meedogenloos bedrogen had: in plaats van de dood had hij me het leven verkocht. Met de uiterste inspanning hield ik me in en gaf de chauffeur een ander adres: dat van café Ziemiańska. Het was kwart voor vier en hij zat nog op zijn vaste plaats. Ik ging rustig naar hem toe, ik wilde geen opschudding veroorzaken, maar zijn psychologische kennis liet hem ook deze keer niet in de steek. Aan mijn gezicht kon hij raden wat er gebeurd was. Hij haalde honderdvijfenzeventig dollar uit zijn portemonnee, gaf me het geld en mompelde: 'Niet goed, geld terug.'

Ik was benieuwd hoe het de held van het verhaal verder was gegaan. Uit nieuwsgierigheid zocht ik de Apotheker onder de bezoekers van café Ziemiańska, maar ik vond hem niet. Ik vroeg me af wat ikzelf had gedaan als ik in die taxi met Piotr had gezeten, of ik de moed had gehad om het gif in te slikken. Maar ik moest bij mezelf toegeven dat ik nooit, in geen enkele situatie, hoe kansloos ook, de hand aan mezelf zou kunnen slaan. Ik vond het leven te kostbaar om het vrijwillig op te geven. Ondanks dit verhaal, ondanks het feit dat ik mijn zwarte pantser had afgelegd – ik had het uniform van de Hitler-Jugend dat ik van Grete had gekregen op de binnenplaats van de buren verbrand voordat we in de hooiwagen van Kruczek waren gestapt –, voelde ik me niet bedreigd. Ik kon me niet voorstellen dat een afperser zijn energie zou willen verspillen aan een jongen als ik. Ik raakte niet in paniek als ik de gendarmes tegenkwam, die zelf ook steeds intensiever in de stad patrouilleerden. Ik bekeek ze met enige hooghartigheid als ik ze langs de stoepen zag lopen, stokstijf, het hoofd verscholen onder een bruine, eigenaardige helm. Op hun borst droegen ze een metalen plaat met daarop de adelaar met gespreide vleugels, het symbool van hun macht en gezag. Andere mensen staken de straat over als ze zo'n patrouille zagen aankomen. Ik niet.

Ik hoor tot de geluksvogels die niet gekweld worden door nachtmerries over de holocaust. Toch sluit ik niet uit dat mijn zelfverzekerdheid in die tijd heel broos was en dat mijn onderbewustzijn belaagd werd door twijfels, ook al kon ik die niet bewust omschrijven. 's Nachts werd ik geteisterd door vermoeiende dromen. In een van mijn dromen, die steeds terugkwam, bevond ik me op een smal pad met aan de ene kant hoge bergen en aan de andere een diepe afgrond. Bedreigd door een onbestemd gevaar rende ik zo hard dat ik buiten adem raakte. Ik voelde een zware druk in mijn longen, bijna een gevoel van verstikking, alsof er een zware steen op mijn borst lag. Op een nacht schudde mijn vader me wakker en vroeg of ik onwel was.

'Ik ben kerngezond,' snauwde ik hem defensief af. Ik werd niet graag betrapt op een zwak moment.

'Je zit helemaal onder het zweet,' zei hij en trok de deken over me heen, net als juffrouw Hilde Baron dat gedaan had toen ik een jaar of vijf, zes was. Kennelijk maakte hij zich zorgen over mijn onrustige slaap. Zelf deed hij nachtenlang geen oog dicht. Lag hij dan te piekeren? Was hij bang? Zag hij de toekomst voor zich? En welke toekomst dan? De redding of de ondergang? Nooit zei hij er iets over. Nooit vroeg ik ernaar. Hoe meer we door de muren van ons huis waren ingesloten, hoe langer we noodgedwongen thuis zaten, des te dieper kropen we ieder in zijn schulp.

Zonder het bewust gepland te hebben zwierf ik nu niet meer zomaar zonder reden door de stad. Ik ging niet zo vaak meer bij Gretchen langs sinds zij tussen het ene en het andere glaasje likeur in had opgemerkt dat ze mijn bruine gezicht leuk vond. 'Ik ben niet zo dol op de lichte tint van mijn volksgenoten,' had ze gezegd. Die avond stond ik lange tijd voor de spiegel, ik bestudeerde mijn uitstekende oren, mijn donkere ogen en mijn krulhaar. Ja, ik zag er onmiskenbaar Semitisch uit. Wat Gretchen niet doorhad, zou een ander misschien wel opvallen. Mijn ouders wisten niet wat de verandering in mijn gedrag teweeggebracht had. Ik liet me inschrijven in de bibliotheek en ging na mijn werk gauw naar huis om de geleende boeken te lezen. De bibliothecaresse was aardig tegen me, ik was een van de weinige klanten die ze nog had; de mensen hadden andere dingen aan hun hoofd dan lezen. Omdat zij voor de oorlog colleges Poolse literatuur aan de universiteit had gegeven, kon ze mijn verbaal vermogen waarderen, en misschien ook mijn uitzonderlijke keuzes. En ik liet me maar al te graag door haar begeleiden. Ze voerde me van de Franse klassiekers naar de eigentijdse Poolse literatuur, ze ging in op de diepere betekenis van de taal die

Rabelais in *Gargantua et Pantagruel* bezigt, samen analyseerden we de invloed van de romantici op het nationalisme aan het eind van de vorige eeuw. Soms, als ze in de stemming was, haalde ze van onder de balie een dichtbundel van Julian Tuwim, die vanwege zijn joodse komaf verboden was, en weidde ze uit over de bijdrage van de joden aan de Poolse cultuur. Ze had geen idee wie ik was; het kwam in elk geval niet in haar op dat ik joods was.

Ik verslond de geleende boeken achter elkaar. Ik las tot de kleine uren van de nacht, totdat mama of papa het welletjes vond en eiste dat ik het licht uit zou doen. Maar anders dan in de tijd dat we bij Kruczek waren geweest, identificeerde ik me nu niet langer met de fictieve personages. Hun lot raakte me niet. Ik las zonder emotionele betrokkenheid. Het ging me om de kennis. Mijn hersenen registreerden de verschillende personages alsof ze de inventaris van een magazijn opmaakten.

'Dit vind je vast interessant,' zei de bibliothecaresse en gaf me een dik boek: het verhaal van kolonel Redl, een spion voor de Russen in het hoofdkwartier van het Oostenrijks-Hongaarse leger tijdens de Eerste Wereldoorlog. Ik stopte het boek onder mijn arm en ging weg. Het was vijf uur 's middags. Het was rustig op straat. Ik liep door een smalle steeg in een oude wijk, met aan weerszijden huizen uit de vorige eeuw. Het stuc brokkelde van de muren af, de groene aanslag kroop er steeds hoger langs. Op de hoek bevond zich de winkel van meneer Kulka, de opticien, die me steeds groette als ik voor zijn etalage stopte om naar de gekleurde lichtjes van de reclame voor Zeisslenzen te kijken. Ook deze keer bleef ik er staan. In een ondeugend moment knipoogde ik naar het getekende oog dat me toeflikkerde. Misschien zag ik daarom de patrouille gendarmes niet en merkte ik ze pas toen ze vlak achter me stonden en een van hen brulde: 'Persoonsbewijs!'

Ik draaide me om. Voor mij stond een gendarme die twee koppen groter was dan ik. Zonder aarzeling gaf ik hem mijn persoonsbewijs. De Duitser, die moeite had met de uitspraak van de valse Poolse naam, liet het bewijs aan zijn collega zien. Deze haalde zijn schouders op, alsof hij wilde zeggen dat ook hij die vervloekte taal niet kon lezen. Alles verliep volgens de bekende routine. Ongevraagd liet ik ook het bewijs van het arbeidsbureau zien. Op officieel papier, gemerkt met het symbool van het rijk, stond dat ik werkzaam was in een bedrijf dat een hoge prioriteit genoot in de nazi-economie.

Aan het einde van de straat verschenen mensen in overalls, kennelijk arbeiders op weg naar huis. Toen ze ons zagen, verdwenen ze gauw om de hoek. Op één man na, die ik tot dan toe niet opgemerkt had en die zo'n tien meter van de winkel van meneer Kulka roerloos was blijven staan. Hij stond midden op de stoep, opvallend door zijn passieve, als het ware afwachtende houding. Hij was een jaar of vijftig, mager en klein. Hij droeg een grijs pak dat allang uit de mode was en een zwarte hoed. Zulke mensen zag je niet dagelijks in Kraków. Ik vroeg me af waarom hij niet met de anderen verdwenen was; je wist tenslotte nooit wat je van de nazi's kon verwachten, ze konden ineens een bevlieging krijgen en hem ook aanhouden. Te meer daar zijn zielige verschijning en slappe houding ook minder alerte mensen aan het denken zouden hebben gezet. Ineens herinnerde ik me de waarschuwing van Białecki, die het had gehad over de joden die uit het getto waren gevlucht. Een jood? dacht ik bij mezelf, maar liet die gedachte meteen varen. Dat kon niet. De vreemdeling maakte geen bange indruk. Ikzelf was ook niet bang. Ik was al eerder om mijn papieren gevraagd en na controle weer weggestuurd. Hoe het ook zij, ik legde geen verband tussen de vreemde man en de gendarmes, totdat de gendarme die mijn persoonsbewijs vasthield naar hem omkeek. De man met de hoed knikte. Het was een trage, je zou kunnen zeggen toevallige beweging, een soort teken dat alleen een ingewijde kon ontcijferen. Ik had het nog steeds niet door.

'Jude?' vroeg de agent.

'Hoezo Jude?' antwoordde ik met het gebroken Duits dat de meeste Polen spraken.

Nu was het geen vraag meer, maar een constatering: 'Jude.'

'Dit is waanzin,' zei ik, nog steeds zelfverzekerd. 'Ik werk voor Hauptsturmführer Kunde, voor de Sturmbannführer Haase, voor de heren Hoyer en Frummer van de Gestapo.' Als een tovenaar trok ik mijn troef te voorschijn: de lange lijst omgekochten. Grete noemde ik niet. De gendarmes waren nu in de war. De lange bleef met zijn arm hoog in de lucht; in zijn hand had hij mijn papieren. Zo meteen, dat wist ik zeker, zou hij me die teruggeven en zou het hele incident vergeten zijn. Ik weet niet wat ik verkeerd had gedaan en wat er door de andere gendarme heen ging toen hij zei: 'Ogenblikje, even overleggen.'

'Wat valt er te overleggen,' zei ik brutaal.

'Hou je kop,' krijste de lange en stopte mijn papieren in zijn zak. Zijn collega deed een paar stappen en stond te fluisteren met de man met de hoed. Ik volgde ze gespannen. Ik werd wat onrustig. Ook al besefte ik nog niet hoe diep ik in de nesten zat, ik voelde wel nattigheid. En ik kreeg gelijk. De gendarme was uitgepraat, hij kwam terug, stak een vuist in mijn rug en duwde me naar het dichtstbijzijnde gebouw.

'Naar binnen, die poort door.'

Ik knipperde met mijn ogen in het schemerige licht van een betegelde gang. Aan het eind van de gang zag ik een trap die naar boven liep. Het was een oud huis van drie verdiepingen, een van die historische gebouwen waar de Krakówers zo trots op waren. De lamp die aan het gewelfde plafond hing brandde niet. De gendarme probeerde het licht aan te doen, maar de schakelaar deed het niet, of misschien hadden de bewoners de stroom afgesneden om op elektriciteit te bezuinigen. Hoe het ook zij, het lukte hem niet. Hij vloekte. Ik zag de glimlach van zijn collega niet, maar ik hoorde die in zijn stem toen hij zij: 'Bewaar dat vloeken maar voor je vrouw. Laten we de rotjood afhandelen, dan komt de rest wel goed.'

Gaan ze me hier neerschieten en laten liggen? Voor mijn geestesoog zag ik mijn lijk al op de vloer liggen. Nu wist ik dat ik echt in gevaar verkeerde, dat ik alleen nog door een wonder gered kon worden. Ik geloofde niet in wonderen, maar zij waren ook niet van plan om me te vermoorden.

'Broek omlaag,' beval de kleinere.

'Ik versta u niet,' zei ik in een lachwekkende poging tijd te winnen en het onafwendbare uit te stellen.

'Sneller, snel,' joeg de gendarme me op en beeldde met zijn handen uit wat ik moest doen. Het had geen zin meer om me van den domme te houden. De spion Redl stak nog onder mijn arm. Ik legde het boek op de grond neer. De gendarme pakte het op, bladerde erin en gooide het ongeïnteresseerd weg.

Boven ons ging de lamp ineens aan. Aan het eind van de gang, bij de trap, piepte de deur van een woning op de begane grond. De deur ging slechts op een kleine kier open, maar dat was voldoende om de vrouw te zien die daar stond. Ze droeg een gebloemde kamerjas en aan weerszijden van haar haviksneus, midden op haar ronde gezicht, keken ons twee nieuwsgierige ogen aan. De galmende stemmen in het trappenhuis hadden haar naar buiten gelokt. Even kruisten onze blikken elkaar. Begreep ze wat er aan de hand was? Ik maakte mijn riem los. Ze kwam dichterbij, ze glimlachte tegen de Duitsers. Die negeerden haar. Mijn broek zakte op mijn enkels.

'De onderbroek ook.'

Ik deed wat me bevolen was. Ik wist niet wat zwaarder woog: de angst voor de onvermijdelijke ontmaskering, of de schaamte om naakt voor een vreemde vrouw te staan, in een vernederende houding, vastgebonden met mijn eigen broek en onderbroek die om mijn enkels lagen. Instinctief bedekte ik mijn geslachtsdelen met mijn handen. De kleinere gendarme trok zijn pistool en duwde mijn hand met de koude loop opzij. Daarna zette hij zijn helm af, vroeg zijn collega om die vast te houden en boog zich over mijn lid, dat zacht en ineengekrompen was als een rubberslangetje. Hij bestudeerde het langdurig, met de nieuwsgierigheid van een verzamelaar die een nieuw, onbekend artikel bekijkt. Toen ging hij weer rechtop staan en zei nors: 'Joost mag het weten.'

Ik was opgelucht. Ze wisten het verschil tussen besneden en onbesneden niet. Maar mijn opluchting was voorbarig.

'Roep onze jood maar, die heeft er verstand van,' beval hij zijn collega.

De man met de hoed kwam er gauw bij. Hij bleef even bij de ingang staan, zijn lange schaduw viel op mij.

'Waar wacht je op?' blafte de lange gendarme hem af.

'Ik kom, ik kom,' verontschuldigde de man zich. Hij kwam dichterbij, maar ik hoorde hem niet lopen want hij droeg schoenen met rubberzolen.

'Domkop,' mompelde hij in het Jiddisch. Hij hoefde me niet

grondig te onderzoeken. Hij boog zich naar me toe en kwam zonder een woord te zeggen meteen weer overeind. Aan zijn gelaatsuitdrukking konden ze zien dat ze beet hadden. De lange gendarme haalde mijn persoonsbewijs weer te voorschijn en las hardop het adres.

'Woon je daar?'

'Ja.'

'Met wie?'

'Met niemand. Ik woon alleen.'

'Vertel dat maar aan je grootje.'

'Die is dood.'

'Dat zien we straks wel. We gaan.'

De deur aan het eind van de gang ging dicht; deze keer piepten de scharnieren niet. Uit mijn ooghoek zag ik de vrouw in de gebloemde kamerjas in haar huis verdwijnen. Ook de verklikker met de hoed was verdwenen. Niemand deed het licht uit. We gingen de straat op. Ik dacht aan het boek dat in de gang op de grond lag. De bibliothecaresse zal boos zijn, ging de idiote gedachte door me heen.

De gendarmes bevalen me om twee stappen voor hen uit te lopen. Ik liep twee stappen voor de gendarmes uit, wetend dat mijn vader thuis was, dat hij voor me open zou doen – om dan de dood in de ogen te kijken. Ik hoopte dat mijn moeder nog niet terug was van haar werk en dat ze zou ontsnappen. Ik hoopte ook, uit het diepst van mijn hart, dat ze nooit, maar dan ook nooit de waarheid te weten zou komen.

Vanaf de plek waar ik aangehouden was, was het ongeveer een kwartier lopen naar ons huis. Geen mens op straat legde enig verband tussen mij en de twee geüniformeerde gendarmes. Ik moest voor hen uit lopen alsof we niets met elkaar te maken hadden, maar ik wist dat ze hun wapen in de aanslag hielden en dat elke vluchtpoging met schieten zou eindigen. Het deed er niet meer toe dat ik licht liep en de omgeving goed kende. Ik was zonder boeien toch geboeid. Ik voelde me als iemand die zijn eigen beul naar de galg leidt. De zon daalde in het westen en kleurde de stad rood. Ik had een verschrikkelijk schuldgevoel.

DEEL TWEE

De prijs van het leven:

De smaak van liefde

'Deze drie dingen zijn voor mij te wonderlijk,
ja, vier die ik niet weet:
de weg van een arend in de hemel;
de weg van een slang op een rotssteen;
de weg van een schip in het hart der zee;
en de weg van een man bij een maagd.'
SPREUKEN 30:18-19

I

Het toestel van Swissair vertrok met Zwitserse precisie vanaf luchthaven Kloten bij Zürich. Het was zaterdag, 17 juli 1967, 16.30 uur. Ik was van plan in Hamburg te overnachten en de volgende dag door te reizen naar Kiel, een afstand van een uur met de trein, om maandag op het gerechtshof van Sleeswijk-Holstein als kroongetuige te verschijnen in de zaak tegen voormalig Gestapo-officier Wilhelm Kunde.

Ik vond het wel symbolisch dat het proces gehouden werd in de hoofdstad van de deelstaat die het laatste bolwerk van de nazileiding is geweest. Tot ongeveer drie weken nadat Hitler zelfmoord had gepleegd, en zestien dagen na de Duitse capitulatie, regeerde in Sleeswijk-Holstein nog een vervolgregering van het Derde Rijk. President was groot-admiraal Karl Dönitz, de voormalige opperbevelhebber van de marine, bekend als de geestelijk vader van de duikbootoorlog en een vertrouweling van de dictator. Tijdens zijn korte bewind stelde hij de nazipartij buiten de wet in de hoop daarmee de sympathie van de geallieerden te winnen. Op 26 mei 1945 echter werden alle leden van deze eigenaardige regering aangehouden. Dönitz werd aangeklaagd en veroordeeld tot tien jaar gevangenis. In zekere zin, dacht ik bij mezelf, is het feit dat Kunde nu uitgerekend in deze uithoek van Duitsland berecht wordt als historische gerechtigheid te beschouwen. Aan andere vormen van gerechtigheid had ik geen boodschap. Het deed er ook niet toe dat Wilhelm Kundes lange gezicht me voorgoed bij zou blijven, noch dat ik zijn gepoetste laarzen voor het laatst gezien had vanuit een heel bijzondere gezichtshoek: liggend op de vloer van zijn kantoor, wachtend op het genadeschot dat een einde zou maken aan mijn leed.

De naam van Kunde kwam ik voor het eerst tegen op de lijst van ontvangers van relatiegeschenken van de firma Potocki en Białecki in Kraków. Zoals de meesten van zijn collega's was ook hij niet wars van kleine voordeeltjes. Maar toen we elkaar in de provisorische gevangenis op het terrein van het opgeheven getto tegenkwamen, was Kunde niet uit op kleinigheidjes maar op grof geld. Hij had zijn zinnen gezet op het bezit van mijn ouders, dat tienduizenden dollars waard was.

In maart 1943 werd het getto van Kraków ontruimd van zijn laatste inwoners. Kunde hoorde tot de liquidatiegroep die onder andere belast was met het overbrengen van de laatste gettobewoners naar het kamp Płaszów, aan de rand van de stad. Hij had zijn intrek genomen in het voormalig gebouw van de Ordnungdienst, de joodse politie. Deze viel in principe onder de Joodse Raad, het joodse bestuur van het getto, maar aangezien de raad zich ten dienste van de nazi's had gesteld, waren de joodse politieagenten nu dienaars van de Gestapo. Ze droegen kaki kleren die op uniformen leken en ronde petten met een gele band eromheen. Hun gezinnen genoten een voorkeursbehandeling: hun kinderen werden niet naar de vernietigingskampen gestuurd, zijzelf werden door de nazi's beloond met voedsel en spullen, en wat ze niet officieel kregen, pakten ze de onderdrukte gettobewoners met geweld af. Een aantal joodse agenten bleef na de definitieve ontruiming van het getto achter in de spookwijk om toe te zien op de allerlaatste liquidatiewerkzaamheden, om onderduikers op te sporen en om met de bewaking van de gevangenen te helpen. De meesten van hen werden in de zomer geëxecuteerd, samen met de verklikkers die in de stad rondliepen. Vaak waren de executies het directe gevolg van de machtsstrijd tussen de Gestapo en de SS. De Gestapo was de baas in de stad, de SS in het kamp, maar beide probeerden ze beslag te leggen op verlaten bezittingen.

De gevangenis maakte deel uit van Kundes hoofdkwartier en was in de eerste plaats bedoeld voor joden die opgepakt waren nadat ze naar de zogenaamde Arische kant van de stad waren gevlucht. Af en toe belandden er ook Polen die op plundering waren betrapt. De plunderaars probeerden de geregelde werkploegen voor te zijn die elke ochtend uit het kamp in Płaszów naar het getto kwamen om de achtergelaten spullen te sorteren: alle meubels bij elkaar, alle kleren bij elkaar, alle potten en pannen, kunstwerken, Perzische tapijten, medische benodigdheden. Alles werd met Duitse stiptheid genoteerd en in verzegelde goederenwagons naar de pakhuizen van het rijk gestuurd. Wie de regels overtrad, zette zijn leven op het spel. Maar alle verboden konden de hebzucht niet onderdrukken. Wat de joodse agenten over het hoofd hadden gezien, werd het doelwit van avonturiers die niet terugschrokken voor het gevaar voor hun leven. Het gerucht over de legendarische schatten die in kelders en op zolders waren verstopt ging van mond tot mond en iedere nacht slopen er mensen het getto binnen om er als ratten in de overblijfselen te wroeten. Onder dekking van de duisternis liepen ze de lege huizen af, snuffelden in donkere zolders, sneden matrassen met een mes open, rukten vloertegels van hun plaats, groeven in kelders, boorden in muren op zoek naar kluizen en scheurden schilderijen af van hun lijst. Wie geluk had, kwam thuis met zijn buit; wie op heterdaad betrapt werd, werd naar de gevangenis gebracht en zonder enige vorm van proces doodgeschoten. Meestal werden de executies in de vroege ochtenduren gehouden; soms waren ze mijn wekker.

De gevangenis was een lang gebouw van één verdieping met een smalle luchtplaats ervoor: een betegeld stuk van de binnenplaats, een soort galerij waar alle celdeuren op uitkwamen. Wij noemden het de pergola, omdat het van boven en aan de voorkant afgezet was met roestig prikkeldraad. De cellen zelf, van beton, waren klein, zonder ramen of ventilatieopeningen en zo vol met britsen in drie lagen dat er nauwelijks ruimte was om te staan. Onze behoefte deden we in een emmer die 's nachts overliep. De urine en stront vloeiden over de vloer en de stank hing in de lucht als een gifwolk. Omdat we geen schone kleren hadden, begonnen ook wij na enige tijd te stinken. Door die stank kwamen de Duitsers de cellen liever niet binnen; een zeer betrekkelijk voordeel, gezien het feit dat elke cel een eigen leider had die zijn celgenoten meedogenloos tiranniseerde. De veteranen hadden zich leren redden, de nieuwkomers waren aan zijn grillen overgeleverd. Hij was het ook die me mijn plek op de bovenste brits had aangewezen. Het plafond hing enkele centimeters boven mij; soms vergat ik dat het er was en stootte ik mijn hoofd ertegen. Daar boven was het benauwder, het stonk er heviger en de lucht leek zich niets aan te trekken van de wetenschappelijk vastgestelde verhouding tussen stikstof, waterstof en zuurstof. In mijn slaap drukte de zware lucht als een molensteen op mijn borst en joeg nachtmerries door mijn hoofd. Eén angstdroom kwam elke nacht weer terug: ik rende over een smal, kronkelend pad, met aan de ene kant een diepe afgrond en aan de andere hoge rotsen. Een onbestemd schepsel, half mens, half dier, achtervolgde mij. Ik rende hard, zonder om te kijken, alsof mijn leven ervan afhing, want ik wist dat zodra dat ding me te pakken kreeg... Eigenlijk wist ik niet wat er dan zou gebeuren, ik was gewoon bang en de angst deed mijn benen bewegen en mijn hart bonken. Ik ademde moeizaam en pas toen ik mijn keel voelde dichtgaan, pas toen ik dreigde te stikken, werd ik wakker en kwam van de gedroomde in de werkelijke nachtmerrie. Dat ging nooit makkelijk, nooit snel. Mijn zintuigen leken zich te verzetten tegen de noodzaak om te functioneren. Ik was nog niet hersteld van dat vermoeiende, dolle rennen of mijn ogen waren al open; uitgeput en angstig moest ik het hoofd bieden aan een nieuwe dag in de gevangenis. Ik zweefde tussen twee werelden in en pas als de stank van stront me in al zijn hevigheid trof, wist ik dat ik wakker was.

Om zes uur 's morgens deden de joodse agenten de deuren open, die dan tot zonsondergang niet meer op slot gingen. Wie daar zin in had, mocht buiten in de pergola naar de binnenplaats staan kijken, als een vogel in een kooi. De meesten van ons maakten dan ook gebruik van dit recht. De binnenplaats, een onbetegelde rechthoek, verbond het cellenblok met het administratiegebouw.

In het hoofdgebouw was men bijna vierentwintig uur per dag druk in de weer. Op de tweede verdieping, in de kamers van de hoge officieren, speelden zich de heimelijke conflicten af tussen Gestapo-man Kunde en de kampcommandant, de SS'er Amon Goeth. Toen Kunde Goeths joodse agenten executeerde, liet de commandant van Płaszów als vergelding Kundes verklikkers afmaken. Van die machts- en prestigestrijd hoorden we via gevangenen die met smeergeld redelijke relaties hadden ontwikkeld met de bewakers. Sommigen van ons volgden de gang van zaken met spanning, om per geval de situatie te kunnen peilen, conclusies te trekken en zich te gedragen naar speculaties over de eventuele winnaar. Bij langdurig verhoor kon dat van levensbelang zijn. Beide rivalen probeerden informatie los te krijgen van de gevangenen; door de informatie aan de verkeerde man te geven kon je soms je eigen doodvonnis tekenen.

Op de begane grond vonden de routineactiviteiten plaats: hier werden de inventarisboeken bijgehouden, de verklikkers gehoord, documenten opgesteld, het komen en gaan van de dienstauto's geregeld en statistische gegevens vergaard. Dit laatste was een geliefde bezigheid van de nazibureaucratie. Berlijn verslond de cijfers en ook het bureau van generaal Frank, gouverneur-generaal van bezet Polen, moest doorlopend op de hoogte worden gehouden. Maar de koortsachtige activiteit van tientallen officieren, onderofficieren en adjudanten werd gestaakt wanneer Wilhelm Kunde gasten ontving. Vips in uniform en in burger, die Kunde te vriend wilde houden, bezochten het terrein zoals andere mensen naar de dierentuin gaan om naar exotische dieren te kijken. Zodra ze op het balkon verschenen dat op de binnenplaats uitkeek, wisten we dat we een nieuwe maatregel konden verwachten. Als het mooi weer was – en de hele maand mei viel er geen druppel regen – werden Kundes gasten door hem getrakteerd op versnaperingen en een show. Gezeten in diepe leren fauteuils die uit een verlaten woning in het getto hierheen gesleept waren, luisterden ze naar nostalgische liedjes die op een oude grammofoon werden afgespeeld. Vanachter het prikkeldraad van de pergola herkende ik moeiteloos de bekende gezichten van de vaste klanten van het visbedrijf Potocki en Białecki. Ik had Gretes echtgenoot nooit ontmoet en ik vroeg me af of hij daar ook te gast was. Rottenführer Ritschek, Kundes eenarmige adjudant, zette steeds een nieuwe plaat op en als de gasten een glaasje op hadden, begonnen ze mee te zingen. *Lili Marleen* was een groot favoriet.

Dit alles was echter slechts de proloog van de grote show.

Kunde was een begaafd regisseur van bloedige spektakels. Op zijn bevel brachten de joodse agenten de slachtoffers de arena, ofwel de binnenplaats, binnen: allemaal ultra-orthodoxe joden. Ik heb hem een keer horen zeggen: 'Ze zijn zo schilderachtig, ik kan het niet laten.' De stakkers kwamen uit getto's die nog niet opgeheven waren. De laatste nacht van hun leven brachten ze in de kelder van het administratiegebouw in absolute isolatie door, niet wetend wat hun te wachten stond. Toen het tijd werd om de gasten te vermaken, moesten ze zich op de binnenplaats opstellen, met de rug naar het balkon en het gebaarde gezicht naar de muur van een verwoest huis aan de noordkant van de binnenplaats. Dan sprak Kunde hen op rustige, haast vaderlijke toon toe: 'Anderen hadden jullie meedogenloos afgemaakt. Ik geef jullie de kans om te leven. Zien jullie die muur daar? Het is een afstand van niet meer dan dertig meter. Als je een schot hoort, begin je te rennen. Wie als eerste bij de muur komt, die mag leven. Laat zien dat je niet onderdoet voor Jesse Owens. Laat zien dat je het verdient om in leven te blijven.'

De officieren laadden hun pistolen door, schoven hun stoelen dichter bij de balustrade, legden er hun ellebogen op, hielden het pistool met twee handen vast, zoals ze op de schietbaan hadden geleerd, en streelden de trekker met hun vinger in afwachting van het sein. Ritschek haalde de grammofoonnaald van de plaat. Er viel een onheilspellende stilte. Wij keken roerloos naar de voorbereidingen op de slachtpartij, we wisten precies wat er ging gebeuren, iedere keer weer werd dezelfde show opgevoerd. Kunde loste één schot in de lucht, de orthodoxe joden schoten met wapperende kaftans vooruit, de nazi's namen hen onder vuur en ze misten zelden. De joodse politieagenten pakten de doden en gewonden bij hun voeten en sleepten ze naar de hoek van de binnenplaats, waar ze later door een lijkenkar zouden worden opgehaald. Omdat er geen crematorium was, werden de doden in een massagraf in het kamp in Płaszów begraven. Soms kregen de paarden de wagen niet van zijn plaats; dan sloegen de politiemannen er meedogenloos op los, alsof ze hun frustratie van zich afsloegen. De paar joden die het er heelhuids hadden afgebracht, gingen terug naar de kelder, om bij de volgende show weer op te treden.

'Zodra de voorraad orthodoxen op is, zijn wij aan de beurt,' merkte de gevangene aan mijn linkerkant op.

Ik schrok. Er zat een onomstotelijke logica in wat hij zei.

Zijn voorspelling kwam niet uit. Misschien omdat de meesten van ons nog ondervraagd moesten worden, misschien ook omdat Kunde ons niet schilderachtig genoeg vond. Onze rol in de show bestond uitsluitend uit het schoonspoelen van de onbetegelde binnenplaats.

Ik werd vaak ontboden op het kantoor van Hauptsturmführer Kunde, soms alleen, maar meestal samen met mijn moeder. Eerst probeerde hij me vriendelijk aan de praat te krijgen: waar we ondergedoken hadden gezeten, wie ons geholpen had, hoe we aan de valse persoonsbewijzen waren gekomen, wie er nog meer ondergedoken zat buiten het getto, en waar. 'Ik weet het niet,' was mijn vaste antwoord. Als hij gek werd van de herhaling, gaf hij me klappen in mijn gezicht, schopte me in mijn buik en testikels, sloeg mijn hoofd op het bureaublad. Mijn moeder stond ernaast, zwijgend. 'Spreek, of ik maak je zoon af,' dreigde hij. Als hij merkte dat de dreigementen niets uithaalden, draaide hij de zaak om: hij tuigde haar af en vroeg of ik wilde dat ze doodging. 'Houden joodse kinderen dan niet van hun moeder?' vroeg hij als ik voet bij stuk hield. Tevergeefs legde ik hem uit dat ik geen idee had hoe mijn ouders aan de Poolse papieren waren gekomen en dat ik geen andere joden kende die onder een valse katholieke identiteit leefden. Het was de waarheid. En Józef Kruczek en Zofia Siwek zou ik nooit verraden, ook al had hij mij aan flarden gescheurd. Als we elkaar in de pergola spraken, zei mijn moeder dat ik mijn mond moest houden en dat ik niet moest schrikken als zij geslagen werd. Ze was ervan overtuigd dat Kunde zijn dreigementen niet zou uitvoeren, omdat het niet in zijn belang was om haar te doden. Op de noodlottige dag waarover ik voor de rechter in Kiel moest getuigen, de dag waarvan ik de precieze datum niet meer weet, omdat ik toen geen kalender had en geen horloge, was mijn moeder al op Kundes kamer toen ik er binnengebracht werd. Ze zat op een stoel midden in de kamer. Kunde liep zenuwachtig te ijsberen, de glimmende vloerplanken kraakten onder zijn gewicht. Mijn moeder droeg een nauwsluitende wollen jurk, dezelfde donkergroene jurk die ze aan had gehad toen ze twee maanden eerder was aangehouden. Haar haar was nu niet meer keurig gekamd, haar gezichtshuid leek van was, haar bruine ogen misten hun glans. Nu pas merkte ik dat ze in zestig dagen tien jaar ouder was geworden. Ze wierp een korte blik op me en draaide haar hoofd meteen weer weg. Ik vermoedde dat ze iets wilde laten doorschemeren, maar haar boodschap ontging me. Kunde gaf me geen instructies. Gewoontegetrouw ging ik bij de muur staan en ik zweeg. Kunde bleef door de kamer lopen met zijn handen op de rug, zijn gezicht rood van woede, of misschien van de drank. Hij dronk graag een borrel, maar hij had nu ook een reden om kwaad te zijn. Net had mijn moeder hem herinnerd aan een belofte die hij niet nagekomen was. Ze hadden een afspraak: mijn leven en haar leven in ruil voor de kostbaarheden van de familie.

'Ik ben mijn aandeel in de afspraak nagekomen, maar u niet,' wierp mijn moeder hem toe.

Ritschek zat achter een bureau in een verre hoek van de kamer met één hand te typen. Zijn linkerarm was afgezet als gevolg van verwondingen aan het front, de stomp was afgedekt met een mouw die bij de elleboog omgevouwen was en met een veiligheidsspeld aan zijn overhemd was vastgemaakt. Als invalide had hij het voordeel van een luxedienst in het achterland, en hij deed zijn best om zijn baas tevreden te stellen. Toen ik de kamer was binnengebracht, was hij al bezig om het gesprek te notuleren.

'Waar blijft het erewoord van een Duitse officier?' vroeg mijn moeder alsof ze vergeten was met wie ze te maken had.

Kunde stopte. Haar brutaliteit maakte hem nog kwader.

'Dat liedje hebben we al gehoord, ik heb geen idee waar je het over hebt.'

'Ik heb het over het karakoelbont, over mijn sieraden en over zesduizend dollar aan gouden munten.'

'Joodse brutaliteit!' brulde Kunde.

'Het is brutaal om je niet aan afspraken te houden,' wierp mijn moeder tegen.

'Ik zou er niet aan denken om een akkoord te sluiten met een jodin.'

'Toch hebt u het gedaan.'

'Joodse leugens!'

'Ik ben geen jodin. U weet dat ik geen jodin ben.'

'Hou je mond!'

'Ik zwijg niet zolang u uw belofte niet nakomt.'

Kunde sloeg met een leren handschoen op zijn laars. 'Je verzint het!' schreeuwde hij. 'Je zult je grove leugens duur betalen!'

'Ontkent u dat we samen naar de stad reden, dat ik u bij mijn buren heb gebracht, dat u hun huis hebt doorzocht en daar de spullen hebt gevonden die ik ze ter bewaring had gegeven?'

'Natuurlijk ontken ik dat. Alles verzonnen.'

'God weet...'

'Hier ben ik God. En jij, dat heb ik al gezegd, jij houdt je mond.'

'Zolang ik leef hou ik mijn mond niet.'

Ik zag hoe de verbijstering zijn gezichtsuitdrukking veranderde, ik zag hoe de woede zich van hem meester maakte. Kunde was zulke botheid van zijn ondervraagden niet gewend. Kunde duldde geen tegenspraak. Kunde was hier de baas. Kunde vond het maar niks dat elk woord dat mijn moeder zei genoteerd werd. Kunde wist wat een officier die het vertrouwen van zijn meerderen beschaamde te wachten stond. Kunde wist dat zijn rivalen bij de SS op de loer lagen. Kunde kon zich geen levende getuige van zijn misstap permitteren. Kunde trok zijn pistool. Kunde ging achter haar staan. Kunde hield het pistool hoog boven haar hoofd. Kunde sloeg het in met de kolf van zijn pistool. Met één krachtige klap verbrijzelde hij haar schedel. Mijn moeder gaf geen kik. Ze sloeg dubbel en gleed van de stoel. Haar lichaam plofte neer op de grond.

Ritschek schoot van zijn plaats.

'Daar blijven!' krijste Kunde.

Ritschek stond stil en zei gehoorzaam: 'Ja, Herr Hauptsturmführer.'

'Ga terug naar je plaats.'

'Ja, Herr Hauptsturmführer.'

Kunde richtte zich tot mij, alsof hij nu pas besefte dat ik er was: 'Nu ben jij aan de beurt, jodenvarkentje.'

Ik drukte me met mijn rug tegen de muur, alsof ik steun zocht. Kennelijk merkte hij dat, want hij voegde er meteen aan toe: 'Op de grond liggen.'

Ik deed wat hij me bevolen had.

'Dichter bij je stinkende rotjodin,' beval hij weer.

Ik verschoof me. Aan mijn linkerkant voelde ik het warme

lichaam van mijn moeder. Ze leefde niet meer, maar ik was misleid door haar lichaamswarmte. 'Mama,' zei ik zachtjes. Pas toen er geen antwoord kwam, begreep ik dat ik nooit meer haar stem zou horen. Ze lag op haar zij met het gezicht naar me toe. Haar gezicht vertoonde geen sporen van geweld, het was alleen bloedeloos, asgrauw. Kunde raakte me met de punt van zijn laars aan, zoals je een geslagen hond aanraakt: om te laten merken wie hier het beest was dat moest gehoorzamen, en wie de baas. Zijn laarzen glommen. Hij stond boven mij met de benen uiteen en hij straalde een angstwekkende kracht uit. Was zijn gestalte in brons gegoten, dan had daar een van die krachtige beelden gestaan die zo geliefd waren bij de nazi-elite.

'Heb je nu gezien hoe het met leugenaars afloopt?' vroeg hij kalm.

Ik durfde mijn mond niet open te doen.

'Ben je soms doof?'

'Ik heb het gezien.'

'En zul je het onthouden?'

'Ik zal het onthouden.'

'De rest van je leven?'

'De rest van mijn leven, Herr Hauptsturmführer.'

Kunde zette zijn voet op mijn buik, drukte en keek naar mijn reactie. Mijn ogen puilden uit van de pijn. Kunde glimlachte tevreden. 'Doet het zeer?' vroeg hij met valse bezorgdheid.

Ik knikte. Hij richtte zijn pistool op me.

'Ik zorg dat het niet te lang duurt,' troostte hij me.

Ik sloot mijn ogen. Ik voelde de seconden bonken in mijn pols. Zonet had ik mijn moeder zien doodgaan; ze had niet geschreeuwd, ze had niet gekreund, haar gezicht was niet vertrokken. Een ongenode gedachte ging door mijn hoofd: de dood doet geen pijn. Ik deed mijn ogen open. Kunde woog het pistool in zijn hand, stopte het weer in zijn holster en barstte in lachen uit.

'Jullie zijn allemaal ratten. Sta op!'

Ik kwam gehoorzaam omhoog en ging op mijn handen en voeten staan toen hij me tegen mijn kont schopte. Ik viel over mijn moeders lijk. Om een reden die ik nooit zal begrijpen verloor hij ineens zijn belangstelling en liep met snelle pas de kamer uit. De deur sloeg achter hem dicht. Ik bleef daar liggen en durfde me niet te bewegen. Mijn moeders lijk koelde onder me af. Ik wist niet hoe lang ik er al lag toen de telefoon op Ritscheks bureau ging. De opbeller gaf het bevel om me terug naar mijn cel te brengen. 'Je hebt meer geluk dan wijsheid,' lachte Ritschek me uit toen hij me aan twee joodse agenten overgaf. Aan het eind van de middag, voordat de cellen op slot gingen, werd mijn moeder weggehaald. Ik ben er nooit achter gekomen waar ze begraven is.

In de trein naar Kiel, verzonken in de zachte bank, dacht ik na over die minuten, vierentwintig jaar geleden. Men zegt dat de tijd de wonden heelt. Daar zit kennelijk wat in, want ik voelde nu geen greintje haat jegens de moordenaar. Ik voelde alleen boosheid. En ik was niet eens boos op Kunde, ik was boos op mezelf. Boos omdat het me niet lukte de wraakzucht in mezelf aan te wakkeren. Het enige wat ik wilde was Kunde bang op de beklaagdenbank te zien zitten, net zo bang als ik toen geweest was. Een kleine bevrediging waar ik ook wel buiten kon. Ik wist dat ik Kunde op het eerste gezicht zou herkennen en ik vroeg me af of hij mij ook zou herkennen. Ik was benieuwd of hij me recht in de ogen zou kijken als ik vanuit de getuigenbank de rechter zou vertellen over de dag dat hij mijn moeders hoofd had ingeslagen met de kolf van zijn parabellum, het standaardwapen van een nazi-officier. Ik was nieuwsgierig, meer niet. Kundes eventuele reactie betekende verder niets.

De trein stopte even op een van de vele vredige stations langs die spoorlijn. Er stapten enkele passagiers uit. Anderen stapten in. Gewone mensen, onbekende gezichten, onverschillig, vreemd. Niemand lette op mij, behalve de conducteur die de kaartjes kwam controleren. Ik gaf hem mijn kaartje, we wisselden nietszeggende beleefdheden.

De conducteur deed de coupédeur achter zich dicht, zijn monotone stem trok steeds verder weg, tot hij in het rumoer opging. Mijn oor ving het noordelijke dialect op. Het had iets hards, anders dan het Weense dialect dat mijn moeder had gesproken. Ineens kwam de curieuze vraag in me op: in hoeverre wordt iemands lot bepaald door de samenloop van omstandigheden? Is alles wat ons gebeurt het gevolg van vrije wil, van plannen en beslissingen, of komen we steeds weer aan bij een kruising en slaan we dan links- of rechtsaf zonder te beseffen hoe belangrijk deze beslissing kan zijn? En ook dit: in hoeverre wordt ons levenspad uitgestippeld door wat anderen voor ons beslissen? Hoe was het bijvoorbeeld gegaan als mijn moeder geen Duits had gesproken? Want had ze de taal van Goethe en Hitler niet beheerst, dan was het haar ongetwijfeld niet gelukt om zo'n hechte band te krijgen met haar moordenaar. En zonder die band had ze niet een situatie kunnen creëren die tot haar dood leidde.

Mijn moeder moest als kind Duits leren met de nadrukkelijke bedoeling om later – hoe kon het anders – naar Wenen te worden gestuurd, waar ze naar het gymnasium zou gaan. Ze ging er op haar veertiende dan ook heen. In die tijd, midden in de Eerste Wereldoorlog en kort voordat de keizer stierf, geloofden mensen als mijn grootmoeder nog steeds dat het Oostenrijks-Hongaarse rijk eeuwig het middelpunt van de wereld zou blijven. Wenen werd toen gezien als de eeuwige hoofdstad van de kunst, cultuur en goede manieren, om zijn Staatsoper en Sachertorte geroemd in dat deel van de wereld waar de beschaving als de belangrijkste prestatie van de mensheid gold. Het kon dus niet anders dan dat haar ouders de oorlog die aan het front woedde negeerden en voor Frania – zo werd mijn moeder thuis genoemd – een pension en een school uitzochten die bij haar maatschappelijke status pasten. Ze liet zich inschrijven op een handelsschool en ze woonde in de negentiende wijk, het kleinburgerlijke Döbling. Een kwartier met de tram daarvandaan, in een van de vele kroegen van het dorp Grinzig, waar goedkope plaatselijke wijn werd geschonken, leerde ze de knappe luitenant kennen die toen op verlof was van het Italiaanse front, en die later mijn vader zou worden.

Frania was niet zonder reden naar een vakschool gestuurd. Achter deze beslissing ging de wijsheid van mijn grootmoeder schuil, de wijsheid die voortvloeide uit haar eigen ervaring. Deze had haar geleerd dat een vrouw in staat moest zijn in tijd van nood de kost te verdienen, om niet afhankelijk te zijn van haar kinderen, zoals haar zelf was overkomen.

In 1904, het jaar dat het leger van de Russische tsaar door Japanse troepen verslagen werd, trok opa Salomon Rosenwiesen zich terug uit het thuisfront. Hij pakte zijn koffers in het stadje Borysław in Oost-Galicië in, en pakte ze in het Zwitserse Zürich weer uit. De grote wereld riep hem, en hij gaf zich over aan zijn verlangen om deze te veroveren, zonder mitrailleurs en zonder kanonnen. Zoals eerder verteld, liet hij zijn vrouw achter met twee kinderen: mijn moeder, die Franciszka heette, naar zijn geliefde keizer Frans Jozef, en haar broertje Max, genoemd naar Maximiliaan van Habsburg, de ongelukkige keizer van Mexico. Hun deftige namen mochten echter niet baten toen bleek dat de waardepapieren die het gezin na zijn vertrek in leven moesten houden waardeloos waren. Grootmoeder, die geen beroep had, had nu ook geen middelen van bestaan. Zonder de bescheiden bijdrage van verre familie had mijn moeder niet in Wenen naar het gymnasium kunnen gaan.

Deze kleinigheden hadden kennelijk geen invloed op mijn grootvaders ondernemingszin, en ze weerhielden hem er niet van zijn geluk en rijkdom ver van het provinciale Oost-Galicië te blijven zoeken. Na een jaar voor horlogemaker te hebben geleerd, bleef hij zijn vak uitoefenen totdat ook Zwitserland hem te klein werd en hij naar het land van de onbegrensde mogelijkheden emigreerde. Hij opende een kleine sieradenwinkel in Milwaukee, in Wisconsin, maar zijn scherpe instincten zeiden hem dat de snelle weg naar rijkdom in zuidelijke richting voerde. Hij verrijkte zich met de verkoop van goedkope horloges en sieraden aan de zwarten in Alabama en Mississippi, en hij investeerde zijn winsten in een kostbaar bezit: toen hij in 1954 op bijna negentigjarige leeftijd overleed, liet hij zijn geld na aan een Amerikaanse vrouw van achtentwintig.

Zijn verhaal kan niet afgerond worden zonder een korte samenvatting van de geschiedenis van mijn oom Max, die twee jaar jonger was dan mijn moeder en in Polen naar school ging. In de jaren dertig verhuisde hij naar Warschau, waar hij een goede baan had als directeur van het Poolse filiaal van de Oostenrijkse firma Meinl, de grootste importeur van koffie, cacao en oosterse kruiden in Europa. Na de inval van de nazi's in Oostenrijk werden alle joodse medewerkers ontslagen. Oom Max ging met vakantie naar Italië. In Florence ontmoette hij Alice Shwartz. Genietend van de schoonheid van de Ponte Vecchio staken ze waarschijnlijk de brug over, want ze zwoeren bij hun afscheid dat ze samen zouden gaan leven. Alice, een lerares uit Chicago, keerde terug naar haar land; Max ging terug naar Warschau om zijn emigratie te regelen. Ze zouden in de herfst van 1939 trouwen. Op 30 augustus nam Max de sneltrein van Warschau naar Parijs. Op zak had hij een kaart voor de boot die half september van Le Havre naar New York zou varen. Bij de paspoortcontrole aan de grens tussen Duitsland en Frankrijk, vroeg in de ochtend van 1 september, hoorde hij van een Franse gendarme over de inval van de Wehrmacht in Polen. Zijn visum voor de Verenigde Staten werd vanwege de oorlog ingetrokken en hij bleef in Frankrijk achter. De volgende zomer, om exact te zijn: in juni 1940, vluchtte hij uit Parijs, dat door de nazi's werd belegerd, stak de Pyreneeën over en arriveerde, na één jaar in Spanje te hebben rondgezworven, in de Portugese hoofdstad Lissabon. De smeekbrieven waarmee hij zijn vader in Amerika bestookte mochten niet baten en als Alice hem geen geld had gestuurd, was hij waarschijnlijk van de honger omgekomen. Illegale immigranten konden in Portugal geen werk vinden. Haar liefdesbrieven boden soelaas in de lange dagen dat hij op zijn kamer in een sterloos hotel bij de haven zat. Salomon Rosenwiesen zag geen enkele reden om zijn zoon te helpen emigreren naar de Verenigde Staten. 'Op jouw leeftijd, lieve Max, stond ik al stevig op eigen benen,' schreef hij. Oom Max heeft me de brief laten zien toen ik hem voor het eerst in New Orleans bezocht. Een kwarteeuw scheidde die gebeurtenissen van de karakteristieke warme, vochtige zomeravond in Louisiana waarop we op een bank in zijn tuin zaten.

Zijn vrouw Louise schonk koele limonade in hoge glazen en Max vertelde me zijn verhaal: 'In de oorlog was Lissabon het centrum van de internationale spionage. Immigranten zonder geld, zonder geldig paspoort en zonder een invloedrijke beschermheer waren gevoelig voor druk en afpersing. Maar erger nog voor mij was het langdurig nietsdoen dat op mijn zenuwen werkte. Ik schreef lange brieven aan je ouders, maar die kwamen allemaal terug met het stempel "adres onbekend". Mijn eigen vader wees elke verantwoordelijkheid voor mijn lot af. Ik wilde koste wat het kost de veilige kust van de Verenigde Staten bereiken. Ik zeg "koste wat het kost", maar ik was te trots om meer van Alice aan te nemen dan het zakgeld dat ze van haar bescheiden loon uitspaarde. De Amerikaanse autoriteiten lieten je binnen als je een vette bankrekening had, of als je iemand in de Verenigde Staten had, een Amerikaans staatsburger, die borg voor je wilde staan, zodat je de sociale dienst niet tot last zou zijn. Nadat mijn vader herhaaldelijk geweigerd had daarvoor te tekenen, besloot ik mijn lot in eigen hand te nemen. In '41 voegde Cuba zich bij de geallieerden en opende tegelijk ook zijn poorten voor mensen als ik. Joodse organisaties betaalden de reis naar Havana en mijn levensonderhoud op een vluchtelingenboerderij op het eiland. Een jaar later hield Alice het niet meer uit en stuurde me het borgbewijs. Ik stond aan dek van het schip toen het in New York aanlegde, ik zag haar slanke gestalte op de kade. Ze zwaaide met een kleurig zijden sjaaltje dat ik voor haar in Florence had gekocht, terwijl ik, hoe moet ik dat zeggen, ik stond daar op de reling geleund, met een lichte strohoed in mijn hand en een hart leeg van gevoelens. In de jaren van omzwervingen en ellende was mijn liefde voor haar verdwenen. Ik weet niet of ik die had achtergelaten toen ik de grens naar Spanje illegaal was overgestoken, of dat ze op mijn armetierige kamer in Lissabon door de afvoer was weggespoeld. Het was een cruciaal moment in mijn leven. Als ik de moed niet had gehad om haar in de taxi naar het hotel de waarheid te vertellen, had je nu misschien tegenover een oude, verbitterde man gezeten die zichzelf en zijn vrouw ongelukkig had gemaakt.

Alice begreep mij. Diezelfde dag nog namen we afscheid met een kusje op de wang. Ik beloofde dat ik mijn schuld aan haar met mijn eerste zelfverdiende geld terug zou betalen. Het kostte enkele jaren voordat ik mijn belofte kon nakomen. In New York bleef ik maar een paar dagen. Nadat ik enkele dringende zaken had geregeld, nam ik de trein naar het zuiden, naar New Orleans. Mijn vader ontmoette me in hotel Roosevelt, toentertijd het chicste hotel in het zuiden. Ik trof hem in een opperbeste stemming. Ik wist niet meer hoe hij eruitzag, want ik was nog een baby toen hij vertrok, maar hij was direct, alsof we elkaar gisteren nog gezien hadden. Hij zat in een rode pluchen fauteuil. Hij trok zijn schoenen uit, gaf die aan mij en zei: "Je mag ze poetsen. Ik geef de piccolo vijftig cent, jij krijgt bij uitzondering een hele dollar." Eerst dacht ik dat het zijn aparte humor was, maar mijn vader maakte geen grap. Ik schaamde me voor hem, maar ook voor mezelf, dat ik de schoenen meenam om ze met de machine in de gang te poetsen.

Laat ik het hier maar bij laten. Ik moet je alleen nog zeggen dat ik, behalve die ene dollar, nooit iets van hem heb gekregen. Hij kwam niet naar de bruiloft toen ik met Louise trouwde, en hij weigerde me in het ziekenhuis op te zoeken toen mijn nier weggehaald werd; hij was bang dat hij voor de opname zou moeten betalen als zou blijken dat ik een vermogende vader had.'

Mijn grootmoeder leefde niet lang genoeg om deze gebeurtenissen mee te maken. Aldus bleef haar nog meer leed bespaard; maar ze voelde het aankomen. De gedachte dat haar dochter nooit van anderen afhankelijk mocht zijn kwam niet zomaar in haar op. Een beroepsopleiding was in haar ogen een verzekeringspolis voor moeilijke tijden. Op het handelsgymnasium in Wenen leerde je in die tijd zowel Oud-Grieks als Duitse stenografie, zowel Latijn als typen. Mijn moeder voltooide de school cum laude, maar er moest een tweede wereldoorlog uitbreken voordat haar bekwaamheden op de proef gesteld zouden worden.

Die gelegenheid deed zich voor nadat we Kruczeks huis hadden verlaten om ons weer in Kraków te vestigen. Ik neem aan dat het niet om het maandelijkse inkomen ging, maar om het bewijs dat ze een vaste baan had. En niet zomaar een baan, maar in een bedrijf dat erkend werd als onmisbaar voor de oorlogsinspanning. Een officieel document van het arbeidsbureau bood een effectieve bescherming tegen de vele razzia's van de politie, die op straat op 'leeglopers' joeg om ze naar de wapenfabrieken in het Derde Rijk te sturen, of naar de boerderijen die wegens de mobilisatie zonder werkkrachten waren komen te zitten. De oplossing diende zich aan toen mijn moeders oog toevallig op een advertentie viel in een van dagbladen die onder auspiciën van de bezettingsautoriteiten verschenen:

> Secretaresse gezocht door militaire instelling.
> Beheersing van de Duitse taal vereist.
> Stenografie een pre.
> Kandidaten dienen zich te melden
> bij de officiersclub in de Bisschop Sapiehastraat,
> uitsluitend in de ochtenduren.

'Precies op ons toegesneden,' zei ze.

'Ik laat je nooit zo'n risico nemen,' zei papa. 'Had je niet genoeg aan dat verschrikkelijke avontuur in Lwów?'

Mijn moeder haalde haar schouders op alsof ze wilde zeggen dat ze hem allang niet meer gehoorzaamde. Ze schreef het adres op in haar notitieboekje.

'Ik ga er morgen heen,' zei ze.

'Zoals je wilt,' zei mijn vader en voegde er bij wijze van bezwaar een nadrukkelijk 'maar...!' aan toe, dat als een waarschuwing in de lucht bleef hangen.

Toen ze de volgende ochtend ging solliciteren, zei hij niets. Hij gniffelde alleen maar een beetje achter haar rug om toen ze lange tijd voor de spiegel stond om zich op te maken en haar haar te doen.

'Vrouwen,' mompelde hij en trok een gezicht.

'Kijk niet zo zuur,' zei ze koket, gaf hem een zoen op zijn voorhoofd en vertrok. We hebben drie uur lang op haar zitten wachten. Toen ze terugkwam, zwaaide ze met een papiertje onder mijn vaders neus en glimlachte gelukkig.

'Wat ben je vrolijk,' zei hij. 'Heb je de loterij gewonnen?'

'Nog beter. Lees maar. Alsjeblieft. Ik heb een aanstelling gekregen die Renate Müller* niet zou misstaan.'

'Geen bemoedigend voorbeeld,' mompelde mijn vader. Hij zette zijn bril op, bestudeerde het papier langdurig en vroeg: 'Weet je zeker dat je het aan kan?'

'Ik heb de ervaring, de wil en hopelijk ook een beetje geluk. Heb ik je vraag beantwoord?'

Ik ging naar haar toe en ik omhelsde haar: 'Gefeliciteerd, mama. Ik weet zeker dat je carrière gaat maken.'

'Ja, net als in Lwów,' bromde mijn vader.

'Zo erg was het niet, Wilek. We hebben toch een paar goede maanden gehad, weet je het niet meer?'

Mijn moeder streelde hem over zijn ongeschoren wang.

'Je zult zien, het komt deze keer ook goed,' troostte ze hem verder. Mijn vader knikte zonder overtuiging. Hij wist dat hij nu urenlang in eenzaamheid zou doorbrengen, in een huis dat niet van ons was. Binnen de kortste tijd werd mijn moeder populair onder de officieren van de club. Haar Oostenrijkse accent verleende haar uitspraak een aparte charme en haar knappe verschijning ontlokte veel complimenten aan de mannen, die haar probeerden te versieren alsof ze een volksgenote was.

Met een grote dosis vrouwelijke trots vertelde ze dat aan mijn vader, zonder te merken dat hij daardoor nog somberder werd.

Het werk gaf haar een hernieuwd gevoel van zelfstandigheid en schiep de illusie van een normaal leven. Als ze 's avonds moest doorwerken, kreeg ze een speciale vergunning om tijdens de avondklok de straat op te gaan. Het was de burgers streng verboden om zich na zonsondergang buitenshuis te bevinden. Algauw raakte ze bevriend met een aantal officieren, die hun hart bij haar kwamen uitstorten en haar zelfs over de ontwikkelingen aan het front durfden te vertellen. De berichten waren verrassend. In Stalingrad had het leger van generaal Paulus zich juist overgegeven en was de generaal zelf door de Russen gevangengenomen. In Noord-Afrika had Rommel een reeks verpletterende nederlagen geleden. Op 3 november had hij zich teruggetrokken uit Tobroek, op de 17de was Derna gevallen en op de 20ste had hij Benghazi verloren. De Engelsen waren aan de winnende hand. In Casablanca waren Amerikaanse troepen geland en in Tunesië het leger van het vrije Frankrijk. Mama bracht het nieuws en papa's verbolgenheid ebde geleidelijk weg. Hij dorstte vooral naar vertroosting. 's Avonds bogen mijn vader en moeder zich samen over de kranten die zij van de club had meegenomen en wedijverden ze met elkaar in het ontcijferen van de codetaal van minister van propaganda Goebbels. Als het nazipartijblad het had over de 'hergroepering van onze troepen', bedoelde de redactie daarmee de terugtrekking; mijn moeder wist dan te vertellen waarvandaan de troepen zich terugtrokken, waarheen en wanneer. Mijn vader tekende de nieuwe frontlinies op de kaart en voorspelde de volgende ontwikkeling met de deskundigheid van een ervaren oud-officier. Wanneer er officiële berichten in stonden over de benoeming van nieuwe generaals en veldmaarschalken, was mijn moeder op de hoogte van de allerlaatste geruchten over het lot van degenen die bij Hitler uit de gratie waren gevallen. Als de bezoekers van de club te veel dronken, kwamen hun tongen los. Zij vielen onder de landmacht en ze waren hun collega's met het doodshoofd op hun pet niet altijd even goedgezind. Toch hielden de veiligheidsdiensten de teugels nog goed vast en joegen ze ook de Duitsers zelf angst aan.

Niet alleen de officieren in de club waren te spreken geweest over mijn moeders Duits. Ook Kunde zei op een goed moment dat hij haar graag verhoorde omdat het een plezier was naar haar accent te luisteren. Later zou hij in de beklaagdenbank beweren dat hij haar had willen straffen omdat ze haar contacten met het Poolse verzet niet wilde onthullen, maar dat hij haar nooit vermoord had. Zijn verdedigers zouden zich bij deze ongegronde bewering houden en hun pleidooi daarop baseren.

De verhoren in het administratiegebouw in het getto liepen uit op langdurige gesprekken onder vier ogen. Terug in de gevangenis, bleef mijn moeder in de pergola en vertelde me over haar belevenissen van die dag. Ze had het gevoel dat Kunde geneigd was haar te geloven en dat hij haar zelfs mocht. Ze bekende haar liefde voor mijn vader, de liefde van een meisje uit een streng christelijk gezin voor een joodse man, een liefde die tot haar uitstoting had geleid. Ze vertelde ook over de vrucht van die liefde, haar enige kind, voor wie ze elk offer wilde brengen. Het verhaal was geraffineerd genoeg om geloofwaardig over te komen. Mijn vader was besneden en kon zijn joods-zijn daarom niet ontkennen. Mijn moeders papieren waren waterdicht, omdat ze gebaseerd waren op een feitelijke registratie van een katholieke vrouw die bij een auto-ongeluk was omgekomen en van wie de overlijdensakte uit het bevolkingsregister was verwijderd. Volgens de rassenwetten van de nazi's mochten kinderen uit gemengde huwelijken buiten het getto leven, mits de veiligheid van het rijk daarmee niet in gevaar werd gebracht. De Gestapo kon dus over mijn lot beslissen. Alles hing nu af van Kunde. Mijn moeder deed hem een voorstel: als hij haar en mij liet gaan, en als hij haar beloofde dat mijn vader naar het kamp in Płaszów zou worden overgebracht en daar de eerste selectie ongedeerd zou doorkomen, zou ze hem vertellen waar ze haar bezittingen verborgen hield. Kunde hapte toe. Mijn vader werd naar Płaszów gestuurd en enkele dagen later kregen we van hem een teken van leven. Kunde was het eerste deel van zijn belofte nagekomen. Nu was mijn moeder aan de beurt. 'Morgen gaan we naar het huis in de Długastraat,' zei ze tegen mij toen ze terugkwam van haar voorlaatste gesprek met Kunde.

Kunde nam mijn moeder mee in zijn dienstauto, een zwarte Mercedes met de nummerplaten van de naziveiligheidsdiensten. Hij trakteerde haar, op haar verzoek, op een korte rondrit door de stad en, op zijn eigen initiatief, op een lichte maaltijd in een restaurant. Daarna reden ze naar de Długastraat, naar het huis waarin we gewoond hadden. Ik wist niet dat ze ook hier, net als met de Króls in Lwów, haar contacten met de buren had gebruikt om een deel van onze bezittingen bij hen achter te laten. De sieraden waren in de kelder onder een kist vol kolen verstopt, de kleren hingen in de kast van de buurvrouw. Het bezoek van de Gestapo-officier kwam bij de Poolse buren aan als een donderslag bij heldere hemel. 'Niks aan de hand,' stelde mijn moeder hen gerust, 'deze meneer is niet geïnteresseerd in mensen.' De buurvrouw gaf de sieraden en bontjassen terug en mompelde tussen neus en lippen: 'Ik heb gehoord dat er nog niemand teruggekomen is.' Kunde stopte de kostbaarheden in zijn tas, hing de bontjassen aan mijn moeders schouders, gaf de geschrokken vrouw een klap in haar gezicht en zei kort: 'Genoeg gekletst, we gaan terug.' Toen ze weer beneden waren, opende hij met een galant gebaar het portier voor mijn moeder. Na twee uur kwam mijn moeder terug in de gevangenis en fluisterde in mijn oor: 'Vandaag heb ik ons leven voor een appel en een ei vrijgekocht.'

2

Mensenlevens hebben geen marktwaarde; net zomin als oorlogen op het slagveld beslist worden. De taxirit van de luchthaven naar het centrum van Hamburg was al voldoende om dat weer te beseffen. Ik had tientallen foto's van het verwoeste Hamburg gezien. Liters krokodillentranen waren vergoten over de schade die de stad had geleden onder de bombardementen van de geallieerden tijdens de Tweede Wereldoorlog. Maar het Hamburg dat ik door het raam van de taxi zag, was een drukke wereldstad die geluk, welvaart en triomf uitstraalde.

In mijn land was net een oorlog gevochten die de geschiedenis zou ingaan als de Zesdaage Oorlog. Als journalist had ik deze korte oorlog stap voor stap verslagen, vanaf het moment dat Djamal Abd al-Nasser beloofd had de joodse staat van de wereldkaart te vegen, tot aan de euforie van de Israëlische overwinning. De tientallen oorlogsalbums die nog onder de pers lagen, zouden als warme broodjes over de toonbank vliegen. Maar de prestigieuze Shwimmerprijs voor journalistiek werk zou ik krijgen voor het beschrijven van de donkere kant van de zes dagen die het Midden-Oosten op zijn grondvesten hadden doen schudden: de wereld van de oorlogsinvaliden.

Was het slechts toeval dat mijn belangstelling uitging naar het leed van de slachtoffers bij wie de fysieke schade pas in de tweede plaats kwam na de verborgen psychische schade? De meesten waren het zich niet eens bewust. De hoofdfiguren in mijn reportages waren soldaten en officieren die op het slagveld durf en moed hadden getoond, om daarna in het huwelijksbed af te knappen; piloten die tot diep in Egypte waren doorgedrongen, om vervolgens in het gezinsleven neer te storten. Er was een man bij die beide benen had verloren en die vanuit zijn rolstoel heel anders naar de wereld keek dan vanuit de zetel van een tankcommandant. De jaloezie vrat aan hem elke keer als zijn vrouw het huis uitging, de gedachten aan haar mogelijke overspel groeiden in zijn hoofd tot monsterachtige afmetingen. Hij sloot haar op in de villa die hij als oorlogsinvalide had gekregen, totdat ze het niet meer uithield en hem verliet. Heel anders was het verhaal van de toegewijde echtgenote wier huwelijk op de klippen liep toen haar man uit het hospitaal terugkwam en haar met zijn kunstarmen omhelsde. Zijn levende armen had hij verloren bij een aanval op een vijandelijke voorpost bij het Egyptische Al-Arish. Zij, die zoveel van haar man hield, walgde iedere keer als hij haar met zijn metalen tangen aanraakte. 'Ik word misselijk van roestvrij staal,' vertelde ze me twee dagen voordat ze in een psychiatrische inrichting werd opgenomen. Haar man, geplaagd door hersenschimmen en frustraties, raakte verslaafd aan drugs. En zo waren er in mijn reportages nog meer die zich niet aan de nieuwe realiteit konden aanpassen.

Maar gold dat niet ook voor de overlevenden van de holocaust? Hier was ik, gekleed in een modieus pak en een stropdas van Givenchy, met in mijn mond een sigaar van het huis Davidoff, op mijn gezicht een uitdrukking van onverschilligheid en in mijn ziel een diepe wond. De ziel was bevroren, enerverende belevenissen werden er niet langer in opgenomen, er was iets mis met de chemische processen die emoties horen te produceren. De gedachte dat ik over vierentwintig uur oog in oog zou staan met de moordenaar van mijn moeder deed me weinig. De taxichauffeur fluisterde iets in de mobilofoon en vroeg beleefd of dit mijn eerste bezoek aan de stad was. Ik gaf geen antwoord. Hij raadde me van harte aan om Sankt Pauli te bezoeken, een plek die ik ook als buitenstaander interessant zou vinden. Weer zweeg ik. Wat had ik die man te melden, behalve het adres van mijn hotel? Hij hield zijn mond en deed nu alsof ik er niet was. En dat klopte ook, ik was er niet, hier zat iemand die tijdelijk mijn uiterlijk had geleend. Mijn geest was elders, ver weg. Ik dacht niet aan de rechtszitting die me te wachten stond, noch aan de oorlog die ik achter de rug had. Het was de schaduw van de dood die me op weg naar het hotel vergezelde. En niet de dood van mijn moeder.

Thuis, in Tel Aviv, was Shula achtergebleven. Ze was nog maar vierendertig, maar we wisten allebei dat ze niet oud zou worden. Ze was ongeneeslijk ziek. Zoals zoveel nare dingen was ook haar ziekte in de oorlog gegroeid als een onkruid dat zelfs de vlijtigste tuinman niet had kunnen uitroeien. Europa ging gebukt onder het nazi-juk toen Shula een nierontsteking kreeg. Het was het tijdperk van 'ieder voor zich' en de wijzende vinger van de verklikkers was nog gevaarlijker dan conventionele wapens. Shula en haar moeder zaten toen ondergedoken in een afgelegen Pools stadje. Een dokter laten komen betekende je aan een onbekende overleveren die je niet kon vertrouwen. De hippocratische eed gold in die tijd niet. Elke jood die aan de Gestapo werd uitgeleverd, was op z'n minst een kilo suiker waard. De ziekte knaagde aan haar lichaam als een worm aan een appel.

Café Nizza, in de Allenby-straat in Tel Aviv, was in de jaren vijftig de ontmoetingsplek voor de nieuwe immigranten uit Polen. Pools was daar de voertaal; zelfs de Marokkaanse serveerster sprak het. Alleen de eigenaar, meneer Deutsch, een oude, kale, gezette Duitse jood, wilde per se Duits spreken. In café Nizza legden we onze eerste contacten met oude immigranten en *sabra's**. Meneer Deutsch was zeer geïnteresseerd in onze belevenissen, misschien omdat hij zelf niets beleefde. Hij volgde onze kleine avontuurtjes, maar hij hield ze niet voor zich; met innemende gulheid zorgde hij voor het verspreiden van geruchten. Hij was het dan ook die erop wees dat Elisabeth, een knappe Hongaarse vrouw die om de een of andere reden ook tot de stamgasten hoorde, niet wars was van losse contacten met jonge mannen. Algauw bleek de informatie van meneer Deutsch betrouwbaar. Ik was weliswaar geen groentje meer op het werkterrein van Amor, maar Elisabeth voerde me langs nieuwe wegen naar het genot.

De knappe Hongaarse was getrouwd. Haar man werkte als ingenieur in Zefat, in het noorden van het land. Zijzelf had een woning in het noorden van Tel Aviv. De huur werd betaald door een vermogend industrieel wiens minnares ze was. Haar verblijf in de stad rechtvaardigde ze met het verzonnen verhaal dat ze bij een bekend modehuis als model werkte. Elisabeth, die bij de oudere industrieel niet aan haar trekken kwam, nam voor de afwisseling mannen zoals ik tot minnaars. Ik had uiteraard geen monopolie op haar hongerige lijf; dat was ook de reden waarom onze stormachtige relatie begin 1959 abrupt eindigde. Elisabeth had besloten om oudejaarsavond te vieren met een man uit Haifa voor wie ze gevallen was. Haar echtgenoot kreeg te horen dat ze vanwege een belangrijke modeshow niet naar Zefat kon komen. Ze wist ook dat de man die haar onderhield met zijn echtgenote naar een feest moest. Aan alle kanten gedekt, pakte ze haar nachtjapon (van zwarte zijde uiteraard), haar tandenborstel en haar cosmetica in en vertrok naar de havenstad, om daar rechtstreeks in de armen van haar nieuwe minnaar te belanden. Het vervolg klinkt als een klucht: haar echtgenoot, ineens overmeesterd door verlangens, arriveerde vlak voor middernacht in haar woning in Tel Aviv, opende de deur met zijn sleutel, zag dat de woning leeg was en dacht in zijn naïviteit dat zijn vrouw nog niet terug was van haar werk. Hij kleedde zich uit, stapte in bed en viel in slaap. Na afloop van het bal in hotel Gat-Rimon bracht de industrieel zijn vrouw naar huis, zei dat hij even naar de fabriek moest en begaf zich naar de woning van zijn minnares. Hij opende de deur met zijn sleutel, trok zijn schoenen uit en deed – om zijn geliefde aangenaam te verrassen – het licht maar niet aan. Hij kleedde zich in de donkere slaapkamer uit en glipte onder de deken. De opschudding die volgde was luidruchtig en gewelddadig. Boze buren belden de politie. 'Ik moet Tel Aviv verlaten,' vertelde Elisabeth me enkele dagen later en voegde eraan toe: 'Het is voorbij, maar het was het wel waard.' Vrouwen zoals zij vind je niet meer.

Ook Shula had ik in café Nizza leren kennen. Anders dan Elisabeth was zij een serieuze vrouw die niet naar avonturen op zoek was, maar naar iemand die haar zou kunnen helpen bij de vertaling van de filosofische essays van Leszek Kołakowski, een Pools denker die bekend was in de westerse wereld. Ik bood aan haar te helpen. We werden vrienden. Toen de vertaling af was, woonden we al samen.

Er waren twee jaar voorbijgegaan sinds ik met mijn vrouw Mira, mijn vijfjarige zoon Avigdor en mijn elfjarige adoptiedochter Ariëlla naar Israël was gekomen. Mira had niet weg uit Polen gewild. Achteraf bleek ook dat ik er slecht aan gedaan had om haar van haar geboortegrond weg te rukken, temeer omdat ik al voor ons vertrek uit Polen genoeg had gehad van ons huwelijk en daarom ook had moeten inzien dat het een aflopende zaak was. Niet dat ze iets misdaan had. Het was gewoon zover gekomen dat er alleen nog een katalysator nodig was om een crisis tot stand te brengen. Shula was die katalysator.

De crisis was zwaarder dan ik had verwacht. Ze stelde geen vragen als ik 's nachts wegbleef, ze maakte geen scènes als ik laat thuiskwam. Totdat ik eens na middernacht naar huis kwam, nog steeds met het geurtje van Shula in mijn kleren, en haar bewusteloos in bed trof. Vergeefs probeerde ik haar wakker te maken. Er zat niets anders op dan de dokter te bellen. De dokter, een kennis die snel gekomen was, hoefde haar niet lang te onderzoeken om tot zijn conclusie te komen. 'Het spijt me,' zei hij, 'ik kan je niet uit de nesten helpen, we moeten een ambulance laten komen. Je vrouw heeft een grote hoeveelheid slaappillen geslikt.' Ik reed in de ambulance mee naar het dienstdoende ziekenhuis. Om twee uur 's nachts werd haar maag leeggepompt. Om drie uur, toen ze haar ogen opendeed en mij naast zich zag staan, mompelde ze: 'Als je me verlaat, doe ik het weer.'

De behandelende arts en de verpleegster bleven nog even bij het raam staan. Ik boog me over haar en zei zachtjes, onder ons: 'Ik geloof niet in een huwelijk onder dwang.'

Mijn antwoord was meedogenloos, maar ik wist dat ik Mira nu, anders dan in het verleden, toen ik confrontaties uit de weg was gegaan en haar leugens had verkocht, niet mocht misleiden. De situatie was te dramatisch om beloften te doen die ik niet van plan was na te komen. De verpleegster excuseerde zich tegenover de dokter en kwam naar ons toe. Aan haar woedende blik kon ik zien dat ze alles gehoord had.

'Laat ons alstublieft alleen,' zei ik.

'Ze is een beschadigde vrouw,' antwoordde zij ferm. 'U kunt beter gaan. Uw vrouw moet uitrusten.'

Ik ging weg.

Een week later zaten Mira en ik te praten over de scheiding. Ze was nog steeds geëmotioneerd, maar haar geest was glashelder. Ze had zich bezonnen, ze had de balans van mijn zonden opgemaakt, en ze schatte haar schade op vijfduizend pond, een bedrag dat iets hoger lag dan mijn jaarsalaris en me toen onhaalbaar leek. Bovendien kreeg zij onze flat in Holon en moest ik de zorg voor de twee kinderen op me nemen. De advocaat, een vriend van ons beiden, was verbaasd over het gemak waarmee ze afstand deed van Avigdor en Ariëlla. Omdat ik haar geschiedenis kende, kon ik dat wel begrijpen. Onze advocaat stelde een overeenkomst op waarin stond dat ik vijfduizend pond bij de bank zou deponeren, alsmede de overdrachtsakte van het appartement. De directie van de bank zou haar het geld en de papieren overhandigen na overlegging van de scheidingsakte.

Shula had een tweekamerwoning, maar haar ouders waren er faliekant tegen dat ik bij haar zou intrekken. Ze waren een provinciaal stel en ze waren uiteraard niet blij met de verhouding van hun enige dochter met een oudere, getrouwde man die wel kinderen had maar geen cent te makken. Noodgedwongen huurde ik een bescheiden woning in het centrum en ging er met de kinderen wonen. Binnen enkele dagen trok Shula bij ons in. De schande was haar ouders te groot. Haar moeder Rosa wilde me spreken. Het moest geheim blijven. Geen woord tegen haar man, geen woord tegen haar dochter. We spraken af op een bank in het Meïr-park, als twee geheim agenten. Ze stopte me iets toe dat in krantenpapier verpakt was en met een ruw touwtje was vastgebonden.

'Wat is dit?' vroeg ik verbaasd. 'Een bom?'

'In zekere zin wel,' antwoordde Rosa. 'De hele stad roddelt over ons en over wat Shula ons heeft aangedaan. Het is ondraaglijk geworden. Net als iedere joodse huisvrouw heb ik ook een oude kous. Die heb jij nu in je hand. Vijfduizend pond, contant. Breng het naar de bank en zorg dat je zo snel mogelijk je scheidingsakte krijgt. Als mijn domme dochter zo iemand als jij wil hebben, laat het dan tenminste officieel zijn.'

'Dank u.'

'Trouwens, ik moest van mijn man zeggen dat hij het bedrag verdubbelt als je Shula opgeeft. Wat wordt het?'

We trouwden begin 1961. We hadden gedroomd van een bescheiden bruiloft, maar voor we het wisten, stonden we in een grote zaal in het Zionists of America House in Tel Aviv, met orkest, cocktails en een diner voor tweehonderd genodigden. Hadden haar ouders ons de helft van het geld gegeven dat de bruiloft had gekost, dan hadden we meer dan genoeg voor een gezamenlijke start. Maar voor Rosa en Bernard was de indruk die ze op anderen maakten belangrijker. Die nacht vertrokken we in een gehuurde jeep voor een driedaagse huwelijksreis naar het Meer van Galilea. Toen we terugkwamen, moesten we een gezin van vier in leven zien te houden. Maar geld was niet het voornaamste probleem. Avigdor en Ariëlla wisten niets van de juridische afspraken met Mira, ze begrepen niet waarom ze bij hun moeder weggehaald waren en ze wezen de liefde die Shula hun wilde geven demonstratief af. Dit alles gebeurde lang voordat we te horen kregen dat ze zelf nooit kinderen zou krijgen.

De waarheid over Shula's gezondheid ontdekten we enkele jaren later, toen we in Zwitserland op een verlate huwelijksreis waren. De reis zou in Europa beginnen en in Canada eindigen, waar we uitgenodigd waren door Shula's oom. Anders dan moeder Rosa was oom Henry een man van de wereld die wist te genieten van het geld dat hij in Canada verdiend had en die leefde naar het Duitse gezegde: 'Leben und leben lassen'. Onze vriendschap, begonnen op de dag dat ik met Shula trouwde, heeft alle ups en downs in mijn leven doorstaan en zij duurt nog steeds voort. Ook hij was niet ingelicht over de ongeneeslijk ziekte van zijn nicht.

Achteraf kan ik alleen maar raden waarom haar ouders de waarheid niet alleen voor mij, maar ook voor hun dochter geheim hadden gehouden. Ik geloof dat er sprake was van een psychologische remming, bestaande uit schaamte en schuldgevoel. Misschien zwegen ze uit angst dat de omgeving hen zou beschuldigen van nalatigheid, en misschien ook dat ze het hart niet hadden om Shula te vertellen wat haar te wachten stond. Pas op de vooravond van onze reis, nadat Shula onze koffers al had gepakt, kwam haar moeder langs om afscheid te nemen en zei tussen neus en lippen: 'Herinner je je professor Schaffhausen uit Zürich nog? Ik heb hem aan de telefoon gehad. Hij verwacht je vrijdagochtend om tien uur.'

'Waar is dat nou voor nodig?' zei Shula boos. Ze werd gauw boos, maar kwam er even gauw weer overheen.

'Gewoon, routineonderzoek. Je kent dat toch: baat het niet, dan schaadt het niet.'

Zo, terloops, vernam ik dat Shula, die in Israël nooit naar de dokter ging, in het verleden onderzocht was door de Zwitserse professor, een wereldberoemd nierspecialist. Alleen had hij de vorige keren met geen woord gerept over de ernst van haar toestand, terwijl hij haar deze keer na een zeer zorgvuldig onderzoek openlijk vertelde: 'Mevrouw, u mag niet zwanger worden.'

Alle pogingen om verdere details te weten te komen waren vergeefs. Hij leek wel een Zwitserse bankier voor wie geheimhouding boven alles staat.

'De exacte diagnose,' zei hij onverzettelijk, 'stuur ik per post rechtstreeks naar Israël. En u hoeft zich geen zorgen te maken over de rekening, jongedame. Uw ouders hebben alles al geregeld.'

Zenuwachtig bijtend op haar onderlip kwam Shula de behandelkamer uit. Al die tijd had ik in de ruime wachtkamer zitten wachten. De doktersassistente, een verzorgde vrouw in een witte jas met krullend koperkleurig haar en een nek zo lang dat ze voor Modigliani had kunnen poseren, had de taak op zich genomen om me te vermaken met een nietszeggend gesprek over het weer, over de kwaliteit van met de hand gemaakte horloges en over brutale Japanners die hun neus staken in een markt die van oudsher het terrein van de Zwitserse horlogemakers was. Ook zij merkte dat Shula bleek was. Met een professionele, onpersoonlijke bezorgdheid bood ze haar een glas fris aan. Shula liep haar voorbij alsof ze er niet was. Ik volgde haar snel naar buiten. Pas bij de lift kon ik vragen: 'Wat is er in godsnaam gebeurd?'

De lift was er. Een moderne lift die geruisloos bewoog. Daar stonden we dan, geleund tegen twee verschillende wanden, als in een kooi die van de buitenwereld was afgesneden. Shula keek in de spiegel.

'Ik ben geen vrouw meer. Ik ben geen vrouw meer.'

'Je ziet er niet bepaald mannelijk uit,' zei ik.

'Het is niet grappig.'

'Wat zei de professor?'

'Dat ik niet zwanger mocht worden.'

'Nou en? Dan kopen we toch de pil?'

'Je begrijpt het niet, of je wil het niet begrijpen,' zei ze en zweeg.

De lift daalde zachtjes in de schacht en stopte even zachtjes op de begane grond. Ik duwde de deur voor haar open, we staken de hal door en stapten naar buiten. Het motregende; haar haar werd nat en raakte in de war. Ik deed de paraplu open, maar zij weigerde er gebruik van te maken; alsof ze alle kenmerken van de vrouwelijke schoonheid wilde verloochenen. Demonstratief liep ze op een kleine afstand van mij vandaan. Even later begon ook haar mascara uit te lopen. Ik wist niet of de blauwe sporen langs haar wangen regendruppels waren of tranen. Er hing een herfstgeur in de lucht. De bladeren van de kastanjeboom aan de overkant waren al geel aan het worden. Ik dacht even over de wonderen van de natuur, waarin bomen naargelang het jaargetij hun blad verliezen of in bloei staan, zonder hun trotse houding op te geven. Shula haalde haar jasriem aan. Om de een of andere reden staat juist dat gebaar, bij die boom, me voor ogen telkens als ik aan haar denk.

Het moederschap was in haar ogen een essentieel onderdeel van de vrouwelijkheid, en haar vrouwelijkheid was voor haar het hoogste goed. En niet de feministische vrouwelijkheid, maar de vrouwelijkheid die pas door de aanwezigheid van een man volledig tot haar recht komt. Voor haar gevoel was nu de belangrijkste schakel in haar levensloop uitgerukt en verloor haar leven daarom zijn betekenis. Niet dat er nu een einde aan moest worden gemaakt, verklaarde ze, maar van nu af aan was haar leven als een voedzaam, maar zoutloos gerecht. Smakeloos dus.

Wat verschilden we toch in onze kijk op het leven. Ik was een meester in het rationaliseren van omstandigheden. Ik wist mezelf er altijd van te overtuigen dat ik door het struikelen behoed was voor een val, dat ik gevallen was juist om weer te kunnen opstaan, dat een gestrand huwelijk de mogelijkheid opende voor een nieuw, beter huwelijk, en dat ik van nature een geluksvogel was. Dat had Shula niet. Zij was niet gezegend met deze heerlijke eigenschap om zwart als wit te zien, of in het ergste geval als grijs. Shula was een vrouw die zichzelf niet voor de gek kon houden en voor deze nuchterheid betaalde ze altijd de volle prijs. Zo ook nu. Ik stelde voor om onze reis voort te zetten, maar zij weigerde pertinent. 'Hoe lang kunnen we doen alsof er niets aan de hand is?' vroeg ze. 'Hoe vaak zul je je blik moeten afwenden om mijn stemming te negeren?' Het had geen zin om haar tegen te spreken. We stuurden oom Henry een telegram: 'Sorry, we kunnen niet komen', en we namen de eerstvolgende vlucht naar Israël. Op de luchthaven van Tel Aviv werden we opgewacht door haar ouders. Mijn schoonvader zat zwijgend achter het stuur van zijn geliefde Opel. Mijn schoonmoeder bestookte ons met lege praatjes en zei er geen woord over dat we onze huwelijksreis onverwachts hadden afgebroken.

De volgende dag liet Shula zich grondig onderzoeken door een specialist die haar alles openlijk vertelde. Toen bleek dat ze nooit kinderen kon krijgen en dat ze nooit beter zou worden, zei ze in alle ernst: 'Er zit niets anders op, we moeten scheiden.'

'Onzin,' sprak ik haar tegen, 'ik heb al kinderen uit mijn vorige huwelijk, we zullen daar maar genoegen mee nemen.'

'Dat is niet hetzelfde.'

Met mijn verstand kon ik haar verdriet wel begrijpen, maar ik voelde het zelf niet. Misschien wel omdat ik mijn eigen kinderen nooit de nodige aandacht had geschonken. Ik heb mijn oudste dochter eens geschreven: 'Als er Olympische Spelen voor modelvaders werden gehouden, zou ik geen brons halen.' Ik herinner me nog de blije jonge moeders die vlak na de oorlog met hun baby in het park wandelden, die zich liefdevol over de wagen bogen om het kussentje recht te trekken of de speen weer in het mondje te stoppen, gelukkig, trots op hun kind. Ik kon hun blijheid niet delen. Ik kon de gedachte niet van me afzetten dat, terwijl deze wijven met hun kerels de liefde hadden bedreven, ik in een concentratiekamp zat en niet wist wat de volgende dag zou brengen.

We zaten te praten op het terras van een klein café in Tel Aviv. Shula bestelde sinaasappelsap. Ik dronk zoals gebruikelijk espresso. Juist de aanwezigheid van zoveel mensen om ons heen, aan de andere tafeltjes en op straat, gaf een gevoel van privacy. Niemand lette op ons en wij letten op niemand dan onszelf. Shula sprak op fluisterende, haast emotieloze toon. Haar stem ging op in het straatrumoer en ik had moeite haar te verstaan.

'Praat alsjeblieft wat harder,' zei ik, 'je weet toch dat ik je niet goed kan horen.' Ze wist dat ik in het kamp doof was geworden aan mijn rechteroor.

'Het heeft geen zin om bij elkaar te blijven,' zei ze, nu luid. 'Ook al neem je me zoals ik ben, ik zal altijd het gevoel hebben dat ik je bedrogen heb. Ik zal er nooit vrede mee hebben.'

'Ik voel me niet bedrogen,' zei ik geruststellend.

'Je bent dom,' zei ze en legde een vinger op mijn lippen. 'Je bent dom, maar op een dag zul je verstandiger worden en dan zul je me veroordelen. Ik ken je goed. Ik zal de proef wel doorstaan, jij niet.'

'Je beledigt me.'

'Nee, ik probeer je alleen met je neus op de feiten te drukken. En voor deze feiten kun je alleen weglopen als je bij mij wegloopt.'

'We komen deze tijd samen door,' zei ik.

'Er komt geen andere tijd.'

'Ik hou van je,' zei ik, maar ik wist op het moment dat ik dat zei al niet zo zeker meer of het waar was. Eén ding wist ik wel zeker: ik laat haar hoe dan ook niet in de steek. Ook al wordt de last ondraaglijk zwaar, ik verlaat haar niet. Daar was ik in elk geval op dat moment oprecht van overtuigd. Ik had nog niet de ervaring gehad van een verblijf in een dodencel waar een van de gevangenen weet dat hij nooit gratie zal krijgen.

Shula ging haar dood met open ogen tegemoet. Als ze ooit angst heeft gevoeld, dan heeft ze die bekwaam weten te verbergen. De dagelijkse routine moest hoe dan ook voortgezet worden. Ze bleef haar vertaalwerk doen zonder het huishouden te verwaarlozen, en ze ontving onze vrienden alsof er niets aan de hand was. Pas als de laatste gast de deur uit was, zakte ze uitgeput neer op bed.

Ze was geen grote schoonheid. Ik was gecharmeerd door haar wijsheid; ik was, zo dat mogelijk is, verliefd geworden op haar persoonlijkheid. Maar hoe zieker ze werd, hoe belangrijker ze de lichamelijke liefde vond. Algauw werd dat een nachtmerrie voor ons. Mijn bereidheid om met haar te vrijen was voor haar een soort graadmeter voor haar leven, ook op dagen dat haar hart op springen stond van de hoge bloeddruk. Met nerveuze bezetenheid zocht ze bij mij het vleselijke bewijs dat ze me warm kon krijgen, en als dat bewijs niet meteen geleverd werd, zei ze: 'Voor jou ben ik al een lijk.'

Geen enkele rationele uitleg kon in de plaats komen van mijn spontane reactie, die het bewijs moest leveren dat ze nog steeds koningin in haar eigen bed was. Maar de spanning en de angst hadden hun tol geëist. Zelfs haar hand kon het wonder niet meer verrichten. Door de verwoede pogingen om toch maar iets te voorschijn te toveren was de sfeer vertroebeld. Haar artsen waarschuwden mij dat elke fysieke inspanning haar onmiddellijke dood kon betekenen. De gedachte daaraan verlamde mij elke keer als ze me aanraakte. Zij reageerde op mijn onthouding afwisselend met woede-uitbarstingen en huilbuien. De kwelling was wederzijds. Misschien had ik daarom geen gewetenswroeging toen er een andere vrouw op de proppen kwam. Toch kon geen enkele vrouw me ertoe brengen om Shula te verlaten. Hoe zwakker haar gezondheid werd, hoe sterker de band die ik met haar had. Toen ik de dagvaarding uit Kiel kreeg, wilde ik haar niet alleen laten; er was geen enkele garantie dat ik haar nog terug zou zien. Maar zij hield vol: 'Je moet getuigen en zorgen dat de man veroordeeld wordt. Dat is je plicht tegenover je moeder, niets en niemand kan je daarvan vrijstellen.'

Ze kon de hele wereld om de tuin leiden, maar niet haar lichaam. Binnen een jaar was haar gezondheid zodanig achteruitgegaan dat de behandelend arts dialyse voorstelde. Deze oprechte man had grote waardering voor haar moed en vastberadenheid. Anders dan professor Schaffhausen in Zwitserland meende professor Joseph Rosenfeld in Tel Aviv dat zijn patiënten de waarheid moesten weten 'om hun lot in eigen hand te kunnen nemen'. Hij legde onomwonden uit dat hij haar niet kon laten dialyseren in een openbaar ziekenhuis. Omdat het aantal apparaten beperkt was, gebood zijn medisch geweten hem om eerst die patiënten te helpen die meer kans op genezen hadden dan zij.

'Wat zijn dan mijn kansen?' wilde ze weten.

We zaten met ons vijven in zijn kamer: de arts, Shula, haar moeder Rosa, oom Henry die uit Canada ontboden was en ik. Na tien seconden van gespannen stilte vielen de woorden van de dokter als stenen in een diepe put: 'De dialyse kan je leven niet redden, wel verlengen.'

'Met hoeveel tijd wordt mijn sterven verlengd?' hield ze vol.

'Ik ben God niet, ik ben maar een arts.'

'Laten we geen verstoppertje spelen, dokter. Hoeveel? Een maand? Een jaar?'

'Geneeskunde is geen wiskunde. Daar kan ik geen antwoord op geven. Maar ik kan u wel enkele maanden redelijk goede levenskwaliteit beloven.'

'Redelijk voor u misschien, maar niet voor mij,' antwoordde ze. En dat was dat. Ze streelde oom Henry's hand toen ze zijn gulle aanbod om een privébehandeling te betalen afwees, en ze kapte haar moeders smeekbede ongeduldig af.

'Geen krokodillentranen,' zei ze hard.

'Zo praat je niet tegen mij.'

'Ieder heeft zijn eigen stijl. Ik ben misschien wat ruw, maar wel echt.'

'Je doet me onrecht.'

'Dat is wederzijds, moeder,' zei Shula provocerend. Er viel een lange stilte.

De verhouding tussen moeder en dochter was nooit harmonieus geweest. Soms was ik ongewild getuige van Shula's agressie en Rosa's ontwijkende reactie. Moeder was altijd in de verdediging, ze speelde altijd de vermoorde onschuld. Ik geloof dat Shula diep in haar ziel, in haar onderbewustzijn, verstopt onder een dikke laag van defensieve excuses als 'ik ben het product van de generatiekloof', wrok en verdriet koesterde, en misschien ook ingehouden woede over het feit dat ze niet de behandeling had gekregen die tijdens de oorlog misschien wel mogelijk was geweest. De voortdurende spanning had ertoe geleid dat Shula op een relatief jonge leeftijd zelfstandig ging wonen. Met het geld dat ze als genoegdoening van Duitsland kreeg, kocht ze een kleine vrijgezellenflat in het noorden van Tel Aviv en richtte die in volgens haar eigen smaak, en in absolute tegenstelling tot de stijl van haar ouderlijk huis. Toen wij getrouwd waren, mocht haar moeder niet onaangekondigd langskomen. En als mijn schoonmoeder belde, wist Shula altijd wel een reden te bedenken waarom ze haar niet kon vragen.

Shula's ouders waren faliekant tegen onze relatie. Ik was niet de echtgenoot die ze voor ogen hadden gehad. Ik was getrouwd, vader van twee kleine kinderen, ik had geen geld, ik was journalist bij een socialistische krant met een kleine oplage, ik woonde in een huurwoning en ik had nog steeds de status van nieuwe immigrant. Wie weet of we hadden kunnen trouwen als Rosa me het geld voor de scheiding niet had gegeven. Maar dit gebaar van haar moeder maakte niet dat Shula milder werd. Pas toen ze bedlegerig werd en de geestelijke kracht niet meer had om tegen te stribbelen, gaf ze toe en stemde ermee in dat haar moeder haar vaker zou bezoeken. Tegen die tijd schaamden Shula's ouders zich niet meer voor hun schoonzoon. Ik was toen adjunct-hoofdredacteur van de weekendbijlage van het dagblad *Ha'aretz*, ik had al wat journalistieke prijzen gewonnen en ik was bestuurslid van de landelijke vereniging van journalisten. Toch wel een redelijke prestatie voor iemand die tien jaar daarvoor nog geen letter Hebreeuws kon lezen. Twee dagen voor joods Nieuwjaar, toen ik bezig was de laatste hand te leggen aan de feestdageditie, belde haar moeder naar de redactie met een korte mededeling: 'Ik ben bang dat Shula een hartaanval heeft gehad. Ik heb de dokter gebeld.' Ik ging gauw naar huis, maar toen wij, de dokter en ik, er aankwamen was Shula al overleden. Haar moeder had het witte laken over haar gezicht gelegd. Ik trok het weg. Ondanks de sporen die de ziekte had achtergelaten, zag ze er mooi en vredig uit.

3

Had Shula er niet op gestaan, dan was ik misschien toch niet naar Duitsland gevlogen om tegen Kunde te getuigen. Had ze gelijk? Ik zat al in het vliegtuig van Zürich naar Hamburg, maar nog steeds voelde ik niets van de heilige plicht waarover zij zo gedecideerd en hartstochtelijk gesproken had. Naarmate de vlucht langer duurde, werd de muur die me van mijn herinneringen scheidde steeds dikker. Ik zat ongeïnteresseerd te kijken naar de witte wolken die de vliegroute bekleedden, totdat een jonge vrouwenstem het waas van onverschilligheid dat me omhulde doorbrak: 'Wat wilt u drinken, meneer?'

Een stewardess in een blauw uniform boog zich naar me toe. Het zijden sjaaltje om haar nek rook naar duur parfum. Shula gebruikte Ecusson, maar ik herkende meteen de unieke geur van Joy. Ik keek omhoog. Haar gezicht glimlachte beleefd, maar onder de dikke laag make-up lag immense vermoeidheid verborgen.

'Koffie, alstublieft.'

'Iets sterks misschien?'

'Nee, dank u, alleen koffie.'

Nu vroeg ze aan de man die links van mij aan de andere kant van het gangpad zat: 'En u, meneer?'

'Bier,' zei hij kort. Pas toen ze zich al wilde wenden tot de rij achter ons voegde hij eraan toe: 'Maar wel pils, en koud.'

Hij had een ernstig gezicht en een diepe stem die me zonder reden stoorde. We zaten al twintig minuten in de lucht, maar ik had hem in mijn onverschilligheid geen aandacht geschonken. Hij was een man van rond de zestig, modebewust gekleed, alleen de lichte stropdas met de Hermèsblokjes zat ietsje scheef. Hij droeg een colbert van fijn Engels tweed van Savile Row in Londen. Even later kwam de stewardess, zwevend op een wolkje Joy, terug en zette de drankjes op onze opklaptafeltjes neer: een lekker geurend kopje koffie voor mij en schuimend bier voor hem. De man dronk zijn pul in één lange teug leeg. Mijn blik volgde zijn kloppende adamsappel zoals die op- en neerging. Hij hield de pul vast in zijn linkerhand, omdat hij een vinger miste; dat zal ook de reden zijn geweest waarom hij zijn trouwring om zijn middelvinger droeg. Toen zijn bier op was, draaide hij zich naar mij, deze keer met de glimlach van een man die zijn dorst heeft gelest. Een schuimblaasje zat aan zijn bovenlip. Hij veegde het met de rug van zijn hand af. Ineens zag hij de Hebreeuwstalige krant die op mijn knieën lag en vroeg in gebroken Engels, met een accent dat zijn Duitse afkomst verried: 'Hebrew paper this?'

'Ja.'

Mijn laconieke antwoord was bedoeld als teken dat ik geen zin had in een gesprek, maar hij liet niet zomaar los.

'Komt u uit Israël?'

'Ja.'

'Ik neem mijn pet voor u af.'

'U hebt geen pet op,' zei ik zonder een greintje humor.

'Groots. Geweldig, wat jullie in de Sinai hebben gedaan. Zoveel Egyptische tanks kaputt, heb ik op televisie gezien. Beter dan Desert Fox.'

Ik wist dat hij op veldmaarschalk Rommel doelde. Ik knikte uit beleefdheid. Hij zag dat als aanmoediging en ging door: 'Bent u aan het front geweest?'

'Ja.'

'Goed zo. Heel goed. Je moet vechten. Ik heb veel verstand van vechten. In de wereldoorlog was ik officier bij de Waffen-ss. Pantserdivisie. Ik heb verstand van vuur en troepenbeweging. Vuur en beweging. Net als Rommel, net als Guderian, maar dan beter. Mag ik u als teken van waardering een hand geven? Als soldaten onder elkaar?'

Voordat ik antwoord had kunnen geven, pakte hij mijn hand en schudde die krachtig. Het restje koffie werd op het tafeltje gemorst en droop op mijn knieën. De krant werd nat. Ik trok mijn arm terug. Hij zal mijn afkeer gemerkt hebben, want hij zakte weg in zijn stoel en mompelde: 'Neemt u me niet kwalijk. Er is toch geen reden om boos te zijn. Ik was maar soldaat en u was ook maar soldaat. Ik heb niks tegen joden. Ik heb nooit vooroordelen gehad tegen joden. Ik heb nooit burgers kwaad gedaan. De Waffen-ss, dat was gewoon een leger, alleen maar oorlog. Alleen oorlog. Tegen de communisten. Vóór de beschaving. Nu zit ik in de handel. Medicijnen en chemicaliën. Bij Ciba. Weleens van gehoord? Een Zwitsers farmaceutisch bedrijf. Het is al zo lang geleden. Je kunt niet... je kunt niet...'

'Wat kun je niet?'

'Emoties zijn niet goed, meneer. Je kunt niet in het verleden blijven leven.'

Ik antwoordde niet. Ook ik probeerde me te beschermen tegen het verleden, maar het kwam terug, een ongenode gast. Ik ken geen enkele psychiater die in staat is de ziel op verzoek leeg te maken van de herinneringen die we willen wissen. Ik heb geen controle over mijn gedachten. Ineens, als een losgeschoten veer, treedt ergens een katalysator in werking die van de miljoenen hersencellen uitgerekend die ene cel opent waarin een herinnering opgesloten zit die ik had willen vergeten, die ik voorgoed gewist had gewaand, maar die me nu toch weer lastig komt vallen, vervloekte doordouwer die hij is.

'Alstublieft...' zei ik zonder mijn zin af te maken.

De Duitser knikte instemmend.

'Al goed, meneer. Het was niet mijn bedoeling u te beledigen.'

Even later stond hij op en ging op een lege plaats achterin zitten. Ik wilde mijn krant lezen, maar de letters vormden geen woorden, de woorden vormden geen zinnen, de zinnen hadden geen betekenis. De motoren bromden in mijn oren en zetten een geluidsmuur op tussen mij en de werkelijkheid. Het geraas deed me denken aan de stoorzenders in Oost-Europa die de vrije zenders vanuit het Westen overstemden. Vergeefs probeerde ik mijn gedachten af te stemmen op de golflengte van Shula thuis. Vreemde trommels bonkten in mijn slapen: Kunde, Kunde, Kunde. ss-uniform. Pistoolkolf. Klap. Stilte. Bloed. Dood.

Ik vervloekte hem die mijn vermogen aanvocht om zelf en uitsluitend naar eigen wil mijn gedachten te besturen.

De receptionist van hotel Prinz Bismarck vond direct mijn naam op de lijst van hotelgasten.

'Welkom in Hamburg, Herr Frister,' zei hij. Hij gaf me een sleutel die aan een houten peer vastzat, zoals vroeger in hotels gebruikelijk was, en stopte me een kleurrijke brochure toe waarin de deugden van de rosse buurt werden beschreven.

'U vindt de lift aan het eind van de gang,' zei hij nog en vroeg of ik geholpen wilde worden met mijn bagage. Die bestond uit één koffer die Shula voor me had ingepakt.

'Dank u, ik red me wel,' zei ik en ging naar mijn kamer.

Het was een ruime kamer met een hoog plafond. De inrichting getuigde van het vermogen van architecten om het oude met het functionele te verenigen. Tegen de muur stond een tweepersoonsbed met bronzen versieringen aan het hoofdeinde. Het miste alleen nog de fluwelen hemel om een koninklijk bed te kunnen worden genoemd. Ik legde mijn koffer neer op de plank naast de kast, pakte mijn scheerapparaat uit, legde het in de badkamer onder de spiegel neer en ging zitten op de rand van het gigantische bed dat zo zacht was dat ik me op een boot in zee waande. Ik trok mijn colbert uit en merkte de brochure in mijn zak. Ik bladerde erin en moest glimlachen om de eigenaardige symbiose tussen het keurig-burgerlijke hotel en de brochure waarin reclame werd gemaakt voor striptenten, bars voor leden alleen, travestie-liveshows en escortgirls uit de hele wereld. De supermarkt van de 'Grote Vrijheid', zoals de rosse buurt heette, bood kortingen aan toeristen, stond er met grote letters. Ik gniffelde. Vijf maanden eerder was ik veertig geworden. Ik was nog nooit bij een hoer geweest; ik walgde bij de gedachte alleen al dat ik zou moeten betalen voor iets wat op een oeroud beginsel berust: gevoel voor gevoel, plezier voor plezier.

De kleurrijke brochure beloofde ontspanning en verlossing. Je kon je geheel vergeten in de armen van een jong meisje, de allerlaatste import uit Thailand, je kon je innerlijke pijnkreten laten overstemmen door een rockband, de allerlaatste import uit Engeland, en je kon de dagelijkse problemen uiteraard van je afspoelen door een duik in een lustbad. Ik legde de brochure op het marmeren blad van het nachtkastje neer, kleedde me uit en stapte zonder me eerst te wassen in bed. De lakens waren goed gesteven, ze voelden koel en aangenaam aan. Ik pakte mijn krant om die uit te lezen. Er zaten bruine koffievlekken op de voorpagina. Ik smeet de krant weg. Het was nog vroeg, ik was bang dat ik niet in slaap kon vallen. De trein naar Kiel vertrok 's morgens om zes uur. Ik belde naar de receptie en vroeg om op tijd gewekt te worden.

Ik deed het licht uit, viel meteen in slaap en belandde in een eigenaardige droom: Ik loop door een vreemde Duitse stad. Deze stad lijkt niet op Hamburg, noch op Kiel zoals ik het me voorstel, en toch weet ik zeker dat ik in een Duitse stad ben. De straten zijn me onbekend, de huizen zijn om de een of andere reden donkerbruin geverfd. Het zijn hoge gebouwen met op elke verdieping een rij ramen met rode bloemen in witte bloembakken ervoor. Een oude vrouw zonder tanden hangt uit een raam en lacht me op een weerzinwekkende manier toe. Ik ken haar niet, ik ken haar naam niet, maar zodra onze blikken elkaar kruisen, verdwijnt haar glimlach en kijkt ze ernstig. De lucht wisselt steeds, als een toneeldecor: de ene keer is hij lichtend blauw, de andere grijs en donker, hoewel er geen wolkje te zien is en de zon volop schijnt, zodat ik zelfs met mijn ogen moet knipperen. Ik loop door de vreemde stad en bekijk de mensenmassa op straat. Ik zie steeds weer gezichten opdoemen, onverschillige gezichten, ronde en lange gezichten, droevige en vrolijke, goede en kwade gezichten en ook uitdrukkingsloze gezichten. Een hese stem fluistert in mijn oor dat ze me allemaal kwaad willen doen. Ik zoek waar de stem vandaan komt, ik kijk omhoog en ontdek dat hij uit de keel van de oude vrouw komt. Ik verzet me met alle felheid van een droom tegen haar woorden, maar het tandeloze oude mens laat niet los. Ik smeek: Ga toch weg, stap maar in iemand anders z'n droom. Maar zij trekt zich er niets van aan en ik moet haar aanwezigheid in mijn droom tot het eind toe verdragen. Nu wijst ze met haar wijsvinger op een verkeersagent, die dan zo vriendelijk is om het verkeer stil te leggen om haar veilig te laten oversteken. Waarom moet ze de straat oversteken als ze daar in het raam zit? Ineens neemt de agent een andere gedaante aan, hij wordt Wilhelm Kunde. De oude vrouw pakt zijn hand vast, ze komen met trage pas op me af, de agent heeft laarzen aan, de vrouw heeft kromme benen. De menigte verdwijnt, alleen die twee komen met uitgestoken handen naar me toe, alsof ze me willen omhelzen. De vrouw raakt me aan, het voelt alsof mijn huid brandt... Donker. Hoe kom ik ineens in een stoffenwinkel? De verkoper strijkt met zijn hand over een rol rode zijde met een heel klein motiefje. Het is dezelfde stof als die van de stropdas van mijn buurman in het vliegtuig. De stof krijgt nu stekeltjes, hij is niet langer zacht en fijn, de verkoper haalt zijn hand eraan open, hij bloedt. Ik wil zijn gezicht zien, maar het lost op. Ik raak vermoeid van de inspanning, ik vraag hem om me aan te kijken, maar hij schudt van nee. Ik hoor de schrille lach van de oude vrouw. De huizen in de vreemde stad worden met rood bedekt. Op de achtergrond speelt een orkest; ik ken het wijsje: *Lili Marleen*. Stellen dansen de tango, een man staat alleen aan de kant en kijkt kritisch toe. Ik ken deze man. Het is Wilhelm Kunde. Zijn ogen liggen diep verzonken vlak tegen zijn haviksneus die op een stel dunne lippen wijst. Dit is niet het gezicht dat ik wilde zien. Genoeg! Zo is het wel genoeg. Ik ben moe van het ingespannen kijken naar dit mengelmoes van gezichten, moe na zoveel pogingen om uit deze collage het gezicht van mijn moeder te isoleren, alleen maar om te merken dat juist haar gezicht zich niet laat reconstrueren. Alsof het niet meer bestaat. Ik zak weg in een zwarte, bodemloze put, de vergetelheid misschien, of een massagraf. Hoe het ook zij, ik val steeds verder, steeds dieper, totdat de telefoon me van de nachtmerrie verlost.

Ik deed mijn ogen open. Zacht licht sijpelde door de gordijnen naar binnen. Ik nam op en wachtte half slapend op het vervolg. Een vrouwenstem sprak uit de hoorn: 'U wilde gewekt worden.'

Ik hing weer op. Ik merkte dat de droom me ontvluchtte en ik probeerde hem vast te houden, ik probeerde de flarden die zich in de kamer verspreidden bij elkaar te rapen. Pas toen dat gelukt was, kwam ik terug in de werkelijkheid. Ik zou die nachtmerrie graag kwijt willen, maar ik heb er geen controle meer over, hij blijft aan me kleven als een bloedzuiger. Ik geef hem nu prijs aan de bladzijden van dit boek, misschien blijft hij erin zitten en sterft hij. Wie weet.

De trein arriveerde precies op tijd op het station van Kiel. In Duitsland hebben de treinen geen vertraging. Ik stapte uit op het perron. Boven spande de glazen kap van het stationsgebouw als een doorzichtige paraplu. Ik pakte mijn koffer en wilde al achter de andere passagiers aan naar de uitgang lopen. Een jonge vrouw kwam naar me toe en zei: 'Ik hoop dat u een goede reis hebt gehad, Herr Frister.'

Wat onderscheidde mij van de andere passagiers? Straalde ik iets bijzonders uit waaraan ze mij kon herkennen? Ze wilde het niet vertellen. Ze gedroeg zich alsof we oude kennissen waren. Ik zei: 'Neemt u me niet kwalijk, maar heb ik het genoegen gehad...'

'Nee, we hebben elkaar nooit ontmoet. Althans, niet letterlijk. Maar ik ken u, of beter gezegd, ik ken uw levensverhaal. Althans in de periode die de aanleiding is geweest voor uw aanwezigheid hier. Kijkt u me alstublieft niet zo verwonderd aan, Herr Frister. Ik zal zo meteen alles uitleggen. Is dit al uw bagage?'

'Ja. Ik ben hier niet met vakantie.'

Ze reageerde wat terughoudend: 'Dat was niet echt nodig, meneer. Ik kan best begrijpen hoe u zich voelt.'

'Ik had u niet willen beledigen. Ik begrijp trouwens nog steeds niet waarmee ik u kan helpen, mevrouw.'

'Ik ben hier juist om u te helpen. Om dingen voor u te regelen, bedoel ik: hotel, restaurant, taxi. De details. Ik ben lid van een lutherse liefdadigheidsorganisatie. De lutherse kerk heeft het op zich genomen om voor mensen als u te zorgen. Er komen ruim tien getuigen uit de hele wereld; die willen we laten zien dat er een ander Duitsland bestaat. We beschouwen het als een belangrijk onderdeel van het proces van herstel van gerechtigheid.'

'Kun je het onherstelbare herstellen?'

'Ik weet het niet,' zei ze schouderophalend. 'Ik was een klein kind toen het allemaal gebeurde. Maar als er geen herstel mogelijk is, dan heeft het ook geen zin om Kunde voor de rechter te slepen.'

'Misschien hebt u wel gelijk. Mijn excuses.'

'U hoeft zich niet te verontschuldigen. Ik begrijp u wel. Hebt u al een hotelkamer gereserveerd?'

'Nee.'

'Ik zou DAB's Hotel willen aanbevelen. We hebben daar een kamer voor u gereserveerd, maar als het u niet bevalt, kunt u uiteraard naar een ander hotel. Er zijn genoeg hotels in Kiel. Het is een gastvrije stad. Mijn auto staat voor het station. Loopt u maar mee.'

Ze had een oude Volkswagen, maar ze reed alsof ze achter het stuur van een chique auto zat. Ze was een jaar of dertig, knap en niet opgemaakt, ze droeg een donkerblauwe katoenen japon met halflange mouwen en een wit kraagje, als een schoolmeisje. Ze had de charme van eenvoud en onschuld.

'Hoe heet u, als ik vragen mag?'

'Mijn hemel, ik ratel maar door en ik vergeet mezelf voor te stellen. U moet begrijpen, ik lijk wel rustig en kalm, maar vanbinnen ben ik behoorlijk nerveus. Ik doe dit voor het eerst. Ik wist niet hoe u zou reageren... Ik heet Trude. Trude van Gluck. Ik ben van Nederlandse komaf, zoals u begrijpt.'

We reden langs een hoofdstraat, leek het. Blattstrasse, las ik op het naambord op de hoek. 'Het is niet ver weg,' zei ze en begon ongevraagd haar levensverhaal te vertellen. Haar vader was arts bij de vrijwilligerseenheid van Anton Mussert geweest. Hij was aan het oostfront gesneuveld. In zijn laatste brief had hij geschreven dat hij de kou van de Wit-Russische steppen niet zou overleven, maar het was niet bekend hoe hij uiteindelijk gestorven was. Na zijn dood had hij een ijzeren kruis tweede klasse gekregen.

'Ik hoop dat ik u niet geërgerd heb met mijn verhaal. Het is persoonlijk, heel persoonlijk, maar toch wilde ik het aan u vertellen. Juist aan u.'

'Het geeft niet. Ik ben niet zo sentimenteel.'

'En bent u niet moe?'

'Helemaal niet.'

'Ik kan u een korte rondleiding door de stad geven. Nadat u zich in het hotel hebt geïnstalleerd uiteraard. Het is vandaag zondag, ik vind Kiel op zondag heel leuk. Bovendien is het ook een ongewoon mooie dag. Normaal ga je hier niet zonder paraplu naar buiten.'

'Graag.'

Het werd een lange rondleiding door de stad, per auto en te

voet. De schoonheid die mijn gids zo charmeerde vond ik er niet, maar ik hield mijn indrukken voor me. Alleen in het havengebied en aan de oever van het Noord-Oostzeekanaal voelde ik me op mijn gemak. Het kanaal was veel smaller dan ik me voorgesteld had, de schepen die er van de Noordzee naar de Oostzee doorheen voeren, waren groter dan ik had gedacht. De meeste voeren onder buitenlandse vlag. De architectuur in het centrum van de stad, die zo typerend was voor dit gebied, stond me tegen. Ik stoorde me aan de ongestuukte muren van rode baksteen die hele straten het aanzien gaven van een moderne kazerne. We stopten even voor het gebouw van het gerechtshof. Neoklassieke zuilen moesten het karakter van het gigantische bouwwerk enigszins verzachten; tevergeefs, want ook zij waren van rode baksteen gemaakt. Aan de overkant, op de groenstrook die het Schützengrabenpark heette, lagen groepen jonge mensen op de gazons, een levende herinnering aan het feit dat oude generaties plaats maken voor jonge.

Op de terugweg aten we nog iets in een restaurant dat Trude aanbeval. De ober bracht ons de menukaarten. Trude legde haar kaart opzij.

'Misschien had ik u niet moeten vertellen over mijn vader en de onderscheiding die hij gekregen heeft,' begon ze op verontschuldigende toon.

'Ik heb al gezegd dat het niet erg was.'

'Het is me al eerder opgevallen dat u heel beleefd bent. Uw vader was toch advocaat? Een keurig burgerlijk gezin. Geen wonder dat u goede manieren hebt. En uw Duits is vloeiend... Ik vergat even dat u joods bent. Of beter gezegd Israëlisch. Dat is niet hetzelfde, hè? Misschien was het onder de omstandigheden ongepast, maar ik wilde zo graag dat u het zou begrijpen, of liever gezegd, dat u het zou proberen te begrijpen.'

'Ik begrijp het, mevrouw Van Gluck.'

'Zegt u maar Trude. Juffrouw Trude... Ik weet wat er met uw moeder is gebeurd. Maar hoe is het met uw vader gegaan?'

'Hij is in het kamp gestorven.'

'Wat erg.'

'Vind ik ook.'

'Nu heb ik alweer iets verkeerds gezegd, of liever gezegd, ik heb weer gefaald. Misschien had ik deze taak maar niet op me moeten nemen. Er zijn zoveel vrouwen in Kiel die er niet eens aan denken om zich hiervoor op te geven. Maar ik wilde zo graag helpen. Ik wilde zo graag deelnemen aan dat proces van Wiedergutmachung waar u zo weinig waardering voor hebt. Ik hoop dat u er begrip voor kunt opbrengen. Elk voorwerp dat hij nagelaten heeft, zelfs het ijzeren kruis, is me dierbaar. Ik hecht geen enkele waarde aan de heldendaden waarvoor hij onderscheiden is. Ze hebben ons geschreven dat hij zijn leven in gevaar had gebracht om soldaten op het slagveld te behandelen. Uw geloof zegt toch ook dat als je één ziel redt... U kent het gezegde?'

'Ik ken het.'

'Ik wil benadrukken dat er geen enkel verband bestaat tussen mijn gevoelens als dochter en mijn gedachten over de tijd waarin mijn vader leefde. Ik ben christen, daarom is het nazisme me per definitie vreemd, zoals het iedereen die in God gelooft vreemd is. Gelooft u?'

'Nee.'

'Jammer. Het geloof betekent enorm veel voor me. Ik heb er troost in gevonden. Mijn moeder ziet het allemaal anders, maar dat moet ze zelf weten. Ze leeft nog opgesloten in haar herinneringen, van de wereld afgesneden door de gevolgen van spierdystrofie in een vergaand stadium. Ik weet niet hoe ze zich in leven had gehouden zonder de kleine uitkering die ze van de overheid krijgt. Ons huis is platgebombardeerd, we hebben niets meer. Of liever gezegd, bijna niets... Luistert u nog?'

'Ik luister.'

Ik vroeg me af of ze met doortrapte subtiliteit het leed van de bezetter probeerde te vergelijken met dat van het slachtoffer, of dat ze in haar naïviteit een originele manier koos om toenadering te zoeken, om me tegen wil en dank bij haar zorgen en onzekerheden te betrekken. Ik deed geen enkele moeite om haar te begrijpen. Zodra we weer in het hotel terug waren, namen we afscheid van elkaar. Mijn 'Dank u' klonk niet als een uitnodiging om elkaar beter te leren kennen. Ze stond onder aan de trap. Ik voelde haar blik in mijn rug, ik wilde me omdraaien om te zwaaien, maar ik deed het niet. Ik ging naar mijn kamer en belde naar Tel Aviv. Shula verzekerde me dat het beter ging met haar. Ik wist dat ze loog.

Zo had Wilhelm Kunde er in mijn droom niet uitgezien. Zo had hij niet op de krantenfoto gestaan die juffrouw Trude me in het restaurant had laten zien, in de stilte die gevallen was tussen de minestrone en het hoofdgerecht van rundertong en zuurkool. Hoe ik verwacht had dat hij eruit zou zien? Geen idee. Maar ik had zeker niet gedacht dat ik in de beklaagdenbank te Kiel een oude man zou treffen die daar zou zitten als een toeschouwer die per ongeluk in de verkeerde toneelzaal terecht is gekomen. Had hij nog op die almachtige officier geleken die ik uit de gevangenis in Kraków kende, dan had hij waarschijnlijk enig gevoel in me losgemaakt. Maar zoals hij daar zat, zwijgend, in zichzelf gekeerd, gestoken in een pak dat twee maten te groot was, was hij in mijn ogen niet meer dan een verschrompelde pop die geen kwaad meer kon aanrichten. En als volwassene heb je uiteraard geen gevoelens voor een pop.

De bode riep mijn naam en wees mij de weg naar de getuigenbank. Ik hoefde geen eed af te leggen. Een van de twee advocaten wierp een kille blik op me, de andere maakte een stijve buiging met zijn bovenlijf. De zaal was tot de nok vol. De aanklager was verdiept in een dossier. De rechters zaten op hun podium; ik zag alleen hun zwarte toga's, niet hun gezichten. Ik begon mijn getuigenis af te leggen. Later zouden de verslaggevers schrijven dat ik dat zonder emoties had gedaan. Dat klopt.

Zodra ik begon te praten, werd Kunde wakker. De aanklager vroeg: 'Wat zegt de beklaagde hierop?'

De advocaat stond op om antwoord te geven, maar Kunde was hem voor: 'Ik herinner me die vrouw wel. Het zou best kunnen dat de getuige haar zoon is, maar hem herinner ik me helemaal niet. De hele zaak berust op een vergissing. Ik heb de moeder van de getuige nooit kwaad gedaan.'

'Maar u hebt wel haar spullen aangenomen?' wilde de aanklager weten.

'Ik heb niets genomen. Ik heb al gezegd dat het een vergissing is.'

'Meneer Ferster heeft een iets andere versie gegeven,' daagde de aanklager hem uit. Maar Kunde reageerde niet.

Het waren niet de leugens van Kunde die mijn ergernis wekten. Een beklaagde mag de waarheid verdraaien. Wat me ergerde, was het feit dat de aanklager mijn naam verkeerd had uitgesproken. Als hij de namen niet belangrijk vindt, dacht ik bij mezelf, dan vindt hij de mensen die die namen dragen ook niet het allerbelangrijkst. Ik wilde hem op zijn fout wijzen, maar ik zweeg. Wat had het voor zin om de puntjes op de i te zetten als het hele proces me zinloos leek. Ik had er spijt van dat ik me had laten ompraten door Shula.

'De getuige mag gaan,' verklaarde de voorzitter van de rechtbank droogjes. De bode begeleidde me naar de deur. Ik ging naar buiten. Mijn voetstappen weerklonken in de gang van het monumentale gebouw. 'Deze kant op, meneer,' wees de bode de deur van de kas aan. 'U hebt recht op reiskostenvergoeding.' De kassier was verbaasd dat ik van Hamburg naar Kiel tweede klas had gereisd en voegde er gauw aan toe dat iedereen eerste klas reisde en dat daar niets mis mee was. Ik wilde vragen of ook dat deel uitmaakte van de compensatie voor het reizen in de propvolle goederenwagons waarmee Kunde zijn slachtoffers naar de vernietigingskampen had laten vervoeren. Ik wilde dat vragen, maar ik deed het ook deze keer maar niet. De kassier zou me vast niet hebben begrepen. Deze jongeman hoorde tot de generatie die pas na de holocaust geboren was. Hij telde de biljetten en munten twee keer voordat hij ze op de toonbank legde en zei: 'Tekent u hier, alstublieft. U bevestigt hiermee dat u het geld hebt ontvangen.'

4

'S Avonds belde juffrouw Van Gluck om te vertellen dat de verdediging geen gebruik wenste te maken van het recht op wederhoor. Ze bood aan om me op elk gewenst moment naar het station te rijden.

'Dank u, ik red me wel,' antwoordde ik op een toon die niet tot voortzetting van het gesprek nodigde.

'Zoals u wilt,' zei ze. 'Het was niet mijn bedoeling om me op te dringen.'

Ik informeerde naar de vertrektijden van de trein en stapte de volgende dag in de eerste klas. Vanuit Hamburg vloog ik naar Israël, deze keer via Frankfurt. Een maand later kreeg ik een brief van haar. Trude van Gluck meldde dat Kunde zeven jaar had gekregen. Ik heb nooit nagevraagd of hij zijn straf heeft uitgezeten. Ik hoef niet te weten of hij nog leeft. Misschien had ik me de illusie gemaakt dat, als ik erin zou slagen het gezicht van de moordenaar te vergeten, ik ook niet meer achtervolgd zou worden door de herinnering aan de moord.

Terwijl ik deze regels schrijf, staat mijn moeders foto op mijn bureau. Ik heb hem nu pas uit het familiealbum gehaald dat, samen met andere documenten, bij Kruczek in huis was verstopt en daarom bewaard is gebleven. Hij gaf me de spullen, verpakt in een oude lap, toen ik hem kwam opzoeken kort nadat ik vanuit Tsjechoslowakije terug in Polen was gekomen. Er was niets veranderd in het dorp. Ook Kruczek was dezelfde sappelaar die hij vroeger was geweest. Ik vroeg naar Bronka. Kruczeks vrouw glimlachte: 'We wisten van jullie affaire. Ze is met de buurman getrouwd en ze verwacht een kind.'

Even zag ik het zwangere meisje voor me. Kruczek vroeg zijn oudste dochter om iets te drinken en te eten te halen. We gingen aan tafel zitten.

'Aardig dat de jongeheer aan ons gedacht heeft,' zei hij.

'Hoe kon het anders, hoe kan ik u vergeten na wat u voor ons gedaan hebt?'

'Ik heb het niet voor u gedaan, maar voor Hem,' zei hij en wees met zijn vinger omhoog.

'Wij hebben ervan geprofiteerd.'

Zijn dochter bracht een fles zelfgestookte brandewijn en stukjes brood gesmeerd met reuzel.

'Ik heb er zelf van geprofiteerd, omdat ik de Heer gediend heb,' zei Kruczek stellig en nam een slok en een hap. 'Neemt u maar, het is lekker,' drong hij aan. Toen vroeg hij naar mijn ouders.

'Wat naar. Fijn dat God de jongeheer tenminste gespaard heeft. U ziet er goed uit.'

'Dank u.'

'Wat zijn uw plannen?'

'Ik heb het huis van mijn oma in Kraków verkocht. Ik heb wat geld.'

'Dat kan geen kwaad. Als je het maar goed gebruikt.'

'Daar wilde ik het juist met u over hebben, meneer Kruczek.'

'Met mij? Wie ben ik dat ik u raad zou geven? Er zijn vast joden in de stad die u kunnen zeggen wat u met uw geld moet doen.'

'Dat weet ik al. Ik wil een stuk grond voor u kopen, hier in het dorp. Ik weet nog dat u daar altijd van droomde. Voor de kinderen, zodat ze geen honger lijden, zei u altijd. Ik weet het nog.'

'Jongeheer, u krijgt later ook kinderen. U doet er goed aan voor uw eigen kinderen te zorgen,' zei hij met een ondertoon van afkeuring.

'Wat kost vijf hectare grond hier?' ging ik door zonder te merken dat ik hem in zijn eer had aangetast.

'Ik ben boer, geen makelaar.'

'Ik wil graag iets terugdoen, wat is daar mis mee?'

'Op de dag des oordeels krijg ik wat me toekomt,' zei hij en nam weer een slok.

'Ik twijfel niet aan uw integriteit, maar waarom zou u het uzelf en uw gezin niet makkelijker maken? Dat is toch geen zonde?'

'Ik heb het u al gezegd, ik leg rekenschap af voor God in de hemel, en voor Hem alleen.'

'U bent koppig.'

'Tja, wij boeren zijn een koppig volk.'

Hij was vastbesloten geen geld van me aan te nemen. Bij het afscheid gaven we elkaar de hand. Hij nodigde me niet uit om weer langs te komen, ook niet uit beleefdheid. Ikzelf was ook beledigd. Ik was niet volwassen genoeg om zijn weigering te begrijpen. Teleurgesteld en geërgerd ging ik terug naar Kraków, met in mijn tas de documenten van mijn ouders. Als hij die niet had bewaard, was het me waarschijnlijk nooit gelukt om me het gezicht van mijn moeder weer nauwkeurig voor de geest te halen.

Omdat fotograferen tegenwoordig mijn grootste hobby is, weet ik dat een goede foto niet alleen de gefotografeerde figuur weergeeft, maar ook de houding van de fotograaf tegenover zijn object. Mijn moeder kijkt in de lens met de glimlach van een vrouw die zich bewust is van haar schoonheid en van haar vermogen om van het leven te genieten. De foto is in de laatste winter voor de oorlog genomen. Op de achtergrond zie je besneeuwde bomen, maar mijn moeder draagt een jurk met korte mouwen. Op de kraag zit een kleine gouden broche in de vorm van een strikje. Haar dunne, zwarte wenkbrauwen benadrukken de bleekheid van haar gezicht. Uit haar ogen spreekt levensvreugde. Haar lange vingers lijken gemaakt voor dure ringen. Zo is ze vastgelegd door Nolek, amateurfotograaf en aanbidder.

De natuur was haar goedgunstig geweest, maar zij rekende er niet op dat dat in de toekomst ook het geval zou zijn. Daarom deed ze al het mogelijke om haar schoonheid in stand te houden. De tijd was haar grootste vijand en ze vocht er met alle macht tegen. Cosmetica, massages, gezichtsmaskers en schoonheidsslaapjes waren haar wapens in deze strijd. Elk grijs haartje dat op haar hoofd verscheen, maakte haar bang; zo bang dat ik haar angst soms kon gebruiken om haar af te persen. Ze vroeg me regelmatig om die grijze haren te plukken. Meestal zat zij dan op een stoel bij het raam, met haar achterhoofd naar het daglicht toe, terwijl ik, uitgerust met een pincet, haar mooie haren afzocht naar de onheilsboden. Voor elk grijs haartje dat ik van mijn moeders hoofd plukte, kreeg ik van haar vijf grosz.

Om die te verdienen moest ik haar het haartje eerst laten zien. Hebzuchtig als ik was, liet ik tien keer hetzelfde haartje zien. Mijn vader was niet op de hoogte van mijn bron van inkomsten. Mijn moeder hield deze sessies opzettelijk als mijn vader niet thuis was. Ik verachtte haar daarom. Ik begreep niet waarom ze zich door de Weense modehuizen moest laten kleden terwijl de winkels in Bielsko genoeg te koop aanboden. Ik lachte om haar klerenkast, die propvol was met japonnen, pakjes, kraagjes van zilvervos, hoeden met voiles of met struisvogelveren, fijne zijden lingerie, bontjassen, schoenen met hoge hakken – toen nog Franse hakken geheten –, sjaaltjes van Coco Chanel en twee dozijn leren riemen. Ik kon haar angst voor de ouderdom niet begrijpen, evenmin als haar behoefte om zich als een fotomodel uit een modeblad te kleden. Ik vond dit alles een schrijnende tijd- en geldverspilling.

Ze bracht de zomervakanties door in de kuuroorden van Midden-Europa; 's winters sierde ze de ski-oorden op met haar aanwezigheid. En overal droeg ze trots haar rimpelloze gezicht. Tot mijn zesde reisde ik met haar mee. De geuren en kleuren van de vreemde, modieuze plaatsen zijn vervaagd en verdwenen. Van die belevenissen zijn alleen nog de vergeelde foto's overgebleven die ik van Kruczek heb gekregen. Op de achterkant staan nog de datum en plaatsnaam geschreven: Baden-Baden, Karlovy Vary, Wiesbaden, Como. Toen ik groter werd en nieuwsgierig om me heen begon te kijken, nam ze mij niet meer mee.

Waar we ook waren, thuis of in het buitenland, ze was nooit streng tegen mij. Als ik weerspannig werd, vroeg ze mijn vader om in te grijpen en me tot de orde te roepen. Misschien was dat wel de reden waarom ik haar gezag nooit wilde aanvaarden. Ook nu, vijftig jaar later, kan ik onze relatie moeilijk definiëren. Hoe meer ik die probeer te doorgronden, hoe sterker is het onaangename gevoel dat ik haar nooit de liefde heb kunnen geven die elke moeder verdient. Ik beoordeelde haar naar haar – echte of vermeende – zwakheden en ik toonde geen respect. Maar als ik me nu afvraag of ik iets gemist heb in die periode, de unieke levensperiode waarin de persoonlijkheid van het kind zich binnen de beschermende, prachtige relatie met zijn moeder ontwikkelt, dan zeg ik zonder aarzeling: nee, ik geloof niet dat ik iets kostbaars heb verloren dat ik voorgoed zal missen. Je kunt niet treuren om het gemis van iets wat je niet kent. Mijn houding tegenover haar veranderde volledig toen ze in moeilijke tijden de moed en slagvaardigheid toonde die in haar hadden gesluimerd zolang ze er geen gebruik van hoefde te maken. Het beeld dat ik toen van haar te zien kreeg blijft me bij als de parel in de kroon van mijn herinneringen.

Op 17 januari 1939 zou ik mijn elfde verjaardag vieren. Ik kon niet vermoeden dat dit mijn laatste verjaardag in Bielsko zou zijn. Op Nieuwjaarsdag gingen leden van de Duitse voetbalclub de straat op en eisten dat hun taal als tweede officiële taal werd erkend. De Poolse politie dreef de demonstranten uiteen. Die demonstratie stond niet op zich. De radiozenders over de grens voerden hun uitzendingen van nazipropaganda op en overal in Silezië woedde een openlijke strijd tussen Duitsers en Polen. De gecensureerde pers bagatelliseerde deze gebeurtenissen, maar mijn vader maakte zich geen illusies over de betekenis ervan. 'Vandaag een taal, morgen een staat,' zei hij tijdens het avondeten en stak een waarschuwende wijsvinger op. Ik wist dat dit niet het goede moment was om over mijn verjaardagscadeau te beginnen, maar ik kon het niet laten. Ik snakte naar een fiets.

'Geen sprake van,' onderbrak mijn vader me nog voordat ik klaar was met de lange speech waar ik de hele middag aan gewerkt had.

'Wil je op straat verongelukken?' voegde mijn moeder bezorgd toe.

'Ik wil met Eryk in het Zigeunerbos gaan fietsen. Eryk heeft ook een f...' Mijn vaders blik deed de woorden in mijn mond besterven.

'Je hebt toch gehoord wat papa zei?'

'Ja mama, maar...'

'Niets te maren, papa heeft nee gezegd. We hebben besloten dat je geen fiets krijgt, dus krijg je hem niet, klaar.'

'Wé hebben besloten,' zei ik haar spottend na. Het was altijd 'we' als ze zich achter mijn vader wilde verschuilen. Ik barstte bijna in tranen uit, maar ik wist dat mijn vader zich ook door een zee van tranen niet van zijn beslissing zou laten afbrengen. De zaak was verloren, en ik was te trots om mijn teleurstelling te laten zien. Dus ging ik naar mijn kamer om daar in eenzaamheid te lijden. En daar kwam plotseling het snode plan in me op.

Ik besloot dat Nolek mijn redder zou zijn.

Zijn volle naam was Anatol Lewik. Hij was een heuse playboy, de enige in zijn soort in het kleinburgerlijke Bielsko. Hij had de familiezaken geërfd en zat er dus warmpjes bij. Hoewel hij een zeer gezochte vrijgezel was, had hij last van minderwaardigheidsgevoelens vanwege zijn kleine postuur. Nolek woonde in Kraków en daar had hij mijn moeder, onder mij onbekende omstandigheden, ook leren kennen. De onderlinge band werd steeds hechter en ze werden vrienden. Eerst kwam hij een of twee keer in de maand heel even langs. Ik was altijd blij om hem te zien, omdat hij nooit vergat snoep mee te nemen, of tinnen soldaten voor mijn verzameling. Ongemerkt werd Nolek bij ons kind aan huis. Hij kocht een failliet veredelingsbedrijf in Bielsko en gaf de roddelaarsters in café Prezydent daarmee een belangrijk gespreksonderwerp. Zelfs in mijn aanwezigheid konden ze het niet laten om te vertellen dat het bedrijf een vijgenblad was waarmee Anatol de echte reden voor zijn frequente bezoeken aan Bielsko bedekte. Maar de boze tongen hadden geen invloed op mijn vader, die hem oprecht mocht. De twee mannen verschilden een jaar of vijftien in leeftijd, maar ze konden het goed met elkaar vinden.

Nolek was niet te scheiden van zijn Leica. Als een soldaat die nooit zijn geweer achterlaat, nam hij zijn fototoestel overal mee naar toe. Hij maakte veel foto's van mijn moeder; ik weet nu dat zij op geen enkele foto zo gelukkig en mooi stond als op die van hem. Was het mijn vader ook opgevallen? Trok hij daar zijn conclusies uit? Was hij in zijn hart jaloers op Nolek? Was hun vriendschap alleen maar een façade voor andere gevoelens? Stoorde hij zich aan de gemene roddels? Dreef Nolek een wig tussen hem en mijn moeder? Ik heb daar geen antwoord op. Hoezeer ik ook probeer om situaties uit het verleden op te halen die enig licht zouden kunnen werpen op de relatie tussen mijn ouders, het blijft moeilijk, misschien zelfs onmogelijk. Mijn kamer was door een dikke muur gescheiden van hun slaapkamer. Ik heb ze nooit zien knuffelen of zoenen, ik heb ze nooit ruzie horen maken. Naar buiten toe ging hun leven verborgen achter een schild van goede manieren dat hun privacy beschermde. Maar misschien viel er niets te verbergen, misschien heb ik het me allemaal ingebeeld naar aanleiding van de roddels in café Prezydent, misschien was de playboy Anatol Lewik niets meer dan een onbeduidend vonkje in de sleur die over ons huis lag als een gordijn waar niets achter zit. Ik beschikte niet over de sleutel van de zwarte doos van het huwelijk van mijn ouders.

Het was vrijdag de 13de – voor de niet-joden een ongeluksdag – toen Nolek voor het weekend naar Bielsko kwam. Het was winter. Toen ik terug van school kwam, trok ik mijn overlaarzen die onder de sneeuwmodder zaten uit en ging op blote voeten naar de bibliotheek. Nolek lag languit op de bank; hij merkte me pas toen ik vlak bij hem stond en hem groette.

'Hoe is-ie?' vroeg hij ongeïnteresseerd en legde het boek dat hij aan het lezen was neer. Hij had de gewoonte mij in jongerentaal toe te spreken.

'Zo zo.'

'Hoezo? Slechte cijfers?'

'Sinds wanneer krijg ik slechte cijfers?' antwoordde ik met een vraag. Hij wist toch dat ik een van de besten in mijn klas was? Het leren ging me makkelijk af, mijn huiswerk deed ik meestal tijdens het speelkwartier.

'Wat is er dan?'

Ik vertelde hem over mijn hunkering naar een fiets en klaagde over de weigering van mijn ouders. 'Alleen u kunt me helpen,' slijmde ik met kinderlijke slimmigheid.

'Je weet toch dat ik het niet kan maken? Ik kan niet iets doen waar je ouders absoluut tegen zijn.'

'Dat kunt u wel.'

'Nee hoor, dat gaat niet.'

'Misschien wilt u het niet.'

Ik had hem kennelijk kwaad gemaakt, want hij viel nu tegen me uit: 'Goed, dan wil ik het niet. Wat dan nog?'

'Dan kunt u het maar beter wel willen,' zei ik brutaal. Kennelijk verraadde mijn blik iets van mijn snode plan, want Nolek trok een wenkbrauw op.

'Wat zeg je me nou?'

'Ik denk dat u wel een fiets voor me gaat kopen, ook als papa dat niet goedvindt. U doet toch alsof u het niet wist?'

'Dan zou ik liegen.'

'Misschien wel, maar dat zou niet de eerste keer zijn, en ook niet de laatste.'

'Ho maar, jongen, ik vind het maar niks zoals je praat.'

'U bent de laatste die mij de les mag lezen, meneer Nolek. U vindt mijn woorden misschien niks... Maar mijn moeder vindt u heel wat.'

'Ben je helemaal!' riep hij. Het boek viel van de bank op de grond. Hij was goed kwaad. Zijn wangen bloosden, zijn bovenlip trilde en het leek of hij zijn snorharen tegen me opzette. Ik praatte snel door, bang dat ik anders de moed niet zou hebben om het af te maken.

'Als u geen fiets voor me koopt, vertel ik papa dat u mama gezoend hebt.'

'Dat is niet waar.'

'Misschien heb ik het verzonnen,' zei ik nu ineens heel kalm, als iemand die in de woeste golven is gesprongen maar zijn angst vergeet als hij merkt dat hij niet verdrinkt. 'Misschien is het wel een leugen, maar we zullen zien wie papa gelooft.'

5

Toen we onze spullen inpakten en in de kleine Škoda laadden om uit Bielsko te vluchten, bleek er geen plaats te zijn voor de fiets die Nolek voor me gekocht had. Misschien is dertien dan toch een ongeluksgetal, want de fiets die ik met zoveel moeite en doortraptheid had weten te verkrijgen, bleef achter op zolder. Paula, onze dienstmeid, beloofde hem in het vet te zetten als we niet voor de najaarsregens terug zouden zijn. Ik vond geen troost in het feit dat het portret van mijn moeder, geschilderd door een toen zeer gewild Weens kunstenaar, in twee linnen lakens was verpakt en op dezelfde zolder bij de oude spullen was beland.

Mama stelde de prioriteiten vast. Op haar bevel versleepte de conciërge, een oude man die iedereen opa noemde hoewel hij kinderen noch kleinkinderen had, het rode Bukhara-kleed dat de salonvloer bijna geheel bedekte, daarna de Balouchi uit de bibliotheek en ten slotte de kleine Shirvan en de zijden Kashan die bij een veiling in Wenen waren gekocht en waar mijn moeder speciaal op gesteld was. De man bond ze met een dik touw goed vast en bevestigde de bundel op het dak van de auto. Mijn moeder verklaarde plechtig dat ze liever door de Duitse bezetters vermoord werd dan dat ze op zo'n wrede manier afscheid zou nemen van de kostbaarheden die ze haar hele leven verzameld had. Broze porseleinen danseresjes, in dikke watten gelegd en in schoenendozen verpakt, kregen een plaats op de achterbank. In de kofferbak gingen reiskoffers vol kleren, een ronde hoedendoos van zwart lakleer, een speciale bestekdoos en twee donsbedden 'voor alle zekerheid'. Er was geen plaats meer voor hoofdkussens. 'U kunt toch niet zonder kussens op reis gaan,' huilde Paula en probeerde die tevergeefs tussen de vloerkleden te wriemelen. 'Waar moet u uw hoofd op leggen?' zei ze wanhopig keer op keer, alsof het ontbreken van kussens een voorteken was van eeuwige onrust.

Buren hingen uit de ramen en volgden de drukte nieuwsgierig. Ik hoorde de vrouw van de landmeter op de tweede verdieping aan haar man vragen: 'Wat is er aan de hand?' en daarna zijn korte antwoord: 'De jidden gaan ervandoor.' Een dag eerder zou de landmeter nog zijn pet in nederige beleefdheid hebben afgezet als hij mijn vader of moeder in het trappenhuis was tegengekomen.

Een week voor het uitbreken van de oorlog had mijn vader bij mijn moeder al aangedrongen om uit Bielsko te vertrekken, maar zij wilde het huis niet verlaten. Ze was op een bijna dwangmatige manier gehecht aan elk klein voorwerp daar. Weggaan betekende voor haar afscheid nemen van de geneugten van het hier en nu, van alles wat echt telde in het leven. De glanzende parketvloer van ons huis was voor haar als het dek van een schip dat in een veilige haven voor anker lag; het huis verlaten betekende een gevaarlijke tocht maken over een woeste, onbekende zee. Ook toen enkele vrienden besloten hadden te vertrekken, veranderde zij niet van mening. 'Kletspraatjes,' wuifde ze de berichten over de onvermijdelijke confrontatie met nazi-Duitsland weg. Op 25 augustus ondertekende de Poolse minister van Buitenlandse Zaken Józef Beck in Londen een militair verdrag met lord Halifax; na Engeland volgde ook Frankrijk. Een golf van optimisme overspoelde het land en deed de gemoederen opleven. We wisten toen nog niet dat Hitler naar aanleiding van het nieuws uit Londen de al ondertekende aanvalsbevelen had ingetrokken. De invasie in Polen, onder de codenaam Fall Weiss, had die ochtend om halfvijf moeten plaatsvinden. We wisten niet dat het goede nieuws uit Engeland alleen maar uitstel betekende, een korte adempauze om even na te denken. In de straten van Bielsko werden aanplakbiljetten opgehangen die de bevolking opriepen zich op te geven voor de burgerbescherming. 's Nachts moesten de ramen verduisterd worden; de burgerwachten liepen de straten af en gaven bekeuringen aan mensen die de regels overtraden. In de winkels werd papieren plakband verkocht dat de ruiten zou beveiligen tegen de luchtdruk van bombardementen. Tante Matylda belde vanuit Kraków en vertelde opgewonden dat haar man en zwager, die samen een apotheek hadden, opgeroepen waren voor het geneeskundig korps en dat ze naar een onbekende plaats waren gestuurd. 'Wat een geluk dat ze jou hebben overgeslagen,' verzuchtte mijn moeder opgelucht. Haar opmerking bood mijn vader geen troost. Hij was gekwetst dat hij niet onder de wapenen was geroepen. Zijn zwaard, uit de tijd dat hij in het leger van Piłsudski had gediend, lag in zijn schede te roesten, het uniform van het leger van de keizer was allang door motten aangevreten, maar mijn vader vond dat ook vijftigers gemobiliseerd moesten worden als het vaderland in gevaar was. 'Je bent vijftig jaar en tien maanden, vandaar,' zei mijn moeder en voegde er spottend aan toe: 'Ik begrijp niet waar al dat gedoe voor nodig is. Er komt geen oorlog. Jullie mannen maken altijd van een mug een olifant.'

Ze was niet de enige die die mening was toegedaan. Velen geloofden dat er toch geen oorlog zou uitbreken, dat Hitler op het laatste moment van de overmacht van Engeland en Frankrijk zou schrikken en terug zou krabbelen. De mensen zijn geneigd te geloven wat hun het best uitkomt. Evenmin als andere rampen paste een oorlog bij de grondbeginselen van mijn moeder. De wereld die zij om zich heen had opgebouwd, vormde alleen al door zijn bestaan een garantie voor zijn eigen eeuwigheid. Elke gedachte aan een aardbeving die deze overtuiging zou doen wankelen werd automatisch van de hand gewezen. En als ze tijdens een verhitte discussie in de eetkamer in een hoek gedreven werd, zei ze dat als Hitler Polen zou durven binnenvallen zoals hij in het buurland Tsjechoslowakije had gedaan, het Poolse leger hem in de pan zou hakken. Dag en nacht werden we door de officiële propagandamachine overspoeld met verklaringen over de vastberadenheid van de Poolse troepen om de vijand te verslaan. Ook de grootste sceptici vermoedden niet dat het Poolse leger met oude, weinig effectieve wapens was uitgerust, dat Polen geen noemenswaardige luchtmacht had en dat de befaamde verdedigingslinies uitsluitend in de verbeelding van de generaals bestonden.

Juist mijn vader, deze hartstochtelijke patriot, was zo nuchter om zich niet door de officiële berichtgeving te laten misleiden. Omdat Bielsko vlak bij de grens lag, zouden de Duitsers het, meende hij, moeiteloos in de eerste uren van de oorlog kunnen bezetten. Hij dreef zijn zin door. Afgesproken werd dat we naar de stad Chełm zouden gaan, aan de oostkant van de rivier de Bug, om daar de storm af te wachten. Chełm, zo had mijn vader gehoord, zou als landelijk opvangcentrum voor de gewonden fungeren, dus was het niet te verwachten dat het gebombardeerd zou worden.

Toen we op woensdag 30 augustus rond het middaguur vertrokken, had de zenuwoorlog zijn hoogtepunt bereikt. De radioberichten vertelden van de wanhopige bemiddelingspogingen van Italië, dat Hitler ervan probeerde te weerhouden Polen de oorlog te verklaren. Enkele minuten na middernacht verscheen de Engelse ambassadeur in Berlijn, Henderson, op het bureau van Ribbentrop. De naziminister van Buitenlandse Zaken ontving hem met een strak gezicht. Op monotone toon las hij hem de lijst Duitse eisen voor, met in de eerste plaats het ultimatum: Danzig zou bij het Derde Rijk worden ingelijfd. Henderson vroeg of hij de lijst mocht krijgen om die aan de Poolse regering voor te leggen. 'De zandloper is vol,' zei Ribbentrop. De Poolse afgezant had zich niet op de afgesproken tijd bij hem gemeld. 'Het geduld van de Führer is op,' zei hij nadrukkelijk maar zonder verdere uitleg. In de vroege ochtend ontmoette Henderson Hermann Göring en kreeg van hem een kopie van het eisenpakket. Het document werd snel doorgegeven aan de Poolse ambassade. Maar toen ambassadeur Lipski van Polen het aan zijn meerderen in Warschau wilde voorlezen, ontdekte hij tot zijn verbijstering dat de telefoonlijnen doorgesneden waren. De waarheid kon niet langer ontkend worden: Hitler wilde geen onderhandelingen. Hij wilde oorlog.

De eerste nacht sliepen we bij opa en oma in Kraków. Mijn oma verraste me met een gul gebaar. Ze stopte me stiekem een munt van twee złoty toe. 'Slaap lekker,' zei ze en kuste me op mijn voorhoofd. Ik sliep in het reusachtige bed van tante Matylda. Voor ik in slaap viel, hoorde ik achter de deur de opgewonden stemmen van radio-omroepers. Toen ik wakker werd, waren ze nog steeds bezig. Hitlers hoofdkwartier had meegedeeld dat de Poolse regering alle legitieme Duitse eisen van de hand wees.

Mijn moeder was boos dat ik mijn schoenveters niet had vastgeknoopt. De huishoudster van tante Matylda stormde de kamer binnen. 'Wat gebeurt er met mij? Wat moet ik nu?' jankte ze. Mama zei afkeurend dat je niet zonder kloppen binnen mag komen. Ik maakte gebruik van de drukte om mijn tanden niet te poetsen.

Na het ontbijt reden we door naar Lublin. Vroeg in de middag bereikte we de Wisła, ergens in de buurt van het stadje Annopol. We mochten de brug niet op. Een genie-eenheid was daar bezig snoeren door te trekken naar dynamietstaven. Na drie uur wachten in een lange rij auto's kwam een majoor in een vaal uniform naar ons toe en vroeg mijn vader om zijn papieren. Overal hingen aanplakbiljetten die voor Duitse spionnen waarschuwden. De mensen werden achterdochtig, er deden geruchten de ronde over het verraad van bekende Polen van Duitse komaf, militairen moesten extra waakzaam zijn. Mijn vader overhandigde de officier zijn reservistenkaart.

'Bent u luitenant?'

'U ziet het zelf,' zei mijn vader.

'Waarom bent u dan niet gemobiliseerd?' De majoor was zichtbaar achterdochtig.

'Mijn eenheid is overgeplaatst naar de provincie Lublin. Ik ben op weg daarheen.'

De majoor was nog steeds niet tevreden; hij vroeg door.

'Heet u Frister?'

'Doctor Frister,' zei mijn moeder. Mijn vader legde zijn hand op haar knie om haar tot zwijgen te brengen; hij knikte.

'Zoals u ziet, ja. Het staat in mijn bewijs.'

'Is Frister geen Duitse naam?'

'Hoe komt u daarbij?'

'Joods dan?' Aan zijn toon kon je makkelijk horen dat hij joden ook verdacht vond. Mijn vader ontkende stellig: 'Ik ben een Poolse officier. Let op uw woorden of ik ga klagen bij uw meerderen.'

'Goed, we laten het hierbij,' gaf de man zich gauw gewonnen. 'Zodra we met de werkzaamheden klaar zijn, mag u doorrijden.'

De genisten werkten door tot het donker werd. Om halftien

staken we de brug eindelijk over. Toen pas vertelde mijn vader dat we familie in Chełm hadden: zijn nicht, de weduwe dr. Wilenko, arts-bacterioloog, verwachtte ons.

Drie september was een mooie zomerse dag; in de zon leek Chełm een rustige, vredige stad. De hoofdstraten liepen de heuvel op en kwamen uit op een parkje dat om het kerkgebouw heen lag. Er was weinig verkeer op straat, niemand had haast, zoals in de meeste oostelijke provincies leek de tijd in deze godvergeten stad van geen betekenis te zijn. Maar niets was zo misleidend als die rust. De laatste achtenveertig uur woedde er een felle strijd tussen het Poolse leger en Hitlers invasietroepen. Bij het eerste schot al was gebleken hoe zwak het Poolse leger was, hoe machteloos zijn dappere soldaten waren tegenover vijfentwintighonderd tanks, tweeënhalf miljoen manschappen uitgerust met de modernste wapens, gevechtsvliegtuigen en gemotoriseerde infanterie. Binnen enkele uren lag een aantal steden al in puin. De ene na de andere verdedigingslinie begaf het. De departementen maakten zich klaar om Warschau te verlaten. Op de radio werden opwekkende toespraken en marsliederen uitgezonden, maar ook de grootste optimisten begonnen in te zien dat de definitieve nederlaag een kwestie van dagen was. Maar de golven vluchtelingen hadden de oostoever nog niet bereikt en Chełm sliep door, alsof het lot nog niet geworpen was. De boeren kwamen als vanouds naar de stad om inkopen te doen. Hun wagens stonden in de hoofdstraat, de paarden trappelden ongeduldig en deden hun behoefte op het asfalt. Op de markt boden kooplieden hun waar aan. De dranklokalen waren open, de kruidenierswinkels stonden vol vrouwen. Mijn moeder besloot dat het nu de goede tijd was om – voor het eerst in haar leven – platte schoenen te kopen.

De stapel schoenendozen die de verkoopster voor mijn moeder neerzette groeide met de minuut. Mijn moeder keek in de dozen en klaagde over de erbarmelijke kwaliteit van de schoenen. Vergeefs probeerde de verkoopster haar te overtuigen dat dit 'de beste kwaliteit is die we hebben'. In mijn moeders ogen kon een kledingstuk dat niet van een bekend modehuis kwam nooit van goede kwaliteit zijn. Terwijl ze een schoen paste en ontevreden het hoofd schudde, begon het luchtalarm te loeien. Eerst werd de stilte verbroken door één sirene, daarna kwamen er meer sirenes bij en binnen enkele seconden weerklonk overal het luide gejank dat op en neer ging, op en neer, als een koor huilende jakhalzen.

'Waar ga je heen?!' riep mijn moeder.

'Ik kom zo terug,' riep ik terug. Ik stormde naar buiten. Ik moest en zou het bombardement zien. De mensen op straat verspreidden zich naar alle kanten, de straat raakte leeg, alleen de paarden, die onbewaakt achter waren gebleven, krabden zenuwachtig met hun hoeven over het asfalt. Toen het weer stil werd, werden ook de paarden rustig. Uit de verte kwam nu een dof geluid, als het hinderlijke gezoem van boze bijen. Aan de horizon, boven de daken, verscheen een formatie Duitse vliegtuigen. Een voor een zwenkten ze af, doken, losten de lading bommen uit hun romp en stegen weer op naar het hemelgewelf. Het was een verbluffend mooi gezicht. Ik keek als gebiologeerd toe. De bommen vielen ver weg; ik hoorde de explosies, ik zag de rookzuilen opstijgen in de buurt van de school met het rode kruis op het dak. Aan de andere kant van de stad schoot een luchtafweerbatterij terug. De projectielen flitsten op grote afstand van de vliegtuigen en lieten trossen wolken achter die eruitzagen als donkere watten. Iemand riep: 'Hé, jij, weg daar!'

Ik was zeker niet van plan mijn uitkijkpost op te geven. Uit het gebouw aan de overkant kwamen twee militairen naar buiten. Een van hen keek met zijn verrekijker hoog in de lucht en riep enthousiast: 'Ze vluchten! Ze vluchten!'

Ik besefte hoe lachwekkend het was. Zelfs ik, een kind van elf jaar, begreep dat de bommenwerpers hun verwoestende werk volbracht hadden en nu weer in westelijke richting vlogen, terug naar hun bases. Zodra de laatste bommenwerper verdwenen was, weerklonken de sirenes weer boven de stad. Deze keer om aan te geven dat alles weer veilig was.

Ik ging terug naar de winkel. De verkoopster was verbaasd me te zien: 'Zoek je die mevrouw? Die is vlak na jou naar buiten gegaan.'

Een ambulance scheurde voorbij, de paarden schrokken. Iemand riep dat het grootste ziekenhuis getroffen was en dat er doden waren. De winkeliers begonnen hun winkels te sluiten, de ijzeren luiken rolden rammelend omlaag. De verkoopster klom de trap op om de schoenendozen terug op de plank te leggen. Van bovenaf zei ze nog: 'Ik geloof dat mevrouw naar de achterplaats gevlucht is.'

Ik ging op de achterplaats kijken. Ik was bang dat mijn vader me op mijn kop zou geven omdat ik mijn moeder tijdens het alarm in de steek had gelaten. Ik riep haar. Bij de muur, onder de regenpijp, stond een houten ton met hoepels erom, een bierton die de bewoonsters van het gebouw vol lieten lopen met regenwater, dat zacht was en goed om het haar mee te wassen. Uit de ton groeide een hoed met brede rand.

'Is het afgelopen?' vroeg mijn moeder.

'Het is afgelopen, ja,' antwoordde ik en barstte in lachen uit.

Tante Wilenko, bij wie we logeerden, was een hartelijke vrouw die ondanks haar leeftijd – ze was al in de zestig – voortdurend in de weer was om het ons naar de zin te maken. Ze maakte onze lievelingsgerechten klaar, ze ging vroeg in de ochtend naar de kiosk om voor mijn vader zijn favoriete krant te halen en ze verwende mij met knuffelingen en snoep. 'Ik heb altijd een zoon willen hebben,' zei ze. Haar man, zelf ook arts, had haar vier dochters gegeven voordat hij door een patiënt met roodvonk werd aangestoken en vervolgens overleed. Haar jongste dochter heette Malinka, ofwel 'framboosje'; en dat was ze ook: rond, blozend en zoet. Ik vond Malinka aardig en ik werd verlegen als zij in de buurt was. Dertig jaar later ontmoette ik haar weer in Tel Aviv. Ze had een zwaar leven gehad, maar de misère had haar charme niet gedoofd. Dat kon je van haar oudere zus Marysia niet zeggen. 'Marysia is een slachtoffer van de holocaust,' zei Malinka altijd. 'Marysia is psychisch invalide.'

Het verhaal van Marysia dient apart verteld te worden, al was het alleen maar vanwege de moraal. Marysia had het geluk om met haar man Icchak de kampen te overleven en terug te komen naar een redelijk comfortabel leven in communistisch Polen. Alleen hadden ze allebei op de terugweg hun joodse identiteit in Duitsland achtergelaten en namen met een Poolse klank aangenomen. Icchak, een man die met alle winden mee waaide, paste zich gauw aan de nieuwe omstandigheden aan; hij werd partijlid en maakte snel carrière. Toen we elkaar in '48 weer ontmoetten, legde hij me zijn levensvisie voor: het joodszijn was een last die de kiemen van het kwaad in zich droeg. Hij kon die zware last moeilijk zijn hele leven dragen. Het jodendom, beweerde hij, had hun niets gebracht dan leed en vernedering. Toen ze een zoon kregen, lieten ze hem dopen en voedden hem op in een sfeer van jodenhaat. Toen het kind drie was en belangstelling voor zijn omgeving begon te tonen, werd mij gevraagd om er niet langer te komen. Ik vormde alleen al door mijn bestaan de schakel tussen het heden dat ze voor zichzelf hadden geschapen en het verleden dat ze wilden vergeten. Ze hadden een deur achter zich dichtgedaan en ik mocht die niet openen. Maar je komaf verloochenen is één, een ontwortelde boom weer tot leven brengen is heel wat anders. Marysia en Icchak betaalden een hoge prijs voor hun fout. De man wiens naam ze hadden overgenomen, was tijdens de bezetting een handlanger van de Gestapo geweest. De politie kwam hem op het spoor en Icchak werd gearresteerd. Met moeite gaf hij zijn fraude toe. De gedwongen terugkeer naar het jodendom kostte hem zijn gezondheid, maar als hij de waarheid niet had verteld, was zijn leven aan de galg geëindigd. Oorlogsmisdadigers werden door de Poolse autoriteiten zeer streng gestraft. Hij werd vrijgelaten, maar hij ontliep zijn straf niet. Hun zoontje kon de gedachte niet verdragen dat hij voortaan een van die joden zou zijn die hij had leren haten. Het gezin emigreerde naar Canada, maar bleef verscheurd. Op zijn zestiende verliet hij zijn ouderlijk huis voorgoed; ook toen zijn vader het aan zijn hart kreeg, weigerde hij terug te komen. Icchak stierf zonder zijn geliefde zoon weer te zien. Marysia leeft nog in Toronto. Ze wil niets te maken hebben met oude kennissen en ze antwoordt niet op de brieven van haar zus. Malinka zei: 'Ik ben niet kwaad op haar. Ik heb met haar te doen, zij is gewoon een beklagenswaardig slachtoffer van de holocaust. De nazi's hebben haar ziel vermoord.'

We waren nog steeds in Chełm toen de verdedigingslinie totaal instortte en de Duitsers snel tot in het hart van Polen doordrongen.

De kabinetsleden en hoge ambtenaren vluchtten naar Roemenië. Het werd tijd om afscheid te nemen van tante Wilenko. Onze spullen werden in de auto geladen en we vertrokken. Waarheen? Dat deed er niet toe, als we de nazitroepen maar ver achter ons lieten. Samen met honderdduizenden andere vluchtelingen trokken we naar het oosten. De massale uittocht van rijken en armen, Polen en vreemdelingen sloeg als een epidemie om zich heen. De wegen in de oostelijke provincies waren niet geasfalteerd, stofwolken stegen op en het stof bedekte de autoruiten. Je moest handig manoeuvreren tussen de voetgangers en karren, om auto's heen die aan de kant waren gezet toen de tank leeg was geraakt, over gevaarlijke kuilen en hobbels. Je moest uitkijken voor legertrucks die voorbijscheurden alsof ze de enige weggebruikers waren. Ik keek door de bestofte ruiten naar de mensen die voor de oorlog vluchtten, niet beseffend dat de oorlog ons niet los zou laten, dat die ons zou achtervolgen met Stuka-vliegtuigen die als azende haviken uit de hemel zouden komen duiken. Er was ook niemand om terug te vechten, alleen die ene soldaat die in de stroom vluchtelingen terecht was gekomen, die in plaats van dekking te zoeken op de weg bleef staan en met zijn pistool op de aanvallende vliegtuigen schoot. De weg werd onder mitrailleurvuur genomen, de soldaat werd geraakt en hij viel neer met zijn mond open. Hij lag daar te stuiptrekken, zijn bloed vloeide weg in het stof. Het was de eerste dode die ik in mijn leven zag. Ik schrok niet.

Ik keek naar het lijk vanuit een ondergrondse betonnen buis waarin ik gekropen was zodra de vliegtuigen waren verschenen. Het leek of je door een gigantische kanonloop naar buiten keek. Deze buizen, die de sloten langs de weg met elkaar verbonden, dienden normaal gesproken voor de afvoer van regenwater. Nu boden ze de enige mogelijkheid om voor de vliegtuigen te schuilen. Telkens als we het gebrom van de motoren hoorden, sprongen we uit de auto die tot stilstand was gebracht en zochten we naar de opening van een buis. Anderen deden dat ook. Soms, als het niet lukte om tijdig in een buis te verdwijnen, vluchtten we de akkers in, gingen we in de voren liggen, het hoofd tegen de grond gedrukt, en hielden we ons voor dat als wij de Duitsers niet zagen, zij ons misschien ook niet zouden opmerken. Nog steeds associeer ik de geur van geploegde aarde met mitrailleurvuur.

We overnachtten in herbergen waar plaatselijke boeren hun verdriet kwamen verdrinken. In het licht van petroleumlampen zagen ze eruit als personages uit de toneelstukken van Tsjechov. Terwijl wij aan een zijtafel zaten te wachten tot de waardin het avondeten zou opdienen – meestal boekweitpap, melk en knoedels –, luisterde ik naar de andere gasten. Als de drank al naar hun hoofd was gestegen, voorspelden ze een spoedig apocalyptisch einde en maakten ze onderling ruzie over de manier waarop de wereld in hun dorp zou vergaan. Voor hen waren de grenzen van de provincie gelijk ook de grenzen van de wereld, weinigen van hen waren ooit zelfs in de provinciehoofdstad geweest. Hier heerste onwetendheid, hier moest men genoegen nemen met brood en water. Van de akkers waarop ze zwoegden, konden ze hun grote gezinnen amper onderhouden. Door het grote aantal erfgenamen werd de grond steeds verder verdeeld; de akkers waren nu zo klein dat ze op een schaakbord leken met hun vierkantjes tarwe, kool en klaver. In de zomer van '39 kwam er geen wolkje aan de lucht en de boeren voorspelden een magere oogst.

De droogte kwam dubbel zo hard aan, want alleen zware regens konden het invasieleger tegenhouden. Dat beweerden tenminste degenen die nog steeds geloofden dat God het Poolse volk niet aan zijn lot zou overlaten. Die riepen dan ook op om de kerkklokken te luiden en bloemen te leggen bij de Mariabeelden die als mijlpalen langs de plattelandswegen stonden. In het regenseizoen, zeiden ze, veranderen de zandwegen in modderbanen; de nazitanks zouden dan vastlopen en zich uiteindelijk aan de cavalerie moeten overgeven. Maar de Heer scheen zijn kudde toch in de steek te hebben gelaten, want de regen bleef uit, evenals de hulp van boven. De vloek van de blauwe hemel hing boven het land en versnelde Polens definitieve val.

Hier in het oosten splitsten de boeren iedere lucifer in vieren en droegen ze schoenen alleen op zondag als ze naar de kerk gingen. Dat vertelde althans mijn moeder terwijl we de warme pap zaten te eten. Ik viste er de boekweitkorreltjes uit, de knoedels vond ik niet lekker. Ik was nog steeds het verwende kind uit Bielsko, maar ik begon al in te zien waarom ze me zo vaak de les had gelezen over mijn kieskeurigheid. 'Andere kinderen zouden dolgelukkig zijn als ze dit te eten kregen,' zei ze dan. Ik moest zo ver komen om te begrijpen wat ze daarmee bedoelde.

De reis naar het oosten was voor mij als een ontdekkingsreis in een ver continent. Voor het eerst in mijn leven zag ik hutten zonder schoorsteen, huisjes uit de sprookjesboeken van de gebroeders Grimm, dronken mannen en kinderen op blote voeten. Bij de armoedige hutten zaten vrouwen in vodden voor de deur eieren en melk te verkopen. Dit was hun grootste moment, want ze vroegen tien keer de normale prijs. Mijn moeder mopperde over de 'schrikbarend opgedreven' prijzen, maar ze probeerde niet af te dingen. Na een tijd weigerden de verkopers nog geld aan te nemen en kon er alleen in natura worden betaald. Mijn moeder was blij als ze een zijden bloes kon ruilen voor een kip, een wollen kostuum van de beste kwaliteit voor een stuk vlees. Toch was niet voedsel ons grootste probleem, maar brandstof. De toch al weinige benzinepompen gingen dicht toen hun voorraad benzine op was. In de kleine steden ontstond een nieuwe maatschappelijke klasse: de zwarthandelaren. Bij hen kon je alles krijgen. Met een zucht van verdriet verklaarde mijn moeder zich bereid haar perzen op te offeren. Maar de handelaren lachten haar uit; zij wilden alleen buitenlands geld. 'Maar deze Kashan is honderden dollars waard,' probeerde ze hen om te praten. De handelaren wisten het verschil niet tussen een echte Kashan en een machinaal geweven kleed; maar al hadden ze het wel geweten, wat heb je aan een kostbaar vloerkleed als je thuis geen parket hebt maar een vloer van gestampte aarde? Het was een verkopersmarkt en de benzine werd verkocht aan de hoogst biedende. Niemand wist of er in het volgende stadje nog een druppel benzine te verkrijgen zou zijn, en zo ja, tegen welke prijs.

Buiten een van de steden waarvan ik de naam niet meer weet, omdat ze in mijn ogen allemaal identiek waren, lag een vrachtwagen met een gebroken chassis in de greppel. De chauffeur had vijf jerrycans, elk met twintig liter benzine. Hij was bereid Pools geld aan te nemen. Mijn vader berekende dat honderd liter voldoende waren om definitief aan het Duitse gevaar te ontkomen. 'Waar wil je heen?' vroeg ik. 'Met zoveel benzine kun je helemaal tot aan Moskou doorrijden.' Mijn vader keek me woedend aan. Met de autoritaire stem van een reserveofficier die het bevel overneemt beval hij me de Perzische tapijten in de greppel te gooien om plaats te maken voor de vijf jerrycans. Eerst gooide ik er de donkerrode Bukhara af, daarna de Balouchi met de drie randen en meteen erachteraan de kleine Shirvan die mijn moeder uit Turkije had meegebracht en de zijden Kashan met de afbeeldingen van Iraanse jagers waar ze zo dol op was. De volle jerrycans namen hun plaats in op het dak van de Škoda. De vrachtwagenchauffeur hielp ons om ze vast te binden, spuugde vervolgens in zijn handen en telde zorgvuldig de geldbiljetten die hij gekregen had. Tevreden over de transactie knikte hij om aan te geven dat het in orde was, stopte het geld in zijn broekzak, pakte een bundel uit de cabine, schopte tegen het portier van zijn wagen en ging ervandoor zonder om te kijken. Enkele boeren stonden erbij en keken onverschillig toe. Niemand ging de kleden pakken.

Mijn moeder jankte zachtjes.

Ik hield haar hand vast en zei, naïef als ik was: 'Geeft niet, mama, ik heb mijn tinnen soldaten ook niet bij me.'

Het stadje Zdołbunów was zo onbeduidend dat ik er op school nooit over geleerd had. Het zal op de landkaarten van de Duitse legerleiding wel als een van de vele doelwitten hebben gestaan, maar zeker niet als een plaats waar je na de overwinning met vakantie naar toe zou gaan. Met paard en wagen was het een uur rijden tot aan de grens. De eerste buitenlandse militair die ik in Zdołbunów zag, kwam niet uit Duitsland maar uit de Sovjet-Unie. Hij droeg een versleten uniform en een pet met een rode ster erop. Ineens doemde hij voor me op, omgeven door een groep nieuwsgierige kinderen en met een brede glimlach op zijn gezicht. Hoewel hij een machinepistool in zijn hand had en me in een onbekende taal aansprak, was ik helemaal niet bang voor hem.

'Hij zei goeiedag,' tolkte een jongen van een jaar of zes.
'Waar komt-ie vandaan?'
'Van daar,' zei de jongen en wees naar het eind van de straat.
'Wat spreekt-ie?'
'Russisch.'

Ik draaide me om en rende naar huis om het spannende nieuws te vertellen. Mijn moeder luisterde, laakte mijn onnodige opgewondenheid en zei: 'Dat ontbrak er nog aan, de bolsjewieken.'

Ik wist uiteraard niet dat we getuige waren van een historische gebeurtenis. We wisten toen nog niet dat de ministers van Buitenlandse Zaken van het Derde Rijk en van de Sovjet-Unie een geheim verdrag hadden ondertekend waarin ze Polen onderling verdeelden. De Russen kregen de gebieden ten oosten van de rivier de Bug. Ik was ook niet op de hoogte van de missive die minister Molotov van Buitenlandse Zaken op 17 september aan de Poolse ambassadeur in Moskou had overhandigd, waarin melding werd gemaakt van de invasie van het Rode Leger in de oostelijke provincies, met als doel 'de bevolking van de Oekraïne en Wit-Rusland te beschermen'. De volledige inhoud van de geheime verdragen tussen Molotov en Ribbentrop zou in Polen pas vijftig jaar later, bij de val van het communistische regime, bekend worden.

Niet alleen mijn moeder had een hekel aan de Russen, ook mijn vader vond de bolsjewieken zelfs erger dan de nazi's. De Russen daarentegen beschouwden juist onze kleine Škoda als hun voornaamste vijand. Die stond op de binnenplaats van het huis waarin wij een kamer huurden. Ze kwamen met hun drieën: een officier en twee mannen van de plaatselijke militie. Een militieman met een rode band om de mouw van zijn jasje ging achter het stuur zitten.

'De sleutels!' krijste hij.

Mijn vader gaf hem een bos sleutels. De man startte de motor, worstelde even met de versnellingspook, zette hem per ongeluk in z'n achteruit, gaf gas en botste met volle kracht tegen de stenen muur van de binnenplaats. De arme Škoda was niet bestand tegen deze hardhandigheid. De kofferbak was in elkaar gedrukt, olie stroomde uit de achteras, de motor sloeg af. De inbeslagnemers namens het volk waren niet onder de indruk. De bestuurder stapte uit, keek naar het autowrak en lachte: 'Zo gaat het met kapitalistisch eigendom.'

De drie mannen verdwenen zoals ze gekomen waren. Die nacht sloopten onbekenden alles wat er aan de auto te slopen was, inclusief de banken. Het uitgeklede wrak stond nog steeds op de binnenplaats toen we, een paar weken later, in de trein stapten die ons naar de grote stad zou brengen, naar Lwów.

We hadden een tijdelijk onderkomen gevonden in het huis van een van Zdołbunóws vooraanstaande joden, een man die rabbi Szmuel werd genoemd, hoewel hij officieel Zalman van zijn voornaam heette. We waren vroeg in de middag van 17 september in de stad gearriveerd. Een voorbijganger stuurde ons door naar de familie Krau. Mijn moeder sloot een ingewikkelde huurovereenkomst met Szmuel-Zalman, waarbij ze hem in ruil voor één kamer kleren voor zijn vrouw Sure gaf. Als teken van goede wil deed ze er ook een paarlemoeren tabaksdoosje bij. Het gebaar maakte grote indruk op rabbi Szmuel, want je kreeg in Zdołbunów nooit iets voor niets.

Ikzelf had nog nooit zo'n huis gezien. Had ik toen de wereld van Marc Chagall gekend, dan had ik vast gedacht dat de betoverende violist 's nachts uit zijn schilderijen stapte om boven ons dak te komen zweven en op zijn viool een hartverscheurende chassidische melodie te spelen. Maar in de fantasie van een kind dat met griezelige sprookjes was opgegroeid, nam het huis van Szmuel-Zalman de vorm aan van het hutje van de boze heks die kinderen vangt om ze te vergiftigen. Er was in dat huis niet één rechte lijn. De gang was schemerig en de krijsende stem van de dikke Sure klonk in mijn oren als het gekrijs van kraaien. Wij kregen de kamer links van de gang, die op de hoofdstraat uitkeek. Op de vensterbank stond een bloempot met verwelkte geraniums. De bekleding van de fauteuils en sofa's ademde kooklucht.

De vooraanstaande heer des huizes had zoveel kinderen dat ik de tel kwijt was. Om de zoveel minuten gluurde weer een ander kind onze kamer in, en wel zonder eerst te kloppen. In hun ogen waren wij wezens uit een andere wereld. We droegen geen kaftans, mijn vader had geen baard en geen slaaplokken en mijn moeder schoor haar hoofd niet kaal en droeg ook geen hoofddoek.

'Zijn jullie joden?' vroeg een van de dochters.

'Natuurlijk zijn we joden.'

'Ik heb nog nooit zulke joden gezien als jullie,' merkte ze verwonderd op.

'En ik heb nooit zulke joden gezien als jullie,' antwoordde ik.

'Waar komen jullie vandaan?'

'Uit Bielsko.'

'Is dat een stad of een dorp?'

'Een stad.'

'Groter dan Zdołbunów?'

Ik glimlachte. 'Veel groter.'

'En ik dacht dat Zdołbunów de grootste stad van Polen was,' zei ze en rende verlegen de kamer uit. Ze was net zo oud als ik, maar ze gedroeg zich als een kleuter. Toen we die avond mee aan tafel zaten, durfde ze me niet in de ogen te kijken.

We bleven ongeveer twee weken in het huis van de vooraanstaande heer, een waar statussymbool, omdat het een van de weinige huizen in de stad was met een echt toilet en een keukenkraan waar koud en warm water uit stroomde. Szmuel-Zalman was een klein mannetje, maar in zijn magere lijf huisde de ziel van een echte tiran; zelfs Sure, toch wel een forse vrouw, durfde hem niet tegen te spreken. Ik vroeg me af hoe zo iemand, die een tuberculoselijder leek, uit zijn borstkas zulke brullende geluiden kon uitbrengen, die zijn gesprekspartners de schrik om het hart joegen. Hij had zich de toon van een heer aangeleerd en aangezien hij de enige in het gezin was die Pools en Russisch sprak, vormde hij ook de enige schakel tussen zijn gezin en de niet-joodse buitenwereld. Als hij op straat begroet werd, antwoordde hij met de allerlichtste hoofdknik. De boeren maakten een diepe buiging, en hij reageerde alsof dat vanzelfsprekend was. Hij kocht hun graan en leende hun geld als ze omhoog zaten. De schuldenaars klaagden over de hoge rente, maar van uitbuiting werd alleen binnenshuis gesproken. In de synagoge had hij een ereplaats op de voorste rij en de rabbijn van de stad kwam regelmatig bij hem op het sabbatmaal. Ook op warme zomerdagen droeg Szmuel-Zalman een lange kaftan, op maat gemaakt van zwarte zijde, en hield hij zijn bonthoed op. Mijn moeder maakte geen geheim van haar afkeer. 'Geen wonder dat hij altijd naar zweet ruikt,' klaagde ze.

Later, als de joodse stadjes van Oost-Polen uitgeroeid zouden zijn, zou deze treurige wereld met sentimentaliteit beschreven worden, met nostalgie naar een verdwenen cultuur. De armoede, de viezigheid en de primitiviteit zouden vergeten worden, men zou zich alleen de poëtische verhalen van Jehoeda Leib Peretz* herinneren, de wijsheid van Hershele Ostropoler**, de vliegende violist van Marc Chagall en de chassidische traditie. Of heb ik het verborgene over het hoofd gezien en me een beeld gevormd dat op oppervlakkige indrukken is gebaseerd? Hoe het ook zij, één ding staat vast: er wonen geen vooraanstaande joden meer in Zdołbunów, noch joodse armoedzaaiers, en het beeld van rabbi Szmuel die op zijn stoel zit als een koning op zijn troon, blijft in mijn herinnering als een van de romantische figuren in het wassenbeeldenmuseum van Madame Tussaud.

6

Op 21 juni 1941, om kwart over drie 's morgens, zetten de Duitsers de aanval op de Sovjet-Unie in. Stalin was verrast. Tot het laatste moment toe weigerde de dictator in het Kremlin te geloven dat Hitler het verdrag zou schenden dat hij met hem getekend had. Verslagen van de inlichtingendienst die in strijd waren met zijn eigen visie, namelijk dat de Duitsers Rusland niet zouden aanvallen zolang de oorlog aan het westfront aan de gang was, belandden in de prullenmand. Een Wehrmachtsoldaat die de nacht voor de aanval de grens was overgestoken om de Russen te waarschuwen, werd als provocateur geëxecuteerd. Op de zaterdagavond voor de nazi-aanval zaten mijn vader en zijn maten in een café in het centrum van Lwów te praten over de naderende nederlaag van het Duitse leger aan het westfront. Je moest behoorlijk naïef zijn om dat te geloven. Na Frankrijk, België, Nederland, Denemarken en Noorwegen vielen nu ook Joegoslavië en Griekenland, in Noord-Afrika naderde veldmaarschalk Rommel de Egyptische grens, maar zij zaten in het café nog steeds de vredesonderhandelingen te plannen. De capitulatie van de nazi's leek hun 'slechts een kwestie van tijd'. Bij een kop koffiesurrogaat, in een sfeer van onverbeterlijk optimisme, kon mijn vader vluchten uit een werkelijkheid die niets te bieden had dan fysieke inspanning en geestelijke grauwheid. Sinds we in Lwów waren aangekomen, werkte hij overdag als voerman. De vader van Eryk, mijn maatje uit Bielsko, had een coöperatieve jam- en compotefabriek opgezet en zichzelf tot directeur-generaal benoemd. Die man wist zich altijd wel te redden. Alle Russen nemen smeergeld aan, zei hij altijd, je moet alleen weten bij wie het terecht moet komen. In zijn hoge positie liet hij mijn vader, met goedkeuring van de sovjetambtenaren, de bestellingen bij de winkels doen. Van zijn collega's en kennissen, advocaten, artsen en voormalige industriëlen, deden de meesten nog zwaarder werk. Ze werkten in de bouw, ze waren straatveger of kruier. Maar ook wanneer mijn vader bij wijze van grap zei dat zijn ervaring als cavalerieofficier in het leger van zijne hoogheid keizer Frans Jozef hem nu van pas kwam, kon hij zijn verdriet niet verbergen. Ik troostte hem, niet wetend dat dit slechts het begin van de vernedering was.

Ook 's nachts werden we niet gespaard. Onze kamer bij de familie Krau was bezet door een leger bloeddorstige wandluizen die ondanks mijn moeders niet-aflatende inspanningen geen duimbreed van hun Lebensraum opgaven. Iedere nacht werd ze wakker gebeten, deed ze het licht aan en viel ze de luizen frontaal aan. Ze probeerde ze plat te drukken voordat ze weer achter het behang verdwenen. Als ze stierven, maakten ze een geluid van scheurend papier en vulden ze de kamer met de vieze geur van zoetige schimmel. De volgende ochtend kon je het aantal slachtoffers tellen aan de hand van de bloedvlekken aan de muur. Maar het was een verloren strijd, want wandluizen hebben het talent zich twee keer zo snel te vermenigvuldigen als ze afgemaakt worden. Dat mijn moeder de afmattende strijd niet opgaf, kwam in de eerste plaats door haar gevoel dat ze met deze schijnbaar betekenisloze concessie in feite haar menselijke waardigheid zou opgeven. Haar strijd tegen de kleine bloedzuigers had iets symbolisch; het was de laatste verdedigingslinie voor de neergang.

Als er iets was wat ze nog meer haatte dan wandluizen, dan waren het de bolsjewieken wel. De materiële nood die ze ons hadden toegebracht was nog tot daaraan toe, maar de verloedering die ze ons hadden opgedrongen kon ze hen absoluut niet vergeven. Ze verafschuwde hun slordige uiterlijk, ze dreef de spot met hun smakeloosheid en gebrek aan tafelmanieren, ze kon zich maar niet neerleggen bij hun onbekendheid met gebruiken die zij als de fundamenten van de westerse beschaving beschouwde. Ze keek neer op de vrouwen van de Russische ambtenaren en officieren, die haar nachtjaponnen kochten om ze als avondjurk te dragen, en ze bleef zo ver mogelijk uit de buurt van mannen die wodka rechtstreeks uit de fles dronken, die tabak van slechte kwaliteit rookten, die naar verzuurd zweet stonken en over hun achterlijke vaderland opschepten. In de leer van Marx-Engels-Lenin-Stalin, waarmee ze ons probeerden te hersenspoelen, zag zij een duistere tijding. Als het aan haar had gelegen, was ik niet naar school gegaan, want ze wilde voorkomen dat ik besmet zou worden met 'het kwaad van de communistische gedachte'.

Zelf had ik geen last van dat kwaad, noch van de bolsjewieken. Kinderen hadden in het rijk van Stalin een bijzondere, exclusieve plaats, omdat zij de eerste generatie van de Verlossing à la Kremlin zouden zijn. Thuis at ik rotte aardappelen en waterige soep, maar op school kregen we vlees en verse groenten. Algauw leerde ik Russisch en Oekraïens. Enerzijds dwong niemand ons *Het Kapitaal* te lezen, anderzijds verslond ik het werk van Poesjkin en Lermontov met het grootste plezier. Ik merkte niets van de hersenspoeling waar mijn moeder zo bang voor was. De behandeling verliep onder narcose, maar efficiënt.

Mijn ouders kozen voor het minste kwaad en stuurden me naar de zesde klas van de lagere school van Makowiecka en Filska, twee oudere dames die van hun onderwijsinstelling een bolwerk van Pools nationalisme hadden gemaakt. Druk bezig met belangrijke politionele acties, vonden de commissarissen – althans in dit stadium – geen tijd om het onderwijsstelsel te zuiveren van de imperialistische kwaal. Zo kwam het dus dat de witte adelaar, het symbool van de staat die niet meer bestond, nog steeds in de lerarenkamer hing. Maar aan alle goede dingen komt een einde. In het najaar werd onze school ondergebracht in het staatsonderwijsstelsel. De dames Makowiecka en Filska vertrokken op een lange studiereis naar de goelags van de Sovjet-Unie. Op de kamer van de directeur kwam een communistisch partijlid te zitten die de school zonder uitstel op de goede weg zette.

Gelukkig mocht ik weer naast Eryk in dezelfde schoolbank zitten. Maar als mijn ouders dachten dat ze voor mij een veilige plek hadden gevonden, dan hadden ze het goed mis. Eryk en ik waren buitenstaanders in de klas. De andere leerlingen, de meesten uit oude Poolse families, lieten geen kans voorbijgaan om ons te treiteren. Met de grootste lol maakten ze ons het leven zuur met schimpnamen, waarvan 'jid' een van de mildere was. We mochten niet in de klas aanwezig zijn als de schooldag – ondanks het uitdrukkelijke verbod – geopend werd met het weesgegroet. Toen de commissaris een keer bij een aantal leerlingen plaatjes van heiligen ontdekte die tussen de bladzijden van hun schoolboeken lagen, werden wij ervan beschuldigd dat we het verklapt hadden. De straf was zwaar: we werden uitgestoten als melaatsen, niemand sprak met ons tijdens het speelkwartier. Dit alles gebeurde onder het wakend oog van mevrouw Bronisława Piela, onze klasseonderwijzeres. Deze slanke, streng kijkende vrouw gaf ons aardrijkskunde en stond erop dat we daarbij oude kaarten zouden gebruiken waarop de naam van het onafhankelijke Polen nog stond. Tijdens de les over de oostelijke provincies legde ze uit dat deze 'tot september in handen van vijandige minderheden waren geweest, en nu geregeerd worden door de Russen en hun joodse handlangers'. Toen ze dat zei, keek de hele klas naar ons. Ik voelde me buitengesloten. Ik sloeg mijn ogen neer alsof ik werkelijk schuldig was. Die dag wilde ik mijn vader vragen om me naar een andere school over te plaatsen, maar ik was bang dat hij geen begrip zou hebben voor mijn leed.

In die sfeer van uitgesproken, geïnstitutionaliseerde discriminatie kwam het ongebruikelijke voorstel van mevrouw Piela aan als een verrassing. 'Zijn jullie bereid je voor het vaderland in te zetten?' vroeg ze Eryk en mij toen we tijdens de grote pauze de kantine binnen wilden stappen.

'Natuurlijk, juffrouw.'

Ze vroeg ons mee naar de lerarenkamer te gaan. Daar deed ze de deur voorzichtig achter ons dicht, keek om zich heen alsof ze zeker wilde weten dat ze niet afgeluisterd werd en vroeg weer: 'Zeg eens eerlijk, met de hand op het hart: houden jullie van ons vaderland?'

'Tot de laatste snik, juffrouw,' antwoordde Eryk gauw.

'Tot de laatste snik, juffrouw,' zei ik hem als een papegaai na.

'Dat wilde ik precies horen van jullie brave kinderen. Ik verwacht een groot offer van je.'

Ik was ervan overtuigd dat we een belangrijke clandestiene opdracht zouden krijgen. Ik keek haar vol gespannen verwachting recht in de ogen. Had ze gezegd dat ik de kamer van de directeur binnen moest sluipen om hem te vermoorden, dan had ik dat zonder aarzeling gedaan. Ik was tot alles bereid, tot elk offer dat het bewijs zou leveren dat ik niet minder patriottisch was dan de andere leerlingen. Maar onze juffrouw had heel andere plannen.

'Jullie hebben vast van de Pioniers gehoord.'

Natuurlijk hadden we van de Pioniers gehoord. Dat was een padvindersgroep, de eerste stap op weg naar de Komsomol en naar de communistische partij.

'Tja,' verzuchtte ze, 'we hebben de opdracht gekregen uit elke klas de geschikte kandidaten voor de Pioniers te kiezen.'

'Wat hebben wij daarmee te maken?' zei Eryk provocerend.

'Jullie hebben er alles mee te maken. Ik vraag je om je daarvoor op te geven,' antwoordde zij.

Ik begreep het nog steeds niet. 'Waarom juist wij?'

'Omdat dat een patriottische daad zou zijn,' zei ze.

Ik had er op zich niets op tegen lid van de Pioniers te zijn. Die mochten het 'Jeugdpaleis' bezoeken, een chique club met een rijkelijk geoutilleerde speel- en gymzaal. Er werden ook lezingen en dansavonden gehouden en spannende uitjes voor de leden georganiseerd. Maar de manier waarop juffrouw Piela ons toesprak en de geheimzinnige sfeer van het gesprek deden me vermoeden dat haar voorstel niet geheel koosjer was.

'Wat heeft het een met het andere te maken?' wilde ik weten. 'Ik begrijp nog steeds niet wat het verband is tussen onze vaderlandsliefde en...'

'Dat zal ik je uitleggen, Roman. En jou ook, Eryk,' zei ze met een fluwelen stem. 'Jullie zijn verstandig genoeg om het te begrijpen. We moeten de directeur laten zien dat we de autoriteiten gehoorzamen. Jullie snappen wel dat ik zoiets niet aan de andere kinderen kan vragen. Jullie zijn joden. Het maakt je niets uit. Als je het doet, behoed je ons allemaal voor een verschrikkelijke afgang.'

Nu was de aap uit de mouw. Eryk haalde zijn schouders op. 'Ik ben er niet zo zeker van dat dit de juiste oplossing is, juffrouw. U weet hoe het is, onze klasgenoten zullen het ons nooit vergeven, ze zullen zeggen dat alleen joden zoiets kunnen doen.'

'Maak je geen zorgen, ik heb al met ze gepraat.'

'In dat geval zullen we niet weigeren ons vaderland te dienen,' verklaarde ik.

'Ik wist wel dat ik op jullie kon rekenen. Meld je morgen na school in de gymzaal. De vertegenwoordiger van de partij komt de kandidaten wat vragen stellen,' zei ze en deed de deur open om aan te geven dat het gesprek afgelopen was. Buiten merkte Eryk op: 'Ik weet niet hoe jouw vader zal reageren. Eén ding weet ik wel: mijn vader zal er niet blij mee zijn.'

De rode das stond me prachtig. 'Lieve hemel!' riep mijn moeder toen ze me thuis zag komen met het symbool van de Pioniers om mijn nek. 'Doe dat vod weg voordat papa thuiskomt. Hij vermoordt je.'

Mijn vader vermoordde me niet, maar ik kreeg voor het eerst sinds het uitbreken van de oorlog weer slaag. Deze keer sloeg hij niet bedachtzaam, zoals hij gewend was. Hij raakte buiten zichzelf van woede, hij sloeg zo hard dat ik een week lang last had van de houten schoolbank. Overigens was dit ook de laatste keer dat hij me sloeg. Reden genoeg, lijkt me, om van de hele periode onder de sovjetbezetting uitgerekend dit marginale incident te onthouden.

Mijn lidmaatschap van de Pioniers was van korte duur. Ongeveer een week nadat Hitler besloot het Plan Barbarossa uit te voeren, bezette zijn leger heel West-Oekraïne. De bolsjewieken trokken zich terug en lieten Lwów aan haar lot over. In de korte tijd tussen hun vertrek uit de stad en de komst van de Duitsers wist mijn moeder nog de rode das te verbranden en mijn lidmaatschapskaart in de vuilnisbak te gooien. Een dag eerder had ze nog bedankt voor het gulle aanbod van een luitenant in de sovjetluchtmacht die bereid was ons mee te nemen in de vrachtwagen die hem kwam ophalen. Met zijn vrouw bewoonde hij twee kamers van de familie Krau die door het leger in beslag waren genomen. Zijn vrouw Larisa had veel nachtjaponnen van mijn moeder gekocht en de twee vrouwen waren goede buren. Toen de militairen al bezig waren zijn spullen in de wagen te laden, herhaalde hij zijn aanbod: 'Dit is uw laatste kans, kameraad. Binnen enkele uren zijn de Duitsers hier.'

'Het zijn geen kannibalen.'

'Het zijn misschien geen kannibalen, maar wel moordenaars. Hebt u niet gehoord dat ze joden vermoorden?'

'Ik geloof de propaganda niet meer.'

'Het is geen propaganda. Het zijn feiten.'

Mijn moeder bleef erbij. 'Ik stel uw goede wil zeer op prijs, maar we hebben besloten te blijven,' zei ze met geveinsde beleefdheid. De luitenant draaide zich om, liep een halve trap af, stond stil, aarzelde even en keek ineens om, alsof hij haar nog een laatste kans wilde geven. Mijn moeder lachte hem toe en zwaaide.

7

De wind voerde de pluisjes van het kruiskruid mee die de komst van de zomer aankondigden. Het kruiskruid groeide wild langs de ongeasfalteerde weg die het landgoed scheidde van de gele koolzaadvelden van de Oekraïense boeren. Elke middag om vijf uur kwam er een open auto met het kenteken van de SS aanrijden en bracht mijn moeder thuis. Ik zat graag buiten op haar te wachten en speelde intussen met het kruiskruid; ik blies de hoofdjes uit elkaar en keek naar de pluisjes die in kringen door de lucht zweefden. De Duitse chauffeur kende mij. Zodra hij me zag, nam hij gas terug zodat ik op de treeplank zou kunnen springen en mee de hof oprijden, tot aan de voordeur.

Voor mij was het een zonnige, zorgeloze zomer waar geen einde aan kon komen. In de woonkamer van het huis had ik een verzameling platen gevonden; af en toe zette ik een plaat met oude Duitse liedjes op en luisterde ik naar een onbekende zangeres die zong: 'Nach einem Dezember kommt wieder ein Mai.'

We woonden al sinds de laatste winter op dit landgoed, zo'n twintig minuten rijden van Lwów vandaan. Het was een ruim, witgeschilderd gebouw van twee verdiepingen dat boven op een heuvel stond. Vanaf het balkon keek ik uit op het mooie uitzicht van akkers die in kleurige stroken de hellingen afliepen en me aan de rokken van de plaatselijke vrouwen deden denken. Onderaan grensden de akkers aan de spoorweg. In de lucht hing de aangename geur van veldbloemen. De kinderen van het nabije dorp Suchowola bleven liever uit mijn buurt en ikzelf zocht hun gezelschap ook niet. Ik zat niet op school, ik had zeeën van tijd en ik ging vaak wandelen. Mensen die ik tegenkwam, namen hun pet voor me af, zoals gebruikelijk tussen heren en knechten. Ik vertegenwoordigde in hun ogen de macht en het gezag van de bezetter. Mijn vader werd in het dorp 'de Duitse heer' genoemd, mijn moeder 'de dame van de politie'. Ik besteedde weinig aandacht aan onze eigenaardige situatie, ik deed geen poging die te begrijpen. De oorlog met al zijn gruwelijkheden was ergens aan de andere kant van de spoorweg gebleven, voorbij de horizon, voorbij de grenzen van mijn belangstelling. Hier was de oorlog iets abstracts.

Was ik dan echt zo kinderlijk en naïef dat ik de werkelijkheid buiten het rustieke plattelandsleven over het hoofd zag? Kennelijk wel. Ik had me geheel losgemaakt van de buitenwereld, ik zag alleen wat ik wilde zien. Van tijd tot tijd kwamen SS-officieren naar het landgoed voor een weekend rust en frisse buitenlucht. Overdag maakten ze wandelingen in de omgeving, 's avonds zaten ze met mijn ouders te bridgen. Voor mijn ouders zouden die avonden wel zenuwslopend zijn geweest. Elk contact tussen de gasten en mij moest vermeden worden, dus moest ik me zolang terugtrekken op mijn kamer op de tweede verdieping. Maar ook dan voelde ik me een vrij mens. Ik vond de situatie zo normaal dat ik geen moment stilstond bij het risico dat verbonden was aan het werk van mijn moeder op het regionale hoofdkwartier van de SS.

Het landgoed in Suchowola maakte deel uit van een leerbewerkingsconcern dat de nazi's vlak na de inval in Lwów in beslag hadden genomen en dat sindsdien door het economisch bureau van de SS werd gerund. De militaire autoriteiten hadden een wijdvertakt netwerk van ondernemingen opgezet dat een fortuin opbracht, als aanvulling op de officiële begroting. Op het landgoed in Suchowola – een kleine schakel in het gigantische concern – werd Bergenia verbouwd, een plant die in de fabriek in Lwów als grondstof voor het looien werd gebruikt. Paul Jocz, een protestantse geestelijke, had mijn moeder in contact gebracht met Kurt Brückner, hoog SS-officier en directeur van het concern. Anders dan zijn meeste collega's was Brückner een praktiserend christen en hield hij rekening met wat de dominee zei. Mijn ouders hadden Paul Jocz kort voor het vertrek van de Russen uit Lwów bij toeval leren kennen. Hij wist dat we joden waren. 'Nou en?' zei hij altijd, 'Jezus was ook een jood.' Ik mocht de man; hij vertoonde geen spoor van arrogantie of partijdigheid. Leugens en hypocrisie waren hem vreemd. Hij zei openlijk en onomwonden wat hij dacht. Toch aarzelde hij niet om mijn moeder aan Brückner voor te stellen als een vrouw van onbesproken Arische komaf. Brückner zocht een Duitssprekende secretaresse. Dominee Jocz verzekerde hem dat hij geen volmaakter medewerkster kon vinden. In ruil voor deze gunst vroeg hij om een gebaar dat een redelijke beloning leek voor zijn goede daad: mij te laten dopen. Alleen mij, zei hij er nog bij, de zielen van mijn ouders kon hij toch niet meer redden, want ook al zouden ze onder druk toegeven aan een dergelijk verzoek, het zou een leugen zijn en hij wilde hen niet doen zondigen. Maar het kind, vond hij, kon nog het licht zien en zijn hart openen voor de zuivere waarheid van Maarten Luther.

Mijn moeder werd aangenomen als stenografe. Haar voornaamste taak was het notuleren van de directievergaderingen. Brückner was zeer te spreken over haar werk. Na twee maanden had ze het tot directiesecretaresse gebracht. Er gebeurde niets buiten haar om. In haar kluis bewaarde ze geheime documenten en als de directeur er niet was, kwamen de medewerkers met hun vragen bij haar. Brückner reisde vaak naar Kraków en Berlijn en bracht elke keer een cadeau voor haar mee. Toen ze hem vroeg om haar man het landgoed in Suchowola te laten beheren, ging hij onmiddellijk akkoord. 'Bedank mij niet,' zei hij toen ze benadrukte hoe dankbaar ze hem daarvoor was. 'Ik moet u bedanken. Je kunt tegenwoordig maar weinig mensen vertrouwen.' Toen we buiten gingen wonen, stelde hij haar zijn dienstauto ter beschikking. En toen de directie van het bedrijf Hitlers drieënvijftigste verjaardag met een groots feest vierde, was mijn moeder ook uitgenodigd. Van dat feest bracht ze een fles champagne en een gebonden exemplaar van *Mein Kampf* mee naar huis. Het boek werd op een zichtbare plaats op het bureau van mijn vader neergelegd en diende als weer een ander bewijs van zijn status.

De geldzucht leidde tot spanningen en confrontaties tussen de verschillende takken van het nazi-apparaat. Soms handelde de ene tak in strijd met de belangen van de andere. Op de directievergaderingen smeedden de officieren van het economisch bureau van de SS snode plannen tegen de bevoorradingsafdelingen van het leger en van de andere veiligheidsdiensten. Treinen werden omgeleid om een transport leer voorrang te geven boven transporten die belangrijker waren voor de oorlogsinspanningen. Gevangenen werden buiten medeweten van Berlijn overgebracht naar kampen die het concern van goedkope arbeidskrachten voorzagen. In alle gevallen werden er valse rapporten opgesteld om het bedrog te verdoezelen. Mijn moeder schreef precies op wat er tijdens de vergaderingen werd gezegd. Ze gebruikte een stenografie die anderen niet konden ontcijferen. Opgesloten in haar kamer typte ze vervolgens de verslagen uit en overhandigde ze persoonlijk aan Brückner. Zelfs zijn assistenten mochten die niet in hun kluis bewaren. Waren ze in handen gekomen van de Gestapo, de rivaal van de SS, dan had dat Brückner zijn carrière kunnen kosten. De medeplichtigheid aan de samenzwering schiep een band; mijn moeders salaris werd verdubbeld en toen ze op een avond weer bezig was met de notulen, legde hij haar zijn idee voor: 'Ik ga ervoor zorgen dat u erkend wordt als verwant lid van de Duitse natie.'

De nazi-autoriteiten kenden het staatsburgerschap van het rijk toe aan zogeheten Volksdeutsche: mensen die hun raszuiverheid konden aantonen, die geboren waren in gebieden van Europa die de nazi's als onderdeel van hun rijk beschouwden en die Duits spraken. Deze Volksduitsers genoten allerlei voorrechten, waaronder het recht op speciale voedselbonnen en het recht om naar overheidsbanen te solliciteren. Voor ons zou een Volkduitserpaspoort een levensverzekeringspolis zijn.

'Ik wil niets liever, maar...'

'Niks maar, Frau Frister,' viel hij haar in de rede. 'Ik heb aan alles gedacht. Ik heb de nodige formulieren voor u meegebracht. Vult u ze nauwkeurig in, want "Ordnung muss sein", dat weet u toch?'

'Denkt u dat het lukt?'

'Wel met mijn persoonlijke aanbeveling,' zei hij en schreef op het formulier: 'Mevrouw Franciszka Frister is mij bekend als aanhangster van het nationaal-socialisme, doordrongen van de

Duitse cultuur en onvoorwaardelijk trouw aan de belangen van het rijk.' Hij liet het haar lezen.

'Wat zegt u hiervan?'

'Ik zeg dat God u me toegezonden heeft, Herr Direktor.'

Ondanks de vele verzoekbrieven van Brückner bleef het antwoord uit Berlijn uit. Toen het eindelijk kwam, beloofde het weinig goeds. Het bureau voor raszuiverheid in Berlijn volstond niet met een afwijzing van het verzoek. Men twijfelde, aldus de officiële brief, aan de Arische komaf van mijn moeder. Een kopie van de brief werd aan de Gestapo in Lwów gestuurd.

Brückner overhandigde haar de brief en zei: 'Maakt u zich er niet druk om. Ik weet dat het onzin is. Ik heb me toch niet voor niets persoonlijk borg gesteld?'

Mijn moeder las het document en trok wit weg. Haar felle antwoord moest haar schok bedekken: 'Het is helemaal geen onzin. Mij ervan verdenken dat ik joods ben! Dat is een belediging.'

'Windt u zich niet op. U kent die jongens toch? Ze kunnen niet slapen als ze niemand het leven zuur hebben gemaakt.'

'Wat raadt u me dan aan? Misschien moet u mij maar arresteren.' Mijn moeder strekte haar armen uit, als het ware om geboeid te worden. Brückner kuste haar hand.

'Dit is onzin, dat weet u toch?'

'Er is een kopie naar de Gestapo gestuurd. Die zullen dat niet zomaar laten gaan. Ze zullen me vast willen ondervragen. Maar weest u niet bang, Herr Direktor, ik vertel niets over de directievergaderingen. Ik kan mijn mond houden.'

'Ik ben niet bang. Ik heb een neus voor trouwe mensen. Bovendien laat ik mijn medewerkers niet vernederen. U hoeft er niet heen te gaan.'

'Wat dan?'

'Ik heb met de onderzoeksofficier afgesproken dat hij vanmiddag om vier uur hierheen komt. U hebt drie uur de tijd om u op het gesprek voor te bereiden. Ze sturen vast zo'n jachthond. Maar schrik niet, de harde aanpak, daar zijn ze wel goed in. Uiteindelijk zal de waarheid zegevieren. Ik sta aan uw kant, als u dat maar weet.' Brückner wierp een blik op de klok. 'Ik moet weg. Ik zie u om vier uur weer. Ik zal voor u duimen, Frau Frister. Tot straks.'

'Tot straks, Herr Standartenführer.'

Voordat ze het kantoor verliet, stak mijn moeder een pakje ondertekende reisbrieven bij zich. Met deze brieven konden ss-officieren en hun gezinsleden gebruik maken van treinen die uitsluitend voor Duitsers bestemd waren. Vervolgens pakte ze de weinige spullen die ze daar had, nam de diensttrap naar beneden, wachtte op de binnenplaats tot de poort opengedaan werd voor een vrachtwagen vol huiden en verliet de plaats zonder dat de poortwachter haar gezien had. Ze nam de tram naar het treinstation. Een taxichauffeur zou haar gezicht en reisbestemming kunnen onthouden. Ze stapte in de stoptrein van één uur en arriveerde voor tweeën op het landgoed in Suchowola. Haar vluchtplan had kans van slagen als we ervandoor gingen voordat de Gestapo-officier bij Brückners kantoor zou aankloppen.

Mijn ouders vertelden me niet wat er aan de hand was – ik ben daar pas later achter gekomen –, maar toen ik te horen kreeg dat we daar weggingen, begreep ik meteen dat we voor een verschrikkelijk gevaar moesten vluchten. De Oekraïense dienstmeid werd gevraagd drie kleine koffers in te pakken. 'Veel plezier, hè?' zei ze met een knipoog tegen me. Een van de arbeiders moest de bedrijfsagronoom gaan halen. Die kreeg van mijn vader te horen dat hij zich op het bureau van gouverneur-generaal Frank in Kraków moest melden. Het alibi moest perfect zijn. Elke fout kon ons ons leven kosten.

Op het erf stond het rijtuig van het landgoed al klaar. Deze keer durfde ik niet te vragen of ik de teugels mocht vasthouden. Ik ging op de wollen deken op de achterbank zitten, met aan weerszijden mijn ouders. 'Naar het station,' beval mijn vader, en de voerman zweepte de paarden aan. Met een droevige blik nam ik afscheid van de plek waar ik zo dol op was.

De stationschef zat slaperig en verveeld in de houten keet die als kantoor diende. Over de kleine ramen hingen dunne linnen gordijnen die ooit wit waren geweest. In de hoek stond een tafel op één poot, met daarop een asbak vol sigarettenpeuken. Een bureau waarvan het bovenblad onder de krassen zat, stond tegen de muur. Daarboven hing een portret van Adolf Hitler; vliegen hadden hun sporen op het glas achtergelaten. De stationschef stond op, trok zijn uniform recht, keek ons bevreemd aan en groette mijn vader met een saluut. Onze komst haalde hem uit de maandenlange sleur; het gebeurde maar zelden dat een trein in Suchowola stopte en zijn rust verstoorde. Als er weer een trein naderde, werd hij gewaarschuwd door een oude telegraaf, gemaakt van hout en messing, misschien nog uit de tijd van de tsaren. Zodra hij het apparaat hoorde tikken ging hij buiten aan het eind van het perron in de houding staan met een vlaggetje in zijn hand, om zijn aanwezigheid aan te geven. En zo, stijf als een soldaat op het appèl, bleef hij staan tot de sneltrein uit het oog verdween. Dan pas mocht hij van zichzelf opgelucht ademhalen, alsof hij aan een ernstig ongeluk was ontsnapt. Hij wist maar al te goed dat één enkele klacht, juist of vals, voldoende was om hem zijn baan te doen verliezen. Hij zat bijna zijn hele leven al op dat afgelegen station en hij verlangde niets anders dan heelhuids de pensioengerechtigde leeftijd te halen. Soms, als ik niets spannenders te doen had, ging ik naar het station om een praatje met hem te maken. Als er iets was waar hij echt bang voor was, vertelde hij me een keertje, dan was het niet Hitler, en zelfs niet de plaatselijke politiecommandant, maar oud worden zonder pensioen.

'Help ons de koffers uit te laden,' beval mijn vader met het gezag van iemand die geen tegenstand verwacht. Daarna riep hij de voerman bij zich: 'Kom ons overmorgen afhalen.'

'Ja, meneer.'

'En niet te laat komen.'

'Ik zal niet te laat komen, meneer.'

'Vraag op het station wanneer de trein aankomt.'

'Dat zal ik op het station vragen, meneer,' zei hij mijn vader na, tipte met zijn vingers tegen zijn pet en trok aan de teugels om het paard in beweging te brengen. Het rijtuig reed weg en mijn vader richtte zich tot de stationschef: 'Legt u onze bagage maar op de bank.'

Drie leren koffers, gemaakt in de fabriek in Lwów, lagen op de enige bank op het perron.

'Wat moet ermee gebeuren?' vroeg de stationschef.

'Meneer toch! Weet u niet waarom men koffers mee naar het station neemt?'

'Natuurlijk weet ik dat.'

'Stel dan toch geen domme vragen. Wanneer verwacht u de sneltrein van Lwów naar Kraków?'

'Om zeventien minuten over drie.'

'Goed zo. We hebben nog bijna een kwartier de tijd. We reizen naar Kraków.'

De mond van de stationschef viel open.

'Vanuit hier?'

'Natuurlijk vanuit hier, wat dacht u anders?'

'Maar die stopt niet in Suchowola.'

'Dan moet u hem laten stoppen.'

'De sneltrein van de Duitsers?'

'Maakt u zich geen zorgen,' zei mijn moeder nu, 'mijn man reist in functie.'

'Ik kan de trein niet laten stoppen,' zei hij. Het angstzweet brak hem uit.

'Natuurlijk wel.'

De stationschef was klaarblijkelijk bang. 'Dat mag ik niet.'

'U mag het bevel van mijn man niet negeren,' las mijn moeder hem de les. 'Wilt u onze reisbrief zien?' Ze zwaaide met een vel papier.

'Ik lees geen Duits.'

'Het wordt tijd dat u het leert.'

'Nee,' hield de man voet bij stuk, 'ik kan een sneltrein niet laten stoppen. Dat is hier nog nooit gebeurd.'

'Voor alles is er een eerste keer,' zei mijn moeder met een glimlach.

Mijn vader legde een hand op zijn schouder. 'Beste man, ik wil u geen kwaad doen. U kunt maar beter doen wat u gezegd wordt.'

'Ik word gestraft.'

'Ik neem de verantwoordelijkheid op me. U wordt alleen gestraft als u blijft weigeren.'

Ineens kreeg de stationschef een ingeving: 'Ik vraag het aan mijn chef in Lwów.'

'Ja, doet u dat maar,' zei mijn moeder instemmend.

Ik zat op de bank tegen de koffers te leunen. Ik vroeg me af waarom mijn moeder het goedvond dat hij naar het station in Lwów zou bellen; dat was een gevaarlijke gok. De stationschef verdween in zijn hok. Even later werd het vieze gordijn opzij geschoven. Ik zag hem aan de slinger van de telefoon draaien.

'Wat doen we als hij verbinding krijgt?' vroeg mijn vader in het Duits.

'Je weet toch dat de telefoon hier het maar één keer per jaar doet, en dan nog is de lijn heel slecht.'

'En wat als dit zijn dag is?'

'Lachen, Wilek. Jij hebt altijd weten te lachen in tijden van nood.'

De stationschef kreeg geen verbinding. Hij gaf het op. Hij kwam terug op het perron en spreidde zijn armen uit.

'Geen verbinding,' zei hij. 'Ik kan het aan niemand vragen.'

'Vraagt u het maar aan God,' raadde papa hem aan en glimlachte.

De stationschef liep op de seinpaal af. De rode arm begon langzaam te bewegen, van een verticale in een horizontale houding. De stationschef zag er uitgeput uit.

'Ik heb het gedaan,' mompelde hij en veegde zijn voorhoofd af.

De trein stopte. De passagiers keken door de ramen naar buiten. De meesten droegen een uniform. De conducteur deed een deur van de eerste klas open. We stapten in. 'De koffers, snel!' riep mijn moeder. De stationschef duwde die achter ons aan de wagon in. De officier die de trein geleidde stapte uit, liep naar het kantoor en ging met de stationschef praten, waarschijnlijk om te informeren naar de reden van de ongeplande tussenstop. Ik kon niet horen wat er gezegd werd. De stationschef wees op onze wagon. De officier pakte hem bij zijn revers beet en schudde hem flink door elkaar. De locomotief floot zenuwachtig. De stationschef rende naar de seinpaal. De rode arm ging weer omhoog, de trein kwam in beweging, maakte snelheid en reed door.

Er zat maar één passagier in de coupé: een infanteriekolonel met zijn rechterarm in een doek. Zijn uniform was keurig gestreken, om zijn hals droeg hij een ijzeren kruis. Toen we binnenkwamen stond hij op en salueerde met zijn linkerhand. Het verbaasde mij dat hij ons niet met de Hitlergroet begroette. 'Het is fijn om eindelijk in gezelschap van een vrouw te reizen,' zei hij en stelde zich voor. Hij ging met verlof naar huis.

'Ik ben helaas op dienstreis,' zei mijn vader.

'Met vrouw en kind?'

'Dienstreis en familie-uitje tegelijk,' legde mama uit en vlijde zich op de zitting tegenover hem neer. De coupédeur werd opengeschoven. De officier kwam onze kaarten controleren. Mijn vader liet hem de reisbrieven zien. Hij bestudeerde ze lang, gaf ze toen terug en zei: 'Alles in orde. Het spijt me, ik werd gewoon razend van die idioot op het station. Dat brabbelt maar in zijn stomme taal en denkt dat iedereen het maar moet verstaan. Ellendige Oekraïner. Als u iets nodig hebt, aarzelt u niet om mij te roepen. We arriveren in Kraków om dertig minuten over middernacht. Goede reis.'

We arriveerden in Kraków niet op de geplande tijd. De gewonde kolonel viel in slaap. Mijn ouders zaten zachtjes met elkaar te praten. Ik viel ook in slaap. Ik werd wakker toen iemand zachtjes mijn gezicht aanraakte. 'We stappen uit,' zei papa. De trein stond stil op een fel verlicht station. Przemyśl, las ik op het bord. We waren halverwege tussen Lwów en Kraków. Niemand lette op ons toen we ons van het perron een weg baanden naar het stationsgebouw. Het was druk op het station. Buiten was het donker, de avondklok was ingegaan. Wie hier zat, moest hier tot de ochtend blijven.

'Waarom zijn we uitgestapt?' vroeg ik.

'We hadden geen zin in de erewacht die ons in Kraków waarschijnlijk opwacht,' antwoordde mijn moeder. 'Brückner zal buiten zichzelf zijn van woede.'

'Waar gaan we slapen?'

'Waar iedereen slaapt,' zei papa en gaf me een zetje in de rug.

We brachten de nacht door in het propvolle wachtlokaal van de derde klas. Bij het aanbreken van de dag stapten we in de gewone stoptrein. Die werd regelmatig doorzocht door agenten van de spoorwegpolitie die op zoek waren naar voedselsmokkelaars. Omdat mijn ouders er zo deftig uitzagen, lieten ze ons ongemoeid. 's Middags kwamen we in Kraków aan. Een kruier zette onze koffers op een rijtuig. Rijtuigen en fietstaxi's waren toen de gebruikelijke vervoermiddelen. Binnen een kwartier arriveerden we in de Szlakstraat 20, het huis van mijn opa en oma. De oude conciërge Zofia Siwek deed open.

'Welkom,' zei ze blij. 'Ik heb hier vlakbij een woning voor u gevonden. Twee kamers en een keuken. Goddank is het allerergste nu achter de rug.'

8

'Ik herinner me nog de dag dat jullie rechtstreeks van het station naar ons huis kwamen. Jouw moeder stond in de hoek met mijn moeder te fluisteren. Je vader en jij zaten op de koffers rustig af te wachten. Mijn broer en ik waren nieuwsgierig naar wat er gaande was, maar mijn moeder stuurde ons naar buiten. Het was 's morgens vroeg, een kat die in de vuilnisbakken aan het wroeten was, schrok en vluchtte weg en wij probeerden hem tevergeefs te pakken te krijgen. Ook later, toen jullie al in je huis in de Długastraat 76 woonden, kwam je moeder regelmatig bij ons langs. En ook dan werd ons niets verteld en lukte het me niet erachter te komen wat ze met elkaar hadden, maar ik geloof dat mijn moeder jouw moeder hielp om jullie bezittingen te verbergen. In die tijd hing bij ons een joodse verklikker rond, ene Diamant. Die man stak zijn neus overal in, net als die kat in de vuilnisbakken, en hij hoorde mijn ouders regelmatig uit over buren die naar het getto waren verbannen en daaruit gevlucht zouden zijn. Ik zal nooit de avond vergeten dat je moeder langskwam toen Diamant er was; hij kwam weer een van zijn snuffelgesprekken voeren waar wij zo'n hekel aan hadden. Je moeder raakte niet van haar stuk. Toen ze daar een onbekende man zag, zei ze tegen mijn moeder: "Wil je me morgenochtend om zes uur wakker maken? Ik moet naar de kerk voor de begrafenis van een goede vriendin van me die net gestorven is." Maar Diamant liet zich kennelijk niet makkelijk om de tuin leiden. Die man had de neus van een getrainde jachthond. Zodra je moeder weer weg was, onderwierp hij mijn ouders aan een scherp verhoor. Het is uiteraard altijd moeilijk te zeggen of er een verband bestaat tussen de twee gebeurtenissen, maar toen ik enkele dagen later met mijn moeder op straat was, zagen we jullie door gendarmes weggevoerd worden, waarschijnlijk naar de gevangenis. Mijn moeder sloeg een kruis, zoals je doet als je een dode ziet, en ze zei: "Het is gedaan met ze." En toch ben je er nu, levend en wel...'

Dit schreef me Julian, de zoon van Zofia Siwek, nadat hij me in de zomer van 1990 op de Poolse televisie had herkend.

Zijn brief voerde me tegen wil en dank terug naar het moment dat ik in Kraków werd aangehouden, nadat de joodse verklikker met één oogopslag had gezien dat ik besneden was. Zodra hij zijn taak volbracht had, verliet hij het trappenhuis en verdween. De twee gendarmes overlegden met elkaar over de manier waarop ik hen naar mijn huis zou leiden: wel of niet geboeid. Ze besloten dat het beter was op straat geen aandacht te trekken; zodoende bleven mijn handen vrij. De gendarme die mijn persoonsbewijs in beslag had genomen, vroeg: 'Met wie woon je in huis?'

'Heb ik al gezegd. Ik woon alleen.'

'Klets niet, joden hebben altijd een grote familie.'

Ik zweeg. Hij gaf me een schop in mijn buik. Ik voelde geen pijn. Ik bleef zwijgen. Hij schopte weer en gilde: 'Ik vroeg je met wie je in huis woont. Ben je soms doof?'

'Ik heb geen familie.'

Weer ging de deur aan het eind van de gang open, en alweer zag ik de vrouw in de ochtendjas. Ook zij zag wat er gaande was, en ze verdween snel in haar woning. De gendarme wilde me al voor de derde keer schoppen. Ik mompelde: 'Ik woon alleen. Ik woon in de Długastraat 76.'

De gendarme wierp een vluchtige blik op het valse persoonsbewijs en stak het nonchalant in zijn brede manchet.

'Hij liegt niet,' zei hij tevreden.

'Waarom zou hij liegen? Hij is een verstandige jood.'

'We gaan bij jou op familiebezoek,' zei de kleine met een glimlach.

'Ik heb geen familie,' herhaalde ik. 'U vindt daar niemand, geen levend mens.'

'Maar misschien wel de Heilige Geest.'

'Het huis is leeg.'

'Dat zie ik liever met mijn eigen ogen. We zullen het gauw weten. Kom op, joodje, we gaan. Geen moment te verliezen. Er wordt vast ongeduldig op je gewacht. Jij loopt vooruit, wij achter je aan. En haal je geen domme dingen in je kop. We schieten met scherp.'

Ik knikte gedwee. Wat kon ik anders doen? Ons adres stond duidelijk vermeld op het persoonsbewijs; ook als ik het niet gezegd had, hadden ze mijn ouders makkelijk kunnen vinden. Jarenlang heb ik me gekweld met de vraag waarom ik de verschrikkelijke taak op me genomen had om de moordenaars de weg te wijzen. Waarom heb ik niet geprobeerd hun het persoonsbewijs af te pakken en weg te vluchten? Ik heb ontelbaar veel verklaringen en excuses bedacht: dat ik onder die vernederende omstandigheden, met mijn broek uit, lamgeslagen was; dat ik mentaal gebroken was door het besef van de laaghartigheid van de joodse collaborateur; dat ik toch geen kans had om te ontsnappen, want ze hadden hoe dan ook het bewijs met het adres erop. Maar diep in me heb ik altijd de waarheid geweten: ik was bang om dood te gaan.

De gendarmes liepen achter me aan. Ik zag hen niet, maar ik hoorde hun voetstappen. Tik-tik, klap-klap, klopten de zolen van hun laarzen op de stoepstenen. Tik-tik, klap-klap, seinde de telegraaf van de dood via de directe verbinding tussen hart en hoofd. Ik kon de gedachte niet verdragen dat elke verdachte beweging van mijn kant hen de trekker kon doen overhalen om me een kogel in de rug te schieten. Ik vermoed dat ik me toen nog niet bewust was van het enorme verschil tussen een kogel in de rug en een kogel in het hart, maar onbewust wist ik dat het niet hetzelfde was. Het gevaar dat van achteren loerde, zonder dat je het zag, zonder dat je de kans op ontsnapping kon peilen, zonder dat je wist wanneer en hoe je getroffen zou worden, dat gevaar had het element van onzekerheid in zich dat de angst vergrootte. Ineens begreep ik de volle betekenis van de uitdrukking 'een eeuwigdurende minuut'. De weg van de plek waar ik aangehouden was naar de Długastraat duurde vijftien eeuwigheden. Ik liep langzaam, als iemand die geen haast heeft. Ik probeerde tijd te winnen. Waarom? Om het einde uit te stellen. En de gendarmes jutten me niet op, alsof ze vergeten waren dat ze 'geen moment te verliezen' hadden. Of speelde ze misschien een kat-en-muisspel met me? Ik wilde omkijken om hun gezichtsuitdrukking te zien, maar ik was bang dat ze dan meteen zouden schieten. Ik keek dus voor me uit en liep alsof ik een bezemsteel had doorgeslikt. Hadden ze me maar uitgescholden, geslagen, hadden ze maar wat gezegd, dan hadden ze het me makkelijker gemaakt. Hun zwijgen versterkte mijn gevoel van onmacht. Mijn hart kromp ineen en sloeg tik-tik, klap-klap. Wie zou medelijden met me hebben? Wie zou me helpen? Vanaf de gevel van een kerk keek Christus me aan en zweeg. Ik zette mijn pet af. Dat deden de Polen als ze een heiligenbeeld passeerden, en dat deed ik zelf ook altijd, om niet op te vallen in de menigte.

'Hou op met die flauwekul!' riep een van de gendarmes.

Eindelijk een stem. Ik was opgelucht. Ik gaf met een hoofdknik aan dat ik het bevel gehoord had. Ik zette mijn pet weer op. Een oud stel kwam de kerk uit, de man stopte, keek nieuwsgierig naar ons, de vrouw trok aan zijn arm. 'Kom op,' mopperde ze, 'zoek je problemen?' De oudjes sloegen linksaf, wij gingen naar rechts. De straat scheen me toe als een droge rivierbedding, een diepe bergkloof met hoge wanden, blind voor menselijke gevoelens. De luiken waren dicht. Ook dat was een manier om te laten zien dat je niets te maken wilde hebben met de wereld van de bezetter. Alsof de bewoners wilden zeggen: jullie hebben de straat, maar het huis is nog steeds van ons. Ik keek omhoog naar de gesloten ramen en vroeg me af: wat zouden ze doen, die goede mensen die zich binnenshuis opsluiten, als ik nu ineens een van hun schijnvestingen binnendrong en om een schuilplaats vroeg? De vraag was overbodig, want ik kende het antwoord: ze zouden ook de deuren op slot doen. Had ik het recht om hen te veroordelen? Waarom zouden ze hun eigen leven en dat van hun gezinsleden op het spel zetten voor een vreemdeling? Voor een joods kind? Had ik in hun plaats anders gehandeld? Ook dit wist ik: ik zou zelf geen vinger uitsteken. Lafheid was aan beide kanten te vinden.

Verzonken in deze gedachten merkte ik niet dat we al bij het kleine marktplein tegenover ons huis waren aangekomen. Boeren uit de nabije dorpen verkochten hier paarse krokussen en blauwe korenbloemen; er was veel vraag naar veldbloemen, zowel de bezetters als het volk snakten naar een vleugje kleur en geur. Een van de gendarmes tikte me even in de rug: 'Stop.'

Ik stopte. Zijn maat ging een bosje korenbloemen kopen. De verkoopster stopte het geld in haar diepe schortzak. 'Doe maar een aspirientje in het water, dan blijven ze langer goed,' raadde ze hem aan. De gendarme verstond geen Pools. De verkoopster herhaalde haar advies in gebroken Duits. 'Mooi zo,' zei hij en voegde zich weer bij zijn collega.

'Voor mijn meisje,' legde hij uit.

'Het wordt een nummertje met een geurtje,' zei de ander en ze barstten allebei in lachen uit.

Van het marktplein naar ons huis was het niet meer dan honderd stappen. Ik wierp een blik op de ramen van onze woning in de hoop dat mijn vader daar zou staan, dat hij ons zou zien en zou vluchten. Jaren later nog liep ik deze gebeurtenis in gedachten keer op keer door, en steeds weer betreurde ik het dat hij niet in het raam had gestaan, want als hij er wel was geweest en toch geen poging had gedaan om te ontsnappen, had ik de verantwoordelijkheid met hem kunnen delen. Maar hij had ons niet gezien en de verantwoordelijkheid lag geheel bij mij.

'Hier is het,' zei ik.

Had ik een keus? Natuurlijk wel. Mijn lijk had in een andere straat op de stoep kunnen liggen, mijn vergoten bloed had mijn geweten schoon kunnen wassen. Maar wat heb je aan een schoon geweten als je dood bent?

'Hier is het,' zei ik weer.

'Mooi zo,' zei de gendarme.

We liepen de trap op naar de tweede verdieping en ik zei weer: 'Hier is het.'

En weer kreeg ik het droge antwoord: 'Mooi.'

De gendarme trok zijn pistool. De bloemen zaten hem in de weg en hij legde ze op de trap.

'Aanbellen,' beval zijn maat.

Ik dacht aan het moment dat mijn vader open zou doen: Wat ga ik hem zeggen? Hoe ga ik de situatie uitleggen? Zal hij het begrijpen? Kun je het onbegrijpelijke begrijpen? Zal hij in staat zijn me te vergeven? Kun je het onvergeeflijke vergeven?

Binnen klonk eerst een metaalachtig geluid en daarna het geschuifel van mijn vaders sloffen. De deur ging open. Mijn vaders blik ging van mij naar mijn twee begeleiders en bleef lang bij hen hangen. Ik zag het bloed uit zijn gezicht wegvloeien. 'O nee,' mompelde hij en deed een stap naar achteren. Achter zijn rug gluurde mijn moeder. Meestal werkte ze laat. Waarom moest ze uitgerekend vanavond vroeg thuiskomen? Een van de gendarmes duwde me over de drempel. We gingen naar binnen. Zijn maat sloot de deur achter zich; de val was dicht.

'Ik geloof dat ze om te kopen zijn,' waren de eerste woorden die uit mijn mond kwamen. Andere kon ik niet bedenken. Misschien was dat een onbewuste poging om er minder zwaar aan te tillen, om mezelf ervan te overtuigen dat de zaak nog niet verloren was.

'Komt u maar binnen,' zei mijn moeder alsof ze een uitnodiging nodig hadden. Ze bleef kalm. De gendarmes keken nieuwsgierig rond.

'Gaat u maar zitten,' zei ze en wees op de stoelen rond de tafel. Op een geborduurd tafelkleed midden op tafel stond een vaas met verse krokussen. De gendarmes bleven staan.

Mijn moeder pakte een portefeuille die op de bank lag, zocht er met vaste handen in, trok er een document uit waaruit bleek dat ze in de Duitse officiersclub werkte en glimlachte tegen de Duitsers: 'Ik vrees dat u voor niets moeite hebt gedaan. Er is duidelijk sprake van een spijtige vergissing.'

Ze keken niet eens naar het papiertje. Mijn moeder kon niet weten dat het geen zin had, dat ze mijn ware identiteit ontdekt hadden en dat het spel uit was. Ze haalde haar ceintuur aan en vroeg verbaasd: 'Wilt u mijn bewijs niet controleren?'

'Doen ze op het politiebureau wel.'

'Ik zal er in de club over klagen.'

'Hou je mond, vuile jodin. Ik ben het zat,' zei de kleine gendarme geïrriteerd.

'We zijn geen joden. We hebben...'

'Mama,' fluisterde ik, 'ze hebben me mijn broek laten uittrekken.'

Mama en papa keken elkaar aan.

'We zijn niet rijk, maar we hebben wat geld en kostbaarheden,' zei mijn vader. De kleine gendarme blafte hem kwaad af: 'Hou jij ook je mond. Pak je jassen.'

‘Ze zullen het warm genoeg hebben, ook zonder jas,’ gniffelde de lange.

‘Waar gaan we heen?’ vroeg mijn vader. De vraag was zo overbodig dat hij zelf geen antwoord verwachtte.

De gendarmes gedroegen zich niet onbeschaafd. Ze wachtten tot mijn vader zijn schoenen had aangetrokken, en ook al mocht mijn moeder niet naar de andere kamer gaan, ze keken hoffelijk weg toen ze zich omkleedde. Daarna deden ze haar en mijn vader handboeien om. Kennelijk hadden ze maar twee paar boeien bij zich, want ze bonden mijn handen vast met een stuk touw dat ze in de keuken hadden gevonden. Voordat we vertrokken, pakte de kleine gendarme nog de bloemen uit de vaas.

‘De sleutels,’ blafte hij.

Mijn vader gaf hem de huissleutels. De gendarme knipte het licht in het trappenhuis aan, deed de huisdeur op slot, controleerde of die goed dicht was en stopte de sleutelbos in zijn zak. Er was niemand in het trappenhuis. De kleine gendarme deed de bos bloemen bij de bos die hij gekocht had, stak er zijn neus in en zei: ‘Lekker geurtje.’ We gingen de straat op zonder dat iemand het merkte. Ik zocht de bloemenvrouw maar zag haar niet. We lieten het marktplein achter ons en liepen geboeid tot aan het politiebureau. Voorbijgangers deden alsof ze niets zagen en niets hoorden. Het politiebureau was gevestigd in een oud gebouw in de Oude Stad. Mijn moeder vroeg of ze naar de officiersclub mocht bellen. De dienstdoende onderofficier tikte met een vinger tegen zijn voorhoofd. Hij bracht ons naar een cel in de kelder, hij fouilleerde ons, nam moeders portefeuille en vaders sigaretten in beslag en deed de ijzeren deur achter ons op slot. ‘We zijn tenminste bij elkaar,’ verzuchtte mijn vader. In mijn moeder werd meteen de praktische vrouw wakker.

‘Zeg het gebed nog eens op,’ eiste ze.

‘Waar is dat goed voor?’

‘Ze gaan allerlei dingen vragen. We zijn toch katholiek? Elke katholiek kent het weesgegroet uit zijn hoofd.’

Ik kende het hele gebed uit mijn hoofd, maar niemand behalve mama wilde het horen. We werden die nacht niet verhoord. Mijn ouders deden geen oog dicht. Ik sliep. ’s Morgens werden onze handen weer geboeid. In een groene politiewagen, die de Duitsers Groene Minna noemden, werden we overgebracht naar de gevangenis in het voormalige getto. De man die ons daar ontving, was Wilhelm Kunde.

Vijftig jaar lang had ik de schuld voor de dood van mijn ouders in mijn hart gedragen. De brief van Julian Siwek bracht verlichting. Ik wilde maar al te graag geloven dat het zo gegaan was: de verklikker, Diamant, had eerst onze ware identiteit ontdekt en was me daarna van de bibliotheek naar huis gevolgd. Hij was het die ons aan de nazi's had aangegeven. Wat ik wel of niet deed, was van geen enkele betekenis. Het was Diamant die het lot van mijn ouders beslist had. Mijn handen hadden hun bloed niet vergoten. Dank, Julian Siwek; ik heb er nu, naast de duizend andere, nog een excuus bij.

9

Het televisieprogramma *Bliżej Świata* (Dichter bij de wereld) werd elke zondag op prime time uitgezonden en door vijftien miljoen mensen in heel Polen bekeken. Ik heb er gedurende veertien maanden aan meegewerkt. Hoewel ik de kijkers provoceerde met onderwerpen waar een taboe op rustte, zoals vreemdelingenhaat en antisemitisme, werd ik als televisiepersoonlijkheid een van de populairste figuren in Polen. Ik zou liegen als ik zei dat ik het niet prettig vond. Ik werd op straat door onbekenden gegroet, ik werd door obers extra beleefd bediend en door douanebeambten bij de grens ongecontroleerd doorgelaten. Naarmate mijn populariteit groeide, groeide ook de stapel brieven op mijn bureau. Sommige briefschrijvers onderschreven mijn meningen, andere gingen tegen me tekeer. Anonieme schrijvers legden hun ziel voor me bloot en ik leerde een ander Polen kennen, een Polen dat gebukt ging onder het zware leven en zich in vreemdelingenhaat uitleefde. Soms schrok ik van het – openlijke én verborgen – antisemitisme dat de brieven van de kijkers in giftige pijlen veranderde. Bijna alle brieven begonnen met beleefde complimenten voor wat ik deed: 'Als alle joden net zo waren als u, had ik nooit...' Daarop volgde meestal een hele waslijst 'misdaden', vanaf de kruisiging van Jezus, via het introduceren van het communisme in christelijk Polen, tot en met een gedetailleerde beschrijving van de zonden van hun joodse buurman of -vrouw. Een katholieke vrouw uit Kraków beklaagde zich erover dat ze vanwege haar zwarte haar en donkere huidskleur door vreemden voor 'vuile jodin' werd uitgemaakt. Een vrouw uit de stad Częstochowa schreef in plat Pools dat een joodse venter op de markt lagere prijzen vroeg dan zijzelf en voegde eraan toe: 'Nou vraag ik u, is dit de dankbaarheid van de joden aan het Poolse volk dat deze uitvreters al duizend jaar duldt?' Een gepensioneerde man uit Radom stuurde mij een exemplaar van de *Protocollen van de wijzen van Sion* en wilde weten waarom de joden per se de wereld wilden beheersen. Een gemeenteambtenaar uit een provinciestadje betuigde zijn onvoorwaardelijke steun aan de staat Israël, want 'jullie willen Israël alleen voor de joden, zoals wij Polen uitsluitend voor de Polen willen'.

Ik ging nooit met de briefschrijvers in discussie. Ik nam genoegen met de gênante les die ik uit die brieven kon trekken over het denken van veel Polen. Het leek of er een humaan masker van hun gezicht was gevallen. Of was juist de openlijkheid waarmee ze hun meningen kenbaar maakten zo menselijk? Ik heb me niet verdiept in deze vraag; tenslotte belandden naast de beledigingen en laster ook blijken van steun en solidariteit op mijn bureau. Ik was vooral blij met de persoonlijke brieven van oude vrienden die het contact wilden vernieuwen dat verbroken was toen ik naar Israël emigreerde. Vrouwen uit mijn jonge jaren die ik me niet meer voor de geest kon halen en die nu waarschijnlijk al oma waren, nodigden me uit om hun gezin te ontmoeten. Soms hadden die uitnodigingen iets eigenaardigs. Zo schreef Lusia uit Wrocław: 'Ik zal onze momenten samen nooit vergeten. Ik wil je graag aan mijn dochter voorstellen, dan leert ze eindelijk een echte man kennen.' Mijn mannelijke ego was danig gestreeld, maar toen haar dochter, een knappe getrouwde vrouw van negenentwintig, op mijn kantoor verscheen, schrok ik terug en zag af van verder contact.

Behalve door de brief van Julian Siwek voelde ik me ook bijzonder aangesproken door een brief die tot een ontroerende ontmoeting met Krystyna leidde. Krystyna was mijn dochter uit mijn eerste huwelijk, met Gita. Dat huwelijk had zo kort geduurd dat ik mijn dochter pas sprak toen ze al tweeënveertig was. Maar laat ik eerst uitleggen wat me teruggebracht had naar het land waarin ik geboren was en dat ik op mijn negenentwintigste had verlaten.

In 1990 heb ik kennisgemaakt met Robert Maxwell, in die tijd een van de giganten in de uitgeverswereld, eigenaar van dag- en weekbladen, televisiestations, uitgeverijen, drukkerijen en tientallen ondernemingen en dochterondernemingen over de hele wereld, die samen een doolhof vormden waarin niemand de weg kende behalve hij. In de Londense City, waar zijn hoofdkantoor gevestigd was, was hij een controversiële figuur; hoewel hij een van de tien rijkste mensen van Engeland was, lukte het hem niet om toegang te krijgen tot de snobistische Britse society. De deuren van de adel bleven voor hem dicht en zijn rivalen herinnerden het publiek maar al te graag aan zijn ware komaf. Maxwell, die geen gelegenheid voorbij liet gaan om te vermelden dat hij tijdens de Tweede Wereldoorlog in het Britse leger had gediend en door veldmaarschalk Montgomery persoonlijk onderscheiden was, was namelijk geboren als Ludvík Hoch, kind van een joods gezin dat een armoedig bestaan leidde in een afgelegen dorp bij de Roetheense grens. Voor de Conservatieven bleef hij een buitenstaander: het deed er niet toe dat hij gedurende tientallen jaren zijn joodse afkomst had verloochend, dat hij met een Française was getrouwd en zijn zeven kinderen een christelijke opvoeding had gegeven. Pas op latere leeftijd, ongeveer twee jaar voordat wij aan elkaar waren voorgesteld op het kantoor van een bekende advocaat in Tel Aviv, keerde Maxwell terug naar zijn wortels.

In Israël werd de man haast als een nationale held onthaald. Voor velen was hij het symbool van de eenvoudige jood die de top had bereikt. Maxwell investeerde tientallen miljoenen dollars in de Israëlische industrie en voerde een succesvolle strijd om de controle over het dagblad *Ma'ariv*. Als hij Jeruzalem bezocht, kwamen de kopstukken van Israël bij hem op audiëntie in het chique King David of in hotel Laromme. Maxwell ontving hen als een Turkse pasja uit de Ottomaanse tijd. Toen hij in november 1991 op de Olijfberg in Jeruzalem werd begraven, hielden de president van Israël en leden van het Israëlische kabinet grafredes. Dit alles gebeurde vlak voor de ineenstorting van zijn mediarijk en voordat bekend werd dat hij een groot deel van zijn enorm grote fortuin verdiend had langs wegen die zelfs zijn allergrootste fans niet als eerlijk konden bestempelen.

Ik werkte al een kwarteeuw als redacteur en topverslaggever bij het dagblad *Ha'aretz*. Hoewel ik in mijn vak veel aanzien genoot, had ik het gevoel dat ik mijn journalistieke ambities uitgeput had. Ik had nog drie jaar te gaan tot mijn pensioen; ik wist dat het drie onbewogen jaren zouden worden, en dat terwijl ik niets erger vind dan sleur. Mentaal was ik dus zonder meer aan een verandering toe, maar zelfs in mijn wildste dromen had ik niet kunnen voorzien dat die zo extreem zou zijn: Robert Maxwell benoemde mij tot directeur in zijn onderneming.

Op het advocatenkantoor in Tel Aviv fluisterde een tamelijk angstige secretaresse in mijn oor dat de heer Maxwell me vijf minuten zou gunnen. Ze deed de deur van de vergaderzaal voor me open en maakte snel dat ze wegkwam. Ik wist toen nog niet dat Maxwell door iedereen om zich heen gevreesd werd. Hij zat achter een lege vergadertafel: een lange, breedgeschouderde man met een golfpet op. De gastheer, een prominente advocaat met een kantoor dat een halve verdieping in een chic kantoorgebouw in beslag nam, bood me met overdreven beleefdheid een kop thee aan en ging aan het eind van de tafel zitten. Links van mij zat Dov Judkowski, de man die *Jediot Aharonot* tot de best verkochte krant van Israël had gemaakt, en die nu aan het hoofd zou komen te staan van de concurrent, *Ma'ariv*.

'Dit is de man over wie we het hadden,' stelde Judkowski me voor.

Maxwell ontving me met een hartelijke glimlach. Later zouden zijn intimi me vertellen dat de plotselinge, irrationele overgang van glimlach naar woeste frons en van strelende woorden naar grove vernederingen typerend was voor zijn instabiele karakter. Zelf heb ik, in de twee jaar dat ik voor hem gewerkt heb, nooit te lijden gehad onder die stemmingswisselingen. Kennelijk was ik de gelukkige uitzondering.

Mij was gevraagd voor dit eerste gesprek mijn curriculum vitae op papier te zetten. 'Maak het kort,' hadden zijn kennissen me gewaarschuwd. 'Hij heeft geen geduld voor lange documenten.'

Ik schreef het volgende:

> 'Ik ben in 1928 in Polen geboren. Ik heb vijf jaar op de lagere school gezeten. Door de oorlog kon ik niet verder leren. Mijn ouders zijn in de holocaust omgekomen. Ik heb in naziconcentratiekampen gezeten. Op 5 mei 1945 ben ik in

Mauthausen bevrijd, waarna ik terug naar Polen ging en daar als journalist werkte. In 1957 kwam ik naar Israël, waar ik Hebreeuws leerde en me bij de Israëlische journalistiek aansloot. Ik ben redactielid van *Ha'aretz* en verslaggever van Radio Free Europe. Ik heb vijf boeken geschreven en ik ben hoofd van de studie journalistiek aan de Bar-Ilan-universiteit. Voor mijn beroepsprestaties heb ik twee prestigieuze prijzen gewonnen. Ik spreek Hebreeuws, Duits, Engels, Pools en Tsjechisch. Ik ben getrouwd en heb kinderen.'

Ik wilde Maxwell niet vervelen met mijn wederwaardigheden in de tweeëndertig jaar dat ik om mijn plek in de Israëlische media vocht. Een vriend van mijn ouders die de taak op zich had genomen mijn integratie in Israël te vergemakkelijken, had aangeboden zijn contacten te gebruiken om me aan een baan bij de bank te helpen. Een vaste baan met alle nevenrechten. Toen ik weigerde, verklaarde hij me voor gek. 'Hoe denk je journalist te worden,' vroeg hij, 'zonder een letter Hebreeuws te kunnen lezen, zonder kruiwagens?' Toen ik besloot 's nachts als taxichauffeur te gaan werken – mijn vrouw had toen een zware baan als serveerster in café Atara – verbrak hij het contact met mij. Toen ik na het afmaken van de oelpan, de taalschool voor nieuwe immigranten, een deeltijdbaan kreeg bij het socialistische blad *Al Hamisjmar*, klaagde hij steen en been dat ik socialist was geworden. Toen ik de eerste prijs van de vereniging van journalisten won, nam hij weer contact met me op. En toen ik vijf jaar later een toppositie bij *Ha'aretz* aangeboden kreeg, schepte hij overal over me op. Deze en andere feiten over de vermoeiende weg naar de top waren niet opgenomen in het cv dat ik Maxwell had overhandigd.

Maxwell nam het papier dat ik voor hem had neergelegd door en knikte tevreden.

'Wanneer kunt u voor me naar Polen gaan?' vroeg hij en wendde zich, zonder mijn antwoord af te wachten, tot Dov Judkowski: 'Zorg dat alle kosten betaald worden. Ik wil dat hij morgen naar Warschau vertrekt.'

'Het spijt me, sir, maar dat zal niet gaan,' zei ik.

Maxwell keek op. Een dergelijk antwoord had hij niet verwacht. Voor hem gold: waar een wil is, is een weg; zeker als het om zijn wil ging. Even verdween de vriendelijke glimlach van zijn gezicht.

'Wat is dan het probleem?' vroeg hij ongeduldig.

'Ik heb een baan bij *Ha'aretz*. Ik kan niet zomaar opstappen. In het gunstigste geval heb ik een opzegtermijn van één maand.'

'Wat betalen ze u?'

Ik noemde een bedrag dat twee keer zo hoog was als wat ik werkelijk verdiende.

'Ik verdubbel uw loon.'

'Dat lost het probleem niet op.'

Ik zag de advocaat ongemakkelijk kijken. In Tel Aviv zag je toen overal stickers met daarop: 'Maxwell, koop me!' Een plek in het rijk van de mediamagnaat was de droom van duizenden geworden. En ik, die dat op een presenteerblad aangeboden kreeg, durfde voorwaarden te stellen. Toch was Maxwell niet beledigd. Ik geloof dat mijn antwoord hem wel beviel, misschien juist omdat ik niet voor hem op de knieën ging. Hij was omgeven door jaknikkers die hij waarschijnlijk verachtte. Hij wees me dan ook niet de deur, maar ging in een lang gesprek met me. We bespraken de politieke omwenteling in Oost-Europa en de positie van de media in de postcommunistische wereld. Ik had er heel wat over te zeggen. Maxwell was onder de indruk. We spraken af dat ik een maand vakantie zou nemen en naar Polen zou reizen om de boel te verkennen en voor hem een uitgebreid rapport te schrijven over de mogelijke aankoop van bladen, drukkerijen 'en andere bezittingen die een investering waard zijn'. Voor deze moeite, zei hij, zou ik een passende beloning krijgen. Hij zei niet hoeveel, en ik vroeg het ook niet.

Maxwell handelde intuïtief, maar ik maakte me geen illusies dat hij mij wilde inhuren omdat hij me persoonlijk mocht. Ik was gedurende een aantal jaren bestuurslid geweest van de Internationale Federatie van Journalisten, die in Brussel zat, en ik had namens de federatie geheime contacten onderhouden met de illegale organisatie van journalisten in Polen. Bij het invoeren van het militair bestuur in december 1981 was de vereniging van journalisten, die er liberale ideeën op na hield, door het nieuwe staatshoofd generaal Jaruzelski ontbonden. Veel leden zetten hun activiteiten ondergronds voort en verzorgden illegale publicaties van Solidarność (Solidariteit). We ontmoetten elkaar in woningen van activisten of in een kleine bar in het centrum van Warschau, waar alle medewerkers tegenstanders van het regime waren. Met de val van het communistisch regime in 1989 stonden mijn gesprekspartners ineens midden in de politieke arena. De geheime politieke contacten veranderden in vriendschappen. Zo kwam het dus dat ik in zekere zin de sleutel bezat tot deuren die voor andere ondernemers gesloten bleven. Maxwell wist die sleutel goed op zijn waarde te schatten.

Mijn missie in Polen was succesvol. Het kostte me geen moeite om oude contacten weer op te pakken. Mijn rapport aan Maxwell bevatte gegevens die alleen verkregen konden worden door iemand met connecties in de machtscentra. Maxwell was onder de indruk en hij bood me een positie aan in wat hij 'mijn hoofdkwartier' noemde. Het salaris was aanlokkelijk. Het was kortom een aanbod dat ik niet kon afslaan. Maar er zat een addertje onder het gras: er deden veel geruchten de ronde over topmanagers die uit machtsbegeerte en geldzucht ontslag hadden genomen om voor Maxwell te gaan werken, maar uiteindelijk tussen wal en schip raakten: Maxwell kreeg op een gegeven moment genoeg van ze en dankte hen af als nutteloos geworden voorwerpen. Hij behandelde zijn werknemers als pionnen: zodra het spel uit was, interesseerden ze hem niet meer. Ik was bang in die val te trappen. 'Ik wil graag voor u werken, maar wel op voorwaarde dat ik een contract krijg tot aan mijn pensioen, dat wil zeggen voor drie jaar,' schreef ik hem. Maxwell was niet blij met mijn eis. Ikzelf was niet bereid daarvan af te zien. Het was een ongelijke strijd en ik weet niet wat ik uiteindelijk gedaan had als Maxwell niet van gedachte was veranderd bij onze derde ontmoeting, deze keer in hotel Laromme in Jeruzalem. Hij stak zijn ongeduld niet onder stoelen of banken.

'Ik heb geen geduld voor stijfkoppen,' zei hij tegen Shmuel Pisar, die hem op deze reis naar de Israëlische hoofdstad vergezelde. 'Neem die kerel mee naar mijn slaapkamer en handel het verder met hem af.'

Shmuel (Sam) Pisar was een van de bekendste advocaten in

Europa en de Verenigde Staten. Toen Jimmy Carter hem als zijn adviseur had gevraagd, nam het Amerikaanse Congres een speciale wet aan die het hem mogelijk maakte met onmiddellijke ingang het Amerikaanse staatsburgerschap te krijgen. Ik had hem geïnterviewd toen de Hebreeuwse vertaling van zijn boek *Phoenix from the Ashes* verschenen was. We herinnerden ons beiden dat nachtelijke gesprek bij mij thuis. Nu, in de slaapkamer van de koninklijke suite, toonde hij veel sympathie voor me, maar het lukte me niet om hem van mijn gelijk te overtuigen.

Ons gesprek duurde maar voort. Aan de andere kant van de muur was Maxwell in de salon bezig met zijn gewone ritueel: met op de achtergrond het onophoudelijke gerinkel van telefoon- en faxtoestellen, ontving hij zijn hooggeachte gasten. Ik was verbaasd toen hij in de deuropening van de slaapkamer verscheen.

'En? Klaar?' wilde hij weten.

'Nee,' zei Sam Pisar. 'Ik ken de heer Frister. Hij is zonder meer te vertrouwen. Maar wat doet u met hem als u geen zaken doet in Polen? Dat zal ik u zeggen: dan zit u drie jaar lang met hem opgescheept.'

Maxwell ging op het bed liggen. De veren kreunden onder zijn gewicht. Hij keek me recht in de ogen. De stoel waarop ik zat voelde hard en oncomfortabel aan. Ik verwachtte een uitbarsting. Maxwell geeuwde. Pisar zweeg. Er viel een korte, zenuwslopende stilte. Toen hoorde ik de stem van Robert Maxwell, die uit het diepst van zijn buik leek te komen: 'Deze man lijkt me geen klootzak. Misschien wil ik de komende drie jaar wel met hem opgescheept zitten.'

Twee weken later werd ik naar Londen ontboden om het contract te tekenen. Maxwell en zijn zoon Ian wachtten in een kleine kamer naast Maxwells kantoor. Het was acht uur 's avonds. Op de negende verdieping van Maxwell House, een paar honderd meter van Fleet Street vandaan, werkte men gewoon door. Het gebouw werd bewaakt door een particuliere bewakingsdienst die Fort Knox niet zou misstaan. De negende verdieping was uitsluitend toegankelijk voor de baas en zijn naaste medewerkers. In de gangen en kamers lag kamerbreed tapijt met daarop zijn embleem: een grote M met op de achtergrond de aardbol. Ian overhandigde me het contract. Op een ronde tafel lag een balpen.

'Papa heeft al getekend,' zei hij. 'U moet alle bladzijden ondertekenen.'

Ik pakte het contract en begon het te lezen. Het was geschreven in ingewikkelde juristentaal. Sommige paragrafen begreep ik niet. Ik deed er lang over. Maxwell was verontwaardigd.

'Waarom moet u het lezen? Vertrouwt u me niet?'

'Ik heb alle vertrouwen in u,' antwoordde ik. 'Maar zou u een man in dienst willen hebben die zijn contracten ongelezen ondertekent?'

Maxwell lachte. Hij mocht me wel. Ik las verder. Drie lange alinea's waren gewijd aan de geheimhoudingsplicht; alsof ik voor de Engelse geheime dienst aan het solliciteren was. Ik ontdekte enkele afwijkingen van wat we hadden afgesproken, maar ik besloot er niets van te zeggen. Eerlijk gezegd was ik geïmponeerd door het gebouw en de sfeer. Ik wilde zijn geduld niet al te veel op de proef stellen. Bovendien was ik niet verbaasd over de wijzigingen. Ik wist al dat Robert Maxwell iemand was die altijd het laatste woord moest hebben. Ik tekende.

Als de negende verdieping de top van het imperium was, dan was de tiende verdieping het heilige der heiligen. Daarboven was alleen nog het heliplat voor Maxwells privéhelikopter. Het familiepaleis lag in Oxford; daar woonde zijn vrouw Betty. Hier op de tiende verdieping had Maxwell zijn privédomein ingericht. De volgende dag was ik daar uitgenodigd. Ik was me toen niet bewust van de eer die me ten deel was gevallen. Joseph, de Portugese bediende, schonk de wijn in. 'Château Lafite-Rothschild,' verklaarde Maxwell en keek me vluchtig aan om zich ervan te vergewissen dat ik zijn gastvrijheid wist te waarderen. Ik nam een slok. De wijn was voortreffelijk, al vond ik het op dit ochtenduur nog te vroeg om zware rode wijn te drinken. Ik dronk mijn glas leeg en zette het neer op de tafel die midden in de gigantische, in oude Romeinse stijl ingerichte kamer stond. Joseph haalde het glas gauw weg. Maxwells zonen, Ian en Kevin, beiden hoge directeuren in de onderneming, raakten de wijn niet aan. Kevin zat tegenover mij. Hij was duidelijk niet gelukkig met zijn vaders laatste aanwinst. Dat liet hij ook blijken toen hij me met kille stem aansprak: 'En wat voor zakelijke ervaring hebt u, als ik het vragen mag?'

'Ik heb niet veel ervaring in business,' zei ik met enige humor. 'Eigenlijk strekt die niet verder dan de paar keer dat ik een auto gekocht en verkocht heb.'

Kevin, niet echt een humoristisch type, keek zuur. Hij was afgestudeerd aan een van de meest prestigieuze universiteiten van Engeland, waar hij wel geleerd had hoe je zaken doet, maar niet hoe en wanneer je een grapje maakt. Alleen zijn vader glimlachte vergenoegd.

'Je herinnert je toch al die academici uit Oxford en Harvard die we hier hadden en die we hebben moeten laten gaan,' zei hij en noemde een hele rits namen op.

'Natuurlijk herinner ik me die.'

'Weet je wat die kerels misten? Wat deze man wel heeft: gezond verstand.'

'Ik begrijp het,' zei Kevin hoofdknikkend, 'gezond verstand is een zeer gevraagd artikel in dit pand.'

Robert Maxwell deed alsof de ironie hem ontging.

Zo kwam ik dus bij Maxwell Communication Corporation in dienst als bezitter van gezond verstand. Ik kreeg de imponerende titel van 'International Media Development Director', persoonlijk door mijn nieuwe werkgever bedacht. De firma zorgde voor een visitekaartje dat grote indruk maakte op wie niet beter wist, een witte Mercedes en een open onkostenrekening. Kort daarna vestigde ik me in een kantoor dat bij mijn nieuwe status paste. Vervolgens huurde ik de president van de Poolse orde van advocaten in als juridisch adviseur, een zet waar ik meteen complimenten voor kreeg van Maxwell. Hij aanbad grote namen. Nog geen twee maanden later gaf hij me toestemming om in Warschau een bankrekening te openen waarvan ik, ondanks de felle protesten van zijn financiële adviseurs, de enige procuratiehouder was.

Maar als ik gedacht had dat de weg naar zakelijk succes over rozen zou gaan, dan had ik me ernstig vergist. Het einde van het communistische regime betekende nog niet het einde van de oude denktrant en werkgewoonten. De regering bleef zich bemoeien met de economie, de bureaucratie vierde hoogtij en men was overal bang om beslissingen te nemen. Wetsvoorstellen voor privatisering strandden op politieke rivaliteit en werden steeds weer naar de volgende zitting verdaagd. De ministeries stelden om de haverklap weer nieuwe regels in voor belastingen en invoerrechten. Iedere wijziging in de samenstelling van de coalitieregering bracht een wisseling van de hoge ambtenarij met zich mee, en erger nog: de vakbonden saboteerden de meeste pogingen tot samenwerking met buitenlandse investeerders. Het populisme overheerste. Naast de problemen die uit de algehele chaos voortvloeiden, stuitte ik ook op vijandigheid jegens de persoon van Robert Maxwell. Captain Bob, zoals zijn kennissen hem noemden, 'vergat' me te vertellen dat hij in de jaren tachtig, toen ik contacten onderhield met de ondergrondse beweging Solidarność, Polen had bezocht als gast van generaal Jaruzelski. Hij vertelde me ook niet dat hij Jaruzelski's biografie had uitgegeven in de reeks biografieën van wereldleiders, onder wie de Bulgaar Zjivkov, de Roemeen Ceauşescu en de Oost-Duitser Honecker. Maxwell was het allemaal 'vergeten', maar de Polen niet. En onze concurrenten, de mediaconcerns van de Australiër Murdoch, de Italiaan Berlusconi en de Fransman Hersant gooiden olie op het vuur door de Poolse media voortdurend te voorzien van reportages over Robert Maxwells zakelijke en politieke tekortkomingen. De lastercampagne bereikte zijn hoogtepunt met een artikel over zijn betrokkenheid bij de sovjetspionage.

'Bewijs maar dat je onschuldig bent,' mompelde ik toen ik het las. Het was een mooie dag, ik stond op het balkon op de vijfde verdieping van het gebouw waar ons kantoor gevestigd was. Ik vouwde de krant op en keek om me heen. Vanaf de plek waar ik stond, kon je het bureau van de Poolse president zien, het parlementsgebouw en het gigantische bouwwerk van het departement voor economische samenwerking met het buitenland. Het nieuwe regime had de hang naar imposante gebouwen van zijn voorganger geërfd. Tijdens het bezoek van sir John Morgan werden we ontvangen in zalen die Versailles niet zouden hebben misstaan. Voordat de interne strijd om een plaats in de chique ruimten was losgebarsten, had Solidarność de hoge ambtenaren uit de communistische tijd eruit gebonjourd. De leegte die was ontstaan, vulde zich met heel wat middelmatigheid; daarentegen belandde menig sleutelfiguur uit het voormalige regime op de directeursstoel van particuliere ondernemingen. Ook in de zakenwereld waren ze zeer succesvol, want ze beschikten over een heel netwerk van contacten die ze als nationale beleidmakers in Polen en in het buitenland hadden gemaakt. Sławek Lipowski hoorde niet tot deze geluksvogels. Na jarenlang bij de Poolse Veiligheidsdienst te hebben gediend, verscheen hij uitgeteerd en gedeprimeerd op mijn kantoor. Hij stond als een bedelaar in de deuropening, klaar om elk werk – zelfs dat van boodschappenjongen – voor elke prijs – hoe minimaal ook – te doen. Hij was nu in de zestig en de gedwongen werkloosheid maakte hem gek. Ik wist toen nog niet hoe geïsoleerd hij was geraakt en hoe groot zijn behoefte was om ergens bij te horen. Het was geen makkelijke beslissing. Voor mij lag nog de krant met het artikel over Maxwell als sovjetspion. Ik wilde niet dat de man die toch al verdacht werd van communistische sympathieën er in het volgende artikel van beschuldigd zou worden dat hij asiel verleende aan voormalige geheim agenten. En ik had al helemaal geen zin om daar zelf de belangrijke rol van hoofdbemiddelaar in te spelen. Maar tegen Sławek Lipowski kon ik geen nee zeggen. Sławek was mijn vriend.

Aan het begin van de vrolijke jaren vijftig had Sławek me overgehaald om een kamer te huren in de ruime villa aan de rand van Wrocław waar hij altijd al gewoond had. Hij studeerde economie en was een uitmuntend student, een blonde, knappe, lange, ijskoude jongeman. Met zijn goede manieren stond hij lichtjaren ver van het armoedige arbeidersgezin waarin hij geboren was. Ikzelf was een jongeman met zwart krullend haar, niet de lelijkste van de straat, even ambitieus als hij, redacteur bij de grootste krant van de stad en in het bezit van een sportwagen met open dak. We stonden bekend als een onafscheidelijk stel. Onze relatie hield stand, ook toen Sławek een baan aangeboden had gekregen bij de Veiligheidsdienst. Die zou zijn verdere studie bekostigen; in ruil daarvoor tekende Sławek dat hij in dienst zou treden zodra hij afgestudeerd was. Ik had het vermoeden dat hij al eerder begonnen was met zijn geheime activiteiten, waarschijnlijk door verslag te doen van wat zich op de faculteit afspeelde; maar ik keek hem niet op de vingers. We hadden een stilzwijgende afspraak om niet te praten over zijn contacten met de instelling waar iedere Pool doodsbang voor was.

Een gewone burger kon onmogelijk een vuurwapenvergunning krijgen. Voor het bezit van een vuurwapen zonder vergunning kon je een jarenlange gevangenisstraf krijgen. Sławek droeg zijn pistool, een TT van sovjetmakelij, met de trots van een jongetje dat met grote-mensenspeelgoed mag spelen. Hij heeft mij er één keer mee bedreigd. Het was hartje winter toen een meisje dat we op de dansvloer van restaurant Polonia versierd hadden, weigerde zich aan mij te geven. Als goede vrienden deelden we alles met elkaar, ook de vrouwen. Maar dit meisje erkende onze regels niet. De deur tussen onze kamers stond open, ik hoorde haar huilen toen hij haar beval om in mijn bed te stappen. Het meisje verklaarde haar liefde voor Sławek, en voor hem alleen. 'Laat haar toch,' verzocht ik. Ik zag mezelf niet als verkrachter, ik had geen zin in een vrouw die geen zin had in mij. Tevergeefs. Voor mijn vriend was het een kwestie van gezag. Sławek duldde altijd al geen tegenspraak, en sinds hij in het bezit was van een pistool werd zijn gezag een echte obsessie. Toen het meisje bleef weigeren, schopte hij haar het huis uit. Ze ging naar beneden en stond in de tuin, naakt, zachtjes jankend. Het was ijskoud, twintig, misschien wel vijfentwintig graden onder nul. Ik smeekte hem om haar binnen te laten wachten tot het ochtend werd. 'Geen sprake van,' hield hij zijn poot stijf. Ik wachtte tot hij in slaap was gevallen, raapte toen haar kleren op, deed het raam in mijn kamer open om de kleren naar beneden te gooien, riep haar, en voelde op dat moment de koude loop in mijn rug. Sławek was kennelijk door mijn roep wakker geworden, hij was op blote voeten op me afgekomen en hij zei nu met een onheilspellende stem: 'Hij is geladen!'

Dat was de man, en ik kan tot de dag van vandaag niet met zekerheid zeggen of hij de trekker had overgehaald als ik de kleren uit het raam had gegooid.

Eenmaal afgestudeerd, werd Sławek Lipowski overgeplaatst naar Warschau. Ik werd aangehouden, maar zocht ook na mijn vrijlating geen contact met hem op. Ik wilde hem, als agent van de Veiligheidsdienst, niet in moeilijkheden brengen wegens contacten met iemand die beschuldigd was geweest van contrarevolutionaire activiteiten. Misschien ook dat ik onze oude vriendschap niet op de proef wilde stellen. Het lot bracht ons weer bij elkaar toen Sławek begin 1963 werd benoemd tot secretaris op de Poolse ambassade in Tel Aviv. Ik geloof dat dat zijn eerste post in het buitenland was; later zou hij op de Poolse ambassades in Tokio en in Washington worden gestationeerd. Tijdens zijn verblijf in Japan was hij vooral bezig met het verkrijgen van technologieën die niet op de vrije markt verhandeld werden. Wat zijn functie in de VS was, is me nooit duidelijk geworden. In Tel Aviv was hij officieel cultureel attaché, maar daar heb ik niets van gemerkt. Onze relatie moest op hetzelfde principe berusten als vroeger in Wrocław: lol hebben, meer niet. 'Ik moet één plek onder de zon hebben waar ik me kan bezatten zonder dat ik bang hoef te zijn dat iemand me dan aan de praat probeert te krijgen, één rustig hoekje waar ik een meisje heen kan brengen zonder dat ik door de spionnen van de tegenpartij in gênante posities gefotografeerd word. Van mijn kant zal ik je nooit om iets vragen wat een breuk op je privacy kan zijn,' zei hij. We gaven elkaar de hand en dronken erop. En zoals gebruikelijk in dergelijke situaties hielden we ons geen van beiden aan de afspraak.

Toen Polen naar aanleiding van de Zesdaagse Oorlog de diplomatieke betrekkingen met Israël verbrak, werd ook ons contact opnieuw verbroken. Afgezien van een korte ontmoeting in New York zagen we elkaar niet meer, totdat ik in april 1978 naar Polen kwam om voor *Ha'aretz* de opening van het joodse paviljoen in het holocaustmuseum in Auschwitz te verslaan. Voor het eerst sinds het verbreken van de diplomatieke betrekkingen verstrekte Polen nu visa aan Israëlische staatsburgers, en wel om te voorkomen dat de joodse organisaties in Amerika zouden protesteren. Sławek kwam me opzoeken in mijn hotel. Hij had een dienstauto met chauffeur tot zijn beschikking, hij was net terug uit Marokko en hij zou de week daarop naar Algerije gaan. Net als vroeger gedroeg hij zich ook nu zeer zelfverzekerd. 'Als je een visum wil, hoef je me maar te bellen en je krijgt het zonder problemen,' beloofde hij. Ik heb twee keer gebruik gemaakt van zijn bereidwilligheid.

Sławek heeft veertien maanden bij Maxwell Communication in Warschau gewerkt. In de loop der tijd bereikte mij steeds meer informatie over zijn activiteiten in de jaren tachtig. Het was geen visitekaartje om trots op te zijn. Hij was persoonlijk betrokken geweest bij de strijd tegen Solidarność en had meegewerkt aan het plan – dat nooit uitgevoerd is – om Adam Michnik, een van de intellectuele leiders van Solidarność, te vermoorden. Hij had zich ook bezondigd aan het verzamelen van geheime informatie over de macht en invloed van joodse organisaties in de Verenigde Staten. Ik kreeg geen bevredigend antwoord toen ik hem van het een en ander beschuldigde. Sławek beriep zich op onze vriendschap, hij probeerde mijn medelijden te wekken. Ik voelde alleen afkeer. De Sławek die een geladen pistool tegen mijn rug had gehouden was me duizend keer zo lief als deze zielige Sławek. Toch ontsloeg ik hem niet.

Robert Maxwell bemoeide zich niet met mijn personeelsbeleid. Ik liet hem weten dat er weer iemand was aangenomen, zonder daar verder op in te gaan. Maar op een van mijn frequente bezoeken aan Londen attendeerde ik hem op het ernstige probleem van zijn imago. Als het *Guinness Book of Records* een hoofdstuk lasterprocessen had gehad, dan was Maxwell wel recordhouder geweest. Hij had een hele batterij advocaten in dienst die doorlopend aanklachten indienden tegen journalisten die zijn naam door het slijk hadden durven halen. Ik was bang dat hij ook in Warschau in een dergelijk proces verwikkeld zou raken, waarmee hij het hele establishment tegen zich in het harnas zou jagen. Tot mijn grote verbazing wuifde hij de hele kwestie weg: 'Doet u maar uw werk en ik zal het mijne doen. Ik stuur sir John naar Warschau. Hij zal alle onduidelijkheden uit de weg ruimen.'

Voordat hij directeur buitenlandse betrekkingen bij Maxwell Communication werd, was John Morgan ambassadeur van Groot-Brittannië in Polen geweest. Deze man van adel was een mensenvriend, maar in de doolhof van Maxwells internationale zaken wist hij zich geen raad. Zijn contacten in Polen beperkten zich tot personen die in de *Who's Who* van de jaren tachtig hadden gestaan, maar begin jaren negentig uitgerangeerd waren. De Britse ambassadeur die hem twee jaar eerder opgevolgd was, ontving ons niet bijzonder gastvrij toen we 's middags bij hem op de thee kwamen. Al roerend met een zilveren lepeltje in zijn kopje Earl Grey liet hij ons, beleefd maar gereserveerd, weten dat hij er geen behoefte aan had op de hoogte te worden gesteld van onze aankopen in Polen. Zijne excellentie, de ambassadeur van Groot-Brittannië, maakte strikt onderscheid tussen de Britse diplomatie en de zakelijke belangen van Britse onderdanen. Als ik nog niet begrepen had hoe het establishment in Londen tegenover mijn nieuwe werkgever stond, dan werd dat nu door de argumenten van de ambassadeur een stuk duidelijker. Maar sir John was een aimabele man, niet wars van een glaasje goede wijn, en we mochten elkaar vanaf het moment dat ik hem op de luchthaven van Warschau had afgehaald. Die avond namen we de zaken door, spraken ons lovend uit over de rode en witte Bulgaarse wijn, wisselden meningen uit over de Poolse vrouwen en kwamen tot de conclusie dat we onder die omstandigheden geen andere keus hadden dan van de nood een deugd te maken. We gingen op een rondje beleefdheidsbezoeken bij premier Mazowiecki en een aantal ministers en politici die met de mediawereld te maken hadden, en daarmee was het formele deel van zijn bezoek volbracht. De meeste tijd besteedden we aan het opmaken van een rapport. Hier ontpopte sir John zich als een waar talent. Hij kende Maxwell goed en hij was een meester in het bedenken van formuleringen die Captain Bob goeddeden. 'Neem een handjevol feiten en een boel namen van vips, gooi ze samen in de pan, doe er al roerend wat statistische gegevens bij, kruid het geheel met de kans op winst en geloof mij maar dat het erin gaat als koek,' instrueerde hij me. Ik heb veel van hem geleerd over de kunst van het overleven op het hoofdkwartier van Maxwell. Jammer dat die kennis in de praktijk niet hielp. Enkele maanden later ontsloeg Maxwell hem op staande voet.

Bij mijn aankomst in Polen had ik me ten doel gesteld om

Życie Warszawy (Het Leven van Warschau), een oud een veel gelezen dagblad dat in de hoofdstad verscheen, aan te kopen, alsmede een stuk of vijf, zes regionale bladen, om dan een grote uitgeverij op te zetten die per dag zo'n anderhalf miljoen kranten zou verkopen. Een centraal management, de gezamenlijke aankoop van papier en inkt, een gemeenschappelijke advertentieafdeling en een sterke onderhandelingspositie tegenover leveranciers en drukkerijen zouden de efficiency en rentabiliteit van het project garanderen. Maxwell vond het een goed plan. In maart 1990 nam het Poolse parlement een wet aan die bepaalde dat de communistische partij geen controle meer mocht hebben over de media, die publiekelijk verkocht zouden worden. Daarbij zou voorrang worden gegeven aan de coöperaties die door journalisten zouden worden opgericht. Ik begon lange reizen door Polen te maken om geschikte kranten te zoeken en om de werknemers over te halen met Maxwell in zee te gaan. Na veertig jaar slavernij onder toezicht van de partij waren de journalisten nu bang dat ze van de regen in de drup zouden komen. Ze hadden nog maar net aan de vrijheid geroken of ze dreigden al geknecht te worden door een buitenlandse mediamagnaat. Er was een persoonlijke aanpak nodig om de angst weg te nemen. Maxwell had mij gemachtigd om naar eigen goedvinden contracten te sluiten met de nieuwe coöperaties. Ik deed dat zonder er zeker van te zijn dat hij mijn toezeggingen zou honoreren. Ik wist intussen dat je er niet op kon vertrouwen dat hij zijn woord zou houden, ook al stond het zwart op wit. Dat bleek bijvoorbeeld toen ik de hand legde op een publieke uitgeverij die zo'n zeventig wetenschappelijke en professionele tijdschriften uitgaf. Maxwell, die eigenaar was van Pergamon, de op een na grootste uitgeverij op de wereld op dit gebied, benoemde mij onmiddellijk tot directeur bij Pergamon en spoorde me aan om alles op alles te zetten om de Poolse tijdschriften binnen te halen. Ik huurde een team adviseurs in dat de waarde van de uitgeverij in Warschau op zo'n vier miljoen dollar schatte; een in Maxwelliaanse termen te verwaarlozen bedrag. Tijdens de onderhandelingen vroegen de Polen om de vertaalrechten van artikelen die in de vierhonderd tijdschriften van Pergamon verschenen. Ik kon geen toezegging doen voordat ik in Londen had geïnformeerd of die rechten bij de uitgeverij lagen of bij de schrijvers. Ik belde met de president van Pergamon.

'Neemt u me niet kwalijk,' antwoordde de man voorzichtig, 'maar met wie heb ik de eer?'

Ik legde uit dat ik benoemd was tot directeur bij Pergamon en dat ik midden in de onderhandelingen zat over de verwerving van zeventig nieuwe bladen. Er viel een lange stilte aan de andere kant van de internationale lijn. Uiteindelijk klonk het antwoord: 'Het spijt me, maar ik heb uw naam nog nooit gehoord, en ik heb ook nooit van die verwerving gehoord waar u het over hebt. Ik stel voor dat u rechtstreeks met de voorzitter contact opneemt.'

De voorzitter was uiteraard Robert Maxwell. Ik belde hem op. Zijn secretaresse in Londen, die instructies had om me altijd met Captain Bob door te verbinden, waar hij ook zat, verbond me door met de Gulf Stream 4, zijn privéjet die onderweg was van Frankrijk naar Italië. Maxwell stelde me gerust: 'De president van Pergamon hoeft niet te weten wie ik allemaal tot directeur benoem. Wat de vertaalrechten betreft, geef de Polen wat ze willen. Ik wil dat bedrijf.'

Zijn antwoord deed bij mij een rood lampje branden. Ik realiseerde me dat hij geen idee had bij wie de vertaalrechten berustten. Ik wist ook dat hij mij de schuld zou geven als het verkeerd zou uitpakken. Eens in de maand vloog ik naar Londen om bij Maxwell verslag uit brengen. In de loop der tijd had ik op de negende verdieping vrienden gemaakt die me een ijzeren regel hadden geleerd: elke mondelinge opdracht moest schriftelijk worden bevestigd, want Captain Bob had sterk de neiging om opdrachten die verkeerd bleken, te 'vergeten'. Dat deed ik nu ook. Conform uw bericht van die en die datum, die en die tijd, laat ik in het contract met de firma Sigma een clausule opnemen waarin Sigma de vertaalrechten van alle bladen van Pergamon worden toegezegd, liet ik hem per fax weten. De piloot bevestigde de ontvangst van mijn fax en ik was gerust, maar niet voor lang.

In mei 1991 ontbood Maxwell me naar Jeruzalem om de plechtige oprichting bij te wonen van *Vremja* (De tijd), een weekblad in het Russisch. Door de massale immigratie uit de Sovjet-Unie was in Israël een potentiële markt van driehonderdduizend lezers ontstaan. Op het programma stond een indrukwekkende plechtigheid, met deelname van de premier en belangrijke kabinetsleden. Ik vloog naar Israël via Frankfurt, waar ik een korte bespreking moest houden met een van de directeuren van Berlitz. Ik had net de eerste Berlitzschool in Warschau geopend en ik wilde het een en ander weten over de managementmethoden die in dit oude bedrijf gangbaar waren. De allereerste school was eind vorige eeuw door Berlitz opgericht, maar het netwerk, dat intussen gegroeid was en nu ruim driehonderd vestigingen telde, was in 1988 in handen van Maxwell gekomen toen hij de New Yorkse uitgeverij MacMillan voor het fabelachtige bedrag van tweeënhalf miljard dollar had aangekocht.

'Wat vindt u van de verkoop van Pergamon?' vroeg de Duitse directeur.

'Waar hebt u het over?'

'Heeft u de *Financial Times* van vandaag nog niet gelezen?'

Mijn gastheer legde de krant voor me neer en wees op de kop: MAXWELL VERKOOPT PERGAMON AAN ELSEVIER VOOR 240 MILJOEN POND.

Ik was perplex. Het overnamecontract van de Poolse bladen lag al bij de notaris in Warschau. Het eenzijdig afzeggen van het contract kon Maxwell vier miljoen dollar kosten, en mij mijn betrouwbaarheid. Ik begreep het niet. Waarom had hij me niet gewaarschuwd? Waarom had hij me niet verteld van zijn plan om Pergamon te verkopen? Hij had me veel grotere geheimen verteld. Hij had me gebruikt om substantiële bedragen van de ene naar de andere onderneming over te boeken. Hij wist dat ik altijd mijn mond hield, dat ik te vertrouwen was. Waarom deed hij dat deze keer niet?

Een uur voor de aanvang van de plechtigheid landde mijn vliegtuig in Tel Aviv. Ik kleedde me om in de taxi die me naar Jeruzalem bracht en ik kwam op tijd aan. De prominente gasten begonnen net de Blauwe Zaal van het King David binnen te stromen. Maxwell stond in een hoek met premier Jitzchak Sjamir te praten. Ik wachtte tot hij klaar zou zijn. Ik drukte mijn sigaar uit, want ik wist dat hij daar niet tegen kon. Het gesprek met Sjamir was ten einde. Maxwell was in een opperbeste stemming, een en al glimlachjes en clichés. Hij voelde zich hier duidelijk als een vis in het water. Ik ging naar hem toe en legde hem mijn zorgen voor. Met een haast vaderlijk gebaar legde hij een hand om mijn schouder en zei: 'Vergeet Pergamon maar. Ga terug naar Warschau en koop Sigma namens Robert Maxwell Holdings. Het kan de Polen toch niet schelen waar het geld vandaan komt.'

'En de vertaalrechten dan?' wilde ik weten. Maxwell wist niet meer waar het over ging. Zijn secretaris gaf hem de mobiele telefoon; er was een dringend telefoontje uit New York. In de Verenigde Staten was het nu vier uur in de ochtend. Na het gesprek hield hij een geëmotioneerde speech over de verdiensten van Gorbatsjov en diens schitterende politieke toekomst. Daarna verdween hij.

De volgende dag werd ik op de luchthaven van Warschau opgewacht door mijn assistent. We reden rechtstreeks naar kantoor. De secretaresse liet onze juridisch adviseur komen. We moesten de registratie van het contract zien uit te stellen en onze partners overhalen om akkoord te gaan met een andere koper. Die gingen ermee akkoord, maar de notaris niet. Ik was niet gemachtigd namens Robert Maxwell Holdings te handelen. Bovendien stond Robert Maxwell Holdings niet in Polen geregistreerd en mocht die daar dus volgens de wet geen zaken doen. Het zou heel ingewikkeld worden, niet alleen vanwege de inefficiëntie van de autoriteiten, maar ook omdat ik geen flauw idee had om wat voor een onderneming het ging, waar die gevestigd was en wie daarvan de baas was. In mijn bureaula lag een intern telefoonboek van het Maxwellrijk. Ik bladerde erin maar vond geen spoor van Robert Maxwell Holdings tussen de driehonderd ondernemingen die over de hele wereld verspreid waren, van Tokio en Beijing in het oosten tot Californië en Alaska in het westen. Laat op de avond belde ik met het bureau van de voorzitter in Londen. In Maxwell House was men gewend onder druk te werken. Binnen achtenveertig uur kreeg ik per koerier de documenten die ik nodig had om de onderneming in Polen te kunnen registreren en vertegenwoordigen. Onze juridisch adviseur, die tevens parlementslid en voorzitter van de orde van advocaten was, gebruikte zijn contacten om alle bureaucratische struikelblokken uit de weg te ruimen. Intussen bleek dat we nog een autorisatie van de Westminster Bank in Engeland misten om een vreemde-valutarekening te kunnen openen. Na een aantal vergeefse pogingen om Captain Bob op te sporen, belde ik zijn zoon Ian. 'Ik begrijp er niets van,' zei deze. 'Mijn vader weet dat we de Poolse bladen niet kunnen kopen. Het contract met Elsevier verbiedt ons om de komende vijf jaar wetenschappelijke publicaties uit te geven.'

Ik gooide de hoorn op de haak. Ian was niet beledigd. Hij begreep me maar al te goed.

Intussen raakte mijn plan om een netwerk van bladen op te zetten in het slop. Onder het communistische regime was haast de hele drukpers in handen van de partij geweest. Nu had het parlement de regering de opdracht gegeven om de gigantische uitgeverij Prasa, die honderden dag-, week- en maandbladen publiceerde, te ontbinden en haar eigendom bij inschrijving te verkopen. Maar de verkoop was een doorgestoken kaart. De bladen werden niet aan de hoogste bieder verkocht. De overheidscommissie die met de privatisering was belast, deelde ze uit volgens een van tevoren vastgestelde sleutel. Het pluralisme in de media berustte op het principe van geven en nemen. Het overgrote deel van de buit werd als politiek smeergeld onder de verschillende partijen en lobby's verdeeld om hun steun bij de verkiezingen te winnen. Vrienden in de hoge echelons raadden me aan me los te maken van het kamp van premier Tadeusz Mazowiecki, waarmee ik stevige banden had, en me te verlaten op het hof van Lech Wałęsa. Een dergelijke ommezwaai zou gepaard gaan met een nietige investering. Ik adviseerde Maxwell zo'n kwart miljoen dollar te investeren in *Telegraf*, een door aanhangers van Wałęsa opgezette onderneming, en in andere projecten die de president na aan het hart lagen. Maxwell was het niet met me eens: 'U zit te dicht bij het strijdtoneel en bent daarom het perspectief kwijt. Ik ken de Poolse politiek beter dan u. Ga door op dezelfde manier als tot nu toe.'

Het verbaasde me niet dat de beleggingsgroep die ik in Warschau had opgezet bij geen enkele inschrijving succes had. Naast Maxwell Communication zaten er in de groep banken en staatsondernemingen, alsook enige financiers die nauwe contacten onderhielden met de regering-Mazowiecki. Wij waren bereid voor *Życie Warszawy*, de grootste krant van de hoofdstad, vierenhalf miljoen dollar contant neer te tellen, meer dan welke andere concurrent ook. Toch werd de krant verkocht aan een anonieme groep uit Italië die vertegenwoordigd werd door een katholieke functionaris uit Warschau. Later zou blijken dat mediamagnaat Berlusconi achter de mysterieuze onderneming zat. Onze belofte om nog eens tien miljoen dollar te investeren in de modernisering van het blad mocht niet baten, evenmin als de onvoorwaardelijke steun van de werknemers, die ik negen procent van de toekomstige winst had beloofd. Ook de vereniging van journalisten, die van mij tienduizend dollar had gekregen voor de bijscholing van haar leden, steunde ons. Maar het was zoals gezegd een doorgestoken kaart, en uit de argumenten van de commissie bleek dat deze gehandeld had op nadrukkelijke instructies uit het presidentieel paleis. Wij waren het slachtoffer geworden van een politiek conflict tussen twee maten in de strijd tegen het communistische regime: Mazowiecki en Wałęsa.

Andere zakelijke successen, zoals de overeenkomst met de Poolse televisie over de uitzending van een taalcursus Amerikaans, een project dat gefinancierd werd door de Amerikaanse overheid, de verwerving van een belang van vijftig procent in het tweede net van de Bulgaarse staatstelevisie, de oprichting van een vennootschap die in een aantal Oost-Europese landen de *Gouden gids* zou uitgeven en de eerste stappen op de Russische markt, konden me toch niet vrolijker maken. Ik begon aan ontslag te denken. Maar toen werd alles ineens anders. Op een feest maakte ik kennis met Andrzej Gelberg, hoofdredacteur van het weekblad *Tygodnik Solidarność*. De officiële spreekbuis van de beweging zat diep in de nesten. De markt werd overspoeld door tientallen kleurenmagazines.

'In de illegaliteit,' zei Gelberg, 'hadden wij een monopolie. In de illegaliteit ging het om de boodschap, niet om de verpakking. Nu gelden andere spelregels. Om de concurrentiestrijd aan te kunnen moeten we alles op alles zetten, we moeten professionele journalisten in dienst nemen en in de infrastructuur investeren. Maar de beweging heeft geen geld.'

'Zou u van Maxwell geld aannemen?' vroeg ik.

'Ik zou van de duivel geld aannemen,' antwoordde hij.

Solidarność werd nog steeds vereenzelvigd met haar eerste leider, inmiddels president Wałęsa. Als wij met de beweging in zee gingen, zouden alle andere zaken van Maxwell in Polen ervan profiteren. Als de hoofdredacteur geen loze praatjes verkocht, dan had ik de hoofdprijs gewonnen.

'Laat me er een nachtje over slapen,' zei ik. Hij mocht vooral niet merken hoe happig ik was. Maxwell reageerde enthousiast. Ik reisde op en neer naar Gdańsk, het bolwerk van Solidarność, om poolshoogte te nemen, om zielen voor het plan te winnen en om de grondslag te leggen voor de definitieve beslissing. Ik kwam graag in Gdańsk, een levendige havenstad met een van de mooiste oude binnensteden in Europa. Zittend aan tafel in verschillende restaurants bespraken we de voorwaarden van de transactie. Dat ik net zo'n stevige wodkadrinker was als mijn gesprekspartners, hielp zonder meer om ons nader tot elkaar te brengen. Het ontwerp-akkoord werd voorgelegd aan de raad. Er werd heftig over gedebatteerd, maar uiteindelijk werd de samenwerking met Maxwell goedgekeurd. We besloten een gezamenlijke uitgeverij op te richten onder de naam Tysol. De Engelse vertaling van het akkoord werd per koerier naar Londen gestuurd. Kort daarna arriveerden drie deskundigen uit het hoofdkwartier van Maxwell in Warschau om een gedetailleerd ondernemingsplan op te stellen. Ik was er tevreden over dat ik Solidarność had overgehaald het politieke gehalte van het weekblad tot vijftien procent terug te brengen. Solidarność behield zich het recht voor om de hoofdredacteur te benoemen; in de directie van de nieuwe onderneming zou Maxwell door één directielid vertegenwoordigd zijn. Wij zouden de moderne zet- en kleurendrukapparatuur op huurbasis leveren, wat ons zo goed als het alleenbeheer van de financiën gaf. Eind september kwam ik op het hoofdkwartier van Solidarność in Gdańsk om het contract te ondertekenen. Niet alle leden van de beweging waren er blij mee. Zoals gezegd was er aan de ondertekening een fel debat voorafgegaan dat algauw was uitgemond in een conflict tussen de oppositie enerzijds en de voorzitter en zijn aanhangers anderzijds. Wij waren achter de schermen bezig om struikelblokken uit de weg te ruimen, om de tegenstanders de wind uit de zeilen te nemen en de voorstanders een hart onder de riem te steken. 's Nachts racete ik met mijn dienstauto naar Warschau om het ondertekende akkoord naar Londen te kunnen sturen voordat er weer druk uitgeoefend zou worden en de kopstukken van Solidarność zich zouden bedenken. Met de handtekening van Maxwell zou het document definitief van kracht zijn. Ik was blij dat het me eindelijk gelukt was de vijandigheid te doorbreken en op de goede weg te komen. Onze juridisch adviseur, parlementslid Maciej Bednarkiewicz, werd gevraagd de papieren die nodig waren om de onderneming bij de rechtbank te laten registreren binnen vierentwintig uur klaar te hebben. Op 4 oktober stuurde Maxwell een telegram: 'Het spijt me, zeg de transactie meteen af.'

Zonder uitleg. Dat deed voor mij de deur dicht. Ik nam direct ontslag. Op 26 oktober betaalde ik alle schulden van de zaak af, gaf alle medewerkers een gouden handdruk, deed de deuren achter me op slot, stuurde twee dozen vol geheime documenten op naar Londen, laadde mijn persoonlijke spullen in de kofferbak van mijn auto en vertrok naar Frankfurt. Op die reis, die drie dagen duurde, werd ik vergezeld door Elisabeth, een veertigjarige filologe en theaterwetenschapster. In Frankfurt namen we afscheid van elkaar, niet vermoedend dat ze twee jaar later mijn levensgezellin zou worden. De volgende dag parkeerde ik de auto in de parkeergarage van de luchthaven en liet de sleutels achter bij de directeur van de plaatselijke Berlitzschool. De dag daarop landde ik in Israël. Weer was een boeiend hoofdstuk in mijn leven afgesloten. Op 5 november kwam er een einde aan het leven van Robert Maxwell. Zijn grote lichaam zonk in zee, verzwaard door een molensteen van schulden die in de miljarden dollars liepen.

10

Mijn vrouw Shulamit speelde ook een rol in mijn Poolse belevenissen. Iedere maand bracht ze twee weken door in Warschau, waar ze suite 700 in het Victoria Intercontinental tot ons tweede thuis maakte. Hoewel ik niet alle geheimen met haar deelde, is het zeer de vraag of ik het zonder haar aanwezigheid gered had. Ze had de zeldzame gave om er voor me te zijn als ik haar nodig had. Maar verdiept als ik was in mijn werk en in mijn boek, trok ik me terug en merkte ik de eerste tekenen van de crisis niet.

We hadden een kwarteeuw samengeleefd en hadden uiteraard goede en minder goede tijden gekend. Het was niet makkelijk om mij als partner te hebben, al was de toekomst op dat moment niet te voorspellen. Deze relatie, de langste en meest geslaagde die ik had gehad, stond misschien in de sterren geschreven, maar zij was niet rotsvast.

We hadden elkaar op een regenachtige dag op een benzinestation ontmoet. Het gebeurde in de herfst, enkele maanden voordat ik naar Duitsland zou gaan voor het proces tegen Wilhelm Kunde. Het was een sombere dag en ikzelf was in een sombere stemming. Shula's gezondheid ging achteruit. Ze was voor twee weken opgenomen in een herstellingsoord buiten de stad. Die avond had ik een afspraak met Rachel, een getrouwde jongedame die evenals ik in psychische nood zat en steun zocht. Rachel zou op me wachten in een café vlak bij haar huis. Ik had geen gewetenswroeging, omdat ik dit niet als verraad beschouwde. Ik was toch al gedoemd tot fysieke scheiding van een echtgenote die een langdurige affaire had met de dood.

Shulamit reed in een rode sportwagen. Ze droeg een licht pak, ze had kortgeknipt haar en ze keek radeloos. Ze kon niet doorrijden, er zat een schroefje los bij de ruitenwissers. Ze vroeg of ze een schroevendraaier mocht lenen. Ik keek op mijn horloge. Ik had haast. Rachel was een van die weinige vrouwen die altijd op tijd waren. Toch hoorde ik mezelf zeggen: 'Ja, ik heb wel een schroevendraaier.'

'Wilt u even wachten? Ik ben binnen vijf minuten klaar,' beloofde ze.

'Het spijt me, ik moet ervandoor.'

Mijn tank was vol. Ik startte de motor.

'Ogenblikje,' riep ze, 'hoe krijgt u uw schroevendraaier terug?'

'Ik kom hem halen.'

'Wanneer?'

'Vanavond.'

'Schrijf mijn adres dan op.'

Ze gaf me de straatnaam en huisnummer. Ik bedankte haar en drukte op het gaspedaal. De motor snorde als een luie kat. Ik had een zwak voor stevige auto's die hun technische voordelen verbergen achter een weinig opzienbarende carrosserie. Ik verliet het station en reed een laan in die naar het centrum voerde. Op de radio draaiden ze liedjes uit de jaren vijftig. De straatlantaarns weerspiegelden zich in het natte asfalt. Ik nam gas terug. Ineens had ik geen haast meer. Ik had me bedacht, zonder te kunnen uitleggen waarom. Ik had geen zin meer om Rachel te zien. Ze had niets te bieden wat ik niet al kende, of liever gezegd, ze had niets meer te bieden wat de moeite van het ontdekken waard was. Een mens raakt op elke leeftijd weer op ander speelgoed uitgekeken. Ik stopte bij een telefooncel waar een anonieme hand 'lik me reet' op geklad had. Ik glimlachte. De schrijver had zich met drie woorden tegen de hele wereld afgezet. Ik bladerde in het telefoonboek en draaide het nummer van het café. Ik bood mijn excuses aan. 'Het spijt me,' zei ik, 'maar de afspraak kan niet doorgaan.' 'Jammer voor jou,' zei Rachel. Uit haar toon kon ik opmaken dat ze me niet als onmisbaar beschouwde. Misschien had zij ook genoeg van onze verhouding en was ook zij toe aan nieuw speelgoed. De waarde van dergelijke ervaringen zit in het vermogen om er tijdig mee te stoppen.

Ik ging even langs huis om te kijken of er geen boodschap was van Shula. Ik dronk een glaasje, stak een sigaar op en probeerde te bedenken hoe ik de rest van de avond zou doden. Om negen uur reed ik naar het adres dat ik van de vrouw bij de benzinepomp had gekregen. Shulamit ontving mij hartelijk. Ik vond haar leuk. Ik was van plan tot de ochtend bij haar te blijven; ik bleef vijfentwintig jaar. Na de dood van Shula ben ik met haar getrouwd, maar de schroevendraaier heeft ze me nooit teruggegeven. Ze bewaart hem in haar tas als aandenken aan onze eerste ontmoeting. Ondanks haar levenswijsheid heeft Shulamit een hang naar bijgeloof.

11

Mijn dochter Krystyna woonde in Jelenia Góra in Neder-Silezië, een groen, rustig, bergachtig gebied. Haar moeder Gita was hertrouwd en had nog twee dochters gekregen. Haar tweede man had mijn afwezigheid en desinteresse gebruikt om onze dochter te adopteren. Krystyna en ik hadden geen hechte band met elkaar. We schreven elkaar gemiddeld één keer per jaar. Later, nadat ze getrouwd was en van naam en adres was veranderd, verloren we elkaar helemaal uit het oog. Ik had niet gedacht dat we elkaar ooit weer zouden ontmoeten.

Krystyna had me op televisie herkend en de Israëlische ambassade in Warschau gebeld in de hoop me op te kunnen sporen. Een jonge diplomaat schreef haar gegevens op, inclusief haar telefoonnummer, maar raakte het briefje kwijt. Toen hij me daarover vertelde, besloot ik Krystyna op eigen houtje te gaan zoeken. Binnen twee weken vond ik haar nieuwe adres. We spraken elkaar over de telefoon. Zij was zeer geëmotioneerd. Ik wat minder. Ik wist niet zeker hoe onze relatie zich verder zou ontwikkelen, ik wist ook niet of ik haar een leven binnen wilde halen waar ze nog voor haar geboorte uit gezet was. Tijdens ons telefoongesprek beloofde ik haar het komende weekeinde te komen opzoeken. Shulamit besloot mee te gaan. De reis duurde vijf uur. Ik zweeg, zoals gewoonlijk. Naarmate we dichter bij ons reisdoel kwamen, groeide mijn nieuwsgierigheid naar mijn oudste dochter, die intussen een oma van tweeënveertig was. Ik wist niets van haar. Op dat moment wist ik nog niet dat ze zich op haar veertiende emotioneel los had gemaakt van haar moeder en dat ze er sindsdien naar verlangde haar echte vader te vinden. Ze was twee keer van huis weggelopen om mij via de joodse gemeente te gaan zoeken. Vergeefs. Niemand vertelde haar dat ik naar Israël geëmigreerd was. Beide keren was ze ook tegen haar wil in terug naar huis gebracht. Toen ze meerderjarig werd, vluchtte ze in een toevallig huwelijk. Dat liep uit op een mislukking. Net als ik ten tijde van mijn huwelijk met haar moeder, was ook zij nog niet volwassen genoeg om de verantwoordelijkheid van een gezamenlijk leven te dragen. Ik geloof dat ze een sterk verlangen koesterde naar de warmte die je alleen in een echte band met een ander kunt vinden, een verlangen dat niet gestild werd, omdat haar herhaaldelijke pogingen een gezin te stichten op niets uitliepen. Toen ik haar leerde kennen, was ze voor de derde keer getrouwd. Misschien kwam het doordat ze zo mager was dat ik haar zag als een gewonde vogel die nooit zou kunnen vliegen. Dat beeld gaf me dat ongemakkelijke gevoel dat je soms kunt hebben in gezelschap van een gehandicapte. Ik besefte dat ik een schepsel op de wereld had gezet dat door levenslange verwaarlozing beschadigd was. Krystyna probeerde haar zielswonden te verbergen achter een stoer gedrag. Ze was niet bereid zich zwak te tonen. Daarin leek ze sterk op mij. Maar wonderbaarlijker nog was de uiterlijke gelijkenis. 'Jullie lijken als twee druppels water op elkaar,' beweerde Shulamit.

Die gelijkenis overviel me met een geweldige kracht op het moment dat ik voor Krystyna's huis stopte en zij me tegemoetkwam. Ze zat al uren bij het raam op me te wachten. Ze heeft me nooit verteld wat er in die uren in haar is omgegaan. Ik stapte uit de auto en omhelsde haar alsof we elkaar gisteren nog gezien hadden. Ik merkte duidelijk dat ze beefde. Ze keek me onderzoekend aan en liet zich ontvallen: 'Je kan ermee door.'

Ik begreep dat ze met die vier woorden haar bereidheid te kennen gaf om me te accepteren zoals ik was.

'Jij ook,' antwoordde ik.

Shulamit stond erbij. Ze keek toe maar kon de kracht van het moment niet bevroeden.

12

In Polen woont ook Leon, mijn zoon.

Krystyna en Leon kennen elkaar niet.

Krystyna heeft hem enkele brieven en kaarten gestuurd, maar ze heeft geen antwoord gekregen. Leon had er geen behoefte aan met een halfzus een kwartvader te delen.

Hij is geboren in oktober 1952.

Ik was geen modelvader. Eigenlijk wilde ik hem helemaal niet. Een rechter in Wrocław dwong me om mijn vaderschap te erkennen.

Hij ontbood me op zijn kamer en vroeg: 'Waarom verloochent u uw nakomeling?'

'Het is helemaal niet zeker dat hij de mijne is.'

'Ik geloof zijn moeder wel.'

'Op grond waarvan, kameraad rechter? Op grond waarvan? Het was een toevallige, kortstondige affaire. Niemand kan garanderen dat de geachte dame in die tijd niet met twaalf andere mannen naar bed is geweest.'

'Jongeman, u moet zich aan de realiteit aanpassen. We leven in een socialistische samenleving waarin geen buitenechtelijke kinderen bestaan. Elk kind moet een vader hebben. Laat iemand anders komen die het vaderschap erkent en ik stuur u met een handdruk weg. Lukt het u niet, dan gaat u hier weg als de vader van Leon. Ik heb hem trouwens gezien. Leuk kindje, hoor.'

'U hebt mijn kant van het verhaal niet gehoord, kameraad rechter,' zei ik verontwaardigd.

'Dat helpt toch niks. Maar als u erop staat, hou ik een rechtszitting volgens het boekje. Uw collega-journalisten zullen er graag verslag van doen. En u kunt ze het vonnis alvast doorgeven, want u moet het me niet kwalijk nemen, maar ik ben niet van plan om van mening te veranderen. Of u het leuk vindt of niet, het belang van het kind en het belang van de samenleving gaan voor uw persoonlijk gemak... Wat wordt het dan?'

'U geeft me geen keus.'

'Inderdaad. Ondertekent u hier maar en ik kan het dossier sluiten. U betaalt tweehonderd złoty alimentatie. Dat is minder dan eenvijfde van uw salaris als redacteur. Valt best mee, toch?'

'Alles valt nu mee.'

De rechter wees aan waar ik moest tekenen. Ik merkte dat zijn vinger krom was en zijn nagel onverzorgd. Ik pakte een vulpen en zette zoals gevraagd mijn handtekening.

'Heel verstandig,' besloot de rechter en stopte het papier tussen twee stukken groen karton. Ik liep naar de deur. Hij kuchte. Ik keek om. De rechter glimlachte. Hij was in zijn schik.

'Trouwens,' zei hij, 'gebruik de volgende keer maar een condoom. Ik doe het altijd en ik heb ook nooit alimentatie hoeven betalen.'

In de gang, geleund tegen de vensterbank van een smal, lang gotisch raam, stond Agata. Ze hield haar tas goed vast, alsof er een kostbare schat in zat; ik zag haar witte vingers de sluiting omklemmen. Naast haar stond haar zus. Ze praatten met elkaar op fluistertoon, maar vielen stil zodra ik in de deuropening verscheen. Ik kan me haar zus niet meer voor de geest halen. Agata zelf was toen vierentwintig, ze was klein van postuur, maar ze had een mooi figuur, een knap gezicht en ondeugende ogen.

'Nou,' voegde ik haar boos toe, 'je hebt je zin gekregen.'

'Je hoeft me geen alimentatie te betalen,' zei ze zachtjes. 'Daar zie ik van af, maar ik had het recht niet om van een vaderschapsverklaring af te zien. Leon is jouw zoon en hij heeft het recht om jouw naam te dragen.'

'Boft hij even,' zei ik en liep door alsof ze er niet was.

Zo had ik me vroeger niet tegenover haar gedragen.

Vanaf de eerste keer dat onze blikken elkaar kruisten, wilde ik haar hebben. Ik kan niet uitleggen waarom. Ze had niets uitdagends over zich wat die aantrekking zou kunnen verklaren. Soms laten we ons verbaasd en denigrerend uit over twee mensen die we niet bij elkaar vinden passen. 'Wat ziet hij in haar? Wat ziet zij in hem?' vragen we dan, maar we vinden daar geen antwoord op.

Agata woonde samen met haar getrouwde zus in een klein

eengezinshuis in een arbeiderswijk ver buiten het centrum. Zij had een kamer op de begane grond, naast de keuken; haar zus woonde met haar man op de tweede verdieping. Agata's vader was paardentemmer in een circus geweest. Hij overleed lang voordat Agata volwassen was geworden. Zij moest zich zien te redden. Ze maakte de middelbare school met succes af maar studeerde niet verder. Geld verdienen ging voor. Ze werkte als manicure in een kapsalon. Dit alles belette haar evenwel niet om van het leven te genieten. Ze lachte en danste graag. Pas jaren later begreep ik dat de lach tranen verborg, en dat achter het gemak waarmee ze op de dansvloer bewoog het vermogen schuilging om het leven met ernst te bekijken.

Ongeveer twee jaar voor het proces, op een avond die in niets verschilde van alle andere avonden, besloot ik naar restaurant Polonia te gaan. In de jaren vijftig was het een populaire tent, vooral vanwege het uitstekende orkest dat er speelde. Het restaurant zat op de begane grond van een verloederd hotel in de buurt van het centraal station van Wrocław, een omgeving waar je 's avonds niet graag rondliep. Toch kon je daar moeilijk een tafel krijgen als je niet van tevoren gereserveerd had. Zulke restaurants dienden in die tijd als jachtterrein voor mannen die een meisje voor een nacht zochten. Maar dat soort jacht kon ik in mijn eentje niet aan. Ik had geen goed oor en ook mijn gevoel voor ritme liet wat te wensen over. Kortom, ik kon niets anders dansen dan de tango, en de tango was toen al iets voor het bejaardentehuis. De jonge generatie leefde zich uit in exotische en wilde dansen zoals de samba, de rumba en uiteraard de boogiewoogie, de allerlaatste import uit kapitalistisch Amerika. Het feit alleen al dat deze dans door de communistische partij als decadent was bestempeld, was reden genoeg om elke wilde sprong op de klanken van het luidruchtige orkest als een uiting van politiek protest te zien.

Beperkt als ik was, maakte ik nauwelijks kans om een bloemetje te plukken op de dansvloer. Noodgedwongen liet ik me helpen door Robert, een energieke jongeman die in die tijd figurant was in het theater van Ida Kamińska. Hoewel hij klein, gezet en verre van welbespraakt was, veranderde hij in een machtige leeuw zodra er een vrouw opdaagde die stoom wilde afblazen op de dansvloer. Hij was een fliereﬂuiter, hij woonde nog steeds thuis en zat altijd om geld verlegen. We hadden een eenvoudige werkverdeling: ik betaalde voor de maaltijd en Robert sleepte de meisjes aan. Volgens de etiquette mocht je ook vrouwen die er met een man waren ten dans vragen. Je hoefde alleen maar voor de dame een buiging te maken en haar metgezel om toestemming te vragen.

Een blonde jongedame die naast een man met een baard zat, trok mijn aandacht. Haar jonge vriend had te veel gedronken en zat nu met zijn hoofd op tafel een dutje te doen tussen de borden met restjes vlees en de lege glaasjes. Het meisje keek de zaal rond alsof ze hulp zocht. Op dat moment kruisten onze blikken elkaar. Uit mijn ogen sprak een macho-achtige brutaliteit. De hare zeiden: nee schat, ik ben niet wat je denkt.

'Vraag die daar,' zei ik tegen Robert.

Hij bekeek de vrouw met de blik van een ervaren taxateur en zei: 'Ze is de investering niet waard. Er zijn hier knappere meisjes.'

Robert had zijn eigen manier om een meisje te evalueren. Als hij van iemand zei: 'Die is tien,' bedoelde hij daarmee: als we tot tien uur geen knapper meisje hebben gevonden, proberen we haar dan te versieren. Twee was het laagste cijfer, want dat betekende dat ze de moeite niet waard was, tenzij we om twee uur nog steeds niemand anders hadden. Op de schaal van Robert stond die vrouw ergens tussen een en twee; en het was nu pas tien uur 's avonds.

'Smaken verschillen,' hield ik voet bij stuk.

'Wat heb je? Een stijve?'

'Ik geil gewoon op haar.'

'Dan heb je een probleem.'

'Klopt, ik heb een probleem.'

'Ik zal je wel zeggen wat je probleem is. Als je lul hard is, worden je hersenen week. Dat is jouw probleem.'

'Dank je wel.'

'Okay, okay. Maar ik heb ook een probleem. Ik kan wel de hele nacht met je sjikse dansen, maar hoe krijg ik haar aan onze tafel? Heb je die baardmans gezien die bij haar zit? Dronken mannen kunnen gewelddadig zijn.'

'Vraag haar om over tien minuten naar buiten te komen. Ik wacht in mijn auto.'

'Auto' was een toverwoord waaraan weinig meisjes weerstand konden bieden. Er reden maar drie privé-auto's in de stad; een daarvan was die van mij. Vandaag de dag zou niemand bereid zijn achter dat stuur te zitten. Onder de carrosserie van een open Lancia zat een DKW-motor die, net als bij een motorfiets, op een mengsel van benzine en olie liep. Uit de uitlaat kwamen geluiden die een dove uit zijn slaap konden wekken. Maar in het Wrocław van 1951 was ook een wagen als deze een statussymbool.

Mijn auto stond geparkeerd bij de ingang van Polonia. Ik wachtte tien minuten precies. Ze kwam op het laatste moment. Ik deed het portier open.

'Ik heet Roman. Ik ben blij dat je gekomen bent.'

'Weet ik,' zei ze met een glimlach.

'Dat ik blij ben?'

'Nee, dat je Roman heet.'

'Hoe weet je dat?'

'Ik heb je op oudejaarsavond op het journalistenfeest gezien.'

'Ben je journaliste?'

'Nee. Ik ben manicure. Ik heet Agata.'

'Aangenaam,' zei ik en boog me over haar om haar te zoenen.

'Ho maar,' zei ze en trok zich terug. 'Ik zal zeggen wanneer je me mag zoenen.'

'Reken maar niet te veel op mijn geduld.'

'Ik was niet van plan om op jou te rekenen.'

'Ik zal je bewijzen dat je me kunt vertrouwen.'

'Waar gaan we heen?' vroeg ze.

'Naar mij toe. Het is hier vlakbij. Ik heb...'

'Ik kijk zelf wel wat je wel en niet hebt. Rij nu alsjeblieft naar mijn huis.'

We kleedden ons uit. Ik enigszins beschroomd, Agata zo natuurlijk als Eva in de Hof van Eden. Haar slaapkamer was klein. Het meubilair bestond uit een bed dat tegen de muur stond, een kast en een ronde tafel met twee stoelen; meer niet. Op tafel stond een leeslamp met roze kap die een aangenaam licht verspreidde. Terwijl ze naakt voor me stond, niet in het minst verlegen, en zwijgend haar mooie lijf liet spreken, voelde ik het bloed door mijn lichaam stromen en kloppen. Mijn blik gleed langs haar ronde heupen. Toen ze zich omdraaide om het sprei van het bed af te halen, daagden haar stevige billen me uit. Ik sloeg er met een open hand op: een harde, pijnlijke klap. Ik had nog nooit zoiets gedaan. Ik dacht dat ze kwaad zou worden, ik wilde mijn excuses aanbieden, maar voordat ik iets had kunnen zeggen richtte ze zich weer op, sloeg haar ogen neer en zei: 'Jij bent de meester. Doe met me wat je wil.' Ik begreep niet hoe dat gekomen was, hoe deze knappe vrouw, die nog maar een halfuur eerder het heft in handen had, nu niets liever wilde dan zich aan mij te onderwerpen. Ik kon mijn begeerte niet verbergen, het bewijs was maar al te zichtbaar. Alweer fluisterde ze: 'Doe met me wat je wil.' Het waren geen loze woorden. Ze spoorde me aan alles te proberen wat mijn verbeelding me ingaf. Ze keek me recht in de ogen en zei: 'Ik ben je slavin.' Voor het eerst proefde ik de smaak van absolute heerschappij over een vrouw. En het genot daarvan. Samen gingen we op een lange reis, op zoek naar de grenzen van nabijheid. Ik leerde nieuwe omgangsvormen tussen man en vrouw. Ik deed haar pijn en zij smeekte: 'Niet ophouden.' Toen we met een crescendo de top bereikten, greep ze mijn nek met al haar kracht en zei zachtjes: 'Ik hou van je.'

Ik was niet op zoek naar liefde. Ik dacht geen moment dat ze de waarheid sprak. Er waren vrouwen die hun liefde verklaarden zonder dat ze het meenden. De liefde was voor hen een cliché, een synoniem voor lust, begeerte, seksuele opwinding. Pas veertig jaar later besefte ik dat Agata's liefde van een andere soort was. Misschien was ik daar eerder achter gekomen als ik niet na twee maanden al gedwongen was om Wrocław te verlaten.

Niets leek zekerder en vanzelfsprekender dan mijn journalistieke carrière toen ik door de Veiligheidsdienst opnieuw opgeroepen werd voor verhoor. Deze keer werd ik niet ontvangen door de roodharige majoor Benjamin Rieger. Ook de aanleiding voor de aanhouding leek nu veel ernstiger: ik werd beschuldigd van sabotage. Pas na enkele uren intensief verhoor begreep ik waarvan de ijverige officieren van de Veiligheidsdienst me probeerden te beschuldigen.

Ik was niet blind, en toch had ik de realiteit niet onder ogen gezien. Niet voor niets deed het communistische regime zijn best om ons journalisten het leven makkelijker te maken. Wij bekeken de wereld waarin we leefden met de ogen van iemand die genoeg te eten had en persoonlijk niets van de algemene misère merkte. Onze salarissen lagen ver boven het landelijke gemiddelde, de perskaart opende veel deuren die voor het publiek gesloten bleven en door ons te voorzien van geheime informatie, hoe selectief ook, gaven de machthebbers ons het valse gevoel dat we mede het beleid bepaalden. Verblind en zelfingenomen aanvaardde ik de zware straffen die beklaagden kregen als vanzelfsprekend en vond ik er niets mis mee dat burgers door militaire rechtbanken werden berecht. Er werden lange gevangenisstraffen uitgedeeld voor het overtreden van de grondwet, maar het kwam niet in me op om uit te zoeken wat die overtreding precies was, en al helemaal niet wat er in de grondwet stond. Het wetboek van strafrecht kende de term 'sabotage'; daaronder vielen alle overtredingen, van het handelen in vreemde valuta tot het 'niet-nakomen van een maatschappelijke plicht'. Volgens dit artikel was bijna iedereen strafbaar. Mensen werden naar de gevangenis gestuurd op beschuldiging van 'het meewerken aan de nederlaag van Polen in 1939', voor 'het pogen het regime te veranderen door overtuiging of omkoping' en 'het verspreiden van valse informatie'. Wat valse of juiste informatie was, dat besliste uiteraard de rechtbank. Doorgaans werd informatie die de autoriteiten in een ongemakkelijke positie bracht als vals bestempeld. Voor de media golden in dezen de richtlijnen van de censuur, die nadrukkelijk bepaalden dat het verboden was politieke informatie te publiceren die niet afkomstig was van het staatspersbureau. Kritiek op de Sovjet-Unie was zonder meer verboden, evenals berichten over natuurrampen of bedrijfsongelukken, milieuvervuiling en de buitenlandse handel van Polen, de verspilling van publieke gelden en de slechte kwaliteit van consumptiegoederen, het tekort aan voedsel en aan bepaalde industriële producten, om maar te zwijgen van de ziektes van politieke leiders. De lijst van verboden werd bijna elke maand bijgesteld. De censor dicteerde welke boeken een goede recensie moesten krijgen en welke doodgezwegen moesten worden. Ook statistieken over alcoholisme, geslachtsziektes of de export naar de oostbloklanden golden als geheime informatie. Alleen de hoofdredacteuren en hun plaatsvervangers kregen inzage in de documenten van de censuur. Het kopiëren ervan was een overtreding van de geheimhoudingsplicht en het origineel werd bewaard in een kluis. De censor handelde naar de wet, zo ook de rechtbank. Ik was alleen vergeten dat ook de jodenvervolging in het Derde Rijk in de wet verankerd was. Ik had niet door wat de wetten die de communisten hadden gemaakt om zichzelf te beschermen in werkelijkheid inhielden.

Onder de omstandigheden zat ik op de dag dat ik gearresteerd werd in alle opzichten op rozen: ik woonde in een mooie villa, ik had een maîtresse die me beviel, ik bezat een eigen auto, ik was gezond, ik heette een aantrekkelijke man te zijn, ik was de jongste van de drie vaste plaatsvervangers van de hoofdredacteur van *Słowo Polskie* (Het Poolse woord), een van de twee grote kranten van Wrocław. Op mijn drieëntwintigste zat ik al heel dicht bij de top van de beroepshiërarchie. Toch wist ik dat de top zelf voorbehouden was aan partijleden. Het regime beschouwde de media als de voorhoede van de propagandamachine en ikzelf had nog nooit gehoord van het recht van het volk op openbaarheid van informatie. De bestaande regels leken me vanzelfsprekend. Ik aarzelde niet om me aan te sluiten bij een stelsel dat in vorm en inhoud voor het gehele communistische blok de verplichte norm was. Ik was geen aanhanger van de marxistische ideologie, ik geloofde niet in gelijkheid, ik hechtte waarde aan individueel initiatief en talent, maar ik besefte dat ik uiteindelijk lid van de partij zou moeten worden. Ik diende het nodige verzoek in en ging ervan uit dat mijn lidmaatschap in de loop van het jaar bevestigd zou worden. Hierin verschilde ik niet van duizenden anderen die later als opportunist bestempeld zouden worden.

Twee keer in de week had ik nachtdienst op de redactie. Het was mijn taak elke pagina die de nieuwsredacteuren hadden opgemaakt door te lezen en ik moest met mijn handtekening bevestigen dat er niet was afgeweken van de beginselen van het socialistische regime. Deze beginselen waren niet duidelijk omschreven en in feite hing alles af van de wisselende interpretaties van bureaucraten. Soms verbaasde ik me erover dat de wind elke dag weer uit een andere hoek woei. Wat gisteren toelaatbaar was, was vandaag uit den boze; en andersom. Ik had geen idee dat die extreme veranderingen het gevolg waren van de machtsstrijd in de partijtop, dat iedere pressiegroep haar eigen beleid had. Ik stond in dienst van een zaak zonder te weten wat die zaak inhield. Het enige wat ik met zekerheid wist, was dat ik in geval van twijfel het hoofd van de afdeling voorlichting bij het regionale partijcomité moest raadplegen. We stuurden allemaal veel materiaal aan hem door, al was het alleen maar om zelf niet te hoeven beslissen. Maar ook die man nam niet al te graag de verantwoordelijkheid op zich en wilde zich dekken door overleg met de hogere instanties. In de kleine uren van de nacht, als hij niet met het Politbureau in Warschau kon bellen, speelde hij me de bal liever terug. 'U mag naar eigen oordeel beslissen,' was dan zijn vaste antwoord.

Twee dagen voor mijn aanhouding had generalissimus Stalin zich in een exclusief interview met het blad van de Chinese communistische partij mordicus tegen het produceren en gebruiken van kernwapens verklaard. Ethel en Julius Rosenberg* hadden de Amerikaanse atoomgeheimen al aan de Sovjet-Unie doorgespeeld en Moskou realiseerde zich hoe ver het in de ontwikkeling van niet-conventionele wapens achterliep vergeleken bij de Verenigde Staten. Stalin probeerde de internationale publieke opinie te mobiliseren om de 'snode atoomplannen van het Westen' tegen te houden. Ik kon niet weten dat ik vermorzeld zou worden door de politieke molen.

Vlak voor middernacht liet Gerd Grędziak, redacteur van de voorpagina van *Słowo Polskie*, me het verslag van het interview zien. De tekst van Stalin, inclusief kop en ondertitels, was afkomstig van het staatspersbureau in Warschau. We wisten dat we in dergelijke gevallen geen komma mochten veranderen.

De kop die uit de telex kwam rollen luidde: VERKLARING VAN GENERALISSIMUS STALIN OVER HET VERBOD OP DE PRODUCTIE VAN KERNWAPENS.

In de ondertitel stond een citaat uit het interview, waarin Stalins ondubbelzinnige standpunt duidelijk werd weergegeven. Hij sprak zich in felle bewoordingen uit tegen de productie. Ik wist niet dat Gręedziak een kleine wijziging in de kop had aangebracht. Zelf vond hij die correctie kennelijk van geen betekenis.

Om de kop, conform de instructies uit Warschau, in zijn geheel op één regel over de hele breedte van de pagina te kunnen krijgen, zouden we een heel kleine letter moeten gebruiken. Een dergelijke oplossing was ondenkbaar. Stalins woorden moesten in grote letters worden gedrukt. Ik weet niet wat Gerd Grędziak bezielde, maar zonder iemand te raadplegen besloot hij de woorden 'het verbod op' te schrappen. Ik las de tekst en vond die logisch en duidelijk. Ik zette mijn handtekening zonder aarzeling op de pagina en stuurde die door naar de censor. Deze vertrouwde op mijn oordeel en gaf toestemming de pagina af te drukken. Om twee uur 's nachts waren we klaar. Na een nachtdienst hadden we altijd vierentwintig uur vrij. In het artiestencafé in het operagebouw wachtten ons twee danseressen die die avond in *De rode papaver* waren opgetreden. Het stuk, van Glière, was de grootste hit van het seizoen en de directie had er de knapste meisjes van het gezelschap voor uitgekozen. We reden met de twee meisjes naar een klein vakantieplaatsje, waar we een dag en een nacht doorbrachten in een hotel waar ze bij de receptie niet naar de identiteit van de gasten vroegen, mits zij een biljet van honderd złoty op de balie neerlegden en geen geld terug verwachtten. Om acht uur 's morgens waren we weer terug in de stad. Ik ging rechtstreeks naar de krant. Gerd, die alleen 's nachts werkte, kreeg mijn huissleutels mee om zich nog een paar uur met de meisjes te kunnen vermaken.

Mijn secretaresse was verbaasd mij te zien: 'Wat doet u hier? Iedereen zegt dat u naar het buitenland gevlucht bent.'

'Naar het buitenland? Hoezo?'

'Vanwege de sabotage.'

'Waar hebt u het over?' zei ik boos. 'Bent u helemaal gek geworden?'

Ik legde mijn hand op de deurkruk van mijn kamer.

'Ga niet naar binnen. Ze wachten daar op u.'

'Kletspraatjes,' zei ik en deed de deur open.

Op de derde dag van mijn aanhouding deed de ondervrager een aanlokkelijk voorstel: als ik tegen Gerd Grędziak zou getuigen, zou ik onmiddellijk vrijgelaten worden. Ik hoefde alleen maar te verklaren dat de nachtredacteur me dronken had gevoerd voordat ik de pagina goedgekeurd had. 'We zullen erbij vermelden dat het niet uw bedoeling was kameraad Stalin in een kwaad daglicht te stellen,' probeerde hij me nog te verleiden. Ik weigerde. Ik was misschien jong, maar ik was niet dom. Met een dergelijke verklaring had ik in de eerste plaats mezelf geïncrimineerd. Nalatigheid was niet minder ernstig dan opzettelijke sabotage. Het socialisme diende dag en nacht te worden bewaakt. 'U maakt een ernstige fout,' waarschuwde de ondervrager. Hij trok een bureaula open, haalde er een bos sleutels uit en legde die voor mij neer. Ik herkende de sleutels. Het was een duidelijke hint. Ook Grędziak was aangehouden. Arme jongen, dacht ik bij mezelf, hij is vast uit een heel warm bed gehaald.

Nu zei de ondervrager honingzoet: 'Wat kan het u schelen als die man voor twintig jaar in de gevangenis belandt? Waarom zou u hem beschermen, hij is het niet waard. U weet toch dat hij een Seleziër van Duitse komaf is, hij heeft familie in Düsseldorf. U bent toch niet vergeten wat de Duitsers uw volk hebben aangedaan, uw ouders, uw familie?'

Ik gaf geen antwoord.

De ondervrager ging door: 'Uw grootmoedigheid helpt hem toch niet. U zet een pracht van een carrière op het spel, een flitsende toekomst, uw promotie. En hij? Hij heeft al schuld bekend. Hij heeft u ons op een presenteerblad gegeven, gebraden en klaar om te verslinden. Wilt u zijn bekentenis lezen?' Hij zwaaide met een vel papier. 'Nee? Dan maar niet. Ik zal u vertellen wat erin staat. Er staat in dat u het allemaal sluw en zorgvuldig had voorbereid. Voordat hij die avond begon, had u al een fles wodka gekocht in... Even kijken, hier staat waar u hem gekocht hebt... Nou ja, de kleine details doen er niet toe. Waar het om gaat is dat u hem gedwongen had om te drinken, dat u gezegd had dat een paar glaasjes hem zouden begeesteren voor de afspraak met de danseresjes, en dat u hem uiteindelijk een halve liter hebt gevoerd. Toen hij al dronken was, pakte u de voorpagina, dat zag hij ondanks dat hij niet helder meer was, en u streepte een paar woorden van de kop door. Zijn versie is goed te staven, want we hebben het bewijsstuk gevonden: de halflege fles, met uw vingerafdrukken erop...'

Ik luisterde met groeiende verbazing. Nog nooit waren mijn vingerafdrukken afgenomen, dus konden ze die onmogelijk op de fles identificeren. Maar afgezien van deze leugen kon ik ook niet geloven dat mijn goede vriend deze valse aantijging tegen me zou inbrengen. De ondervrager leek mijn gedachten te lezen. Hij zei: 'Jullie hebben als vrienden samen gedronken. Maar Gręedziak was geen vriend. Hij heeft u gebruikt.'

'Zo is hij niet.'

'Zo is hij wel. U bent er door die gluiperd ingeluisd.' De ondervrager schoof de bos sleutels naar me toe. 'U tekent, en de sleutels zijn van u. De twee schoonheden wachten daar waarschijnlijk nog steeds.'

'Ik teken niet.'

'Ik wou u helpen, maar u bent dom en koppig. Daar zult u duur voor betalen.'

Ik werd niet meer ondervraagd. Aan het eind van de week werd ik vrijgelaten. Er werd niet uitgelegd waarom, evenmin als er uitgelegd werd waarom Gerd Gręedziak negen maanden vastzat zonder ooit berecht te worden. Ik was nu weliswaar vrij, maar rechteloos. Wie de cellen van de Veiligheidsdienst vanbinnen had gezien, was voorgoed besmet. Ik was niet verbaasd toen ik, weer thuisgekomen, in de brievenbus een ontslagbrief vond. Op de krant mocht ik de persoonlijke spullen die ik nog op mijn kamer had liggen niet meenemen. Zelfs mijn jas bleef daar achter. Ik had geen spaargeld. Ik was blut. Er zat niets anders op: ik verkocht mijn auto, nam van niemand afscheid, ook niet van Agata, en vertrok naar Warschau. Ik dacht dat ik me in de grote stad gedeisd kon houden, dat ik in de massa kon opgaan, mijn persoonlijke veilige haven kon vinden. En niet minder belangrijk: in Warschau wachtte Mira met een warm bed en onderdak.

Het zegt al genoeg als ik toegeef dat ze weinig plezier heeft beleefd aan haar relatie met mij. Toen ik bij haar in het kleine vakantieplaatsje vlak bij Warschau introk, had ik duizend-en-één redenen om te geloven dat mijn motieven integer waren. Ik geloofde oprecht dat ik schoon genoeg had van het wilde bestaan en dat ik rijp was voor het gezinsleven. Mira leek mij de ideale echtgenote: ze was knap, joods en verstandig. Terugkijkend na zoveel jaren moet ik, als ik eerlijk ben, toegeven dat ze slechts een reddingsboei was waar ik me in een tijd van nood aan vastklampte. Ik had me vergist. Voor mijn ontnuchtering moest een hoge prijs worden betaald, en zij betaalde die ten volle.

Mira werkte op het hoofdkantoor van de partij. Ik was werkloos. Geen enkele krant was bereid mij werk te geven. De partij beheerste alle media en alle sollicitaties belandden op het bureau van een en dezelfde persoon. Ik verdiende de kost met losse klusjes, ik vertaalde en schreef onder een pseudoniem. Voor een vriend die redacteur was van een transportblad mocht ik een artikel schrijven over een wagonfabriek in Wrocław. Ik greep dit buitenkansje met beide handen aan. Ik had een zwak voor de stad waar ik zoveel had meegemaakt en ik was maar al te blij om die op kosten van de baas te bezoeken. Ik verbeeldde me dat ik terug zou komen naar de plaats die ik verlaten had alsof er niet intussen een jaar voorbij was gegaan. Wrocław bleek weliswaar niet te zijn veranderd, maar ik was een andere man geworden. De stad riep geen warme gevoelens in me op. Ik nam een kamer in hotel Polonia. Het was een winterdag, de verwarming deed het niet goed, het beddengoed zag er vies uit, het behang bladderde van de muur af en in de badkamer hing een sterke geur van ontsmettingsmiddelen; de geur van vervreemding. Uit het restaurant op de begane grond kwamen de doffe klanken van een dansorkest. Ik moest aan Agata denken. Ik hoefde mijn ogen niet dicht te doen om beelden uit het verleden voor me te zien. Haar telefoonnummer stond in mijn adresboek. In de gang was een munttelefoon. Ik draaide haar nummer. Ik verwachtte een frontale aanval, ik had al slijmerige teksten ingestudeerd om haar te paaien, maar Agata reageerde blij, alsof ze al die tijd net op dit telefoontje had zitten wachten.

'Wat moet je in een hotel? Neem een taxi en kom hierheen.'

'Ik moet nog iets doen. Ik ben over een uur bij je.'

'Ik heb een jaar gewacht, ik kan nog een uur wachten,' grapte ze. 'Weet je het adres nog?'

'Nou en of.'

'Ik wacht op je.'

Ik had helemaal niets te doen. Ik schaamde me alleen om toe te geven dat de tijd van uitspattingen voorbij was en dat ik nu elke cent moest omkeren. Met het weinige geld dat ik had kocht ik liever bloemen – 's winters waren zelfs de goedkoopste bloemen duur – en ik ging er met de tram heen. Agata deed open en leidde me meteen naar de slaapkamer. Zoals ik vroeger gewend was, stak ik mijn hand uit naar de lichtknop. Ze hield me tegen. Ik voelde haar warme hand.

'Nee,' zei ze, 'niet nu.'

'Hoezo?' vroeg ik een beetje plagerig. 'Je deed het altijd graag bij vol licht. Ben je dik geworden, of wat? Waarom ben je stil?'

'Straks begrijp je het.'

De gordijnen sloten de kamer af voor het licht van de straatlantaarns. Het was zo donker dat ik nauwelijks haar silhouet zag. Ik hoorde de ritseling van haar jurk die op de grond gleed.

'Waarom zo'n haast?'

'Kleed je uit en praat niet zo hard. Ik wil je heel dicht bij me voelen. We hebben de hele nacht nog, tijd genoeg om ook te praten. Je hebt me vast wat te zeggen.'

'Ik moet uitleggen...'

'Ssst... Zachtjes praten.'

'Waarom zachtjes?'

'Fluister in mijn oor: Ik hou van je.'

Ze trok me mee haar bed in.

'Ik heb je gemist,' zei ik en zocht al naar de tepels.

'Ik heb niet genoeg aan heimwee. Ik heb liefde nodig.'

Ik legde mijn hand op haar strakke buik. Agata pakte mijn hand. 'Doe met me wat je wil,' mompelde ze zoals vroeger, gespannen en onderdanig tegelijk. Ik trok haar naar me toe. Op dat moment weerklonk in de kamer ineens het gehuil van een baby.

'Wat is dat?'

'Het is je zoon. Hij heet Leon.'

'O nee,' kreunde ik.

'O ja,' lachte zij. Ze stond op en deed het licht aan. 'Kijk, een lieve baby die weinig huilt en geen problemen geeft.'

In augustus 1973 haalde ik Leon op van de luchthaven Ben-Goerion. Als hij zichzelf niet zo precies beschreven had, had ik hem niet herkend. Een jongeman van drieëntwintig, met baard, stapte uit de aankomsthal naar buiten. We omhelsden elkaar als twee boezemvrienden. Hij kwam naar Israël voor een maand, om vakantie te houden en om zijn vader te leren kennen. Zijn bezoek was in het geheim geregeld door Jitzchak Patisj, de Israëlische ambassadeur in Wenen. Na de Zesdaagse Oorlog had Polen de diplomatieke betrekkingen met de joodse staat verbroken. Leon studeerde rechten aan de universiteit van Wrocław. Als de Poolse autoriteiten erachter zouden komen dat hij zonder toestemming naar het zionistenland was gegaan, zou hij het moeilijk kunnen krijgen. Ik had besloten zijn verblijf in Israël zo aangenaam mogelijk te maken, maar ik merkte dat ik geen contact met hem kreeg. Zelf voelde ik ook geen vaderliefde voor hem. Algauw beseften we dat we vreemden voor elkaar waren en alleen omdat we geen van beiden een spelbreker wilden zijn, deden we alsof er niets aan de hand was. 's Avonds praatten we over zijn moeder; hoe meer ik hem hoorde praten, hoe groter mijn bewondering voor haar werd. De vrouw die zich in bed uit vrije wil aan me onderworpen had, had haar lot in eigen hand genomen. Op haar dertigste was ze afgestudeerd als accountant en had ze met succes gesolliciteerd naar een topfunctie bij een staatsbedrijf voor levensmiddelen. Een tijd later trouwde ze met Janusz, een lieve, zachtaardige man, en kreeg ze van hem een zoon. Janusz was bereid Leon te adopteren en hem zijn naam te geven. Agata wilde dat niet. Leon had haar horen zeggen: 'Dit kind is de vrucht van mijn liefde voor een andere man.' Hij moest grootgebracht worden met de duidelijke wetenschap dat zijn biologische vader in Israël leefde en dat niemand diens plaats kon innemen. Leon kreeg het moeilijk. Op de lagere school noemden ze hem 'jodenbastaard'. Op de middelbare school wilden de meisjes niet met hem uitgaan. Soms kwam hij huilend thuis en smeekte hij zijn moeder om haar verleden te begraven omwille van zijn toekomst. Tevergeefs. Zijn leed kon haar niet van haar standpunt afbrengen. Leon droeg zijn hele leven de naam die een rechter in Wrocław hem, tegen mijn wil in, had gegeven.

Mijn contact met Agata werd pas hernieuwd toen ik voor Maxwell Communication naar Warschau ging. Toen Leon twaalf jaar daarvoor naar Israël kwam, had ik hem gevraagd een foto van haar mee te nemen. 'Het mocht niet van mama,' zei hij. 'Ze wil dat je je haar herinnert zoals ze vroeger was.' Nu pas begreep ik waarom. De tijd had zijn sporen nagelaten. Ze was grijs geworden, haar gezicht was verschrompeld, de vonk in haar ogen gedoofd, haar figuur was niet meer welgevormd. Toch klaagde ze nooit over haar lot. Ze gaf me nooit de schuld. Zowel ik als Shulamit was welkom in haar bescheiden maar gastvrije huis. Zij en haar man leefden in armoede, omdat ze allebei wegens ziekte gepensioneerd waren. Met mijn bescheiden steun konden ze een kleine woning kopen, maar zij heeft er niet meer van mogen genieten. Haar hart begaf het en ze overleed op 16 januari 1991, aan de vooravond van mijn drieënzestigste verjaardag. Ik was in mijn suite in het hotel, in de koelkast stond een fles wijn koud te worden, we kregen die avond mensen te eten. Ineens ging de telefoon. Het was Leon. 'Mama is niet meer,' zei hij en zweeg. Na een lange stilte vroeg hij: 'Komt u op de begrafenis?'

'Natuurlijk,' zei ik.

Ik was diepbedroefd. Die nacht had ik koorts. Op de dag van de begrafenis reed ik vier uur in een sneeuwstorm om haar de eer te bewijzen die ik haar tijdens haar leven niet geschonken had. Ik kwam op tijd aan. Kennissen en familieleden vulden de kleine kerk bij het plaatselijke kerkhof. Ik kende niemand behalve Leon en zijn vrouw. Niemand groette mij. Ik voelde me overbodig. Agata's kist lag op een glanzend marmeren podium midden in de kerk. Er hing de lucht van wierook. Er werden bloemen gelegd. Agata's gezicht was opgemaakt, bleek, haast wit. Ik liep naar de kist toe. Ik keek naar haar. Haar ogen waren dicht. Ik boog me over het lijk en kuste haar lichtjes op de wang. Nu pas besefte ik, in een flits, dat haar liefde voor mij tot de dag van haar dood niet gedoofd was.

De pastoor gaf een teken dat het tijd was. De aansprekers maakten de kist dicht. Familieleden zette hun schouders eronder. Ik liep met iedereen mee naar het graf dat in de bevroren aarde was gegraven, eenzaam en een buitenstaander. Mijn hoofd was leeg, leeg, leeg. De kou drong door tot in mijn botten. De pastoor mompelde het gebed. Haar zus huilde. Haar man sloeg een kruis. Ik stond daar, bevroren in lichaam en ziel, en merkte niet dat de begrafenis afgelopen was. Leon legde een hand op mijn schouder en zei: 'Papa, u vindt het toch niet erg als ik niet met u mee naar de auto loop. Wij, de familie, gaan nu naar tante toe voor het begrafenismaal.'

'Natuurlijk vind ik het niet erg,' zei ik. Ik zette mijn jaskraag op en liep naar de poort. Het bleef aldoor sneeuwen. Ik besefte dat het gevoel dat ik er niet bij hoorde wederzijds was en dat ik, nu Agata er niet meer was, geen plaats meer had in Leons wereld. Het was mijn laatste afscheid, niet alleen van Agata, maar ook van onze zoon en van alles wat met hen verbonden was.

13

Terwijl ik keek naar het bleke gezicht van Agata, die daar in de open kist lag, besloot ik niet langer op zoek te gaan naar personen uit mijn verleden, want elke zoektocht die met succes bekroond was, bracht alleen maar bevreemding en teleurstelling. De weg naar de plekken waar ik ingrijpende belevenissen had meegemaakt, leidde niet terug naar mijn jeugd, maar naar een museum dat ik helemaal niet wilde bezoeken. De spelers in het levensdrama waren innerlijk en uiterlijk veranderd. Ik moest het doek maar niet meer optrekken, want de laatste scène was gespeeld en op het toneel waren alleen nog decorstukken achtergebleven. De kleuren waren verschoten, de stemmen hees, de bloemen verwelkt. Alleen de herinneringen die niet met het heden geconfronteerd waren, bleven onbeschimmeld. Als er één vrouw was die ik voorgoed in haar niet-misvormde gedaante in herinnering wilde bewaren, dan was het Monika wel. Hoewel ik haar makkelijk had kunnen opsporen, liet ik dat na. Ik neem aan dat zij daar net zo over dacht, want de hele periode dat ik in Polen was, gaf ze geen teken van leven. We hielden allebei onze liefde voor ons en kozen er bewust voor om die niet opnieuw op de proef te stellen.

Als ik dacht dat ik na de holocaust niet meer in staat was geemotioneerd te raken en lief te hebben, bewees Monika dat ik me vergiste. Ze was de eerste vrouw in mijn leven die me ertoe bracht noch in een impuls, noch uit berekening te handelen. In haar aanwezigheid merkte ik dat het hart niet louter een bloedpomp was, ik leerde dat er een vuur bestaat dat het lichaam niet verbrandt en dat ik, gesloten als ik was, in staat was open te gaan. Voordat ik met haar in aanraking kwam, had ik mezelf sociale vaardigheden geleerd voor zover deze nodig waren voor mijn werk als journalist. Ik was in dat opzicht net een stotterende acteur die op het toneel vloeiend spreekt, maar weer gaat stotteren zodra hij uit zijn rol stapt, terug in het gewone leven. Het is een bekend verschijnsel dat in psychologieboeken beschreven is, en dat me in zekere mate tot de dag van vandaag kenmerkt. In de ogen van mensen die ik interview, of die me anderszins met mijn werk kunnen helpen, ben ik een vriendelijke man en hartelijke gesprekspartner. Ze vermoeden niet dat het geen echte openheid is, maar een aspect van de pragmatische levenshouding die ik me eigen heb gemaakt. Alleen met vrouwen die mijn driften als een geest uit een fles weten los te maken, alleen met vrouwen die mijn diepst verborgen lusten blootleggen, soms ook zonder dat ikzelf wist dat ik ze in me had, kan ik een oprecht gesprek voeren zonder toneel te spelen. Je kunt het zien als het leren van een nieuwe taal die me in de gelegenheid stelt met de ander contact te maken.

Monika was een jaar ouder dan ik. Ze had als kind op een ursulinenschool gezeten, maar zelfs de strenge katholieke opvoeding had het natuurlijke vuurwerk in haar niet kunnen smoren. In die tijd, kort nadat Gita en ik uit elkaar waren gegaan, woonde ik nog in de buurt van Jelenia Góra. Monika studeerde rechten aan de universiteit van Wrocław. Ik reed iedere dag honderd kilometer op mijn motor om de avond met haar door te brengen. Ik leerde hele hoofdstukken van Socrates uit mijn hoofd om niet voor haar onder te doen, om gespreksstof te hebben. Ik begeerde haar, maar durfde haar niet aan te raken. Dat ging zo maandenlang door, en toen we eindelijk de vrucht van de boom der kennis proefden, betreurden we de verspilde tijd.

Monika's moeder werkte bij de redactie van de regionale uitgaven van *Słowo Polskie*, terwijl ik mijn eerste stappen in de journalistiek zette. Ik had, toen ik nog met Gita was, al essays en korte verhalen geschreven, maar in de la gelegd. Ik dacht niet dat ze goed genoeg waren om gepubliceerd te worden. Józef Muszkat, hoofdredacteur van *Słowo Polskie* in Jelenia Góra, dacht daar anders over. Dat zei hij tenminste toen ik op een avond bij hem langskwam om mijn werk te laten lezen. Ik was onder de indruk van de ruime woning, ik keek op van het telexapparaat op zijn werkkamer en ik was dankbaar dat hij me niet behandelde als een leraar zijn leerling. Voordat we in twee fauteuils tegenover elkaar gingen zitten, schonk hij me een glaasje sinaasappellikeur in: een zoete, kleverige drank. Daarna deed Muszkat zijn leesbril op en begon te lezen. Ongeduldig volgde ik zijn gelaatsuitdrukking terwijl hij de pagina's een voor een op de grond legde. Van tijd tot tijd vulde hij mijn glas bij. Ik was niet gewend aan sterkedrank. Mijn benen werden zwaar en mijn hoofd draaide.

'Dank je, ik hoef niet meer,' zei ik.

Muszkat antwoordde spottend: 'Je wordt nooit schrijver. Alle grote werken zijn in dronkenschap geschreven.'

Het glas was weer vol. Ik sloeg het achterover en meteen steeg de inhoud van mijn maag op naar mijn keel. Ik vroeg om toestemming om het toilet te gebruiken. Ik boog me kotsend over de pot, trok door en schaamde me bij de gedachte dat Muszkat alles hoorde. Toen ik terug in de kamer kwam, zette hij zijn bril even af, bekeek me als een goede vader en glimlachte: 'Niks aan de hand. Je groeit op en went eraan.'

'Ik geloof dat ik naar huis moet.'

'Wil je mijn mening niet horen?'

'Heel graag, maar ik voel me niet lekker.'

'Ga maar uitrusten totdat ik klaar ben.'

'Ik kan...'

'Nee, dat kun je niet. Je mag nu niet op de motor. Je bent mijn gast en ik ben verantwoordelijk voor je.'

'Als je dat zegt.'

'Ja, dat zeg ik. Ga in bed liggen en vergeet de rest van de wereld maar. Morgen ben je weer de oude.'

Muszkat stond op, pakte me bij de hand en bracht me naar de slaapkamer. Ik ging op de hoek van het bed zitten. 'Laat mij maar,' zei hij toen hij zag dat ik moeite had met de veters. Toen hij voor me knielde, zag ik de kale plek midden op zijn hoofd. Ik kleedde me uit. Ik had hoofdpijn. Opgelucht gleed ik onder de deken. Ik had een zure smaak in mijn mond. Ik was bang dat ik weer zou overgeven en wilde mijn excuses aanbieden, maar viel van het ene moment op het andere in slaap en verloor het contact met de werkelijkheid. Ik droomde dat ik Muszkats vochtige lijf tegen mijn rug voelde. Langzaam, uit de verte, kwam mijn bewustzijn weer terug. Nee, het was geen droom. Ik hoorde hem zwaar ademen. Zijn hand bevoelde mijn billen.

Ik probeerde naar de rand van het bed op te schuiven. Muszkat hield me vast om mijn middel.

'Hier blijven,' beval hij met het gezag van een volwassene die een jongere aanspreekt.

'Blijf van me af!' krijste ik.

Muszkat liet me los. 'Wees niet bang,' fluisterde hij in mijn oor. 'Ik doe je geen pijn.'

De alcoholdampen waren op slag vervluchtigd. Ik was weer helemaal nuchter. Ik sprong uit bed. Muszkat was naakt. Nu pas merkte ik hoe mager hij was. Zijn ribben staken uit. Zijn huid was wittig, afstotend.

'Je walgt van me,' zei hij droevig alsof hij mijn gedachten kon lezen.

'Waarom doe je me dit aan? Waarom doe je me dit aan?' viel ik tegen hem uit. 'Ik walg van je, ja. Ik haat je!'

Ik had mezelf niet in de hand. Muszkat trok het laken over zich heen. 'Je bent geen kind meer, je kunt toch begrijpen...' begon hij, maar hij maakte zijn zin niet af.

Nee, ik was geen kind meer, ik kon het wel begrijpen, maar ik kon het niet vergeven. Nog maar een uur geleden was hij in mijn ogen een persoonlijkheid, een gerenommeerd journalist, een lichtend voorbeeld; ik wilde niets liever dan net zo zijn als hij. Nu had hij in een handomdraai alles kapotgemaakt. Ik was boos dat hij me beroofd had van de ambitie om in zijn voetstappen te volgen. Koortsachtig trok ik mijn broek aan. Ik wilde vluchten, weg van de plek der schande, verdwijnen. Muszkat deed het licht aan. Ik wierp een woedende blik op hem: waarom heb je verdomme alles verpest? Hardop vroeg ik: 'Waar is mijn manuscript? Ik ga naar huis.'

'Ga niet weg,' vroeg hij met plotselinge tederheid. 'En wees niet bang. Ik heb me laten gaan. Dat zal niet meer gebeuren, ik beloof het.' Hij stond voor mij, gehuld in een laken, hij zette zijn bril op en ging zitten. 'Je bent zo'n knappe jongen dat ik de verleiding niet kon weerstaan.'

'Je liegt. Het was allemaal gepland. Tot in het allerkleinste detail.'

'Je bent niet alleen knap, je bent ook intelligent. Maar laten we zeggen dat ik het gepland heb, wat is daar dan mis mee? Ik heb je geen kwaad willen doen. De liefde van een man voor een man kan net zo mooi zijn als de liefde van een man voor een vrouw. Heb je nooit iets met een man gehad?'

'Jawel.'

'Waarom hij wel en ik niet?'

'Het is een lang verhaal.'

'Vertel.'

'Nee.'

'Waarom niet? De nacht is lang, we kunnen toch niet meer slapen. Vertel.'

'Ik kan het niet. In elk geval niet nu.'

'Schrijf het dan op.'

'Misschien doe ik dat ooit wel.'

'Waarom ooit? Doe het nu je woedend bent, nu je het zo intens voelt, nu je vuur en vlam spuwt. Ik heb je verhalen gelezen. Ze zijn goed. Ze zijn heel goed, maar er zit geen ziel in, geen passie. Ga maar naar mijn werkkamer en schrijf het op. Schrijf het op!'

'Dat meen je niet.'

'Nou en of.'

'Dit is waanzin.'

'Maar er zit logica in,' zei hij met een glimlach.

Het was twee uur 's nachts. Ik aarzelde. Muszkat ging weer naar bed en deed het licht uit. 'Maak me wakker als je klaar bent,' zei hij. Ik wist dat ik mijn verhaal onmiddellijk op moest schrijven, anders zou ik het nooit meer doen. Ik trok de deur van de slaapkamer achter me dicht. Ik ging de werkkamer van Muszkat binnen. De lamp op zijn bureau brandde. De fles likeur stond op een stapel mappen. Ik gooide hem in de prullenmand. Mijn vingers werden plakkerig. Ik pakte een vulpen en schreef:

> Iedereen noemde hem Arpad Basci. Hij had in zijn leven meer gevangenissen vanbinnen gezien dan scholen. Hij was begonnen als jonge zakkenroller op het treinstation van Boedapest. Toen hij opgroeide, werd hij inbreker, een tamelijk zeldzaam beroep onder de Hongaarse joden. Door zijn lange staat van dienst was hij de koning van de bajes. Maar voor

de Duitsers die zijn land veroverden, was hij gewoon een kleine crimineel. Een joodse crimineel. Hij werd naar Auschwitz gestuurd lang voordat Eichmanns slachtoffers er terechtkwamen. Van Auschwitz werd hij overgeplaatst naar het kamp Eintrachthütte. Daar ontmoetten wij elkaar in de herfst van 1944. Arpad Basci genoot de status van een bevoorrechte gevangene. Hij kon beeldhouwen en hij maakte mooie beeldjes en schaakstukken. Zijn materiaal was kostbaar: brood. De bewakers waren dol op zijn beelden en voorzagen hem van net zoveel brood als hij nodig had. Arpad Basci hield van jongens, de jonge gevangenen hielden van brood, en zo was de cirkel rond.

Hij had een goed oog voor de geschikte jongens onder de nieuwe gevangenen. De dag nadat ik in het kamp was aangekomen, rekruteerde hij me voor zijn team broodkauwers. 's Avonds, na het werk, moesten we met z'n vijven of zessen in de barak op de grond gaan zitten en kregen we van hem stukjes brood. Het was onze taak om langzaam op het brood te kauwen, het tussen tong en verhemelte te laten rollen tot het zacht werd van het spuug en makkelijk te bewerken. Alleen als het brood in die toestand was, legde hij uit, kon hij er zeker van zijn dat zijn beeldjes het eeuwige leven zouden hebben. Alleen dan waren ze bestand tegen tijd, vocht en insecten.

Het brood smaakte goddelijk, maar wee als je je liet verleiden om ook maar één kruimel door te slikken. Arpad Basci was meedogenloos. Hij zat voor ons, gespannen, zijn ogen op onze slokdarm gericht, klaar om je te wurgen als je de verleiding niet zou weerstaan. Hij wist hoe groot onze honger was en hij kende alle trucjes waarmee we hem om de tuin probeerden te leiden.

De gekauwde massa werd op een witte linnen doek uitgespuugd. Arpad Basci inspecteerde die met piëteit, alsof het om een prijzige kostbaarheid ging. Hij raakte het met zijn vingertop lichtjes aan, om te kijken hoe taai het was. Als hij niet tevreden was, schraapte hij het papje weer van het doek en liet het opnieuw bewerken. Mijn kaken waren behoorlijk moe tegen de tijd dat ik mijn beloning kreeg: de korst.

Om tien uur ging het licht uit. Tegen die tijd moesten we op onze britsen liggen, het uniform opgevouwen, het geschoren hoofd bloot, klaar voor inspectie. Alleen de barakoudste en Arpad Basci mochten ook 's nachts in de barak rondlopen. De barakoudste sloot zich liever op in zijn hokje; Arpad Basci had andere gewoontes. Twee maanden lang had ik op zijn brood gekauwd voordat hij de werkelijke vergoeding van de droge korst kwam beuren. Mijn britsgenoot hield zijn mond toen Arpad Basci hem wegjoeg en achter mij ging liggen. Nog voordat hij me had aangeraakt, wist ik al heel goed wat er ging gebeuren. Zijn hand tastte mijn lichaam af en zocht met trillende vinger naar de ingang. De vinger, ingesmeerd met varkensvet, vond gauw mijn anus en drong met een draaibeweging naar binnen. Mijn bilspieren spanden zich om de vinger tegen te houden, maar de oude geilaard wist wel raad met mijn verdedigingsmanoeuvres. De vinger kwam eruit, zijn penis penetreerde mij met één snelle beweging. De pijn was gruwelijk. Ik wilde het uitschreeuwen. Net op dat moment, alsof hij mijn reactie al verwacht had, legde hij zijn andere hand over mijn mond. In zijn hand lag een sneetje brood. Ik smoorde de schreeuw in mijn keel. Ik at uit zijn hand. Zodra ik het eerste stuk brood op had, stopte hij het volgende in mijn mond. Ik at het snel op, om nog het derde stukje te krijgen voordat hij klaarkwam. Arpad Basci, beroeps ook in het verkrachten, doorboorde me met korte, regelmatige stoten. Elke beweging verscheurde mijn lijf. De eerste pijnscheut ging over in een lange, brandende, kwellende pijn. Ik was stil. Pas nadat hij me losgelaten had, en nadat ik de laatste kruimel had doorgeslikt, voelde ik verontwaardiging over de grove schending van mijn lichaam en schaamte over het feit dat de honger mijn zelfrespect had weggevaagd. Het was geen verkrachting geweest. Ik had me niet verzet, ik had niet om hulp geroepen, ik had niet geëist dat hij zou stoppen. Ik zweeg toen hij me een afscheidsklap op mijn bil gaf en terug naar zijn vaste slaapplaats ging.

Hij ging niet met lege handen weg. Daar kwam ik achter toen ik een paar uur later wakker werd uit een nachtmerrie die me mijn laatste restje kracht ontnam. Mijn muts was verdwenen. Een gevangene zonder muts was een dode gevangene. De Kapo en de officier van dienst hadden de gewoonte om gevangenen die bij het ochtendappèl geen standaardhoofddeksel op hadden, dood te schieten. Soms deden ze met z'n tweeën een spelletje: de Kapo pakte een muts van iemands hoofd af en gooide die een eind weg, en de SS-officier schoot die gevangene neer. Bleef de gevangene daar met bloot hoofd staan, dan schoot hij hem neer omdat hij geen hoofddeksel had; rende hij om zijn muts op te pakken, dan schoot hij hem neer wegens 'vluchtpoging'.

Vuile schoft, schold ik Arpad Basci in mijn hart uit. Ik had nog maar twee, hoogstens drie uur te leven. Het koude zweet liep over mijn rug, ik voelde de druppels langs mijn ruggengraat glijden. Arpad Basci's bedoeling was duidelijk: hij wilde van me af. Hij wilde af van het bewijsstuk dat tegen hem gebruikt zou kunnen worden. Ik had er tot dan toe niet bij stilgestaan dat jongens van het kauwteam van tijd tot tijd onder verschillende en vreemde omstandigheden verdwenen of omkwamen. De laatste was verdronken in de beerput van de latrine. Ik moest me inhouden om niet naar hem toe te gaan om mijn muts terug te eisen. Die zou ik makkelijk herkennen. Er zaten bloedvlekken op, een herinnering aan de klap die een Kapo me met een knuppel op mijn hoofd had gegeven. Maar wat had ik eraan? Arpad Basci zou vast ontkennen, hij zou me misschien uitlachen, of hij zou zijn vriend, de barakoudste, erbij roepen om me wegens ordeverstoring te straffen. In het rijk van het kwaad hadden bewijzen geen enkele betekenis en bestond er geen belachelijker woord dan 'gerechtigheid'. Arpad Basci was een oude, bevoorrechte gevangene; ik was niet meer dan een waardeloos aanhangsel bij het nummer dat op mijn arm getatoeëerd was. Bij een rechtstreekse confrontatie met hem was ik kansloos.

Stil en voorzichtig gleed ik van mijn brits af. Mijn blote voeten raakten de betonnen vloer. De kou deed me goed; ze koelde me af. Ik keek naar links, ik keek naar rechts. Alleen één kale gloeilamp, hoog boven de ingang, verspreidde wat licht. De barak leek een donkere tunnel. Ik hoorde de slapende gevangenen ademen. Iemand snurkte. Ik liep door het smalle gangpad. Af en toe stopte ik, spitste mijn oren bij het allerzachtste geluid en liep dan weer verder. Mijn ogen waren zo scherp als kattenogen. Ze zochten naar een onbedachtzame gevangene die zijn muts niet onder zijn deken had verstopt. Ik was bang. Ik wist dat er korte metten met me gemaakt zou worden als ik gepakt werd. Niemand zou me helpen. Diefstal werd gezien als een onvergeeflijke misdaad. Mijn anus brandde van de pijn. Iemand kuchte. Ik stopte. Ik wachtte. De man sliep door. Ik deed weer een paar stappen en stond weer stil. Mijn hersenen zochten koortsachtig naar logische verklaringen voor het geval ik betrapt zou worden. Geen enkele verklaring zou voor de woedende gevangenen aanvaardbaar zijn. In Auschwitz was ik getuige geweest van een mutsendief die betrapt werd. De gevangenen hingen hem op aan een balk, zijn lijk hing de hele dag aan het touw, als waarschuwing voor anderen. Onwillekeurig keek ik omhoog naar de balken van het plafond, en deze blik bracht me bij mijn slachtoffer. Hij lag op de bovenste brits, ik zag zijn gezicht niet want dat lag onder de deken. Zijn muts stak uit onder zijn gevouwen arm. Ik trok er voorzichtig aan. De man werd niet wakker. Ik had de muts. Ik stopte hem onder mijn overhemd, de grove stof schuurde tegen mijn borst. Ik was gelukkig. Ik begon aan de terugtocht. Ik mocht me niet haasten. Ik luisterde: stilte. Alleen mijn hartkloppingen weerklonken in de barak. Ik liep op mijn tenen, stap voor kleine stap. Het kostte me tien minuten, of misschien maar één minuut, om mijn brits weer te bereiken. Mijn onderbuurman draaide zich om. Had hij het gezien? Ik hield mijn adem in. Hij sliep door. Net als iedereen was hij vast ook moe. De vermoeidheid was sterker dan slaaptabletten. Ik klom op naar mijn plek. Ik stopte de muts in mijn broekzak. Ik kon niet slapen. Ik deed geen oog dicht tot we gewekt werden.

Het appèl werd om vijf uur precies gehouden. Het terrein voor de barak was belicht door schijnwerpers. Er viel motsneeuw, de kou drong tot in de botten door. 'Attentie!' krijste de Kapo en we gingen allemaal in de houding staan. Nu begon de telling. Ik was in de tweede rij gaan staan. Het was belangrijk om ergens in het midden te staan, om niet op te vallen en ook niet achteraan te komen; je moest zover mogelijk uit het blikveld van de nazi-officier zijn, zoveel mogelijk in het midden. Voor mij zag ik Arpad Basci aan het einde van de eerste rij staan. Hij kon zich veroorloven om vlak voor de Kapo en de officier te staan, zijn status bood hem bescherming. Ik herkende hem zonder moeite. Alleen Arpad Basci had een dikke nek die over zijn kraag puilde; de nek van een man die geen honger kende. Ook zijn muts herkende ik. Er zaten bloedvlekken op.

Ergens achter mij stond de man die op zijn zekere dood wachtte. Verder wisten alleen Arpad Basci en ik wat er vanochtend ging gebeuren. Arpad Basci zou vast teleurgesteld zijn als hij zou merken dat ik nog leefde. Ik had geen idee wat de man zonder muts voelde en waaraan hij dacht. Ik had zelf geen schuldgevoel. Ik weigerde enige aandacht te besteden aan zijn gevoelens. Zijn bestaan was voor mij van geen enkel belang. Ik moest aan mezelf denken, want niemand anders zou dat doen.

De officier en de Kapo liepen de rijen af, ze inspecteerden het uniform, de houding van de gevangene, of deze nog in staat was door te werken. Wanneer zouden ze bij hem komen? De officier en de Kapo telden de gevangenen, ik telde de seconden. Ik wilde dat het snel voorbij zou zijn. Ze liepen nu de vierde rij af. De man zonder muts smeekte niet om zijn leven. De moordenaar en de vermoorde kenden de spelregels, het had geen zin erover te discussiëren. Het schot kwam zonder waarschuwing vooraf. Een korte, droge knal, zonder echo. Zeker in het hoofd geschoten. Ze schoten altijd in het hoofd. Altijd van achteren. Altijd van dichtbij. Het was oorlog, de moordenaars waren van overheidswege verplicht zuinig te zijn met kogels. Ik keek niet om. Ik wilde niet weten wie er neergeschoten was. Ik was blij dat ik nog leefde.

Ik was klaar met schrijven. De vellen lagen voor mij. Mijn handschrift was goed leesbaar, de regels waren zo recht als gevangenen op het appèl, de letters stonden schuin naar achteren, alsof ze zich bij ieder woord weer verzetten. Ik streek met de rug van mijn hand over de eerste bladzijde, alsof ik een stofje wilde wegvegen. Ik dacht bij mezelf: zo, ik heb deze herinnering het hoofd geboden zonder mijn toevlucht te zoeken tot het grijze gebied van halve waarheid en halve leugen. Ik hoefde het alleen nog op taal na te kijken. Maar dat kon ik nu niet meer opbrengen. Ik was bang dat als ik de tekst zou lezen, het verhaal als een boemerang op me in zou slaan en dat ik het uit zelfverdediging aan flarden zou scheuren, opdat niemand me naar zijn eigen maatstaven zou beoordelen. Ik schoof de vellen papier van me af, alsof ik afstand wilde scheppen tussen het verhaal en mezelf. En toen kwam Muszkat de kamer binnen en pakte ze op.

'Ga je het nu lezen?' vroeg ik.

'We wachten allebei op antwoord,' zei hij zonder zich nader te verklaren.

Terwijl hij aan het lezen was, nam ik hem nieuwsgierig op. Nu pas merkte ik de grijze haren in zijn snor, de lichte trilling van het ooglid achter zijn hoornen bril, de gemanicuurde nagels. Een lichtkleurig wollen pak verhulde zijn magerheid. Hij sloeg zijn linkerbeen over zijn rechterbeen, ging dan weer verzitten, nu lag zijn rechterbeen over zijn linkerbeen, zijn ene hand dwaalde naar het bureau, de vingers trommelden op het blad en dat irriteerde me. Er was een spanning tussen ons die ik niet kon verklaren. Toen hij de laatste bladzijde gelezen had, zette hij zijn bril af en keek me aan alsof hij moeilijk kon geloven dat ik het allemaal geschreven had.

'Is het allemaal waar?' vroeg hij na een lange stilte.

'Elk woord.'

'Je wilt zeker weten wat ik vind.'

'Ja.'

Muszkat schraapte zijn keel. 'Goed verhaal. Het komt in de zondagbijlage.'

'Geen sprake van.'

'Wat zeg je me nou?'

'Ik zei dat het verhaal niet voor publicatie is bedoeld.'

'Waarom heb je het dan geschreven?'

'Ik weet het niet. Ik kon het niet laten. Misschien door...'

'Door wat er vanavond gebeurd is?'

'Misschien.'

'Je bent nog steeds boos, hè?'

'Ja.'

'Goede kunst wordt geboren uit woede en pijn.'

'Ik ben Dostojevski niet.'

'Dat is waar. Maar er valt uit je verhaal een les te trekken die gemeengoed dient te worden.'

Ik begreep niet wat hij bedoelde. Muszkat legde een hand op mijn knie. Deze keer was het een onschuldig gebaar van een leraar die zijn leerling iets wil uitleggen, en toch schoof ik zijn hand ferm weg. Muszkat begreep het. Hij dacht even na, verschoof zijn stoel totdat hij recht voor me kwam te zitten en zei: 'Ik kijk naar je, en wat zie ik? Ik zie een knappe jongeman met krullend haar en bruine huid, prettig in de omgang, een jongen van goeden huize. Toch is de geraffineerde buitenkant alleen maar schijn. Iedereen heeft een buitenschil die zijn innerlijk verbergt. Je hebt de hand van een chirurg nodig om de schil open te snijden en de ingewanden bloot te leggen. De woorden die jij geschreven hebt, zijn als een scherp scalpel waarmee je de ene na de andere wond hebt opengehaald. Je hebt anderen laten zien wat oprechtheid is. Je mag nu niet terugkrabbelen, de schil weer dichtmaken en voortleven alsof er niets gebeurd is. Denk daar maar over na terwijl ik koffie voor ons zet.'

We dronken koffie en aten koek van gistdeeg die aan het verhemelte kleefde zoals Arpad Basci's brood. Muszkat legde zich neer bij mijn weigering mijn verhaal te publiceren. We namen als vrienden afscheid van elkaar. Voordat ik vertrok, stortte hij zijn hart nog uit. Hij vertelde ongeremd over zijn verblijf in concentratiekampen, over het feit dat hij zich aangetrokken voelde tot mannen en de angst waarmee dat gepaard ging; de angst om ontmaskerd te worden. 'Ik benijd je,' zei hij. 'Ik benijd je omdat ik tot mijn dood niet de moed zal hebben mijn eigen schil open te snijden en mijn innerlijk bloot te leggen.' De dood trof hem in een armoedige souterrainwoning in de stad Ramat Gan, in Israël, waar hij lag te sterven aan een ziekte die niet gediagnosticeerd was, omdat de moderne geneeskunde haar niet kende: heimwee. In maart 1968 moest Muszkat onder de golf van antisemitische zuiveringen Polen verlaten. De autoriteiten wisten van zijn homoseksuele neigingen en hij werd aangeklaagd wegens geslachtsgemeenschap met een minderjarige. Een jonge politie-informant getuigde dat hij seksuele omgang met Muszkat had gehad nadat deze hem beloofd had te zorgen voor vrijstelling van militaire dienst. Hij beweerde dat Muszkat hem naar zijn woning had gelokt, dat hij daar een lang telefoongesprek had gehouden met een hoge officier op de rekrutenbasis en, nadat deze een positief antwoord had gegeven, met hem de liefde had bedreven. Muszkat vroeg de getuige à charge naar de plaats en kleur van zijn telefoontoestel. 'De telefoon stond op de vensterbank en hij was zwart,' antwoordde de jonge getuige. De volgende dag verraste Muszkat zijn rechters met een officiële bevestiging dat er in zijn nieuwe woning nog geen telefoonaansluiting was. Het proces werd geschorst, maar hij mocht niet terugkomen op zijn werk, en 'goede vrienden' fluisterden hem in het oor dat hij beter naar het zionistenland kon emigreren. Muszkat heeft zich daarna nooit kunnen neerleggen bij het onrecht dat hem was gedaan. Hier, in Israël, ontfermde niemand zich over hem behalve ik. Maar wat ik voor hem gedaan heb toen hij op sterven lag, was niet meer dan het aflossen van een schuld.

Na die ene nacht bij hem thuis heeft hij me nooit meer aangeraakt. Zijn lust werd beteugeld door een innige geestelijke verbondenheid. Hij leidde me met ferme hand de afgesloten hof van de journalistiek binnen. Op zijn aanbeveling werd ik aangenomen door *Słowo Polskie*, eerst als verslaggever en later als redacteur van de editie van Jelenia Góra. Toen ik een keer door stommiteit een blunder had begaan, zorgde hij dat ik naar Wrocław werd overgeplaatst. Hijzelf was trots op wat ik gedaan had.

Zoals het een socialistisch blad betaamt, beschikte de redactie over een heel netwerk van 'arbeiders-correspondenten', meest fabrieksarbeiders en kleine ambtenaren, die verslag deden van wat zich op hun werk afspeelde. Daarvoor kregen ze een bescheiden honorarium. Zowel hun verslagen als het geld dat ze daarvoor kregen, gingen door mijn handen. Enerzijds moest ik het ruwe materiaal redigeren en persklaar maken, anderzijds moest ik de verslaggevers één keer in de maand uitbetalen. Alles zou naar tevredenheid blijven verlopen, ware het niet dat ik ineens meer geld nodig had. Met mijn salaris kon ik de bezoeken aan Monika niet meer betalen. Wat deed ik toen? Ik hief het netwerk van 'arbeiders-correspondenten' geleidelijk aan op en begon zelf materiaal te verzamelen en de stukken te schrijven. Met namen van kennissen stelde ik een lijst dode zielen op, aan wie het geld dan uitbetaald werd. Binnen een halfjaar verdiende ik drie keer zoveel. De directie was blij verrast met de betere kwaliteit van de stof. Men was dermate tevreden dat er na een halfjaar besloten werd in Jelenia Góra een bijeenkomst van de 'arbeiders-correspondenten' te houden en speciale oorkondes uit te reiken. Mij werd gevraagd om een zaal te huren en voor een feestelijk banket te zorgen. Mijn dode zielen, onder wie artsen, advocaten en zelfs een politieofficier, weigerden hun rol tot de allerlaatste scène te spelen. Ik ging langs bij Muszkat, die intussen naar Wrocław was verhuisd, en deed alles uit de doeken. Hij lachte zich slap en beloofde het 'te regelen'. Ik kreeg een flinke berisping en werd als 'begaafde jongeman die onder strenge supervisie dient te worden gehouden' eveneens naar Wrocław overgeplaatst, waar ik terechtkwam op de afdeling die de coördinatie deed van alle regionale edities. Hoofd van de afdeling was mevrouw Maria, die behoorde tot de generatie van de verdwenen lage adel. Ze ontving me met open armen. Als redacteur in Jelenia Góra was ik al bij haar in de smaak gevallen. Ook zij was gecharmeerd door mijn truc. Nog voordat ik naar Wrocław was verhuisd, was ik bij haar kind aan huis, en tegelijk ook de voornaamste bron van haar ellende. Dit alles uiteraard vanwege mijn liefde voor Monika.

Monika was haar dochter. Maria had haar toekomst uitgestippeld en Monika legde zich erbij neer. Afgesproken was dat, zodra de man die moeder voor haar dochter had uitgekozen afgestudeerd was, Monika met hem zou trouwen en naar zijn stad zou verhuizen. De aanstaande bruidegom wachtte geduldig af. Op de eerste avond dat ze me te eten vroeg, bracht Maria me al op de hoogte van de situatie. Dat deed ze met opzet, ze wilde me er klaarblijkelijk op wijzen dat ik als toetje lekker gebak zou krijgen, maar meer niet. Ze vergiste zich in de gehoorzaamheid van haar dochter; ze vergiste zich nog veel meer in de omvang van mijn trek.

De maaltijden werden een vaste prik. We dronken zelden een glaasje. Kerstavond was een uitzondering. Nog voordat we aan het toetje waren gekomen, was de fles op tafel al half leeg. Ik had nog niet leren drinken, ik werd duizelig. 'Ik laat je niet op je motor rijden, het sneeuwt buiten en je bent beschonken,' zei Maria gedecideerd. Ze negeerde mijn slappe protest en zette een opklapbed in de keuken voor me neer. Monika sliep in de kamer aan de andere kant van de gang. Met tien stappen kon ik bij haar zijn. Met ieder ander had ik dat zonder aarzeling gedaan zodra de vrouw des huizes naar bed was gegaan. Maar ik hield van Monika en mijn liefde zette me op een dwaalspoor. Ik las haar gedachten niet. Ik was bang voor een afwijzing. Had zij niet de eerste stap gedaan, dan hadden we elkaar nooit gevonden. Ik hoorde scharnieren piepen. De deur ging open. Ik maakte plaats voor haar naast me. Ik raakte haar aan. Zij raakte mij aan. We vreeën in stilte. Ik had geen haast. Ik wilde dat de rivier eeuwig zou blijven stromen zonder ooit in zee uit te komen.

De volgende nachten sloten we ons liever in haar kamer op. Op een klein tafeltje naast haar bed stond een ingelijste foto van haar aanstaande echtgenoot. Die draaide ze steeds met het gezicht naar beneden voordat ze zich uitkleedde. Maar wat de man op de foto niet zag, zag haar moeder wel. En toen ze merkte wat zich in haar huis afspeelde, reageerde ze op haar manier: 'Hebben jullie gemerkt hoe droog het is?' zei ze tijdens het ontbijt. 'Ik ben er vannacht drie keer uit geweest om een glas water te drinken.'

Ik bloosde. Het kon niet anders of ze had het lege bed gezien.

'Ik ben blij dat je nog kunt blozen,' merkte ze op en nam een hap van haar boterham.

'Mama, ik ben al een grote meid,' mengde Monika zich in het gesprek.

'Ik neem aan dat jullie een beetje verliefd zijn,' ging mevrouw Maria door alsof ze haar dochters hint niet begrepen had.

Ik beaamde dat met een lichte hoofdknik.

'Goed, laat ik dan uitleggen hoe het ervoor staat.'

'Alsjeblieft, mama, niet nu.'

'Wanneer dan wel? Als het te laat is?' En tegen mij: 'Monika heeft gelijk, ze is geen kind meer. Jij ook niet. Ik zal er geen doekjes om winden dat ik niet blij ben met wat zich in mijn huis afspeelt. Maar ik ga je ook niet de les lezen. Ik ga mijn tijd niet verspillen aan nutteloze dingen. Ik ben zelf ook jong en verliefd geweest. Iedere generatie denkt dat ze de emoties en passies heeft uitgevonden, maar zo ligt dat niet. Geloof maar dat ik jullie best kan begrijpen. Daarom zeg ik alleen maar dit: doe waar je zin in hebt, maar heb geen illusies over de toekomst. Ben ik duidelijk geweest?'

Als je tweeëntwintig bent, heeft het idee van de toekomst weinig te betekenen. Dat ligt zo ver weg en is zo abstract dat je het met je verstand niet kunt vatten. Daarentegen lijkt het heden je wezenlijk en oneindig tegelijk. Je denkt dat er nooit een einde aan zal komen, dat het heden samen met jou in de tijdruimte voortbeweegt. Monika en ik negeerden de barrière die ons aan het eind van de weg wachtte, omdat er voor ons geen doodlopende wegen bestonden.

Toen ik naar Wrocław overgeplaatst werd, huurde ik een kamer bij Lidia. Die had ik leren kennen bij de arrondissementsrechtbank, waar ik verslag deed van het proces tegen haar man, die van een gewapende roofoverval beschuldigd was. Hij kreeg twintig jaar en werd naar een verre gevangenis gestuurd om daar zijn straf uit te zitten. Ook als hij aftrek wegens goed gedrag zou krijgen, was hij veertig jaar oud als hij weer terug bij zijn vrouw kwam. Lidia was nog geen twintig. Ik wilde haar interviewen. Ze weigerde niet. Ze had de naïviteit van een meisje dat nog niet geproefd had van het leven. Ze waren een maand voor de aanhouding getrouwd. Lidia had zich daar vooral toe laten overhalen om aan de discipline in haar conservatieve ouderlijk huis te ontsnappen. De jongen had een goede indruk gemaakt. Hij was de eerste man in haar leven. Hij ging graag uit, had altijd wel centen op zak; zij had nooit gevraagd waar dat geld vandaan kwam. Ze was geschokt toen de politie huiszoeking kwam doen. Het onderzoek had enkele maanden geduurd en Lidia had geleerd op haar eigen benen te staan. Vrienden hadden haar geholpen aan een baan bij een impresariaat. Na afloop van het interview begonnen we te onderhandelen over de kamer. Algauw belandden we in haar bed. We spraken niet over gevoelens. Mijn liefde voor Monika was puur. Het een had met het andere niets te maken. Ik gaf Lidia niets anders dan mijn potentie. Ik hield mijn relatie met haar geheim. Maar ook Monika had een geheim. Lange tijd vertelde ze me niet dat haar aanstaande afgestudeerd was en dat de twee families al een datum hadden vastgesteld voor de bruiloft. Tot ze op een dag bij de afscheidskus ineens in tranen uitbarstte.

'Wat is er?'

'Dit was onze laatste keer. Vanaf morgen ben ik een getrouwde vrouw. Ik heb gezworen dat ik mijn man nooit zou bedriegen.'

Ik was niet uitgenodigd voor de bruiloft. De hemel wreekte mij en schonk het jonge echtpaar zijn zegen niet. Zware wolken hingen boven de stad en het regende hard. Ik belde mijn secretaresse vanuit Lidia's bed om te zeggen dat ik vandaag wegbleef. Ik trok warme kleren aan en ging naar buiten. Ik reed naar het stadhuis en parkeerde mijn auto voor de ingang van het kantoor van de huwelijksambtenaar. De plechtigheid was afgelopen en de gasten gingen uiteen. Niemand lette op mij. Alleen Muszkat, elegant gekleed, herkende mij. Hij kwam naar me toe en gebaarde dat ik het raam moest opendraaien. Een dun straaltje water trof me in het gezicht.

'Geen domme dingen doen, hoor,' waarschuwde hij.

'Maak je geen zorgen. Ik kom alleen kijken.'

Ik sprak de waarheid. Ik kon niet weten wat er komen ging. Ik had niets gepland. Het was niet mijn bedoeling een rel te schoppen. Ik liet de dingen op hun beloop. Monika verscheen in de uitgang; achter haar zag ik, voor het eerst, haar man. Met enig leedvermaak constateerde ik dat hij geen indrukwekkende man was. Zijn haar werd nat en hij droogde het met een witte zakdoek af. Monika kwam uit op de stoep, haar verse echtgenoot hield een paraplu boven haar hoofd. Zonder te beseffen wat ik aan het doen was, deed ik het portier open. Monika schrok.

'Wat doe je hier? Ik had je toch gevraagd om niet te komen?'

'Stap heel even in,' zei ik. Ik wist nog steeds niet wat er ging gebeuren.

'Dat gaat niet.'

'Heel even maar.'

'Je bent gek.'

'Stap in.'

'Heel even, net wat je zei.'

Ik gaf gas. De auto schoot weg. Uit mijn ooghoek zag ik haar man met de paraplu zwaaien, als met een zwarte vlag. Hij riep ons iets na. Ik kon hem niet horen. De ramen waren dicht, de motor maakte veel lawaai. Ik sloeg rechtsaf. Monika zweeg. Ik sloeg linksaf. De auto maakte vaart. Ik reed de laatste huizen van Wrocław voorbij, de snelweg op. De wijzer op de snelheidsmeter wees honderd kilometer per uur. Nu pas vroeg ze: 'Waar gaan we heen?'

'Waarheen je wilt.'

'Terug naar het stadhuis.'

'Behalve het stadhuis.'

Monika stak haar hand uit. 'Zie je de ring?' vroeg ze. Toen ik bleef rijden zonder te reageren, zei ze nog nadrukkelijk: 'Ik heb gezworen, weet je nog?'

'We gaan naar het vakantiehuis van de journalisten.'

Het idee was ontstaan in de fractie van een seconde tussen vraag en antwoord. De vereniging van journalisten had een rusthuis in een mooie villa in het Reuzengebergte, zo'n honderd kilometer van Wrocław vandaan. We hadden er in het verleden onvergetelijke weekeinden doorgebracht. De villa had een mooie tuin en lag te midden van dichte bossen. Monika deed haar tas open, haalde er een spiegel uit, bestudeerde haar gezicht en zei gedecideerd: 'Het is waanzin.'

'Maar wel een mooie waanzin. Wil je terug?'

'Ik weet het niet.'

Met dit korte zinnetje legde ze alle verantwoordelijkheid voor wat er nu en in de toekomst zou gebeuren bij mij. Maar de toekomst was voor mij, zoals gezegd, een abstract idee. Ik verlengde het heden met drie dagen uit mijn leven en uit het leven van Monika, totdat haar man haar kwam ophalen op het kleine treinstationnetje in de bergen. De rode lamp van de laatste wagon verdween in de verte en sloot het fantastische avontuur af, als een lakzegel op een document dat in het herinneringen-archief bewaard moet blijven.

De volgende dag ging ik terug naar Lidia.

14

Lidia werd zwanger. Ik zag haar buik groeien en werd vervuld van tederheid voor haar. Ik schrok niet terug voor het idee dat ik vader zou worden. Lidia had een mooi figuur, ze had blond haar dat tot over haar schouders reikte, blauwe ogen, een warm hart. Ik wist dat ze een uitstekende moeder zou zijn. Ze schreef haar man en vroeg om een echtscheiding. Zijn toestemming kwam enkele dagen voordat ze opgenomen werd in de kraamkliniek. Zijn handtekening was geratificeerd door de gevangenisdirecteur. Lidia beschouwde zijn antwoord als een goed voorteken. Op zondag begonnen de weeën. Ik bracht haar met de auto naar de kliniek. De arts raadde me aan enkele uren later terug te komen. Ik zwierf door de stad. De winkels waren dicht, de straten waren leeg. Aan het eind van de middag ging ik terug. De arts keek ernstig. Hij vroeg me mee te komen. Ik liep met hem mee door lange gangen. Op zijn kamer bood hij me geen stoel aan. 'Het spijt me, de inspanning was de kraamvrouw te groot,' deelde hij me met droge stem mee en keek meteen op zijn horloge, alsof hij wilde aangeven dat hij weinig tijd had. Ik was geschokt. Ik wist niet wat ik zeggen moest. De arts ging door: 'Ze was niet te redden. Een oude bloedprop was losgeraakt en bij het hart gekomen en heeft haar dood veroorzaakt. Hoe oud was ze?'

'En de baby dan?'

'De boreling? Gebrek aan zuurstof, begrijpt u. We hebben ons geconcentreerd op de moeder. Wat had u met een kleine baby gedaan?'

'Ja, wat had ik met de baby gedaan,' zei ik hem na. De arts gaf me een hand. Ik verliet de kamer. Ik was al halverwege de trap toen de vraag in me opkwam die ik vergeten was te stellen: was het een jongen of een meisje?

Lidia werd dinsdag begraven. Toen ik in het graf keek, dacht ik aan mijn moeder.

15

Waar het graf van mijn moeder ligt, weet ik niet. Op het terrein van het voormalige kamp Płaszów is een monument opgericht ter nagedachtenis aan de slachtoffers van de holocaust. In de lente van 1947, toen ik terugkwam uit Tsjechoslowakije, heb ik daar een bos lila seringen gelegd, de bloemen uit mijn kinderjaren. De heuvels rondom het monument waren bedekt met rustgevend groen gras. Er was geen spoor meer te zien van het kamp zelf, van het prikkeldraad, van de wachttorens, van alles wat daar gebeurd was toen Wilhelm Kunde me erheen had gestuurd, slechts vierentwintig uur nadat hij mijn moeder vermoord had. Hier had ik voor mijn vader gestaan met de bittere boodschap: 'Mama is dood.'

Ik hoopte dat hij me een gedetailleerde beschrijving zou besparen, dat ik de moord niet opnieuw zou moeten beleven. Maar mijn vader nam geen genoegen met wat ik zei. Hij wilde alles weten: hoe Kunde het gedaan had, hoe hij had gekeken, hoe mama had gereageerd, of ze geleden had; en hoe wist ik dan dat ze niet geleden had? Wie was er op dat moment in de kamer aanwezig? Wat had Ritschek gezegd, wat hadden de joodse agenten gezegd, wat hadden de gevangenen in mijn cel gezegd? Wanneer was het lijk weggehaald, door wie, waarheen...? Ik smeekte: 'Papa, hou op, ik kan dit verhoor niet aan.' Maar hij liet niet los totdat ik stilviel, totdat hij besefte dat ik aan het eind van mijn krachten was.

Achter ons kwam een colonne gevangenen voorbij. Op bevel zetten ze een liedje in dat geliefd was bij de bewakers. Niets kon op dat moment zo misplaatst zijn als de klanken van *Lili Marleen*. Ik wilde schreeuwen dat ze moesten ophouden, dat ze respect moesten tonen voor mijn overleden moeder. Ook al had ik dat gedaan, ze hadden het toch niet begrepen. Er werden in die tijd zoveel moeders vermoord dat niet het leven, maar de dood routine was. Mijn vader omhelsde me en barstte in een zacht huilen uit.

'Papa,' fluisterde ik, 'papa, niet huilen. Je mag hier niet huilen, papa.'

Hij klampte zich vast aan mijn nek als aan een reddingsboei. Zijn stem trilde: 'Huil maar, Romek, huil maar. Het is het enige wat we nog kunnen doen. Als alle tranen gedroogd zijn, heeft het geen zin meer om door te gaan.'

Ik schaamde me voor mijn droge ogen.

'Gelukkig leef jij nog, papa,' zei ik.

'Ja,' antwoordde hij, 'misschien is dat wel de beste wraak: leven.'

Toen ik ouder werd, begon ik in te zien dat de ervaringen uit het verleden zich laag voor laag in onze hersenen installeren en ons bewustzijn vormen. Over het algemeen zijn we ons niet bewust van dit proces, evenmin als de aarde weet of de wortels die erin liggen van een sierplant zijn of van onkruid. Het is vreemd en raadselachtig hoe verdrongen herinneringen ongecontroleerd doordringen tot de huidige werkelijkheid en er deel van gaan uitmaken. Elk deeltje van die herinneringen is een element in het chemische proces dat ons maakt tot wat we zijn. Alles loopt hier door elkaar: mensen en daden, harmonische klanken en valse noten, stemmingen en stamina, flexibiliteit en stijfheid en misschien ook enige logica die als een rode draad door dit onsamenhangend geheel loopt. Ook als het ons door een of ander wonder lukt om erachter te komen wat zich in ons afspeelt, we kunnen maar zelden onze gedachten een andere kant op sturen. Wat is het toch irritant en frustrerend dat we de vorming van onze persoonlijkheid niet kunnen controleren zoals we met de werking van onze spieren doen. Als een spier het begeeft, spreken we van invaliditeit. Maar dat ziel en hersens niet met elkaar in verbinding staan, zien we als vanzelfsprekend.

Zo komt het dan ook dat ik de absurditeit van tegenstrijdigheden als normaal beschouw. Ik liet geen traan toen mijn moeder vermoord werd, en ook toen ik in Płaszów voor mijn vader stond, kon ik niet huilen. Waarom krijg ik dan tranen in mijn ogen als ik in de bioscoop naar een melodrama kijk? Waarom ben ik bereid mijn leven op het spel te zetten om voor een overstekende hond te remmen, en heb ik nooit medelijden gehad met een medemens, noch met mezelf? Kennelijk leven er emoties in ons die door ons verdedigingsmechanisme op de bodem van onze ziel worden vastgehouden. Daar zitten ze als een vogel in een kooi, tot er een schok komt die de kooi hard genoeg door elkaar schudt om hem open te laten gaan, en de vogel begint te zingen.

In Płaszów kreeg ik de eerste les in de overlevingsleer. De werkelijkheid noteerde mijn cijfers, maar het eindrapport heb ik nooit mogen zien. Regelmatig deden er geruchten de ronde over de Duitse capitulatie, maar ze stierven even snel weg als ze opgekomen waren. Meestal kwam alleen het slechte nieuws uit. Ons leven concentreerde zich in de korte onderbrekingen tussen de ene en de andere tegenslag. We klampten ons dan vast aan elk sprankje hoop en vonden troost in het rationaliseren van ondraaglijke omstandigheden. Mijn vader vond zijn rust in een dwangmatig roken. Verslaafd als hij was aan nicotine, ruilde hij zijn dagelijkse portie brood tegen tabakskruimels die hij in stukjes krantenpapier draaide. Eerst maakte ik me zorgen. Hij viel af, zijn wangen waren ingevallen, zijn bewegingen werden traag. Daarna begon ik me te ergeren. De honger knaagde in me. Voor het eerst in mijn leven proefde ik de smaak van honger. Ja, de honger heeft een eigen smaak. Hij smaakt naar maagzuur. Met machteloze woede zag ik hoe makkelijk hij afstand deed van zijn brood. Als hij zonder brood kon, waarom gaf hij het dan niet aan zijn zoon?

Onze ontmoetingen waren vluchtig. Overdag werkten we in verschillende werkplaatsen: mijn vader in de stoffeerderij, ik in een werkplaats voor metaalbewerking. 's Nachts sliepen we in barakken die ver van elkaar lagen. Alleen 's avonds, in de korte pauze tussen werk en avondklok, kon ik hem opzoeken. Hij weigerde pertinent te praten over wat zich om ons heen afspeelde; alsof je ongewenste feiten kon doodzwijgen. Onze gesprekken gingen over de toekomst. Mijn vader schetste me de wereld zoals die er na de oorlog zou zijn. Hij kwam daarbij altijd terug op bekende dingen uit het verleden: hetzelfde huis, dezelfde dagelijkse routine, dezelfde vrienden, hetzelfde werk.

Alleen mama werd niet meer genoemd; hij had het feit dat ze er niet meer was klaarblijkelijk verdrongen. Als ik hem in de rede viel, om zijn toekomstbeeld af te kraken, om vraagtekens te zetten bij uitspraken die me afgezaagd leken, deed hij me af met 'je bent te jong om te kunnen oordelen'. In de loop der tijd leerde ik mijn mond houden. Mijn vader had een luisterend oor nodig, en ik leerde luisteren. Vaak gingen de monologen te lang door; voor we het wisten, was de grens van de avondklok overschreden en moest ik de weg terug naar mijn barak stiekem afleggen, om aan het wakend oog van de bewakers te ontsnappen. Ik had steeds geluk, tot de bewuste avond waarop...

Ik was al halverwege de barak van mijn vader en mijn eigen barak toen er een felle, gouden lichtflits door de donkere fluwelen hemel boven mij schoot, als een foton dat uitsluitend in beweging bestaat. Ik stond stil en keek verwonderd naar het licht. Een meteoor die door de ruimte schiet, was voor mij het symbool van grenzeloze vrijheid. Onze dienstmeid Paula geloofde dat dit het moment was om een wens te doen, omdat een vallende ster de beste garantie biedt dat die snel in vervulling gaat. Ik was bang dat ik niet zo vlug een passende wens kon bedenken. Er kwam niets aannemelijks in me op. Pas op het allerlaatste nippertje voordat het licht aan de fluwelen einder verdween, flapte ik eruit: 'Ik wil leven!'

Vanuit een smalle doorgang tussen twee magazijnen riep iemand: 'Wat doe je hier, rotjood!'

Dit was niet het verwachte antwoord op mijn hartenwens. Daar kwam Amon Goeth, de commandant van het kamp, me tegemoet. Ik had hem tot dan toe maar één keer gezien. In mijn tweede week in het kamp verscheen hij laat op de avond in onze barak, samen met Hilowicz, de commandant van de joodse politie. We moesten van de britsen komen en in de houding staan. Hilowicz sprak Jiddisch. Zijn toespraak was kort en duidelijk: de gevangenen moesten onmiddellijk al het geld en alle kostbaarheden die ze bij zich hadden aangeven. Amon Goeth, die de tekst kennelijk uit zijn hoofd kende, legde zijn pet op tafel en zei nog: 'Ik wil dat deze pet gevuld wordt met goud. Ik ga niet controleren wie wat heeft gegeven, maar als blijkt dat iemand het bevel genegeerd heeft, wordt die ter plaatse doodgeschoten.' Hij keerde ons zijn rug toe en begon te tellen: 'Een, twee, drie, vier...' Tot vijfentwintig. Tot mijn grote verbazing was de pet binnen nog geen dertig seconden vol. Met een onverschillig gezicht stak Goeth zijn hand in het hoopje gouden munten en kostbaarheden. 'Niks vergeten?' vroeg hij sarcastisch. Zonder het antwoord af te wachten beval hij Hilowicz om een oude gevangene te fouilleren. Kennelijk had hij daar een neus voor, want de man had een biljet van twintig dollar in een sok. Goeth schoot hem in zijn keel. Het bloed vloeide uit de ader op het ritme van zijn hartkloppingen, totdat de stroom ophield en de man neerviel. Goeth zocht met zijn blik een ander slachtoffer. Ik stond vlak bij hem, de loop van het pistool sloeg me over, Goeth schoot een andere gevangene neer, pakte zijn pet en verliet de barak.

Amon Goeth hoorde tot de mensen die je maar één keer hoeft te zien om ze nooit meer te kunnen vergeten. Ik herkende hem ook in het donker. En ook al had ik zijn silhouet niet herkend, ik kon me in zijn stem niet vergissen.

Goeth was een lange man die op zijn uiterlijk lette en zich aan de Weense manieren hield, want hij was Oostenrijker van afkomst en redacteur van beroep. Hij was intelligent en ontwikkeld, meedogenloos en hebzuchtig, charismatisch en schietgraag; hij maakte zijn slachtoffers even vlug af als hij het kamp tot zijn privédomein had gemaakt. De feesten bij hem thuis waren beroemd. Zijn joodse dienstmeid werd doodgeschoten toen hij dronken thuiskwam en haar per ongeluk de hand gaf. Een jood die voor hem raspaarden fokte, werd afgemaakt omdat hij een opmerking had durven maken over de rijstijl van zijn maîtresse Majola. Zijn twee waakhonden, Rolf en Ralf, waren getraind om op bevel hun tanden in levend vlees te zetten. Hij schoot acht joden neer nadat hij in hun werkplaats een broodje met worst had gevonden. Vanuit zijn kantoor werden bevelen uitgevaardigd om mensen te doden, te martelen en te vernederen. De verhalen over zijn wreedheden hoorden tot de folklore van Płaszów. Toen hij later berecht werd, bleek hij honderden vermoorden en duizenden gemartelden op zijn geweten te hebben. Hij werd door een Poolse rechtbank ter dood veroordeeld.

Voor die man stond ik nu, weerloos en me bewust van de regels die bepaalden dat het schenden van de avondklok bestraft werd met de dood door ophanging.

'Halt!' brulde Amon Goeth.

Ook al had ik het gewild, ik kon niet bewegen. Ik was als vastgenageld aan de grond. Verlamd van angst volgde ik zijn rechterhand. Deze zakte langzaam naar de pistoolholster. Het wapen werd eruit getrokken, de loop werd op mij gericht. Nu speelde hij met me als een kat met een muis. Hij wachtte met het overhalen van de trekker, genietend van zijn eigen machtsvertoon, van mijn reactie, zoals ik daar gespannen op de dood stond te wachten. Hij wist dat het amusante spel voorbij zou zijn zodra hij de trekker zou overhalen. Ik weet niet hoe lang het duurde voordat hij besloot dat het leuk was geweest. Ik hoorde de klank van metaal op metaal toen de slagpin met een holle tik neerkwam. Er was geen kogel afgeschoten. Goeth vervloekte het magazijn, waarin de patroon was blijven steken. Hij probeerde weer door te laden, ik kon niet zien waarom dat niet lukte. Zijn boze stem was het enige menselijke element in die griezelige situatie. Zijn boosheid wakkerde mijn denkvermogen en daadkracht weer aan: ik moest vluchten, wegrennen, zo hard als ik kon! Ik draaide me om en zette het op een rennen. Ik rende als een gek, zonder te weten waarheen. Achter mij hoorde ik Goeth herhaaldelijk roepen: 'Stop, rotjood!'

Ik stopte. Ik drukte me tegen de muur van een barak, ik wilde erin opgaan, door de duisternis worden opgezogen, erin oplossen. Ik ademde zwaar. In de stilte die over het kamp hing, klonk mijn ademhaling als een trompet. Ik probeerde de adem in mijn longen te smoren, bang dat die me zou verraden. Vergeefs.

Hij hoorde me niet. Ik hoorde hem wel. Zijn gevloek trok steeds verder weg, totdat het stil werd. Hij was me kwijt. Ik zakte op de grond neer. Ik rustte uit. Ik zag de meteoor niet meer, maar ik wist zeker dat mijn wens verhoord was.

Amon Goeth was naar Kraków gekomen uit de provincie Lublin, waar hij ervaring had opgedaan in het uitroeien van joden. Hij was er aangekomen enkele maanden voordat wij aangehouden werden. Het kamp in Płaszów was al in de herfst van 1941 opgezet, maar pas onder bevel van Goeth groeide het uit tot een gigantisch interneringskamp. Om het werk te bespoedigen stelde hij een moorddadig tijdschema vast. Hij hield familieleden van de joodse ingenieurs die hij aan het werk had gezet vast als gijzelaars, en dreigde die af te maken bij iedere vertraging. Toen het getto opgeheven werd, stond alles klaar om de verdreven bewoners op te vangen. In het begin, toen Płaszów nog als werkkamp onder de SS en de politie van Kraków viel, zaten er ook Poolse gevangenen. In 1944 veranderde het in een concentratiekamp en werden de Polen overgeplaatst naar een stuk dat van het moederkamp was afgescheiden. Maar tegen die tijd waren wij al heel ver weg.

De autoriteiten hadden besloten de bevolking van het kamp uit te dunnen. Honderden mensen werden doodgeschoten, duizenden werden naar andere kampen gestuurd, meestal naar kampen die bij wapenfabrieken lagen. Het toeval wilde dat we allebei, mijn vader en ik, op dezelfde trein waren gezet, met dezelfde reisbestemming: Starachowice. Ik was blij dat het lot ons niet van elkaar had gescheiden. We konden niet vermoeden dat we zijn dood tegemoetgingen.

Toen hij de wereld verliet, liet mijn vader mij zijn ijdele hoop niet na, noch het halve brood dat ik zo begeerd had. Alleen de luizen kropen van zijn lijk over op mijn lijf en besmetten mij met zijn ziekte. Eerst weigerde ik te erkennen dat ik door de ziekte getroffen was. Ik schreef mijn zwakheid toe aan het zware werk en de slechte voeding, en mijn koorts aan de smeltovens. Maar mijn zelfbedrog kon me niet lang op de been houden. De vlektyfus won het van de ontkenning. Op een gegeven moment stortte ik in. Ik werd op een brancard naar hetzelfde 'hospitaal' gebracht waar mijn vader de geest had gegeven. Gelukkig was ik buiten bewustzijn en bleef mij de schok van de herkenning bespaard. Een week lang lag ik daar te ijlen. Toen ik terugkwam uit mijn duik in de afgrond van de dood, stond Fredek Minz naast mijn bed. Zijn gezicht doemde op uit de mist, werd scherp, kreeg vorm. Ik wilde hem bedanken, maar mijn tong kleefde aan mijn verhemelte en ik kon geen woord uitbrengen. Mijn droge lippen waren gebarsten. Ik had dorst. Fredek had geen woorden nodig. Hij gaf me gekookt water te drinken. De volgende dag bracht hij een half brood mee en stopte het onder mijn stromatras. Ik kon me niet inhouden. Zodra hij weg was, begon ik al te eten. Ik slikte grote stukken door zonder erop te kauwen. Ik was bang dat de verpleger me het brood zou afpakken, maar die had kennelijk genoeg brood gegeten, want hij kwam naast mijn bed staan en lachte me uit: 'Eet maar, eet op voordat de luizen jou opeten.'

Enkele dagen later ging ik weer aan het werk.

's Nachts hoorde ik dof gedonder, de weerklank van een storm die in de verte woedde. Door de ziekte had ik het gehoor in één oor verloren. Eerst dacht ik dat het geluid in mijn eigen hoofd klonk, ik verbeeldde me zelfs dat ik het ook met mijn dove oor hoorde. Maar de klanken kwamen toch uit de verte, ergens achter de horizon vandaan. Binnen de kortste tijd deed een gerucht de ronde over zware veldslagen aan de oostkant van de Wisła. Het bombardement klonk ons nu als muziek in de oren. Sommige gevangenen beweerden het verschil te kunnen horen tussen het geluid van een afgeschoten projectiel en dat van een treffer. Andere meenden dat de kanonnade de inleiding was tot een groot offensief. Het waren uiteraard allemaal gissingen. Wel was duidelijk dat de Duitsers steeds bezorgder werden naar mate het kanongebulder luider werd. SS-officieren die dachten aan het front ontsnapt te zijn, merkten nu dat de oorlog hen ook thuis kon bereiken. Tegelijkertijd groeide ook hun angst voor een gevangenenopstand. De bewaking werd versterkt met een compagnie Letse militairen. Er werden extra wachttorens langs de omheining gebouwd. 's Nachts werd zowel het binnenhek, van prikkeldraad, als de houten heining daaromheen belicht met schijnwerpers die het terrein afzochten. De lichten brandden de hele nacht door en gingen alleen uit als de sirene een bombardement van de geallieerden aankondigde. Dat gebeurde nu vaak. Ik schrok niet van de gedachte dat wij ook gebombardeerd zouden worden; alsof er van tevoren was afgesproken dat de bommen alleen de Duitsers zouden treffen.

Op een avond ontsnapten vijf joden uit het kamp tijdens het

alarm, kennelijk op het moment dat de poort openging om een vrachtwagen binnen te laten. Hun afwezigheid bleek bij het ochtendappèl. Het kamp werd afgesloten, we gingen niet naar ons werk en we mochten onze barakken niet uit. De Duitsers waren zichtbaar zenuwachtig. Ze waren zeker bang dat de geslaagde ontsnapping anderen zou stimuleren om ook een poging te wagen. Die avond nog werd de interne propagandamachine in werking gezet. Gevangenen van wie iedereen wist dat ze nauwe contacten hadden met de leiding, sommige bekend als verklikkers, vertelden dat ze toevallig vernomen hadden dat stormtroepen de omgeving afzochten.

'Die zelfmoordenaars maken geen enkele kans,' kregen we te horen van Szmuel, die in het voedselmagazijn werkte. En hij raadde ons aan: 'Ik zou rustig op m'n gat blijven zitten. De bevrijding is nabij. Zet je leven niet voor niks op het spel. Ook al lukt het om te vluchten, ze gaan in het bos op je jagen als op een beest.'

We luisterden en zeiden niets, maar in ons hart lachten we. In de bossen in de omgeving waren de partizanen de baas. De Duitsers durfden niet te diep het bos in te gaan. Ook over de wegen die door de bossen liepen, reden ze uitsluitend in konvooi. Van de vrije arbeiders in de staalfabriek hadden we gehoord dat ook deze konvooien soms in een hinderlaag liepen, waarbij veel nazi's omkwamen. Maar de moed zonk ons weer in de schoenen toen ons enkele dagen later meegedeeld werd dat de vijf gepakt waren. 'Jullie mogen persoonlijk kennis met ze maken als je de executieplechtigheid bijwoont,' lachte de Rapportführer, de officier die over het ochtend- en avondappèl ging, ons uit.

De galg kwam op het centrale plein te staan. Een groep gevangenen werkte er de hele nacht aan. Joske, de timmerman die de extra wachttorens had gebouwd, was als voorman aangewezen. We werden twee uur eerder dan normaal gewekt en in looppas naar het plein gedreven, waar we aan alle kanten omgeven werden door Letse bewakers die daar al klaarstonden. Joske voerde een laatste controle uit: hij sloeg met een hamer tegen de palen om te kijken of ze stevig genoeg waren, hij trok aan de touwen alsof hij zeker wilde weten dat die niet zouden breken, en pas toen hij zich ervan vergewist had dat alles in orde was, legde hij zijn hamer terug in de gereedschapskist en ging ervandoor. We stonden met onze rug naar het westen, de opgaande zon scheen in onze ogen, het silhouet van de timmerman ging op in het licht. Een groene vrachtwagen van de veiligheidspolitie kwam door de hoofdingang binnenrijden en stopte op enige afstand van de galg. Een groep van twaalf gevangenen die van tevoren waren uitgekozen, laadde een grote kooi uit met vijf mannen erin. We konden ze niet goed zien, omdat we verblind waren door de zon. Uit de kooi weerklonk gezang; de vijf mannen zongen een volksliedje waarvan de eerste woorden – 'Alle Vögel sind schon da' – boekdelen spraken. Er kon geen twijfel over bestaan dat de show tot in het allerkleinste detail geregisseerd was, dat niets aan het toeval was overgelaten. Wij, zo'n duizend gevangenen, waren het publiek. Ik vroeg me af welke martelingen de gevluchte gevangenen hadden ondergaan voordat ze zodanig gebroken waren dat ze zingend hun dood tegemoetgingen.

'Vluchten leidt naar de galg!' riep de kampcommandant door de luidspreker, en wij zeiden het hem uit duizend kelen na: 'Vluchten leidt naar de galg!'

Nu kwam het tweede bedrijf. De gevangenen werden uit de kooi gehaald. Ze droegen de typische Starachowice-kleding: gewone burgerkleren, broek en colbert, gemerkt met strepen gele en rode olieverf die er in de was niet af te krijgen waren. Hun handen waren geboeid en een Letse bewaker bedekte hun hoofden nu met bruine zakken. De kampcommandant riep hun namen af, zij antwoordden, ieder op zijn beurt, met een gehoorzaam 'Hier' voordat ze drie stappen naar voren deden. Nu stonden ze vlak voor de galg.

'Erop!' riep de commandant.

Ze wisten dat ze voor de galg stonden, maar ze konden die niet zien. Een Letse militair hielp ze een klein plankier op, gemaakt van enkele planken op twee schragen. Hij deed dat vriendelijk, alsof hij oudjes hielp een bus in te stappen. De beul bevestigde de strop vlug om hun nek. Een lage SS-officier maakte foto's van het evenement. De Kapo's liepen de rijen af en gaven iedereen die zijn blik probeerde af te wenden een klap in het gezicht.

Mijn ogen brandden van het tegenlicht, maar ik sloeg ze niet neer.

'Nu!'

Deze keer was het bevel van de commandant gericht aan twee joodse helpers, die vervolgens hard aan de touwen trokken die aan de schragen waren vastgemaakt. Het bruggetje stortte neer en de vijf mannen hingen nu in de lucht. Het gebeurde allemaal in absolute stilte. De gehangenen gaven geen kik. Een arts in uniform stelde hun dood vast. De kooi werd op de vrachtwagen geladen. Een groep nazi's die het tafereel had aanschouwd ging uiteen. Einde voorstelling. Maar niet helemaal. Wij, de toeschouwers, moesten nog een uur lang in de houding blijven staan en naar de lijken kijken. We gingen later dan gebruikelijk naar ons werk. Toen we 's avonds terugkwamen, waren de vijf slachtoffers er niet meer. Alleen de galg stond er nog, als waarschuwing voor wie zich liet verleiden door de gedachte aan een vluchtpoging.

De bedenkingen begonnen enkele dagen later de kop op te steken. Eerst was het een gerucht dat niet bevestigd werd, en dat door weinig mensen serieus werd genomen. Maar zodra de informatiebron bekend werd, begrepen we dat de Duitsers ons bedonderd hadden. De doodgravers die de lijken in een massagraf buiten het hek hadden begraven, wisten te vertellen dat de vijf mannen nooit in Starachowice hadden gezeten. In zo'n klein kamp, waar bijna iedereen iedereen kende, kon je je daar moeilijk in vergissen. Te meer daar de slachtoffers niet besneden waren. Er ging weer een week voorbij, ingewijden lieten de waarheid uitlekken: de nazi's hadden vijf gevangenen uit de gevangenis van de stad Kielce naar ons kamp gebracht en daar opgehangen. Niemand kende ze; we namen aan dat het onschuldige Polen waren.

Toen de leiding van het kamp erachter kwam dat het bedrog aan het licht was gekomen, besloot men overtuigender maatregelen te treffen. In plaats van de publieke ophanging van anonieme voortvluchtigen zou voortaan voor iedere gevluchte gevangene een aantal kampbewoners worden geëxecuteerd. Deze gijzelmethode lag ten grondslag aan het idee waarvan de heer Wilczek de auteursrechten opeiste. Wilczek droeg de titel van kampoudste, en hij was een vertrouweling van de nazi's. De kampcommandant zei weleens: 'Ik zou mijn jood zelfs de sleutels van de kas toevertrouwen.' In die kas bewaarde hij waarschijnlijk een deel van de munten en kostbaarheden die Wilczek bij andere joden in beslag had genomen en aan de commandanten gaf als dank voor hun gunsten.

Wilczek genoot een uitzonderlijk voorrecht: hij woonde met zijn vrouw en zonen in een eigen barak, goed gemeubileerd en van alles voorzien. Hij mocht zich op alle uren van de dag en de nacht in het kamp bewegen. Soms ging hij, onder het mom van een bezoek aan de ploegen in de staalfabriek, zonder begeleiding naar buiten. Hij was verantwoordelijk voor het uitdelen van voedsel; zijn handlangers hadden een volle buik, de rest had alleen honger. Hij deelde ook het werk uit, en bepaalde dus wie het zware werk deed en wie zich daaraan mocht onttrekken door lichte karweitjes in het kamp zelf te doen. Met een netwerk van verklikkers verstevigde hij zijn greep op het kamp en versterkte hij zijn positie bij de Duitsers. Hij voerde het bevel over een tiental gevangenen die dienst deden bij de zogeheten kamppolitie. Hij had ze persoonlijk uitgekozen, en ze waren hem dan ook onvoorwaardelijk trouw. Als hij het in zijn hoofd kreeg, kon hij ze zomaar hun bevoegdheden afpakken en hen naar de fabriek sturen. Van zijn kant deed hij een oogje dicht als zijn mensen hun macht misbruikten om hun eigen leefomstandigheden ten koste van de andere gevangenen te verbeteren. Deze joodse agenten, door ons allen gehaat en gevreesd, voerden elk bevel van de Duitsers zonder huivering uit. Het is zeer de vraag of de gewenste discipline in Starachowice gehandhaafd had kunnen worden zonder de medewerking van de collaborateurs. Het bevel over deze groep gaf vader Wilczek in handen van zijn oudste zoon.

Ik vroeg me weleens af waarom de nazi's uitgerekend Wilczek hadden gekozen. Hij was een weinig indrukwekkende man, klein van postuur, traag van bewegingen, nors; alleen zijn opvallende lange haviksneus gaf zijn gezicht enig karakter. Voor de oorlog had hij zich, als een van de rijken van het naburige stadje Wierzbnik, nooit onttrokken aan de plicht om mensen in nood te helpen. Deze huisvader vloekte nooit, dronk niet en deed geen vlieg kwaad. Waarom viel de keuze van de nazi's dan juist op hem? Hadden ze misschien een zesde zintuig waarmee ze een monsterlijke ziel konden ontdekken ook als die een menselijke vorm aannam? Of ligt in ieder van ons een schurk te slapen die alleen maar op het juiste moment wacht om wakker te worden? Hoe het ook zij, het was Wilczek junior die de Duitsers de oplossing schonk die zijn vader bedacht had: van zonsondergang tot zonsopgang zouden gevangenen langs de hekken patrouilleren, aan de binnenkant uiteraard, in groepjes van twee die elkaar om de twee uur zouden aflossen. Ze zouden uitgerust worden met een fluit en ze zouden witte jassen dragen, zodat de bewakers op de wachttorens hen makkelijk zouden herkennen bij het licht van de schijnwerpers of van de maan. Bij elke vluchtpoging – en je hoefde maar bij het hek te komen om daarvan verdacht te worden – zouden ze de bewakers waarschuwen. Voor elke verijdelde vluchtpoging zouden zij een brood krijgen. Elke geslaagde vlucht zou ze hun leven kosten.

Pet af, meneer Wilczek, uw idee was geniaal in zijn eenvoud. Helaas vergissen ook genieën zich soms in hun berekeningen. U had de kracht van de angst verkeerd ingeschat, u vergat dat angst een mes is dat aan twee kanten snijdt. Hoe harder de kanonnen bulderden, hoe hardnekkiger het gerucht werd over de vernietiging van de kampen die vlak bij het front lagen. Het gerucht wilde dat de nazi's geen spoor achterlieten. Een dergelijk lot zou ook de gevangenen van Starachowice wachten. Voordat de nazi's zich terug zouden trekken, zouden ze ons allemaal afslachten en de staalfabriek opblazen. Ze zouden niets dan geschroeide aarde achterlaten... De angst deed de rijen sluiten, de lotsverbondenheid werd tastbaarder dan daarvoor. De mensen stonden in kleine groepjes te smoezen, er werd levendig gefluisterd en dan stil gezwegen zodra er iemand bij kwam die ervan verdacht werd een verklikker van Wilczek te zijn. Wij, jongeren onder de zestien, mochten niet meedoen aan die gesprekken. In mijn naïviteit dacht ik dat de volwassenen een noodplan bespraken voor een eventuele terugtrekking. Dat was niet het geval.

Het alarm ging om twee uur 's nachts. Ik hoorde de sirenes niet. Als ik mijn goede oor in de stromatras begroef, zoals ik gewend was te doen sinds ik het gehoor in mijn linkeroor kwijt was, kon zelfs een bomexplosie mijn rust niet verstoren. Het was juist het zachte geritsel op de britsen om me heen dat me wakker maakte. Dat geritsel vernam ik, leek het, via mijn poriën. Ik voelde dat er iets bijzonders aan de hand was, al kon ik niet zeggen wat dat was. Vermoeide mensen hebben maar een paar seconden nodig om in te dommelen, maar het kost tijd en inspanning om je weer aan de doezeling te onttrekken. Ik was al wakker, maar ik had nog geen zin om mijn ogen open te doen. Iemand stapte op mij. Ik gilde, eerder uit woede dan uit pijn, en mijn eigen stem bracht me terug in de werkelijkheid.

'Idioot, waar ga je heen?'

Deze keer was het de stem van Fredek Minz. Zijn vraag hing in de lucht, maar er kwam geen antwoord op. Ik ging opzitten. De deur stond wijd open. Ik zag silhouetten van mensen naar buiten glippen. Ze bleven even in de deuropening staan, om dan in het donker te verdwijnen. De sirenes vielen stil. Ook het geritsel om me heen was opgehouden. De stilte was enerverend. Ineens ging me een lichtje op.

'Ze zijn ervandoor,' zei ik opgewonden.

'Er wordt niet gefloten,' antwoordde Fredek.

Ik trok mijn schoenen aan en begon ze te rijgen.

'Wat ben je aan het doen?'

'Wat iedereen doet.'

'Mij niet gezien.'

'Waarom niet?'

'Het risico is te groot.'

'Onzin. Kleed je aan.'

'Ik doe niet mee aan dit spelletje.'

'Ga je liever liggend dood?'

'Ik wist niet dat jij zo'n held was.'

'Ik wil met iedereen mee.'

'Ga dan, sukkel, ga maar. Ik blijf hier, dan is er tenminste iemand die kaddisj* voor je zegt.'

'Je kaddisj kan me gestolen worden. Ik vraag het voor de laatste keer: ga je mee?'

'Nee.'

Fredek trok de deken over zijn hoofd.

Einde discussie. Einde vriendschap. Ik verdiepte me niet in de vraag wie hier wie in de steek liet en wat de waarde was van een vriendschap die de proef van een impuls niet doorstond. De tijd drong. Elk moment konden de sirenes weer tot leven komen en het einde van de alarmtoestand verkondigen. Ja, ik handelde in een impuls, niet in helderheid van geest. Ik sprong van de brits, ik keek niet om, ik stormde naar buiten. Het oog was nog niet gewend aan het duister. Rechts hoorde ik gedempte stemmen. Ik rende erop af. Nu zag ik het: een aantal planken van het buitenhek was losgerukt, in het binnenhek was een groot gat gemaakt. Mensen vochten om zich erdoorheen te mogen wringen. Niemand hield rekening met anderen. Ik sloot me bij de beesten aan. Iemand schopte tegen me, ik trok een ander aan zijn mouw. De man schoot vooruit, de lege mouw bleef in mijn hand. Ik zette alles op alles om bij hem te blijven. Ongewild baande de man me een weg naar buiten. Ik was nu bij het gat in de houten omheining gekomen. Ik had mijn kleren aan het prikkeldraad gescheurd, mijn hand opengehaald. Een onbekende man probeerde me voor te zijn. Ik gaf hem een duw. De man vloekte. Hij mocht van mij doodvallen. Nog een duw, en ik was buiten.

De joodse bewakers hadden zich van Wilczek afgekeerd. Ze roken al het einde van het nazitijdperk en ze zetten zich maar al te graag in voor de operatie die zorgvuldig was beraamd door de initiatiefnemers. Het tijdstip zou worden vastgesteld op grond van twee basisgegevens: een maanloze nacht en het luchtalarm. Op het moment dat beide dingen zich hadden voorgedaan, was het sein gegeven. Zodra de lichten langs de omheining en op de wachttorens uit waren, sneden de mannen in witte jassen het prikkeldraad door en rukten de planken van de buitenmuur los. Dat gebeurde op vier plekken tegelijk. De ingewijden waren van tevoren ingedeeld in vier groepen; iedere groep kende haar route naar de vrijheid. De orde werd alleen verstoord door gevangenen als ik die zich er onverwacht bij aansloten en bij de vluchtgaten chaos veroorzaakten.

Duizend trommels klonken in mijn oren. Ik rende door een omgeploegd veld. Ik struikelde. Ik viel tussen de voren neer, stond op, rende door. Links en rechts van mij renden andere mensen. Ik hoorde ze ademen. Nog tweehonderd meter. Nog honderdvijftig. De donkere strook van het bos kwam steeds dichterbij, hij was al bijna binnen handbereik toen de sirene weer begon te loeien. Voor de Duitsers een teken dat alles weer veilig was, voor ons een alarmsignaal. Hoe lang had ik nodig om het bos te halen en erin te verdwijnen? Wanneer zouden de Duitsers doorhebben wat er gebeurd was...? Nu! Nu hadden ze het door. Lichtbundels zochten het terrein af. Ta-ta-ta-ta, blaften de zware machinegeweren. Mensen werden getroffen, ze vielen neer. Hoeveel meter nog tussen de dood en de redding? Dertig, twintig, tien. Ik was er!

'Allemaal achter mij aan!' riep iemand die de leiding had genomen. Ik volgde de stem. We baanden ons een weg tussen de braamstruiken die hier wild groeiden en de doorgang bemoeilijkten. Er werd nog steeds geschoten, maar niet op ons. We liepen verder het bos in. De paden waren bedekt met naalden die van de bomen waren gevallen, ik hoorde de voetstappen van mijn metgezellen niet. Alleen onze gids riep af en toe wat om de richting aan te geven. Ik herkende de stem van Zelig de dwerg. Hij hoorde tot de ploeg doodgravers en hij werd zo genoemd vanwege zijn kleine gestalte. Afkomstig uit die streek, kende Zelig elke vierkante meter van het terrein. Toen we bij een riviertje kwamen, mochten we kort uitrusten.

'Ik geef jullie tien minuten. We hebben nog een half uur te lopen tot de plek waar we de andere groepen ontmoeten. Van daaruit is het maar een kippeneindje.'

Ik ging zitten op een bed van vochtig mos. Zelig telde ons. We waren met drieëntwintig man. We moesten nu verder in colonne lopen en contact met elkaar houden. 'Je kunt het beste je hand tegen de rug van de man voor je houden,' raadde hij ons aan. 'We zitten in een dicht bos, als je van het pad afgaat, kun je verdwalen.' Zelig de dwerg sprak plat Jiddisch, een taal die ik nauwelijks verstond. Iemand die naast me zat, vertaalde zijn woorden voor me. 'Hoe komt het dat je geen mammeloesjn* spreekt?' vroeg hij verbaasd. 'Bij ons in Bielsko werd geen Jiddisch gesproken,' legde ik uit. De man kon moeilijk geloven dat er een stad of dorp in Polen was waar geen Jiddisch-sprekers woonden. 'Jij hebt het dan kennelijk over een ander Polen dan ik,' zei ik. Hij begon over zijn geboorteplaats te vertellen, totdat Zeligs roep zijn woordenstroom onderbrak. Het was tijd. Ik probeerde op te staan, maar dat lukte me niet. Mijn linkerbeen was verlamd van de pijn. Ik bevoelde het. Mijn broekspijp was nat. Ik bracht mijn hand bij mijn ogen. Er zat bloed op. Ik stroopte de broekspijp op. Ik was twee keer in mijn scheen getroffen. Ik had geen idee wanneer dat gebeurd was en hoe ik zover had kunnen lopen.

'Ik heb twee kogels in mijn lijf,' mompelde ik.

Mijn aardige gesprekspartner maakte gauw dat hij wegkwam.

'Wat heb je, jongen?' vroeg Zelig de dwerg.

'Ik ben gewond.'

Zelig onderzocht mijn wonden en zei beslist: 'Valt mee. Schampschoten. Je hebt hier geen moeder om je te verzorgen. Til je billen van de grond en lopen maar. Bij de partizanen krijg je eerste hulp.'

De partizanen waren zo zeker van hun absolute heerschappij over het bossenrijk dat ze niet eens posten uitzetten. We zagen ze uit de verte al, ze zaten om het kampvuur te eten en te drinken. Ze merkten ons op toen we de rand van de open plek in het bos bereikten; toen pas grepen ze ook naar hun wapens, en dan nog rustig, zonder paniek. We stopten. Zelig de dwerg riep: 'Niet schieten, niet schieten!'

'Welkom in de gaarkeuken,' deed een van de partizanen het gebroken Pools van Zelig na en riep hem bij zich. 'Laat de anderen maar daar wachten,' voegde hij eraan toe toen hij de rest van de groep zag. We waren nu met een man of vijftig. Zelig liep op zijn kromme benen naar hem toe, hij hield zijn handen in de lucht en schudde met zijn hoofd, alsof hij wilde zeggen dat de partizanen van hem niets te vrezen hadden. De twee bleven halverwege tussen ons en het kampvuur staan en er volgde een gesprek. Ze gaven elkaar de hand en Zelig de dwerg stelde ons gerust: 'Alles in orde. Vanavond krijgen we te eten en te drinken, morgenochtend gaan we ons verder organiseren. Het is rustig in deze omgeving, de Duitsers zijn ver weg, we lopen geen enkel gevaar. Ga maar naast elkaar in een rij langs de bomen zitten. Waarom? Omdat zij dat zo willen. Als de ontvangst je niet bevalt, mag je terug naar het kamp om daar te zingen over de vogels die in het nest terugkomen.'

Ik trok mijn broekspijp omhoog. De wonden brandden, maar ze bloedden niet meer. Toch was ik bang dat de partizanen zouden weigeren een jongen op te nemen die niet in staat was mee te vechten. Ik moest de wonden verbinden en de broek wassen.

Zelig was in een opperbeste stemming. Hij vertelde moppen in het Jiddisch en iedereen lachte. Al jaren had ik niet zo vrij horen lachen. De lach illustreerde als niets anders dat we vrije mensen waren. Ik neem aan dat ik geëmotioneerd had moeten zijn, maar dat was ik niet. Ik had uitsluitend aandacht voor mijn been dat niet goed functioneerde. Ik gebruikte mijn handen als roeiriemen en schoof zittend langzaam achteruit, tot ik me tussen de bomen terugtrok. Niemand interesseerde zich voor mij, alleen een klein, eekhoornachtig diertje sprong uit een gat in een boom en sloop angstig weg, de struiken in. Kijk eens aan, dacht ik bij mezelf, er bestaan nog wezens die bang voor me zijn. Ik stond op. De pijn nam toe, maar ik kon wel lopen. Ik wist nog van welke kant we gekomen waren. Ik hoopte dat ik onze rustplaats bij de rivier terug zou kunnen vinden, hoewel het steeds donkerder werd naarmate ik verder van het kampvuur kwam, tot het uiteindelijk aardedonker was. Kan God in het donker zien, vroeg ik me af en gaf meteen antwoord: Waarom niet? Als een wild dier in het donker kan zien, waarom God dan niet?

Het water van de rivier reikte tot aan mijn knieën, verkoelde mijn gloeiende huid, bracht verlichting. Ik trok mijn overhemd uit, scheurde er een mouw af en verbond de wonden. Ik knoopte het geïmproviseerde verband goed vast, tot ik het bloed in mijn knie en enkel voelde kloppen. Ik had een goed gevoel, het gevoel van iemand die zijn noodlot heeft overwonnen.

Een salvo verbrak de stilte. Ik liet me op de grond vallen. Ik luisterde. Stilte. Waar waren al die opscheppers die zeiden dat de Duitsers ons nooit zouden durven achtervolgen in de bossen? Alweer een salvo, deze keer langer. Daarna een derde en een vierde. De schoten weergalmden tussen de bomen, het geluid kwam van alle kanten, gaf me het gevoel dat ik omsingeld was. Toen klonken er weer enkele schoten, en daarna werd het stil. Het bos gaf weer alle geluidjes van de natuur ten beste: het kabbelen van het water, het ruisen van de bries en de verre roep van een uil.

Wat moest ik doen? Waar moest ik heen? Wacht even, Roman, haast je niet, doe geen domme dingen... Wachten? Waarop? En hoe lang? Ik besloot te tellen. Eerst tot honderdtwintig. Dat was zeker twee minuten. Te kort. Ik telde tot duizend, dan tot tweeduizend, en besloot toen terug naar het partizanenkamp te gaan. Ik stapte krachtig op mijn linkerbeen. De natte schoenen maakten het lopen moeilijk. Ik trok ze uit. De dennennaalden prikten in mijn blote voeten. Ik kwam langzaam vooruit. Om de haverklap stopte ik en luisterde naar de geluiden van het bos. Maar het bos bewaarde zijn geheim. En het geheim was gruwelijker dan alles wat ik tot nu toe gezien had.

Ik stond verborgen tussen de struiken. Het was een goede uitkijkpost. Een zesde zintuig, als zoiets al bestaat, had me doen stoppen en kijken voordat ik me bij mijn maten zou voegen. Bij het licht van het kampvuur zagen de silhouetten van de partizanen eruit als spoken. Ze bewogen zich achter een flinterdun rookgordijn. De boeren zeiden altijd dat rook die niet recht omhoogstijgt een voorteken is van regen. Ik begreep nog steeds niet wat ze aan het doen waren, waarom ze bukten en in de grond groeven. Een partizaan met een baard gooide wat takjes op het vuur, duizenden vonken vlogen in de lucht als even zovele glimmende vuurvliegjes. De wind veranderde van richting, de rook trok weg en ik kon nu duidelijk de lijken van de joden zien. De dood was onverwachts gekomen, de meesten waren neergeschoten in de rij langs de bomen, waar ze gezeten hadden toen ik hen kort daarvoor verlaten had. Sommigen leunden nog tegen de boomstam. Een aantal lijken lag verspreid over het terrein; die mensen waren misschien doodgeschoten toen ze in een wanhoopspoging om hun leven smeekten. Ze konden vast net zo min als ik begrijpen wat er aan de hand was.

De partizanen sleepten met de lijken over de grond alsof het zakken aardappelen waren. Ze gooiden ze in een kuil die tegen de rand van het bos was gegraven. Ik drukte me tegen de vochtige grond en durfde niet te bewegen, uit angst dat de moordenaars me zouden zien. Het massagraf werd dichtgegooid. Moe van het werk keerden de partizanen terug naar het kampvuur, ze trokken dekens over zich heen en maakten zich klaar om te gaan slapen zonder iemand op de uitkijk te zetten. Het vuur doofde langzaam. Pas toen het helemaal uit was, durfde ik op te staan, uit de struiken vandaan te komen en het onbekende tegemoet te gaan.

Ik kon niet begrijpen waarom de vluchtelingen uit Starachowice vermoord waren, welk belang de partizanen erbij hadden om mensen af te slachten die bereid waren mee te vechten tegen de nazi's. Ik kon me maar niet neerleggen bij deze moord in koelen bloede op de drempel van een nieuw leven. Veel vragen bleven toen onbeantwoord, omdat ik in die nacht van heksensabbat nog niet wist dat de bossen rondom Kielce en Radom haast onder alleenheerschappij van de Nationale Gewapende Strijdkrachten stonden, een extremistische organisatie die zich ten doel had gesteld Polen van de joden en van de communisten te zuiveren, alvorens het land van de nazi's te bevrijden. Deze partizanen schuwden geen enkel middel om hun doel te bereiken, ze lieten zelfs na Duitse leger- en politie-eenheden aan te vallen. Hierdoor kon de bezetter zich concentreren op de strijd tegen de andere Poolse verzetsorganisaties, met name de Armia Krajowa en de linkse verzetsbewegingen*. Soms vonden de nazi's in de Nationale Strijdkrachten zelfs een actieve partner in de strijd tegen het linkse verzet.

Als tegenprestatie lieten ze de nationalisten hun gang gaan. Het ongeschreven verbond ging zover dat, toen de Wehrmacht zich uit Polen terugtrok, de Nationale Strijdkrachten mee naar Duitsland gingen.

Ik had uiteraard geen notie van wat zich achter de schermen afspeelde. Ik zat met één probleem: ik was alleen achtergebleven, met niets en niemand dan mijn angst, en ik wist niet wat ik moest doen. Een gevoel van machteloosheid maakte zich van me meester en verlamde mijn vermogen om te beslissen. Ik wilde niet nadenken, ik wilde alleen maar wachten op een wonder dat vast niet zou geschieden. Alleen in kindersprookjes steken goede kabouters de helpende hand toe aan mensen die in het bos zijn verdwaald. En ik was geen kind meer, maar een volwassene van zestienenhalf. Kon ik het maar, dan was ik in absolute lethargie verzonken. Kon ik het maar, dan had ik de aarde tot stilstand gebracht, de zwaartekracht opgeheven, de tijd bevroren. Nog nooit had ik me zo eenzaam gevoeld. Zo verloren. Nog nooit had ik zo sterk de menselijke behoefte aan gezelschap gevoeld; gezelschap van wie ook, zelfs van mijn vijanden. Ik was het tijdsbesef kwijt. Vroeger had ik de tijd in getallen gevangen: tellend tot honderd, tweehonderd, tweeduizend. In Starachowice had ik geleerd de tijd vast te stellen aan de hand van mijn vermoeidheid, van het knorren van mijn lege maag of van het spel van licht en schaduw: nog eens tien centimeter schaduw op de muur waren zo- en zoveel minuten. In deze duisternis, deze stilte, deze onbekende omgeving, kwam de tijd stil te staan. En toch voelde ik zijn druk, als een zwaarte die ergens vandaan kwam en een gevoel van haast opriep.

Ik liep weg van het partizanenkamp zonder te weten waar ik heen ging. Ik koos gewoon de makkelijk begaanbare doorgangen tussen de varens, bramen en distels en kwam zodoende bij het aanbreken van de dag bij de rand van het bos aan. Voor mij lagen bruine, omgeploegde akkers. Ik liep door langs de voren. Een klein dorpje klampte zich vast aan de horizon, nog steeds verzonken in de vroege ochtendslaap, naar men zegt de lekkerste slaap. Ik koos een huis uit dat iets opzij stond van de andere huizen. Ik deed het hekje in de lage houten schutting open. Het piepen van de roestige scharnieren maakte de bewoners niet wakker. Ik gluurde door een raam naar binnen. Er was geen mens te zien. Ik liep om het huisje heen. Op het erf stond een wagen. De dissel versperde de toegang tot de stal, maar de deur stond half open en ik kon makkelijk naar binnen. Een verveelde koe stond te herkauwen en schonk geen aandacht aan de gast. Op een krukje in de hoek stond een melkkan. Onderin zat nog een beetje melk. Ik dronk die op.

'Wat zoek je hier?'

De vrouwenstem kwam uit de andere hoek van de stal. Ik

had haar niet opgemerkt. Ze keek niet verbaasd. Waarschijnlijk had ze hier de nacht doorgebracht, was ze wakker geworden toen ik naar binnen kwam en had ze naar me liggen kijken. Ze sloeg de restjes stro en hooi van haar kleren af en vroeg: 'Wie ben je?'

Mijn geschoren hoofd en mijn kleren, met de strepen olieverf erop, lieten geen twijfel over mijn identiteit.

'Geef me wat te eten en ik ga weer verder,' zei ik.

'Heb je honger?'

'Ja.'

'Een jood?'

Ik knikte. Het had geen zin te ontkennen.

'Loop gauw weg voordat mijn man wakker wordt,' zei ze plotseling vastberaden. 'Ren maar zo hard als je kunt.'

'Waarom zou ik wegrennen? En waarheen? Deze kleren, u begrijpt toch... Hebt u misschien een oude broek en een overhemd?' mompelde ik.

'Heb je geld?'

'Nee, geen cent.'

'Goud?'

'Heb ik niet.'

'Voor niks krijg je niks. Zo zit de wereld in elkaar, kind. Begrepen?'

'Ja, mevrouw, ik begrijp het.'

'Ik ben geen mevrouw. Ik ben boerin. Lieve Jezus, wat ben jij toch naïef. Heeft het leven je niks geleerd? Waar ben je geweest? Bij mama onder het donsbed? Hier krijg je niks. Hier is het de strijd om het bestaan. De dorpen zijn arm, we hebben amper genoeg voor een beetje mondvoorraad. Die vervloekte partizanen beroven ons, de Duitsers pakken ons de rest af. Wat denk je, waarom slaap ik hier in de stal? Voor mijn plezier? Ik hou dat ouwe beest in de gaten. Als de partizanen de koe in beslag nemen, worden we door de Duitsers gestraft. In hun ogen hebben wij dan gecollaboreerd. Maar er zijn ook goeie Duitsers,' de vrouw ontblootte twee rijen gele tanden, 'Duitsers die een beloning geven. Voor zo'n jood als jou krijg ik makkelijk een kilo suiker of vijf kilo meel. Zie je wel hoe waardevol je bent? Rustig aan, hoor, ik ga niet naar de Gestapo. Laat anderen dat doen. Ik had een kind van jouw leeftijd. Die is de bossen ingegaan en hij is niet meer teruggekomen. Wegrennen, jongen, weg. Mijn man heeft geen medelijden met zo'n joodje, die geeft je wel aan. We hebben al een halfjaar geen suiker gezien. Over een paar minuten staat-ie op om aan het werk te gaan. Loop weg, weg.'

De vrouw wees op de deur.

'Zou...'

Ze verhief haar stem: 'Moet ik m'n man roepen?'

'Hoeft niet, ik ga al.'

Ik waagde mijn kans bij een ander, wat rijker huis. De boer was woedend, hij pakte een hooivork en probeerde me te steken. 'Donder op, satanskind!' riep hij. In het huis ernaast begonnen de honden te blaffen. Ik rende weg. Ik hoorde de boer tot in de verte nog schreeuwen. Ik was buiten adem. Ik stopte. Nu pas keek ik om. De boer was weer naar binnen gegaan. De honden blaften niet meer. De rust was teruggekeerd, alsof ik er nooit was geweest, alsof ik nooit om mijn leven had gesmeekt. De geploegde akkers, de schilderachtige huisjes en de lucht die lichter werd, waren slechts de camouflagekleuren van een wereld die zo vijandig was dat zelfs het bos me daarbij vergeleken vriendelijk leek. Als ik niet op die partizanen stuit, dacht ik bij mezelf, kan ik er tijdelijk in schuilen. Maar hoe lang dan?

De wilde bosbessen smaakten zuur. Vlak tegen de stammen van pijnbomen en sparren aan groeiden paddestoelen uit het mos. Ik plukte ze niet, want ik kende het verschil niet tussen giftige en eetbare paddestoelen. De uren gingen voorbij. De zon stond al hoog aan de hemel, de zonnestralen speelden met de boomtoppen, maar in het bos was het aangenaam koel. Mijn been deed zeer, maar dat belette me niet om door te lopen, totdat ik moe werd en ging zitten. De situatie vroeg om een beslissing. Misschien was het krankzinnig, maar op het moment dat ik besloot terug te gaan naar het kamp waaruit ik gevlucht was, leek dat de meest logische oplossing.

Ik haalde opgelucht adem toen ik de omheining van het kamp in Starachowice weer voor me zag. Het bekende gezicht bracht verlichting. Alsof ik hier thuishoorde. Maar nu moest ik nog het open terrein tussen het bos en het kamp doorsteken. Ik spitste mijn oren als een konijn dat luistert of er ergens gevaar dreigt. Ik hoorde niets. Vlak bij de omheining stonden drie militaire vrachtwagens bedekt met zeil. Ik wachtte tot het donker werd. Zoals verwacht gingen de schijnwerpers op de wachttorens aan, maar ze zochten het terrein niet af. Ik keek naar de silhouetten van de bewakers. Ze maakten een rustige indruk. Alles wees erop dat de dagelijkse routine weer in het kamp teruggekeerd was. Ik vermande me, verliet mijn schuilplaats en holde, een beetje mank, op de omheining af. De gaten die er de vorige nacht in opengebroken waren, waren met prikkeldraad dichtgemaakt. Ik liep op zachte grond, en toch had ik het gevoel alsof mijn voetstappen tot in de verte te horen waren. Ik stopte. Het was stil. Ik legde mijn hand op de motorkap van de laatste vrachtwagen in de rij. Hij was koud. De wagen stond er al lang. Op de nummerborden stond het kenteken van de SS. De bestuurderscabines waren leeg. Ik klom op de motorkap, vandaar naar het dak van de cabine en dan verder op het zeil. Ik hield me vast aan het touw waarmee het zeil was vastgemaakt. Vanaf deze hoogte kon ik het kamp inkijken. Er was maar één raam, in de barak van de kampcommandant, waar licht brandde. De barak zelf stond in de weg, dus kon ik de poort niet zien. Ik nam aan dat die dicht was. Ik besloot te wachten op de aflossing van de wacht, om niet te stuiten op bewakers die op weg waren naar de poort of naar de wachttorens. Toen het zover was, vermande ik me weer, veerde een paar seconden op en neer op het zeil, als op een springplank, mijn hart sloeg als duizend hamers, ik boog mijn knieën, strekte ze weer en sprong met één beweging, krachtiger dan ik van mezelf zou hebben verwacht, van de wagen af. Ik liet de twee omheiningen, die van planken en die van prikkeldraad, achter me en landde met een harde klap op de grond. De pijn in mijn been schoot als een bliksemflits door tot in mijn hoofd. Ik sloot mijn ogen. Ik wachtte een minuut. Ik deed mijn ogen weer open. Vanaf de plek waar ik nu was kon ik de bewakers op de wachttorens niet zien. Zij konden mij ook niet zien. Ik stond op. Mijn scheen voelde warm aan, de wond was opengegaan en bloedde weer. Ik keek om me heen. Geen witte jassen in zicht. Misschien was die methode na de ontsnapping in onbruik geraakt. In de barak van de commandant sloeg iemand een deur dicht. Ik hoorde Duits praten. Daarna werd het weer stil. Ik liep naar mijn barak. Ik probeerde zo natuurlijk mogelijk te lopen. Als ik betrapt werd, zou ik mijn aanwezigheid buiten de barak verklaren met een plotselinge aanval van diarree. Maar ik hoefde niets te verklaren. Niemand zag me. In de donkere barak tastte ik de britsen af om mijn plaats te vinden. Ik had mijn eigen herkenningstekentjes: hier een uitstekende spijker, daar een nieuwe, ruwe plank. Ik klom naar mijn brits. Mijn ogen waren nu gewend aan het donker. Veel plaatsen waren leeg. Ik vroeg me af hoeveel van de afwezigen het bos hadden bereikt, en hoeveel door de partizanen waren gedood.

Fredek werd wakker: 'Ben jij het?'

'Nee, het is de Heilige Geest.'

'Je rilt.'

'Ik heb het koud.'

Fredek trok de rand van zijn deken omhoog. 'Kom eronder,' zei hij en maakte plaats voor mij. Ik raakte hem aan. Ik wilde zo graag een levend wezen voelen. Hij pakte mijn hand beet.

'Is de vogel weer terug in het nest?' zei hij spottend.

'Ik hoef geen preek, hoor,' fluisterde ik.

Het ochtendappèl begon zoals gebruikelijk om zes uur precies. De vorige dag, vertelde Fredek Minz, waren de gevangenen niet naar hun werk gegaan. Een hele tijd waren de Duitsers en de joodse Kapo's bezig geweest de aanwezigen te tellen. De doden en gewonden waren op de grond neergelegd. Er bleken vierenvijftig vermisten te zijn. Nu waren het er drieënvijftig. De Duitser die over de appèls ging telde ons steeds opnieuw. Wilczek senior en Wilczek junior werden erbij geroepen, maar ook zij konden het vreemde fenomeen van de extra gevangene niet verklaren. Ik was bang dat iemand me zou aanwijzen en zou zeggen: wacht 's even, die jongen was hier gisteren niet. Maar blijkbaar was mijn afwezigheid niemand opgevallen. Fredek kon ik wel vertrouwen. Fredek, dat wist ik met zekerheid, zou zwijgen ook als het hem zijn leven zou kosten. Na een uur of drie, vier gaven de Duitsers het op en trokken zich terug in de commandobarak. Nog steeds hadden we geen toestemming gekregen om uit te rukken, noch het bevel om klaar te staan om naar het werk te gaan. Vader Wilczek kwam voor ons staan met zijn handen in de zij, zijn lievelingshouding, en deelde ons mee dat het kamp opgeheven werd. Nu pas kwam een eenheid SS'ers het kamp binnen; ze gingen om ons heen staan.

'Er is geen reden voor paniek,' verklaarde Wilczek senior. 'Blijf rustig. Over een paar minuten lopen we naar het station en gaan we op reis.'

'Waarheen?' vroeg een van de gevangenen.

'Naar de hel,' antwoordde Wilczek junior en barstte in een hard lachen uit.

16

Wilczek junior hebben we in de trein naar Auschwitz gewurgd. Ik schrijf 'we', hoewel ik het niet eigenhandig heb gedaan. De pijn in mijn gewonde been weerhield me ervan door te dringen tot de groep die hem afmaakte. Ik keek toe, ik zag de vingers zijn nek dichtklemmen totdat hij de geest gaf, en in mijn hart deed ik mee. Ik vond dat er gerechtigheid werd gedaan. Wie zegt dat alleen een onafhankelijke rechtbank misdadigers mag berechten? Wilczek junior betaalde de prijs voor zijn kwaadaardigheid.

Wilczek senior zat vlak bij me en volgde het gebeuren met glazige ogen. Hij hield zijn mond, hij protesteerde niet, hij stak geen vinger uit om zijn vlees en bloed te beschermen. Misschien was hij in zijn hart – als zulke creaturen al een hart hebben – blij dat de wurgers genoegen namen met één slachtoffer, al was dat dan zijn eigen oudste zoon. Ik wilde in mijn geheugen de gezichtsuitdrukking prenten van de man die naar de stuiptrekkingen van zijn zoon keek, maar zijn gezicht was strak. Alleen zijn rug was nu voorovergebogen en zijn hoofd trilde lichtjes op het ritme van de trein.

Op de buitenkant van de goederenwagon stond in het Frans dat deze geschikt was voor het vervoeren van twaalf paarden of vierentwintig koeien; nu werden er zo'n honderd man in vervoerd. Op deze warme zomerdag stonk het binnen naar zweet, urine en uitwerpselen. Onze behoeften deden we ieder op zijn plaats, zonder onderscheid. We waren zo ondraaglijk dicht op elkaar gedrukt dat het onmogelijk was je te verplaatsen.

Wilczek senior had zijn schoenen aan het begin van de reis al uitgetrokken. Hij had hoge legerlaarzen die alleen hooggeplaatste functionarissen mochten dragen. Ik had mijn zinnen op die laarzen gezet. Als ik ze aan zou hebben, zouden ze de bloedvlekken bedekken die ondanks al mijn inspanningen weer op de laag modder op mijn been waren verschenen. Invaliden, zieken en gewonden maakten weinig kans om aan het wakend oog van de ss'er die de transporten ontving te ontsnappen. In de meeste gevallen was hun lot bij voorbaat al beslist. Toen Wilczek aandachtig zat te kijken naar zijn zoon die gewurgd werd, zag ik mijn kans schoon. Vastberaden stak ik mijn hand uit en trok de laarzen naar me toe. Ik was verrast door de zachtheid van het mooie leer. Voor ik ze aantrok, streelde ik ze met plezier.

Pas toen de opschudding voorbij was, merkte Wilczek dat hij bestolen was. Hij keek om, onze blikken kruisten elkaar; er sprak kilheid uit, vijandigheid. Ik kon mijn tevredenheid niet verbergen. Ik glimlachte. Wilczek sloeg zijn ogen neer. Ik beleefde een kort moment van genoegen: de machtige man, heer en meester over ons lot, durfde me niet in de ogen te kijken. Ik trok mijn houten klompen uit en gaf die, smerig en misvormd, aan hem. Hij nam mijn cadeau nederig aan.

We wisten niet dat onze trein naar Auschwitz reed. Ik was gerust. Uit de verhalen van Grete wist ik dat de doodfabrieken in het oosten lagen. Wij reden in westelijke richting. Iemand die door de kieren in de wand van de wagon naar buiten had gekeken, had de namen gelezen van de stations die we zonder stoppen passeerden, en de route vastgesteld. Ik schrok niet toen een van de gevangenen zei dat we waarschijnlijk naar Auschwitz gingen. De naam van dit vernietigingskamp stond nog niet geschreven in de geschiedenisboeken. En de laarzen van Wilczek gaven me een veilig gevoel.

Ontsnappen? Ik niet, hoor. Dat verhaal kende ik al, ik wist hoe het afliep. De eerste nacht onderweg ontsnapten er drie mannen. De tweede nacht nog eens twee. Ze hadden een paar planken uit de vloer van de wagon gerukt en vervolgens gewacht tot de trein in een bocht snelheid zou minderen om eraf te kunnen springen. Zonder hulp kon je het niet klaarspelen. De andere gevangenen moesten nog dichter op elkaar gaan staan, want je moest op je buik liggen, zo dicht mogelijk bij het gat in de vloer, om op het juiste moment door je medegevangenen naar buiten te worden geduwd, met het hoofd vooruit en de armen langs je zij. Je leven hing af van de kracht waarmee je geduwd werd. Je moest pijlsnel duiken en dan als de bliksem plat op de stenen gaan liggen. Een vertraging van een honderdste seconde was al fataal. De achteras van de wagon kwam achter je aan en als die je tijdens je val inhaalde, sloeg hij met een geweldige klap op je in.

Na een reis van drie dagen gingen de deuren van de wagon open. Daar was de beruchte Rampe van Birkenau. Gewapende bewakers wachtten ons op. Het kamp lag nog onder een waas van melkwitte nevel, maar naarmate de uren verstreken, trok die op en kwam het kamp in zicht: honderden barakken en duizenden mensen die net aan het ochtendappèl stonden.

Misschien had dr. Mengele die dag vrij, want we moesten vanaf het perron direct naar het badhuis lopen, zonder selectie. Wilczek senior liep vlak voor mij. Hij was niet gewend aan de klompen en hij struikelde steeds. De bewakers sloegen met hun geweerkolven hard op hem in. Na een klap op zijn hoofd viel hij neer. Hij stond gauw weer op, wilde weer plaatsnemen in de rij, maar viel toen opnieuw en stond daarna weer op. Wanhopig riep hij: 'Ik haal het niet.'

Nou en? Dan haal je het maar niet. Niemand zal je dood betreuren. Niemand zal kaddisj voor je zeggen. Loop naar de hel, meneer Wilczek, los je schuld af... Dat dacht ik bij mezelf toen ik zijn kwelling zag. Daarom zal ik ook nooit begrijpen wat me bewogen had om hem te helpen. Al lopend trok ik de glanzende laarzen uit en gaf die aan Wilczek. Ik liep door op blote voeten. Met een acrobatische vlugheid waartoe ik hem niet meer in staat had geacht, stak Wilczek, die even daarvoor nog op punt van instorten had gestaan, zijn bloedende voeten in de laarzen. Hij nam niet de moeite om me mijn klompen terug te geven, noch om me te bedanken. Fredek, die het allemaal gezien had, riep tegen me: 'Idioot!'

Bij het badhuis moesten we ons uitkleden, onze kleren opvouwen en die netjes op de grond leggen. We stonden daar naakt, met de rug tegen de buitenmuur. Een lage officier met een zweep in de hand liep de rijen af. Hij had alle tijd, hij had geen haast, zo te zien was hij dat werk allang zat, hij vond het zo saai om over het lot van anderen te moeten beslissen. Wilczek stond links van mij; hij ademde zwaar. De gevangene rechts van mij zag mijn bloedende been en nam afstand, zoals je van een melaatse afstand neemt. Mijn verband, dat van bloed doordrenkt was, schreeuwde als het ware: deze jongen is ten dode opgeschreven. Ik hoopte dat de officier me met één schot zou afmaken, zodat ik geen pijn zou lijden. Tegelijkertijd hoopte ik dat hij me niet zou doodschieten. Dat er toch een wonder zou geschieden. Ik schatte de afstand tussen hem en mij: ik had nog een halve minuut te leven. Hoe benut je je laatste dertig seconden? Ik had geen laatste wens, want ik wilde niet geloven in wat er ging gebeuren. De officier stopte. Ik voelde een koude rilling door mijn ruggengraat gaan, van bovenaf tot aan mijn voeten. Alleen de wond bleef warm. De officier wenkte de Kapo. Die kwam erbij en ging in de houding staan.

'Heb je het gezien?' zei de officier half vragend.

De Kapo knikte.

Zo zag het eindpunt er dus uit. De verschrikkelijke angst maakte plaats voor berusting. Ik was over de onzichtbare drempel tussen leven en dood, ik was nu aan de overkant, in een oord van louter onverschilligheid. En toen kwam de ommekeer. Ineens besefte ik dat niet mijn gewonde been de aandacht van de officier had getrokken. Zijn blik was gericht op Wilczeks gepoetste laarzen.

'Van jou?' vroeg hij.

'Ja, meneer.'

De officier boog zich over de laarzen en bekeek ze aandachtig.

'Van wie heb je ze gekregen?'

'Van die jongen,' antwoordde Wilczek zonder aarzeling en wees op mij.

'Niet liegen,' schreeuwde de Kapo.

'Ik zweer het, meneer. Ik heb niks gedaan. Het was die jongen.'

'Weet je dat dit Duitse officierslaarzen zijn?' zette de nazi zijn verhoor voort.

Wilczek zweeg. De Kapo gaf hem een klap in het gezicht.

'Geef antwoord als meneer de officier je wat vraagt!'

'Het was die jongen,' herhaalde Wilczek.

De Duitser ging daar niet op in. Zijn besluit stond vast, dat was duidelijk.

'Je hebt de joodse brutaliteit gehad om de laarzen van een Wehrmachtofficier te stelen. Weet je wat er met dieven gebeurt?'

'Ik was kampoudste in Starachowice, ik mag...'

'Ja, je mag dood,' maakte de officier zijn zin af en schoot Wilczek in zijn voorhoofd.

Wilczek viel dood naast me neer. Ik zag geen bloed. De officier en de Kapo liepen door, de rij af. Ik was gered. Alweer gered. Voorlopig.

DEEL DRIE

De prijs van het leven:

De smaak van de vrijheid

'Er is geen gedachtenis van de voorgaande dingen; en van de navolgende dingen, die zijn zullen, daarvan zal ook geen gedachtenis zijn bij hen, die later wezen zullen.'

PREDIKER 1:11

I

De muziek was zoet, sentimenteel, droevig en vrolijk en zo misplaatst als ragtime op een joodse begrafenis. Toch riepen de klanken mooie herinneringen in me op, want ze voerden me terug naar de dagen dat ik nog kind mocht zijn. Hier in Auschwitz was het begrip kind nogal relatief. Het was nog geen vijf jaar geleden dat ik mijn laatste jongensstreek had uitgehaald, maar het verschil tussen de werkelijke tijd en de gevoelsmatige tijd was zo groot dat het leek of de muziek uit een heel andere dimensie kwam, misschien uit een vorig leven.

In een buitenwijk van Bielsko, in het 'Zigeunerbos', stond aan de voet van de berg die mijn vader en ik altijd beklommen een houten paviljoen met een serre aan de voorkant. Het restaurant dat daarin gevestigd was, was beroemd om zijn Hongaarse goulashsoep en zigeunerorkestjes. Elke maand was er weer een ander orkest, en hun komst werd aangekondigd met grote, opvallende affiches, alsof het een belangrijk cultureel evenement betrof. Ik heb nooit de subtiele stijlverschillen tussen het ene en het andere orkest kunnen horen, en in mijn hart verdacht ik de zigeuners ervan dat ze ons voor de gek hielden en alleen maar steeds andere kleren aantrokken. Op zondag was het er stampvol, omdat het publiek dol was op dit volksvermaak dat zo anders was dan uit eten gaan in een chic restaurant in de stad. Knappe zigeunerinnen in kleurrijke sjaals en hoofddoeken begaven zich onder de gasten en boden aan hun toekomst te voorspellen voor het symbolische bedrag van twintig grosz. Een waarzegster voorspelde me een 'boeiend leven vol geluk en rijkdom', een andere sprak van 'een lange zeetocht'. De voorspellingen kostten me mijn wekelijkse zakgeld.

Als hun maag gevuld was met goulash, en hun hart vermurwd door de zoete muziek, waren de restaurantgangers de nomaden toegenegen en gooiden ze een muntje in hun pet. In het dagelijks leven werden de zigeuners met minachting en achterdocht bejegend. Nergens anders zou ik van mijn ouders zo dicht bij een zigeunerin mogen staan. Bezorgde moeders waarschuwden hun kinderen altijd om niet in gesprek te gaan met deze vrouwen, die met hun hekserij de onschuldige kinderzielen konden verminken. De mannen letten goed op hun portefeuilles, want iedereen wist dat zigeuners geboren zakkenrollers zijn. Onze conciërge joeg hen altijd weg als ze in het hofje muziek kwamen maken. De politie hield hen vaak aan omdat velen van hen geen identiteitspapieren hadden. Fatsoenlijke mensen bleven bij hun kampementen weg. Ikzelf mocht ze ook niet, maar dan om een heel andere reden. Ik was een keer met mijn vriend Eryk stiekem gaan kijken op de plek waar hun woonwagens stonden, en ik had gezien hoe ze jonge beren dwongen voor een publiek te dansen. Ik had medelijden met de getemde dieren, die vreugdeloos op hun poten bewogen op het ritme van trommels en belletjes. Ik wist dat ze met geweld uit hun natuurlijke omgeving waren weggehaald. De ijzeren kettingen waarmee ze vastgebonden waren, benadrukten nog eens dat ze op een wrede manier van hun vrijheid werden beroofd. Mijn vijandige houding jegens de zigeuners nam verder toe nadat ik gezien had hoe het temmen in zijn werk ging. De beren moesten op een gloeiende plaat dansen, tot ze geconditioneerd waren om de muziek met de pijn te associëren. Zodra ze de eerste klanken hoorden, tilden ze dan automatisch hun poten van de grond om aan de gloeiende plaat in hun herinnering te ontkomen. Maar in het restaurant deed ik wat iedereen deed; ik negeerde mijn afkeer en genoot volop. In mijn kinderlijke fantasieën zag ik mezelf op een dag op een paard en wagen klimmen en met een hele colonne Europa rondtrekken, op het geluid van blaffende honden en hartroerende melodieën.

Deze keer kwamen de bekende melodieën aangestroomd door het prikkeldraad dat onze barakken scheidde van de barakken waar de nazi's de zigeunerfamilies hadden ondergebracht. Op advies van het onderzoeksinstituut voor raszuiverheid waren ook zij geclassificeerd als parasieten die vernietigd dienden te worden. Zo kwam het dus dat joden en zigeuners in het concentratiekamp elkaars lotgenoten werden. Ook al hadden ze nooit van het onderzoeksinstituut gehoord, al hadden ze geen verstand van biologie, noch enige belangstelling voor politiek, ze konden zich onmogelijk onttrekken aan wat zich om hen heen afspeelde. En toch bleef de strijkstok de snaren bespelen alsof er niets aan de hand was, toch drong het gejank van fluiten diep in de zielen en juichte de tamboerijn met zijn kleine belletjes.

Zelden ging de kampleiding ermee akkoord dat mannen en vrouwen bij elkaar bleven. Auschwitz-Birkenau was geen plaats voor een gezinsleven. Ik heb nooit begrepen waarom bij de zigeuners mannen, vrouwen en kinderen bij elkaar mochten blijven. Net als wij kwamen ook zij niet buiten het omheinde terrein dat officieel B/E/II was genummerd.

Als je het kamp in vogelvlucht zou kunnen bekijken, zou je een kale vlakte van tientallen vierkante kilometers zien, verdeeld in rechthoeken die, naast het buitenste bewakingssysteem, elk ook met een eigen prikkeldraadbarrière waren omsloten. De verdeling in blokken, ieder met twintig woonbarakken en nog een barak voor de latrines, was bedoeld om onderling contact te voorkomen. Op die manier probeerden de nazi's, niet altijd met succes, het organiseren van ondergrondse activiteiten tegen te gaan. Maar als de zigeunerfamilies al ergens anders aan dachten dan aan voedsel, was dat zeker geen opstand of ontsnapping. Ze wachtten urenlang op de dag van morgen, waarvan niemand wilde weten wat die zou brengen. Aan het einde van de dag gingen ze, nog voordat het donker werd, buiten hun barakken gezellig muziek zitten maken. De kinderen dansten op blote voeten. Kort na mijn aankomst in Birkenau werd op het zigeunerterrein een soort kleuterschool geopend, met een kleurrijke draaimolen. De klanken die deze al draaiend ten gehore bracht, kon je in heel Birkenau horen, tot aan 'Canada' toe. Dat was het terrein waar gevangenen de kostbaarheden sorteerden die van de slachtoffers waren geroofd. Het Auschwitz-orkest, waarin sommige van de beste joodse musici in Europa zaten, speelde marsen en operamuziek als de ploegen arbeiders naar of van hun werk buiten de poort gingen. Soms begeleidde het orkest ook de mensen die naar de gaskamers liepen. Ik zou niet weten of dat bedoeld was om de moordenaars op te vrolijken of om de vermoorden gerust te stellen. Maar hoe grotesk ook, het paste in het landschap van het kamp. Daarentegen was niets vreemder dan de zigeunermuziek die boven Birkenau hing als een wolk van menselijke sentimentaliteit.

De bewakers lieten de zigeuners doorspelen ook als de avondklok al ingegaan was en de andere gevangenen op de britsen in hun barakken moesten liggen. Terwijl ik in slaap viel, was de muziek mijn slaapliedje. De klanken baanden me een fluwelen weg naar een wereld zonder crematoria, zonder hekken van hoogspanningsdraad en zonder dood. Zolang die muziek de nacht in bleef stromen, als een levensrivier, voelde ik me veilig. Maar ook aan deze illusie kwam een einde. In de vroegere uren van een warme, benauwde nacht, de nacht van 1 augustus, vielen de zangers stil, hield de muziek op en kwam de draaimolen tot stilstand. Ik werd wakker van de stilte en nog voordat ik helemaal bij was gekomen, wist ik al wat er gebeurd was: de vrolijke zigeuners werden weggevoerd naar de gaskamers. Ze huilden niet, ze protesteerden niet, ze probeerden zich niet tegen hun lot te verzetten. Ik vroeg me af of hun waarzegsters het einde voorspeld hadden. En zo ja, of ze het verschrikkelijke geheim voor zich hadden gehouden, of dat ze het bekend hadden gemaakt. Voor mij was de plotselinge stilte een teken aan de wand.

Zoals vroeger in Starachowice deelde ik ook nu mijn brits met Fredek Minz. Maar anders dan vroeger was Fredek sinds onze aankomst in Auschwitz terneergeslagen. Zijn wangen waren ingevallen, zijn gezicht was lang, zijn lippen waren voortdurend op elkaar geklemd, hij was nu zuinig met woorden en hij ontweek mijn pogingen tot gesprek. Ik was niet verbaasd toen hij de dag nadat de zigeuners weggevoerd waren kort zei: 'Nu is er geen hoop meer. Dit is het eindstation voor ons allemaal.'

'Als je maar weet wanneer je moet uitstappen,' zei ik in een vergeefse poging er een grap van te maken.

'Leuk, hoor,' zei hij nors. Dat zei hij altijd als hij boos was.

'Wie zegt dat je tot het eindpunt moet blijven zitten?'

'Ik heb geen zin in je leukigheden.'

'Waar heb je dan wel zin in?'

'Laat me nou met rust.'

'Wat is er? Ben je het leven zat?'

'Ik ben het zat om het einde af te wachten.'

'Fijn, waarom gooi je je dan niet in het hek? Elke dag is er wel een gek die dat doet.'

In de tijd dat we daar zaten, hadden zich al heel wat mensen, ook jongeren als wij, in het hek geworpen om zichzelf te elektrocuteren. Meestal holden ze in amok hun dood tegemoet, misschien omdat ze bang waren dat het overlevingsinstinct het op het allerlaatste moment zou winnen van de wanhoop. Had je de hoogspanningskabels eenmaal aangeraakt, dan was er geen weg meer terug. Binnen een duizendste seconde werd je door de elektrische stroom verlamd. Soms moesten de bewakers de stroom een paar minuten uitzetten om een verkoold lijk van het hek te kunnen halen. Fredek verzuchtte als een oude man: 'Had ik maar de moed om het te doen.'

Ik zweeg. Fredek pakte mijn arm beet en ging opgewonden door: 'Zie je niet wat er om ons heen gebeurt? Als je niet werkt, ben je er geweest. Gisteren de Hongaren, vandaag de zigeuners, morgen wij.'

'Tot morgen hebben we nog vierentwintig uur.'

'Geloof je in wonderen?'

'Ik geloof dat je geluk kunt hebben.'

Geloofde ik dat echt? Wat is dat eigenlijk, geluk? Valt het wetenschappelijk te definiëren? Iemand die de loterij wint, heeft op een heel andere manier geluk dan een voorbijganger die uitglijdt over een bananenschil en toch zijn been niet breekt. En hoe zit het met een kankerpatiënt die vroeg overlijdt, zonder overbodig leed? Ik heb mensen gezien van wie het geluk zich had afgewend omdat ze niet wisten dat je het als een gevoelige plant moet koesteren. Paula zei altijd dat als je wilt dat je plant mooi bloeit, je tegen hem moet praten. Maar hoe praat je tegen het geluk? Zeg je dan: 'Meneer geluk, lacht u me alstublieft toe'? Of misschien: 'Help me mezelf te helpen'? Ja, dat vond ik zelf de juiste aanspreekvorm. Ik was ervan overtuigd dat het geluk bij me zou blijven zolang ik bereid was mezelf te helpen. Alleen groeide het geluk niet aan de bomen, in vol zonlicht, maar ergens in de schaduw, als mos. Het lag de meeste gevangenen vlak voor hun neus, soms in de vuilnisbakken van de keuken, soms zelfs in hun eigen dood; maar weinigen zagen het en velen deden niets om het te ontdekken. De aardappelschillen lagen te rotten, en zo ook de gevangenen. Het kwam erop neer dat je 's nachts achter het magazijn moest kruipen om je zakken te vullen met de restjes van de maaltijd van de Kapo's. Ja, je zette je leven daarmee wel op het spel. De meesten schrokken ervoor terug, omdat ze bang waren dood te gaan. Maar daarmee was dan de cirkel rond. Door de ondervoeding vielen hun tanden uit, door het eiwitarme voedsel zwol hun buik op, hun lichaam zat onder de zweren en hun ogen waren blind voor de realiteit. De Kapo's raapten hen op als wormstekige appels die van de boom waren gevallen, en ze dwongen hen hun laatste krachten te gebruiken voor de mars naar de gaskamers. Van daaruit konden ze via de schoorstenen naar de hemel gaan, zoals bij ons de macabere grap luidde. De dagen gingen voorbij en ook ik merkte dat mijn krachten opraakten. De aardappelschillen die ik pikte konden me niet eeuwig behoeden voor uitputting. Hoe zwakker ik fysiek werd, hoe meer scheuren er in mijn geestelijke pantser optraden. In het besef van dit proces, hoe traag het ook was, begon ik me zorgen te maken over het moment dat de inentingen uit mijn kinderjaren niet meer zouden werken en ik in het moeras van onverschilligheid zou wegzinken, zonder verder naar een reddingsplank te zoeken. Ik zag met eigen ogen hoe die onverschilligheid honderden gevangenen te gronde richtte die gisteren nog vol fysieke en mentale kracht waren geweest. Nog voordat ze geheel ingestort waren, hadden ze elke menselijke gelijkenis verloren. Er was van hun persoon niets overgebleven dan het nummer, de gestreepte kleren en de grenzeloze misère.

Ik heb me weleens afgevraagd of er een recept was voor het overleven in de concentratiekampen. Amerikaanse commando's leren wat ze moeten doen om in de oerwouden en in gevangenschap te overleven. Britse militairen in Noord-Afrika waren geoefend in het overleven in de woestijn zonder drinkwater. Piloten worden getraind om een noodlanding in een vijandig gebied te overleven en zich te voeden met wilde planten en wortels. Wat zou ik doen als me nu gevraagd werd een overlevingsgids voor gevangenen in concentratiekampen te schrijven? Heb ik een handvol instructies die de overlevingskansen zouden kunnen vergroten? Hoe je voor een nazi-officier moet buigen om hem te paaien? Hoe je kunt zorgen dat de Kapo die de soep in je kom schenkt de soeplepel eerst over de bodem van de pan zal halen om een botje op te diepen? Hoe je aan de knuppel van de barakoudste ontsnapt als deze een prooi zoekt om zich mee te vermaken? Hoe je je moet beheersen als je een colonne gevangenen naar de gaskamers ziet voeren? Hoe je je innerlijke rust bewaart als je innerlijke wereld steeds verder instort? Welke ervaring heb ik in het verleden opgedaan die van enige betekenis kan zijn voor soortgelijke situaties in de toekomst?... Geen enkele. Helemaal niets. Mijn ervaring is van nul en generlei waarde, en wel om de eenvoudige reden dat er geen vergelijkbare situaties bestaan.

Er waren ook wel andere manieren om Birkenau te verlaten dan via de schoorsteen van het crematorium. Van tijd tot tijd werden tijdens het ochtendappèl mensen met beroepen die bruikbaar waren voor de wapenindustrie geroepen zich te melden. Wie aan de eisen voldeed, werd meteen overgeplaatst naar een van de dependances van het moederkamp, die vlak bij de fabrieken waren opgezet. In onze barak zaten voornamelijk schoenmakers en artsen, kleermakers en rabbijnen, ambtenaren en juristen. Die hadden de Duitsers niet nodig. En wat was ik? Niet eens een schoenmaker. Wie had mij nodig? Niemand. Moest ik daarom de moed opgeven? Nee! Ik was vastbesloten om B/E/II koste wat het kost te verlaten. Ook al was het risico heel groot.

'Als ze weer vakmensen komen zoeken, geven we ons op,' stelde ik Fredek Minz voor.

'Spreek voor jezelf. Ik doe het niet.'

'Waarom niet? Wat heb je te verliezen?'

'Alles.'

'Net zei je dat je nergens meer zin in had.'

'Wat ga je dan zeggen? Dat je op de kleuterschool een vak hebt geleerd?'

'In mijn moeders buik, desnoods.'

'Je bent gek, ik niet. Ik geef me alleen op als ze gieters vragen. Dat heb ik in Starachowice geleerd. Daar ben ik goed in.'

'Ik ga desnoods als piloot, als machinist, als pooier. Als ik hier maar weg ben.'

'Klets niet. Je bent geen piloot, geen machinist en geen pooier. Je bent gewoon een fantast.'

'Best, dan geef ik me op als expert in fantasieën.'

'Maar zij zoeken altijd mensen voor de metaalbewerking.'

'Prima, ook een goed vak.'

'Ga je je opgeven als draaier?'

'Waarom niet.'

'Leuk hoor.'

'Is dat alles wat je te zeggen hebt?'

'En wat heb jij te zeggen?'

'Dat dit onze enige kans is.'

'Er is helemaal geen kans. Ze zijn niet op hun achterhoofd gevallen. Hoe lang denk je dat je ze voor de gek kunt houden. Een uur? Een dag? Twee dagen?'

'Alles is mooi meegenomen.'

'Dat heb je hier ook.'

'Hier? Had jij niet gezegd dat dit het eindstation is?'

'Voorlopig leef je nog, ja toch?'

'Voorlopig wel, ja... Maar hoe moet het daarna?'

'Laat me nou met rust.'

'Fredek, waar is je strijdlust? Waar is je daadkracht?'

'Jouw daadkracht heb ik in Starachowice al gezien. Naar de bossen gevlucht. En wat heeft dat opgeleverd? Je kwam op handen en voeten terug.'

'Goed, laten we geen ruzie maken. Als het zover is, kan je alsnog beslissen.'

In mijn hart hoopte ik dat het allemaal loze praatjes waren en dat hij zich uiteindelijk zou bedenken. Ik dacht dat hij ons ongeschreven bondgenootschap niet zou willen verbreken nadat we die lange weg samen hadden afgelegd. Toch verliep het anders op het moment dat de knoop doorgehakt moest worden.

Het ochtendappèl duurde die dag langer dan anders. Gewoonlijk moesten we één à twee uur in de houding staan. Deze keer stonden we er aan het begin van de middag nog. Mijn maag was mijn klok. Ik zag dat ook elders in het kamp nog geen toestemming was gegeven om terug naar de barakken te gaan. Er was iets aan de hand, maar ik kon niet raden wat dat was. Er was een komen en gaan van nerveuze, gespannen ss-officieren. Ook onze Kapo leek zenuwachtig. Op zulke momenten slaat de fantasie van een gevangene op hol: misschien is de oorlog afgelopen, misschien is Adolf Hitler dood, misschien is zijn regime ten val gebracht? Allemaal onzin. Niks daarvan. Na nog eens twee uur hoorden we van de Kapo de reden van het oponthoud: twee Polen waren gevlucht en weer opgepakt. Ze werkten allebei op de boerderij die de Duitse keuken van groente voorzag. Die lag buiten de poort, maar nog wel binnen het bewaakte gebied. Overdag bestond de bewaking uit een ring van wachttorens en een hek dat niet onder stroom stond. Tegen de avond, als het werk op de akkers gedaan was, als de terugkerende arbeiders bij de poort geteld werden en er niemand vermist bleek te zijn, verlieten de bewakers hun posten en bleef het buitenhek onbewaakt; tot de volgende ochtend. Als het aantal terugkomers niet strookte met de registratie, bleef de buitenring bemand totdat de voortvluchtigen gepakt werden. Zelden eindigde een vluchtpoging met succes.

Begin jaren tachtig heb ik in Tel Aviv een administratief medewerker bij de Israëlische militaire industrie ontmoet die als een van de weinigen daarin geslaagd was. Ook hij had gewerkt op de ss-boerderij. In zijn geval was de ontsnapping zorgvuldig gepland door twee Poolse kameraden. De drie mannen hadden in het aardappelveld een kuil gegraven, hun medegevangenen hadden die met planken, takken en aarde bedekt en daar enkele flessen petroleum overheen gegoten om de reukzin van de honden te neutraliseren. Drie dagen lang wachtten de mannen in de kuil tot de nazi's het zoeken opgaven en de nachtbewaking ophieven. Op de vierde nacht begaven ze zich naar het huis van een Poolse verzetsman. Hier kregen ze gewone kleren en valse persoonsbewijzen, waarna ze elkaar de hand gaven en ieder zijns weegs gingen. De jood keerde terug naar zijn geboortestad in Slowakije. Dat alles was in 1942 gebeurd. Slowakije was al een zogenaamd onafhankelijke vazalstaat van het Derde Rijk, maar de joden werden er nog niet vervolgd zoals in de door de nazi's bezette gebieden. Twee jaar later werden ook zij naar de vernietigingskampen gestuurd. Toen de held van ons verhaal doorhad dat ze op weg naar Auschwitz waren, probeerde hij de mensen in zijn wagon over te halen om uit de trein te springen die hen naar de dood voerde. Niemand wilde naar hem luisteren. Ook nadat hij het getatoeëerde nummer op zijn arm had laten zien en over zijn verschrikkelijke ervaringen had verteld, waren ze niet overtuigd. Toen hijzelf uit de trein probeerde te springen, sloegen ze hem bewusteloos. 'De joden in mijn wagon waren bang voor een collectieve straf,' vertelde hij me. 'Uiteindelijk werd dat mijn redding. In Birkenau werd ik bewusteloos uit de trein gesleept, het perron op. Alle anderen moesten meteen doorlopen naar de gaskamers, maar mij lieten ze liggen omdat ze dachten dat ik dood was. Toen het donker werd, stond ik op. Vrienden uit het verzet dat toen actief was in het kamp, hielpen me aan een plaats in een van de barakken en zodoende werd ik gered.'

Die twee Polen van de zomer van 1944 hadden geen geluk. De SS-honden ontdekten hun schuilplaats en ze werden waarschijnlijk doodgeschoten. Hoe het ook zij, zodra de jacht voorbij was en de gemoederen weer gekalmeerd waren, verscheen er een groepje officieren en burgers voor ons. De Kapo sprong in de houding en vermeldde het aantal gevangenen onder zijn bevel. Een van de burgers, een man in een olijfgroene leren jas en een vilthoed met een patrijsveer, riep: 'Als hier draaiers of frezers zijn, laat die een stap naar voren doen.'

Het bleef stil. Niemand reageerde. Ik wist dat het over een halve minuut te laat zou zijn, dan zouden ze doorlopen naar het volgende blok.

'Ga mee,' fluisterde ik. Het voelde alsof mijn stem luid weergalmde, alsof de hele wereld me kon horen. Fredek stond links van me. Hij schudde van nee. Ik pakte hem bij zijn hand. Ik stapte uit de rij en trok hem krachtig mee. Hij stond als bevroren, zijn voeten leken aan de grond vastgenageld, zijn lichaam helde naar achteren. Zijn hand ontglipte de mijne. Ik durfde niet om te kijken en hem te roepen om mee te gaan. Elke overbodige beweging en elk misplaatst woord konden verkeerd geïnterpreteerd worden en mijn kansen verkleinen.

Een van de Duitsers nam mijn magere lijf achterdochtig op.
'Jij?' vroeg hij verwonderd.
'Ja, meneer.'
'Wat is je beroep?'
'Draaier, meneer.'
'Hoe oud ben je?'
'Achttien,' loog ik.
'Hij ziet eruit als een achterlijk kind,' merkte een andere Duitser op.
'Dat komt door de ondervoeding, meneer,' zei ik meteen. 'Ik ben een vakman. Geef me wat te eten en ik ben binnen een paar dagen zo sterk als een os.'
De officier die de gasten begeleidde fronste. Ik had te veel gepraat. De gevangenen mochten alleen op vragen antwoorden, en dan nog kort en zakelijk. Maar op de Duitser in de leren jas had ik een goede indruk gemaakt.
'Als je net zo goed kunt werken als je kunt praten, krijg je misschien ook wat te eten,' zei hij. 'Waar heb je gewerkt?'
'Ik heb de vakschool afgemaakt en ik heb in Starachowice in de Hermann-Göring-Werke gewerkt.'
'Wat maakten jullie daar?'
'Kanonlopen, meneer.'
De Duitser knikte. De Kapo tikte me aan met de punt van zijn knuppel en beval me opzij te gaan staan. Nu pas zocht ik Fredek met mijn ogen. Hij keek niet naar me. Fredek, huilde ik van binnen, Fredek, waarom heb je me dit aangedaan? In deze jungle, waar mensen elkaars ergste vijand waren, was Fredek Minz mijn enige lichtpunt. Ook als hij gedeprimeerd was, ook als hij 'leuk hoor' tegen me zei of koppig zijn mond hield, wist ik dat hij mijn vriend was. De officier gaf het bevel om in te rukken. Mijn blik volgde Fredek die met trage, vermoeide stappen wegliep, totdat zijn smalle, gebogen rug in de deuropening van de barak verdween. Ik dacht niet aan wat hem te wachten stond. Ik voelde me verraden. Maar ik kreeg de tijd niet om lang na te denken. De officier noteerde het nummer dat op mijn arm getatoeëerd was, de man in de leren jas tekende dat ik vanaf dat moment onder zijn gezag viel. De officier beval: 'Loop met hem mee.'

Ik liep over het centrale pad tussen de blokken. Onderweg kwamen er nog twee gevangenen bij, beiden veel ouder dan ik. Ze spraken Frans. Op hun gestreepte kleding waren rode driehoeken aangebracht: het waren politieke gevangenen. Al lopend merkte ik nu hoe groot het kamp was. Het was ruim een kwartier lopen naar de hoofdingang. Zo op het oog was dit een onschuldig bouwwerk van rode baksteen, alleen als je erdoorheen naar binnen ging, kwam je erachter dat het de poort van de hel was. Nu zou ik naar buiten gaan. Er stond een bewaker in ss-uniform. De man van de fabriek gaf hem een vel papier, waarschijnlijk een pas.

'Drie gevangenen!' riep de bewaker luid.

'Drie gevangenen,' zei de militair op de wachttoren hem als een echo na.

'Drie gevangenen eruit!' riep de bewaker weer, en alweer antwoordde de echo van boven: 'Drie gevangenen eruit.'

'U mag doorlopen,' zei de bewaker en gaf onze begeleider zijn papiertje terug. Buiten de poort stond een kleine vrachtwagen te wachten, bewaakt door twee gewapende militairen.

'Instappen!' krijste een van hen. De vertegenwoordigers van de fabriek zaten voorin. Wij drieën namen plaats op de vloer van de vrachtwagen. De militairen volgden ons en sloten de opening af met zeil. De chauffeur startte de motor. We vertrokken. De vrachtwagen hobbelde over de kuilen in de weg. De militairen zaten op een opklapbare bank. Hun strakke gezichten zeiden niets. Waar reden we heen? Ik besteedde daar niet eens een fractie van een gedachte aan, want erger dan Auschwitz kon het niet zijn. Ik had geen idee dat ik daar enkele maanden later heel anders over zou denken.

2

Het kamp bij de staalfabriek Eintrachthütte was slechts een van de tientallen kampen in Silezië die onder het moederkamp vielen en officieel dan ook 'Auschwitz III' heetten. Het lag vlak bij de fabriek, je hoefde alleen maar de weg over te steken om er te komen. De fabriek zelf stond op een gigantisch industrieterrein net buiten Świętochłowice, een stad in Opper-Silezië die deel uitmaakte van een stedelijke agglomeratie waarboven een grijze hemel van rook en roet hing. De bewoners van dit gebied werkten al van oudsher in de kolenmijnen, in de metaalsmelterijen en staalgieterijen en in fabrieken waar machines en scheepsmotoren werden gemaakt. Men was het gewend om in een plaats te wonen die gekenmerkt werd door luchtvervuiling. Kleine tuintjes met groenten en sierplanten dienden voor velen als toevluchtsoord in een omgeving waar de zon een zeldzame gast was. Evenals mijn geboortestad Bielsko was ook dit gebied een strijdtoneel tussen Polen en Duitsers. Eeuwenlang ging het gebied van de ene hand over in de andere, waardoor de plaatselijke bevolking een eigen nationale identiteit had ontwikkeld, en een eigen dialect dat vreemdelingen niet konden verstaan. Velen zagen zichzelf niet als Pool of Duitser, maar als Seleziër. Zo ook Kurt Kolonko, de man die me de helpende hand reikte toen iedereen me de rug toekeerde.

Eintrachthütte symboliseerde in zekere zin de onrustige geschiedenis van Silezië. Door de Duitsers opgericht in de eerste helft van de negentiende eeuw, kwam de fabriek na de nederlaag van keizerlijk Duitsland in de Eerste Wereldoorlog in Poolse handen, maar keerde na de capitulatie van Polen in september 1939 weer terug in Duitse handen. Toen de bewapeningsinspanning haar hoogtepunt bereikte, ging men van de productie van scheepsdieselmotoren over op de productie van luchtafweerkanonnen van het model Flak-88. Als vergelding voor de bombardementen op Londen werden de industriesteden van het Derde Rijk het doelwit van zware bombardementen door de geallieerden. De Duitse leiding zette dan ook alles op alles om de luchtbescherming in het achterland te versterken. Ons kamp was een van de zes die de nazi's hadden opgezet om de staalfabriek van arbeidskrachten te voorzien. De andere waren ofwel krijgsgevangenkampen, ofwel werkkampen; alleen ons kamp was als concentratiekamp geclassificeerd.

In de lente van 1992 bezochten Shulamit en ik de fabriek als gasten van de directie. De uitnodiging kwam naar aanleiding van een televisieprogramma waarin ik over mijn contact met Kurt Kolonko had verteld. Mijn gastheren verrasten mij met een eremedaille van de stad. De publiciteit, hoopten ze, zou niet alleen het historische imago van de fabriek helpen verbeteren, maar misschien ook de situatie in heden en toekomst. Hoe dat zat, begreep ik pas toen we rondgeleid werden in de fabriekshallen waar ik voor mijn nazibeulen gezwoegd had. De draaibanken, de moderne freesmachines en de slijpmachines waren in 1945 gedemonteerd en naar de Sovjet-Unie overgebracht. De fabriek was weer overgegaan op de productie van dieselmotoren. Alleen waren de meeste werkplaatsen nu onbemand. Blokken scheepsmotoren zo hoog als een gebouw van drie verdiepingen stonden als nutteloze voorwerpen in de fabriekshallen. Onder het communistische regime had de fabriek motoren gemaakt voor de sovjetscheepswerven. De afrekening ging via de kas van de Oost-Europese economische samenwerking, volgens de regels die door Moskou werden bepaald. In een dergelijke centralistische economie was het niet aan de directie van het bedrijf om te zorgen voor rentabiliteit, verkoop of de aanvoer van grondstoffen. Alles werd van bovenaf geregeld. Met de politieke ommekeer was alles anders geworden. Eintrachthütte bleef weliswaar een staatsonderneming, maar niemand zorgde nu voor klanten. De Oost-Europese markt was ingestort, de oude overeenkomsten waren niet meer van kracht, de Polen besloten hun onafhankelijkheid te laten gelden en eisten van de Russen betaling in harde valuta. Alleen konden de Russen in het Westen en in het Verre Oosten betere motoren krijgen voor hun dollars. En andere klanten waren er niet. Tweederde van de fabrieksarbeiders was ontslagen en nu werd het overgebleven derde met ontslag bedreigd. Alleen massieve investeringen in moderne uitrusting en nieuwe markten in het Westen zouden het bedrijf nog kunnen redden. Duitse ondernemingen waren bereid een deel van de aandelen over te nemen om de staatsonderneming uit de crisis te helpen. Maar het Duitse geld werd in Silezië gezien als besmet geld. De overheid was bang dat de investeringen gepaard zouden gaan met allerlei eisen. De Duitse minderheid in Silezië eiste nationale rechten. Het Duitse aanbod werd afgewezen. 'De politieke overwegingen hebben het gewonnen van de economische redenering,' beklaagde de directeur zich tegenover mij.

Ik maakte gebruik van het korte bezoek aan Świętochłowice om in de archieven te zoeken naar documenten over de oorlogsjaren. Daaruit bleek dat de toenmalige directie de SS op 4 mei 1943 benaderd had met het verzoek om de fabriek van vakmensen te voorzien. Na een korte onderhandeling kwamen de partijen tot een overeenkomst: de SS zou de staalfabriek voorzien van zo'n duizend arbeiders uit de concentratiekampen; voor elke arbeider zou de fabriek twee mark per dag betalen. Afgesproken werd dat gevangenen die niet aan de eisen van het bedrijf zouden voldoen, zonder extra betaling vervangen zouden worden. De SS-leiding nam het op zich om ter plaatse een dependance van Auschwitz-Birkenau op te zetten. De bouw zou betaald worden uit de kas van het ministerie van Bewapening. Volgens de overeenkomst zou het kamp onder bevel van de SS blijven en zou geen enkele andere instantie het recht hebben zich met de interne aangelegenheden te bemoeien. De luchtmacht, de afnemer van de fabriek, zou zorgen voor de bewaking, met uizondering van het hoge officierskorps. De overeenkomst werd door het departement voor rijksveiligheid goedgekeurd en zo kwam het dat ik daar op een dag, midden in de zomer van 1944, uit de kleine vrachtwagen stapte en door de Hauptkapo verwelkomd werd met een originele groet: 'Jullie komen op het juiste moment, we hebben net drie lijken van net zulke idioten als jullie terug naar Auschwitz gestuurd.'

Het was het bekende tafereel: dezelfde britsen in dezelfde barakken, hetzelfde hek van hoogspanningsdraad en ook precies dezelfde wachttorens als in Auschwitz. Hetzelfde regime van onderdrukking en vernedering, dezelfde waterige soep, hetzelfde ochtend- en avondappèl en dezelfde bedreiging van dood in de gaskamers. Alleen was de bedreiging nu niet zo tastbaar als toen. Niet de rook uit crematoria kleurde de lucht grijs, maar het roet van de zware industrie. Dit kleine detail was voldoende om je je weer te laten overgeven aan de illusie dat een mensenleven enige waarde had, althans zolang de nazi's er iets aan hadden.

En wat was de waarde van mijn leven? 'IJdelheid der ijdelheden,' weeklaagde *Prediker*. 'Wat voordeel heeft de mens van al zijn arbeid, die hij arbeidt onder de zon?' Dr. Kalter, mijn bijbelleraar in Bielsko, had me dit vers ingeprent. Alleen kon ik me niet neerleggen bij een dergelijk denkbeeld. Want als het zo zat, dan waren mijn pogingen om te overleven van geen enkele betekenis. Als het lot van de mens werkelijk in de hemel beslist werd, als alles van tevoren vaststond en als alleen het bidden tot de barmhartige God daar nog iets aan kon veranderen, wat had het dan nog voor zin om strijd te leveren? God had de smeekbeden van de gelovigen niet verhoord, godvrezende joden waren op de dag des oordeels opgeroepen via de schoorstenen van de crematoria naar boven te komen, pasgeborenen die nog niet eens de kans hadden gehad om te zondigen, werden op een gruwelijke manier vermoord, terwijl ik, de goddeloze, in leven was gebleven. Nee, ik kon onmogelijk rekenen op hogere gerechtigheid. Als ik mezelf niet hielp, hielp niemand me. De hele nacht lag ik te piekeren: wat zou mijn leven waard zijn als ik de volgende ochtend mijn vakmanschap als draaier zou moeten bewijzen? Ik ademde nog, ik kon nog zien en horen en mijn andere zintuigen deden het allemaal ook naar behoren, maar geen verstandig mens zou ook maar één cent op mijn leven inzetten. Als Fredek Minz me nu zag, zwetend, maar niet van koorts, zou hij me waarschijnlijk uitlachen: 'Wat zeur je? Je hebt er zelf om gevraagd.'

Liggend op mijn brits wenste ik niets liever dan uitstel van het beslissende moment. Ik wilde dat de tijd zou stilstaan, dat de ochtend nooit zou aanbreken, dat de dag van morgen zou wegblijven. Het waren wensen die zelfs een goede fee niet waar kon maken, dat wist ik wel. Toen de eerste lichtstralen bleek en aarzelend de barak binnendrongen, probeerde ik me het moment voor te stellen dat ik oog in oog met het lot zou staan; het lot dat duizend-en-één vormen aanneemt, deze keer die van de machine in de fabriek. Maar ook dit lukte me niet. Mijn verbeeldingskracht liet me in de steek, ik zag alleen maar een zwarte, vormeloze vlakte die kennelijk onheil symboliseerde.

De Duitse ordelijkheid verbaasde me iedere keer opnieuw. Bij het ochtendappèl riep de Kapo mijn nummer en deelde me mee dat ik bij de ochtendploeg zat. Ik begreep niet waarom hij me een schop onder mijn kont gaf en zei: 'Bof jij even.' Ik voegde me bij de rij mannen die naar de fabriek gingen. De twee gevangenen die samen met mij waren aangekomen, zag ik er niet tussen; maar het is zeer de vraag of ik hen had herkend, zelfs als ze naast me hadden gestaan. Verborgen filters schiftten de gezichten van mensen die ik niet kon gebruiken voortdurend uit. Personen aan wie ik niets had, vervaagden nog voordat ze een plaats hadden ingenomen in mijn hersencellen. Ik zag een bos, geen bomen. Ik zag een menigte, geen mensen, behalve dan misschien wat voorbijgangers, arbeiders in overalls, een vrouw met een boodschappentas en een bejaarde met een wandelstok die ongeïnteresseerd naar ons stonden te kijken terwijl we van de uitgang van het kamp naar de ingang van de fabriek liepen. Ze wachtten geduldig tot we voorbij waren voordat ze zelf de straat overstaken. Mensen in gevangeniskleren waren een gewoon gezicht dat geen nieuwsgierigheid wekte.

Om zes uur precies stond ik voor een draaibank die me met zijn tandwielen bedreigde als een beest dat zijn prooi wil verslinden. Ik keek ernaar alsof het een golem was waar ik me geen raad mee wist. De opzichter gaf me een technische tekening.

'Lees je Duits?' vroeg hij.

'Ja, meneer.'

Duits? Noemde je dit Duits? Het technisch jargon was voor mij net Oud-Chinees. Ik begreep er niks van. Ik probeerde de verticale en diagonale lijnen niet eens te doorgronden, ik had geen idee wat de cijfers die op algebraïsche formules leken betekenden. Ik keek om me heen. De hal was enorm groot, tientallen machines stonden er in rijen zo recht als een liniaal. Aan elke draaibank, freesmachine of metaalslijper stond een gevangene. Midden in de hal stond een toren met een achtkantig kantoor erbovenop. Een ijzeren wenteltrap leidde naar de glazen controlepost. Vanaf die plaats, een meter of drie hoog, konden de mensen die er zaten ons goed in de gaten houden. Die ochtend zat daar een ingenieur met een bril en een rond gezicht dat een sympathieke indruk maakte. Ik zag hem van zijn bureau opstaan en naar het raam lopen. Hij leek een vreemd wezen dat zich liever in een aquarium opsloot. Ik zou er algauw achter komen dat zijn vriendelijke verschijning bedrieglijk was. Zijn meest geliefde spelletje was een elektrisch snoer aan de wenteltrap vastmaken, een gevangene naar boven roepen, en zodra de man in de val zat het andere uiteinde in het stopcontact steken. De stroom was niet sterk genoeg om te doden, maar de man kreeg een shock en rolde stuiptrekkend de trap af, alsof hij een toeval had. Zodra hij beneden op de grond lag, nog steeds spartelend als een vis op het droge, riep de lieve ingenieur hem weer naar boven. De arme gevangene wist nooit wanneer de ingenieur uitgespeeld zou zijn en hem weer zou laten gaan.

Dit alles heb ik zoals gezegd pas later vernomen, lang na mijn dovemansgesprek met de draaibank. Ik pakte de tekening en gebruikte al mijn charme om er contact mee te krijgen. Tevergeefs. De tekening bleef zo vijandig als een aanklacht. Terwijl ik haar geheimen probeerde te doorgronden, kwam de opzichter weer achter me staan. Ik schrok van zijn stem.

'Kun je geen tekening lezen?'

'Ik? Natuurlijk wel,' antwoordde ik met een zelfverzekerdheid die mijn verwarring moest verbergen.

'Heb je hulp nodig?'

'Ik red me wel, meneer.'

De opzichter had me niet door. Nog niet. Ik legde de tekening weer neer. Hij deelde me mee: 'We eisen maximale nauwkeurigheid. Per dag moet je vierentachtig stuks vervaardigen. Voor elke tien stuks daarboven krijg je honderd gram brood. Voor elke tien stuks onder je quota krijg je tien slagen. Als je drie keer slaag hebt gehad, ga je terug naar Auschwitz. Begrepen?'

'Helemaal, meneer.'

De opzichter liep weer weg. Ik pakte een metalen staaf en zette die vast in de draaibank. Ik moest de machine nu gauw aanzetten, anders zou de Duitser achterdochtig worden. Ik had alleen geen flauw idee hoe dat moest. Ik drukte op de zwarte knop; er gebeurde niets. Ik drukte op de rode knop; de machine lachte me stilzwijgend uit. Ik keek machteloos om me heen. Sommige draaiers keken terug. Ze hadden het al eerder gezien, ze wisten wat me te wachten stond. In hun ogen las ik mijn vonnis. Ineens kruiste mijn blik de blik van een gevangene die links van mij aan het werk was. Hij droeg dezelfde kleren als ik, blauw-grijs gestreept. Hij was klein en stevig van postuur, hij had roze wangen en lachende blauwe ogen. Ik kon zijn nationaliteit makkelijk herkennen aan de rode driehoek met een P erop. Hij goot koelvloeistof over het mes in zijn draaibank en sprak me in het Pools aan: 'Hee, joodje, hoe heet jullie dodengebed?'

'Kaddisj.'

'Nooit gehoord. Heb je al gebeden?'

Ik zag geen reden om hem een les te geven in de joodse godsdienst. Ik haalde mijn schouders op.

'Hoe moet het dan me je.' Hij vroeg het niet, hij zei het.

'God is almachtig.'

'Niet zo almachtig dat hij deze machine voor je aanzet.'

'Je zal wel gelijk hebben,' antwoordde ik.

'Niet zo hard,' waarschuwde hij. 'We mogen niet praten.'

'Waarom praat je dan?'

'Niet zo bijdehand, joodje.'

'Goed, ik hou mijn mond.'

'Weet je wie ik ben?'

'Iemand die een draaibank kan bedienen.'

De Poolse gevangene glimlachte: 'Iedereen kent me hier.'

'Niet iedereen. Ik niet.'

'Meen je dat nou?' Hij was oprecht verbaasd.

'Ik meen het.'

'Ik heet Kurt. Kurt Kolonko.'

'Ik heet Roman.'

'Heb je geen achternaam?'

'Had ik. Nu is ook mijn achternaam vals.'
'Zijn we weer brutaal?'
'Ik zeg maar wat.'
'Ooit belangstelling gehad voor boksen?'
'Nee.'
'Voor de oorlog was ik kampioen vedergewicht.'
'Van Polen?'
'Van Opper-Silezië, knul,' corrigeerde hij me met enige trots. 'Ik ben in Silezië geboren en ik heb Silezië vertegenwoordigd. Je zult het niet geloven, maar mijn familie woont al vijf generaties in dezelfde stad. Geen ziel die me niet kende. Zelfs de joden, al hebben die misschien geen ziel. En vraag me niet wat ze in plaats daarvan hebben, ik ben geen arts en geen priester. Vraag of ze bang voor me waren, dan zeg ik: nou en of. Als ze niet op tijd naar de overkant stapten, kregen ze van mij een stomp. En niet zomaar een. Ik gaf ze er zo een die je nooit meer vergeet. Lieve Jezus, wat vond ik dat heerlijk. Door hun schuld leefden wij in armoede. Zij hadden bloeiende zaken en goede banen en verzorgde vrouwen, en wij hadden niks, alleen hard werken. Jullie soort weet zich altijd wel te redden.'
'Was het maar waar,' merkte ik verbitterd op.
'En hoe moet het nu met je? Ruik je al gas?'
'Ik hoor dat Zyklon B reukloos is.'
'Het is doodeenvoudig om daarachter te komen... Ha, ongemerkt een leuke woordspeling gemaakt. Ik ben niet zo'n ellendige intellectueel als jij, maar ik ben ook geen analfabeet. Ik heb op de vakschool gezeten. Jij hebt zeker literatuur gehad, hè? Je vader zal wel bankier zijn, of advocaat, ja toch?'
'Hij is dood.'
'En mama is een dame met zijden handschoenen, hè?'
'Die is ook dood.'
'Ja, je gaat tegenwoordig makkelijk dood. Hoe eerder je dood bent, hoe minder je lijdt. Jij gaat ook dood. Je bent de eerste niet die van de regen in de drup komt, en ook niet de laatste. Morgen sturen ze je naar de plaats waar ze van joden zeep maken. Wist je niet dat ze zeep van ze maken?'
'Dan kunnen ze hun handen tenminste schoonwassen.'
Mijn antwoord beviel hem wel. Hij legde een hand op mijn

schouder, duwde me weg en ging bij mijn draaibank staan.

'Wat doe je nou?' vroeg ik verbaasd. De voormalige bokser boog zich over de machine, bestudeerde de tekening en zei: 'Bemoei je er niet mee. Kijk jij maar of de opzichter er niet aankomt.'

Vlug zette Kurt Kolonko alles in elkaar. Al doende praatte hij aan één stuk door: 'Niet schrikken, het gaat allemaal automatisch, heel simpel. Kijk wat ik doe en leer het uit je hoofd. Dit zijn widiamessen. Dat is een heel hard metaal, het snijdt staal als boter. Zo zet je de messen vast in de kop. Je moet uitkijken, want widia is erg duur en de Zwaben gaan tekeer als er eentje stukgaat. Zie je deze gleuf? Zo zet je het mes erin, zodat de koelvloeistof erlangs loopt, zoals we geleerd hebben. Met widia moet je omgaan als met een geharde vrouw. Heb je weleens een vrouw geneukt?'

'Nee.'

'Op boksen na mijn favoriete sport. Als je precies doet wat ik je zeg, zul je van die nectar misschien toch nog een keertje mogen proeven.'

'Waarom doe je het?'

'Waarom? Omdat ik man ben. En een man heeft een vrouw nodig.'

'Ik bedoel dit,' zei ik en wees op de draaibank.

'O dit. Omdat ze anders zeep van je maken en dan zul je nooit een vrouw bekennen.'

'Dan kunnen ze hun handen tenminste schoonwassen.'

Kolonko begreep dit keer niet wat ik bedoelde. 'Met die zeep,' zei ik met een glimlach. Hij negeerde mijn opmerking. 'Geef je me dekking?' vroeg hij.

'Maak je geen zorgen, de opzichter is naar de andere kant van de hal.'

'En de ingenieur?'

'Die zit met zijn rug naar ons toe.'

'Mooi zo. Ik ben zo klaar. De messen zitten erin, ze draaien vanzelf met de kop mee. Je hoeft alleen maar het stuk eruit te halen als het klaar is, en er weer een nieuw in doen... Dat kan iedere domkop wel... Kijk me niet met die kalfsogen aan, je moest me dekken... Wil je weten waarom ik je help? Ten eerste kan ik er niet tegen als iemand het bij het draaien verprutst. Dat in de eerste plaats. En laat ik je nog wat zeggen: ik hou niet van joden, maar de nazi's haat ik. Begrepen? Vast niet. Je bent een dom weeskind. Laten we maar hopen dat je geen domme draaier bent. Het is een grote eer om met dit stuk speelgoed te mogen spelen. Bij ons op de werkplaats kon ik er niet eens van dromen om zo'n ding te hebben.'

'Misschien komt dat nog.'

'Misschien,' verzuchtte hij en de glimlach verdween van zijn gezicht.

3

In de herfst van 1947 ontmoette ik de moeder van Kurt Kolonko. Hoe ik haar gevonden had? Heel eenvoudig. Kurt had me verteld over zijn geboortestad en over de werkplaats die ze daar hadden. Zijn vader was begonnen als smid bij een kolenmijn. Toen hij trouwde, investeerde hij de bruidsschat in een eigen bedrijf: twee oude draaibanken en smidsgereedschap, voor het geval hij niet rond zou komen van het draaien alleen. Helaas waren het toen moeilijke tijden voor draaiers én voor smeden. Hij verdiende weinig. Het gezin zat op zwart zaad. Vader verdronk zijn verdriet. Dat loste niets op, zelfs niet zijn geestelijke nood. Hij werd in een gesticht opgenomen en overleed een jaar voor het uitbreken van de oorlog. Kurt wist nog dat zijn moeder altijd gezegd had dat zijn vader aan de zware ellende bezweken was. De tweelingbroers, Henryk en Kurt, namen de werkplaats over, maar ook zij hadden weinig succes. Kurt bracht een groot deel van zijn tijd door in de boksring, hij vergaarde veel roem en bekers, maar de kas bleef leeg. Op een avond, vertelde hij me, had zijn moeder hem een bord vol medailles opgediend. 'Dit heb je verdiend, dit krijg je te eten,' had ze gezegd. Niet hij maar Henryk sloeg het bord stuk. Henryk was driftig, hij maakte vaak ruzie met de klanten en die bleven weg. Het duurde niet lang of de schuldeisers wendden zich tot de rechtbank en de deurwaarder nam alle apparatuur in beslag. Toen brak de oorlog uit. Henryk werd tewerkgesteld in Duitsland, Kurt werd aangehouden door de Gestapo. Wat hij misdaan had? Hij was net als zijn vader aan de drank geraakt. Er werd niet meer gebokst, er was geen werk meer, er bleef alleen de kroeg over waar drank op de pof verkocht werd. Als het percentage alcohol in zijn bloed hoger was dan twee promille, slonk de ellende weg en groeide het machtsgevoel. En wee als je hem dan in de weg stond. Kurt was dronken toen hij opschepte dat hij elke Fritz – zo noemden ze de Duitsers in zijn stad – met één linkse knock-out kon slaan, zelfs Hitler. De muren hadden oren, zijn praatjes werden doorgegeven aan degenen aan wie zulke dingen doorgegeven worden en diezelfde nacht nog kwamen ze hem halen voor verhoor. Zijn moeder stond buiten het Gestapo-gebouw te janken, een plaatselijke advocaat kwam met brieven betreffende de ijver en toewijding van zijn broer – allemaal tevergeefs. Van Kurt hoorden ze niets meer. Toen er een elektrode in zijn anus werd gestopt, bekende hij lid te zijn van een niet-bestaande verzetsgroep. Een militaire rechtbank bevond hem schuldig aan het plegen van vijandige propaganda en eind 1941 werd hij naar het concentratiekamp gestuurd. Hij werd bestempeld als politieke gevangene die extra streng behandeld diende te worden. Het eerste jaar zat hij bij een strafeenheid die weinigen overleefden.

Toen het gebrek aan arbeidskrachten in de wapenindustrie nijpend begon te worden, werd hem zijn klap in Hitlers gezicht vergeven en werd hij naar Eintrachthütte overgebracht.

'Als je me na de oorlog wilt komen opzoeken,' had hij een keer gezegd, 'kom je het station uit in de hoofdstraat, je gaat linksaf, loopt zo'n vijfhonderd meter door en gaat dan weer linksaf. Op de hoek zie je een bord met daarop: "Smalle steeg". Dat is-ie ook. Het is er behoorlijk smerig, open vuilnisbakken staan op de stoepen, maar tenslotte ben ik daar geboren en getogen. Misschien ruimen ze die rotzooi na de oorlog wel op, maar onze werkplaats vind je makkelijk, ook als het er heel schoon is. Onthou het gewoon: Smalle steeg nummer drie.'

Het kostte inderdaad geen moeite om de werkplaats te vinden. Vijf afgesleten stenen trappen leidden van de stoep naar de kelder van een oud huis. De deur was dicht. Ik zocht naar een bel. Die was er niet. Vroeger hadden er ruiten in de deur gezeten, maar die waren stukgegaan en door houten borden vervangen. Daarop had iemand gekalkt: 'Draaiwerk voor weinig geld'. Ik klopte aan. Er kwam geen antwoord. Ik klopte harder. Binnen klonk een vrouwenstem: 'Open.' Ik gaf de deur een duw. 'Voorzichtig, er is nog een tree,' zei de vrouw weer. Het was donker binnen. Alleen boven de draaibank die tegen de muur stond, brandde licht. Achter in de kelder stond een man. Ik kon zijn gezicht niet zien, maar ik dacht dat ik Kurt herkende.

'Kurt?' zei ik met enige aarzeling.

De man antwoordde niet. Ik deed een stap naar voren, maar de vrouw stond me in de weg.

'Het is Kurt niet, het is zijn broer Henryk. Wat kan ik voor u doen?'

'Ik zoek Kurt Kolonko.'

'Waarom zoekt u Kurt Kolonko?'

'Ik wil hem spreken.'

De vrouw keek nerveus naar de tas die ik onder mijn arm droeg. Ik hoorde de achterdocht in haar stem.

'Weest u niet ongerust, mevrouw, ik ben een vriend van Kurt.'

'Kurt heeft geen vrienden meer,' zei ze droogjes.

'Ik ben zijn vriend.'

Ze stond roerloos, alsof ze op verdere uitleg wachtte. Ze nodigde me niet uit om te gaan zitten. Ik stond nog bij de deur. Ik voelde me niet op mijn gemak. Ik stelde me voor.

'En wie bent u?'

'Ik ben de moeder van Kurt.'

'Dat dacht ik al,' zei ik en boog me om haar hand te kussen, naar Pools gebruik. Ze drukte haar hand tegen haar schort, alsof ze elk contact met mij wilde vermijden, deed toen een stap naar achteren, leunde met haar rug tegen de draaibank en zei: 'Wat valt er te denken? Iedereen weet dat ik de moeder van Kurt ben. En u? U bent geen klant en geen politieagent, wie bent u dan?' Uit haar stem sprak een vijandige kilheid. Ik wist uit de verhalen van Kurt dat zijn moeder een jaar of vijftig moest zijn, maar deze vrouw zag er veel ouder uit. Een lichtstraal die door de deur naar binnen scheen, viel op haar gezicht en legde een gerimpelde vermoeidheid aan de dag. Haar ogen waren op mij gericht, maar er zat geen greintje nieuwsgierigheid in. Haar zoon Henryk kwam uit de schaduw. Nu pas merkte ik zijn verbazingwekkende gelijkenis met Kurt. Hij wilde iets zeggen, maar zij legde hem met een zeer gedecideerd handgebaar het zwijgen op. Hij gehoorzaamde als een kind dat een standje had gekregen.

'Wat wilt u dan, meneer?' vroeg ze weer.

'Ik weet niet waar ik moet beginnen.'

'U kunt het beste bij het begin beginnen.'

'Het is een lang verhaal.'

'Probeert u het maar kort te houden.'

'Heel in het kort kan ik zeggen dat ik bij Kurt enorm in de schuld sta en dat ik mijn schuld nu kom aflossen, als je dat soort schulden al kunt aflossen. U begrijpt toch wat ik bedoel?'

'Ik heb geen woord begrepen.'

'Heeft hij het u niet verteld?'

Ze gaf geen antwoord en ik, met de minuut onzekerder, ging licht stotterend verder:

'Ik zal het uitleggen. Kurt en ik hebben samen in het kamp gezeten. In Eintrachthütte. Dat weet u wel, u hebt hem een keer toch een pakje gestuurd? Dat heeft hij gekregen, hoewel de Kapo's de pakjes meestal pikten. Maar bij Kurt durfden ze dat niet. Kurt had een bijzondere status. Hij wist zich wel te redden. U mag trots op hem zijn. Ook op wat hij voor mij heeft gedaan. Sinds we elkaar voor het laatst zagen, heb ik er steeds aan gedacht. Ik stond daar zo machteloos, een joodse jongen voor wie niemand een vinger wilde uitsteken. Alleen Kurt... Waarom uitgerekend Kurt? Dat zal ik nooit begrijpen. Ik zal het nooit begrijpen, tenzij hij het me zelf vertelt. Ziet u dit kleine koffertje?'

'Ik zie het.'

'Er zit genoeg geld in om twee nieuwe draaibanken te kopen, met de allernieuwste foefjes. Het is geen betaling. Voor het leven dat hij gered heeft kun je niet betalen. Maar ik heb geen andere manier om mijn dank te betuigen. Bent u nu gerust? Wilt u Kurt nu wel roepen?'

'Dat gaat niet.'

Ik overhandigde haar mijn koffertje. Ze nam het niet aan. Ze richtte zich op, leek nu langer dan eerst, haar gezicht veranderde, alsof ze een vermoeidheidsmasker had verruild voor een boosheidsmasker. In haar mondhoek trilde een klein spiertje nerveus, tot de woedende woorden eruit barstten.

'Hoe durf je naar mijn huis te komen, vuile jood!' riep ze. 'Ellendeling, hoe durf je te leven terwijl mijn zoon niet meer leeft! Hoe durf je met je dertig zilverlingen aan te komen? Wegwezen!'

Henryk stapte uit zijn donkere hoek om tussenbeide te komen. Zijn moeder hield hem tegen en kwam naar me toe, ik kon haar hete adem voelen. Ze stond voor me, haar voorhoofd tegenover het mijne, haar ogen tegenover de mijne, haar woede tegenover mijn ontreddering. 'Vuile, eeuwig vervloekte jood!' siste ze als een slang. Toen spuugde ze in mijn gezicht. Ik veegde mijn gezicht met mijn manchet af en zij, overweldigd door haar emoties, spuugde weer. 'U moet het haar vergeven, Kurt is niet teruggekomen uit Auschwitz,' zei Henryk zachtjes. Ik stond verbluft, verlamd, sprakeloos. Pas toen ze op het punt stond om voor de derde keer te spugen gooide ik mijn tas neer – of liet ik hem per ongeluk vallen? – en vluchtte.

Nee, ik ben niet gevlucht. Er zijn dingen waar je niet voor kunt vluchten. De gloed in haar ogen, de boosheid op haar gezicht, de toorn in haar stem, het gif dat ze spuwde en zelfs het verdriet dat in haar mondhoek trilde – ze achtervolgen me overal. Tot op de dag van vandaag gebeurt het dat als iemand me terechtwijst, als ik vastgelopen ben en geen rationele uitweg weet, als ik machteloos sta tegenover iemands begrijpelijke maar onterechte woede, als ik me ongemakkelijk voel en teleurgesteld ben omdat mijn bedoelingen verkeerd begrepen zijn, dat ik mijn droge gezicht afveeg met mijn mouw.

4

Het kwam me goed uit om mijn vrienden in het Warschause café Arkady het verhaal van mijn ontmoeting met de moeder van Kurt Kolonko te kunnen vertellen om mijn besluit naar Israël te emigreren uit te leggen. Haar reactie, zei ik, was voor mij zo traumatisch geweest dat ik niet meer in Polen kon leven. Er waren tien jaar voorbijgegaan, beweerde ik, en nog steeds kon ik me niet losmaken van haar hatelijke blik.

'Dat is een grove leugen,' protesteerden zij. 'Waarom beken je de echte reden niet? Waarom geef je niet toe dat het een excuus is om voor een makkelijker leven te kiezen?'

Ja, ze hadden gelijk, het was een leugen. Nee, ze hadden geen gelijk, het was de waarheid. Maar niet de hele waarheid. Zij hadden gelijk, en ik had ook gelijk. Ik kon maar niet vergeten hoe moeder Kolonko me bespuugd had, maar ik vind het nog altijd moeilijk om de cruciale gebeurtenis aan te wijzen die me ertoe gebracht had een verzoek tot emigratie in te dienen. Ik was er niet de man naar om belangrijke beslissingen tien jaar uit te stellen. En ik was er vooral ook niet de man naar om wrok te koesteren. Ik was het vertrouwen in de mensen niet kwijt, ik veroordeelde iemand niet zonder eerst te kijken of de medaille ook een andere kant had, ik had niet het gevoel dat de wereld tegen mij was. Integendeel, ik vond dat ze me gunstig gezind was.

We waren een groep jongelui, tussen de twintig en dertig jaar oud, journalisten, auteurs, toneelschrijvers en groupies, allemaal vol energie en fantasie en een vurig verlangen om volop van het leven te genieten. Sommigen van ons waren bemiddeld, want het regime beloonde zijn trawanten rijkelijk; anderen leefden in armoede van een bescheiden salaris of onregelmatige inkomsten. Geld vormde geen waarde op zich, er werd onderling geen onderscheid gemaakt. Het toegangsbewijs tot de informele club in café Arkady bestond uit helder denken en scherp formuleren en vooral ook de mate van succes bij de dames. Het was geen toeval dat we Arkady gekozen hadden als ontmoetingsplaats. De partij, zo wist ik toen al met zekerheid, was doordrongen van hypocrisie en vocht fanatiek tegen elke vorm van tolerantie. Wij moesten lachen om de Victoriaanse zeden die de partij ons probeerde op te leggen en we bedachten allerlei trucjes om die te omzeilen. Zoals het bij een samenleving betaamt die een humaan socialisme nastreeft, mochten in de hotels, die allemaal staatseigendom waren, alleen getrouwde stellen een kamer huren. Wie een vrouw mee naar zijn kamer wilde nemen die niet geregistreerd stond als zijn wettige echtgenote, stuitte – ook als dat op klaarlichte dag gebeurde – op een barrière in de vorm van een portier. Soms kon je deze morele barrière doorbreken met een biljet van honderd złoty, soms ook niet. Wij namen liever het zekere voor het onzekere. De achterdeur op de tweede verdieping van Arkady leidde rechtstreeks naar de gang van het hotel dat in datzelfde gebouw gevestigd was. Het was een raadsel hoe de architecten van het realistisch socialisme zo'n ernstige fout hadden kunnen maken. Maar ja, wat kon het ons eigenlijk schelen. Deze regeling bespaarde een hoop geld. In plaats van de portier zwijggeld te geven konden we drank kopen. En ook de jongedames die zich door ons lieten versieren, vonden het wel makkelijk zo: anders dan wij gaven zij de voorkeur aan volledige discretie omtrent hun slippertjes.

Er waaide een wind van vernieuwing in Polen, al gold dat niet bepaald de relaties tussen man en vrouw. Op 24 oktober 1956 stond aan de voet van het aan Iosif Vissarionovitsj Stalin gewijd Cultuurpaleis (veertig verdiepingen van socialistisch-realistische lelijkheid) op het Paradeplein te Warschau een menigte van honderdduizenden mensen de pas benoemde partijsecretaris Władysław Gomułka toe te juichen. Nog maar twee weken daarvoor was op het militair vliegveld van Warschau een woedende Nikita Chroesjtsjov geland, omgeven door een gezelschap van Kremlinkopstukken: Molotov, Kaganovitsj en maarschalk Ivan Konjev, opperbevelhebber van het Warschaupact. Ze hadden de onderste tree nog niet bereikt of ze slingerden de nieuwe eerste secretaris een ernstige beschuldiging naar het hoofd: hij zou van plan zijn 'Polen aan de Amerikanen en de zionisten te verkopen'. Gomułka was een van de communistische leiders die slachtoffer waren geweest van intriges aan de top. In 1948 was hij 'wegens zijn slechte gezondheid' van zijn functie als eerste secretaris ontheven en voor herstel naar de gevangenis gestuurd, met op zijn naam de smet van nationalistische neigingen. Gomułka had toen gepleit voor enige mate van onafhankelijkheid van de Sovjet-Unie en voor een 'Poolse weg naar het socialisme', twee standpunten waarmee hij zich Stalins trawanten op de hals had gehaald. Maar in 1956, toen de partij op het dieptepunt van haar populariteit stond, werd hij door de Poolse communisten gezien als de enige die de partij in haar eer kon herstellen. Chroesjtsjov en de zijnen gingen hier noodgedwongen mee akkoord. Toen het voorname gezelschap onverrichterzake terugkeerde naar het Kremlin, zag het volk hierin een duidelijk teken van een politieke dooi. Gomułka beloofde de Poolse afhankelijkheid van Moskou terug te schroeven en een nieuwe bladzijde om te slaan in de verhouding tussen de politieke leiding en het volk. Zijn toespraak werd in heel Polen over de radio uitgezonden en het enthousiasme onder het volk grensde aan euforie. Geen wonder dus dat deze veranderingen ons bezighielden en het voornaamste gespreksonderwerp vormden. De Suezcrisis, die vier dagen na Gomułka's historische speech begonnen was, kwam niet eens ter sprake. Tevergeefs probeerde ik mijn kameraden ervoor te interesseren. Het Midden-Oosten was uit het oog en dus ook uit het hart. De verslaggeving uit de Sinaï las ik thuis in m'n eentje. Zo kwam ik er tot mijn grote verbijstering achter dat de groep vrienden met wie ik door dik en dun ging niet alles met me deelde.

Van de Arkady-gangers nam niemand actief deel aan de politieke ommekeer, we waren eerder als toeschouwers bij een boeiende paardenrace: we juichten de jockeys toe, overwogen hun kansen en hoopten op de hoofdprijs in de totalisator. Mijn enthousiasme bleef ver achter bij dat van mijn makkers, want ik wist: ook al zou de grote verwachting vruchten afwerpen, ik zou er niet meer van proeven. Mijn besluit om mijn luttele spullen in te pakken en weg te gaan stond vast.

De bewering dat ik door materiële motieven gedreven was, was ongegrond. Een aantal maanden daarvoor had Sidney Grusson, de eerste verslaggever van de *New York Times* in communistisch Polen, zijn kantoor geopend in hotel Bristol, in die tijd het chicste hotel van Warschau. De Amerikaanse journalist had een assistent nodig die Engels sprak en thuis was in de wirwar van gebeurtenissen in de politieke arena. Tomasz Atkins, telg van de familie Pomeranz uit Łódź, een kleurrijke bloem in het doornenveld van de communistische media, een man die kort daarna aangehouden zou worden op verdenking van spionage voor de CIA, om dan uit de gevangenis te ontsnappen, naar het Westen te vluchten en met een Israëlisch paspoort naar Tel Aviv af te reizen, was de eerste uit onze groep die bij Grusson werk vond. Het duurde niet lang of ook ik vond mijn weg naar de bron van groene deviezen, waarmee voor mij, althans voorlopig, een einde kwam aan de magere jaren. Maar wat ik voor de belangrijkste krant van Amerika kon doen, kon ik niet doen voor het armzaligste blad van Polen. De smet van de arrestatie in Wrocław hing als een reusachtige schaduw over mij. Ik kon boeken publiceren, ik kon vertalen, maar ik mocht me nog steeds niet richten tot de krantenlezers of radioluisteraars. In mijn naïviteit dacht ik dat de detente de deur open zou zetten naar andere activiteiten die me lagen. Tegen het eind van het jaar was, meende ik, de eerste opening gemaakt: zonder dat ik erom gevraagd had, werd me de functie aangeboden van chef buitenlandse betrekkingen bij het toerismeconcern Orbis. Dit staatsbedrijf had het monopolie op het inkomende toerisme, inclusief de organisatie van internationale conferenties en de ontvangst van vips uit Oost en West. Ik was de juiste kandidaat op de juiste plaats. Ik sprak vreemde talen, ik wist hoe de media en reclamebureaus in de kapitalistische landen werkten en ik kon met mes en vork eten, een zeldzaamheid onder de hoge functionarissen die uit het proletariaat waren opgekomen. Tijdens het gesprek met de sollicitatiecommissie maakte ik geen geheim van mijn arrestatie wegens zogenaamde sabotage. 'Stalin is dood,' werd mij gezegd, 'en met hem zijn alle domme beschuldigingen de wereld uit.' Mijn dossier werd voor de definitieve goedkeuring doorgestuurd naar de personeelsafdeling van de partij. Daarin zat een gunstige beoordeling van mijn professionele vaardigheden. Wekenlang wachtte ik vergeefs op een tweede uitnodiging. Ik stuurde een aangetekende brief, maar kreeg geen antwoord. Ik belde, maar kwam nergens verder dan de secretaresse. Pas toen mijn geduld op was en ik persoonlijk op het kantoor van de directeur-generaal van Orbis verscheen, zei de man, duidelijk in verlegenheid gebracht: 'Ik heb u steeds vermeden omdat ik me ervoor schaamde te moeten vertellen dat de partij u heeft afgewezen. Ze vinden dat er al te veel joden in sleutelposities in staatsondernemingen zitten.'

Dit was een stoot onder de gordel. Als iemand me tot op dat moment had gevraagd of ik ooit te maken had gehad met antisemitisme, had ik zonder meer nee gezegd. Bijna al mijn vrienden waren niet-joods. Zo ook de meisjes met wie ik naar bed ging. Mijn joods-zijn had me nooit belemmerd in het leggen van contacten, mijn komaf was nooit een probleem geweest. Ik sprak Pools als een Pool, ik gedroeg me als een Pool, ik dacht als een Pool. Ik had niet door dat de uitspraak 'je bent een van ons' eigenlijk benadrukte dat ik alleen maar geaccepteerd werd omdat mijn joodse eigenschappen niet zichtbaar waren, dat me daarmee het recht op een afwijkende nationale identiteit ontzegd werd. Het kostte jaren voordat het allemaal tot me doordrong. Ik voelde me thuis in Polen; pas toen ik in Israël geïntegreerd was, begreep ik dat ik in een hotel had geleefd. Daarom kan ik moeilijk het tijdstip aanwijzen waarop de verandering in mij plaatsvond, waarop ik de dunne grens tussen hun wereld en de mijne begon te merken.

Vandaag de dag besef ik dat het besluit om naar Israël te emigreren niet het gevolg was van één enkele daad of één enkel verzuim. Het was geleidelijk in me opgekomen, gerezen als gistdeeg, steeds hoger, en toen het eenmaal vorm had aangenomen, was er alleen nog een katalysator nodig om de daad bij het woord te voegen. Het antwoord van Orbis was kennelijk die katalysator. Maar pas jaren later, in tijdsperspectief, kon ik me bewust worden van datgene wat anderen met de moedermelk binnenkrijgen: het gevoel ergens bij te horen. Die jaren waren voor mij als water dat door een leiding stroomt die lang niet is gebruikt. Toen ik de kraan opendraaide, kwam er eerst troebel, roestbruin water uit; pas na verloop van tijd werd het glas van mijn begrip gevuld met helder waarheidswater.

5

Mira en haar man Józef hadden een tweekamerwoning op de begane grond van een houten huis in een vakantiestadje, zo'n twintig minuten met de sneltram van het centrum van Warschau vandaan. Hoewel het huis bestemd was voor werknemers van de partij – Józef was privéchauffeur van Politbureaulid Zenon Nowak –, was het nogal armoedig. Er was één toilet, buiten, voor alle vier de gezinnen die in het huis woonden, er was geen badkamer en de gootsteen in de keuken diende tevens als wastafel. Maar voor mij, net uit Wrocław aangekomen, enkele dagen daarvoor vrijgelaten uit het huis van bewaring, werkloos en blut, was het meer dan een tijdelijk nachtverblijf. Ik weet niet zeker of ik van tevoren al van plan was me daar te installeren, ik geloof niet dat ik eropuit was Józef eruit te werken. Dat ging vanzelf. Ik had Mira vanuit een telefooncel op het station gebeld omdat haar nummer het enige in Warschau was dat in mijn adresboek stond. En misschien ook omdat de herinnering aan haar, sinds ze vier jaar eerder in Jelenia Góra bij me voor de deur had gestaan, verbonden was met het gevoel van een gemiste kans.

We spraken af in een eenvoudig eethuis vlak bij haar werk. Mira werkte als directiesecretaresse bij een firma die partijkopstukken voorzag van luxeartikelen. De firma stond in geen enkele gids vermeld, het adres was geheim, de winkels hadden geen etalages en de klanten hoefden niet met boodschappen te slepen; die werden hun per limousine thuisbezorgd. Op deze originele manier kon de rode bourgeoisie er een behoorlijke levensstandaard op na houden, ook als er op de schappen in de gewone winkels niets anders lag dan stof. Sterker nog, het overgrote deel van de goederen die de 'volksvertegenwoordigers' daar kochten, van Colombiaanse koffie tot Siberisch sabelbont, belandde uiteindelijk op de zwarte markt. Ingewijden wisten daarvan, maar ze hielden hun mond; in de gecensureerde media kwam het onderwerp helemaal niet ter sprake. Mira, die op de hoogte was van de gang van zaken en er makkelijk zelf van had kunnen profiteren – door spullen voor een habbekrats te kopen en voor een fortuin weer te verkopen –, maakte nooit misbruik van haar positie. Ze was wars van bedrog en bijna overdreven integer. Die integriteit had Józef haar ingeprent, hoewel hijzelf een onverbeterlijke schurk was.

Haar loyaliteit aan de partij werd niet beloond. Enkele maanden na onze ontmoeting werd ze bevorderd tot bureauchef van de vice-voorzitter van het Centraal Plancomité. Het comité was een soort opperministerie, belast met de planning van de geleide economie; de voorzitter, kameraad Hilary Minc, heette in de volksmond dan ook 'de tsaar van de Poolse economie'. In feite was het comité een tak van het Politbureau en moest het vooral toezien op de uitvoering van de richtlijnen van de partij. De verschillende economische ministers, zo'n twintig in totaal, van de minister van Zware Industrie tot de minister van Kolenmijnen, vielen onder het gezag van het comité. Om de hoogste economische instantie een democratisch aanzien te geven, werden ook twee vice-voorzitters benoemd namens de twee satellietpartijen, die zogenaamd de ambachtslieden en de boeren vertegenwoordigden. Mira werd bureauchef van Stefan Ignar van de boerenpartij, maar in feite was het uiteraard haar taak om doorlopend verslag uit te brengen over het doen en laten van haar baas. Dergelijke functies waren voorbehouden aan employés die het absolute vertrouwen van de partij genoten. Aan haar glansrijke carrière kwam een einde door iets wat nu waarschijnlijk grotesk zou lijken. In 1952, op het hoogtepunt van de stalinistische terreur, durfde echter niemand aan de ernst ervan te twijfelen.

Het bureau was gevestigd in de westelijke vleugel van een nieuw gigantisch kantoorgebouw op het Drie-kruisenplein, een van de weinige plekken in Warschau die nog geen nieuwe naam hadden gekregen die aangenamer zou zijn voor het communistische oor. Je kwam er alleen met een speciale pas binnen. Ik heb Mira zelden in haar bolwerk bezocht, en de weinige keren dat ik er kwam, moest ik lang wachten op een gewapende bewaker die me mee naar de lift nam en daarna door lange gangen, met zijn hand voortdurend op zijn pistoolholster, alsof ik Al Capone was die een beleefdheidsbezoek aan Fort Knox bracht. Alles in dat gebouw was mysterieus, geheim en zwaar bewaakt. Daarin verschilde het Centraal Plancomité overigens niet van alle overheidsinstellingen en industriële bedrijven. We werden door de officiële propaganda gehersenspoeld met de doctrine dat de vijanden van het regime overal loerden, wachtend op dat ene moment van onoplettendheid om te spioneren, te saboteren of geheime documenten te stelen. En haast elk stukje papier was geheim. Van ons werd geëist dat we voortdurend waakzaam zouden zijn. Ik besefte toen nog niet dat elk totalitair regime zijn eigen bureaucratische jargon creëert, waarin holle frasen en generalisaties gebruikt worden om de waarheid te verdoezelen. De nazi's hebben het nooit, mondeling noch schriftelijk, over de uitroeiing van de joden gehad; ze gebruikten de term Endlösung. Ze verfraaiden hun rassenleer met tientallen wetenschappelijke kreten. Zo ging het ook in de Oostbloklanden. 'Waakzaamheid' was gewoon een synoniem voor 'verklikken', 'vijand' was een ieder die er onafhankelijke ideeën op na durfde te houden. Niemand van ons had van *1984* van George Orwell gehoord; dergelijke subversieve lectuur werd in Oost-Europa niet gepubliceerd. Maar nergens ter wereld was het boek actueler. George Orwell heeft veel geschreven over de relatie tussen taal en politiek en over de wisselwerking tussen taal en denken. Dat gaat zover, zegt hij in *1984*, dat mensen gaan geloven dat oorlog vrede is en vrijheid slavernij. De Poolse media maakten zich dat jargon eigen en besmetten de meerderheid van hun lezers er ook mee. Tussen de 'werkende massa' en de 'proletariërs aller landen' vervaagde de identiteit van het individu. De artikelen die ik voor mijn arrestatie had geschreven, heb ik niet bewaard, maar het is zeer aannemelijk dat ook ik toen dat verschrikkelijke jargon gebruikte, niet altijd beseffend wat het werkelijk betekende.

Mira sprak dat taaltje uiteraard vloeiend. Anders had ze met haar collega's waarschijnlijk niet kunnen samenwerken. Als chef de bureau van Stefan Ignar ging ze beslist niet gebukt onder belangrijk administratief werk. De vice-voorzitter was vaak de stad uit en als hij niet op zijn chique kantoor was, had Mira niets te doen. Ze zat graag ineengedoken in haar stoel. Achter de dubbele deuren die niet voor iedereen opengingen, kon ze de tijd doorbrengen met het lezen van boeken. Op een dag zat ze een roman van Boris Polevoj te lezen toen de telefoon ging. Zonder er verder bij na te denken gebruikte ze haar partijkaart als boekenlegger, deed het boek dicht en legde het in een bureaula. Om de een of andere reden pakte ze *Het verhaal over een waarachtig mens* niet meer op en bleef het liggen in de la. Een maand later werd ze ontboden naar het secretariaat van de partijafdeling op haar werk, waar haar gevraagd werd haar partijkaart te tonen. Vergeefs zocht ze die in haar tas.

De secretaris en zijn assistent staarden haar aan. Mira ging terug naar haar kamer, zocht daar tussen haar papieren, in de kast en in de kluis, in de bureauladen, zelfs in het privétoilet, maar nergens was de kaart te vinden. 'Verloren?' vroeg de secretaris en trok een wenkbrauw op. 'Hij ligt waarschijnlijk ergens thuis, geef me een paar dagen, ik vind hem vast,' smeekte ze. Maar als partijlid hoorde je je lidmaatschapskaart dag en nacht bij je te hebben, alsof het een deel van je eigen lichaam was, want zoals iedereen wel wist, wachtte de vijand alleen maar op een kans om er zijn vuile handen op te leggen. Mira werd beschuldigd van onoplettendheid en werd overgeplaatst naar de afdeling kookboeken van een staatsuitgeverij. Ze aanvaardde het besluit van de partij, en wel om de eenvoudige reden dat ze er zelf van overtuigd was dat ze zich aan een ernstige overtreding schuldig had gemaakt. De schoonmaakster, die Mira's partijkaart in het boek had gevonden – zeer waarschijnlijk tijdens een routine-inspectie van haar kantoor –, had haar verklikt en daarmee bewezen een uiterst waakzaam partijlid te zijn, waarvoor ze een eervolle vermelding kreeg.

Mira was op het hoogtepunt van haar carrière toen we elkaar in Warschau ontmoetten. Ze zag er stralend gelukkig uit toen ze het restaurant binnenkwam, ze was slank ondanks twee zwangerschappen, even knap als vroeger, met die Semitische gelaatstrekken die me altijd zo aantrokken. We aten aardappelknoedels, dronken karnemelk toe, praatten over koetjes en kalfjes en deden alsof er geen spanning in de lucht hing en geen wederzijdse aantrekking die op een geschikt moment wachtte om zich te uiten. Ik had koorts, ik had in het huis van bewaring griep opgelopen. Mira stelde terloops voor dat ik bij haar en haar man zou komen logeren tot ik beter was en een kamer in de stad had gevonden. We kwamen geen van beiden terug op de affaire van vier jaar daarvoor, toen zij, ontdaan en angstig, bij mij had aangebeld en gevraagd had of ze mocht blijven overnachten. Haar huwelijksboot was voor de zoveelste keer op de klippen gelopen en ze was nu vastberaden om Józef voorgoed te verlaten. Maar ik dwong haar om terug naar haar man te gaan. Ik deed toen mijn eerste stappen in de journalistiek. Józef, in die tijd secretaris van de partijafdeling in de militaire optische industrie, had de macht en het vermogen om mijn carrière de grond in te boren.

Józef en Mira hadden elkaar midden in de Tweede Wereldoorlog leren kennen. Het was een van die geschiedenissen die alleen in oorlogstijd kunnen gebeuren. Evenals mijn ouders waren ook de ouders van Mira voor de nazibezetters gevlucht naar het oosten van Polen, dat in sovjethanden was gekomen nadat Stalin en Hitler Polen hadden geplunderd. Maar anders dan mijn ouders, die geweigerd hadden in de vrachtwagen van de jonge Russische luitenant te stappen, hadden de Fremders niet geaarzeld om verder te vluchten, naar het zuidoosten van de Sovjet-Unie, duizenden kilometers van het front vandaan. Hun belangrijkste stuk bagage bestond niet uit Perzische tapijten maar uit een groot pak insuline-injecties. Mira's moeder was zwaar suikerpatiënte, elke injectie betekende voor haar weer een dag leven. De Russen stuurden hen door naar een afgelegen plaats ten oosten van het Aralmeer. Hier leefden ze in de hoop dat de oorlog voorbij zou zijn voordat de voorraad insuline op was. Maar zo ging het niet.

In de zomer van 1943 was het Duitse leger weliswaar al op de terugtocht, maar het zat nog diep in Rusland. Het beleg van Leningrad duurde nog voort en Hitler speelde nog steeds met de gedachte om door te stoten naar de Russische oliebronnen in de Kaukasus. In Kraków verzamelde Gretchen nog steeds de sieraden die haar broer van joodse lijken had geroofd, Wilhelm Kunde was waarschijnlijk al vergeten dat hij mijn moeder vermoord had en Amon Goeth hield huis in het kamp in Płaszów. Rond die tijd werd in de Sovjet-Unie de eerste Poolse divisie opgezet, die samen met het Rode Leger tegen de nazi's zou vechten. Mira's vader gaf zich daarvoor op. Moeder en dochter bleven in hun ballingsoord in Toerkmenistan achter, zonder middelen van bestaan. Mira was te klein om te weten welk excuus haar vader had opgegeven voor zijn besluit om zijn gezin in de steek te laten. In de winter raakte de insuline op. Haar moeder lag een lange, martelende dood te sterven. Van de ene in de andere bewusteloze toestand vallend, ging ze onherroepelijk haar einde tegemoet. Eerst begaven haar ogen het, daarna viel ze in een slaap waaruit geen ontwaken meer was. Er was niemand die hulp kon bieden, aan de zieke niet en aan de dode niet. Bij een temperatuur van dertig graden onder nul sleepte Mira het lijk op een slee naar de plaatselijke begraafplaats om het daar met eigen handen in de bevroren grond te begraven. Op haar vijftiende was ze alleen, in een vreemd land, verlaten door haar vader. Misschien raakte door de vrieskou van de natuur en van de mensen ook een van de kamers van haar hart bevroren. Met haar vader rekende ze pas af toen hijzelf op sterven lag, contact met haar zocht en afgewezen werd.

Mira bezat een levenskracht die haar ervan weerhield de moed op te geven. Ze kwam weer tot zichzelf, liet een graf zonder grafsteen achter, een graf dat ze nooit meer terug zou zien, en ze stapte in de trein naar het noorden, haar vader de soldaat achterna. De mannen gebruikten geweld om een plaats in de onverwarmde, overvolle, stinkende wagon te veroveren; de vrouwen betaalden voor de reis meestal met een kruik zelfgestookte drank, of met lijfelijke gunsten.

Ze vond haar vader niet, maar het leger werd een plaatsvervangende familie. Ze loog over haar leeftijd toen ze zich op het rekruteringskantoor van de Poolse divisie aan de oever van de rivier de Oka meldde. Ze werd opgevangen door het leger, of liever gezegd door onderofficier Józef Wąsik. Zij was een eenzaam meisje dat een schouder nodig had om haar hoofd op neer te leggen; hij was een oudere man, een vaderfiguur. Ze hadden samen een lange weg afgelegd, aan het oorlogs- en het thuisfront, voor ze zover gekomen waren.

Józef ontving me met open armen. Hij zag me niet als een Trojaans paard dat zijn huwelijk kwam ondermijnen, hij vermoedde niets. Hij noemde me 'een vrije vogel zonder nest', niet beseffend dat hij te maken had met een koekoek, die haar eieren in vreemde nesten legt. Het ging me makkelijk af, want ik had algauw door dat Józef Wąsik allang de dunne lijn had overschreden tussen te veel drinken en verslaafd zijn aan de drank. Hun twee dochters, de zesjarig Frania en de vierjarige Ala, zaten op een internaat. Het stoorde de gezworen marxist niet dat deze instelling bestierd werd door nonnen van de orde van de Heilige Clara van Assisi, die sober leefden, veel baden en zwijgzaamheid preekten. Met elke fles die leeggedronken werd en in de vuilnisbak werd gegooid, nam zijn belangstelling voor de meisjes af. Hij was vaak van huis, hij hing dan met zuiplappen en hoeren rond en kwam telkens voor een paar dagen weer terug, alleen maar om de accu bij te laden voor de volgende periode van afwezigheid. Wij klaagden niet, want we hadden het rijk alleen. Toch hielden we ons aan de spelregels: Mira sliep in haar bed, ik nam genoegen met een matras die elke avond in de woonkamer op de grond werd gespreid. Op nachten dat Wąsik liever de bloemetjes buiten zette dan thuis bij zijn vrouw te zijn, deelden Mira en ik mijn geïmproviseerde bed. We maakten geen plannen, zeker geen snode plannen. We dachten niet aan een toekomst samen. We genoten van het moment. Het kwam niet in ons op dat het ooit anders kon worden, totdat het toeval het probleem voor ons oploste. Laat op de avond kwam de dronken Wąsik onverwachts thuis en trof ons aan in een toestand die niet voor tweeërlei uitleg vatbaar was. Ik verwachtte een woedeaanval, beschuldigingen van verraad, klappen zelfs. Maar de gast-in-eigen-huis leek niet erg ontdaan. Hij vlijde zich neer in een stoel, zette zijn ellebogen op tafel, legde zijn kin in zijn handen en prevelde, geheel onverschillig: 'Ik wist het vanaf het eerste moment.'

Ik stond op en ging tegenover hem zitten. 'Je moet begrijpen,' begon ik. Wąsik viel me in de rede: 'Wat valt er wel of niet te begrijpen? Ik ben misschien dronken, maar ik ben niet blind.' Hij pakte mijn hand beet en drukte die hard. 'Maak je geen zorgen, ik ben niet gekwetst. Er zijn miljoenen vrouwen in de stad, allemaal met dezelfde kut tussen hun benen. Waarom zou ik juist met die ene samenleven die altijd wat te klagen heeft, hè? Waarom zou ik? Zeg jij het maar.'

'Waarom zou je je spullen dan niet pakken en naar je hoeren gaan?' viel Mira tegen hem uit. Wąsik glimlachte sluw.

'Dat zal ik je wel zeggen. Omdat ik je niet gratis wil geven wat ik voor geld kan verkopen.'

'Geld? Hoezo geld? Waar heb je het over?'

'Over jou, schat.'

Mira was verbluft. 'Je bent gek!' riep ze.

Wąsik negeerde haar. Hij liet mijn hand los, wreef zijn duim tegen zijn wijsvinger, het gebaar voor geld, en vroeg: 'Zeg het maar, hoeveel is ze je waard?'

'We zijn hier toch niet op de veemarkt?' zei Mira verontwaardigd.

'Het zijn jouw woorden,' antwoordde Józef cynisch en herhaalde zijn vraag: 'Hoeveel?'

'Je meent het niet serieus,' mompelde ik gegeneerd.

'Ik ben nog nooit zo serieus geweest als nu. Ik zal er geen doekjes om winden. Een vriend van me wacht buiten in de auto. We hebben geld nodig. Geef me vierhonderd złoty en ze is helemaal van jou. Vierhonderd złoty, en je krijgt haar, met deze rotwoning, met de wandluizen en die rotzooi die meubilair heet erbij. Vierhonderd złoty en jullie zien me nooit meer terug. En?'

Het bedrag dat hij vroeg was slechts eenderde van Mira's maandsalaris. Ik stak al een hand in mijn zak om mijn portemonnee eruit te halen toen ik Mira hoorde spreken. Ze klonk nu volstrekt beheerst: 'Smijt niet met geld. Ik ken hem wel, hij neemt genoegen met tweehonderd.'

Wąsik deed geen cent af van zijn eerste eis, maar hij hield zijn woord. Hij verliet het huis en kwam alleen nog terug als hij uitgenodigd werd. Toen hij zijn rijbewijs wegens dronkenschap kwijtraakte, hielpen zijn beschermheren bij de partij hem aan de baan van politiek directeur bij een staatsziekenhuis in Rabka, een vakantiestadje in de provincie Kraków. Toen Mira enkele maanden later op het punt stond van haar derde kind te bevallen, nodigde Wąsik haar uit om naar zijn ziekenhuis te komen, waar hij haar van de beste zorg kon verzekeren. Het was een gul aanbod, en Mira ging er graag op in.

We reden naar Rabka in een BMW Cabriolet, die op de wegen van communistisch Polen net zo zeldzaam was als een ooievaar in de winter. Hoewel de auto niet van ons was, symboliseerde hij de recente verandering in onze financiële toestand. Mijn makkers van café Arkady hadden me via hun contacten een baan op het ministerie van Verkeer bezorgd. Ik moest langs de weg op bestuurders loeren die hun dienstauto voor privédoeleinden gebruikten, en hen aan mijn meerderen rapporteren. Tegelijk was ik ook bevoegd om alle wagens die in of buiten de stad reden technisch te controleren en als ik ze niet in orde bevond, de autopapieren ter plekke in te trekken. Ik had geen andere keus dan de baan aan te nemen, want we konden niet langer leven van het miezerige salaris van Mira. Ik wist niet dat ik met het controleurspasje ook de sleutel tot een goudmijn had ontvangen.

Iedere directeur of partijfunctionaris beschikte over een dienstwagen met chauffeur. Aan het model auto kon je de inzittenden herkennen: ministers en partijsecretarissen reden in een Amerikaanse Chevrolet, het middenkader kreeg een Pobbeda van sovjetmakelij, en de rest moest het doen met een plaatselijke wagen, meest een blikken wrak met een oude Fiat-motor. Al snel kwam ik erachter dat de functionarissen in het weekeinde, als hun chauffeur vrij had, de staatsauto gebruikten voor een uitstapje naar een vakantieplaats, soms met hun gezin, maar vaker nog met een charmante kantoorjuffrouw die een snelle promotie ambieerde. Ik hoefde me alleen maar te posteren langs de weg die van de stad naar het strand in het noorden voerde, of langs de weg naar de bergen in het zuiden, om beet te hebben. De steekpenningen die ik kreeg om mijn mond te houden, verschilden per model auto en per functie van de bestuurder. Hoe hoger de functie, hoe hoger ook het bedrag dat betaald werd om die te behouden.

Na een maand in mijn nieuwe baan genoot ik al enige welvaart. We namen een werkster, een jonge vrouw van het platteland, die een eigen hokje in de keuken kreeg. Na twee maanden stelde ik voor de meisjes uit het internaat te halen en terug naar huis te brengen. Maar zoals dat gaat, hoe meer we hadden, hoe meer we wilden hebben; wat snel gewonnen was, was ook snel geronnen. Ik begon te zoeken naar nog meer bronnen van inkomsten. En alweer had ik geluk. We stonden twintig kilometer van Warschau op de weg naar Lublin toen er een oude vrachtwagen kwam aanrijden. De politieagent die me altijd vergezelde, omdat alleen een agent in uniform auto's mocht aanhouden, liet de chauffeur stoppen. Je hoefde geen expert te zijn om te zien dat de wagen overbelast was. Hij helde naar links, de voor- en achteras lagen niet meer parallel met elkaar. Het portier ging open, een man van een jaar of veertig sprong uit de cabine, glimlachte breeduit en zei: 'U hebt uw dagloon nog niet binnen, zie ik.' De agent liep even weg om me de gelegenheid te geven onder vier ogen te onderhandelen. Ook hij kon niet rondkomen van zijn salaris en we hadden afgesproken dat ik van elke klant die in de val liep honderd złoty voor hem zou innen. Alleen was het deze keer niet zomaar een slachtoffer dat 'de wielen moest oliën' om door te kunnen rijden, maar een tovenaar die de toverspreuk 'Sesam open u!' kende.

Er waren nog enige mazen in het bestel van de geleide economie waar handige ondernemers doorheen konden glippen om een fortuin te maken. Loodgieters en andere belangrijke dienstverleners, groentetelers, eigenaren van commissiewinkels, abortus-artsen en mensen met een eigen vrachtwagen werden echte miljonairs. Zo ook onze klant op de weg van Warschau naar Lublin. Als hij zijn autopapieren kwijtraakte, zou dat voor hem een gigantische inkomstenderving betekenen. We liepen naar de greppel langs de weg, we gingen zitten, hij stak een sigaret op, van het rijkeluismerk Chesterfield, haalde een rol biljetten met een elastiekje eromheen uit zijn zak, gaf me het geld zonder het eerst te tellen en zei: 'Dit is meer dan u in een heel jaar verdient. Maar er is nóg meer. Als we het met elkaar eens kunnen worden, maak ik u tot een rijk man. Wilt u het horen?'

Ik wilde wel. We werden het eens. Vanaf die dag loerde ik op de twee vrachtwagens van zijn grootste concurrent. Het kostte geen moeite om die onveilig te vinden. In heel Polen reed toen niet één vrachtwagen zonder lucht in het remsysteem, zonder het een of andere gevaarlijke defect in het stuursysteem of waarvan de lichten aan de voorschriften voldeden. Voor elke dag dat een wagen van de concurrent in de garage stond, kreeg ik een aardige beloning. En omgekeerd: in de pluktijd, als de particuliere vrachtwagens verplicht ingezet werden om landbouwproducten over zandwegen te vervoeren, en wel tegen een overheidstarief dat niet eens de onderhoudskosten dekte, keurde ik de wagen van mijn nieuwe kennis af voor het rijden over onverharde wegen. Hiervoor kreeg ik het dubbele. De zakelijke relatie ontwikkelde zich tot een vriendschapsrelatie. We gingen samen uit, meestal met tienermeisjes, die ik weliswaar niet hoefde, maar degene die de rekeningen betaalde des te meer. Uiteindelijk bood hij me een gelijkwaardig partnerschap aan. 'Ik heb een joodse kop nodig,' zei hij. De verleiding was groot, maar ik wees het gulle aanbod af. Ik nam er genoegen mee dat ik zijn BMW mocht gebruiken.

Zo kwam het dus dat ik in de wagen van die man naar Rabka reed. Józef Wąsik liet zijn macht maar al te graag gelden. Door zijn eigenaardige functie van politiek directeur was hij een zeer hoge piet in het ziekenhuis. Hij stelde Mira dan ook niet teleur. Ze kreeg een eigen kamer, de anders weinig toegewijde verpleegsters stonden vierentwintig uur per dag tot haar dienst en toen de weeën kwamen, spoedde de beste kraamspecialist zich naar haar bed. Maar in het geheim werkte Wąsik aan zijn kleine wraak. Toen Mira's eerste zoon op 18 oktober 1952 eindelijk ter wereld kwam, haastte kameraad Wąsik zich naar het bevolkingsregister om de geboorte van zijn zoon aan te geven. Hij gaf hem een in Poolse oren onaangenaam klinkende Duitsachtige naam: Zygfryd.

'Waarom heb je dat gedaan?' protesteerde ik. 'Hij is je zoon niet.'

'Weet ik,' antwoordde Wąsik vol leedvermaak. 'Maar wat dan nog? Je kunt het toch niet bewijzen?'

Hij wist waar hij het over had. Maandenlang moesten we allerlei instanties aflopen om de registratie ongedaan te krijgen.

De voornaam konden we niet meer veranderen. Bij gebrek aan beter gaven we hem de koosnaam Witek.

Toen Witek een feit was – een wat schreeuwerig, maar erg lief feitje –, trouwde ik met Mira. Deze keer hoefden we ons niet te verlaten op de ruimhartigheid van Józef; de communistische ethiek had hem niet gedwongen haar wettig te huwen en de moeder van drie kinderen bleek officieel nog altijd ongehuwd te zijn. We trouwden zonder orkest en zonder dansen; alleen de twee getuigen gingen na afloop van de burgerlijke huwelijksplechtigheid mee naar huis om een glaasje te heffen. Van de plechtigheid zelf herinner ik me alleen de reactie van de oude ambtenaar toen een van de getuigen, Bolek Schweigert, een kennis van Mira uit het leger, op de vraag naar zijn beroep laatdunkend antwoordde: 'Kolonel bij de politieke politie.' De ambtenaar zette zijn bril af, keek minachtend op naar de getuige en zei kalm: 'Kolonel bij de politieke politie is geen beroep, het is een functie.' Voor zo'n brutaliteit kon je in die tijd wel tien jaar krijgen. Toen ik de man daarop wees, antwoordde hij droogjes: 'Ik kan me permitteren om te zeggen wat ik denk. Ik heb een kwaadaardig gezwel in mijn lever.'

Hoewel ik ontslag had genomen bij het ministerie van Transport, en dus alle tijd had, brachten we onze wittebroodsweken thuis door. Het ontslag was voor mij net zo'n uitdaging als die van een gokker die een miljoen dollar heeft verdiend en het moment rijp acht om te stoppen. Ik moest de kip slachten die gouden eieren legde, wilde ik niet betrapt worden en tien jaar in een hok zitten. Later zou ik erachter komen dat zowel mijn voorganger als mijn opvolger jaren hadden vastgezeten.

Toen Witek zes maanden oud was, bedachten we dat we zijn opa naar Warschau zouden moeten uitnodigen. Mira's vader woonde in Wrocław. Ik had hem een aantal keren aan de telefoon gehad maar nooit persoonlijk ontmoet. We stuurden hem een zeer warme brief, waar geen antwoord op kwam. Ik werd heel nieuwsgierig naar de man, ik wilde weten wat hem ertoe gebracht had zijn dochter in de steek te laten. Ik reisde naar Wrocław om hem te ontmoeten. Als ik een monster had verwacht, werd ik in mijn verwachting teleurgesteld. Julian Fremder ontpopte zich als een vriendelijk gastheer, aangenaam gesprekspartner, een man met humor, een warme reus met een buik die over zijn broekriem puilde, een overhemd dat om zijn brede borst uit zijn voegen barstte en een haviksneus die geen twijfel liet aan zijn joodse komaf. Hij werkte bij de militaire industrie, maar aangezien het bestaan ervan geheim was (tenslotte produceerden alleen de oorlogszuchtige imperialisten wapens), vermeldde het bord bij de ingang van zijn fabriek dat hier watermeters werden geproduceerd. In de stad zei men bij wijze van grap dat de fabrieksarbeiders slechte producten leverden, want in plaats van watermeters rolden er zware mitrailleurs van de lopende band. Julek Fremder vond het een leuke mop. Ook de Poolse jongedame die samen met hem woonde vond hij leuk. Joost mag weten waar hij haar gevonden had. Ze was net een schoonheidskoningin: zo koppig als een ezelin en hersens als een garnaal. Ze kon niet koken, ze maakte het huis niet schoon, maar ze was jonger dan zijn dochter en dat maakte de rest kennelijk goed. Ik bezocht hem op 1 mei, de straten zagen rood van de vlaggen en hij, een voormalig officier, droeg ter gelegenheid van deze Dag van de Arbeid zijn parade-uniform. We hadden al een paar glazen achter de kiezen toen ik opmerkte dat de vele onderscheidingen op zijn borst waarschijnlijk van een indrukwekkende gevechtservaring getuigden.

'Vertel hem de waarheid,' zei de jongedame provocerend en gniffelde.

'De echte heldhaftigheid zit in een pan soep,' zei hij.

'Dat is me te ingewikkeld,' gaf ik toe.

'Leg het hem uit,' spoorde ze hem aan, 'leg het uit.'

'Waarom ook niet, het is best een leuk verhaal,' zei hij en voelde even aan de zilveren medaille die aan een groen lintje hing. 'Ziet u dit dingetje? Het is een onderscheiding voor de deelname aan de slag bij Lenino. Nee hoor, niet schrikken, ik heb er geen bloed verloren, ik heb alleen maar uiensoep voor mijn commandant klaargemaakt. Met bajonetvechten had het niets te maken, maar eenvoudig was het ook niet. Probeer maar eens verse uien te vinden in de sneeuw van Wit-Rusland. Het vroor en er heerste hongersnood, de boeren bewaakten het voedsel dat ze nog hadden als hun oogappel. Alleen op slinkse wijze kon je nog iets vinden waar je geen voedselvergiftiging van kreeg. Daar was ik wel goed in, want ik kende de zielenroerselen van die ellendelingen. Ik vond een partijtje uien dat onder een stapel takjes was verstopt. De boerin jankte alsof ik een zuigeling van haar borst had losgerukt. Ik had geen medelijden, want medelijden in de oorlog is als syfilis in de liefde. Het verpest alles. Ik ging terug naar de basis en bereidde de commandant z'n lievelingsgerecht. Hij was geen fijnproever en dat was maar goed ook, want wat had ik gedaan als hij trek had gekregen in cordon-bleu met gebakken aardappelen of gerookte zalm met kappertjes? Hij had me benoemd tot kok van het bataljon. Ik bofte wel, want ik had geen idee hoe je een geweer moest vasthouden en ik had geen zin om de Duitsers met een handgranaat te lijf te gaan. Kijk nu deze medaille. Kan je Russisch lezen? Er staat "voor dapperheid" op. Er hangt niet alleen een groen lintje aan deze medaille, maar ook een grappig verhaal. Het was even rustig, de commandant verveelde zich, hij was zo iemand die zich geen raad wist als hij niet aan het eten of aan het schieten was. Op het erf van de boerderij waar we zaten, liep een merrie rond die er net zo verveeld uitzag als de commandant. "Ik heb nog nooit zo'n dikke jood als jij paard zien rijden," daagde hij me uit. Uiteindelijk beloofde hij me een onderscheiding als ik tien minuten op die merrie zou blijven zitten. Paarden waren kinderspel voor mij. Voor de oorlog vervoerde ik in Kraków biervaten op wagens met Belgische paarden, van die reuzen die moeiteloos twee ton goederen konden verslepen. Daarbij vergeleken was die Wit-Russische merrie een stokpaard. Ik gaf haar een schop om haar een beetje wakker te maken, maar dat beest had geen greintje ambitie meer in haar lijf. Ik reed erop zoals een Arabier op een muilezel rijdt, maar de commandant was een man van zijn woord en ik kreeg mijn medaille. En deze onderscheiding hier...'

Mijn schoonvader had nog veel meer verhalen, allemaal even leuk. Maar toen zijn vriendinnetje versnaperingen ging halen, waagde ik het toch: 'En hebt u zich nooit afgevraagd hoe het met Mira ging?'

'Het was oorlog.'

'Ze was uw enige dochter.'

'Waarom oude koeien uit de sloot halen? Ze heeft zich gered, ze heeft een man en kinderen, er is toch niks aan de hand?'

'U hebt gelijk,' antwoordde ik, 'er is niets aan de hand.'

We zaten te praten en te drinken tot middernacht, totdat de jongedame verklaarde dat ze moe was en naar bed ging. Ze bood mij de bank in de woonkamer aan. Julek Fremder wenste me een goedenacht, legde zijn zware arm om de hals van zijn vriendin, alsof hij wilde benadrukken dat ze zijn alleenbezit was, en de twee gingen naar de slaapkamer. Ik had geen pyjama bij me. Ik deed het licht uit, kleedde me uit en trok de deken over me heen. Ik was een beetje duizelig van de drank en viel gauw in slaap. Ik hoorde de deur niet opengaan, ik merkte niet wanneer Juleks meisje bij me in bed stapte. Ze had een originele en best plezierige manier gevonden om me uit mijn slaap te wekken. Ik stelde geen vragen, maar ze gaf het antwoord uit zichzelf: 'Als ik het toch al met een jood moet doen, dan maar met een jonge slanke.'

De volgende dag ging ik terug naar huis. Mira vroeg niet naar haar vader, ik vertelde haar niets. Het contact met hem werd verbroken. In de jaren zestig, we waren toen al in Israël, werd haar vader ziek en vroeg haar om hulp. Mira reageerde niet op zijn brief. Hij stierf in misère, eenzaam en verbitterd. In de jaren tachtig reisde Mira naar Polen om de oude plaatsen weer te bezoeken. Het graf van haar vader lag niet op haar route.

Toen Witek een jaar oud was, herhaalde ik mijn voorstel om de meisjes uit het tehuis te halen. De nonnen weigerden hen aan ons te geven. Volgens de regels mocht alleen degene die hen gebracht had, hen er weer weghalen, legden ze uit. Ik spoorde Wąsik op. Toen hij uit Rabka weggestuurd was wegens een poging om een kraamvrouw te verkrachten, werd hij naar het noorden van Polen gestuurd om daar een staatsboerderij voor rundvee te beheren. Wąsik was blij me te zien, maar hij wees mijn verzoek af.

'Je hebt me mijn vrouw afgepakt,' zei hij verbolgen, 'is dat niet genoeg?'

'Wij bezoeken de meisjes elke zondag. Jij hebt ze al een halfjaar niet gezien.'

'De liefde van een vader laat zich niet meten aan het aantal bezoeken,' antwoordde hij.

'Dat klinkt heel mooi, maar daar hebben Frania en Ala niets aan.'

'Dat heeft ineens zin om huisvader te worden. Zomaar zonder er moeite voor te doen. Zorg zelf maar voor een nest jongen om groot te brengen. Waarom moet je uitgerekend mijn dochters hebben?'

'Ze zijn ook de dochters van Mira.'

'Dat is waar.' Józef Wąsik dacht even na. 'Dat is waar,' zei hij weer. 'Ik heb recht op de helft en zij ook. Nemen jullie de grote maar, ik hou de kleine.'*

'Waarom zou je de twee zusjes van elkaar scheiden? Je kunt je toch voorstellen dat Ala zich in de steek gelaten zou voelen? Ze is nog niet eens vijf...'

'Doe geen moeite. Het wordt half-half, of niks.'

Ik begreep dat het geen zin had om daar verder over te discussiëren. Ik liet Józef een machtiging ondertekenen. Een week later haalden we Frania weg bij de nonnen. Maar het onderlinge contact verliep niet soepel. Het meisje bracht haar geloof mee en kon zich moeilijk neerleggen bij het feit dat ze nu in een joods huis woonde. Ze miste het kruis aan de muur en de kerstboom, de witte communiejurk en bovenal de mis en de school op zondag. Algauw ontdekten we dat Frania onze opvattingen naast zich neerlegde en zich aan de leer hield die de nonnen haar hadden ingeprent.

In de meeste satellietstaten van de Sovjet-Unie waaide rond die tijd, begin 1953, een sterke antisemitische wind. In Praag was het proces-Slánský net afgelopen. Elf van de veertien beklaagden waren van joodse afkomst. In de zomer van 1952 waren bij een ander showproces vijfentwintig joodse schrijvers in Rusland ter dood veroordeeld. In januari 1953 berichtte de Oost-Europese pers dat zes joodse artsen geprobeerd hadden een aanslag te plegen op Stalin en diens naaste medewerkers. Achter het plan, schreven de spreekbuizen van het regime, zaten activisten van de Amerikaanse organisatie Joint. Hoewel ik me altijd zo goed wist te beheersen, gooide ik de ochtendkrant op de grond en vertrapte die uit woede. Mijn niet-joodse vrienden complimenteerden me er altijd mee dat ik geen enkele joodse cel in mijn lichaam had. Nu voelde ik me sterk verbonden met het jodendom.

De anti-joodse campagne was een zorgvuldig voorbereid, ingenieus plan. Het artsencomplot, het proces-Slánský, de bom in de sovjetambassade in Tel Aviv en het schrijversproces in Rusland werden allemaal door één dirigent georkestreerd in het kader van de propaganda. Wie weet hoe de zaken zich verder hadden ontwikkeld als Stalin niet onverwachts was overleden. De dictator stierf op 3 maart 1953. Binnen enkele maanden werd het artsencomplot verklaard tot een hersenschim van een overijverige vrouwelijke partijfunctionaris en begon de antisemitische campagne weg te ebben. Het waren juist joodse partijfunctionarissen in Polen die olie op het vuur bleven gieten. Met echte afkeer las ik wat een van die functionarissen, Szymon Zachariasz, in die tijd schreef:

> Het zionisme en de zionistische regering van Israël, die contacten onderhouden met het internationale imperialisme, werken mee aan het herstel van het hitlerisme. Daarvoor hebben de zionisten een verbond gesloten met de neofascisten in West-Duitsland, oprichters van de Wehrmacht, moordenaars van zes miljoen joden, die nu nieuwe moorden voorbereiden...

Oorspronkelijk was het in het Jiddisch geschreven. Ik las de Poolse vertaling. Ik had het boek van Zachariasz nog niet uit of ik besloot voor het eerst contact op te nemen met de Israëlische ambassade in Warschau. Dit contact zou later een vorm aannemen die nu nog niet geheel uit de doeken kan worden gedaan. Intussen ontwikkelde zich bij ons thuis een eigen joodse affaire. Frania kon maar niet wennen aan het leven met ons. Er ging heel veel tijd voorbij voordat Mira en ik doorhadden dat het conflict een religieuze en nationale achtergrond had en dat haar opstandigheid, haar uitbarstingen en zelfs de moeilijkheden op school het gevolg waren van dat verborgen conflict. Toen Mira haar schooltas doorzocht, vond ze heiligenplaatjes in haar schriften. Nader lezen in die schriften wees uit dat het meisje deelnam aan de godsdienstlessen die drie keer in de week in een club van de plaatselijke katholieke kerk werden gegeven. Dat verklaarde waarom ze zo vaak van huis was. We spraken haar daarover aan. Met verbijstering luisterden we naar haar bekentenis: op school hadden haar klasgenoten haar uitgescholden voor jodin, de leraressen waren kil en formeel tegen haar geweest, haar vriendinnetjes wilden niet met haar spelen. Aan dit alles was een eind gekomen zodra ze, net als alle andere jongens en meisjes, aan de godsdienstlessen mee was gaan doen. Ik begreep haar. Frania wilde niet anders zijn. Ze had de kracht niet om tegen de stroom in te gaan, en ook al had ze die kracht wel gehad, ze had de motivatie niet. Niet ons huis maar de kerk was haar geestelijk thuis. Het had geen zin te proberen haar om te praten. Mira besloot over te gaan tot een shockbehandeling. Haar besluit kwam niet voort uit haar affiniteit met het jodendom, maar uit haar atheïstische levensbeschouwing. Ze eiste dat ik met de pastoor zou gaan praten, om hem te vragen onze dochter van zijn lessen weg te sturen. Dat deed ik ook.

'Laten we rustig op mijn kamer gaan praten,' stelde hij voor en nam me mee naar een klein en donker kamertje achter het altaar. Toen we daar eenmaal zaten, verontschuldigde hij zich voor het bescheiden meubilair. 'We willen niemand de ogen uitsteken.'

'Bang voor het boze oog van de autoriteiten?'

'Noem het zoals u wilt. We hebben geleerd met het regime in coëxistentie te leven. Maar u komt niet praten over de verhoudingen tussen Kerk en partij. Een glaasje wijn?'

'Nee, dank u.'

'Een glaasje wijn dwingt u niet om het met me eens te zijn,' glimlachte hij en schonk zichzelf een glaasje in. 'U komt vanwege Frania, neem ik aan.'

'Klopt.'

'Ze is een heel verstandig en heel gelovig kind. Laat haar pure ziel niet in tweeën scheuren.'

'Dat is precies wat we willen voorkomen.'

'Ze heeft de weg naar haar God gevonden en ze is vastberaden daar niet van af te wijken.'

'Ze is nog niet eens zeven, ze heeft geen eigen mening.'

'Staat u me toe u tegen te spreken. Ik had het niet over een mening. Het geloof zit in het hart, niet in het hoofd.'

'Meneer pastoor, u weet dat ze joods is. Ze heeft niets te zoeken bij de katholieke kerk.'

'Daar valt over te twisten.'
'In mijn ogen niet.'
'Frania is alleen volgens uw wetten joods, niet volgens onze leer. Haar vader was en blijft een Pool.'
'Hij is een atheïstische communist.'
'Dat is gezichtsbedrog. We zijn een katholiek volk. Christus heeft zich opgeofferd ook voor mensen als hij. Dwaalgeesten. Ook voor u, meneer. Ik vraag u, bestraf het meisje niet voor het feit dat u geen Pool bent.'
Ik werd kwaad. 'Op grond waarvan ontzegt u mij het recht om net zo Pools te zijn als u? Ik ben evenals u in dit land geboren, en zo ook mijn voorouders. Ik maak net zozeer deel uit van de Poolse geschiedenis als u, meneer pastoor. Het zwarte gewaad maakt u niet tot een beter staatsburger.'
'Het was niet mijn bedoeling u te beledigen.'
'U hebt het wel gedaan.'
'Het spijt me... Ja, u bent een Pools staatsburger. U hebt een Pools identiteitsbewijs en ongetwijfeld ook een Pools nationaal bewustzijn. Toch is er een verschil.'
'Een verschil?'
'We hebben duizend jaar van coëxistentie achter ons. Dat onderschat ik niet, evenmin als ik jullie bijdrage tot ons culturele erfgoed onderschat. Toch is er een verschil. Jullie hebben ervoor gekozen om Pools te zijn. Een keuze waartoe jullie na rijp beraad uit vrije wil zijn overgegaan. Daarom blijft voor jullie altijd de mogelijkheid open om je te bedenken. Jullie hebben je patriottisme niet met de moedermelk ingezogen. Het is een patriottisme zonder wortels, want onze wortels liggen in het christendom en het christendom is een vaste waarde die nooit verandert. Het Pools-zijn zit, zo goed en zo kwaad als dat is, in ons bloed, we kunnen er onmogelijk van af. Het is geen toeval dat een katholiek huwelijk voor eeuwig is, terwijl jullie joden altijd wel kunnen scheiden. Ik vind het ergens verkeerd dat je de mogelijkheid hebt een vaderland te kiezen, zoals je een maîtresse kiest... Ik hoop niet dat ik u daarmee beledig. Ik heb absoluut geen vooroordelen. Ik heb respect voor joden. Ik vergeet ook nooit dat Christus naastenliefde heeft gepreekt, ook als het om een vreemdeling gaat. In naam van die naastenliefde vraagt

ik u, meneer: staat u Frania niet in de weg. Belet u haar niet om zich te integreren in de samenleving waartoe ze behoort. Berooft u haar niet van haar geloof, van haar verlossing.'

Of hij oprecht had gesproken, rechtstreeks uit een gelovig hart, of dat het alleen maar huichelarij was, ik was niet van plan het gesprek voort te zetten. Alleen de angst dat de autoriteiten zich ermee zouden gaan bemoeien kon hem dwingen om afstand te doen van Frania's 'pure ziel'. Het was van groot belang dat ze door de pastoor afgewezen zou worden en haar teleurstelling dan op hem zou richten. Ik zei: 'Het spijt me dat ik u moet teleurstellen, meneer pastoor, maar over onze dochter valt niet te onderhandelen.'

De pastoor begreep me nog steeds niet, want hij reageerde met de passie van een geestelijke: 'Het is het christendom waar niet over te onderhandelen valt. Evenmin als je een mensenziel kunt verhandelen.'

'U hebt het, geloof ik, nog steeds niet door, meneer pastoor,' zei ik nadrukkelijk.

'Een hart om te verstaan, ogen om te zien, oren om te horen... Dat staat in *Deuteronomium*, in het Oude Testament, niet het Nieuwe Testament.'

'U weigert het te begrijpen als ik het beleefd zeg, dus moet ik het maar zeggen zoals het is. U weet zeker dat mijn vrouw bij de partij werkt en dat ze haar dochter niet godsdienstig wenst op te voeden. Als u het meisje niet wegstuurt, zal ik geen keus hebben dan officieel een klacht in te dienen. Ik hoef u er vast niet aan te herinneren dat geloofsdwang een misdrijf is.'

'De barmhartige God zal u uw zonde vergeven,' antwoordde de pastoor. Ik vertrok. Ik hoorde de sleutel knarsen. Hij deed de deur van de kerk achter me op slot, alsof hij wilde aangeven dat die ook voor Frania dicht zou blijven.

Enkele weken voordat ik Polen verliet, adopteerde ik Frania officieel. Ze was al elf jaar oud en ze begreep wat er gebeurde. De emigratie naar Israël was voor haar een spannende reis naar een nieuwe wereld. Mira was minder enthousiast. Het proces dat ik de laatste jaren had doorgemaakt, en waarbij ik joodser was geworden, kende ze zelf niet. Dat ze bereid was voorgoed weg te gaan uit de omgeving waar ze nu thuishoorde, kwam vooral omdat ze zich aan mij vastklampte. Was ik mentaal volwassen geweest, dan had ik haar waarschijnlijk op het hart gedrukt dat we beter uit elkaar konden gaan. Onbezonnen als ik was, heb ik dat niet gedaan, hoewel ik me ervan bewust was dat de fysieke aantrekking en geestelijke band allang niet zo sterk meer waren, en dat een huwelijkscrisis onontkoombaar was. Als er iets voor mij pleit, dan is dat misschien het feit dat Mira me niet blindelings gevolgd was. Ze wist precies hoe onze relatie was. Wanneer ze alleen met vakantie ging, vond ze troost in liefdesaffaires die haar vrouwelijke zelfvertrouwen herstelden; maar wat voor haar een zeldzaam avontuur was, werd voor mij een levenswijze.

Telkens als hij naar West-Europa of naar de Verenigde Staten afreisde, liet Sidney Grusson de sleutels van de suite van de *New York Times* in hotel Bristol bij mij achter. Omdat hij vaak op reis ging, kon ik vaak wilde orgiën organiseren. De obers van hotel Bristol brachten zilveren bladen vol Russische kaviaar en Hongaarse salami, allerlei soorten hartig en zoet gebak en flessen Franse cognac en champagne naar de suite op de vierde verdieping. Een gulle fooi deed ze hun mond houden. We waren een eiland van decadent kapitalisme in het hartje van de communistische staat. We vonden altijd wel een sponsor, meestal een man van middelbare leeftijd die zijn geld op de zwarte markt verdiend had en maar al te graag de rekening wilde betalen, als hij maar mee mocht feesten. Opvallend was een Turkse wapenhandelaar die naar lange, blonde, rondborstige jongedames snakte. Vond hij die niet tussen de meisjes die naakt in de suite rondliepen, of hadden de meisjes niet genoeg champagne gedronken om zich vrijwillig aan zo'n dikbuik te geven, dan ging ik naar beneden en zocht ik in de lobby een van de 'hobbyistes' uit die hun jeugdigheid voor een diner met een buitenlandse toerist verkochten. Zo heb ik de negentienjarige Barbara leren kennen.

Barbara's blonde, lange haren brachten onze Turkse patroon het hoofd op hol. Het meisje, dochter van een sergeant in de luchtmacht, had haar zinnen juist op mij gezet. Haar ouders hadden geen idee van haar dubbelleven. Zij waren er in hun naïviteit van overtuigd dat hun beeldschone Basia 's avonds naar zangles ging. Maar Barbara was diep onder de indruk van de Hollywoodfilms die af en toe in de bioscoop draaiden. In de chique zalen van het Warschause hotel vond ze dan ook het meest getrouwe substituut voor haar fantasiewereld. Hier ontmoette ze voor het eerst Syrische piloten die in Polen opgeleid werden in het vliegen en onderhouden van de MiG's die de Poolse luchtvaartindustrie in licentie bouwde. Als de Syriërs eens in de maand met kort verlof naar de hoofdstad kwamen, verlangden ze naar vrouwelijk gezelschap. In de foyer of in een van de restaurants op de begane grond van hotel Bristol legden ze makkelijk contacten. De vrouwen en de drank maakten de tongen los, en zo kwam het dat Barbara en de Turkse wapenhandelaar altijd wel een boeiend gespreksonderwerp hadden. Barbara had een uitstekend geheugen en het deed haar goed om de dikke Turk te kunnen imponeren met haar kennis van de verschillende soorten vliegtuigen, hun prestaties en de wapens die ze droegen. De handelaar schepte op zijn beurt op over de transacties waarin hij tussen de Polen en kopers uit de derde wereld bemiddelde. Ik verzamelde deze informatie als een vlindervanger. Het allerlaatste stuk actuele informatie werd achtenveertig uur voor mijn vertrek uit Polen bij de Israëlische ambassade bezorgd. Enkele dagen daarna werd de ontvanger van de informatie door Polen tot persona non grata verklaard.

In juni 1957 kuste ik Mira en de kinderen, ging achter het stuur van de Plymouth van de *New York Times* zitten en reed weg. Volgens het plan zou ik twee dagen in Wrocław blijven. Op de derde dag zou ik de grens oversteken, en als alles zonder problemen verliep, zou ik vanuit Wenen bellen dat ze de eerstvolgende trein naar de Oostenrijkse hoofdstad moesten nemen om zich bij me te voegen. Van daaruit zouden we samen naar Israël reizen. Maar zo ging het uiteindelijk niet.

Mira was niet op de hoogte van mijn geheime contacten met de Israëli's. En er was nog iets waar ik haar niet van verteld had, namelijk dat ik ingegaan was op het voorstel van een jood die een fortuin had verdiend met de productie van goedkope snoepjes. Deze man van vijftig, in onze ogen dus hoogbejaard, was een van de vaste betalers in hotel Bristol. Ook hij had besloten te emigreren, en hij zocht naar manieren om zijn kapitaal mee het land uit te nemen. Niets brengt mannen zo dicht tot elkaar als het delen van een vrouw, zegt men; en wij hadden er tientallen met elkaar gedeeld. Op een van de feesten vroeg hij of ik voor hem tweehonderd kilo zilver in vooroorlogse Duitse munten het land uit zou willen smokkelen. Je commissie, tien procent van de waarde van de zending, zei hij, krijg je zodra die in Oostenrijk ontvangen is. Het idee om eens een keer zoiets mee te maken trok mij nog meer aan dan de winst. Ik was dol op die rillinkjes van een spannend moment. Als ik betrapt werd, zou ik jaren in de gevangenis zitten. Maar waarom zou ik betrapt worden? Was ik niet met een zilveren lepel in mijn mond geboren? Ik aanvaardde zijn voorstel. We gaven elkaar de hand. De munten zou ik in Wrocław ophalen. Vanwege het risico had ik liever niet dat Mira, Witek en Frania mee op mijn smokkelreis gingen. Zij zouden, zoals gezegd, in de trein stappen zodra ik ze liet weten dat ik veilig in Wenen was aangekomen.

Ik overnachtte in Wrocław bij de ouders van Robert, een stel eigenaardige, wereldvreemde bejaarden die geschrokken waren van de losbandigheid van hun zoon. Ze hadden gehoopt een jongeman groot te brengen die met de stroom mee zou gaan, maar nu zaten ze met een wilde hedonist die in niets anders geloofde dan in de geneugten van het leven. Ze prezen zich gelukkig toen zoon Robert besloot met mij mee naar Israël te emigreren, want ze dachten dat de kwajongen daar, in de joodse staat, op het rechte pad zou komen. Ze vergisten zich behoorlijk, maar dat hoofdstuk in het leven van Robert hoort in een ander boek.

Zijn besluit om naar Israël te emigreren was gewoon weer een van de honderden grillen die zijn levensweg bepaalden. We waren goede vrienden, ik wist dat hij geen affiniteit had met het zionisme, maar ik was blij met hem als reisgezel. Ik vertelde hem over de smokkel, want ik wilde de verantwoordelijkheid niet dragen als we aangehouden zouden worden. Robert wuifde mijn aarzelingen weg. Toen het donker werd, reed ik naar de garage om de zilveren munten te laden. Robert zou met me meegaan, maar net voor ik startte, stapte hij uit de auto, ging ernaast staan, stak zijn hoofd door het raam naar binnen en zei:

'Laat ik maar thuis op je wachten. En vertel me alsjeblieft niet waar je ze verstopt hebt.'

'Hoezo? Je bent van de partij.'

'Die mensen bij de douane zijn goede psychologen. Mijn blik zal ze rechtstreeks naar de plek leiden.'

Er liepen twee holle ijzeren staven langs het chassis van de Plymouth Station van het bouwjaar '56. De eigenaar van de garage hielp me om midden in iedere buis een vierkant gat te maken om de zilveren munten erin te kunnen stoppen. We zorgden voor een gelijke verdeling van het gewicht links en rechts. Onze methode was even simpel als vernuftig. De munten werden eerst in dikke wollen sokken verpakt, vijf kilo per sok. Vervolgens werden de sokken met een koord vastgebonden en in de buis geduwd, terwijl we het einde van het koord vasthielden. Het koord was net zo lang als de afstand tussen het pakje en de opening. Op die manier kon je, als het gat weer open werd gemaakt, de sokken er makkelijk uithalen door aan de koordjes te trekken. Toen we klaar waren, soldeerden we de gaten dicht, smeerden de onderkant van de auto in met teer en reden ermee over zand. Zelfs de meest ervaren douanier zou nu geen spoor van onze werkzaamheden kunnen ontdekken.

Om twee uur 's nachts ging ik terug naar de ouders van Robert. Hij kwam me in de gang tegemoet. Zijn handen trilden.

'Mira heeft gebeld,' fluisterde hij.

'Wat wilde ze nou weer?' vroeg ik misnoegd.

'Ze belde vanuit een telefooncel.'

'Hoezo?'

'De politie had bij jullie huiszoeking gedaan. Ze wilden weten waar je was.'

'Wat heeft ze gezegd?'

'Ze heeft het prima gedaan. Ze zei dat je naar het buitenland was en dat ze geen contact met je had gehad. Maar de agenten hebben haar paspoort in beslag genomen en ze krijgt het pas terug als jij je komt melden.'

'Waarvoor?'

'Dat kon ze niet zeggen. Zou je haar niet bellen?'

'Ben je bezopen? Ik weet honderd procent zeker dat ze de telefoon afluisteren.'

'Wat gaan we doen?'

'We vertrekken om vijf uur 's morgens en we gaan om zeven uur, meteen als de grensstations opengaan, de Tsjechische grens over.'

'We worden aangehouden.'

'Weet je nog het verhaal dat we samen hebben geschreven, over de grenswacht?'

'Natuurlijk weet ik het nog.'

'We hebben toen een aantal officieren geïnterviewd. Waar klaagden ze over?'

'Over de gebrekkige communicatie... Ik snap het al.'

'Leve de verouderde technologie. Hun telex slaapt 's nachts. Niet dat het mij koud laat, maar als jij het in je broek doet, kun je beter thuis blijven. Papa en mama maken 's morgens een kop chocolademelk voor je klaar.'

'Ik zet de wekker op halfvijf. En ik maak een kop chocolademelk voor ons klaar.'

Bij de grensovergang vlak bij het vakantieoord Kudowa nam de grenswacht onze paspoorten mee naar de barak die als kantoor diende en bleef een hele tijd weg. Dat was weer zo'n moment van rillerige spanning, maar ik ben er niet zo zeker van dat ik het prettig vond. Mijn hart bleef bonken totdat de man terugkwam, onze paspoorten teruggaf en ons een goede reis wenste. Ik gaf gas. De douaniers aan de Tsjechoslowaakse kant waren beleefd. Tegen de avond bereikten we het grensstadje Mikulov. Nog vier kilometer en we zouden op Oostenrijks grondgebied zijn.

De stad was van zijn inwoners ontdaan. Later zou ik vernemen dat de autoriteiten alle boerderijen die tegen de grens aan lagen ontruimd hadden. Links en rechts van de weg was een dubbel prikkeldraadhek geplaatst, met een sloot in het midden. Gele borden waarschuwden voor landmijnen. Zo ziet het ijzeren gordijn er dus uit, dacht ik bij mezelf. Het was een onvoorstelbaar deprimerend gezicht. Nu pas drong het tot me door dat we een gigantische gevangenis gingen verlaten die ironisch genoeg 'het vredeskamp' werd genoemd.

Het Tsjechisch dat ik in 1946 had geleerd, won de harten van de grenswachten. De officier die de lijst verdachten doornam, bleef lang weg. Vanuit mijn ooghoek volgde ik zijn gestalte op het kantoor, terwijl de agenten en douaniers een vriendelijk gesprek met ons aanknoopten. Ze hadden veel respect, zeiden ze, voor journalisten en schrijvers. Robert haalde een detective die we laatst gepubliceerd hadden uit de koffer en gaf die aan een van de agenten.

'Het gaat over een bende smokkelaars die door de Poolse politie gepakt wordt,' vertelde hij.

De grensbewaker glimlachte: 'Blijft u een tijdje bij ons, dan hebt u genoeg stof voor nog een boek. We pakken hier bijna elke maand weer een smokkelaar. De meesten smokkelen zilver. In Oostenrijk krijg je er tien keer zoveel voor als in de volksdemocratieën. Er worden zilverstaven gesmokkeld, munten, kostbaarheden en kunst. U hebt geen idee wat voor trucjes we allemaal hebben ontdekt, welke plekken waar het spul verstopt werd.'

Ik vroeg om een paar voorbeelden. Ik hoefde niet aan te dringen.

'In het verleden zijn ze ons weleens te slim af geweest. U kunt zich niet voorstellen welke foefjes het menselijk brein allemaal verzint. Maar we hebben nu een beproefde methode. Geen enkele smokkelaar gaat vrijuit. Wat we doen? We halen de auto helemaal leeg, we kijken hoeveel benzine er nog in de tank zit en we zetten de wagen dan op de weegschaal. Op het kentekenbewijs staat altijd het gewicht. Als het verschil groot is, halen we de auto uit elkaar. We hebben nog nooit bot gevangen. Wat zegt u daarvan, detectiveschrijver?'

'Wat zal ik zeggen? Pet af.'

Toen de officier met onze paspoorten terugkwam, was Robert weg. Die stond een meter of tien van mij vandaan. 'We gaan!' riep ik. Toen pas nam hij gauw weer zijn plaats voor in. De slagboom ging omhoog, ik zwaaide de sympathieke jongens gedag en reed hen op lage snelheid voorbij, om niet de indruk te wekken dat we haast hadden. De weg was smal en vol kuilen. Ik reed voorzichtig. Als er een as zou breken, kon zelfs de Almachtige ons niet meer redden. Een kilometer of twee verderop rook ik iets eigenaardigs.

'De akkers worden bemest,' merkte ik op, maar kwam er meteen op terug: 'Nee, dat kan niet, hier woont toch geen mens?'

'Ik ben het,' flapte Robert het uit.

'En hoe heet dit geurtje?' vroeg ik sarcastisch.

'Het is niet om te lachen,' zei hij beledigd. 'Ik heb het in mijn broek gedaan, maar ik was slim genoeg om bij de auto weg te lopen zodat die rothonden de angst niet zouden ruiken.'

We reden verder tussen velden die alleen met mijnen waren bezaaid. Enkele minuten later zagen we de Oostenrijkse vlag.

'We zijn vrij!' riep Robert en we barstten allebei in een hysterisch, ongeremd, bevrijdend lachen uit.

6

Vrijheid kan verschillende dingen betekenen. Een leeuw in een grasveld in een safaripark zal zich wel vrij voelen in vergelijking met een leeuw in een kooi. En hoe voelt een voldane huiskat zich in vergelijking met een zwerfkat die vrij is om overal in de stad honger te lijden? Werpt vrijheidsbeperking altijd een schaduw op het geluksgevoel? Waar ligt de grens tussen verplichting en dwang? Ik neem aan dat je daar talloze filosofische essays over zou kunnen schrijven, je zou de ene leer met de andere kunnen vergelijken, de ene ervaring met de andere. In de productiehal van Eintrachthütte beoordeelde ik deze begrippen naar een heel andere maatstaf. Gebogen over mijn draaibank wilde ik de donkere kant van de maan liever niet zien. In zekere zin was ik blij met mijn lot. Ik had geen last van de bewakers. Ik had geen last van de kou. Ik had geen last van onzekerheid over de dag van morgen. Ik bezat zo langzamerhand de deskundigheid van een ervaren draaier. Kurt Kolonko was trots op zijn leerling, en ikzelf genoot, hoe absurd dat ook mag klinken, van mijn eigen vakbekwaamheid. Elk stuk dat ik vervaardigd had met een precisie die bij de nazi's een tevreden glimlach ontlokte, gaf me voldoening; een ziekelijke voldoening, zullen sommigen misschien zeggen. Ik stond er niet bij stil dat elk onderdeel de Duitse oorlogsmachine ten goede kwam. De oorlog was ver weg en ontastbaar. De krullen die onder de widiamessen uit kwamen, glinsterden voor mijn ogen als vonken van creativiteit. Ja, creativiteit.

Zodra mijn dienst erop zat, kwam er ook een einde aan de schijnvrijheid. Dan blies de Kapo op zijn fluit en traden wij aan om geteld te worden voordat we terug naar het kamp gingen. Ik kan niet met zekerheid zeggen of het een terugkeer naar de realiteit was, of dat juist de fabriek de echte wereld was en het kamp buiten het domein lag dat ik graag als realiteit wilde zien. Misschien leefde ik in twee werelden en was die overgang, net als de overgang tussen dag en nacht, een routine waarin ik, met mijn fantasie die zich niet gauw door het gezond verstand liet onderwerpen, als enige verborgen betekenissen zocht.

De seizoenen wisselden elkaar af volgens de logica van de natuur en herinnerden ons aan het bestaan van wetten die nooit veranderen. De zomer was dood, de herfst stierf weg en de winter stormde ons leven binnen en geselde ons met zijn ijzige zweep. In tegenstelling tot de fabriek, waar het aangenaam warm was, werden de barakken in het kamp nooit verwarmd; de kachels die er stonden, werden als tafels gebruikt. Na het avondappèl, dat eindeloos duurde, of eigenlijk tot de Duitsers er genoeg van hadden, konden we ons nergens warmen. We sliepen in onze kleren, soms zelfs met onze schoenen aan. De nachten waren een kwelling, maar echt moeilijk vond ik het moment van ontwaken. Dan moest ik een besluit nemen. Iedere ochtend om vijf uur, als de barakoudste ons met zijn fluit wekte, moest ik opnieuw beslissen of ik zou vechten of dat ik de strijd zou opgeven. Het was een strijd die ik mezelf oplegde, een kleine krachtproef met grote gevolgen. Eerst dwong ik mezelf de ogen open te doen. Ik wreef in mijn plakkerige oogleden, telde tot tien, gooide de deken van me af en sprong van de brits. We hadden dertig minuten tot het ochtendappèl. De meeste gevangenen gebruikten die tijd om de schijnrust te verlengen. De allersnelsten hadden genoeg aan drie minuten om hun schoenveters vast te knopen en zich op de appèlplaats op te stellen. Ik had een kwartier nodig om me te wassen. Niemand anders deed dat.

Op de appèlplaats brandden de lantaarns nog en verspreidden een geel licht. Vergeleken met de vrieskou buiten leek zelfs de barak een broeikas. De ijzige wind blies de laatste restjes slaap uit mijn ogen. In snelle looppas die geen tijd overliet voor nadenken, legde ik de afstand tussen onze barak en de wasbarak af. 'Wat moet je met dat idiote gedoe?' lachten de anderen me uit. 'Waarom doe je niet zoals wij?' Ook ik stond elke ochtend voor de verleiding om de illusie van rust met twintig minuten te verlengen. Dat ik die weerstond, kwam doordat ik in elke afwijking van de norm die ik mezelf gesteld had het gevaar zag schuilen van afglijden in een bodemloze afgrond. Naast het schema dat ons opgelegd was, had ik mijn eigen dagschema dat ik met bezeten precisie volgde, tot in het allerkleinste detail. Die blinde vasthoudendheid bond me als een ijzeren ketting vast aan het besluit om mens te blijven. Ik wist dat er maar een enkele schakel hoefde te breken, of de rest zou volgen, waarna het geheel zou instorten. Terwijl ik mijn bovenlichaam waste met ijskoud water uit een slang zonder kraan, voelde ik dat ik mezelf nog steeds de baas was. Het water dat mijn bloed deed bevriezen, verwarmde mijn hart. Zolang ik die snijdende kou voelde, was ik nog steeds in staat om de omstandigheden het hoofd te bieden.

Maar ook al hardde ik me op die manier, het bood geen oplossing voor het praktische probleem van bescherming tegen de kou. Kolonko gebruikte krantenpapier als beenwarmers. Dat deed ik ook. Oude kranten kon je vinden in de toiletten van de opzichters in de fabriek. Alleen hielp dat niet tegen de rugpijn. Ik had last van mijn schouderbladen, soms had ik ook ademhalingsmoeilijkheden. Ik dacht dat het allemaal door de kou kwam. Geen moment dacht ik aan de mogelijkheid van tuberculose. Het geluk wilde dat ik in een schuur de remedie vond: een stapel lege cementzakken. Russische krijgsgevangenen die met een verbouwing bezig waren, hadden die daar onbewaakt laten liggen. Ik wachtte geduldig totdat ze in colonne wegliepen en de plek verlieten. Ik keek om me heen. Niemand lette op me. Ik pakte een zak en verstopte er nog twee onder de planken, voor later gebruik. Ik moest snel te werk gaan. Elk moment kon een opzichter of SS-bewaker naar binnen kijken. Als ik betrapt werd... Ik wilde niet eens denken aan wat er dan zou gebeuren. Ik trok mijn jasje uit en hield de zak voor me om naar de maat te kijken. Als ik er gaten voor mijn hoofd en armen in maakte, zou hij net zo goed passen als een wollen onderhemd. Ik had alleen geen rekening gehouden met de dikte van het papier. Mijn nagels waren gebroken, mijn vingers kapot. Het kostte enkele zenuwslopende minuten om het werk te klaren. Er zaten nog restjes cement aan de binnenkant van de zak. Ik durfde hem niet uit te kloppen, bang dat het geritsel ongewenste gasten zou lokken. Ik trok er mijn gestreepte jasje overheen, haalde het stukje touw aan dat me als broekriem diende en liep noncha-

lant, om de angstrilling te verbergen, terug naar mijn werkplek.
'Waar was je?' vroeg Kolonko.
'Ik was maar een paar minuten weg.'
'Dat is geen antwoord op de vraag.'
Ik wist dat ik hem kon vertrouwen. Ik maakte een knoop los, liet mijn borst zien en zei: 'Kijk, heb je ooit zulk mooi sabelbont gezien?'
Kolonko klopte op mijn schouder: 'Je hebt geleerd om je te redden, joodje.'
'Ik heb een goede leraar gehad.'
'Als je gepakt wordt, slaan ze je ballen eraf.'
'Ik word nooit gepakt.'
'Vanwaar die arrogantie?'
'Van hier,' zei ik met een glimlach en wees op mijn voorhoofd.
'Je neemt het wel serieus, hè?'
'Wat?'
'Je joodse kop. Heb je dan nooit een jood met z'n kop in de strop gezien?'
'Mij gebeurt het niet,' zei ik.

Er was één man in het kamp die mij aan de strop wilde zien: Arpad Basci. Ik was zijn enige overgebleven slachtoffer. De andere jongens die hij verkracht had, waren onder raadselachtige omstandigheden verdwenen zonder enig spoor achter te laten. Ik had geen idee hoe hij de jongens die met mij op zijn brood hadden zitten kauwen uit de weg had kunnen ruimen, maar hij had vast zijn beproefde methoden. Arpad Basci was als ervaren gevangene voorzichtig genoeg om te zorgen dat er geen levende getuigen van zijn daden zouden overblijven. Homoseksuele gemeenschap was een van de misdaden die de nazi's zelfs de allerbelangrijkste gevangenen niet vergaven. Ik hield zoveel mogelijk afstand van die man, ik had geen enkel contact met zijn nieuwe groep en ik probeerde zijn achterdochtige blik te ontwijken. Het lukte me niet altijd. We woonden in dezelfde barak, we stonden samen op het ochtend- en avondappèl, ik kon me nergens voor hem verbergen. Ik wist dat die sluwe vos wachtte op het moment dat ik zou struikelen. Mijn fout zou zijn kans zijn. Ik mocht geen fout maken.

Ik vroeg me weleens af waarom hij zijn bevoorrechte positie niet gebruikte om de Kapo of de barakoudste in te fluisteren dat ik naar de andere wereld moest worden geholpen. Niets was voor hen makkelijker dan me een dodelijke klap op mijn hoofd te geven, met het excuus dat ze me betrapt hadden terwijl ik probeerde te vluchten. De SS'ers deden nooit enige moeite om zulke gevallen te onderzoeken. Ze hoefden toch alleen maar een andere draaier uit Auschwitz te laten komen.

Had ik het aan Kurt Kolonko opgebiecht, had ik hem de waarheid verteld, dan had hij me vast in bescherming genomen. En dat zou dan genoeg zijn geweest om mijn veiligheid te garanderen. De Sileziërs vormden een pressiegroep waar zelfs de 'taakgevangenen'* bang voor waren. Het gebeurde weleens dat een Kapo die een van hen had mishandeld dood was aangetroffen in de beerput. Hoe hard er ook gezocht, onderzocht en bedreigd werd, de schuldigen werden nooit gevonden. Een kleine hint van Kolonko zou al voldoende zijn om Arpad Basci te doen overwegen of hij zijn comfortabele bestaan op het spel wilde zetten. Om zich uitsluitend met beeldhouwen bezig te kunnen houden, was hij vrijgesteld van alle werkzaamheden in het kamp. Hij werkte en sliep in een apart kamertje bij de ingang van de barak, hij kreeg zijn eten uit de keuken van de bewakers en niemand bemoeide zich met zijn relaties met de jonge gevangenen.

Waarom maakte ik Kolonko dan geen deelgenoot van mijn geheim? Het antwoord is simpel: ik was bang voor zijn strenge oordeel. Zou Kolonko me nog steeds mogen als hij wist dat ik mijn leven met andermans leven had afgekocht? Dat betwijfel ik. Kolonko was een van de weinigen in het kamp voor wie een mensenleven het hoogste goed was. Voor zover ik hem kende, zou hij geen water bij de wijn doen. Achter de façade van een keiharde bokser en gezworen antisemiet ging een oprechte, integere man schuil.

Die momenten stijgen maar zelden uit de bodem van mijn ziel omhoog naar het hier en nu, maar als het een keer gebeurt, ontkom ik niet aan zelfonderzoek. De vraag is: naar welke morele normen moet ik mijn gedrag beoordelen? Moet ik uitgaan van een moraal die geen rekening houdt met omstandigheden, met tijd en plaats, of van een moraal waarin tijd en plaats de doorslag geven? In het eerste geval zou ik mezelf moeten veroordelen; in het tweede zou ik mezelf vrij mogen pleiten, al was het alleen maar vanwege de twijfel. Want als het leven het hoogste goed is, moet je dan niet alles doen om ook ten koste van andermans leven in leven te blijven? Wie kan beoordelen wiens leven belangrijker was, dat van mij, of dat van de anonieme gevangene die ik ter dood veroordeelde op het moment dat ik zijn muts stal? En meer praktisch: had ik niet het recht op zelfbescherming, een recht dat rechtstreeks voortvloeide uit de in die tijd en plaats heersende normen? Ik ben me bewust van het gevaar dat dergelijke argumenten in zich dragen: ze leggen de grondslag voor een heel bouwwerk van excuses voor verschrikkelijke gruweldaden. En toch: het schot dat de anonieme gevangene doodde, galmde niet na in mijn geweten toen ik een jongen van zestien was. Waarom zou ik het dan aan het geweten van die jongen laten knagen alleen maar omdat hij intussen veertig jaar ouder is?

Toen Arpad Basci eindelijk zijn kans schoon zag, was het geen toeval. Hij had duidelijk goed nagedacht, zijn stappen zorgvuldig gepland en de feiten, het terrein en de personages bestudeerd. Ik heb geen idee hoe en wanneer hij van mijn papieren hemd had vernomen. Het kamp wemelde tenslotte van de verklikkers die tot de allerlaagste streek bereid waren in ruil voor een korstje van het brood dat hij in overvloed bezat.

Eens in de maand kregen we schone kleren die met stoom ontluisd waren. De nazi's maakten van de gelegenheid gebruik om ons grondig te fouilleren. Ik kan me niet herinneren dat er ooit verborgen schatten werden gevonden, en toch werd de actie met regelmaat herhaald, en altijd precies volgens het boekje. Alleen de datum en het tijdstip bleven geheim. Soms gebeurde het 's morgens vroeg, voordat we naar ons werk gingen, andere keren aan het eind van de dag, vlak voor of na het avondappèl. De taakgevangenen wisten van tevoren wanneer de actie plaats zou vinden en waarschuwden hun beschermelingen meestal om hun zakken te ontdoen van voedsel en van brieven die het kamp binnengesmokkeld waren. Wij joden hadden geen invloedrijke beschermers. We moesten het hebben van onze eigen wakkere zintuigen. Ikzelf rekende op de routine waar de Duitsers aan verslaafd waren, op hun verlangen om zich aan het principe 'Ordnung muss sein' te houden. We werden altijd gefouilleerd in dezelfde volgorde, bepaald door je slaapplaats. Ik zat altijd in de vierde groep van tien. Dat gaf me, had ik berekend, genoeg tijd om de papieren zak uit te trekken en ergens in een hoek te dumpen. Ook al zou die gevonden worden, ze zouden mij niet in verband kunnen brengen met dat 'hemd'. En onder de planken in de schuur lagen twee reservezakken. Alleen had ik nu buiten de waard gerekend. Deze keer was het Arpad Basci die de volgorde bepaalde. De duivel mag weten hoe hij dat klaargespeeld had, maar op het moment dat ik hem bij de barakoudste zag staan, wist ik dat ik in een lastig parket zat. Nog voordat hij zijn mond had opengedaan, zag ik al het leedvermaak in zijn glinsterende ogen. Hij keek naar me met een scherpe blik die gaten in mijn borst boorde, wees toen met zijn hand op onze brits en deelde ons in het Duits, met een opvallend Hongaars accent, mee: 'Jullie zijn het eerst.'

Het hart zonk me in de schoenen. Daar was ik niet op voorbereid. Het was mijn eigen schuld, ik was de belangrijkste les vergeten die je uit het leven in het kamp moest trekken: verwacht altijd het onverwachte.

We gingen met ons tienen aan het eind van het gangpad staan. Toen het sein gegeven werd, begonnen we met trage pas en met een vaste afstand van een meter of drie tussen ons in in colonne het gangpad af te lopen. Arpad Basci's tafel was midden in de gang neergezet. Volgens de bekende procedure moesten we ons uitkleden, onze schoenen uittrekken en de spullen op tafel neerleggen. De barakoudste keerde dan de zakken binnenstebuiten, controleerde de naden, betastte de kraag, stak zijn hand in de schoenen, alles met de snelheid en handigheid van een ervaren onderzoeker. Na afloop bracht hij verslag uit bij de SS-officier: 'Schoon,' of: 'Vuil.' Op bevel van de officier fouilleerde hij weleens de gevangene zelf. Was je 'schoon', dan mocht je doorlopen naar het andere uiteinde van het gangpad en daar een stapeltje schone kleren pakken. Toen ik mijn kleren op tafel legde en daar in mijn cementzak stond, riep de barakoudste niet 'vuil!', maar vroeg hij oprecht verbaasd: 'Wat krijgen we nou?'

Ik zweeg. Wat moest ik zeggen? Dat het me speet, dat ik om vergeving vroeg? Dat was niet de gangbare stijl in de kampen. Arpad Basci schoot raak toen hij zei: 'Het pakket staat klaar voor verzending. Naar Auschwitz.'

Hij gniffelde zelfvoldaan. Het klonk metaalachtig. Ineens werd zijn lach onderbroken, alsof er een snaar was geknapt. Arpad Basci keek me recht in de ogen. Hij wilde genieten van mijn angst. Niets is moeilijker dan de angst in je ogen te verbergen. De oude Hongaar was zeer bedreven in de psychologie van de concentratiekampen.

'Trek dat ding uit,' zei de barakoudste zachtjes. Zijn zachte stem was tien keer zo gevaarlijk als het gegniffel van Arpad Basci.

Ik trok de papieren zak uit en legde die naast de kleren neer.

'Benen uit elkaar.'

Ik gehoorzaamde.

'Bukken.'

Alweer gaf ik gehoor. Ik ging staan in een ongemakkelijke en gênante houding: het hoofd naar beneden en de billen strak omhoog. Het bloed sloeg in golven in mijn brein, zwarte vlekken dansten me voor de ogen, mijn knieën knikten en ik moest mijn handen op de grond leggen om niet om te vallen. De barakoudste liep om me heen en bekeek me van alle kanten, als een veehandelaar die een koe op de markt taxeert. Hij zette zijn zware schoen op mijn blote voet, trok mijn gezicht met een vinger omhoog en vroeg: 'Doet het pijn?'

Ik knikte. Hij zal het wel niet gemerkt hebben, want mijn hoofd hing weer omlaag. Hij schopte tegen mijn blote kont en zei tegen Arpad Basci: 'Onderzoek hem, maar wel grondig.'

Arpad Basci wachtte niet op een tweede uitnodiging. Ik voelde zijn vinger langs mijn nek glijden, mijn ruggengraat af, tussen mijn billen en dan diep mijn anus in. Het was geen snelle penetratie, pijnlijk als een messteek maar snel voorbij, maar een geleidelijk boren. De vinger draaide in me als een schroevendraaier die een roestige schroef probeert los te krijgen. Hij merkte de pijn die me vanbinnen verscheurde; niet veel mensen waren daar zo ervaren in als hij. Ik kon zijn gezicht niet zien, maar ik wist zeker dat er een brede tevreden glimlach over lag. Arpad Basci deed een ander graag pijn. Om die te vergroten, en om met een blij makend crescendo te eindigen, drukte hij mijn rug met zijn linkerhand omlaag, tot mijn hoofd bijna de grond raakte, en stak zijn vinger dan pas met alle kracht erin. Ik kon me niet inhouden; ik kreunde zachtjes. De vinger bleef boren. Pas toen ik stil werd, haalde hij die er ineens uit en beval me rechtop te staan.

'En nu je vuile mond opendoen.'

Ik richtte me op en deed mijn mond open zoals bij de tandarts. Zijn vinger gleed mijn mondholte binnen. Ik voelde zijn nagel het tandvlees openkrabben en mijn keel ingaan tot ik bijna kotste. Toen hij klaar was, beval hij me zijn vinger af te likken totdat deze zo schoon zou zijn 'als een piemel van een baby'.

'En?' vroeg de SS-officier.

'Niks gevonden,' verklaarde hij. Klonk hij wat teleurgesteld?

De barakoudste pakte een schrift.

'Je nummer?'

'A 19818.'

Hij schreef wat op, keek om naar de officier en wachtte op diens beslissing.

'Werk je?' vroeg de nazi.

'Ja, meneer.'

'Wat is je beroep?'

'Ik ben draaier.'

Arpad Basci ging terug naar zijn plaats achter de tafel. Hij keek ernstig en zweeg.

Ik hoorde de gevangenen achter me zwaar ademhalen.

De officier en de barakoudste stonden te fluisteren. Ik hoorde niet wat er gezegd werd, maar naarmate de seconden verstreken, groeide mijn hoop dat ik het zou redden. Ik had allang geleerd dat de beslissing om iemand te doden van het ene moment op het andere viel. Alleen over de vraag of iemand zou blijven leven werd lang gediscussieerd. Na een paar minuten werd het vonnis geveld: acht uur 'wacht'. Dat betekende dat je in de houding moest staan tussen de hekken van hoogspanningsdraad. De 'wacht' werd gezien als de allerergste marteling, die weinigen overleefden. Toen ik naar de poort gebracht werd en de bewaker me de plek aanwees waar ik mijn acht uur moest doorbrengen, voelde ik me als iemand die naar de galg gevoerd werd. Ik vroeg me af hoe lang ik zou moeten lijden voordat ik zou instorten en sterven. Ik had sterkere gevangenen gezien die na een paar uur staan de stroomdraden hadden aangeraakt en geëlektrocuteerd waren. De nazi's lieten de lijken liggen, opdat we die op weg naar en van het werk zouden zien en ons lesje zouden leren.

Ik kwam tussen de hekken via de poort waar de bewakers elkaar om de twee uur aflosten. Toen het donker werd, gingen de lichten langs het hek aan. Ook in het nabijgelegen administratiegebouw ging het licht aan. Het gebouw, dat twee verdiepingen telde, stond naast de poort en ik kon vanaf mijn plaats een kantoor inkijken waar twee nazi-officieren bezig waren de ambtelijke molen van het kamp te voeden. Zij konden mij ook zien, want ik stond recht voor hun raam.

Het kwik daalde tot ver onder nul, de kou ging me door merg en been. Het voelde alsof er glibberige slangen van mijn voeten omhoogkropen en hun koude, plakkerige vel afwierpen op mijn buik, mijn rug, mijn nek. Ik had altijd een hekel gehad aan slangen, maar ik was deze keer allerminst blij toen ze verdwenen. Ik wist dat dat akelige gevoel alleen over was gegaan omdat ik het tijdsbesef kwijt was. Ik wist niet of er minuten verstreken waren of uren. Die onzekerheid over de uren die voorbij waren en de uren die me nog wachtten, was nog zwaarder dan de kou. Zij ondermijnde mijn uithoudingsvermogen. Het behoud van het tijdsbesef leek me nu het allerbelangrijkste; mijn intuïtie zei me dat er geen leven was buiten de schoot van de tijd. Ik klampte me met macht en kracht vast aan de klok die ik te voorschijn had gefantaseerd. Ik telde zestig seconden in de minuut, om daarna zestig minuten in het uur te tellen, maar ik merkte dat het me niet meer lukte om vol te houden. Ik schrok. Steeds groter werd mijn angst dat de ijzeren ketting die me, daar was ik van overtuigd, aan het leven vastbond, op breken stond. Ik moest een andere manier vinden om wakker te blijven. Ik ging in gedachten terug naar mijn kinderjaren. Ik wilde situaties reconstrueren die aangename herinneringen opriepen, als tegenwicht tegen het heden. Ik liet de zigeunerin komen die me geluk en rijkdom had voorspeld, ik klom op papa's bed om warmte en liefde te genieten, ik stelde de tinnen soldaten in slagorde, ik jatte snoepgoed uit de delicatessenwinkel van meneer Hahn in Bielsko. Maar toen was de voorraad herinneringen op. Ik werd moe. Mijn grijze cellen zaten vol watjes, een hinderlijk gezoem verstoorde elke gedachte, totdat ik me realiseerde dat het de hoogspanning was die in de snaren van het hek gonsde. Vanaf dat moment tot aan het eind van mijn straftijd werkte dat gezoem als waarschuwingssignaal; misschien hielp dat me om helder te blijven. Zolang ik het hoorde, wist ik dat ik nog leefde, dat het gevaar van elektrocutie nog niet voorbij was en dat er een tastbare vijand was die bestreden moest worden.

Het moeilijkst te beheersen waren de oogleden. Ze waren zo zwaar dat mijn ogen steeds dichtvielen. Telkens als de slaap me overviel, woedde in mij een strijd tussen de levenskracht enerzijds en het verlangen om in weerloosheid te verzinken anderzijds, want alleen weerloosheid vereiste geen inspanning. Ik was als een vlieg die in een potje olie is gevallen en in een geweldige inspanning om weer vrij te komen langs de glazen wand omhoogklimt, weer terugglijdt, in de olie terechtkomt en dan opnieuw begint, om weer neer te vallen en dan weer omhoog te klimmen. De flauwte overviel me op verraderlijke wijze: in de rug. Een zware last drukte op mijn schouderbladen en dreigde me de sneeuw in te pletten. Sneeuw, ja. Deze was door de vorst in een bloedstollende val veranderd; in mijn verbeelding was het bloed in me bevroren, stroomde het niet langer door mijn ledematen. Ik kneep in mijn dijen, maar voelde niets. Ik wilde mijn benen bewegen, de ene voet optillen en de andere neerzetten, als bij het lopen, maar ik was bang dat de bewaker het zou merken. De gestrafte moest in de houding blijven staan, anders werd zijn 'wacht' verlengd. Bij gebrek aan beter bewoog ik alleen mijn tenen. Ik bewoog ze, maar ik wist niet of de opdracht die de hersenen gaven de spieren had bereikt, want ik kon niet in mijn schoenen kijken en ik voelde niets.

Bij de aflossing van de wacht wist ik dat de eerste twee uur voorbij waren. Over de weg reed een militaire vrachtwagen voorbij en spatte modder op de bewaker. Deze schold de bestuurder in alle toonaarden uit, en ik was blij een mensenstem te horen. Hij zette zijn geweer tegen een steunpaal van het afdakje dat hem voor de sneeuw beschermde, om zijn jas schoon te vegen.

Ik moest plassen. Ik maakte van mijn strijd tegen de blaas een principiële kwestie. Als het me lukt mijn blaas in bedwang te houden, dacht ik, zal dat een onomstotelijk bewijs zijn dat ik mijn lijf de baas ben. De druk nam toe, ik drukte mijn dijen tegen elkaar, maar dat hielp niet. De urine liep langs mijn benen en streelde ze warmpjes. Ik knapte ervan op, omdat ik nu weer gevoel in mijn voeten had. Maar binnen een minuut verdween de warmte en veranderde het aangename vocht in een ijsbrij die de rillingen door mijn hele lijf joeg.

In het administratiegebouw ging het licht uit. Ik hoorde een deur slaan, de motor van een auto brommen, een hond blaffen. Daarna werd het weer stil, op het elektrische gezoem na. Ik begon liedjes te prevelen die ik op school geleerd had, maar het lukte me niet de woorden bijeen te brengen tot rijmende zinnen, ze vlogen alle kanten uit, als bijen die de bijenkorf uitvliegen als je er een stokje in steekt. Ook met het schaakspel had ik geen succes. Mijn hersenen waren niet getraind in abstract denken. De pionnen, paarden, torens, de dame en de velden van het bord veranderden in een abstract beeld. Ik wist niet meer hoe vaak de wacht afgelost was. De tijd droop als de klokken van Salvador Dalí en werd een onbevattelijk begrip. Er was alleen het moment, en daarna niets. Ik werd dat niets ingezogen. Naarmate mijn ledematen zwaarder werden, zweefde ik onbeheerst in een donkere, vijandige ruimte. Ergens in het zwarte gat van het heelal loerde de dood.

'Hé, jij!' riep de bewaker me toe. Zijn roep kwam van lichtjaren her. Ik zag hem nauwelijks. Zijn silhouet ging op in de omgeving, die in witte nevelen gehuld was. Het kostte enkele seconden voordat ik merkte dat er achter de luchtmachtsoldaat een SS-officier in een winterjas stond. Die gebaarde dat ik bij hem moest komen. Het overbruggen van die afstand, van een meter of twee, drie, leek me een onmogelijke opgave. Ik waadde in de brij van urine en vuil waarmee mijn schoenen gevoerd waren. Ik hield mijn adem in. Ik was bang dat als ik zou ademen mijn evenwicht verstoord zou worden en ik het hek zou aanraken; dat ik de dood zou aanraken net voordat die mij losliet. Ik deed een stap naar voren, er gebeurde niets. Ik deed nog een stap, de tijd kreeg zijn werkelijke dimensie terug en weer had elke seconde een betekenis. Ik deed een derde stap, de slangen kropen over mijn rug, van boven naar beneden, mijn houten schoenzolen gleden over het ijs, ik stak mijn hand uit om me ergens aan vast te houden, kon geen houvast vinden dan de hoogspanningsdraden, herwon mijn evenwicht en liep langzaam door, als een koorddanser. Ik struikelde niet, ik viel niet in de afgrond. De poort was binnen handbereik. Nog twee stappen, nog één. Ik concentreerde me uitsluitend op de rechte lijn die van de strafplek naar de opening tussen de twee hekken liep, een lijn die nooit met zijn parallel samen kon komen, omdat hij alleen in mijn verbeelding bestond. De SS-officier wachtte geduldig, hetzij uit medelijden met mij, hetzij in afwachting van mijn val. Ik kwam tussen de hekken vandaan en vroeg alsof het de meest natuurlijke zaak van de wereld was: 'Hoe laat is het?'

'Twee uur 's nachts,' antwoordde de SS'er gedachteloos, herinnerde zich toen pas met wie hij te maken had en vervloekte mij hardop. Mijn oren waren nog verstopt, ik hoorde zijn antwoord niet, zijn vloeken drongen niet tot me door, ik heb het allemaal pas later gereconstrueerd, op weg naar mijn barak, voordat ik op mijn brits ging zitten en in slaap viel terwijl ik mijn veters losknoopte.

Begin januari 1945 werd het kamp bij Eintrachthütte opgeheven. De ontruiming kwam als een volstrekte verrassing. We wisten niet waar we nu heen gingen. Toen we na het ochtendappèl rechtstreeks naar het station van Świętochłowice marcheerden, dacht ik dat we terug naar Auschwitz werden gebracht. De trein stond op een zijspoor, Russische krijgsgevangenen gooiden enkele lijken van de goederenwagons; deze bleven op het perron liggen toen de trein wegreed. We waren met tachtig man in de wagon. Er was geen plaats om te zitten. De deuren werden vanbuiten met zware grendels dichtgemaakt, de kleine ramen waren met planken dichtgetimmerd. Pas toen de trein een dag en een nacht en nog eens een dag onderweg was, zonder ook maar één keer te stoppen, ook niet om kolen en water voor de locomotief te laden, werd duidelijk dat we weg van Polen reden. We hadden geen idee wat onze bestemming was. We wisten niet dat het Rode Leger het offensief had ingezet op Opper-Silezië, dat het vierde leger van de Wehrmacht, dat het gebied zou verdedigen, zich in volledige chaos teruggetrokken had, dat Hitler woedend was geworden, de commandant had ontslagen en voor hem in de plaats veldmaarschalk Schörner had benoemd, een meedogenloze stafofficier die onvoorwaardelijk trouw was aan de nazi-ideologie. We wisten niet dat ook Schörner bezweken was voor de overmacht van de sovjetaanval, dat de hoge ambtenarij op het ministerie van Bewapening in Berlijn deze ontwikkeling voorspeld had en alternatieve noodplannen had gemaakt, en dat wij gevangenen de militaire industrie moesten behoeden voor een definitieve verlamming. Maar ook al had ik dat alles geweten, dan had ik aan niets anders gedacht dan aan wat ik moest doen om op de been te blijven. De sterken vochten om een plaats waar je tegen de wand van de wagon kon leunen, de zwakken bleven in het midden, stortten ieder onder zijn eigen leed neer en werden dan meestal door hun medegevangenen vertrapt. Ze riepen niet om hulp en vroegen niet om medeleven, want elk toch al nutteloos woord beroofde hen van hun laatste krachten. Ook ik was in mezelf gekeerd, afgesloten, van iedereen vervreemd. Mijn kleine wereldje bewoog samen met mij, ik wilde niet weten waarheen. We zaten in een veewagon; vraagt het vee zich af of het naar het slachthuis wordt gebracht of naar een nieuw weiland? Gedurende de hele reis gingen de deuren slechts twee keer open; we kregen drinkwater en brood, we gooiden de doden naar buiten. We bereikten onze bestemming op de zesde dag. Het was een verbluffend mooie dag. De zon scheen in mijn ogen, de koude lucht maakte me duizelig, vluchtig las ik de naam van het kleine station: Mauthausen. Ik had nog nooit van die plaats gehoord. Ik keek buiten het station en werd verblind door de zilveren glinstering van het sneeuwwitte laken dat over de velden lag.

Wanneer was ik net zo verblind geraakt door de sneeuw? Het was zeven uur 's morgens, zes jaar terug. Ik zat toen in de vierde klas, een enig kind met een kinderlijke kindertijd, gelukkig noch ongelukkig.

Paula, de dienstmeid, had in de keuken een koperen koekenpan op de tegelvloer laten vallen. Het geraas had mijn slaap verstoord en een droom verjaagd voordat ik hem in mijn geheugen had kunnen vastleggen. De maan heerste nog over de hemel, vol en toch niet vol, als de buik van een zwangere vrouw. De takken van de kastanjeboom in onze tuin leken net klauwen van een witte beer. Ik stond op uit mijn bed dat zo heerlijk rook naar stijfsel en verwenning, ik liep naar het raam en zette het wijd open. De lucht was helder en fris en bracht de herinnering met zich mee aan het citroenijsje dat ik de dag ervoor in de Italiaanse ijssalon aan het Koning Chrobry-plein in het centrum van de stad had gegeten.

De maan trok zich terug achter de daken aan de horizon. In het oosten gluurde de zon en stuurde een eerste lichtbundel voor zich uit, de voorhoede van een nieuwe dag. Op de besneeuwde takken van de kastanje gingen duizend lichtjes aan. Ik knipperde met mijn ogen. Ik had geen zin om naar school te gaan. De glinsterende sneeuw bracht me op het idee. Ik deed het raam dicht, ging weer in bed liggen, trok de deken over mijn hoofd en wachtte op Paula. Iedere ochtend om kwart over zeven kwam ze me aansporen om op te staan en me te gaan wassen. Toen ze de deken zoals altijd in één snelle ruk van me af trok, bewoog ik niet. Met gesmoorde stem deelde ik haar mee dat ik haar niet kon zien. Er was iets mis met de spieren van mijn oogleden, zei ik, ik kreeg mijn ogen niet open. Het was een kinderlijke smoes, maar de naïeve Paula had het niet door. Ze ging gauw mijn moeder wakker maken. Die maakte mijn vader wakker en binnen de kortste tijd was het zover gekomen dat ik het niet meer terug kon draaien. Mijn ouders belden de huisarts. De kale dr. Reich was er binnen enkele minuten en het kostte hem nog een minuut om vast te stellen dat ik mijn ziekte verzonnen had. Hij kende de patiënt en zijn angsten, hij dreigde met prikkende druppels en een injectie, maar ik hield mijn poot stijf en weigerde de omstanders te zien. De waarheid was dat ik banger was voor mijn vader dan voor de onaangename geneesmiddelen. Als er iets was wat mijn vader uit zijn vel deed springen, dan was het in de eerste plaats het feit dat iemand hem om de tuin probeerde te leiden. Ik was dus in mijn eigen val geraakt en had geen andere keus dan bij mijn verhaal te blijven. Ik gilde: laat dr. Reich doen wat hem te doen staat, pijnlijke injecties, prikkende druppels of bittere pillen, als ik maar weer kan zien.

Tevergeefs probeerde dr. Reich mijn ouders ervan te overtuigen dat hun zoon loog of het gedrukt stond, dat hijzelf nog nooit gehoord had van een spierziekte die de oogleden aan elkaar doet plakken en dat het beste middel daartegen de leren scheerriem was, die in het verleden al wonderen had gedaan door op mijn achterste te belanden. Mijn vader begon al zenuwachtig te worden, want hij moest om acht uur precies op de rechtbank zijn om een belangrijke klant te vertegenwoordigen, en de chauffeur wachtte al voor de deur. De goede, trouwe Paula jankte vol bezorgdheid over het kind, en over de vader die naar zijn werk zou gaan zonder het ontbijt dat zij met zoveel zorg had klaargemaakt. Mama raakte in paniek, ze was bang voor ziektes, en ze was al bezig met een lijst gerenommeerde professoren in Wenen. Mijn vader besloot dat hij en mijn moeder mij tussen de middag mee zouden nemen naar Kraków, om me daar door een oogarts te laten onderzoeken. Pas als ook die er geen raad mee zou weten, zouden we 's avonds doorreizen naar Wenen. Ik hoorde de beledigde dr. Reich zijn tas dichtklappen en vertrekken, ik hoorde ook het telefoongesprek van mijn vader met mijn oma in Kraków, dan met de gevierde dokter in Wenen, professor en geheimraad, die bereid was zijn honorarium op elk uur van de dag of de nacht te verdienen, en mijn gezond verstand zei me dat ik te ver was gegaan. Papa kwam terug uit de gang, waar de telefoon aan de muur hing, en stelde mama gerust: 'Maak je geen zorgen, alles is geregeld. Waar zijn geld en contacten anders voor?'

'Ik wil er alles voor geven om Romek zijn ogen te zien openen,' antwoordde zij.

Het kleine duiveltje dat meestal lui in me lag te dutten, wist altijd te reageren als het aanvoelde dat er ergens munt uit te slaan viel.

'Ook de elektrische trein die we in de etalage van meneer Milner hebben gezien?' vroeg ik onschuldig.

'Ja, ook de trein,' antwoordde mijn vader nu.

Papa kwam zijn beloften altijd na. Ik wreef met beide handen in mijn ogen, vertrok mijn gezicht in inspanning en opende ze vervolgens langzaam, op een dramatische wijze die een acteur niet zou misstaan. Ik deed mijn ogen open, dan dicht, dan weer open. Een hele show. 'Ik zie!' riep ik blij.

'Ik ook,' zei mijn vader. Zijn donderstem voorspelde een storm.

De elektrische trein, die achtentwintig złoty kostte, gelijk aan een heel maandsalaris van Paula, kreeg ik diezelfde dag nog. Alleen mocht ik er een jaar lang niet mee spelen. Gerechtigheid, zo luidde het principe waarnaar mijn vader leefde, moest zowel gedaan als gezien worden. En alsof dat niet genoeg was, kon ik daarna een week lang moeilijk op de schoolbank zitten. Van het middel dat dr. Reich me had voorgeschreven, de leren riem, had ik een dubbele dosis gekregen. Alles door de verblindend witte sneeuw.

Een tapijt van witte velden strekte zich uit ten westen van het station van Mauthausen; de zon stak duizenden gouden sterretjes op in de sneeuw. Ik deed mijn ogen afwisselend open en dicht, tot ze aan de glinstering wenden. De laatste gevangenen stapten uit de wagons. Er was geen mens te zien op het perron, behalve wij en de bewakers. We stonden als koetsiers te stampvoeten om warm te worden. De SS'ers stonden iets opzij, kennelijk in afwachting van een bevel. Ook zij leden onder de kou, hun gezichten en oorlellen waren paarsrood. Op het bord onder het afdak van het perron hing een reclameaffiche voor sigaretten: 'Warum is Juno rund? Aus gutem Grund ist Juno rund.' Heel even flitste de gedachte door mijn hoofd dat ik het affiche mee moest nemen om me in de wintermaanden te kunnen warmen met het dikke papier. Maar voor ik tot een beslissing kon komen, en die uitvoeren, werd het bevel gegeven voor een appèl.

Je kunt je vandaag de dag moeilijk voorstellen dat we zo weinig wisten over het SS-rijk, dat leger binnen het leger, die staat binnen de staat. Titulaire rangen van SS-generaal werden met gulle hand uitgedeeld onder de ministers en hoge ambtenaren. Zo kwam het dan ook dat deze in zwart uniform gestoken elite-eenheid, een soort stoottroep van de nazipartij, veranderd was in een invloedrijke politieke en economische macht. In de tijd dat wij uit de trein in Mauthausen stapten, beheerste de SS een aanzienlijk deel van de Duitse economie. Alle joodse ondernemingen die in beslag waren genomen, waren nu in handen van de SS, die daardoor de grootste meubelfabrikant en de grootste producent van mineraalwater was geworden. Jaarlijks zetten alle bedrijven van de SS, waarvan de meeste van joden waren geweest, rond de vijfentwintig miljoen dollar om. Als grootste leverancier van goedkope arbeidskrachten had de SS bovendien ook een stevige positie binnen de zware industrie. Eind 1944 voorzag de SS de werkgevers van 627000 dwangarbeiders. Er werkten ongeveer 170000 gevangenen in de wapenindustrie. Ze werden tewerkgesteld in de ondergrondse fabrieken waar de Messerschmitt-vliegtuigen en V2-raketten werden geproduceerd. 50000 gevangenen werkten in bedrijven die rechtstreeks onder de SS vielen, meest binnen concentratiekampen.

De informatie over die kampen kwam druppelsgewijs binnen, en dan nog waren het alleen de taakgevangenen die ervan op de hoogte waren, met name de gevangenen die administratief werk deden. Tienduizenden mensen werden van het ene naar het andere kamp overgebracht, maar niemand kwam terug om te vertellen 'hoe het daar was'; evenmin als de doden terugkomen om over het leven na de dood te vertellen. Daarom riep de naam Mauthausen bij mij geen associaties op. Geen moment vermoedde ik dat ik een plaats betrad die me zou doen terugverlangen naar Auschwitz.

Niet uit liefde voor de schoonheid van Opper-Oostenrijk hadden de architecten van de vernietigingsmachine het kamp gesitueerd in de heuvels die ten noorden van de Donau lagen en tot aan Tsjechoslowaakse grens reikten. De plek was gekozen vanwege de nabijgelegen granietgroeven. Op het bureau van Adolf Hitler lagen al de bouwplannen voor de monumentale Führerstadt die het duizendjarige Derde Rijk moest vereeuwigen. De opdracht was gegeven aan Albert Speer, een jonge architect van kleinburgerlijken huize uit Mannheim, die de nazigedachte aanhing en al in 1931 lid was geworden van de nationaal-socialistische partij.

Zoals de Champs-Élysées in Parijs zijn dramatische hoogtepunt in het paleis van de Franse koningen bereikt, zo liet Speer de middenas van Berlijn uitlopen op een terrein dat de macht van het regime moest symboliseren, met daarop de kanselarij van de Führer, het secretariaat van de partij en het hoofdkwartier van de strijdkrachten. Er waren gigantische hoeveelheden bouwmateriaal nodig om het plan uit te voeren. Direct na de inlijving van Oostenrijk kreeg de SS de steengroeven van Mauthausen, die eigendom van de gemeente Wenen waren, in pacht voor een jaarlijks bedrag van vijfduizend mark. Het Wenen van Johann Strauss was nog niet gewend aan de klanken van het *Horst-Wessel-Lied*, of het stadsbestuur had al geleerd wie er nu de lakens uitdeelde. Er werd unaniem besloten het verzoek van de SS in te willigen, waarna de overeenkomst wettig werd gesloten. De rijksbank gaf de Duitse firma DST, de officiële pachter, een renteloze lening van negen miljoen mark, die voorlopig ook niet afgelost hoefde te worden. Het economisch bureau van de SS was tevreden. De operatiekosten waren tenslotte miniem, er werden geen investeringen gedaan in de groeve zelf, noch werd er nieuwe apparatuur gekocht. Het geld was bestemd voor het opzetten van een werkkamp. In het begin, in 1938, zaten er alleen enkele honderden dwangarbeiders die bezig waren met boren, steenhouwen en de stenen op vrachtwagens laden. Maar binnen de kortste tijd werd Mauthausen, samen met het nevenkamp bij de groeven van Gusen, tot een van de gruwelijkste concentratiekampen in bezet Europa. Toen Oswald Pohl, hoofd van het economisch bureau van de SS, in 1942 de kampen die onder zijn beheer vielen classificeerde, omschreef hij Mauthausen als een kamp 'voor alle gevangenen die onverbeterlijk zijn'. Volgens de gangbare normen was deze omschrijving slechts voor één uitleg vatbaar: zulke gevangenen hadden geen recht van bestaan.

Dit alles wist ik nog niet toen we het kronkelpad opliepen van de spoorweg naar het kamp boven op de heuvel. Het was een zware klim, ik was uitgeput na de dagenlange reis in een afgesloten wagon. Het mooie weer werkte in ons nadeel: de bovenlaag van de sneeuw smolt weliswaar in de zon, maar daaronder lag ijs. Ik gleed een aantal keren uit. De soldaten die ons bewaakten, jutten me met hun geweerkolven op om op te staan. Ze hadden geleerd in de onderrug te slaan om de nieren een onherstelbare schade toe te brengen. Mijn gevangenisschoenen speelden me parten. Het natte bovenstuk verwondde mijn tenen, de houten zolen gaven geen houvast op de grond. Ik stopte even, trok mijn schoenen uit, gooide ze weg en liep nu verder op blote voeten. Eerst brandden mijn voeten van de kou, daarna werden ze gevoelloos en kon ik het looptempo bijhouden. Toen ik enkele maanden later in een Amerikaans veldhospitaal onderzocht werd, zei de arts dat ik juist door het lopen zonder schoenen ontkomen was aan de bevriezing waar de meeste andere gevangenen onder hadden geleden.

Het was een kilometer of vier lopen van het station naar het eindpunt van het steile pad. We kwamen bij een T-splitsing. Rechts lag een uitgestrekte, besneeuwde, aflopende helling met aan de horizon stenen vestingmuren en wachttorens. Ik had nog nooit een kamp gezien dat uit de verte een toeristische replica van een oude burcht leek. Links was er een boerderij. Een boerengezin stond bij de ingang tot het erf: een man in schaapsvacht en een vilten hoed, en naast hem twee vrouwen, een jonge en een oude, beiden gehuld in lange wollen sjaals. Een meisje van een jaar of tien hield de hand van een van de boerinnen vast. Ze keken onverschillig toe; zo'n colonne slaven was voor hen waarschijnlijk een alledaags gezicht. De man kauwde op een boterham. Hij deed dat met uitgesproken onverschilligheid, zoals alleen iemand die geen honger kent dat kan. Broodkruimels bleven aan zijn snor hangen. Ik kreeg water in mijn mond. Een van onze bewakers zwaaide. De boer wees op de aangevreten boterham, alsof hij aanbood die met de soldaat te delen. De soldaat lachte, de boer lachte ook. Het was een gezonde, ergerlijke lach.

We sloegen rechtsaf, richting burcht. De poort ging open. We liepen door en kwamen op een binnenplaats omgeven door garages die in de buitenmuur waren gebouwd. Aan het eind van de binnenplaats was er nog een poort; die was gesloten. We wisten nog niet dat het de ingang was naar het woongedeelte en naar de gaskamers. Boven op de muur stonden gewapende schildwachten. Hun wapens waren op ons gericht. Midden op de binnenplaats was de sneeuw geveegd, maar eromheen lag een dikke laag bevroren modderbrij. Dat alles nam ik in een flits op. Het leven in de kampen had je geleerd om elke situatie, elke plek, elke beweging met een snelle blik te registreren. Soms hing je leven ervan af. Maar alweer gebeurde er iets onverwachts: plotseling werden we besprongen door enkele tientallen SS'ers die zich buiten ons gezichtsveld hadden verscholen en ons nu met slagen en schoppen bestookten. Er brak paniek uit, de gevangenen verspreidden zich naar alle kanten, het geschreeuw van degenen die de klappen kregen en het gevloek van degenen die ze uitdeelden, vermengden zich tot een kakofonie. Het rumoer prikkelde de honden, hun bedreigende geblaf vergrootte het angstgevoel. De honden trokken aan de riemen en ontblootten hun tanden. Ik was geen groentje in de kampen, ik wist dat ze afgericht waren om aan te vallen.

'Snel, snel!' riepen de nazi's. 'Uitkleden en langs de muur staan! Met het gezicht naar de muur!'

Binnen nog geen twintig seconden had ik me uitgekleed. Honderden naakte mensen renden heen en weer op de binnenplaats, er was niet voor iedereen plaats langs de muur. De soldaten sloegen er wild op los, mensen vielen neer en werden door de soldaten met hun spijkerschoenen vertrapt. Wie bloedend op zijn benen bleef staan, zou een makkelijke prooi zijn voor de honden, als die losgelaten werden.

Ik was sneller dan de anderen. Ik stond naakt met mijn gezicht naar de muur toe. Ik trilde en wist zelf niet of dat door de kou kwam of door de angst. Het gebrul nam geleidelijk aan af, tot het uiteindelijk helemaal stil werd. Het was een stilte vol gespannen afwachting van het onbekende. Niets was zo griezelig. En net als in dergelijke gespannen situaties in het verleden verloor ik ook nu het tijdsbesef. Ik haalde opgelucht adem toen er eindelijk een stem klonk. Het was een officier die schreeuwde: 'Klaar voor de douche!'

Hoezo douche? Er ging een rilling over mijn rug. In Auschwitz waren de douches een vermomming voor de gaskamers. Hoe zat het dan hier in Mauthausen? Vast niet anders. Even probeerde ik me voor te stellen hoe het zou zijn om in het gas te stikken. Maar de Duitsers waren niet van plan ons te doden. Althans niet meteen. De 'douche' bleek gewoon een geliefde grap onder het kamppersoneel.

Uit de brandslangen op de binnenplaats kwam ijskoud water. De soldaten richtten ze op de naakte mensen. De sterke straal trof me in de rug, sloeg in mijn nek, mijn hoofd schoot naar voren en botste tegen de muur. De gespannen huid op mijn voorhoofd barstte open, de bloedstroom verwarmde heel even mijn gezicht en bevroor. Ik was als verlamd. Het water om mijn lijf veranderde in ijs, het voelde alsof ik met een gloeiend mes gesneden werd. De pijn herstelde mijn denkvermogen. Nee, dacht ik bij mezelf, ik zal niet bezwijken. Nee, zei ik nog, mij krijgen ze niet. Mijn woorden hadden overtuigingskracht. Ik geloofde erin als had een oppergezag ze uitgesproken.

Ook toen de soldaten uitgespeeld waren, was de show niet voorbij. De kranen gingen dicht, maar wij mochten ons niet bewegen. Ik stond daar naakt, met mijn handen voor mijn schaamdelen om ze te verbergen. Waarvoor? Voor de muur? Voor wie? Voor de nazi's? Het was een onwillekeurige, heel menselijke reactie die illustreerde hoezeer de kleren een psychologische bescherming vormen. Een broek, hoe versleten ook, creëert de illusie dat je tot een beschaafde samenleving behoort. Zonder die broek voel je je kwetsbaar. Was er iets mis met mijn naakte lichaam, iets wat me van andere mensen onderscheidde? Was het anders? Ik keek naar de man rechts van mij. Hij stond daar, zielig en blauw als een geplukte kip. Zijn geschoren hoofd had de vorm van een peer, zijn heupbeenderen leken twee vleugels die zich los wilden maken van het bovenlichaam, en de benen... Die zaten onder de zweren en leken daardoor op twee knoestige stokken. Ineens braken de stokken op de plek waar de knieën hadden moeten zitten. Zijn handen gleden omlaag langs de muur, hij probeerde zich met zijn vingertoppen aan de muurstenen vast te klampen; toen dat niet lukte, knakte hij en viel neer zonder een kik te geven. Iemand pakte het lijk bij de voeten beet en sleepte het naar achteren.

Ik keek om. Tientallen naakte lijken lagen verspreid over de binnenplaats. Een groepje SS'ers stond naast de binnenpoort te praten. Kennelijk wachtten ze op hun commandant, want zodra de officier zich bij hen voegde, ging de poort open en dreven de soldaten ons vloekend en slaand weer een andere binnenplaats op. Hier begonnen pas de selectie en de registratie. Alles verliep traag, de gevangenen-klerken hadden geen haast. Mijn blote voeten plakten aan de grond. Er ging een hele tijd voorbij voordat ik een blikken armband kreeg waarop mijn nieuwe nummer gedrukt was. 'Bewaar hem als een gouden sieraad, want zonder je armband ben je dood,' zei de klerk en stuurde me met een schop richting badhuis. Nee, het was geen gaskamer. Uit de douches kwam water. Ik merkte niet dat het kokend heet was. Pas die nacht zou mijn huid bedekt worden met de schrijnende brandblaasjes. Bij de uitgang van het badhuis kreeg ik kleren toegeworpen: een te klein hemd dat ik niet dicht kreeg en een onderbroek die me twee maten te groot was. Bovenkleren, werd ons gezegd, kregen alleen de gevangenen die er al langer zaten. Als de barakoudste me bij het avondappèl sloeg omdat ik niet goed in de rij stond, kon ik mijn hoofd niet beschermen want ik moest die vervloekte onderbroek vasthouden. Was die omlaaggegleden, dan had hij me vast op mijn testikels geslagen.

Op onze barak stond het nummer 24.

Vanbuiten leek hij op de woonbarakken die ik uit andere kampen kende, maar vanbinnen was er alleen een lege hal, zonder britsen en zonder matrassen. De betonnen vloer moest ons bed zijn.

De SS'ers kwamen de barakken niet binnen; ze lieten de dagelijkse onderdrukking over aan de taakgevangenen, in de stellige wetenschap dat ze het gezag aan de juiste mensen overdroegen. Je hoeft niet diep te graven om de motieven van dezen te doorgronden. Net als ik waren ook zij proefkonijnen in het enorme laboratorium voor overlevingsonderzoek. Zij kregen genoeg te eten, hun gevangeniskleren werden door de kleermakers van het kamp op maat gemaakt, het eigen hokje in de barak schiep de illusie van privacy en het recht om de knuppel naar believen te gebruiken gaf hun een gevoel van macht. Wie niet wreed geboren was, leerde het hier wel aan, want deze eigenschap was je levensverzekeringspolis. Hun zelfverzekerdheid was enigszins gerechtvaardigd; hun medewerking maakte het tenslotte mogelijk het schrikbewind in de kampen in stand te houden. Zonder hen hadden de Duitsers tienduizenden extra bewakers nodig gehad. Uiteraard waren de taakgevangenen geneigd de verdrijving uit het paradijs der dwazen te vergeten. Bij de overplaatsing naar een ander kamp raakten ze hun immuniteit altijd kwijt. Voor de SS'ers en Kapo's in het nieuwe kamp waren ze overbodige concurrenten. Op de binnenplaats in Mauthausen bleven de lijken van de Kapo's en barakoudsten uit Eintrachthütte achter in absolute, definitieve gelijkheid met die van gewone gevangenen. Dit is geen troost, het is gewoon een constatering. Natuurlijk was ik op dat moment, toen ze op ons insloegen om ons snel de barak in te krijgen, niet bezig hun motieven te analyseren. Ik concentreerde me op het ontwijken van de klappen. Zonder rekening met elkaar te houden vochten we om de voorrang bij de nauwe ingang van de barak. We stroomden naar binnen als een mierenstraat die zich blind naar een val haast. Ik kan nog steeds niet bevatten hoe de taakgevangenen erin slaagden meer dan duizend gevangenen in die barak te proppen: onze groep en nog eens zevenhonderd oude bewoners. Maar ze wisten hoe het moest, ze hadden die kunde tenslotte op duizenden gevangenen geoefend die ons voorgegaan waren. We stonden nog maar net in de donkere ruimte – de barak had geen ramen – of we moesten ons al in colonnes opstellen, dicht op elkaar, borst aan rug, rug aan borst. Toen het bevel gegeven werd, zegen we op de plaats neer. De betonnen vloer was nu bedekt met een levend tapijt. Het was er zo vol dat er voor sommigen geen vierkante centimeter meer over was om op te gaan liggen. De Kapo en de barakoudste hadden voor alles een oplossing. Ze stapten op ons zoals voorbijgangers op Perzische tapijten stappen die op de stoep voor de winkel liggen. Wie zijn hoofd probeerde op te richten, vroeg om een klap met de knuppel. Binnen een kwartier lagen we allemaal. Aangezien de magere lijven geen warmte vasthielden, bleef de betonnen vloer even koud als voor onze komst. Een vijandige winterwind woei door de open deur naar binnen. Ik was moe, ik snakte naar slaap, maar juist nu ik eindelijk mocht slapen, kwam de honger weer opduiken. Alsof hij gewacht had op het moment dat ik zou gaan liggen en aandacht zou hebben voor weer een andere kwelling. Mijn darmen knorden, er borrelden luchtbellen in, de zurige maagsappen stegen op naar mijn mond. Tegelijk meldde mijn blaas dat het tijd was om geleegd te worden. Ik lag een meter of vijf van de deur vandaan. Ik stond op. Meteen sloot de rij zich en werd mijn plek opgevuld. Geen speld tussen te krijgen. Ik richtte me op. Aarzelend zette ik mijn blote voet op de dichtstbijzijnde persoon. Hij mompelde wat, maar had de kracht niet om te reageren. Ik vatte moed. Ik liep over de ademende lijken. Misschien voelden ze in hun bodemloze vermoeidheid mijn gewicht niet eens. Er was maar één man die boos werd, die mijn voet probeerde vast te pakken en te bijten. Ik maakte me los met een schop die op zijn hoofd terechtkwam. Hij voegde me nog een vloek toe en viel weer in slaap. Ik bereikte de deuropening. De druk nam toe, ik moest overgeven. Buiten de barak was niemand te zien. Iets verderop brandden de lichten van het hek. Ik piste in de sneeuw. Daarna zakte ik op mijn knieën, boog mijn hoofd voorover en stak een vinger diep in mijn keel. Geen druppel brandend maagzuur kwam eruit. Kennelijk zat er niets meer in mijn maag dan misselijkheid. De sterrenhemel straalde met zilverlicht, wreed in zijn ijzige schoonheid. Een noordenwind dreigde me in een blok ijs te veranderen. De lucht was kristalhelder, de helderheid versterkte het gevoel van koude alleen maar. Ik haalde diep adem. Nu de lucht in mijn lichaam drong en zich met de vuiligheid daarbinnen vermengde, gaf mijn maag ineens toe, trok samen als een papieren zak waar de lucht uit gezogen wordt en loosde een stinkend, groenig vocht. Mijn onderbroek zat onder het braaksel. Ik was opgelucht. Ik ging terug naar de barak. Voor mij lag het levende tapijt te ademen. Geen enkele kans om een plekje te vinden. Ik bleef in de deuropening staan tot om halfzes het sein werd gegeven om op te staan. Ik had mijn lesje geleerd. Voortaan waterde ik 's nachts zonder op te staan. Dat deed iedereen. Geen wonder dat we binnen een paar dagen in een massa vuiligheid veranderden. Nu maakten de taakgevangenen ons niet met de fluit wakker, maar met een straal water waarmee ze de vloer schoonspoten nog voordat we het bevel hadden gekregen op te staan.

Overdag hingen we maar wat rond in de vierhoek tussen de barak en het hek. Het gedwongen nietsdoen was zwaarder dan zware arbeid, omdat het evenals in Auschwitz maar één ding betekende: wie van geen nut was, had geen recht op leven. Maar ook wanneer we niet op bevel afgemaakt werden, kon de engel des doods tevreden zijn vleugels wrijven. Hoe meer de honger aan mijn lichaam vrat, hoe lichter het werd en hoe zwaarder de kwelling die me aan de grond vastnagelde. Nog nooit was de zwaartekracht van de aarde zo tastbaar als nu. Ik kon mezelf niet zien, maar ik leerde algauw degenen te signaleren die op weg waren naar de grote leegte. Voordat ze definitief waren ingestort, bleven ze roerloos staan, alleen hun starende blik en lege gezicht verraadden het naderende einde. De schil wist nog niet dat de pit verrot was. Doordat de mensen zich op het functioneren van hun lichaam concentreerden, waren ze zich niet bewust van het feit dat hun levensvlam aan het doven was. Als buitenstaander kon ik voorspellen wanneer iemand zou neerstorten, op de minuut af. Alleen wist ik niet of hij dood neerviel, of dat de laatste levensvonk pas doofde wanneer hij in de sneeuw lag, overvallen door de zoete slaap die de vrieskou meebracht en die hem van de lange kwelling verloste. Eén keer per dag moesten we de lijken naar een deurtje in het hek brengen. De barakoudste en de SS-officier telden de doden en haalden de metalen armbanden met het persoonsnummer van hun pols. Elk blikje dat terug naar het registratiekantoor ging, betekende weer een gevangene minder in het kampregister.

In Mauthausen waste ik me niet meer. Ik beschouwde het als een beschamende overgave aan menselijke zwakheid, ik schaamde me ervoor, maar het lukte me niet die zwakheid te overwinnen. Ik kon het gewoon niet meer opbrengen om vroeg op te staan, naar de latrine te rennen – die ook als wasgelegenheid diende – en mijn lijf met ijskoud water te wassen. Weer een andere schakel in de verdedigingsketting was gebroken. Ik wist wat dat betekende: nu was het moment gekomen om me af te vragen of de uitputtende strijd om een ellendig bestaan nog zin had. Wat had de enorme inspanning voor nut? Ik won nog een dag, en nog eens een dag, en dan nog een. Maar drie dagen maken nog geen heden, en zeker geen toekomst. Als ik in de Voorzienigheid had geloofd, had ik misschien een teken uit de hemel verwacht dat me de weg zou wijzen. Een aanwijzing. Een wenk. En zie: het wonder geschiedde, het teken kwam er. Misschien was het ook geen teken, misschien interpreteerde ik de feiten gewoon naar mijn psychische behoefte. Hoe het ook zij, het teken kwam in de vorm van een gevangene die door onbekenden in de latrine was opgehangen. Toen ik daar vroeg in de ochtend binnenkwam, niet om me te wassen maar om te pissen, zag ik hem hangen aan een geïmproviseerd touw, gemaakt van de mouwen van zijn hemd. Zijn handen waren op zijn rug gebonden, in zijn mond was een vodje gepropt. Zijn verwrongen gezicht kwam me bekend voor. Ik kwam dichterbij. Aan de flarden overhemd hing het lijk van Arpad Basci. Ik raakte het met mijn vinger aan. Het lijk slingerde heen en weer. Het bleef bewegen, ook toen ik ernaast stond te pissen.

De dood van Arpad Basci deed me geloven dat er zelfs hier sprake was van zonde en straf; en zolang er één vonkje leven in me zat, was er ook leedvermaak. Ik kon niet bedenken wie er wraak had genomen, maar de gedachte alleen al dat het mogelijk was, was bemoedigend. Die bemoediging had ik wel nodig, want die ochtend was bijzonder somber. Toen ik uit de latrine kwam, was de wereld donkergrijs. De winterklok zat de ochtend niet achter zijn vodden. De wolken boven het kamp waren zuinig met het licht van de zon, die ervoor terugdeinsde het lelijke gezicht van de wereld te beschijnen, dit kwaadaardige gezwel in haar melkweg. Dichte mist kroop omhoog langs de wachttorens, tussen de barakken lag een monotoon, doorzichtig sprei. Tevergeefs zocht ik er een enkele lichtvlek in. Op die sombere ochtend viel me een wonderbaarlijk feit op: mijn stemming had invloed op de kleuren in de natuur, niet andersom. Ik tekende deze ochtend met donkere kleuren omdat ik net tot de conclusie was gekomen dat ik het niet langer uithield. Het wolkendek drukte zo zwaar op me dat ik er de dag van morgen niet meer doorheen kon zien. Totdat mijn inzinking plotseling verbroken werd door een roep: 'Gevangene nummer 125602.'

Ik was het nummer vergeten. Geërgerd riep de Kapo het weer

uit. Nu pas drong het tot me door dat hij op mij doelde. Ik baande me een weg door de dichte massa, mensen duwden mij, iemand schopte tegen me, een ander schold me uit. Toen ik eindelijk voor de Kapo stond, gaf hij me een klap in mijn gezicht.

'Moet ik je een speciale uitnodiging sturen?' bromde hij. Nog steeds stomverbaasd, stotterde ik: 'Mijn excuses, ik dacht...'

'Je bent hier niet om te denken. Je bent hier om te gehoorzamen.'

'U hebt gelijk.'

'De Kapo heeft altijd gelijk,' zei hij. 'Knoop dat maar goed in je luizige oren: de Kapo heeft altijd gelijk.'

'De Kapo heeft altijd gelijk,' zei ik hem na.

'Dat is beter,' stelde hij vast en nam mijn zielige verschijning op met een blik die eerder minachtend was dan boos. Ik deinsde terug toen hij zijn knuppel onder mijn kin stak en mijn hoofd omhoogtrok.

'Als je het mij vraagt, hoor jij in de oven. Ik zal nooit begrijpen wat ze met zulke lijken als jij moeten,' zei hij. Hij liet de punt van zijn knuppel langs mijn hals naar mijn borst zakken en begon ermee te strijken, op en neer, alsof hij op mijn ribben speelde. Ik hield mijn adem in. Ik durfde geen kik te geven.

'Weet je wie ik ben?'

'U bent Kapo Franz.'

De Kapo glimlachte vergenoegd. Hij genoot van zijn populariteit. Franz was een bijzondere gevangene die, voordat hij naar Mauthausen was gestuurd, een bekende figuur in de Berlijnse onderwereld was geweest. Met trots droeg hij de groene driehoek van de criminelen op zijn gestreken streepjespak. Ik had hem de eerste avond leren kennen, toen hij met zijn spijkerschoenen over ons heen liep. Nu ik tegenover hem stond, mocht hij me ongestraft afmaken. De punt van zijn knuppel ging weer omhoog, naar mijn adamsappel. Eén duw zou genoeg zijn om me de geest te doen geven. Voorzichtig sloeg ik mijn blik op en keek in zijn ogen. Dragers van de groene driehoek waren soms als wilde beesten: hun ogen keken met moordzucht. Maar deze keer waren de ogen van Franz uitdrukkingsloos.

'Waar zijn je kleren?' vroeg hij alsof hij niet wist dat wij geen gevangeniskleren hadden gekregen.

'Ik draag alles wat ik heb, Kapo Franz.'

'Goed, kom mee.'

Franz liep naar de centrale binnenplaats van het kamp. Ik sjokte achter hem aan. Hij bracht me naar het badhuis en gaf daar iets aan de badhuismeester, die mij vervolgens een blokje zeep gaf en een vod om me af te drogen. De zeep deed zeer vanwege de brandblaasjes die gebarsten waren. Geleidelijk aan spoelde het water de zeep af, de vuiligheid, en ook de pijn.

Op een bank in de hal lagen schone onderkleren en schone gevangeniskleren. Ik kleedde me aan. Franz was weg. De meester lachte: 'Je ziet eruit als een lijk op vakantie.'

Ik zweeg.

'Waarom zwijg je?' tartte hij me.

'Ik nam aan dat een lijk geen recht van spreken had.'

'Een lijk heeft ook geen trek,' lachte de geamuseerde meester me uit, stopte me een gedeukt aluminium bakje in de hand en verklaarde plechtig: 'Crème-de-zuurkool.'

De soep rook naar echte soep. Ik viste er bruine stukjes hard vlees en half gekookte koolbladeren uit op, legde vervolgens de lepel neer en dronk de soep zoals Oezbeken hun tsjorba drinken: rechtstreeks uit de kom. Mijn maag, die niet gewend was aan deze hoeveelheid eten, zwol op als een ballon; ik kreeg mijn portie niet op. Er zat nog een restje soep in de kom toen ik die van me afschoof.

Een SS'er kwam de kamer binnen, controleerde het nummer op mijn blikken armband en bracht me naar de poort, waar een kleine vrachtwagen stond.

'Instappen!' beval de soldaat en sprong na mij over de achterklep heen. 'Op de grond zitten,' blafte hij. Ik zat daar met nog vier andere gevangenen. De vrachtwagen kwam in beweging, de poort van het kamp ging achter ons dicht. We reden de weg af, voorbij de boerderij; deze keer stond de boer er niet met zijn gezin. De muren van Mauthausen trokken steeds verder weg, tot ze achter een bocht in de weg verdwenen.

7

Het reclamebiljet voor de Juno-sigaretten hing nog steeds in het station van Mauthausen toen ik er voor de tweede keer kwam. De wachtkamer was niet verwarmd. Er zaten een paar mensen, ineengedoken in hun winterjassen.

'Wanneer komt-ie,' vroeg onze chauffeur.

'Er is een grote vertraging,' zei een oude vrouw.

'Dat zou voor de oorlog niet gebeuren,' zei de SS'er die ons op het station had opgewacht. 'Voor de oorlog kon je je horloge op de trein gelijkzetten.'

'Je praat te veel,' merkte de chauffeur op en stak een half opgerookte sigaret aan.

'Vroeger rookten de mensen Juno,' zei de militair en wees op het biljet. 'Nu rook je stro.'

De chauffeur nam nog een trekje en gooide de peuk weg.

'Met zo'n grote mond kom je nog eens terecht waar zij vandaan komen,' zei hij en keerde ons zijn rug toe.

We waren een groepje van vijf gevangenen. Hun namen heb ik nooit geweten, hun gezichten kan ik me niet meer herinneren. De SS'er ben ik niet vergeten. Hij was een oudere man met een streng gezicht maar, zoals bleek nadat de chauffeur ons verlaten had, mild en vrij van de arrogantie die de jonge kampwachters kenmerkte. Misschien is hij juist door deze karaktertrekken, die zo uitzonderlijk waren, in mijn databank bewaard gebleven; een aangename maar dode herinnering, als een vlinder in de collectie van een verzamelaar. Algauw bleek dat hij wars was van macht, dat hij niets liever wilde dan dat de oorlog ten einde zou komen en dat hij hoopte dat de geallieerden zijn huis in Bad Wiessee niet zouden bombarderen en dat zijn vrouw Elisabeth goed op zijn kleinkinderen zou passen. Zijn beide zoons waren aan het oostfront gesneuveld. Dit alles vertelde hij nadat we in de stoptrein waren gestapt en plaats hadden genomen in een gewone wagon, in de derde klas; wij vijf gevangenen op een bank, en hij, de bewaker, tegenover ons. De coupés naast ons waren leeg. We konden makkelijk zijn wapen pakken en wegvluchten, maar hij zag er niet gespannen of bezorgd uit en wij kwamen niet eens op het idee. Niet voor niets vertelde hij over de massale ontsnapping van Russische krijgsgevangenen uit Mauthausen. Ze hadden tijdens een stroomuitval het hek opengebroken, ze hadden de bewakers ontwapend, een militaire wagen gekaapt en ze waren naar de Tsjechoslowaakse grens gereden. Honderden SS'ers en duizenden Oostenrijkse burgers hadden meegedaan aan de jacht op de voortvluchtige gevangenen. Die werden allemaal gepakt – en doodgeschoten. De soldaat beschreef de dramatische gebeurtenissen op rustige toon, zonder emotionele betrokkenheid, als een objectief verslaggever. 'De moraal,' zei hij, 'is dat je mensen hebt die de wet voorschrijven, en mensen die zich daarbij moeten neerleggen, en rebelleren heeft geen zin.'

Hij sprak met een zwaar Beiers accent en zijn adem rook naar goedkoop bier. Misschien had hij juist door die lucht iets menselijks over zich, wat hem van de rest onderscheidde, want in het machtspantheon van de SS had menselijkheid geen ereplaats.

Discipline was ook niet zijn sterke kant; hij vertelde ons dat we overgebracht werden naar een dependance van Mauthausen in Wenen: een kamp bij de Saurerfabriek voor tankmotoren. Hij had er al vaker gevangenen naar toe gebracht, maar geen joden, en nog nooit in een gewone passagierstrein. 'Deze keer boffen we echt,' zei hij en vertrok zijn gezicht in een soort glimlach. Hij zei 'we', alsof we samen één groep vormden, wat ook nogal ongewoon was. Gedurende enkele uren was er geen barrière tussen mij en mijn cipier. Hij was een kletsmajoor die zijn eigen stem graag hoorde en een publiek nodig had. Zo werd deze reis tot een kort bestand in de niet-aflatende vernietigingsoorlog.

De wielen klapperden op de lassen van de rails. Het monotone geluid vormde de achtergrond voor de woordenstroom van de soldaat. Ik keek naar de landschappen die in het raam voorbijvlogen. De rivier voerde grote blokken ijs mee; aan de overkant, aan de noordelijke oever, staken bruine wijnstokken uit de sneeuw. Pittoreske stadjes klampten zich vast aan de heuvels, de gestileerde huisjes zagen er vredig uit, alsof er geen oorlog woedde. Het rustige landschap maakte me duf. De warmte die uit de verwarmingsbuizen opsteeg droogde mijn neus, sijpelde onder mijn huid door en vulde mijn hele lichaam met een heerlijk aangenaam gevoel. Het gezicht van de SS'er vervaagde en verdween, zijn woorden bleven zoemen, maar verloren hun betekenis. Ongemerkt zonk ik weg in een stilte die mijn waakzaamheid deed oplossen. Voor het eerst sinds mijn aankomst in Mauthausen genoot ik een echte rust, onder een onzichtbare donsdeken die de slaap over me heen had gelegd.

Toen ik wakker werd, stond de trein op het stationnetje Wenen-Simmering-Oost.

De barakken roken naar zaagsel en verf. Ze waren een maand of vier daarvoor gebouwd voor de extra arbeidskrachten die de Saurerfabrieken draaiende zouden houden. Het kamp lag in het zuiden van Wenen, op enige afstand van de arbeiderswijken en een halfuur lopen van de fabriek. De gevangenen die er zaten waren overal vandaan gehaald waar nog vakmensen te vinden waren. Op het ochtendappèl stonden ongeveer elfhonderd man. De taakgevangenen en SS'ers waren minder streng omdat ons in de instructies vanuit Berlijn economische waarde werd toegeschreven. Er waren geen gaskamers in het kamp en geen ovens om lijken te verbranden. We kregen niet genoeg te eten, maar de woonomstandigheden waren beter. We hadden ieder een eigen brits, een eigen stromatras en een eigen deken. We sliepen overdag en werkten 's nachts. We gingen naar ons werk in het donker, om zes uur 's avonds, en kwamen in het donker, na zes uur 's morgens, terug. Om de bommenwerpers van de geallieerden om de tuin te leiden was de fabriek ondergebracht in een onschuldig lijkend gebouw. Van buitenaf zou niemand hier het bestaan van een ondergrondse fabriek vermoeden. Alleen als je het gebouw binnenkwam kon je het geheim ontdekken. Je liep een trapje af en ging dan, zoals in een mijn, met een lift verder naar beneden. Daar, enkele verdiepingen onder de grond, lagen de fabriekshallen, magazijnen en kantoren. Er was geen andere manier om weer bovengronds te komen dan met de lift. In noodgevallen kon die ook met de hand bediend worden. Een vernuftig ventilatiesysteem zorgde voor verse lucht. Het kostte me geen moeite om in de nieuwe plaats te acclimatiseren. Nu kon ik de vruchten plukken van wat Kurt Kolonko me geleerd had. Moeiteloos trad ik nu in een intiem gesprek met de draaibank. Ik sleep niet alleen mijn eigen messen maar ook die van mijn medegevangenen. Af en toe kreeg ik een bemoedigend woord van de opzichter. Hij was de enige burger die hier 's nachts werkte. De andere Oostenrijkers werkten uitsluitend in de dagploeg. Ik kwam nooit met hen in aanraking, maar ik wist van hun bestaan omdat het gereedschap in de ijzeren kast naast de draaibank soms anders lag dan ik het er neergelegd had. Twaalf uur per dag stond ik op mijn benen, maar ik klaagde niet. De dagen van de laatste winter van de oorlog leken korter en lichter.

Gevangenen hebben de gewoonte om de dagen met streepjes aan de muur van hun cel aan te geven. Kennelijk is het tijdsbesef, waar we in het normale leven geen bijzondere aandacht aan besteden, een probleem dat alle gevangenen delen. In mijn wereld, gescheiden van alle andere werelden, kon ik op geen enkele manier de tijd of de datum te weten komen. Ooit heeft iemand de concentratiekampen 'een andere planeet' genoemd. Een treffende omschrijving, al was het alleen maar omdat de tijd er naar andere maatstaven gemeten werd dan de gebruikelijke. Het was dus een heel bijzondere gebeurtenis toen ik in mijn gereedschapskast een opgevouwen krant vond en erachter kwam dat het in de andere beschaving 28 februari 1945 was. Maar wat me nog meer aangreep dan de datum, waren de twee boterhammen met brokken gele kaas die onder de krant lagen. Alleen de arbeider van de dagploeg had ze daar kunnen laten liggen, want niemand anders had toegang tot deze werkpost. De verleiding was groot, onweerstaanbaar. Ik pakte de krant met het brood erin, stopte die onder mijn overhemd en vroeg om toestemming om naar het toilet te gaan. Zittend op de pot verslond ik mijn buit en nam haastig het dagblad door. Tot mijn verbijstering ontdekte ik dat de oorlog al op Duitse bodem werd gevoerd. Polen was in zijn geheel bevrijd door het Rode Leger. Heel even dacht ik aan Grete, de vrouw van de SS-officier in Kraków. Hoe was het met haar gegaan? Was ze gevlucht met de kostbaarheden die haar broer haar had gestuurd, of lag ze nu begraven onder de puinhopen van het gebouw waar ze had gewoond? Maar wat kon me die Grete schelen?! Waar was Fredek Minz? Was hij in Auschwitz bevrijd of... De tijd drong, ik kon niet langer op het toilet blijven. Ik trok door om de bewaker te misleiden en ging snel terug naar mijn plek. Toen pas begon ik me af te vragen wat mijn anonieme collega bewogen had. Had hij het brood daar per ongeluk laten liggen en zou hij de diefstal morgen aangeven, of had hij het daar achtergelaten voor een gevangene wiens identiteit hij nooit te weten zou komen? Ik werd niet ondervraagd, en ik vond nooit meer eten in mijn gereedschapskast.

8

Een kleverig bruin brood, een pak rode-bietenjam en een groene paardendeken. Deze werden ons bij het ochtendappèl, enkele minuten na onze terugkeer uit de fabriek, plotseling verstrekt. We mochten na de telling niet meer terug naar de barakken gaan. De Kapo's verdeelden ons in zes groepen, elk van zo'n tweehonderd man. De kampcommandant, die we tot dan toe zelden hadden gezien, ging op een kist staan en hield een korte toespraak:

'Gevangenen! Het Derde Rijk laat degenen die het dienen, hetzij vrijwillig, hetzij onder dwang, niet in de steek. De bolsjewistische hordes genieten een voorsprong van voorbijgaande aard en ze naderen Wenen. De Führer heeft opdracht gegeven om jullie over te brengen naar een plek waar je niet in handen van de Russische barbaren zult vallen. We gaan te voet naar een plaats waar jullie je werk kunnen voortzetten. We nemen de plattelandswegen, want de hoofdwegen moeten vrij blijven voor de troepen die de vijand gaan verdrijven en het hart van beschaafd Europa gaan redden van het sovjetgevaar. Het voedsel dat jullie hebben gekregen, moet voldoende zijn voor vijf dagen. Ga er verstandig mee om, want alle restaurants onderweg zijn gesloten. Blijf in colonne lopen. Ik verwacht een ijzeren discipline en volledige samenwerking. Elk blijk van ongehoorzaamheid wordt streng gestraft. Mijn mensen hebben de opdracht gekregen het vuur te openen bij het allerkleinste vermoeden van een vluchtpoging. Knoop dat maar goed in je oren. En nu rechtsomkeert en voorwaarts, mars!'

We vertrokken in voorbeeldige orde, we gingen de poort uit en de hoek om zonder de colonne te verbreken, we sloegen rechtsaf, bijna als een geoefende militaire eenheid bij een parade. Ik liep in het tweede blok, in de tweede rij van vijf man; voor mij liepen zo'n tweehonderd gevangenen, achter mij nog eens een duizend. Ik kende er niemand. Op Fredek Minz en Kurt

Kolonko na had ik van de tienduizenden mensen met wie ik nu al zo lang samenleefde eigenlijk met niemand vrijwillig contact gelegd. Ook de vier mannen die naast me liepen waren me geheel vreemd. Ik wist niets van hen en zij wisten niets van mij. Lotsverbondenheid brengt mensen niet per definitie nader tot elkaar. Geestelijke nabijheid gaat gepaard met wederzijds compromis, vriendschap betekent wederzijdse verplichtingen. Misschien was dat de reden waarom we elkaar in die draaikolk, die ons de diepte in dreigde te trekken, geen helpende hand toestaken. Er was niet genoeg leeftocht voor iedereen en geen verlosser die de hongerigen ineens te eten zou komen geven, dus hield je elke kruimel en elke korrel die je ten deel vielen voor jezelf.

We liepen eerst door bewoond gebied, tussen oude huizen, en daarna door een bosje dat net groen aan het worden was. Een vlucht vogels steeg geschrokken op van de bomen. We liepen door, langs de muren van een gigantische begraafplaats. Iemand die in die omgeving bekend was, vertelde dat we in de buurt van de wijk Meidling waren. We volgden een spoorweg die nergens heen voerde omdat er geen rails meer op de biels lagen. Ernaast stonden kapotgebombardeerde goederenwagons; twee mannen die bezig waren planken los te rukken uit de wand van een wagon namen de benen toen ze de SS'ers zagen. Ik keek nieuwsgierig om me heen. We bevonden ons wel in Wenen, maar het was niet het Wenen van mijn ouders en van mijn kinderjaren. Dat Wenen, met de Stephansdom en de chique winkels Am Graben, was nu slechts een herinnering, een restant, nog een dode vlinder in een glazen la. Hier dacht ik aan toen de sirenes begonnen te loeien. Luchtalarm. De weinige voorbijgangers verdwenen in kelders. De soldaten die ons begeleidden werden nerveus. Geschreeuw. Chaos. 'Rennen!' riep iemand, en wij begonnen te rennen. De colonne viel uiteen. In de verte klonk het doffe gedreun van explosies. We holden op een tunnel af. We waren binnen. Hoe dieper we de tunnel ingingen, hoe donkerder het werd. Zo, nu konden we weer stoppen. Ik stond met mijn rug tegen de vochtige muur geleund, in afwachting van wat er komen ging. Ik zag de soldaten niet, die stonden vast de ingang van de tunnel te bewaken. Er hing een lichte brandgeur in de lucht. Ik vouwde mijn deken op, legde die neer op de grond, tussen de rails en de muur, en ging erop zitten. Ik hield het brood en de jam met beide handen vast. Ik dacht bij mezelf: wat gebeurt er als ik hier binnen blijf, als ik straks niet naar buiten ga? Ik geloof niet dat de nazi's appèl gaan houden en dat ze dan merken dat ze een gevangene missen. En al merken ze het wel, ze zullen toch geen kostbare tijd verspillen om de lange tunnel helemaal af te zoeken? Ik berekende dat ik genoeg brood en jam had voor twee dagen; voor vier als ik op rantsoen zou leven. Hoeveel dagen zou ik hier op het Rode Leger moeten wachten? Niet veel. Het moet lukken. Maar meteen kwam de herinnering aan de vlucht uit Starachowice in me op, meteen hoorde ik weer mijn eigen woorden aan Fredek Minz: 'Ik hoef geen preek, hoor.' De impuls die me toen van mijn brits had doen opspringen en in amok de vrijheid tegemoetrennen, was tijdens het verwerkingsproces van de mislukking gestorven. Alleen de pure angst was overgebleven. Nog steeds zag ik de boer met de hooivork voor me, nog steeds geloofde ik dat gedeelde smart halve smart is, nog steeds was ik bang voor de eenzaamheid van de gevluchte gevangene. Wat doe ik, dacht ik bij mezelf, als de bevrijding lang op zich laat wachten? Dan zal de honger me uit mijn donkere schuilplaats verdrijven. Kaalgeschoren en gestoken in gevangeniskleren zal ik me algauw aan de omhelzing van het vijandige daglicht overgeven. Ik zal de tunnel verlaten om me bloot te stellen aan vreemdelingenhaat, weerloos zal ik staan tegenover de wijzende vinger van de eerste de beste verklikker. Ik had de moed niet om dat risico te nemen. Toen het bevel werd gegeven om weer te vertrekken, raapte ik mijn spullen bijeen en meldde me, beschamend gehoorzaam, bij de ingang van de tunnel. Er was geen orde meer, de nazi's namen de moeite niet om ons te tellen, toevallig kwam ik terecht in het eerste blok. Ik wikkelde de deken om mijn hals, verstopte de jam in mijn zak, stak het brood onder mijn arm, het aluminium bakje hing met een stuk touw aan de knoop van mijn broek. We stroomden een smalle straat in, daarna een pleintje op; vanuit mijn ooghoek las ik de naam: Sarajevoplein. Nors kijkende mensen stonden in de rij voor een waterwagen midden op het plein. Een gevangene die voor mij liep stapte uit de rij, liep op de man die de kraan bediende af, stak zijn aluminium bakje uit, smeekte zonder woorden om een beetje water. De man ontwaakte uit zijn onverschilligheid en schopte tegen de bak. De bak rolde over de straatstenen, de gevangene ging erachteraan, een van de soldaten opende het vuur. De mensen in de rij reageerden niet. Toen we verder liepen, lag de gevangene nog steeds te stuiptrekken.

9

In mei 1991 maakte ik gebruik van een lang weekend om vanuit mijn hotel in Warschau een reis naar het verleden te maken. De dienstauto van Maxwell Communication was mijn tijdmachine. Ik stak de grens tussen Tsjechoslowakije en Oostenrijk over langs dezelfde grenspost die Robert en ik in 1957 hadden genomen. De douaniers waren beleefd, de paspoortcontrole duurde nog geen minuut, de hekken van prikkeldraad met de strook aarde ertussen, geploegd en met mijnen bezaaid, waren nergens te zien. De wereld was veranderd. Was ik het ook?

Niets is zo teleurstellend als een bezoek aan een plaats die je in zijn oorspronkelijke gedaante in je geheugen hebt bewaard, zoals je een gedroogde bloem tussen de bladzijden van een boek bewaart, voorbijgaand aan het feit dat zijn kleur verschoten is en zijn geur vervlogen. Niets is misleidender dan de illusie dat je door de tijd kunt reizen naar oorden waar je je vroegere belevenissen opnieuw kunt beleven.

Tijdens mijn verblijf in Polen kreeg ik vaak bezoek van kennissen uit Israël of de Verenigde Staten, die me dan vroegen met hen mee te gaan naar de steden en dorpen waar ze geboren en opgegroeid waren. Ze droegen een bundel herinneringen mee, ingevroren in een heimweekastje, een oud meubelstuk dat tientallen jaren dicht was gebleven. Door ervaring wijzer geworden probeerde ik hen daarvan te weerhouden. Dat lukte nooit. Ik heb die vergeefse pogingen gestaakt toen het tot me doordrong dat mijn gasten niet alleen naar de graven van hun dierbaren op zoek waren, niet alleen naar de huizen waarin ze gewoond hadden, de straten waarin ze gewandeld hadden en de speeltuinen waar ze als kind gespeeld hadden, maar in de eerste plaats naar zichzelf. Het verlangen om het verleden, hoe pijnlijk het ook geweest was, opnieuw te beleven was sterker dan het allersterkste argument. Ze verkeerden in de waan dat de terugkeer naar hun wortels een zuiverend effect zou hebben, dat ze de overtollige jaren dan van zich af zouden kunnen schudden. Als ze niet vonden wat ze zochten, gaven ze de schuld aan de plaatselijke bevolking, die hun dierbare herinneringen moedwillig had vernietigd.

Kennelijk had ik mijn les evenmin geleerd. Ik heb net het werk van de Deense filosoof en Europese romanticus uit de vorige eeuw Søren Kierkegaard gelezen. Een passage uit zijn essay over de wisselvalligheid van de economie trof me door zijn wijsheid: 'De veerkracht van de mens is af te meten aan het vermogen om te vergeten. [...] Vergeten is namelijk de juiste omschrijving van de assimilatie die de ervaring reduceert tot een klankbodem. De natuur is daarom zo groot, omdat ze heeft vergeten dat ze eens chaos was.' Als de denker gelijk heeft, dan was het kennelijk een ernstige fout om de urenlange reis naar Wenen te maken, naar het kleine Sarajevoplein. Wat trok me daarheen? Wat maakte dat ik de auto aan de kant zette om de waterwagen midden op het plein te gaan zoeken? Ik vond hem niet. Er stond een bloemenstal midden op het plein. Een klein mormel lag lekker in de zon, precies op de plek waar het lijk van de dorstige gevangene had gelegen. De voorbijgangers zagen er niet meer zielig en neerslachtig uit, aan de huizen hingen kleurige gevelborden, de huizen hadden een face-lift gehad. Ik haalde de actuele wegenkaart van Oostenrijk uit het handschoenenkastje en trok er een lijn op van Wenen naar Sankt Pölten, van Sankt Pölten naar Melk, van Melk naar Amstetten, van Amstetten naar Steyr, van Steyr naar Mauthausen. Waarom deed ik dat? In elk geval niet omdat ik mijn belevenissen van bijna vijftig jaar geleden, toen we die lijdensweg aflegden, weer wilde oproepen. En al had ik dat wel gewild, hoe kun je leed voelen als je in een luxe-auto zit?

Ik heb een tijdlang mijn eigen bevrijdingsdag 'gevierd' met het eten van knollensoep, die waterige soep die ik in de kampen heb gegeten. Ik ben ermee gestopt toen ik inzag hoe belachelijk dat was, want van een portie knollensoep tussen de ene en de andere lekkere maaltijd door kreeg je geen hongergevoel. Zo was het ook nu ik in westelijke richting reed, de stad uit en dan de smalle asfaltweg op die door vreemde dorpen voerde, tussen velden die in niets verschilden van andere velden in Midden-Europa, in een omgeving die in niets deed denken aan wat ik daar in april 1945 gezien had. Het heeft geen zin mij te vragen waarom ik die reis heb gemaakt. Daar heb ik geen antwoord op.

Het zicht was goed, af en toe stopte ik om foto's te maken. Ik leg gezichten en landschappen, kleuren en vormen graag met mijn camera vast, omdat een camera de beelden niet vervormt zoals het geheugen dat wel doet. Er ligt nu een reeks foto's van die reis op mijn bureau. Daartussen zit ook een foto van de herbergier die me koud bier uit het vat schonk. Ik vroeg: weet u het nog, of heeft iemand u misschien verteld van...? Hij keek me vreemd aan, de lens heeft zijn verwondering vastgelegd toen hij antwoordde: 'Meneer, ik ben maar negenendertig.'

Ik vroeg me af of wij mensen de plicht hebben ons te verdiepen in het doen en laten van de generatie die ons vooraf is gegaan. Wat betekent historische verantwoordelijkheid? Wat hoort die te betekenen voor een eenvoudige Oostenrijkse jongeman die geen historicus is en niet is geïnteresseerd in wat er geweest is, een jongeman die zijn brood in een herberg verdient en zijn toekomstverwachtingen tot zijn eigen kleine gebied beperkt? Daar stond ik dan, een man van vierenzestig, gezond van lichaam en waarschijnlijk ook van geest, aan de andere kant van de bar een biertje te drinken. 'Echt pilsener,' benadrukte de barman. Ik knikte. Het bier smaakte goed. Ik was voldaan en tevreden. Ik had in mijn volwassen leven van het zoete en van het bittere geproefd, maar de balans was positief. Ik was niet haatdragend en ik had zeker niet het gevoel dat ik voor niets geleefd had. Als ik de kans had gekregen mijn leven over te doen, dan geloof ik niet dat ik een andere weg had gekozen. Je kunt weliswaar nooit precies hetzelfde meemaken, je hebt het toeval tenslotte niet in eigen hand, maar in grote lijnen zou ik mijn leven graag overdoen. Ik heb klappen gekregen, maar daar heb ik ook lering uit weten te trekken. Ik heb groot en klein plezier gehad, beide even belangrijk. Die ochtend had ik ontbeten met twee verse broodjes met boter en honing, in mijn tas zat een paspoort met daarop de zevenarmige kandelaar, het Israëlische wapen, ik was een vrije burger van een vrije staat. Mijn creditcard was gedekt, ik had geen financiële zorgen, ik had ook geen last van de kloof tussen verwachtingen en realiteit, omdat ik geen luchtkastelen nastreefde. De meeste dingen die ik graag wilde bereiken, waren binnen handbereik. In mijn koffer zaten keurig gestreken overhemden, een kreukvrij Italiaans pak, modieuze stropdassen en een laptop. Dankzij Shulamit hadden we een huis waar je graag in terugkwam. Onze woning, in hartje Tel Aviv en toch rustig, zat vol souvenirs van onze reizen over de hele wereld: godenbeeldjes uit Papua Nieuw-Guinea, papierknipsels uit China, een zijden kleed uit India, sieraden uit het goudmuseum in Bogotá, kleurrijke maskers uit Nepal en Indonesië, handwerk uit Afrika, zilveren ornamenten uit Mexico, kunstvoorwerpen uit Oost-Europa, een wandtapijt uit Peru... We hadden samen bijna de hele wereld afgereisd, per vliegtuig, per auto, per boot en zelfs op olifanten en kamelen. Maar op deze reis wilde ik alleen zijn. De motor spinde als een kat in de zon, de vlakke weg vroeg om een druk op het gaspedaal, het was een rustige en zinloze rit.

De auto ging met te hoge snelheid door de bocht. Ik kan er niets aan doen dat ik pas boven de honderd kilometer per uur van het autorijden begin te genieten. Met gierende banden trapte ik op de rem. De auto lag stevig op de weg. Ik stopte. Rechts van de weg zag ik een boerderij: met het witte woonhuis en de koeienstal met hooizolder erboven leek die bijzonder veel op een boerderij waar we tijdens die mars hadden overnacht. Ik aarzelde. Ik wist niet zo zeker of ik dat echt wilde verifiëren. Hé, Frister, ben je niet juist daarvoor op reis gegaan? Ben je soms bang voor de ontmoeting met het verleden? Ik parkeerde de auto aan de kant van de weg. Ik deed hem op slot. Ik liep af op het erf met de stallen eromheen. Was het hier geweest? Dat kon ik niet met zekerheid zeggen. Misschien wel, misschien ook niet. Ik klopte aan bij het woonhuis. Een jonge vrouw deed open.

'Waar kan ik u mee helpen, meneer?' vroeg ze.

Het had geen zin. Zij was minstens een kwart eeuw na die bewuste nacht geboren. Als dit al de plaats was. Ik ging terug naar de auto. Ik zette de radio aan. Uit de boxen kwam stereofonisch de stem van de nieuwslezer: de weersvoorspelling voor morgen – geen verandering.

10

Het was een koele avond, we waren moe, de boerderij leek een vijfsterrenhotel. Vijfhonderd man vonden plaats in de stallen; de rest, onder wie ik, klom de ladders op naar de hooizolder. De soldaten vergrendelden de deuren van de stallen en haalden de ladders weg. We mochten tot de ochtend uitrusten. Ik groef me als een mol in een hoopje hooi in en trok mijn schoenen uit. Mijn voeten waren gezwollen, ik was bang dat ik mijn houten schoenen niet meer aan zou kunnen trekken. Met genot krabde ik de viezigheid tussen mijn tenen weg. Had ik mijn voeten in een teiltje warm water kunnen doen, dan was ik helemaal gelukkig geweest.

Tevergeefs probeerde ik te schatten hoe ver we nu van Wenen vandaan waren. De Duitsers hadden zijwegen gekozen, deels ongeasfalteerd, en de plaatsnamen zeiden me niets. Wel wist ik zeker dat we al vier dagen onderweg waren. Ik had het brood dat we gekregen hadden in vier stukjes verdeeld: een kwart per etmaal. Nu, liggend in de schuur, maakte ik de laatste portie op.

De lentedagen waren mooi, maar de nachten waren fris. Zoals de meeste andere gevangenen had ook ik mijn deken bij het begin van de mars al in de berm gegooid. We waren zo moe dat zelfs een veer loodzwaar aanvoelde. Toen het avond was geworden, was het te laat om spijt te hebben van deze onbezonnenheid. Tot nu toe hadden we de nachten buiten doorgebracht, op de binnenplaats van militaire kazernes, liggend op de grond, onbeschermd. Nu stopte ik mijn voeten diep in het hooi en wachtte geduldig tot ze warm zouden worden. Toen het donker werd, hoorden we buiten op het erf in het Italiaans zingen. Een groep mannen zong *La Paloma*, een sentimentele tango die ik uit mijn hoofd kende, omdat het een van mijn moeders lievelingsliedjes was. Een man zong solo, de anderen begeleidden hem in koor. Ik werd nieuwsgierig. Ik pakte mijn schoenen, kroop naar de rand van de zolder en keek naar beneden. Het tafereel leek rechtstreeks uit een operette te komen. Een compagnie Italiaanse schutters in groene capes zat om een kampvuur te zingen. Na *La Paloma* kwamen aangename volksmelodietjes. In de ketel die boven het vuur hing kookten ze hun avondmaal. Ze waren niet gewapend; hun geweren hadden ze in piramidevorm tegen elkaar gezet. Ze waren ontspannen, alsof het hun niets deed dat de legers van de Asmogendheden zich in paniek terugtrokken. Ineens vielen de Italianen stil en was de lucht om te snijden. Het gezang viel weg toen enkele SS'ers op het erf verschenen. Alleen al door hun arrogante houding bedreigden ze de zingende soldaten. Een Italiaanse officier stond op en liep op hen af.

'Welkom,' zei hij in gebroken Duits. 'Kom bij ons zitten.'

'Zitten, hè? Dat is alles wat jullie kunnen, zitten duimendraaien en zingen,' gniffelde een van de SS'ers.

'U vergeet dat u tegen een officier praat.'

De SS'er bleef hem provoceren: 'En jij vergeet dat we hier niet in de Scala zijn.'

'Jullie zijn zeker het variétégezelschap van Badoglio,' bemoeide een andere SS'er zich er nu ook mee.

'Er is geen enkele reden om zo oneerbiedig te doen,' zei de Italiaan defensief, maar zijn sussende toon maakte de Duitsers nog agressiever.

'Praat me niet van eer. Welke eer dan? Die van de verraders?' riep een SS'er die tot dan toe opzij had gestaan.

'We hebben samen gevochten, waarom zouden we nu ruzie maken?' zei de Italiaan.

'Samen gevochten,' zei de Duitser schamper, 'moet je die helden zien. Ze horen een scheet en ze denken dat het een artilleriebeschieting is. Ze zien een bolsjewiek en ze doen het al in hun broek. Met zulke bondgenoten heb je geen vijanden nodig.'

De schutters om het kampvuur deden alsof ze niets hoorden en niets zagen. Ze reageerden niet toen een van de nazi's tegen hun ransels schopte, ze zwegen toen hij hun commandant een duw gaf. Ze schepten het eten in hun eetketels op en aten in stilte. Toen de Duitsers hen bleven uitlachen en pesten, raapten ze hun eetgerei op en liepen weg. Ik weet niet wat er zich daarna precies afspeelde, mijn vermoeidheid was groter dan mijn nieuwsgierigheid, ik trok me terug op mijn hoopje hooi en viel in slaap. Ik heb die nacht niets gedroomd en niets gehoord. Vroeg in de ochtend zetten onze bewakers de ladders weer terug en bevalen ons naar beneden te komen voor het ochtendappèl. De lijken van de Italiaanse soldaten lagen langs de varkensstal. Een jonge Italiaan van een jaar of twintig lag op zijn rug; één oog hing aan een rood adertje uit zijn kas, het andere staarde de hemel aan. Het gezicht stoorde de SS'er. Hij schopte met zijn laars tegen het lijk tot het omgedraaid was. De geweren van de Italianen stonden nog op hun plaats. Ze hadden geen poging gedaan, of geen kans gekregen, zich te verdedigen.

We waren weer onderweg.

De pijn concentreerde zich eerst in de schouders, kroop dan omlaag langs de ruggengraat, tot hij in de taille de pijn trof die vanaf de opgezwollen voeten omhoogklom. Van daaruit verspreidde de pijn zich naar alle spieren en pezen van het lichaam. Ik voelde een steeds toenemende, kwellende druk onder mijn hersenpan, op een moeilijk aan te geven plek. Er zat een heel stel hoepels om mijn hoofd die met de minuut nauwer werden, en die mijn gezichtsvermogen aantastten en mijn schedel dreigde in te deuken. Maar juist die pijn, die zich niet liet negeren, hielp me om helder te blijven.

Al hun inspanningen ten spijt, konden de bewakers de orde niet bewaren. De colonne werd steeds langer, de laatste gelederen raakten gescheiden van de hoofdmoot. Mensen die uitgeput waren, gingen aan de kant van de weg uitrusten. De meesten hadden de wilskracht niet om weer op te staan. Ze lagen daar, passief, onverschillig voor de vermaningen van de soldaten. Op hun beurt sloofden de soldaten zich ook niet uit om de discipline te handhaven waar de kampcommandant het in zijn toespraak over had gehad. Wie ook nadat hij klappen had gekregen niet terug in de rij kwam, werd achtergelaten. Die was toch al ten dode opgeschreven. Niet alle zwakkelingen gaven de hoop bij voorbaat op. Er waren er die het tempo niet bij konden houden en toch niet op de grond gingen liggen; ze liepen minder hard, in de hoop weer kracht te verzamelen en hun medegevangenen te kunnen inhalen. Meestal was dat ijdele hoop. Ze raakten steeds verder achter, tot ze helemaal achterop liepen. Ook dat lieten de Duitsers oogluikend toe. Hoe dichter je bij het einde van de colonne was, hoe dichter bij je dood. Wie ook de allerlaatste rij niet meer bijhield, had niet lang meer te leven. Achter de colonne aan reed een Opel-Blitz-vrachtwagen in camouflagekleuren met een zware mitrailleur achterop. Het bevel was duidelijk: Men laat geen levende gevangenen achter. Om er zeker van te zijn dat het bevel nauwkeurig was uitgevoerd, werd elk lijk door een officier gecontroleerd. Wie nog in leven was, kreeg een genadeschot uit zijn pistool.

Ik zag het allemaal aan, maar het kon me niet raken. De lijken die in het stof lagen te bloeden versterkten alleen maar de wens om door te blijven lopen.

Ik bedacht allerlei methoden om de pijn te misleiden, om de uitputting beet te nemen, het lot te beduvelen. Ik moest mijn aandacht van de kwellende hoofdzaak zien af te leiden en op zijsporen zetten. Ik haalde gedichten op die ik als kind uit mijn hoofd had geleerd: twee verzen van Goethe, een vers uit *Pan Tadeusz*, een heel gedicht van Julian Tuwim, enkele woorden uit 'Linkse mars' van Majakovski. Toen ik klaar was met het literaire gedeelte, ging ik over op het tellen van elektriciteitspalen. Dan zei ik tegen mezelf: nu de derde paal halen. Bij de derde paal herhaalde ik de truc: nu de vierde paal halen, dan de vijfde, en de zesde. En zo, zonder dat ik me dat als doel gesteld had, bereikte ik de kop van de colonne, voegde me bij de sterkste groep, klampte me eraan vast en liet die tot het einde van de mars niet meer los.

Onze bewakers liepen met ons mee. Hun automatische geweren hingen wat slordig aan hun schouders. Die slordigheid was het enige teken dat ook bij hen de discipline aan het afbrokkelen was. Hoewel het Rode Leger hen op de hielen zat, gedroegen ze zich tegenover ons alsof de Wehrmacht voor de poorten van Moskou stond. Ik vraag me weleens af in hoeverre ze zich bewust waren van hun onvermijdelijke nederlaag. Zagen ze het einde van het duizendjarige Derde Rijk dat Hitler hun beloofd had al naderen, of waren ze door de langdurige hersenspoeling hun oordeelsvermogen kwijt?

In die dagen van april 1945 werden honderdduizenden gevangenen uit tientallen concentratiekampen op mars gestuurd naar de piepkleine enclaves die de geallieerden nog niet hadden veroverd. Het waren de laatste stuiptrekkingen van de wereld van waanzin die ons mee wilde sleuren, de afgrond in. In de boeken over de holocaust heet die operatie 'de dodenmars'. Ik heb geen idee hoeveel slachtoffers er waren, noch wie die operatie heeft beraamd. Op het hoofdkwartier in Berlijn handelde iedereen nog steeds naar Hitlers grillen. Hij stuurde troepen naar het front die alleen op papier bestonden, en het is zeer goed mogelijk dat hij ons liet lopen naar wapenfabrieken die allang in puin lagen. Niemand had de moed hem de waarheid onder ogen te brengen.

Op de achtste dag van de mars liepen we door de straten van Steyr. Op aanplakbiljetten aan de huizengevels stond met grote letters: HET GROTE VARKEN IS DE PIJP UIT. Van de biljetten keek het verwrongen gezicht van president Roosevelt van de Verenigde Staten. Pas na de oorlog zou ik de datum kunnen vaststellen: 12 april 1945. Later nog zou ik in de geschiedenisboeken lezen dat minister van Propaganda Joseph Goebbels die dag Adolf Hitler opbelde om hem hartelijk te feliciteren: 'Gefeliciteerd, mijn Führer, Roosevelt is dood. Er staat in de sterren geschreven dat de tweede helft van april voor ons een keerpunt wordt.' Goebbels doelde op een horoscoop die Hitlers kanselarijchef Martin Bormann had laten trekken. Hitler zelf zag hierin een teken dat de geschiedenis zichzelf herhaalde: toen Frederik de Grote tijdens de Zevenjarige Oorlog op een dieptepunt was geraakt, stierf plotseling tsarina Jelisaveta en werd Pruisen van een nederlaag gered.

In zijn verklaring bij de Neurenbergse processen poneerde minister van Bewapening Albert Speer, die tienduizenden dwangarbeiders als ik in dienst had gehad, dat het vanaf januari mogelijk was geweest verstandige stappen te nemen die in strijd waren met het officiële beleid, omdat elk logisch denkend mens in Duitsland dat zou hebben verwelkomd. Met vereende krachten, zei hij, had men kunnen voorkomen dat Hitlers waanzinnige bevelen uitgevoerd zouden worden.

De officier aan wie wij overgeleverd waren, dacht daar anders over.

Toen het brood op was en ook de soldaten geen veldrantsoen meer hadden, mochten we af en toe even stoppen om in de velden onkruid te plukken. We aten groene wilde haver, we zogen het bittere vocht van melkdistels op, we kauwden op brandnetelbladeren die we eerst met de hand gekneusd hadden. De Duitsers losten hun probleem op andere wijze op. 's Avonds, nadat ze ons in een schuur of stal hadden ondergebracht, gingen ze op strooptocht in de nabije dorpen en namen alles wat eetbaar was in beslag. Maar de Oostenrijkse boeren stonden niet te trappelen om de lege magen van de Duitsers te vullen. Als ze al eens bereid waren landbouwproducten te verkopen, weigerden ze marken aan te nemen. Zo kwam de commandant van onze bewaking op zijn verbluffende voorstel.

'Die ellendige schoften,' zei hij, doelend op het boerengezin bij wie we die nacht onderdak vonden, 'hebben ergens in het bos een heel varken verstopt. Die ellendelingen willen daar harde valuta voor hebben. Dat is een ernstige overtreding, alleen al daarvoor zouden ze aan de straatlantaarns moeten worden opgehangen. Maar in dit gat zijn geen straten en geen lantaarns. Bovendien, wat hebben we daaraan? Ook dood zijn al die ellendige schoften bij elkaar minder waard dan één levend varken. En jullie ellendige schoften ken ik ook wel. Jullie had ik ook graag aan een telefoonpaal opgehangen, om me dan met de hoofdzaak te gaan bezighouden: de strijd tegen de bolsjewieken. Maar ik ben soldaat, en soldaten dienen bevelen te gehoorzamen. Ik heb de opdracht jullie terug naar Mauthausen te brengen, en dat doe ik dus, hoe dan ook.'

De officier hapte naar lucht als een vis op het droge. Hij was duidelijk niet gewend om toespraken te houden, en al helemaal niet voor zulke ellendige schoften als wij. Twee gewapende bewakers stonden achter hem bij de ingang van de schuur, alsof ze er met hun aanwezigheid op wilden wijzen dat wat de officier ook zei, onze status in niets veranderd was.

'Ik heb gezegd dat ik jullie goed ken, en ik weet wat ik zeg. Jullie hebben ons altijd weten te beduvelen, jullie hebben altijd een diamant of gouden munt in je gat of in je oor of Joost mag weten waar weten te verstoppen. Ik heb nu twee munten nodig, bij voorkeur twee Maria Theresia-daalders, want dat willen die ellendige schoften. We kopen het varken, we koken het, wij soldaten eten het vlees, jullie krijgen de soep. De helft van jullie heeft goddank onderweg de geest gegeven. Met hoevelen zijn jullie nog? Vijfhonderd magen, meer niet. Er is water zat, dus genoeg soep voor iedereen. Maak je maar geen illusies, ander voedsel krijgen jullie niet. Maar de soep is voor jullie, en voor jullie alleen, dat beloof ik op mijn erewoord van SS-officier.'

De officier gaf ons tien minuten de tijd om erover na te denken. Hij verliet de schuur, de twee bewakers deden de deuren dicht. Een Fransman van een jaar of dertig die in Wenen Petit was genoemd omdat hij zo klein van stuk was, pakte mijn arm beet en fluisterde: 'Wat denk je?'

We hadden nog nooit ook maar een woord gewisseld. Waarom moest hij nu uitgerekend mij hebben? Ik zei: 'Ik denk allang niet meer.'

'Wil jij ze geven waar ze om vragen?'

'Dat dilemma blijft me bespaard, ik heb geen Maria Theresia-daalders.'

'Geloof jij dat ze ons te eten geven?'

'Geloof jij in God?' antwoordde ik met een vraag.

'Ja.'

'Waarom vraag je het dan niet aan hem. Hij weet alles.'

'Ik heb honger. Zonder eten haal ik het niet.'

'En de anderen? Halen die het wel?'

'Wat kunnen me de anderen schelen?' zei de Fransman kwaad. 'Ik moet terug naar huis gaan, snap je? Ik moet terug. Ik was nog maar een week verloofd toen ik aangehouden werd.'

'Gefeliciteerd, en laat me nu met rust.'

'Ik weet dat Nicole geen heilige is. Ze kan er ook niks aan doen dat ze peper tussen haar benen heeft. Ik heb me erbij neergelegd dat ze af en toe een slippertje maakt. Tja, c'est la vie. Ik ben er niet. Uit het oog, uit het hart. Maar als ik niet terugkom, trouwt ze met Roger, en dat vind ik een ondraaglijke gedachte. Die Roger is... Ach, wat weet jij van Roger?'

'Zeur me niet aan m'n kop, Petit.'

'Ken je me?' zei hij verheugd.

'Je hebt in mijn ploeg gezeten.'

'Ja, ik ben een eersteklas draaier. Ook geen slechte minnaar. Vraag maar aan Nicole, die zal het niet ontkennen. De laatste keer dat we gevreeën hebben, gaf ze me een sou als souvenir. "Hou hem altijd bij je, Maurice, dit is onze mascotte," zei ze nog. Zij heeft me nooit Petit genoemd. En het was geen gewone sou, hoor, het was een gouden replica. Ik bewaar hem al drie jaar als mijn oogappel. Jij bent een oudgediende, jij weet hoe moeilijk dat is. Zal ik hem aan ze geven?'

Binnen tien minuten gebeurde het onwaarschijnlijke: een gevangene voegde de daad bij het woord, en wist enkele goudstukken in te zamelen. Daartussen zat ook de sou van Petit. Waar ze hun schat bewaard hadden, hoe ze die door alle onaangekondigde controles heen geloodst hadden en met welke trucs ze die voor de Kapo's en bewakers verborgen hadden gehouden, dat wisten zij alleen. Die nacht hoorden we vanachter de gesloten deuren van de schuur het varken krijsen. Toen de deuren de volgende ochtend opengingen, wezen de nazi's nog voor het appèl op vier stenen troggen vol heerlijk ruikende soep. De gevangenen vielen aan, ze duwden elkaar opzij, er werd soep uit bakjes gemorst, iemand viel in een trog, de gevangenen visten hem op, schopten tegen hem tot hij er bewusteloos bij neerviel. Ik gedroeg me niet beter dan de anderen. Ik duwde en schopte om me heen; het was de tijd niet om je goede manieren te demonstreren. De SS'ers keken werkeloos toe. Pas na afloop van het beestenmaal begonnen ze ons zoals gebruikelijk te tellen.

In zijn toespraak had de officier, per ongeluk of met opzet, onze eindbestemming verklapt: Mauthausen. Dat kwam hard aan. We hadden ons wijsgemaakt dat er nog wapenfabrieken waren, en dat er nog behoefte was aan arbeidskrachten. In Mauthausen was er maar één bedrijfstak: de steengroeven. Duizenden mensen hadden daar de dood gevonden. Maar ook al was er kans op overleving, het was zeer de vraag of er nu nog graniet gewonnen werd. Berlijn was verwoest. Ik vroeg me af waarom wij gevangenen nu gebracht werden naar een plaats waar we van geen enkel nut konden zijn. De veronderstelling dat we de dood tegemoetgingen, wees ik direct van de hand.

Naarmate de dagen verstreken, werd de colonne kleiner. Bij de ochtendtelling – een procedure waar de ss'ers zich streng aan hielden – werd 'Abgang' genoteerd, ofwel: vertrokken, een understatement in het lexicon van de dood waarmee gedoeld werd op degenen die niet op het appèl waren verschenen omdat ze niet meer in leven waren. Enkele honderden van ons waren tot dusver bezweken. Hun lijken lagen als mijlpalen langs de weg die we hadden afgelegd. De vraag was hoevelen het einde van de mars zouden halen. Ik had geen idee hoe lang we nog moesten lopen. Ik kende de omgeving niet, er was nergens een landkaart te krijgen en er was niemand aan wie je het kon vragen. Afgezien van mijn doorzettingsvermogen had ik geen andere maatstaf waarmee ik mijn kansen zou kunnen inschatten. Zou ik mijn benen nog één dag kunnen bewegen, nog twee dagen, een hele week? Ik had niet alleen te lijden onder algehele uitputting. Mijn voetzolen waren weliswaar hard geworden, maar de wonden waren niet geheeld. De ettergezwellen barstten open als stinkende bellen, de pus vermengde zich met het stof tot een dikke zalf. Eerst probeerde ik het nog te verwijderen met bladeren die ik langs de weg plukte, maar daar was ik algauw mee gestopt. Het had geen zin, mijn lichaam was een onuitputtelijke bron van vuiligheid geworden. De etter bleef vloeien, alsof ik niets anders meer kon produceren. Hij leek uit alle poriën te komen. Mijn hemd absorbeerde de gelige afscheiding, droogde op en werd hard. Mijn kleren en mijn lichaam waren gestold tot één massa.

Mijn maag had geen moeite met de vleessoep waar ik met hand en tand om gevochten had, maar velen kregen diarree. Ons spijsverteringsstelsel was al vergeten wat je met vet doet. Petit, die sneller was dan ik, en dus voor één gouden sou twee bakken soep naar binnen had gewerkt, had last van heftige buikpijn. Toen we een korte rustpauze hielden, wat we om de twee uur mochten doen omdat onze bewakers ook behoefte aan rust hadden, zag ik hem zijn broek losknopen en in de greppel langs de weg dalen. Ik ging op een kilometerpaaltje zitten. '68 km' stond er met zwarte verf op; alleen wist ik niet waarvandaan, of waarheen. Ik zat er maar naar hem te kijken. Een soldaat die een sigaret aan het roken was keek ook toe. Ik heb geen idee wat Petit bezielde, misschien schrok hij toen hij merkte dat de ss'er naar hem keek, maar hij pakte ineens zijn broek, klom snel uit de greppel en begaf zich tussen de hazelnotenstruiken die daar in overvloed groeiden. Zijn witte billen staken daarbij komisch af. Ik glimlachte. Ook de soldaat glimlachte. Hij gaf me een kleine schop: ik moest van het stenen paaltje af. Toen ik dat deed, legde hij zijn sigaret erop, haalde het machinepistool van zijn schouder, keek door het vizier en haalde de trekker over. Het was een kort salvo. De soldaat bukte en stak de sigaret weer in zijn mond. Adieu Petit, veel geluk Nicole, je bent nu vrij om met Roger te trouwen.

11

'Herr Sturmbannführer, Obersturmführer Kitske meldt zich met het werkcommando van de Saurerfabriek uit Wenen. Commandobestand: 1010 gevangenen. Tot dusver van de lijst geschrapt: 688 gevangenen. Over te dragen: 322.'

We stonden voor de gesloten poort van Mauthausen. Een ss-officier kwam naar buiten en spreidde zijn armen: 'Het spijt me, we nemen geen gevangenen meer op.'

'Ik heb een schriftelijk bevel, Herr Sturmbannführer.'

De commandant van onze bewaking overhandigde een vel papier aan zijn collega. Deze las het aandachtig, vouwde het dubbel en gaf het terug. 'U zit in een moeilijk parket, vrind, maar ik kan niks voor u doen. We zijn vol.'

'Daar heb ik niks mee te maken, ik moet mijn opdracht uitvoeren,' hield onze officier voet bij stuk.

'Ik heb precies de tegenovergestelde opdracht gekregen.'

'Wat moet ik dan met ze?' vroeg de officier en wees op ons.

'Wat mij betreft lopen ze weer terug naar Wenen.'

'Ik zie de logica daarvan niet in.'

'Ik ga niet over de logica. Ik voer bevelen uit.'

'Ik ook.'

'Ik laat me niet ompraten. Het kamp is gesloten.

'Doe open dan.'

'Doe maar geen moeite, ze komen er toch niet in.'

'Praat me niet van moeite. Weet u hoeveel moeite het ons gekost heeft om die ellendige schoften hierheen te brengen? We zijn bijna twee weken onderweg geweest.'

'Zonde van de tijd.'

'Ik dien een klacht in,' zei de commandant van onze bewaking kwaad.

De majoor keek ineens geamuseerd. 'Bij wie, als ik vragen mag?' vroeg hij gniffelend.

'Bij...'

'Juist, het begint u te dagen, zie ik.'

'Toch snap ik uw weigering niet.'

'Moet ik het uitleggen? Goed, ik zal het uitleggen. Ik weiger uw driehonderd lijken binnen te laten omdat we geen plaats meer hebben, geen voedsel en geen mankracht om ze te bewaken. Nu goed?'

'Nee.'

'U bent zo koppig als een ezel.'

'U ook.'

De twee officieren barstten in lachen uit. De spanning die in de lucht hing loste op. Obersturmführer Kitske gaf zijn bevelschrift weer aan zijn collega. 'Laten we geen ruzie maken. Ik vraag u alleen maar voor ontvangst te tekenen. Wat u daarna met ze doet, gaat me echt niet aan.'

'Helaas moet ik u alweer teleurstellen. We hebben niet alleen geen voedsel meer, we hebben ook geen Zyklon B. Maar jullie hebben een vrachtwagen met een zwaar machinegeweer, zie ik. Doe het zelf maar. Als jullie maar geen lijken laten liggen bij de poort. Ik heb niemand om ze op te ruimen.'

Ik verstond elk woord. Hadden mijn ouders hiervoor op mijn Duitse uitspraak en zinsbouw gelet? Hadden ze me hierom gedwongen naast mijn geliefde boeken ook de klassieke poëzie te lezen, die volgens mijn moeder onmisbaar was voor een beschaafd mens? Had ik me hierom gebogen over het verzamelde werk van Heinrich Heine? Was ik hierom gedwongen het gesprek van de engelen met Mephisto in de eerste akte van *Faust* uit mijn hoofd te leren en het, zogenaamd tot genoegen van onze gasten, voor te dragen? Had ik hiervoor in de eetkamer staan declameren:

Die Sonne tönt nach alter Weise
In Brudersphären Wettgesang
Und ihre vorgeschriebene Reise
Vollendet sie mit Donnergang.

De gasten applaudisseerden alsof het een amusementsshow was die daar opgevoerd werd vlak voordat mijn vader aan de bel zou trekken om Paula erop te wijzen dat het tijd was voor een digestief. De gehate voorstelling werd tot vervelens toe herhaald; alleen de gasten en het repertoire waren iedere week anders. Als mijn moeder wilde opscheppen over mijn kennis, vroeg ze me naar het allernieuwste toneelstuk dat in de (uiteraard Duitse) stadsschouwburg werd opgevoerd, of begon ze een gesprek over een pas verschenen boek. Aan deze beschamende vertoningen kwam een einde op de avond dat mijn moeder te koop liep met onze goede intellectuele verstandhouding, te danken aan het feit dat ik haar ondanks de generatiekloof als een goede vriendin beschouwde. 'Als iets hem dwarszit, of als hij een vraag heeft waar hij geen antwoord op weet, kan hij altijd bij mij terecht,' zei ze. Ik zette smoel nummer tien op, die van de brave, lieve jongen, en zei: 'Dat klopt. Ik heb juist vandaag op het schoolplein een woord gehoord dat ik niet begreep.'

'Wat dan?' vroeg mijn moeder met een tevreden glimlach.

'Lul,' zei ik met een strak gezicht.

Zoals dat gaat, had ik achteraf spijt van wat ik gedaan had. Pas nadat ik voorgoed verbannen was uit de woonkamer, begon ik die avonden te missen. Ze hadden me de mogelijkheid gegeven een kijkje te nemen in de wereld van de grote mensen, en met alle kritiek die ik op mama's levensstijl had, merkte ik nu dat die voorstellingen waar ik zo'n hekel aan had, goed waren geweest voor mijn ego.

Mijn vader vermaakte zich graag af en toe met een strafzaak, maar zijn werk bestond voornamelijk uit civiele zaken. Velen vonden hem ongeëvenaard in het opmaken van contracten en in het oplossen van juridische complicaties waarmee ondernemingen en banken in Bielsko soms te maken kregen. Omdat hij maar al te goed besefte hoe belangrijk sociale contacten voor de carrière kunnen zijn, was op zondagavond een keur uit de elite van Bielsko bij ons gast aan tafel. Het was aangenaam ze te kennen: de magnaten van de textielindustrie, de bankiers, de directeuren van handels- en investeringsondernemingen, alsook de speciale gasten die uitgenodigd werden tot meerdere glorie van onze salon. Mijn moeder was een meester in het organiseren van zulke avonden. Ze stelde de gastenlijst samen zoals een ervaren bloemiste het juiste boeket bij het juiste evenement samenstelt: een plaatselijke politicus bij een industrieel, een kunstschilder bij een snob die met zijn kunstcollectie opschept, een veelvuldig onderscheiden kolonel bij de echtgenote van een rechter van de arrondissementsrechtbank, een belegger die de markt komt verkennen bij een bankdirecteur. Alleen Emil Zegadłowicz was als een doorn in dat boeket. Tot haar leedwezen was die man er elke week. En alsof dat niet ergerlijk genoeg was, moest ze hem ook nog de ereplaats geven, aan mijn vaders rechterkant. Zegadłowicz was wars van conventies, hij nam deel aan bijeenkomsten van linkse kunstenaars en hij schreef boeken die niet thuishoorden in een fatsoenlijk burgerlijk huis. Zijn romans, meest doordrenkt van erotiek, stonden bij ons verborgen achter de Grote Brockhaus. Mijn vader steunde hem met een kleine maandelijkse uitkering, een gebaar dat mijn moeder eveneens razend maakte. Ik was te klein om die eigenaardige vriendschap tussen de conservatieve heer en de rebel te begrijpen. Later zou ik erachter komen dat ze in hetzelfde jaar geboren waren: 1888. Ze hadden samen in dezelfde klas op hetzelfde gymnasium gezeten, in de stad Wadowice, een halfuur rijden van Bielsko vandaan. En ze waren beiden een felle tegenstander van het fascisme. Als er al iets was wat in mijn moeders ogen voor Emil pleitte, dan was het wel het feit dat hij *Faust* uit het Duits in het Pools had vertaald.

Er gold een ijzeren regel in ons huis: aan tafel mocht over alles gepraat worden, behalve over zaken. Daarmee werd toegegeven aan de wens van mijn moeder, die een culturele salon wilde hebben. Het was een armzalig duplicaat van de salon van Gertrude Stein in Parijs, maar Bielsko was niet alleen niet de hoofdstad van Frankrijk, het was niet eens de belangrijkste stad in de provincie. Het kon ook niet anders dan dat het gesprek vroeg of laat afgleed naar de trivialiteiten van de politiek. Duitsland was het middelpunt van de gebeurtenissen die Europa eind jaren dertig in beroering brachten. Het was de periode tussen de Anschluss en de inlijving van de Sudeten, Hitler werd steeds hebberiger, maar bij ons thuis stond de Duitse cultuur daarom niet minder in aanzien. De meeste gasten waren ermee grootgebracht. Mijn ouders hadden me zonder moeite een onwankelbare eerbied voor de beschaving van de Duitssprekende volken bijgebracht. Daar stond ik geheel open voor. Evenals velen kon ik niet vermoeden dat een natie die generaties van reuzen had voortgebracht, nu een generatie van moordenaars zou voortbrengen.

Terwijl de twee SS-officieren bij de poort van Mauthausen aan het discussiëren waren en luidkeels spraken over de last die wij hun bezorgden, en over hoe ze van die last af moesten komen, kon ik geen weerstand bieden aan die herinnering, die mijn kinderjaren gevormd en gekenmerkt had. Misschien was het gewoon een makkelijke vlucht uit het heden, voortkomend uit de vurige wens om de inhoud van dat gesprek te negeren. De komst van een derde officier bracht me terug in de werkelijkheid. Als een ware Salomo besloot hij dat de helft van ons in het kamp opgenomen zou worden en de andere helft, 'hoe dan ook', buiten zou blijven. Ik wilde er liever niet achter komen wat 'hoe dan ook' betekende. Een dierlijke overlevingskracht duwde me naar voren. Zodra de poort openging, stormde ik naar binnen. Van het ene op het andere moment was ik mijn kinderjaren vergeten, de salon, mijn ouders. Ik weet niet wat er gebeurd is met de mensen die buiten zijn gebleven. Op dat moment was ieder van hen mijn persoonlijke vijand, omdat ieder van hen me van de plaats kon beroven die nog een stukje leven beloofde. Ik keek om me heen, ik herkende de garages en de vierkante wachttoren. Als een hond in het onderzoek van Pavlov wierp ik een angstige blik op de waterslangen. Maar deze keer hadden de SS'ers andere dingen aan hun hoofd dan spelletjes. Of misschien kwam er geen water meer uit de kraan.

Lange tijd besteedde niemand aandacht aan ons gevangenen. We lagen op de binnenplaats en in de garages. De binnenpoort, die naar de woonblokken leidde, bleef gesloten. De bewakers keken onverschillig naar ons. Ik wist uit ervaring dat ze elk moment het vuur konden openen en kroop instinctief achteruit, een garage in. Met een van motorolie doordrenkte lap stof veegde ik de etter van de zweren op mijn gezicht. Met zo'n gezicht, dacht ik bij mezelf, zou zelfs de allermenselijkste SS'er mijn leven niet sparen.

Aan het eind van de middag ging de buitenpoort weer open. 'Eruit! Eruit!' riepen de aanstormende soldaten. De paniek tekende zwarte vlekken voor mijn ogen. 'Eruit' betekende: je voegen bij degenen die buiten waren gebleven, om achter 'hoe dan ook' te komen: de dood ter plaatse, of een krankzinnige mars, terug naar Wenen. God mag weten waar ik de kracht vandaan haalde om op te staan. Ik rende met de menigte mee, of werd misschien als een blad door de massa meegedragen. Op dit punt is de herinneringsdraad verbroken. Een heel etmaal is uit mijn geheugen gewist en voorgoed verloren gegaan. Toen ik weer bijkwam, lag ik op een brits in het ziekenkamp, een klein buitenkamp waarin de zieken werden ondergebracht. Ik kan de gebeurtenissen niet meer reconstrueren, ik weet niet hoe ik daar gekomen ben; waarschijnlijk lopend, maar dat zou ik niet durven zweren.

'Zij hebben al rust en vrede.' Het waren de eerste woorden die mijn bewustzijn binnendrongen. Er gingen nog enkele minuten voorbij voordat ik de spreker zag. Hij lag naast me, met zijn gezicht vlak tegen mijn gezicht aan: zijn ogen waren diep in hun kassen verzonken, zijn neus was kapot, door de bloedstolsels op zijn wang zag hij er gruwelijk uit. De man die de brits met me deelde – ik had nog niet gemerkt dat er nog een derde man achter me lag – stak zijn hand op en wees op de open deur. Mijn blik volgde zijn vinger naar een stapel lijken. Ik had de kracht niet om iets terug te zeggen. Ik had niets te zeggen.

'Waar komt u van?' vroeg hij in gebroken Duits. Ik kon zijn accent niet plaatsen. Ik deed geen moeite om het te plaatsen. Het kon me niet schelen of hij een jood was, een Spanjaard of een Griek. Als hij maar zijn mond hield, als hij mij maar met rust liet. Maar de man moest doorgaan.

'Nu kijken,' zei hij. Hij wilde, denk ik, weer wijzen, maar had daar de kracht niet voor, de magere arm die al iets omhoog was gegaan zakte weer, alsof hij er geen controle meer over had.

'Kannibalen,' prevelde hij. De verschillende stemmen en geluiden bereikten mij met enige vertraging, alsof het geluid trager bewoog, of alsof mijn oren het niet meer opvingen. Toen zijn woord eindelijk tot me doordrong, dacht ik dat die stakker gek geworden was. Velen lagen daar te ijlen en zeiden dan de raarste dingen. Maar dat was nu niet het geval. In het schemerlicht zag ik twee gedaanten op de lijkenhoop afgaan. Ze knielden neer en beten in het dode vlees.

'Kanni...' mompelde hij weer en viel stil. Anderen voegden zich nu bij de twee lijkeneters. De honger sneed als een koude zaag in mijn maag. Buiten scheen de zon, maar in mij vroren alle gedachten. Schrijvers van sciencefiction laten hun personages vaak invriezen om ze in een ander tijdperk weer te laten ontdooien. Op het moment dat mijn gevoel doodging, dat ik me in het niet-zijn verstopte, dat ik in het niets dook, dacht ik niet aan de eventuele terugkomst in die wereld. Nu eens buiten bewustzijn, dan weer bijgekomen, werd ik heen en weer geslingerd tussen licht en donker. Wellicht was ik niet meer uit het niets bovengekomen als de man die de sagopap uitdeelde niet langs was gekomen. Maar het rammelen van de bakken en de geur van eten deden hun werking.

De witte, smakeloze sagopap werd twee keer per dag uitgedeeld: 's morgens en 's avonds. Alweer had ik een houvast, iets om de dag mee af te bakenen. Die nacht hield mijn buurman op met kreunen; de volgende ochtend vroeg hij niet meer om pap. Ik hield ook zijn bak op, en omdat hij niet protesteerde, at ik beide porties op. Pas 's avonds, toen hij opnieuw zijn pap liet staan, bleek dat hij dood was. Ik zei niets. De gezonde gevangenen haalden de lijken weg om de dysenterie die in het kamp heerste te bestrijden. Ik was ze te slim af: drie dagen lang verzweeg ik zijn dood; zes keer werkte ik een dubbele portie naar binnen. Mijn buik zwol op als een ballon, want mijn maag verteerde het voedsel niet meer en mijn darmen scheidden het niet meer uit. Toch zou ik zijn doorgegaan met mijn kleine bedrog, ware het niet dat het lijk begon te rotten en te stinken. Ik duwde het van me af en het viel op de grond. Of de dode gevangene was vederlicht, óf ik was al wat aangesterkt, want het kostte me geen grote moeite.

'Kom eraf, sukkel. Het is voorbij!'

Wie riep me daar? Wat was er voorbij? Waarom holden de gevangenen naar buiten? Waarom wemelde het daar van de mensen en waarom werd er zo gejuicht?

Iemand trok aan mijn arm. Ik rolde van de brits af, viel op de grond, stond op. Vreemden hielpen me de barak uit. Ik was stomverbaasd. Alle jaren in de kampen was ik nooit spontaan door vreemden geholpen. Twee gezonde gevangenen sleepten me mee naar de appèlplaats tussen de barakken. In het midden stond een tank met op de koepel een witte vijfpuntige ster. Gevangenen gooiden hun mutsen in de lucht, een duidelijk teken dat ze die niet meer nodig zouden hebben bij het ochtend- en avondappèl. Ik hoorde vreugdekreten in alle talen van bezet Europa. Een Babylonisch feest. Ik wilde roepen dat ik zwak was, dat ze me weg moesten brengen, al wist ik niet waarheen, dat ze me mijn krachten terug moesten geven. Maar mijn keel weigerde, mijn stembanden waren uitgedroogd, ze piepten als scharnieren die lang niet geolied waren. De twee mannen steunden me nog steeds, ik voelde hun sterke armen onder mijn oksels. De koepel van de tank draaide, de kanonloop maakte een halve cirkel, als een wijzer van een klok. De koepel ging open, ik zag het hoofd van een zwarte militair en pas op dat moment, toen hij ons toezwaaide, sloeg de waarheid in als een bom: ja, het was voorbij. Zo had ik me de bevrijding niet voorgesteld. Niet dat ik daar een duidelijk beeld van had gehad, maar dat die feestelijke gelegenheid gepaard zou gaan met geweldige blijheid stond boven kijf. Alleen had ik nu de kracht niet om blij te zijn. Of was ik misschien vergeten hoe dat gaat? De zwarte militair zette zijn helm af en veegde over zijn voorhoofd met een witte zakdoek. Het was een warme lentedag. Gewapende politieagenten keken hem vanaf de wachttorens aan. Hij riep: 'Hitler kaputt,' en gebaarde dat ze naar beneden moesten komen. Ze deden het zonder aarzeling. Enkele dagen ervoor hadden de SS-eenheden Mauthausen verlaten (dat heb ik later vernomen) en hadden ze de bewaking overgedragen aan agenten van de Weense politie. Dezen bezaten de hardvochtigheid van de doodshoofdsoldaten niet, en ze hadden al helemaal geen behoefte aan een confrontatie met de Amerikaanse tankdivisies. De zwarte militair zei weer iets. Ik verstond het niet, maar ik zag de politieagenten in een lange rij gaan staan en hun machinepistolen op de grond leggen. Een groep gevangenen schoot naar voren en griste de wapens weg. Het gejuich onder de menigte zwol aan. Iemand riep: 'Viva España!' Boven de koppen wapperden Franse en Poolse vlaggen. De Russische krijgsgevangenen hieven de *Internationale* aan.

Ik kon niet meer op mijn benen staan. Mijn lijf voelde als een mummie, hol vanbinnen. Ik vroeg de gevangene die naast me stond: 'Help me alsjeblieft, ik wil terug naar de barak.'

Ik had geen reactie verwacht, maar hij legde mijn arm om zijn nek en sleepte me tot aan de deur van de barak. Toen hij me liet gaan, kon ik me niet staande houden. Ik viel op de grond en raakte weer buiten bewustzijn.

De werkelijkheid kwam geleidelijk aan tot me, eerst als een golf stemmen en geluiden die met de minuut harder werden, daarna met licht en schaduw die zich tot een beeld kristalliseerden. Ik lag op mijn rug, mijn blik was op het plafond van de barak gericht. Boven mij bungelden twee blote voeten. Die groeiden uit een buikje van een naakte man met een pet van een SS-onderofficier op zijn hoofd. Er gingen enkele minuten voorbij voor ik me realiseerde wat er aan de hand was. De onderofficier hing aan een balk met een touw dat om zijn polsen vastgebonden was. Hij bloedde. Een groepje sovjetgevangenen speelde schijfschieten. Een keukenmes met een lang lemmet ging van hand tot hand. Elke keer als het mes doordrong in het lichaam dat boven mij hing, slaakten de Russen wilde kreten. Een kleine gevangene keek naar me om, ik merkte zijn spleetogen. Hij stopte het mes in mijn hand en zei: 'Laat hem bloeden, jongen, laat hem maar bloeden, je mag mijn beurt hebben.'

Ik reageerde niet. Ik lag roerloos, met het mes in mijn hand, mijn ogen waren open maar ze zagen niet, mijn oren waren gespitst maar de stemmen van de wrekers in de barak en de feestgeluiden buiten vermengden zich tot een kakofonie. Ik was vrij om te komen en gaan, maar ik had de kracht niet om op te staan. Ik kon de nazi om het leven brengen, maar ik zag er de zin niet van in. Ik mocht schreeuwen, vloeken, schelden, zingen of bidden, maar ik had geen woorden meer. Wat heb je aan rechten als je die niet kunt laten gelden? Mijn vuist verslapte, het mes viel uit mijn hand.

12

Objectief gezien had mijn naam op die dag van algemene vervoering niet op de lijst van overlevende gevangenen moeten staan. Gelukkig zijn de normen van objectiviteit niet van toepassing op de ongeschreven wet van het toeval.

Toen het medisch personeel van Mauthausen ongeveer een jaar later in Dachau voor het gerecht stond, verklaarde dr. Eduard Krasbach met bloedstollende openhartigheid: 'Toen ik tot geneesheer-directeur benoemd werd, kreeg ik het bevel om alle arbeidsongeschikte en alle ongeneselijk zieke gevangenen af te maken. De gevangenen bij wie duidelijk vastgesteld kon worden dat ze niet meer konden werken, werden naar de gaskamer gestuurd. Een enkele kreeg benzine ingespoten.' Toen de aanklager hem vroeg of hij er niet bij stilgestaan had dat het om mensen ging, antwoordde hij: 'Nee. Mensen zijn net dieren. Dieren die mismaakt geboren worden moet je afmaken. Dat moet je ook met mensen doen, en wel om humanitaire redenen... De staat heeft het recht asociale elementen uit te roeien. De arbeidsongeschikten behoren tot die categorie.'

Ik had geen aangeboren handicap, maar ik hoorde zonder meer tot de categorie arbeidsongeschikte parasieten. Mijn gewicht, zo las ik later in mijn dossier in het Amerikaanse hospitaal, was zevenendertig kilo. Naast tuberculose, ettergezwellen, darmkrampen, gedeeltelijke doofheid en algehele uitputting leed ik aan een ziekte die voor het eerst gediagnosticeerd was door dr. Władysław Fajkiel, een Poolse gevangene die de mensen in het ziekenkamp had behandeld. De ziekte, die hij gewoon 'hongerziekte' noemde, zou later een wetenschappelijke naam krijgen: *dystrophia alimentaria*.

'Als het lichaam ongeveer eenderde van zijn gewicht had verloren,' schreef dr. Fajkiel, 'kreeg de patiënt een starende, wazige blik die onverschilligheid uitdrukte. Zijn ogen zonken weg in hun holte, de gezichtshuid kreeg een doorzichtig-grijze kleur en schilferde af. De patiënten waren nu gevoelig voor besmetting, vooral door schurft. Hun ademhaling werd trager, het praten ging hen moeilijk af. Ze kregen oedeem. Eerst in de oogleden en voeten. Als de hongertoestand zich voortzette, verspreidde het oedeem zich verder naar andere lichaamsdelen: dijen, kuiten, billen, scrotum en buik. In dit stadium kregen de patiënten ook diarree en raakten ze geheel onverschillig voor hun omgeving. Ze waren geneigd zich af te zonderen, waren in zichzelf gekeerd en als ze nog de kracht hadden om te lopen, liepen ze langzaam, zonder hun knieën te buigen. Omdat hun lichaamstemperatuur onder de zesendertig graden gedaald was, rilden de meesten van de kou. Alleen het zien van voedsel kon hen nog uit deze toestand halen. De dood kwam meestal ineens.'

In de tijd dat het lot de logica aan zijn laars lapte, was dr. Fajkiel actief in een ondergrondse organisatie die zich ten doel stelde het plan te dwarsbomen dat de nazi-officier Eduard Krasbach later zo helder en overtuigend uiteen zou zetten. Sinds enkele maanden waren in Mauthausen aparte Poolse, Franse en Spaanse verzetsgroepen actief, die elk voor haar eigen volksgenoten zorgde. Wij joden hadden geen eigen ondergrondse organisatie. Wij gingen gebukt onder het stigma van wereldburgers die geen andere identiteit hadden dan hun joods-zijn, mensen zonder enig ander vaderland dan het geestelijke vaderland dat geen grondgebied had, geen grenzen en geen regering. Niemand bekommerde zich om ons. Toch heb ik mijn leven indirect aan die verzetsgroepen te danken. Ongeveer twee weken voor mijn terugkeer in Mauthausen waren de gevangenen van Duitse afkomst onder de wapenen geroepen. Nu het Derde Rijk aan het instorten was, kregen ze de kans hun gestreepte kleren in te ruilen voor het uniform van de Wehrmacht. Veel taakgevangenen grepen die kans. Ze hadden geen illusies over de uitkomst van de oorlog, noch werden ze gedreven door patriottische strijdlust; ze wilden simpelweg op de dag des oordeels zo ver mogelijk van het kamp zijn. De functies die zodoende vrijkwamen, die van Kapo en van klerk op de administratie, werden overgenomen door politieke gevangenen uit de verzetsgroepen. Zij waren goed georganiseerd, ze vormden één front, ze hielden zich aan het beginsel van wederzijdse hulp en omdat ze toegang hadden tot de documenten van het kamp, konden ze ook makkelijk gegevens vervalsen, zieke gevangenen als gezond registreren, verslag doen van executies die nooit plaats hadden gevonden, met statistieken knoeien. De SS had zijn voornaamste houvast in het kamp verloren. Zo werd het onder andere mogelijk een operatie te verijdelen die drieduizend patiënten het leven zou kosten.

Uit Duitse documenten blijkt dat het ziekenkamp in de eerste week van mei overvol was. Op nog geen tweeduizend britsen lagen 8863 zieken. Onder het mom van overplaatsing werden achthonderd zieken in kritieke toestand omgebracht. Het Poolse verzet kwam erachter dat de leiding het ziekenbestand wilde 'uitdunnen' met nog eens 2200. Dr. Czapliński, een Pool die na het vertrek van een Duitse gevangene tot geneesheer-directeur benoemd was, vatte moed en wendde zich, 'als officier tot officier', tot SS-officier Bachmayer, de rechterhand van de commandant van Mauthausen. Onder andere omstandigheden had zijn brutaliteit hem waarschijnlijk het leven gekost. Maar nu Hitlers zelfmoord een publiek geheim was en de definitieve capitulatie een kwestie van dagen, geloofde Bachmayer dat een gebaar naar de gevangenen toe hem zou kunnen redden. Het executiebevel werd op het laatste moment ingetrokken; de engel des doods moest mijn ziel maar prijsgeven.

De doodgestoken SS-onderofficier bungelde al twee dagen aan de balk toen een Amerikaanse militair de barak binnenkwam en het touw doorsneed. De barak was leeg. De Russen – meest politieke functionarissen die evenals wij in concentratiekampen hadden gezeten – waren op strafexpeditie gegaan tegen de bevolking in de omgeving. De Amerikaanse militair pakte me van de grond op en riep een ambulance.

Twee dagen had ik roerloos gelegen op de plek waar ik gevallen was. De militair die het lijk van de nazi van de balk had gehaald, pakte me onder mijn armen vast en sleepte me naar buiten. Even later werd ik weggevoerd naar het hospitaal van het Amerikaanse leger.

Twee artsen en een hospik in het uniform van het Amerikaanse leger stonden naast me mijn dossier te bestuderen. Ik lag op een brancard. De jongste van de twee knielde neer, legde zijn stethoscoop op mijn droge huid en luisterde naar het diepe zuchten van mijn longen. Hij keek ontevreden. Hij trok aan mijn oogleden als een kind dat aan de vleugels van een vlinder trekt, hij doorboorde mijn ogen met de lichtbundel van een zaklantaarn en sprak het vonnis uit: 'Klassiek geval. We staken de behandeling.'

'Vanaf wanneer, captain?'

'Vanaf nu.'

'Is er iets mis met het medicament?'

'Het medicament is in orde. Er is iets mis met de patiënt. Hij redt het niet meer.'

'Weet u het zeker?' hield de hospik aan.

'Het is behoorlijk hard, captain,' zei de hospik weer. Deze jonge militair was de oorlog doorgekomen zonder eelt op zijn ziel te krijgen. Zijn toewijding kende geen grenzen. Hij had me keer op keer verschoond als ik onder de diarree zat, hij had mijn lippen om de paar minuten bevochtigd. 's Nachts zat hij aan een kleine tafel midden in de tent bij het licht van een zaklantaren medische boeken te bestuderen. Hij hoopte terug naar huis te gaan, naar Arizona, om daar aan de universiteit te gaan studeren. De arts klopte op zijn schouder en troostte hem: 'Maak je niet druk, jongeman. Hij zal zonder leed heengaan. De dood doet geen pijn.'

'Zegt u dat niet, captain, het kind verstaat Engels.'

'Het spijt me,' zei de arts en liep door naar de volgende patiënt.

Ik aanvaardde het vonnis van de arts met gelatenheid. Ik was te zwak om stil te staan bij de gedachte dat, juist nu ik het licht aan het einde van de tunnel gezien had, mijn levensvlam zou doven. Niet alleen de dood deed geen pijn, ook het leven was pijnloos. Ik voelde niets. Half bewust zag ik hoe alle patiënten die het wondermiddel kregen de geest gaven en hoe anderen hun plaats innamen. Het was een onophoudelijk komen en gaan. De dagen verstreken. Juist ik, die het Amerikaanse middel niet mocht hebben, wist me vast te klampen aan deze wereld. Na een maand – of waren het er twee? – werd ik van een hospitaaltent overgeplaatst naar de herstelafdeling in het gebouw waar vroeger de kampbewakers hadden gezeten. Ik had geen diarree meer, ik begon van eten te genieten, ik raakte nog maar heel af en toe bewusteloos. Ik kwam nog steeds niet van mijn bed af, maar ik luisterde soms wel naar muziek. Er was een radio op iedere kamer. Een delegatie van het Internationale Rode Kruis hield een telling onder de overlevenden. Ik gaf mijn echte naam op; jaren later zou een advocaat in Tel Aviv mijn naam in een officieel document tegenkomen en me proberen over te halen genoegdoening te eisen. Vergeefs bladerde ik in het document, op zoek naar de naam van Fredek Minz. Ik weigerde een eis in te dienen. West-Duitsland had honderden miljoenen mark uitgetrokken voor de slachtoffers van het nazisme. 'Het spijt me,' zei ik tegen mijn advocaat, 'maar ik kan dat geld niet aannemen. Met geld krijg ik mijn ouders niet terug, mijn familie niet en ook niet de verloren jaren.' 'Dat is dom,' zei de advocaat kwaad. 'Er bestaat geen vuil geld en schoon geld. Er is alleen goed geld of waardeloos geld.' Ik was toen een jaar of dertig, niet bekend met de wereld waarin bijna alles naar materiële normen afgemeten wordt en misschien ook wat lichtzinnig, want zelfs de vinnige uitspraak van de advocaat, 'U laat het geld dus liever bij de moordenaars liggen', kon me niet van mening doen veranderen. We spraken niet dezelfde taal. Hij zal wel gelijk hebben gehad, evenals ik. Het lukte ons niet de kloof tussen twee soorten gerechtigheid te overbruggen.

Er waren geen hospikken in de voormalige SS-kazerne. De herstellenden werden verzorgd door verpleegsters, Oostenrijkse of Duitse. Mijn verpleegster droeg een grijs schort en had een gezicht dat je makkelijk vergeet, maar ik herinner me nog heel goed haar dikke vingers, haar dunne trouwring, de kortgeknipte nagels, zonder nagellak, en de zachte, vochtige, strelende handen als ze antiseptische zalf op mijn wonden smeerde. Ik kan niet schatten hoe oud ze was, voor een jongen van zeventien is elke volwassene oud, maar ze was moederlijk, ze straalde rust uit. Soms, als ik me zwak voelde, wilde ik niets liever dan in haar armen in slaap vallen. Maar mijn houding tegenover haar was dubbelzinnig, want telkens als ik me sterker voelde, keerde ik me van haar af alsof ze niet deugde. Op een nacht verscheen ze in mijn droom in de gedaante van Grete, de vrouw van de SS-officier uit Kraków. Ik wilde het haar vertellen toen ze 's avonds mijn bed kwam opmaken, maar in plaats daarvan beledigde ik haar zonder aanwijsbare reden. Ik verzette me tegen mijn afhankelijkheid van deze zwijgzame vrouw die me zonder enig verwijt verschoonde als ik weer diarree had, die nooit misbruik maakte van mijn machteloosheid om zich superieur te tonen. Ik haatte haar om haar bereidheid de zwakken te dienen, omdat dat niet strookte met het beeld van de botte Duitse vrouw dat ik me gevormd had. Ik was boos wanneer ze mijn uitbarstingen als vanzelfsprekend aanvaardde, wanneer ze me behandelde als een kind dat nog niet op zijn daden aangesproken kan worden.

Ik lag in een witgeschilderd kamertje. Er stonden twee bedden in, maar het andere bed bleef leeg. Niemand bezocht me, behalve zij en de arts. Op een ochtend verraste ze me met een gast.

'Ga zitten,' zei ze, 'deze meneer gaat je scheren.'

'Scheren?' zei ik verbaasd. 'Hoezo scheren?'

Ze hield me een spiegeltje voor. Ik had mezelf minstens twee jaar niet gezien. Uit de spiegel keek een bleke jongeman met wallen onder zijn bruine ogen. Zijn haar was aangegroeid en er lag al een eerste krul op zijn kruin, zijn lippen waren droog en gebarsten, een litteken verminkte zijn rechterwang. Mijn zelfportret beviel me niet. Het voelde vreemd om in de spiegel een smoel te zien die van een ander leek te zijn. Ik liet er mijn hand over gaan en merkte tot mijn verbazing dat de huid niet langer glad was. De spiegel loog niet. Tot op dit moment had ik mijn stoppels niet opgemerkt, maar ze waren er wel, kort en stekelig. 'Je wordt man,' merkte de verpleegster op met dezelfde droge toon waarmee ze me vroeg om me om te draaien als ze zalf op mijn rug wilde smeren. De kapper zeepte mijn gezicht in, het mes gleed over mijn wang. Ik vond het aangenaam.

Vanaf die dag kon mijn arts tevreden zijn. 'Duidelijke remissie,' constateerde hij enigszins verwonderd telkens als hij zijn bevindingen in mijn dossier opschreef. Als er belangrijk bezoek was, van regerings- of Congresleden uit Washington, presenteerden de artsen mij als het bewijs van hun vermogen om medische wonderen te verrichten. De bezoekers stelden geen vragen aan mij en zelf zei ik niets over het feit dat ze me nog maar twee maanden daarvoor geen medicijnen wilden geven omdat het niet zou lonen nog in mij te investeren.

Vroeg in de zomer arriveerden in Mauthausen leden van de Joodse Brigade. Tegen die tijd was ik al in staat mijn kamer te verlaten, uiteraard met behulp van de zuster, om buiten te gaan liggen, tegen de muur te leunen en de kou in me door de zon te laten verdrijven. De joodse militairen in Engelse uniformen kwamen met twee vrachtwagens; de meesten spraken Jiddisch. Een groepje van zo'n twintig mensen verzamelde zich om hen heen. Ze vertelden over de oorlog en over Palestina en ze boden aan om een ieder die dat wilde mee naar Italië te nemen om van daaruit door te reizen naar Palestina. Ook al had ik erom gevraagd, ze hadden waarschijnlijk geweigerd zo'n zwakke, zieke jongeman als ik mee te nemen. Maar het kwam niet eens in me op dat te vragen. Ik had geen heimwee naar Sion. Het land van onze voorvaderen hoorde in mijn ogen tot de geschiedenis, niet tot het heden. Ik herinnerde me nog de reis die mijn moeder in 1935 naar Palestina had gemaakt. Ze was vanuit de Roemeense havenstad Constanţa aan boord van de Polonia vertrokken voor een pleziervaart op de Middellandse Zee. Bij terugkeer in Bielsko vatte ze haar mening over het Joods nationaal tehuis samen met de stelling dat het geen plaats was voor beschaafde mensen. Het was een typisch oppervlakkige impressie van een toerist die de moeite niet had genomen zich in de gebeurtenissen te verdiepen, maar ze bleef in mijn geheugen gegrift en vormde mijn eigen mening: ik wist dat het een geweldig land was voor pioniers, maar niet voor gesettelde mensen als wij.

De leden van de Joodse Brigade vertrokken dus zonder mij. Mij wachtte een veel kortere reis, die eveneens het gevolg was van politieke veranderingen. Na onderhandelingen tussen de mogendheden kwam er een nieuwe scheidslijn tussen de westerse troepen en het Rode Leger. De Amerikanen trokken zich terug ten zuiden van de Donau, Mauthausen viel nu onder de

Russen. De machtswisseling had gevolgen voor de medische zorg. De verpleegster liet me weten dat de antiseptische zalf helaas op was. Ook de vitaminepillen, die ons onze levenskracht moesten teruggeven, waren op. Het voedsel was nu haast oneetbaar. De sovjetartsen konden geen Engels lezen en negeerden onze dossiers. Ik merkte dat ik weer zieker werd. Ik had geen uitleg nodig om te begrijpen dat ik achteruitging. Omdat elke verandering hoop bracht, was ik blij toen besloten werd de afdeling te verplaatsen. De Russen zetten ons op een aanhangwagen die door een tractor werd voortgetrokken, en we kwamen na een korte rit in Katzdorf, een dorp van Oostenrijkse wijnboeren ten noorden van Mauthausen. Daar werden we ondergebracht in een bejaardentehuis dat van zijn vaste bewoners ontruimd was om plaats voor ons te maken. De sovjetkapitein die ons begeleidde, liet de burgemeester komen. De angstige boer stond voor hem, zette zijn pet af en luisterde onderdanig naar de waarschuwing: 'Als uw leven en het leven van uw dorpelingen u dierbaar is, zorgt u dat deze mensen niets te kort komen.'

De burgemeester knikte. De kapitein ging ervandoor, wij installeerden ons in het gebouw. Ieder kreeg een schone, ruime kamer. Op mijn nachtkastje vond ik twee boeken die de vorige bewoner kennelijk gelezen had: *Via Mala* van John Knittel en *Die Reise zur Mutter* van Georg Rendl. Ik liet ze liggen. Enkele dagen later nam de zuster die ons hierheen gevolgd was ze in haar grijze schort mee. Ze verzorgde me zoals daarvoor. Het onderlinge contact beperkte zich ook nu tot het hoogstnodige: voedsel, medicijnen, hygiëne. De afstandelijkheid had haar voordelen. Ze gaf me een tandenborstel en merkte op: 'Je ruikt uit je mond.' Ze trok mijn vuile onderbroek uit en zei: 'Hij stinkt naar drek.' Als we niet zo onpersoonlijk met elkaar waren omgegaan, had ik voor mijn gevoel voor schut gestaan. Onder de omstandigheden hielden haar woorden voor mij niets anders in dan hun letterlijke betekenis. We leefden in deze eigenaardige symbiose omdat ik niet buiten haar kon, terwijl zij op haar eigen manier, die me tot de dag van vandaag een raadsel blijft, de behoefte had om mij, dit weerloze schepsel, te verzorgen. Onze relatie miste elke tederheid, er sloop geen glimlach in, er werd geen overbodig woord gezegd. Ik geloof dat ze doorhad dat ik geen sympathie voor haar koesterde en dat ze me haar aanwezigheid niet wilde opdringen. Zelf genoot ik van de privacy na al die jaren dat ik voortdurend in gezelschap was geweest van vreemden, op gemeenschappelijke britsen, in overvolle barakken, in kampen omgeven door hoogspanningsdraad. Ik was graag alleen, met mijn gedachten. Ik kon de deur van mijn kamer dichtdoen, op slot zelfs. Ik hoefde niet te weten wat er in de andere kamers gebeurde, ik kwam niet op de gemeenschappelijke gang. Op dagen dat ik de kracht had mijn bed uit te komen, kon ik het raam opendoen zonder daar toestemming voor te hoeven vragen. Alles wat ik zonder toestemming deed, gaf me voldoening. Ik ging dan op een stoel zitten, met mijn ellebogen op de vensterbank, en ik ademde de frisse, heldere lucht in die in mijn gedachte geassocieerd werd met vrijheid.

Het open raam bood een uitzicht op het leven. Ik zag de Oostenrijkse wijnboeren naar hun werk gaan. Ik zag kinderen hinkelen, vrouwen de was ophangen, ik zag gewone huizen en gewone mensen, allemaal dingen waarvan ik vergeten was dat ze bestonden. Ik vond het vooral heerlijk om naar anderen te kunnen kijken zonder zelf het doelwit te zijn van loerende ogen. Bovendien was ik nu ook baas over mijn tijd. In een wereld waar alleen de cipiers de tijd mochten bepalen, waren de uren en dagen hun alleenbezit. Nu ik het tijdsbesef herkregen had, leerde ik de tijd opnieuw waarderen. Ik had weer een verleden, heden en toekomst. Het verleden kon ik het hoofd nog niet bieden. Het heden was onbeduidend. Maar als ik 's ochtends op bed naar het plafond lag te staren, placht ik toekomstplannen te maken. Ik wist niet dat je pas kunt dagdromen als je eerst ervaringen hebt opgedaan, die je dan gebruikt zoals een bouwvakker bouwmateriaal gebruikt. Mijn fantasie liet te wensen over, omdat ik de laatste vijf jaar gewist had. Ik was te jong om gegevens te kunnen verwerken, om ze van kleur en vorm te doen veranderen, om uit het negatieve positieve conclusies te trekken, om van de nood een deugd te maken. Ik had nog niet geleerd om het complexe proces te beheersen waarbij de ene gedachte in de andere wordt omgezet, ik wist niet dat wij mensen over een wonderbaarlijke transformator voor het wisselen van gedachtestromen beschikken, bestaande uit het verstand, verrijkt met de opgedane ervaring. Op het moment dat ik de continuïteit verbrak door de oorlogsjaren eruit te halen, was het verspilde moeite om te proberen een verband te leggen tussen mijn kinderjaren en de dag van morgen. Ik kon mezelf in de toekomst nergens anders plaatsen dan in Bielsko, omdat ik het daar goed had gehad. Maar wat heb je aan de terugkeer naar de oorden van je kinderjaren als de personen die deze oorden bevolkt hadden er niet meer zijn? Weg waren papa en mama, weg was Paula, er was geen Nolek meer met zijn eeuwige Leica, geen fiets die ik met chantage verkregen had, geen tinnen soldaten in de kinderkamer, geen schoolvriendjes. Kun je in het luchtledige ademhalen?

Het bejaardentehuis raakte leeg. De Russische kapitein voerde zijn dreigement niet uit. De dorpelingen beknibbelden op de voedselvoorziening en niemand zei wat. Je kon ook bij niemand klagen. Vervolgens vertrokken de twee plaatselijke artsen die ons zouden behandelen. Ook de verpleegsters van het bejaardentehuis gingen er een voor een vandoor. Het boerenmeisje dat elke ochtend mijn kamer schoonmaakte, kwam niet meer opdagen. De zwakken onder ons werden begraven op de dorpsbegraafplaats, op een apart stuk. De herstellenden pakten hun weinige spullen in en vertrokken. 'Wat gebeurt hier?' vroeg ik aan mijn verpleegster. Ze stak de handen in haar grijze schort en zei: 'Ieder voor zich.' Was dat een hint voor mij? Tot op dat moment had ze me verzorgd alsof er niets aan de hand was. Zonder dat ik me dat bewust was, had ze me een gevoel van stabiliteit en continuïteit gegeven. Aan dat alles zou nu een einde komen. Ik schrok.

'Morgenochtend,' zei ik.

Ze begreep het.

'Waarheen?'

'Naar huis.'

'Je boft. Ik blijf hier, ik heb geen thuis.' Voor het eerst had ze iets over zichzelf gezegd. 'Heb je familie?' vroeg ze nu. Voor het eerst had ze iets over mij gevraagd.

Ik zweeg. Ze herhaalde haar vraag niet.

'Ik heb wat kleren voor je bijeengezocht. Heb je geld?'

'Geld?' Ik was vergeten dat er zoiets bestond. 'Ik red me wel,' zei ik.

'De mensen die terug naar hun land gaan, mogen nu gratis reizen. De treinen naar het westen vertrekken vanuit Linz. Die naar het oosten gaan vanuit Enns. Welke neem je?'

'Hoe kom ik in Enns?'

'Ik zal met de burgemeester praten, je wordt weggebracht.'

's Nachts droomde ik dat ik op mijn linkerzijde lag, dat er enkele centimeters van mij vandaan een diepe afgrond gaapte en dat een anonieme hand me erin duwde. De diepte was onpeilbaar, omdat de afgrond donker en vormeloos was, en daarom juist zo griezelig. De angst versnelde mijn ademhaling. Ik stikte. Ik probeerde me los te maken van de hand tegen mijn rug die me de dood in duwde. Tevergeefs. Badend in het zweet werd ik wakker. Ik kreeg een hoestbui. Ik spuugde bloed. Het raam stond open, de wind speelde met het gordijn, de maan wierp zijn zilverlicht op de muren, alleen het plafond bleef zwart. En uit dat zwarte daalde een gewicht neer dat loodzwaar op mijn blote borst drukte. Ik had het koud. Ik trok de deken over mijn hoofd. De droom kwam terug als een gebroken film die weer precies op dezelfde plek aan elkaar geplakt is. Ik zou vast in de afgrond zijn gevallen als ik niet wakker was geworden van de stem van de verpleegster: 'Goedemorgen. Ben je zover?'

Ze legde een bruine broek, een geruit colbert en een wit overhemd over de stoelleuning.

'Ik heb gekeken, het is jouw maat.'

Ik bedankte haar niet.

'Zo meteen komt de burgemeester. Sta eens op, je moet in bad.'

'In bad?' protesteerde ik. 'Hoezo in bad?'

Ik had geen behoefte aan een bad, ik had behoefte aan een vertrouwd iemand aan wie ik mijn nachtmerrie kon vertellen om getroost te worden. Maar nee, ik wilde niet getroost worden door deze vrouw. Zij merkte mijn verdriet niet, of ze wilde het niet merken. Ruw trok ze de deken van me af en jutte ze me op.

Ik wilde de kleren pakken die ze meegebracht had.

'O nee,' zei ze en hield me tegen. 'Eerst wassen.'

'Maar waarom?' verdedigde ik me.

'Omdat je stinkt.'

'Wat kan het u schelen? U hoeft mij toch niet meer te ruiken?'

'Je komt nu onder de mensen.'

Ik stapte uit bed en volgde haar. De badkamer lag aan het eind van de gang. De tegels waren vergeeld, de waterleiding glom niet meer, het email schilferde van de wasbak. Alleen het blote lampje wierp een fel licht op ons.

'Kleed je uit.'

Ik kleedde me uit. Ik schaamde me niet voor haar. Ik zag mezelf niet als man; ik zag haar niet als vrouw. Ze trok haar schort vaster aan, hield mijn arm vast om me in bad te helpen, nam mijn magere lijf onderzoekend op en glimlachte. Het was de eerste keer dat ik haar zag glimlachen.

'Ik zou je met schuurpapier moeten schoonkrabben,' zei ze kordaat. 'Blijf staan, de ketel doet het niet zo goed, het wordt douchen.' Ik stond stil. De verpleegster draaide de kraan open, en daarna weer dicht, om geen water te verspillen. Ze zeepte me in. Mijn huid brandde, ik zat nog steeds onder de zweren. Ze deed haar werk met de vaardigheid van een ervaren verpleegster. Haar handen gleden van mijn middel omlaag, kwamen tussen mijn benen bij elkaar, raakte mijn balzak aan. Ze wreef de penis tussen haar handen. Ik voelde geen prikkeling. De verpleegster hield mijn penis vast toen ze zei: 'Maak je geen zorgen. Op een dag zal je pik stijf worden als een vrouw hem aanraakt. Dat zal een belangrijke dag voor je zijn, want dan pas zul je ontdekken hoe mooi het leven is.'

Dat zei ze, en ze draaide de kraan weer open. Het water was lauwwarm, aangenaam, zuiverend.

Epiloog

Wat was er met dat kind van goeden huize gebeurd dat hij de morele schil van zijn opvoeding van zich afschudde om zich van het ene op het andere moment de wetten van de jungle eigen te maken? Wat bracht hem ertoe de hoge waarden die zijn ouders hem hadden bijgebracht in de prullenmand te gooien en een bril op te zetten die het hem mogelijk maakte de wereld louter als het toneel van een overlevingsstrijd te zien? En tot slot: hoe diep liggen de belevenissen uit het verleden in zijn ziel verankerd?

Deze vragen houden me bezig sinds ik begonnen ben na te denken. In *Zelfportret met litteken* heb ik een poging gedaan ze te beantwoorden. Ik geloof dat uit mijn persoonlijke geschiedenis een les getrokken kan worden die van algemene geldigheid is. Velen proberen hun verleden het hoofd te bieden en erachter te komen in hoeverre dat verleden hun huidige karakter heeft gevormd.

In hoofdzaak wilde ik een vraagteken zetten bij de opvatting dat er absolute normen zijn, bestand tegen alle kritiek en geldig in alle tijden en onder alle omstandigheden. Eenvoudiger gezegd: mag je het handelen in duistere tijden beoordelen naar de normen van verlichte tijden?

Ik pretendeer niet een geschiedenisboek te hebben geschreven. De personen in dit boek worden gepresenteerd zoals ik ze subjectief zie. De gebeurtenissen zijn beschreven zoals ik die me herinner. Slechts in enkele gevallen, wanneer geloofwaardigheid om precisie vroeg, heb ik geschiedenisboeken geraadpleegd. En ik heb mezelf uiteraard gepresenteerd zoals ik mezelf zie in de spiegel die ik me heb voorgehouden.

Ik ben vier jaar bezig geweest met het schrijven van dit boek. Het is deels in Tel Aviv geschreven, deels in Polen. Steeds zag ik me gesteund en aangemoedigd door mijn echtgenote Shulamit. Het feit dat ons huwelijk strandde toen het boek af was, doet niets af aan mijn dankbaarheid aan haar.

Noten

blz. 22 Een traditionele synagoge heeft een aparte vrouwenafdeling en geen orgel. (Vert.)

blz. 24 Rechts-zionistische leider, oprichter in 1925 van de anti-socialistische Revisionistische Partij. (Vert.)

blz. 25 S.J. Agnon, een van de belangrijkste moderne Hebreeuwse schrijvers. (Vert.)

Plan om binnen tien jaar anderhalf miljoen Oost-Europese joden naar Palestina over te plaatsen. De joodse gemeenschap verzette zich hiertegen uit angst dat de antisemieten dan gelijk zouden krijgen met hun bewering dat de joden vreemden in eigen land zijn. De Poolse regering steunde het plan en stelde zelfs voor via haar delegatie bij de Volkenbond de Engelsen onder druk te zetten om de immigranten tot Palestina toe te laten.

blz. 57 American Jewish Joint Distribution Committee: Amerikaanse hulporganisatie voor joodse oorlogsslachtoffers. (Vert.)

blz. 115 Toneelstukje dat thuis opgevoerd wordt tijdens het Poerimfeest. (Vert.)

blz. 165 Duits actrice die beroemd werd om haar rol in de film *Die Privatsekretärin*. Ze overleed in 1935 op eenendertigjarige leeftijd.

blz. 171 In Israël geboren Israëli. (Vert.)

blz. 219 Joodse schrijver. (Vert.)

Jiddische satiricus. (Vert.)

blz. 283 Julius Rosenberg en Ethel Rosenberg, geboren Greenglas, werden in de zomer van 1950 aangehouden en beschuldigd van het doorspelen van atoomgeheimen aan de Sovjets. Ondanks een internationale golf van protesten werd het echtpaar ter dood veroordeeld. Zij handelden uit ideologische overwegingen.

blz. 325 Gebed voor de dode. (Vert.)

blz. 327 Jiddisch voor 'moerstaal'. (Vert.)

blz. 331 De Armia Krajowa (Binnenlands Leger) was de grootste en breedste verzetsorganisatie. De Nationale Strijdkrachten, en vooral de Brygada Swietokrzyska (Heilige-Kruisbrigade), die in de omgeving van Starachowice was opgesteld, stonden bekend om hun vijandigheid jegens de joden.

blz. 392 Na de dood van Józef Waik liet ik Ala met behulp van de Israëlische overheid naar Israël overbrengen. Mira en ik waren toen al gescheiden.

blz. 408 Dit waren gevangenen die door de kampleiding met taken werden belast. (Vert.)